U0124095

書劍恩仇錄

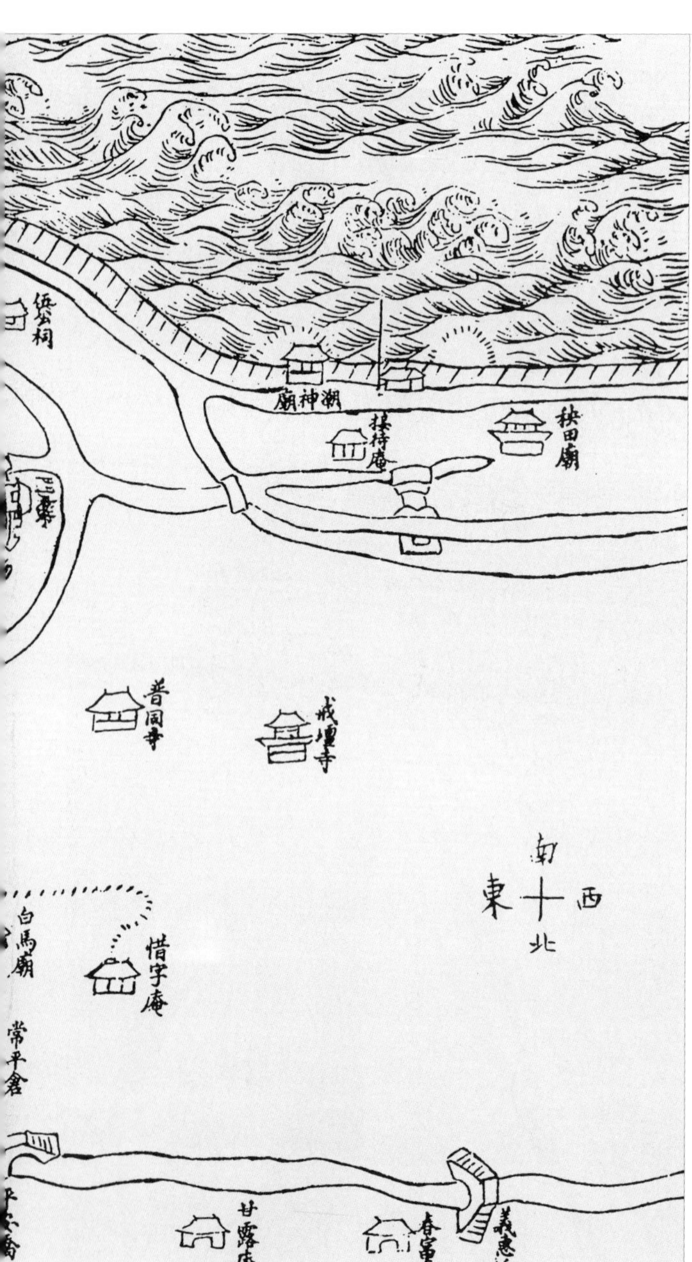

前頁圖／
黃胄作「維吾爾族少女」。
原圖為作者所藏。

海寧城及海塘：
錄自《海寧州志稿》，家兄良鑑所贈。

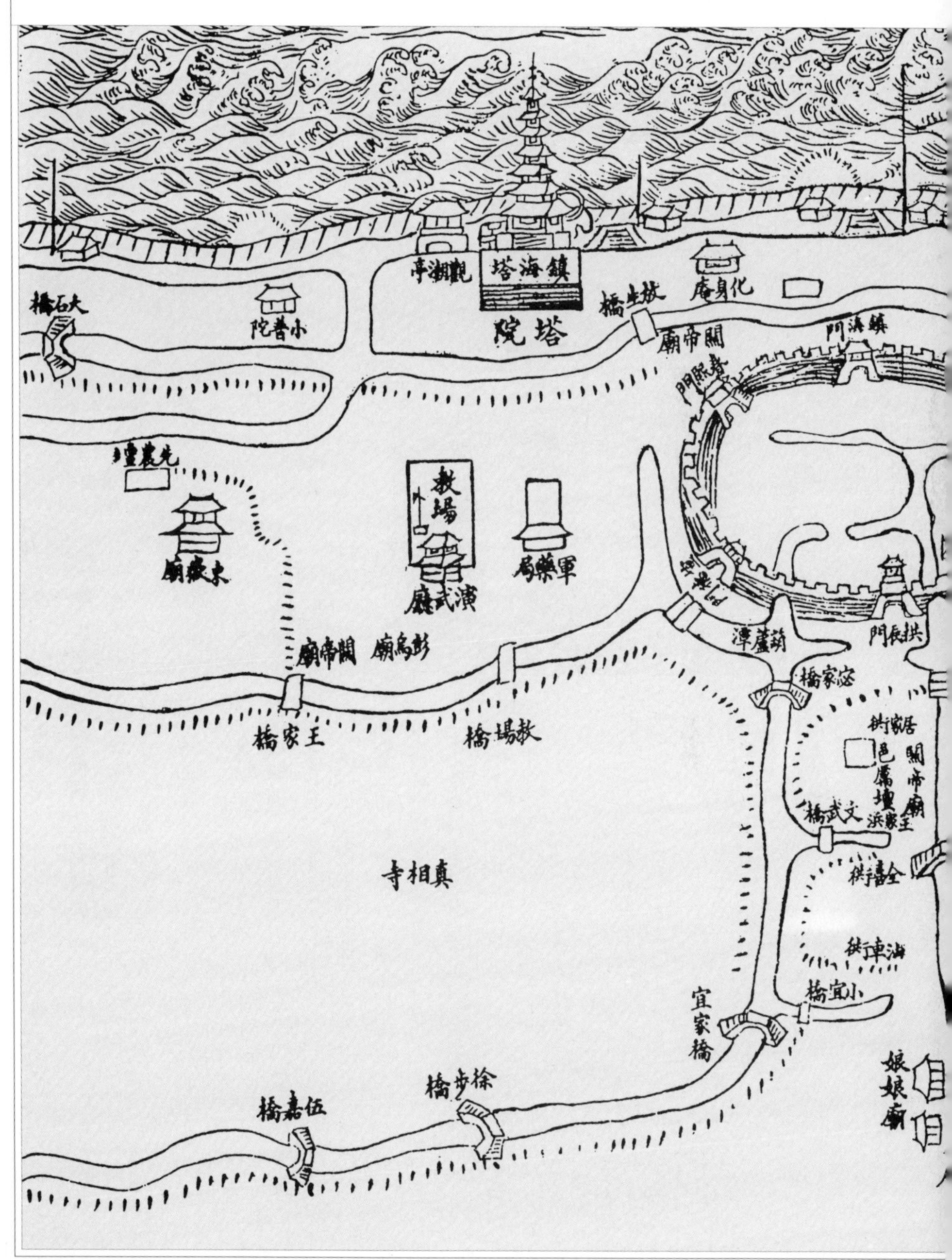

鎮海塔
觀潮亭
塔院
大石橋
小普陀
放生橋
化身庵
關帝廟
鎮海門
春熙門
先農壇
教場
軍藥局
演武廳
關帝廟
彭烏廟
王家橋
教場橋
葫蘆潭
拱辰門
居家街
邑厲壇
關帝廟
王家浜
文武橋
全善街
真相寺
小宜橋
宜家橋
徐步橋
伍嘉橋
娘娘廟

右頁圖／
長春園圖卷：郎世寧作。
長春園為西式建築。
乾隆身畔陪坐之嬪妃亦穿西服，
據說即香妃。

左頁圖／
乾隆閱射圖：郎世寧作。
郎世寧為意大利人，原名
Josephus Castiglione (1688-1768)，
耶穌會教士，於康熙五十四年來中國，
因擅於繪畫而為清廷供奉。
作畫工細逼真，雖乏意境，但可代攝影。

乾隆南巡時之行營：
該圖與「南巡閱兵圖」均為南巡長卷之一部分，
原圖現藏巴黎Guimet博物館。

哈薩克人貢馬圖：郎世寧作。
乾隆坐而納貢，意甚閒適。

乾隆南巡閱兵圖。

古塞駝鈴：時人錢松嵒作。由此圖可以想像霍青桐率眾東來奪經、陸菲青塞上行旅之情景。

乾隆所繪之「煙波釣艇」圖：
作於乾隆九年，時年三十四歲。

乾隆遊江南圖：清代年畫。（乾隆帝巡幸蘇州圖）

右頁圖／
乾隆臨趙孟頫書：
是否即贈於名妓玉如意者，不詳，待考。

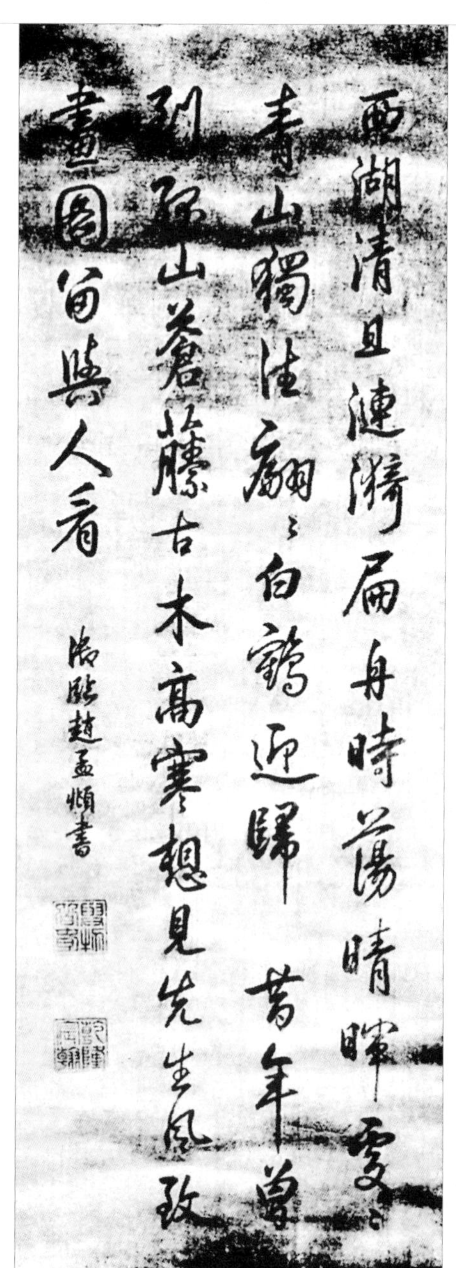

左頁圖／
乾隆採芝圖：乾隆時為寶親王，年二十四歲。
圖有乾隆自題詩，下有梁詩正題詩，時為
雍正甲寅夏四月，即雍正十二年。乾隆自號長春居士，
題款下有「寶親王印」、「長春居士」小方章各一，
詩中自讚「何來瀟灑仙都客，霞巾彷彿南華仙」。
由此圖可想像陳家洛與福康安之容貌。
梁詩正，杭州人，乾隆時為東閣大學士。

何來瀟灑清都客逍遙為愛雲
烟碧筠籃滿貯仙巖芝芒鞵不
踏塵寰迹人世蓬萊鏡裏天霞
巾彷彿南華仙誰識當年真面
貌圖入生綃屬偶然
長春居士自題

董邦達作「天竺寺圖」：陳家洛與乾隆在杭州天竺初次相遇。董邦達，浙江富陽人，乾隆時任工部尚書、禮部尚書。於乾隆遊江南前先繪「西湖四十景」作遊覽指南，每圖均有乾隆題詩。乾隆題記云：「董邦達所作西湖諸景，辛未南巡，攜之行笥，遇境輒相印證，信能曲盡其勝。」

又云：「即景成吟，辭不盡高，質之圖中邱壑，略得梗概云。」

自謙題詩「辭不盡高」，意思說大部分是高的。本圖為四十景之一，乾隆題詩：

「屈曲泉流繞石林，到來竺宇暢幽尋。了知說法無多子，且喜入山不厭深。

七佛總空法化報，三生曾化去來今。未能習靜催歸轡，已聽鐘流雲外音。」

圖右為西湖。圖中遠處之山即獅峯，王維揚與張召重比武處。本圖承畫家唐鴻先生借用。

書劍恩仇錄

㈠

金庸

書劍恩仇錄(一)

金庸

「金庸作品集」新序

小說是寫給人看的。小說的內容是人。

小說寫一個人、幾個人、一羣人、或成千成萬人的性格和感情。他們的性格和感情從橫面的環境中反映出來，從縱面的遭遇中反映出來，從人與人之間的交往與關係中反映出來。長篇小說中似乎只有《魯濱遜飄流記》，才只寫一個人，寫他與自然之間的關係，但寫到後來，終於也出現了一個僕人「星期五」。只寫一個人的短篇小說多些，尤其是近代與現代的新小說，寫一個人在與環境的接觸中表現他外在的世界、內心的世界，尤其是內心世界。有些小說寫動物、神仙、鬼怪、妖魔，但也把他們當作人來寫。

西洋傳統的小說理論分別從環境、人物、情節三個方面去分析一篇作品。由於小說作者不同的個性與才能，往往有不同的偏重。

基本上，武俠小說與別的小說一樣，也是寫人，只不過環境是古代的，主要人物是有武功的，情節偏重於激烈的鬥爭。任何小說都有它所特別側重的一面。愛情小說寫男女之間與性有關的感情，寫實小說描繪一個特定時代的環境與人物，《三國演義》與《水滸》一類小說敘述大羣人物的鬥爭經歷，現代小說的重點往往放在人物的心理過程上。

小說是藝術的一種，藝術的基本內容是人的感情和生命，主要形式是美，廣義的、美學上的美。在小說，那是語言文筆之美、安排結構之美，關鍵在於怎樣將人物的內心世界通過某種形式而表現出來。甚麼形式都可以，或者是作者主觀的剖析，或者是客觀的敘述故事，從人物的行動和言語中客觀的表達。

讀者閱讀一部小說，是將小說的內容與自己的心理狀態結合起來。同樣一部小說，有的人感到強烈的震動，有的人卻覺得無聊厭倦。讀者的個性與感情，與小說中所表現的個性與感情相接觸，產生了「化學反應」。

武俠小說只是表現人情的一種特定形式。作曲家或演奏家要表現一種情緒，用鋼琴、小提琴、交響樂、或歌唱的形式都可以，畫家可以選擇油畫、水彩、水墨、或版畫的形式。問題不在採取甚麼形式，而是表現的手法好不好，能不能和讀者、聽者、觀賞者的心靈相溝通，能不能使他的心產生共鳴。小說是藝術形式之一，有好的藝術，也有不好的藝術。

好或者不好，在藝術上是屬於美的範疇，不屬於真或善的範疇。判斷美的標準是美，是感情，不是科學上的真或不真（武功在生理上或科學上是否可能），道德上的善或不善，也不是經濟上的值錢不值錢，政治上對統治者的有利或有害。當然，任何藝術作品都會發生社會影響，自也可以用社會影響的價值去估量，不過那是另一種評價。

在中世紀的歐洲，基督教的勢力及於一切，所以我們到歐美的博物院去參觀，見到所有中世紀的繪畫都以聖經故事為題材，表現女性的人體之美，也必須通過聖母的形象。直到文藝復興之後，凡人的形象才在繪畫和文學中表現出來，所謂文藝復興，是在文藝上復興希臘、羅馬時代對「人」的描寫，而不再集中於描寫神與聖人。

中國人的文藝觀，長期以來是「文以載道」，那和中世紀歐洲黑暗時代的文藝思想是一致的，用「善或不善」的標準來衡量文藝。《詩經》中的情歌，要牽強附會地解釋為諷刺君主或歌頌后妃。陶淵明的〈閒情賦〉，司馬光、歐陽修、晏殊的相思愛戀之詞，或者惋惜地評之為白璧之玷，或者好意地解釋為另有所指。他們不相信文藝所表現的是感情，認為文字的唯一功能只是為政治或社會價值服務。

我寫武俠小說，只是塑造一些人物，描寫他們在特定的武俠環境（中國古代的、沒有法治的、以武力來解決爭端的不合理社會）中的遭遇。當時的社會和現代社會已大不相同，人的性格和感情卻沒有多大變化。古代人的悲歡離合、喜怒哀樂，仍能在現代讀者的心靈中引起相應的情緒。讀者們當然可以覺得表現的手法拙劣，技巧不夠成熟，描寫殊不深刻，以美學觀點來看是低級的藝術作品。無論如何，我不想載甚麼道。我在寫武俠小說的同時，也寫政治評論，也寫與歷史、哲學、宗教有關的文字，那與武俠小說完全不同。涉及思想的文字，是訴諸讀者理智的，對這些文字，才有是非、真假的判斷，讀者或許同意，或許只部份同意，或許完全反對。

對於小說，我希望讀者們只說喜歡或不喜歡，只說受到感動或覺得厭煩。我最高興的是讀者喜愛或憎恨我小說中的某些人物，如果有了那種感情，表示我小說中的人物已和讀者的心靈發生聯繫了。小說作者最大的企求，莫過於創造一些人物，使得他們在讀者心中變成活生生的、有血有肉的人。藝術是創造，音樂創造美的聲音，繪畫創造美的視覺形象，小說是想創造人物、創造故事，以及人的內心世界。假使只求如實反映外在世界，那麼有了錄音機、照相機，何必再要音樂、繪畫？有了報紙、歷史書、記錄電視片、社會調查統計、醫生的病歷紀錄、黨部與警察局的人事檔案，何必再要小說？

武俠小說雖說是通俗作品，以大眾化、娛樂性強為重點，但對廣大讀者終究是會發生影響的。我希望傳達的主旨，是：愛護尊重自己的國家民族，也尊重別人的國家民族；和平友好，互相幫助；重視正義和是非，反對損人利己；注重信義，歌頌純真的愛情和友誼；歌頌奮不顧身的為了正義而奮鬥；輕視爭權奪利、自私可鄙的思想和行為。武俠小說並不單是讓讀者在閱讀時做「白日夢」而沉緬在偉大成功的幻想之中，而希望讀者們在幻想之時，想像自己是個好人，要努力做各種各樣的好事，想像自己要愛國家、愛社會、幫助別人得到幸福，由於做了好事、作出積極貢獻，得到所愛之人的欣賞和傾心。

武俠小說並不是現實主義的作品。有不少批評家認定，文學上只可肯定現實主義一個流派，除此之外，全應否定。這等於是說：少林派武功好得很，除此之外，甚麼武當派、崆峒派、太極拳、八卦掌、彈腿、白鶴派、空手道、跆拳道、柔道、西洋拳、泰拳等等全部應當廢除取消。我們主張多元主義，既尊重少林武功是武學中的泰山北斗，而覺得別的小門派也不妨並存，它們或許並不比少林派更好，但各有各的想法和創造。愛好廣東菜的人，不必主張禁止京菜、川菜、魯菜、徽菜、湘菜、維揚菜、杭州菜、法國菜、意大利菜等等派別，所謂「蘿蔔青菜，各有所愛」是也。不必把武俠小說提得高過其應有之份，也不必一筆抹殺。甚麼東西都恰如其份，也就是了。

撰寫這套總數三十六冊的《作品集》，是從一九五五年到七二年，前後約十三、四年，包括十二部長篇小說，兩篇中篇小說，一篇短篇小說，一篇歷史人物評傳，以及若干篇歷史考據文字。出版的過程很奇怪，不論在香港、臺灣、海外地區，還是中國大陸，都是先出各種各樣翻版盜印本，然後再出版經我校訂、授權的正版本。在中國大陸，在「三聯版」出版之前，只有天津百花文藝出版社一家，是經我授權而出版了《書劍恩仇錄》。他們校印認真，依足合同支付版稅。我依足法例繳付所得稅，餘數捐給了幾家文化機構及支助圍棋活動。這是一個愉快的經驗。除此之外，完全是未經授權的，直到正式授權給北京三聯書店出版。「三聯版」的版權合同到二〇〇一年年底期滿，以後中國內地的版本由另一家出版社出版，主因是地區鄰近，業務上便於溝通合作。

翻版本不付版稅，還在其次。許多版本粗製濫造，錯訛百出。還有人借用「金庸」之名，撰寫及出版武俠小說。寫得好的，我不敢掠美；至於充滿無聊打鬥、色情描寫之作，可不免令人不快了。也有些出版社翻印香港、臺灣其他作家的作品而用我筆名出版發行。我收到過無數讀者的來信揭露，大表憤慨。也有人未經我授權而自行點評，除馮其庸、嚴家炎、陳墨三位先生功力深厚、兼又認真其事，我深為拜嘉之外，其餘的點評大都與作者原意相去甚遠。好在現已停止出版，出版者正式道歉，糾紛已告結束。

有些翻版本中，還說我和古龍、倪匡合出了一個上聯「冰比冰水冰」徵對，真正是大開玩笑了。漢語的對聯有一定規律，上聯的末一字通常是仄聲，以便下聯以平聲結尾，但「冰」字屬蒸韻，是平聲。我們不會出這樣的上聯徵對。大陸地區有許許多多讀者寄了下聯給我，大家浪費時間心力。

為了使得讀者易於分辨，我把我十四部長、中篇小說書名的第一個字湊成一副對聯：「飛雪連天射白鹿，笑書神俠倚碧鴛」。（短篇《越女劍》不包括在內，偏偏我的圍棋老師陳祖德先生說他最喜愛這篇《越女劍》。）我寫第一部小說時，根本不知道會不會再寫第二部；寫第二部時，也完全沒有想到第三部小說會用甚麼題材，更加不知道會用甚麼書名。所以這副對聯當然說不上工整，「飛雪」不能對「笑書」，「連天」不能對「神俠」，「白」與「碧」都是仄聲。但如出一個上聯徵對，用字完全自由，總會選幾個比較有意思而合規律的字。

有不少讀者來信提出一個同樣的問題：「你所寫的小說之中，你認為哪一部最好？最喜歡哪一部？」這個問題答不了。我在創作這些小說時有一個願望：「不要重複已經寫過的人物、情節、感情，甚至是細節。」限於才能，這願望不見得能達到，然而總是朝著這方向努力，大致來說，這十五部小說是各不相同的，分別注入了我當時的感情和思想，主要是感情。我喜愛每部小說中的正面人物，為了他們的遭遇而快樂或惆悵、悲傷，有時會非常悲傷。至於寫作技巧，後期比較有些進步。但技巧並非最重要，所重視的是個性和感情。

這些小說在香港、臺灣、中國內地、新加坡曾拍攝為電影和電視連續集，有的還拍了三、四個不同版本，此外有話劇、京劇、粵劇、音樂劇等。跟著來的是第二個問題：「你認為哪一部電影或電視劇改編演出得最成功？劇中的男女主角哪一個最符合原著中的人物？」電影和電視的表現形式和小說根本不同，很難拿來比較。電視的篇幅長，較易發揮；電影則受到更大限制。再者，閱讀小說有一個作者和讀者共同使人物形象化的過程，許多人讀同一部小說，腦中所出現的男女主角卻未必相同，因為在書中的文字之外，又加入了讀者自己的經歷、個性、情感和喜憎。你會在心中把書中的男女主角和自己或自己的情人融而為一，而每個不同讀者、他的情人肯定和你的不同。電影和電視卻把人物的形象固定了，觀眾沒有自由想像的餘地。我不能說那一部最好，但可以說：把原作改得面目全非的最壞，最自以為是，瞧不起原作者和廣大讀者。

武俠小說繼承中國古典小說的長期傳統。中國最早的武俠小說，應該是唐人傳奇的《虬髯客傳》、《紅線》、《聶隱娘》、《崑崙奴》等精彩的文學作品。其後是《水滸傳》、《三俠五義》、《兒女英雄傳》等等。現代比較認真的武俠小說，更加重視正義、氣節、捨己為人、鋤強扶弱、民族精神、中國傳統的倫理觀念。讀者不必過份推究其中某些誇張的武功描寫，有些事實上不可能，只不過是中國武俠小說的傳統。聶隱娘縮小身體潛入別人的肚腸，然後從他口中躍出，誰也不會相信是真事，然而聶隱娘的故事，千餘年來一直為人所喜愛。

我初期所寫的小說，漢人皇朝的正統觀念很強。到了後期，中華民族各族一視同仁的觀念成為基調，那是我的歷史觀比較有了些進步之故。這在《天龍八部》、《白馬嘯西風》、《鹿鼎記》中特別明顯。韋小寶的父親可能是漢、滿、蒙、回、藏任何一族之人。即使在第一部小說《書劍恩仇錄》中，主角陳家洛後來也對回教增加了認識和好感。每一個種族、每一門宗教、某一項職業中都有好人壞人。有壞的皇帝，也有好皇帝；有很壞的大官，也有真正愛護百姓的好官。書中漢人、滿人、契丹人、蒙古人、西藏人……都有好人壞人。和尚、道士、喇嘛、書生、武士之中，也有各種各樣的個性和品格。有些讀者喜歡把人一分為二，好壞分明，同時由個體推論到整個羣體，那決不是作者的本意。

歷史上的事件和人物，要放在當時的歷史環境中去看。宋遼之際、元明之際、明清之際，漢族和契丹、蒙古、滿族等民族有激烈鬥爭；蒙古、滿人利用宗教作為政治工具。小說所想描述的，是當時人的觀念和心態，不能用後世或現代人的觀念去衡量。我寫小說，旨在刻畫個性，抒寫人性中的喜愁悲歡。小說並不影射甚麼，如果有所斥責，那是人性中卑污陰暗的品質。政治觀點、社會上的流行理念時時變遷，人性卻變動極少。

在劉再復先生與他千金劉劍梅合寫的《父女兩地書》（共悟人間）中，劍梅小姐提到她曾和李陀先生的一次談話，李先生說，寫小說也跟彈鋼琴一樣，沒有任何捷徑可言，是一級一級往上提高的，要經過每日的苦練和積累，讀書不夠多就不行。我很同意這個觀點。我每日讀書至少四五小時，從不間斷，在報社退休後連續在中外大學中努力進修。這些年來，學問、知識、見解雖有長進，才氣卻長不了，因此，這些小說雖然改了三次，相信很多人看了還是要嘆氣。正如一個鋼琴家每天練琴二十小時，如果天份不夠，永遠做不了蕭邦、李斯特、拉赫曼尼諾夫、巴德魯斯基，連魯賓斯坦、霍洛維茲、阿胥肯那吉、劉詩昆、傅聰也做不成。

這次第三次修改，改正了許多錯字訛字、以及漏失之處，多數由於得到了讀者們的指正。有幾段較長的補正改寫，是吸收了評論者與研討會中討論的結果。仍有許多明顯的缺點無法補救，限於作者的才力，那是無可如何的了。讀者們對書中仍然存在的失誤和不足之處，希望寫信告訴我。我把每一位讀者都當成是朋友，朋友們的指教和關懷，自然永遠是歡迎的。

二〇〇二年・四月 於香港

金庸

《書劍恩仇錄》目錄

李沅芷見老師發射金針釘死蒼蠅，好玩之極，便推開書房房門，大叫：「老師，你教我這玩意兒！」

第一回

古道騰駒驚白髮　危巒擊劍識青翎

清乾隆十八年六月，陝西扶風延綏鎮總兵衙門內院，一個十四歲的女孩兒跳跳蹦蹦的走向教書先生書房。上午老師講完了《資治通鑑》上「赤壁之戰」的一段書，隨口講了些諸葛亮、周瑜的故事。午後本來沒功課，那女孩兒卻興猶未盡，要老師再講三國故事。這日炎陽盛暑，四下裏靜悄悄地，更沒一絲涼風。那女孩兒來到書房之外，怕老師午睡未醒，進去不便，於是輕手輕腳繞到窗外，拔下頭上金釵，在窗紙上刺了個小孔，湊眼過去張望。

只見老師盤膝坐在椅上，臉露微笑，右手向空中微微一揚，輕輕吧的一聲，好似甚麼東西在板壁上一碰。她向聲音來處望去，只見對面板壁上伏著幾十隻蒼蠅，一動不動。她甚覺奇怪，凝神注視，卻見每隻蒼蠅背上都插著一根細如頭髮的金針。這針極細，隔了這樣遠原是難以辨認，只因時交未刻，日光微斜，射進窗戶，金針在陽光下生出了反光。

書房中蒼蠅仍是嗡嗡嗡的飛來飛去，老師手一揚，吧的一聲，又是一隻蒼蠅給釘上了板壁。那女孩兒覺得這玩意兒比甚麼遊戲都好玩，轉到門口，推門進去，大叫：「老師，你教我這玩意兒！」

這女孩兒李沅芷是總兵李可秀的獨生女兒，是他在湘西做參將任內所生，給女兒取這名字，是紀念生地之意。

教書先生陸高止是位飽學宿儒，五十四五歲年紀，平日與李沅芷談古論今，師生間甚是相得。這一日陸高止受不了青蠅苦擾，發射芙蓉金針，釘死了數十隻，那知卻給女弟子在窗外偷看到了。他見李沅芷一張清秀明艷的臉蛋紅撲撲地顯得甚是興奮，當下淡淡的道：「唔，怎麼不跟女伴去玩兒，想聽諸葛亮三氣周瑜的故事，是不是？」李沅芷道：「老師，你教我這好玩的法兒？」陸高止道：「甚麼法兒呀？」

李沅芷道：「用金針釘蒼蠅的法兒。」說著搬了張椅子，縱身跳上，細細瞧了一會，把釘在蒼蠅身上的金針一枚枚拔下來，用紙抹拭乾淨，交還老師，說道：「老師，我知道，你這不是玩意兒，是非常高明的武功，你非教我不可。」她有時跟隨父親在練武場上盤馬彎弓，也學過一些武藝。陸高止微笑道：「你要學武功，扶風城周圍幾百里地，誰也及不上你爹爹武藝高強。」李沅芷道：「我爹爹只會用弓箭射鷹，可不會用金針射蒼蠅，你若不信，我便問爹爹去，看他會不會。」

陸高止沉吟半晌，知道這女弟子聰明伶俐，給父母寵得慣了，行事很有點兒任性，年紀說大不大，說小不小，嬌滴滴的可不易對付，於是點頭道：「好吧，明兒早你來，我教你。這會兒你自已去玩罷。我打蒼蠅的事不許跟別人說，不論是誰知道了，我就決不教你。」

李沅芷眞的不對人提起，整晚自個兒就想著這件事。第二天一早就到老師書房裏來，一推門，不見老師的人影，只見書桌上鎮紙下壓著一張紙條，忙拿起來看時，見紙上寫道：

「沅芷女弟青覽：汝心靈性敏，好學善問，得徒如此，夫復何憾。然汝有立雪之心，而愚無時雨之化，三載濫竽，愧無教益，緣盡於此，後會有期。汝智變有餘，而端凝不足，古云福慧雙修，日後安身立命之道，其在修心積德也。愚陸高止白。」

李沅芷拿了這封信，怔怔說不出話來，淚珠已在眼眶中滴溜溜的打轉，心中只道：「老師騙人，我不來，我不來！」便在此時，忽然房門推開，跌跌撞撞的走進一個人來，正是那位已經留書作別的陸老師。但見他臉色慘白，上半身滿是血污，進得門來，搖搖欲墜，扶住椅子，晃了兩晃，便倒在椅上。李沅芷驚叫：「老師！」陸高止說得一聲：「關上門，別做聲！」就閉上眼不言不語了。李沅芷究是將門之女，平時掄刀使槍慣了的，雖然驚慌，還是依言關上了門。

陸高止緩了一口氣，說道：「沅芷，你我師生三年，總算相處不錯。我本以爲緣份已盡，那知還要碰頭。我這件事性命攸關，你能守口如瓶，一句不漏嗎？」說罷雙目炯炯，直望著她。李沅芷道：「老師，我聽你吩咐。」陸高止道：「你對令尊說，我病了，要休息半個月。」李沅芷答應了。陸高止又道：「你要令尊不用請大夫，我自己會調理。」隔了半晌，道：「你去吧！」

陸高止待李沅芷走後，掙扎著取出刀傷藥敷上左肩，用布纏好，不想這一費勁，眼前一黑，竟「哇」地吐了一大口血。

原來這位教書先生陸高止眞名陸菲青，是武當派的大俠，壯年時在大江南北行俠仗義，名震江湖，原是屠龍幫中一位響噹噹人物。屠龍幫是反清的秘幫，在雍正初年聲勢甚是浩大，後來雍正、乾隆兩朝厲行鎭壓，到乾隆七八年時，屠龍幫終於落得瓦解冰消。陸菲青遠走邊疆。當時清廷曾四下派人追拿，他為人機警，兼之武功高強，得脫大難，但清廷繼續嚴加查緝。陸菲青想到「大隱隱於朝，中隱隱於市、小隱隱於野」之理，混到李可秀府中設帳教讀。清廷派出來搜捕他的，只想到在各處綠林、寺院、鏢行、武場等地尋找，那想得到官衙裏一位文質彬彬的教書先生，竟是武功卓絕的欽犯。

那晚陸菲青心想行藏已露，此地不可再居，決定留書告別。他行囊蕭然，只隨身幾件衣服，把一口白龍劍裹在裏面，打了個包裹，等到二更時分，便擬離去，別尋善地。

他盤膝坐在床上，閉目養神，遠遠聽到巡更之聲，忽然窗外一響，有人從牆外躍入。陸菲青躍下床來，隨手將長袍一角拽起，塞在腰帶裏，另一手將白龍劍輕輕拔出。

只聽得窗外一人朗聲發話道：「陸老頭兒，一輩子在這裏做縮頭烏龜，人家就找你不到嗎？乖乖跟爺們上京裏打官司去吧！」陸菲青心知來人當非庸手，也決不止一人，敵人在外以逸待勞，不出去不行，從窗中出去則立遭攻擊，當下施展壁虎遊牆功，悄聲沿壁直上，抓住天窗格子，喀喀兩聲，拉斷窗格，運氣揮掌一擊，於瓦片紛飛之中跳上屋頂。下面的人「咦」了一聲，一枝甩手箭打了上來，大叫：「相好的，別跑。」陸菲青側身讓過，低聲喝道：「朋友，跟我來。」展開輕功提縱術向郊外奔去，回頭只見三條人影先先後後的追來。

他一口氣奔出六七里地。身後三人邊追邊罵：「喂，陸老頭兒，虧你也算是個成名人物，這麼不要臉，想就此開溜嗎？」陸菲青渾不理睬，將三人引到扶風城西一個山崗上來。

他把敵人引到荒僻之地，以免驚動了東家府裏，同時把來人全數引出，免得己在明而敵在暗，中了對方暗算，奔跑之際，也可察知敵方人數和武功強弱。他腳下加緊，頃刻之間又趕出十餘丈，聽著追敵的腳步之聲，已知其中一人頗爲了得，餘下二人卻是平庸之輩。

陸菲青上得崗來，將白龍劍插入劍鞘。三名追敵先後趕到，見他止步轉身，也不敢過份逼近，三人丁字形站著，一人在前，兩人稍後。陸菲青於月光下凝目瞧在前那人，見他五十上下年紀，又矮又瘦，黑黝黝一張臉，兩撇燕尾鬚，長不盈寸，精幹壯健，相貌依稀熟悉。他身後兩人一個身材甚高，另一人是個胖子。

那瘦子當先發話道：「陸老英雄，一晃十八年，可還認得焦文期麼？」陸菲青心中一凜：「果然是他？」

原來焦文期是關東六魔中的第三魔，十八年前在直隸濫殺無辜，給陸菲青撞上了，出手制止，當時手下留情，未曾趕盡殺絕，只打了他一掌。焦文期引爲奇恥大辱，誓報此仇，這次受了江南一家官宦巨室之聘，赴天山北路尋訪一個要緊人物，西來途中，無意間和陸菲青朝了相，認出了他，於是率領了陝西巡撫府中兩名高手，也不通知當地官府和李可秀，逕自前來尋仇拿人。

陸菲青拱手道：「原來是焦三爺，十多年不見，竟認不出來了。這兩位是誰，焦三爺給我引見引見。」焦文期皮笑肉不笑的哼了一聲，指著那胖子道：「這是我盟弟羅信，人稱鐵臂羅漢。」指著那高身材的人道：「這是兩湖豪傑玉判官貝二爺貝人龍。你們多親近親近。」羅信說了聲：「久仰。」貝人龍卻抬頭向天，微微冷笑。

陸菲青道：「三更半夜之際，竟勞動三位過訪，眞正意想不到。卻不知有何見教？」

焦文期冷然道：「陸老英雄，十八年前，在下拜領過你老一掌之賜，這只怨在下學藝不精，總算骨頭硬，命不該絕，這幾年來多學到了三招兩式的毛拳，又想請你老別見笑，再行指點指點，這是爲私。你老名滿天下，朝廷裏要請你去了結幾件公案。我兄弟三人專誠拜訪，便是來促請大駕，這是爲公。」

陸菲青明知今晚非以武力了斷不可，但他爲人本就深沉，這些年來飽經憂患，處事更加穩重，拱手說道：「焦三爺，你我都是五六十歲的人了。當年在下得罪了你，這裏給你賠禮了！」說罷深深一揖。貝人龍「呸」了一聲，大聲罵道：「不要臉！」

陸菲青眸子一翻，冷冷的盯住了他，森然道：「陸某行走江湖，數十年來薄有微名，平生可沒做過一件給武林朋友們瞧不起的事。」轉頭向焦文期道：「焦三爺說找在下既是爲私，亦復爲公。當年咱們年輕好勝，此刻說來不值一笑。你焦三爺要算當年的過節，我這裏給你賠過了禮。至於說到公事，姓陸的還不致於這麼不要臉，去給滿清韃子做鷹犬。你們要拿我這幾根老骨頭去升官發財，嘿嘿，請來拿吧！」他目光依次從三人臉上掃過，說道：「三位是一齊上呢？還是那一位先上？」

大胖子羅信喝道：「有你這麼多說的！」衝過來對準陸菲青面門就是一拳。陸菲青不閃不讓，待拳到面門數寸，突然發招，左掌直切敵人右拳脈門。羅信料不到對方來勢如此之快，連退三步，陸菲青也不追趕，羅信定了定神，施展五行拳又猛攻過來。

焦文期和貝人龍在一旁監視，兩人各有打算。焦文期是一心報仇，這些年來在鐵琵琶手上痛下功夫，本領已大非昔比，但當年領教過陸菲青的無極玄功拳，眞是非同小可，他想先讓羅信和貝人龍耗去對手大半氣力，自己再行上場，便操必勝。貝人龍卻只盼拿到欽犯，好讓巡撫給自己保薦一個功名。

羅信五行拳的拳招全取攻勢，一招甫發，次招又到，一刻也不容緩，金、木、水、火、土五行相生相長，連續不斷。他數擊不中，突發一拳，使五行拳「劈」字訣，劈拳屬金，劈拳過去，又施「鑽」拳，鑽拳屬水，長拳中又叫「沖天炮」，沖打上盤。陸菲青的招術則似慢實快。一瞬之間兩人已拆了十多招。以羅信的武功，怎能與他拆到十招以上？只因陸菲青近年來養氣自晦，知道羅信這些人只是貪圖功名利祿，天下滔滔，實是殺不勝殺，是以出手之際，頗加容讓。

這時羅信正用「崩」拳一掛，接著「橫」拳門胸，忽然不見了對方人影，急忙轉身，見陸菲青已繞到身後，情急之下，便想拉他手腕。他自恃身雄力大，不怕和對方硬拚，那知陸菲青長袖飄飄，倏來倏往，非但抓不到他手腕，連衣衫也沒碰到半點。羅信發了急，拳勢突變，以擒拿手雙手急抓。陸菲青也不還招，只在他身邊轉來轉去。數招之後，羅信見有可乘之機，右拳揮出，料到陸菲青必向左避讓，隨即伸手向他左肩抓去，一抓竟然到手，心中大喜，急忙加勁迴拉，那知便這麼一使勁，自己一個肥大的身軀竟爾平平的橫飛出去，蓬的一聲，重重實實的摔在兩丈之外。他但覺眼前金星亂迸，雙手急撐，坐起身來，半天摸不著頭腦，傻不愣的坐著發呆，喃喃咒罵：「媽巴羔子，奶奶雄，怎麼攪的？」

原來陸菲青使的是內家拳術中的上乘功夫，叫做「沾衣十八跌」。功力深的，敵人只要一沾衣服，就會直跌出去，乃當年「千跌張」傳下的秘術，其實也只是借勢運勁之法。陸菲青的功力還不能令敵人沾衣就跌，但羅信出盡氣力抓拉，手一沾身使力，就被他借勁摜出。

焦文期雙眉微皺，低聲喝道：「羅賢弟起來！」貝人龍默不作聲，冷不防的撲上前去，使招「雙龍搶珠」，雙拳向陸菲青擊去。只見陸菲青身子晃動，人影無蹤，隨覺背上被人一拍，只聽得背後說道：「你再練十年！」

貝人龍急轉迴身，又不見了陸菲青，忙想轉身，不意臉上啪啪兩聲，中了兩記耳光，手勁奇重，兩邊臉頰登時腫了起來。陸菲青喝道：「小輩無禮，今日教訓教訓你。」只因貝人龍適才言語刻薄，是以陸菲青一上來便以奇快的身法打他一個下馬威。這背上一拍，臉上兩掌，只消任何一招中稍加勁力，貝人龍便得筋碎骨斷，立時斃命。但他是武林前輩，也不和這些人一般見識。

焦文期眼見貝人龍吃虧，一個箭步跳上，人尚未到，掌風先至。陸菲青知道這關東六魔中第三魔非其餘二人可比，不敢存心戲弄，當下施展本門無極玄功拳，小心應付。焦文期的鐵琵琶手近年來功力大進，一記「手揮五絃」向陸菲青拂去，掌指似乎輕飄無力，可是虛虛實實，柔中帶剛，一臨近身就駢指似鐵，實兼鐵沙掌和鷹爪功兩家之長。

陸菲青見焦文期功力甚深，頗非昔比，低喝一聲：「好！」一個「虎縱步」，閃開正面，踏上一步，已到了焦文期右肩之側，右掌一招「刖手」，向他右腋擊去。焦文期急忙側身分掌，「琵琶遮面」，左掌護身，右手「刀槍齊鳴」，弓起食中兩指向陸菲青點到。拆得七八招，陸菲青身形稍矮，一個「印掌」，掌風颯然，已沾對方前襟。他心存厚道，見焦文期數十年功力，不忍使之廢於一旦，這一掌只使了五成力，盼他自知慚愧，就此引退。

陸菲青手下留情，這一掌蘊勁回力，去勢便慢。焦文期明知對方容讓，竟然趁勢直上，乘著陸菲青哈哈一笑、手掌將縮未縮、前胸門戶洞開之際，突然左掌「流泉下山」，五指已在他左乳下猛力戳去。陸菲青出於不意，無法閃避，竟中了鐵琵琶手的毒招。但他究是武當名家，雖敗不亂，雙掌錯動，封緊門戶，連連解去焦文期的隨勢進攻，穩步倒退，一面調神凝氣，不敢發怒，自知身受重傷，稍有暴躁，今夜難免命喪荒山。

焦文期得手不容情，那肯讓對方有喘息之機，「銀瓶乍破」、「鐵騎突出」，鐵琵琶手中的厲害招術一招緊似一招。陸菲青低哼一聲，白龍劍出手，唰唰唰三招，全是進手招數。焦文期連閃帶跳，避了開去，大叫：「併肩子上啊，老兒要拚命！」

貝人龍更不打話，一對吳鉤劍分上下兩路，左奔咽喉，右刺前陰，向陸菲青攻來。吳鉤劍名雖是劍，實是雙鉤，不過鉤頭上多了一個劍尖，除了鉤法中的勾、拉、鎖、帶之外，還夾著雙劍的路子。雙鉤不屬十八般兵器之內，極爲陰狠難練，初學時稍有疏虞，不是被月牙護手所傷，便是拗勁掣肘，發不出招，但練成了之後，招數卻著實厲害。陸菲青見雙鉤一出，當即留神，展開柔雲劍術中「杏花春雨」、「三環套月」，接連進擊。羅信取出七節鋼鞭，衝上夾擊，力大招沉。陸菲青不敢以劍刃硬碰鋼鞭，劍走輕靈，削他手指。羅信「啊」的一聲，跳了開去。焦文期鐵牌一拍，錚錚有聲，往向陸菲青後腦砸去。

焦文期是在洛陽韓家學的武藝。韓家鐵琵琶手至韓五娘而臻大成，除掌法外，兵器用的是一隻精鐵打成的琵琶。這琵琶兩邊鋒利，攻時如板斧，守時作盾牌，琵琶之腹中空，藏有十二枚琵琶釘，一物三用，端的厲害。焦文期嫌琵琶是女子彈弄之物，在江湖上使用出來，給口齒輕薄之人損上幾句可受不了，是以別出心裁，打造了一面鐵牌，形狀雖異，使用手法和師門所傳的鐵琵琶並無二致。

陸菲青聽得腦後風生，側首向左，鐵牌打空，回手長劍刺出。他柔雲劍術連綿不斷，焦文期橫鐵牌硬擋，白龍劍順著鐵牌之勢攻削而前。武術中不論拳腳還是兵器，一招既出，再次出招，自必收回再發，柔雲劍術的妙詣卻在一招之後，不論對方如何招架退避，第二招順勢跟著就來，如柔絲不斷，春雲綿綿。

貝人龍和羅信見焦文期被逼得手忙腳亂，忙從陸菲青身後左右攻上，三人一牌一鞭一對雙鉤，將他裹在中間。陸菲青這時胸口隱隱作痛，知道內傷起始發作，柔雲劍術雖然厲害，可是剛將一人纏住，另外二人立即從側面擊來，不得不分手招架，心道：「不想我陸菲青一世英雄，今日命喪鼠輩之手。」自忖心存忠厚，反遭暗算，不禁憤火中燒，一個氣往上衝，竟爾迭遇險招，沉氣轉念，眼見今日落敗，須當先脫此難，養好傷後，再報此仇不遲。他打算已定，既不求當場斃敵，便即心平氣和，內家武功講究的是心穩神定，這一凝神，一柄白龍劍四面八方將自身籠罩住了，任憑對方三人如何變招，再也攻不進來。

羅信叫道：「焦三哥，咱們纏住他，打不贏，還怕累不死他嗎？」焦文期道：「對。待會兒羅兄弟割了老兒的頭去請功。」貝人龍道：「他那把劍好，焦三爺，我要了成麼？」他三人一吹一唱，竟把陸菲青當作死人看待，明著是要激他個心浮氣粗。

陸菲青向羅信唰唰兩劍，待他急閃退避，露出空隙，白龍劍「滿天花雨」四下圈揮，一個箭步，跳了開去。羅信狂喊：「不好，老兒要扯呼！」陸菲青展開輕功提縱術，向山下跑去，既已脫出包圍，料得這三人輕功不及自己，再也追趕不上。焦文期一按鐵牌上機括，三枚琵琶釘帶著一股勁風向他背心射來。陸菲青揮劍打飛射向上盤的兩枚琵琶釘，雙腳跳起，躲開了射向下三路的一枚。他知琵琶釘上全是倒刺，一射進肉裏，有如生根，如用力扯拔，非連肉拉下來一大塊不可，若伸手去接，亦上大當。他躲過暗器，正想飛奔下山，腳下一個踉蹌，一口氣竟然提不上來，同時胸口劇痛，眼前一片昏黑。

焦羅貝三人見他腳步散亂，知他內傷發作，心中大喜，又圍了上來。陸菲青舞劍奮戰，四人又拆了十幾招。陸菲青只覺右膀每一用力，便牽連左胸劇痛，當下劍交左手，一路左手劍向焦文期逼去。他這左手劍使的全是反手招術，和尋常劍術反其道而行，焦文期出其不意，連退數步。陸菲青得此良機，左手劍「白虹貫日」向貝人龍刺去。貝人龍識得此招，向右閃讓，不料左手劍方位相反，他向右閃，左手劍順手跟來。貝人龍大駭，躲避不及，急中生智，一摔倒地，幾個翻身，滾了開去。陸菲青正待要趕，腦後風生，羅信的鋼鞭「泰山壓頂」砸了下來，陸菲青雙腳不動，上身左讓，伸手疾探，快如閃電，已點中羅信的「幽門穴」，羅信的鋼鞭仍然猛砸而下，但穴道被點，登時軟倒，五指伸開，鋼鞭餘勢不衰，打在山石之上，火花四濺，反彈起來。就在此時，焦文期的三枚琵琶釘已飛到背後，陸菲青聽得暗器風聲勁急，向前縱跳或左右趨避都已不及，隨手拉起軟癱在地的羅信一擋。「嘿」的一聲，三枚琵琶釘兩中前胸，一中小腹，羅信登時斃命。焦文期見暗器反而傷了自己盟弟，急怒攻心，提起鐵牌，狠狠向陸菲青砸去。

貝人龍挺雙鉤又攻上來，陸菲青長劍刺出，貝人龍見劍勢凌厲，向左躍開，焦文期鐵牌跟著砸到。陸菲青眼見如回身招架，貝人龍勢必又上，敵人雖已少了一個，自己傷處卻也越來越痛，當下並不回頭，俯身向前，將鐵牌來勢消了大半，可是畢竟未能全避，鐵牌刃鋒在他左肩劃了一條大口子。焦文期正在大喜當口，忽見白光閃動，白龍劍在面前急掠而過，直向貝人龍飛去。貝人龍大驚，舉吳鉤劍一擋，雖然擋到，但陸菲青用足功力，以大摔碑手重手法擲出，吳鉤之力未能擋開，白龍劍自他前胸刺入，後背穿出，竟將他釘在地下。

便在這一瞬之間，陸菲青突然回身，焦文期未及收回鐵牌，只感到臉上一陣劇痛，眼前發黑。原來陸菲青肩上受他鐵牌一擊，飛擲長劍，回手甩出一把芙蓉金針向他臉上射去，這一下相距既近，出手又快，金針衆多，萬萬無法閃避，焦文期雙目全被打瞎。陸菲青乘他雙手在臉上亂抓亂摸之際，一個連枝交叉步，雙拳「拗鞭」，當堂將他斃於拳下。

陸菲青施展平生絕技，以點穴手、大摔碑手、芙蓉金針，剎那間連斃三敵。

荒山上寒風凜冽，一勾殘月從雲中現出，照見橫在亂石上的三具屍首，遠林中夜梟怪聲淒叫，他近十年來手下已沒殺過人，這一次被迫斃敵，不禁搖了搖頭，撕下衣襟，包了左肩上的傷口，靜立調勻呼吸，然後拔起寶劍，拭淨入鞘。他生恐留下了線索，把焦文期臉上金針起出收好，然後把三具屍體拋入荒山崗下。

當時氣喘力竭，全身血污，自忖如去投店，必定引人疑心，還是回到李家換衣洗淨之後再行離去，那知李沅芷清晨已在書房。等李沅芷退出，他一倒上床，胸口奇痛，竟自昏了過去。也不知過了多少時候，迷迷糊糊中只覺得有人相推，聽得有人呼叫：「老師！老師！」他緩緩睜眼，見李沅芷站在床前，一臉驚疑之色，旁邊還有一位大夫。

經過兩個多月的調養，仗著他內功精純，再加李沅芷央求父親聘請名醫，購買良藥，內傷終於治好了。這兩個多月中李沅芷妥為護侍，盡心竭力。

這一日，陸菲青支使開了書僮，對李沅芷道：「沅芷，我是甚麼樣的人，雖然你未必清楚，但也不見得完全不知。這次我遭逢大難，你這般盡心服侍，大丈夫恩怨分明，我可不能一走了之啦。那手金針功夫就傳給你吧。」李沅芷大喜，跪下來恭恭敬敬的叩了八個頭，她跟陸菲青讀書學文，本已拜過師，這時是二次拜師。陸菲青微笑著受了，說道：「你悟性甚高，學我這派武功原是再好不過。只是……」說到這裏，沉吟不語。

李沅芷忙道：「老師，我一定聽你的話。」陸菲青道：「令尊的所作所為，老實說我是大大的不以為然，將來你長大成人，盼你明辨是非，分得清好歹。你拜我為師，就須嚴守師門戒條，可做得到嗎？」李沅芷道：「弟子不敢違背老師的話。」陸菲青道：「你將來要是以我傳你的功夫為非作歹，我取你小命易如反掌。」他說這句話時聲色俱厲，李沅芷嚇得不敢做聲，過了一會，笑道：「師父，我乖乖的，你怎捨得殺我呢？」

從那天起，陸菲青便以武當派的入門功夫相授，教她調神練氣，先自十段錦練起，再學三十二勢長拳，既培力，亦練拳，等到無極玄功拳已有相當火候，再教她練眼、練耳、打彈子、發甩手箭等暗器的基本功夫。匆匆兩年有餘，李沅芷既用功又聰明，進步極快。其時李可秀已調任甘肅安西鎮總兵。安西北連哈密，西接大漠，乃關外重鎮。

再過兩年多，陸菲青把柔雲劍術和芙蓉金針也都教會了她。這五年之中，李沅芷把金針、劍術、輕功、拳技，都學了個全，所差的就是火候未到，經驗不足。她遵從師父吩咐，跟他學武之事一句不露，每天自行在後花園習練，好在她自小愛武，別人也不生疑。大小姐練武功，女使看了不懂，男僕不敢多看。

李可秀精明強幹，官運亨通，乾隆二十三年在平定伊犁一役中有功，朝旨下來，升任浙江水陸提督，節制定海、溫州等五鎮，統轄提標五營，兼轄杭州等城守協，太湖、海寧等水師營。李沅芷自小生長在西北邊塞之地，現今要到山明水秀的江南去，自是說不出的高興，磨著陸菲青同去。陸菲青離內地已久，想到舊地重遊，良足暢懷，也就欣然答應。

李可秀輕騎先行赴任，撥了二十名親兵、一名參將護送家眷隨後而來。參將名叫曾圖南，年紀四旬開外，微留短鬚，精神壯旺，體格雄健，使一手六合槍。他是靠眞本領和軍功升上來的，很得李可秀信任。

一行人帶十幾匹騾馬。李夫人坐在轎車之中。李沅芷長途跋涉，整天坐在轎車裏嫌氣悶，但是官家小姐騎了馬拋頭露面，到底不像樣，於是改穿了男裝，這一改裝，竟是異樣的英俊風流，說甚麼也不肯改回女裝。李夫人只好笑著嘆口氣，由得她了。

這一日夕陽西垂，陸菲青騎在馬上，遠遠落在大隊之後，縱目四望，只見夜色漸合，長長的塞外古道上，除了他們這一大隊騾馬人伙外，惟有黃沙衰草，陣陣歸鴉。驀地裏一陣西風吹來，陸菲青長吟道：「將軍百戰身名裂，向河梁，回首萬里，故人長絕。易水蕭蕭西風冷，滿座衣冠似雪。正壯士悲歌未徹……」心道：「辛稼軒這首詞，正可爲我心情寫照。當年他也如我這般，眼見莽莽神州淪於夷狄，而虜勢方張，規復難期，百戰餘生，兀自慷慨悲歌。」這時他已年近六十，雖然內功深湛，精神飽滿，但鬚眉皆白，又想：「我滿頭鬚髮似雪，九死之餘，只怕再難有甚麼作爲了。」馬鞭一揮，縱馬追上前去。

騾隊翻過一個山崗，眼看天色將黑，騾夫說再過十里地就到雙塔堡，那是塞外一個大鎭，預定當晚到鎭上落店。正在此時，陸菲青忽聽得一陣快馬奔馳之聲，前面征塵影裏，兩匹棗騮馬八蹄翻飛，奔將過來，眨眼之間已旋風似的來到跟前。馬上兩人伏腰勒韁，斜刺裏從騾隊兩旁直竄過去。

陸菲青在一照面中，已看出這兩人一高一矮，高者眉長鼻挺，臉色白淨，矮者滿臉精悍之氣。他拍馬追上李沅芷，低聲問道：「這兩人你看清楚了麼？」李沅芷喜道：「怎麼？是綠林道麼？」她巴不得這二人是劫道的強徒，好顯一顯五年來辛辛苦苦學得的本領。陸菲青道：「現下還瞧不準，不過看這兩人的身手，不會是綠林道探路的小夥計。」李沅芷奇道：「這兩人武功挺好？」陸菲青道：「瞧他們的騎術，多半不是庸手。」

大隊快到雙塔堡，對面馬蹄聲起，又是兩乘馬飛奔而來，掠過騾隊。陸菲青道：「咦，這倒奇了。」這時暮靄蒼茫，一路所經全是荒漠窮鄉，眼見前面就是雙塔堡，怎麼這時反而有人從鎮上出來，除非身有要事而存心趕夜路了。

行不多久，騾隊進鎮，曾參將領著騾隊轎車，逕投一家大店。

李沅芷和母親住著上房。陸菲青住了間小房，用過飯，店夥掌上燈，正待休息，夜闌人靜，犬吠聲中，隱隱聽得遠處一片馬蹄之聲。陸菲青暗想：「這時候還緊自趕路，到底有甚麼急事？」追思路上接連遇到的四人，暗忖這事有些古怪。蹄聲得得，越行越近，直奔到店前，馬蹄聲一停，敲門聲便起。只聽得店夥開門，說道：「你老辛苦。茶水酒飯都預備好啦，請進來用吧！」一人粗聲說道：「趕緊給餵馬，吃了飯還得趕路。」店夥連聲答應。腳步聲進店，聽來共是兩人。

陸菲青心下思量：這夥人一批批奔向安西，看他們馬上身法都是身負武功之人，在塞外這多年，這樣的事兒倒還眞少見。他輕輕出了房門，穿過三合院，繞至客店後面，只聽得剛才粗聲說話那人道：「三哥，你說少舵主年紀輕輕，這夥兄弟他鎮得住麼？」陸菲青循聲走到窗下，他倒不是存心竊聽別人陰私，只是這夥人路道奇特，自己身上負著重案，不得不處處小心提防。只聽屋裏另一人道：「鎮不住也得鎮住。這是老當家遺命，不管少舵主成不成，咱們總是赤膽忠心的保他。」這人出聲洪亮，中氣充沛，陸菲青知他內功精湛，不敢弄破窗紙窺探，只屏息傾聽。只聽那粗嗓子的道：「那還用說？就不知少舵主肯不肯出山。」另一人道：「那倒不用擔心，老當家的遺命，少舵主自會遵守。」他說這個「守」字，帶了南方人的濃重鄉音。

陸菲青心中一震：「怎地聲音好熟？」仔細一琢磨，終於想起了，那是從前在屠龍幫時的好友趙半山。那人比他年輕十歲，是溫州王氏太極門掌門大弟子。兩人時常切磋武藝，互相都很欽佩。至今分別近二十年，算來他也快五十歲了。屠龍幫風流雲散之後，一直不知他到了何處，不意今日在塞外相逢，他鄉遇故知，這份欣慰不可言喻。他正想出聲認友，忽然房中燈火陡黑，一枝袖箭射了出來。

這枝袖箭可不是射向陸菲青，人影一閃，有人伸手把袖箭接了去。那人一長身，張口便欲叫陣。陸菲青縱身過去，低聲喝道：「別作聲，跟我來！」那人正是李沅芷。窗內毫無動靜，沒人追出。

陸菲青拉著她手，蛇行虎伏，潛行窗下，把她拉入自己店房。燈下一看，見她已換上了夜行裝束，但仍是男裝，也不知是幾時預備下的，臉上一副躍躍欲試的神情，不禁又好氣又好笑，當下莊容說道：「沅芷，你知那是甚麼人？幹麼要跟他們動手？」這一下可把李沅芷問得張口結舌，答不上來，呆了半晌，才忸怩道：「他們幹麼打我一袖箭？」她自是只怪別人，殊不知自己偷聽旁人陰私，已犯了江湖大忌。陸菲青道：「這兩人如不是綠林道，就是幫會中的。內中一人我知道，武功決不在你師父之下。他們定有急事，是以連夜趕路。這枝袖箭也不是存心傷人，只不過叫你別多管閒事。眞要射你，怕就未必接得住。快去睡吧。」說話之間，只聽開門聲、馬蹄聲，那兩人已急速走了。給李沅芷這樣一鬧，陸菲青心想這時去會老友，多有不便，也不追出去相見。

次日騾隊又行，出得鎭來，走了一個多時辰，離雙塔堡約已三十里。李沅芷道：「師父，對面又有人來了。」只見兩騎棗紅馬奔馳而來。有了昨晚之事，師徒倆對迎面而來之人都留上了心。兩匹馬一模一樣，神駿非凡，更奇的是馬上乘客也一模一樣，都是四十左右年紀，身裁又高又瘦，臉色蠟黃，眼睛凹進，眉毛斜斜的倒垂下來，形相甚是可怖，顯然是一對孿生兄弟。

這兩人經過騾隊時都怪目一翻，向李沅芷望了一眼。李沅芷也向他們瞪了個白眼，把馬一勒，一副要打架不妨上來的神色。這兩人毫不理會，逕自催馬西奔。李沅芷道：「那裏找來這麼一對瘦鬼？」

陸菲青見這兩人的背影活像是兩根竹竿插在馬上，驀地醒覺，不由得失聲道：「啊，原來是他們！」李沅芷忙問：「師父識得他們？」陸菲青道：「那定是西川雙俠，江湖上人稱黑無常、白無常的常家兄弟。」李沅芷噗嗤一笑，說道：「他們姓得眞好，綽號也好，可不是一對無常鬼嗎？」陸菲青道：「女孩子家別風言風語的，人家長得難看，本領可不小！我跟他們沒會過面，但聽人說，他倆是雙生兄弟，從小形影不離。哥兒倆也不娶親，到處行俠仗義，闖下了很大的萬兒來。尊敬他們的稱之爲西川雙俠，怕他們的就叫他倆黑無常、白無常。」李沅芷道：「這兩人不是一模一樣嗎？怎麼又有黑白之分？」

陸菲青道：「聽人說，常家兄弟身材相貌完全一樣，就是哥哥眼角上多了一粒黑痣，是以起名叫做常赫志，弟弟沒痣，叫常伯志。他們是青城派慧侶道人的徒弟。慧侶道人一死，黑沙掌的功夫，江湖上多半沒人在他二人之上了。這兩兄弟是川江上著名的俠盜，一向劫富濟貧，不過心狠手辣，因此得了這難聽的外號。」李沅芷道：「他們到這邊塞來幹麼呀？」陸菲青道：「我也眞捉摸不定，從來沒聽說他兩兄弟在塞外做過案。」李沅芷道：「這對無常鬼要是敢來動我們的手，就讓他們試試師父的白龍劍。」剛才這對兄弟瞪了她一眼，姑娘心中可不樂意了，不好意思說「試試姑娘的寶劍」，就把師父先給拉扯上。陸菲青道：「聽說他兄弟從不單打獨鬥，對付一個是兩哥兒齊上，對付十個也是兩哥兒齊上。」他乾笑一聲，說道：「你師父這把老骨頭，怕經不起他們四隻手掌敲打呢！」

說話之間，前面馬蹄聲又起。這次馬上乘的是一道一俗。道人背負長劍，臉色蒼白，滿是病容，只有一隻右臂，左手道袍空空的袖子束在腰裏。另一人是個駝子，衣服極爲光鮮。李沅芷見這駝子相貌醜陋，服飾卻如此華麗，不覺笑了一聲，說道：「師父，你瞧這駝子！」陸菲青待要阻止，已然不及。

那駝子怒目橫瞪，雙馬擦身而過之際，突然伸臂向李沅芷抓來。那道人似乎早料到駝子要生氣，不等李沅芷避讓，就伸馬鞭一擋，攔開了他這一抓，說道：「十弟，不可鬧事！」這只是一瞬間之事，兩匹馬已交錯而過。

陸菲青和李沅芷回頭望去，只見駝子揮鞭在他自己和道人的馬上各抽一鞭，兩匹馬疾馳而前，那駝子突然間一個「倒栽金鐘」，在馬背上一個倒翻觔斗，跳下地來，雙腳在地上交互三點，已向李沅芷撲了過來。李沅芷長劍在手，謹守師父所授「敵未動，己不動」的要訣，劍尖微顫，卻不發招。那駝子可也奇怪，並不向她攻擊，左手探出，竟一把拉住她坐騎的尾巴。那馬正在奔馳，忽被拉住，長嘶一聲，前足人立起來。駝子神力驚人，只給馬拉得衝前兩步，伸出右掌，在拉得筆直的馬尾上一劃，馬尾立斷，有如經刀割。馬匹直衝出去，李沅芷嚇了一跳，險些掉下馬來。她回手揮劍向駝子砍去，距離已遠，卻那裏砍得著？駝子回頭便跑。他身矮足短，奔跑卻是極快，有如滾滾黃沙中裹著一個肉球向前捲去，頃刻間已追及那疾馳向西的坐騎，飛躍上馬，不一會就不見蹤影了。

李沅芷被駝子這麼一鬧，氣得想哭，委委屈屈的叫了一聲：「師父！」

陸菲青一切全瞧在眼裏，不由得蹙起眉頭，本想埋怨幾句，但見她雙目瑩然，珠淚欲滴，就忍住不說了。

正在這時，忽聽身後傳來一陣「我武——維揚——」「我武——維揚——」的喊聲。

李沅芷甚是奇怪，忙問：「師父，那是甚麼？」陸菲青道：「那是鏢局裏趟子手喊的趟子。每家鏢局子的趟子不同，喊出來是通知綠林道和同道朋友。鏢局走鏢，七分靠交情，三分靠本領，鏢頭手面寬，交情廣，大家賣他面子，這鏢走出去就順順利利。綠林道的聽得趟子，知是某人的鏢，本想動手拾的，礙於面子也只好放他過去。這叫作『拳頭熟不如人頭熟』。要是你去走鏢哪，嘿，這樣不上半天就得罪了多少人，本領再大十倍，那也是寸步難行。」李沅芷一聽，敢情師父是借題發揮，在教訓人啦，心道：「我幹麼要去走鏢哪？」可是不敢跟師父頂嘴，笑道：「師父，我是錯了嘛！師父，那喊的是甚麼鏢局子啊？」陸菲青道：「那是北京鎮遠鏢局，北方可數他最大啦。奉天、濟南、開封、太原都有分局。總鏢頭本是威鎮河朔王維揚，現下總有七十歲了罷？聽他們喊的趟子仍是『我武維揚』，那麼他還沒告老收山。唉，見好也該收了，鎮遠鏢局發了四十年財，還不知足麼？」

李沅芷道：「師父識得他們總鏢頭麼？」陸菲青道：「也會過面。此人憑一把八卦刀、一對八卦掌，當年打遍江北綠林無敵手，也眞稱得上威震河朔！」李沅芷很是高興，道：「他們鏢車走得快，待會兒趕了上來，你給我引見，讓我見見這位老英雄。」陸菲青道：「他自己怎麼還會出來？眞是傻孩子。」

李沅芷老是給師父數說，滿不是味兒，她知自己江湖上的事情全然不懂，心裏嘀咕：「我不懂，就說給我聽嘛，幹麼老罵人家？」拍馬追上騾車去和母親說話解悶，回頭一看自己的馬，尾巴給駝子弄斷了，也不禁暗暗吃驚，心想一掌打斷一桿槍並不稀奇，馬尾巴是軟的，怎能用手割斷？勒馬想等師父上來請問，一轉念間，又賭氣不問了，追上了曾圖南，道：「曾參將，我的馬尾巴不知怎麼斷了，眞難看。」說著嘟起了嘴。曾圖南知她心意，道：「我這坐騎不知怎麼搞的，今兒老是鬧倔脾氣，說甚麼也制牠不了。小姐騎術好，勞你的駕，幫我治一下行麼？」李沅芷謙遜一句：「怕我也不成。」兩人換了坐騎。曾參將那馬其實乖乖的，半點脾氣也沒有。曾參將還讚一句：「小姐，眞有你的，連馬也服你。」

李夫人怕大車走快了顚簸，是以這隊人一直緩緩而行。但聽得鏢局的趟子聲越喊越近，不一會，二十幾匹騾馱趕了上來。

陸菲青怕有熟人，背轉了身，將一頂大草帽遮住半邊臉，偷看馬上鏢師。七八名鏢師縱馬經過，只聽一名鏢師道：「聽韓大哥說，焦文期焦三哥已有了下落。」陸菲青吃了一驚。回頭看那鏢師，晃眼間只看到他滿臉鬍子，黑漆漆的一張長臉，等他擦身而過，見他背上負著一個紅布包袱，還有一對奇形兵器，竟是外門中的利器五行輪，尋思：「遮莫關東六魔做了鏢師？」關東六魔除焦文期外，其餘五人都未見過，只知盡皆武藝高強，五魔閻世魁、六魔閻世章都使五行輪，外家硬功夫甚是了得。

他心下盤算，這次出門來遇到不少武林高手，鎭遠鏢局看情形眞的是在走鏢，那也罷了，另外那些人倘若均是爲已而來，可不免凶多吉少，避之猶恐不及，偏偏這個女弟子少不更事，不斷去招惹人家。不過看情形又不像是爲自己而來，趙半山是好朋友，決不致不念舊情。那麼他們一批一批西去，又爲的何來？

李沅芷和曾參將換了坐騎，見他騎了沒尾巴馬，暗自好笑，勒定了馬等師父過來，笑道：「師父，怎麼對面沒人來了？從昨天算起，已有五對人往西去了，我倒眞想再見識見識幾位英雄好漢。」

一句話提醒了陸菲青，他一拍大腿，說道：「啊，老胡塗啦，怎麼沒想到『千里接龍頭』這回事。」只因心中掛著自己的事，儘往與自己有關的方面去推想，那知全想岔了。李沅芷道：「甚麼『千里接龍頭』？」陸菲青道：「那是江湖上幫會裏最隆重的禮節，通常是幫會中行輩最高的六人，一個接著一個前去迎接一個人，最隆重的要出去十二人，一對一對的出去。現今已過了五對，那麼前面一定還有一對。」李沅芷道：「他們是甚麼幫會？」陸菲青道：「這可不知道了。」又道：「你看西川雙俠和那駝子都是這幫會的，聲勢當眞非同小可。千萬別再招惹，知道麼？」李沅芷嘴上答應，心裏可大不服氣，一心要看看前面來的又是何等樣人。

午時打過了尖，對面仍無人來，陸菲青暗暗納罕，覺得事出意外，難道所料不對？心想連趙半山都是這幫會中人，這幫會自是十分了不起，自己十年來隱姓埋名，與江湖朋友不通聲氣，江湖上的大事全無知聞，眞正是老得不中用了。正自暗暗嘆氣，豈知前面沒人來，後面倒來了人，只聽得一陣駝鈴響，塵土飛揚，一大隊沙漠商隊趕了上來。

待得漸行漸近，只見數十匹駱駝夾著二三十匹馬，乘者都是回人，高鼻深目，滿臉濃鬚，頭纏白布，腰懸彎刀。回族商人從回部到關內做生意，事屬常有，陸菲青也不以爲意。突然間眼前一亮，一個黃衫女郎騎了一匹青馬，縱騎小跑，輕馳而過。那女郎秀美中透著一股英氣，光采照人，當眞是麗若冬梅擁雪，露沾明珠，神如秋菊披霜，花襯溫玉，兩頰暈紅，霞映白雲，雙目炯炯，星燦月朗。

陸菲青見那回族少女人才出衆，不過多看了一眼，李沅芷卻瞧得呆了。她自幼生長西北邊塞，一向也沒見過幾個頭臉齊整的女子，更別說如此好看的美人了。那少女和她年事相仿，大約也是十八九歲，腰插匕首，長辮垂肩，一身鵝黃衫子，頭戴金絲繡的小帽，帽邊插了一根長長的翠綠羽毛，革履青馬，旖旎如畫。那黃衫女郎縱馬而過，李沅芷情不自禁，催馬跟去，目不轉瞬的盯著她。

黃衫女郎見一個美貌的漢人少年痴痴相望，臉上一紅，叫了一聲「爹！」一個身材高大、滿頰濃鬚的回人拍馬過來，在李沅芷肩上輕輕一拍，說道：「喂，小朋友，走道麼？」李沅芷「唔」了一聲，還沒會意自己女扮男裝，這般呆望人家閨女可顯得十分浮滑無禮。那黃衫女郎只道李沅芷心存輕薄，手揮馬鞭一圈，已裹住她坐騎的鬃毛，回手一拉，登時扯下了一大片毛來。那馬痛得亂跳亂縱，險些把她顛下馬來。黃衫女郎長鞭在空中一揮，噼啪一聲，扯下來的馬毛四散亂飛。

李沅芷心頭火起，摸出一枝鋼鏢，向黃衫女郎後心擲去，可也沒存心傷她，倒轉鋼鏢，尖頭在後，叫聲：「喂，小姑娘，鏢來啦！」那女郎身子向左一偏，鏢從右肩旁掠過，射向前面，待鋼鏢飛至身前丈許，手中長鞭捲出，鞭梢革繩已將鋼鏢捲住拉回，順手向後揮出，叫道：「喂，小夥子，鏢還給你！」手勢不勁，鋼鏢緩緩向李沅芷胸前倒飛而來，李沅芷伸手接住。

沙漠商隊人衆見了黃衫女郎這手馬鞭絕技，都大聲喝采。她父親卻臉有憂色，低聲向她說了句甚麼話。黃衫女郎答應道：「噢，爹！」也不再理會李沅芷，縱馬向前，數十匹駝馬跟著絕塵而去。眼見他們追過李夫人所乘騾車和護送兵丁，塵沙揚起，蹄聲漸遠。

陸菲青漫不在意，笑道：「能人好手，所在都有，這句話現下信了吧？這個黃衫姑娘年紀跟你差不多，剛才露這一手可佩服了？」李沅芷道：「這些回回白天黑夜都在馬上，馬鞭兒自然耍得好，可也未必有甚麼眞正武功。」陸菲青嘻嘻一笑，道：「是麼？」

傍晚到了布隆吉，鎭上只一家大客店，叫做「通達客棧」。店門前插了「鎭遠鏢局」的鏢旗，原來路上遇到的那枝鏢已先在這裏歇了。李夫人等一行也即投宿。這家客棧接連招呼兩大隊人，夥計忙得不可開交。

陸菲青洗了臉，手裏捧了一壺茶，慢慢踱到院子裏，只見大廳上有兩桌人在喝酒吃飯。那揹負紅布包袱的鏢師背上兵器已卸了下來，但那包袱仍然揹著，正在高談闊論。

陸菲青手裏捧了茶壺，假裝抬頭觀看天色，只聽一名鏢師笑道：「閻五爺，你將這玩意兒平平安安的送到京城，兆惠將軍還不賞你個千兒八百的嗎？又好去跟你那小喜寶樂上一樂啦！」陸菲青心說：「果然是關東六魔中的第五魔閻世魁。」當下更加留上了神。那閻世魁道：「賞金嗎？嘿，那誰也短不了……」他話還未說完，一個陰陽怪氣的聲音插嘴道：「就只怕小喜寶已經跟了人，從了良啦。」陸菲青斜眼看去，見說話那人相貌猥瑣，身形瘦削，但也是一身鏢師打扮。閻世魁心中不快，「哼」了一聲。第一個說話的鏢師道：「童兆和你這東西，總沒好話。」那童兆和仍是有氣沒力的道：「從良不是好話？好吧，我說小喜寶做一輩子的窯姐兒，到死翻不了身。」閻世魁破口大罵：「你媽才做一輩子窯姐兒。」童兆和笑道：「成，我叫你乾爹。」

陸菲青聽這夥人言不及義，聽不出甚麼名堂，正想走開，只聽童兆和道：「閻五爺，玩笑是玩笑，正經歸正經。你可別想小喜寶想昏了頭，背上這紅包袱給人家拾了去。你腦袋搬家事小，咱們鎮遠鏢局四十年的威名可栽不起。」閻世魁怒道：「童家小子，你望安吧，這批回回想從你閻五爺手上把這玩意兒奪回去，教他們快死了這條心。我閻世魁關東六魔的名頭，可是靠眞功夫掙來的，不像有些小子在鏢行裏混，除了能吃飯，就是會放屁！」陸菲青望了望他背上那紅布包袱，見包袱不大，看來所裝的東西也很輕巧。只聽童兆和道：「關東六魔的名頭的確不小，就可惜第三魔給人家做了，連仇人是誰也不知道。」閻世魁一拍桌子道：「誰說不知道？那定是紅花會害的。」

陸菲青心想：「這倒奇了，焦文期明明是我殺的，他們卻寫在紅花會帳上。紅花會又是怎麼回事？」他慢慢走到院子裏去撫弄花木，離眾鏢客更加近了。

童兆和嘴頭上絲毫不肯放鬆：「我可惜沒骨氣，只會吃飯放屁。只要我不是孫子哪，早就找紅花會算帳去啦。」閻世魁給他氣得發抖，說不出話來。一名鏢師出來打圓場，道：「紅花會總舵主于萬亭上個月死在無錫，江湖上誰都知道。人家沒了當家的，你找誰去？再說，焦三爺給紅花會害死，又沒見證，誰瞧見啦？你找上門去，人家來個不認帳，你有甚麼法子？」童兆和沒了話，自己解嘲：「紅花會咱們不敢惹，欺侮回回還不敢麼？他們當作性命寶貝的玩意兒咱們給搶了來，以後兆將軍要銀子要牛羊，他們敢不雙手送上嗎？我說閻五爺，你也別想你那小喜寶啦，敢情回京求求兆將軍，讓他給你一個回回女人做小老婆，可有多美……」

正說得得意，忽然啪的一聲，不知那裏一塊泥巴飛來，剛塞在他嘴裏。童兆和啊啊啊的叫不出聲來。他弟弟閻世章聞聲趕出來，兩名鏢師抄起兵刃，趕了出去。閻世魁站起身來，把身旁五行輪提在手裏。兩兄弟站在一起，並不追敵，顯是怕中了敵人的調虎離山之計。童兆和把泥塊吐了出來，王八羔子、祖宗十八代的亂罵。閻世章冷冷的道：「一向只聽說狗吃屎，今兒可長了見識，連泥巴也吃起來啦！」

鏢師戴永明、錢正倫一個握了條軟鞭，一個挺著柄單刀，從門外奔回，說：「點子逃啦，沒瞧見。」

這一切陸菲青全看在眼裏，見那口齒輕薄的童兆和一副狼狽相，心中暗自好笑，忽然瞥見東牆角上人影一閃。他裝著沒事人般踱方步踱到外面，其時天色已黑，他躲在客店西牆腳下，只見一條人影從屋角跳下，落地無聲，向東如飛奔去。

陸菲青想見識這位請童兆和吃泥巴的是何等樣人物，施展輕功，悄沒聲的跟在後面，雙手仍是捧著茶壺，長衫也不捋起。他數十年苦練的輕功直是非同小可，雖然出步迅速，前面那人卻絲毫未覺。片刻之間，兩人奔出了五六里地。前面那人身材苗條，體態婀娜，似乎是個女子，但輕功也甚高明。過了個山坡，前面黑壓壓一片森林，那人直穿入林中，陸菲青也跟著追去。樹林中落葉枯枝，滿地皆是，一踏上去，沙沙作聲，他怕那人發覺，腳步稍慢，一瞬之間，已不見了那人的影子。忽然雲破月現，一片清光在林隙樹梢上照射下來，滿地樹影凌亂，遠處黃衫一閃，那人已出了樹林。

他跟到樹林邊緣，掩在一株大樹後面向外張望，林外一大片草地，搭著八九個帳篷。他好奇心起，有心要窺探一番，靜待兩名守望者轉過身去，提氣一個「燕子三抄水」，躍到了帳篷外一匹駱駝身後，守望者並未發覺。他彎身走到中間一座最大的帳篷背後，伏下地來，帳篷裏有人在慷慨激昂的說話，話是回語，說的又快，他雖在塞外多年，這篇話卻大半不懂，當下輕輕掀起帳幕底腳一角，向裏張望。

帳篷中點著兩盞油燈，許多人坐在地氈之上，便是白天遇到的那回人商隊。這時一個清脆的聲音咭咭咯咯的說起話來，陸菲青移眼望去，見說話的正是那黃衫少女。她話聲一停，手腕翻處，從腰間拔出一把精光耀眼的匕首。

她用匕首刀尖在自已左手食指上一刺，幾滴鮮血滴在馬乳裏。帳篷中其餘的回人也都紛紛拔出佩刀，滴血乳中。黃衫女郎叫他「爹」的那高個子回人舉起杯子，大聲說了幾句話。陸菲青只聽懂幾個字，甚麼「可蘭經」、「故鄉」。那黃衫女郎跟著又說，語音朗朗，似乎是說：「不奪回神聖的可蘭經，誓死不回故鄉。」衆回人都轟然宣誓。黯淡燈光之下，見人人面露堅毅憤慨之色。衆人說罷，舉杯飲盡，隨即低聲議論，似是商量甚麼法子。陸菲青心頭揣摩，看來這羣回人有一部視爲聖物的經書給人奪了去，現下要去奪回來。

他這一猜沒猜錯，原來這羣回人屬於天山北路的一個遊牧部族，乃是唐代回紇遺種，民風高尙，性格強悍，一向不服朝廷統屬，自行分部而治。元朝蒙古人自大，蔑稱之為「畏吾兒人」，後人客氣些的便稱之爲回部，其實他們形貌習俗與中原回人大異，並非同一種族，只不過同奉回教。這一部族人多勢盛，共有近二十萬人。那高身材的人叫木卓倫，是這部族的首領，武功既強，爲人又仁義公正，極得族人愛戴。黃衫女郎是她的女兒，名叫霍青桐。她愛穿黃衫，小帽上常插一根翠綠羽毛，因此得上個漂亮外號，天山南北武林中人，很多知道「翠羽黃衫霍青桐」的名頭。

這族人以遊牧爲生，遨遊大漠，倒也逍遙快樂。但清廷勢力進展到回疆後，徵斂越來越多。木卓倫起初還想委曲求全，儘量設法供應。那知官吏貪得無厭，弄得合族民不聊生。木卓倫和族人一商量，都覺如此下去實在沒有生路，幾次派人向當道求情，求減徵賦，不料徵賦並未減少，反引起了清廷的疑慮。正黃旗滿洲副都統、兼鑲紅旗護軍統領、定邊將軍兆惠其時奉旨在天山北路督辦軍務，偵知這族有一部祖傳手抄可蘭經，得自回教聖地麥加，數十代由首領珍重保管，乃這一族的聖物，於是乘著木卓倫遠出之際，派遣高手，竟將經書搶了來，他想以此要挾，就不怕回人反抗。木卓倫在大漠召開大會，率衆東去奪經，立誓縱然暴骨關內，也要讓聖書物歸原主。此刻他們是於晚禱之前，重申前誓。

陸菲青得知這些回人的圖謀與己無關，不想再聽下去，正待抽身回去，忽見帳中回人全都伏下來祈禱。他連忙站起，那知這一瞬之間，霍青桐已見到帳外有人窺探，在父親耳邊低聲說：「外邊有人！」長身縱出帳來，見一個人影正向樹林跑去，身法極快，她右手揚起，一顆鐵蓮子向他打去。

陸菲青聽得背後風聲，知有暗器襲來，微微側身，這時雙手仍捧著茶壺，伸出右手食指，看準鐵蓮子向下輕輕一撥，鐵蓮子自平飛轉爲下跌。他左手拿著茶壺，以食中兩指揭開壺蓋，鐵蓮子撲的跌入壺中。他頭也不回，施展輕功如飛回店。

到店時大夥均已安睡。店夥道：「老先生，溜躂了這麼久，看夜景麼？」陸菲青胡亂答應，走進房中，取出茶壺裏的鐵蓮子，見是精鋼打成，上面刻著一根羽毛，隨手放入囊中。

次日一早，鏢行大隊先行。趟子手「我武——維揚」一路喊出去，鎮遠鏢局一桿八卦鏢旗在前開道。陸菲青看這鏢行的騾馱並不沉重，幾名鏢師全都護著閻世魁。看來他所揹的那個紅布包袱才是眞正要物。鏢行中原有保紅鏢的規矩，大隊人手只護送幾件珍寶。至於包中是甚麼「玩意兒」，他也不去理會。

鏢行一行人走後，曾參將率領兵丁也護送著夫人上路了。日中在黃岩子打了尖，一路是上山的斜路，預計當日趕著翻過三條長嶺，在嶺下的三道溝落店。

山路險峻，愈來愈陡，李沅芷和曾參將緊緊跟著夫人的騾車，生怕騾子一個失腳，車子跌入山谷，那可是粉身碎骨之禍。行到申牌時分，正到烏金峽口，只見鏢行大隊都坐在地上休息，曾參將指揮隨從，也休息一刻。烏金峽兩邊高山，中間一條山路，甚爲陡削，途中不易停步，必須一鼓作氣上嶺。陸菲青落在後面，背轉了身，不與鏢行衆人朝相。

休憩罷，進入峽口，鏢行大隊與曾參將手下兵丁排成了一條長龍，人衆牲口都氣呼呼的上山。騾夫「得兒——得兒——」的叱喝聲響成一片。陸菲青忽見右邊山峯頂上人影一閃，似乎有人窺探。猛聽得前面一陣駝鈴響，一隊回人乘著駝馬，迎面奔下嶺來，疾馳俯衝，蹄聲如雷，勢若山崩。鏢行中人大聲呼喝，叫對方緩行。童兆和喊道：「喂，相好的，家裏死了幾個娘老子，要奔喪啊？」

衆回人轉眼奔近，前面七八騎上乘者忽然縱聲高歌，聲音曼長，山谷響應。兩邊山頂上都有人站起來，高歌而和。鏢行中人不禁愕然。只聽回人隊中一聲胡哨，兩騎飛奔向前，繞過閻世魁，對準了緊隨在他身後的閻世章疾衝。同時四匹駱駝已奔到閻世魁的前後左右。閻氏兄弟久經大敵，眼見情勢有異，忙拔兵器應敵。四匹駱駝背上的回人突然間同時雙手各舉大鐵椎，猛向閻世魁當頭砸將下來。山道狹窄，本少迴旋餘地，這時又擠滿了人，四名回人身雄力壯，騎在駱駝背上居高臨下，四柄各重百餘斤的大鐵椎猛砸下來，閻世魁武藝再好也無法躲避，當場連人帶馬被打成血肉模糊的一團。

回人隊中黃衫女郎霍青桐縱身上前，跳下馬來，長劍晃動，割斷閻世魁背上縛住包袱的布帶一端，第二劍未出，忽覺背後一股勁風，有兵刃襲來。

霍青桐側身讓過，不顧來敵，揮劍又割斷布帶一端。不料敵人劍法迅捷，不容她緩手去拾包袱，又是一劍攔腰削來。霍青桐無法避讓，揮劍擋格，雙劍相交，火花迸發。她心中一震，敵人武功不弱，顧不得仔細琢磨，伸左手又去拾那包袱。敵人長劍如影隨形，直刺她左腕。霍青桐左手縮回，食中兩指捏了個劍訣，右手劍直遞出去，抬頭看時，接連三次阻她拾包袱之人是個美貌少年，認出就是昨日途中無禮直視的那人，不禁心頭火起，唰唰唰三劍進手招數，兩人鬥在一起。

那人正是女扮男裝的李沅芷，她驟見回人商隊奇襲鏢行，本擬隔山觀虎鬥，瞧瞧熱鬧，忽見黃衫女郎飛身而出去搶紅布包袱。這黃衫女郎昨日拉去她的馬鬃，師父反而讚她武功，心中老大不服，此刻見鏢師與回人打得火熾，也不理會誰是誰非，施展輕功，趕上去要與黃衫女郎較量個高下。

霍青桐連刺三劍，都給李沅芷化解了開去，不由得心頭焦躁。他們查知本族這部可蘭經，已由兆惠託了鎮遠鏢局護送前往北京，衆鏢頭嚴密守護的紅布包袱，定然便是聖經的所在。鏢行中人武功不弱，明搶硬奪，未必能成，霍青桐於是設計在烏金峽口埋伏，本擬出其不意的一擊成功，奪了聖經便即西返回部，那知半路裏殺出這少年來作梗。霍青桐眼見時機稍縱即逝，不願戀戰，突然劍法變動，施展天山派絕技「三分劍術」，數招之間已將李沅芷逼得連連倒退。

「三分劍術」是天山派劍術的絕詣，所以叫做「三分」，乃因這路劍術中每一手都只使到三分之一爲止，敵人剛要招架，劍法已變。一招之中蘊涵三招，最爲繁複迅疾。這路劍術並無守勢，全是進攻殺著。

李沅芷見黃衫女郎長劍「冰河倒瀉」直刺過來，當即劍尖向上，想以「朝天一柱香」格開，那知對方這招並未使足，刺到離身兩尺之處已變爲「千里流沙」，直刺變爲橫砍，一驚之下，劍鋒急轉，護住中路。說也奇怪，對方橫砍之勢看來勁道十足，劍鋒將到未到之際突然變爲「風捲長草」，向下猛削左腿。李沅芷疾退一步，堪堪避開。霍青桐變招「舉火燎天」，自下而上，刺向左肩。李沅芷待得招架，對方又已變爲「雪中奇蓮」。只見她每一招都如箭在弦，雖然含勁不發，卻在在暗伏兇險。

兩人連拆十餘招，雙劍竟未相碰，只因霍青桐每一招都只使到三分之一，未待對方拆架，便已變招。霍青桐在她身旁空砍空削，劍鋒從未進入離她身周一尺之內，李沅芷卻已給逼得手忙腳亂，不住倒退。若不招架，說不定對手虛招竟是實招；如要招架，對方一招只使三分之一，也就是說只花三分之一時刻，自己使一招，對方已使了三招，再快也趕不上對手迅捷，心中驚惶，接連縱出數步。其實她的柔雲劍術也已練得有六七成火候，只要心神凝定，緊守門戶，也未必馬上落敗，但畢竟是初出道，毫無經歷，突見對手劍法比自己快了三倍，不由得慌了，招架既然不及，只得逃開。

霍青桐也不追趕，立即轉身，見一個身材瘦小之人從閻世魁身旁站起，手中已捧著那紅布包袱。霍青桐挺劍刺去，那人叫道：「啊喲，童大爺要歸位！」這人便是口齒輕薄的童兆和。他不敢接招，三步跳了開去，霍青桐趕上，舉劍下砍，斜刺裏一柄五行輪當胸推來，卻是閻世章過來擋住。

霍青桐這次籌劃周詳，前後都用龐然大物的駱駝把鏢行人眾隔開，使之首尾不能相救。木卓倫手揮長刀，力拒戴永明、錢正倫兩名鏢師，以一敵二，兀自進攻多，遮攔少。可是另一邊卻給閻世章攻了過來。他見胞兄給回人大椎砸死，悲怒交集，在馬背上縱起，飛身越過駱駝，左手五行輪掠出，在一名手持鐵椎的回人脅下劃了一條大傷口，那人登時跌下駱駝。另一個回人過來攔截，閻世章待他鐵椎揮來，身子略偏，雙輪歸於左手，右手扣住他脈門猛拉。大鐵椎重達百斤，那一揮之勢極爲猛烈，那回人被他順勢拉扯，倒撞下駱駝，鐵椎打在自己胸口，大叫聲中，狂噴鮮血。混亂中童兆和見有便宜可撿，搶得紅布包袱。閻世章見霍青桐追趕童兆和，知他武藝平常，忙過來攔住。

霍青桐和閻世章拆了數招，但覺對手招精力猛，實是勁敵，又怕那美貌少年再加入戰團，忽聽兩邊山上胡哨聲大作，那是自夥退卻的訊號，知是鏢行來了接應。抬頭見童兆和正急步跑上山嶺，忙施展「三分劍術」把閻世章逼退兩步，仗劍向嶺上追去。胡哨聲越來越響。木卓倫大叫：「青桐，快退！」霍青桐停步不追，督率同伴把死傷的回人抱上駝馬，胡哨聲中，大隊向嶺下衝去，只見前面數十名清兵攔住去路。曾圖南躍馬向前，橫槍喝道：「大膽回子，要造反嗎？」霍青桐兩顆鐵蓮子分打曾參將雙手，噹啷一聲，鐵槍落地。

木卓倫高舉長刀，當先開路，大隊回人向清兵衝去。清兵紛紛讓路。閻世章和戴永明回身追來，與霍青桐又鬥在一起。回人隊中一騎飛出，乘者大叫：「二妹，你先退。」此人是霍青桐的兄長霍阿伊，一桿大槍阻住兩名鏢師。霍青桐回身上馬，兄妹二人且戰且退。忽然兩邊山頂急哨連聲，霍阿伊、霍青桐催馬快奔。閻世章跟著追去，霍青桐兩粒鐵蓮子向他上盤打去。閻世章停下腳步，揮五行輪將鐵蓮子砸飛。兩邊山上大石已紛紛打將下來，十幾名清兵被打得頭破血流，混亂中回人大隊已然遠去。

閻世章見兄長慘死，抱住了血肉模糊的屍身只是流淚。錢正倫和戴永明一再相勸，閻世章才收淚上馬。鏢行夥計將死者屍首放上大車。童兆和得意洋洋，說道：「若不是童大爺手腳快，他死了也是白饒。」雙方酣鬥之際，陸菲青一直袖手旁觀。李沅芷雖被霍青桐逼退，但相助鏢行，終於不讓回人得手，心下頗爲自得。閻世章正在傷心，其餘鏢師忙於救死扶傷，竟無一人過來招呼道謝，大小姐便甚是不快。童兆和見曾圖南武官打扮，過來跟他套了幾句交情，對李沅芷卻不理會，她更加有氣。那知陸菲青又狠狠的教訓了她一頓，責她不該擅自出手，壞人大事，沒來由的多結冤家，說道：「鏢行中好人少，壞人多，何苦幫人作惡？」把她罵得抬不起頭來。

過了嶺，黃昏時分已抵三道溝。那是一個不大不小的市鎮。騾夫道：「三道溝就只一家安通客棧。」進了鎮，鏢行和曾圖南一行人都投安通客棧。塞外處處荒涼，那客店土牆泥地，也就簡陋得很。童兆和不見店裏夥計出來迎接，大罵：「店小二都死光了麼？我操你十八代祖宗！」李沅芷眉頭一皺，她可從來沒聽人敢當著她面罵這些粗話。一行人正要闖門，忽聽得屋裏傳出一陣陣兵刃相接之聲。李沅芷大喜：「又有熱鬧瞧！」搶先奔了進去。

內堂裏闃無一人，到得院子，只見一個少婦披散了頭髮正和四個漢子惡鬥。那少婦面容慘淡，左手刀長，右手刀短，刀光霍霍，以死相拚。李沅芷見他們鬥了幾個回合，那幾名漢子似想攻進房去，給那少婦捨命擋住。四條漢子武功均似不弱，一使軟鞭，一使懷杖，一使劍，一使鬼頭刀。

這時陸菲青也已走進院子，心道：「怎麼一路上儘遇見會家子？」見那使懷杖的舉雙杖當頭狠砸，少婦不敢硬接，向左閃讓。軟鞭攔腰纏來，少婦左手刀刀勢如風，直截敵人右腕。軟鞭鞭梢倒捲，少婦長刀已收，沒被捲著，鬼頭刀卻已砍來，同時一柄劍刺她後心。少婦右手刀擋開了劍，但敵人兩下夾攻，鬼頭刀這一招竟然避讓不及，給直砍在左肩。

她挨了這一刀，兀自惡戰不退，雙刀揮動時點點鮮血四濺。那使軟鞭的叫道：「捉活的，別傷她性命。」

陸菲青見四男圍攻一女，動了俠義之心，雖然自己身上負有重案，說不得要伸手管上一管。只見那使懷杖的雙杖橫打，少婦避開懷杖，百忙中右手短刀還他一刀，左方利劍刺來，少婦長刀斜格，對方膂力甚強，那少婦左肩受傷，氣力大減，刀劍相交，劇震之下，長刀嗆啷一聲掉在地下。敵人得理不讓人，長劍乘勢直進，少婦向右急閃，使鬼頭刀的大漢在空檔中闖向店房。

那少婦竟不顧身後攻來的兵器，左手入懷，再一揚手，兩柄飛刀向敵人背心飛去。那人只道少婦有己方三個同伴纏住，不必顧及後心，待得聽見腦後風聲，避讓已然不及，急忙低頭，一柄飛刀插上了門框，另一柄卻刺進了他背心。虧得那少婦左肩受傷，手勁不足，這一刀尚非致命，但已痛得哇哇大叫，退了下來，忙拔出飛刀。少婦此時又被懷杖打中一下，搖搖欲倒，見敵人退出，又即擋住房門。

陸菲青向李沅芷道：「你去替她解圍，打不贏，師父幫你。」李沅芷正自躍躍欲試，巴不得師父有這句話，急躍向前，呼呼揮劍，喝道：「四個大男人打一個婦道人家，要臉麼？」四條漢子見有人出頭干預，己方又有人受傷，齊聲呼嘯，轉身出店而去。

那少婦已是面無人色，倚在門上直喘氣。李沅芷過去問道：「他們幹麼欺侮你？」少婦一時說不出話來。曾圖南走過來向李沅芷道：「太太請大小姐過去。」放低了聲音道：「太太聽說大小姐又跟人打架，嚇壞啦，快過去吧。」少婦見曾圖南一身武將官服，臉色忽變，也不答理李沅芷，拔下門框上飛刀，衝進房去，砰的一聲，反手關上了房門。

李沅芷碰了這個軟釘子，心中老大不自在，回頭對曾圖南道：「好，就去。」走到陸菲青身邊，問道：「師父，他們幹麼這樣狠打惡殺？」陸菲青道：「多半是江湖上的仇殺。事情還沒了呢，那四人還會找來。」

陸菲青還想再吩咐些話，忽聽得外面有人大吵大嚷：「操你奶奶，你說沒上房，怕老爺出不起銀子嗎？」聽聲音正是鏢師童兆和。店裏一人陪話：「達官爺你老別生氣，我們開店的怎敢得罪達官爺們，實在是幾間上房都給客人住了。」

童兆和大聲道：「甚麼人住上房，我來瞧瞧！」邊說邊走進院子來。正好這時上房的門一開，少婦探身出來，向店夥道：「勞你駕給拿點熱水來。」店夥答應了。

童兆和見那少婦膚色白膩，面目俊美，左腕上戴著一串珠子，顆顆精圓，更襯得她皓腕似玉，不禁心中打個突，咕的一聲，咽了一口唾液，雙眼骨碌碌亂轉，聽那少婦是江南口音，學說北方話，語音不純，但清脆柔和，另有一股韻味，不由得瘋了，大叫大嚷：「童大爺走鏢，這條道上來來去去幾十趟也走了，可從來不住次等房子。沒上房，給大爺挪挪不成麼？」口中叫嚷，乘少婦房門未關，直闖了進去。趟子手孫老三伸手想拉，卻沒拉住。

那少婦見童兆和闖進，「啊喲」一聲，正想阻擋，只感到腿上一陣劇痛，在椅上坐了下去，適才腿上受了懷杖，傷勢竟自不輕。

童兆和闖進房，見炕上躺著個男人，房中黑沉沉地，看不清面目，但見他頭上纏滿了白布，右手用布掛在頸裏，一條腿露在被外，也纏了繃帶，看來這人全身是傷。

那人見童兆和進房，沉聲喝問：「是誰？」童兆和道：「姓童的是鎮遠鏢局鏢師，保鏢路過三道溝，沒上房住啦。勞你駕給挪一下吧。這女的是誰？是你老婆，是相好的？」那人聲音低沉，喝道：「滾出去！」他顯然受傷甚重，說話也不能大聲。

童兆和剛才沒見到那少婦與人性命相撲的惡鬥，心想一個是娘們，一個傷得不能動彈，不乘機佔便宜，更待何時？嘻皮笑臉的道：「你不肯挪也成，咱們三個兒就在這炕上一塊兒擠擠。你放心，我不會朝你這邊兒擠，不會碰痛你傷口。」那人氣得全身發抖。少婦低聲勸道：「大哥，別跟這潑皮一般見識，咱們眼下不能再多結冤家。」向童兆和道：「別在這兒囉唆啦，快出去。」童兆和笑道：「出去幹麼，在這裏陪你不好麼？」炕上那男人啞聲道：「你過來。」童兆和走近了一步，道：「怎麼？你瞧瞧我長的俊不俊？」那男人道：「看不清楚。」童兆和哈哈一笑，又走近一步：「看清楚點，這變成大舅子挑妹夫來啦……」

一句便宜話沒說完，炕上那男子突然坐起，快如電光石火，左手對準他「氣兪穴」一點，跟著左手一掌擊在他背上。童兆和登時如騰雲駕霧般平飛出去，穿出房門，蓬的一聲，結結實實跌在院子裏。他給點中了穴道，哇哇亂叫，聲音倒著實不低，身子卻不能動彈了。趟子手孫老三忙過來扶起，低聲道：「童爺，別惹他們，看樣子點子是紅花會的。」童兆和直叫：「啊……啊……我的腳動不了，紅花會的，你怎知道？」不禁嚇出了一身冷汗。孫老三道：「客店掌櫃的說，剛才衙門裏的四個公差來拿這兩個點子，打了好一陣才走呢！」客店裏的人聽說又有人打架，都圍攏來看。

閻世章安頓了兄長屍身，也過來問：「甚麼事？」童兆和叫道：「閻六哥，我給紅花會的小子點上穴道啦。咱們認栽了吧。」閻世章眉頭一皺，拉住童兆和的膀子，提了起來，道：「老童，回房去說。」他是顧全鏢局的聲名，堂堂鎭遠鏢局的鏢師，給人打得賴在地下不肯爬起來，那成甚麼話。那知他手一鬆，童兆和又軟倒在地，叫道：「我混身不得勁啊，孫老三，他媽的，你扶住我不成麼？」

閻世章瞧童兆和眞的是給人點了穴道，問道：「你跟誰打架了？」童兆和愁眉苦臉的向上房瞧了一眼，想伸手來指一指都不成，道：「那屋裏一個孫子王八蛋！」他又挑撥閻世章給他報仇：「紅花會他媽的土匪，殺了焦文期焦三爺，人家還沒空來找你們報仇，可又來惹你童大爺啦，啊！」孫老三低聲道：「童大爺別罵啦，咱們犯不上跟紅花會結樑子，一得罪他們，以後走鏢就麻煩多啦。」

閻世章聽童兆和這麼罵，本想過去瞧瞧是甚麼腳色，但轉念心想，對方能點穴，武功定然甚強，自己過去多半討不了好，兄長又死了，沒了幫手，跨出一步又退了回來。這時鏢師錢正倫過來了，問孫老三：「你拿得準是紅花會的？」孫老三在他耳邊輕聲道：「剛才四個公差走時，關照客店掌櫃的，說這對夫婦是欽犯，是皇上特旨來抓的紅花會大頭子，叫櫃上留點兒神，倘若點子要走，馬上去報信。我在一旁聽得他們說的。」

錢正倫有五十多歲年紀，一向在鏢行混，武藝雖不高強，但見多識廣，老成持重，當下向閻世章使個眼色，把童兆和扶了起來。閻世章悄問：「甚麼路道？」錢正倫道：「紅花會的，咱們就讓一讓吧，治好了老童再說。」又問孫老三：「剛才來抓人你看到了嗎？」

孫老三指手劃腳的說道：「打得才叫狠呢。一個娘們使兩把刀，左手長刀，右手短刀，四個大男人都打她不贏。」那四個男人其實是打贏的，不過他故意張大其辭。錢正倫愕然道：「那是神刀駱家的人了。她會放飛刀，是不是？」孫老三忙道：「是，是，手法真準。嘿，可了不起！」錢正倫向閻世章道：「紅花會文四當家的在這裏。」當下不再說話，三個人架著童兆和回房去了。

這一切陸菲青全看在眼裏，鏢師們低聲商量沒聽見，錢正倫後兩句話可聽到了。這時李沅芷走過來，乘機道：「師父，你幾時教我點穴啊？你瞧人家露這一手多帥！」陸菲青沒理她，自言自語：「是神刀駱家的後人，我可不能不管。——」

李沅芷問道：「神刀駱家是誰？」陸菲青道：「神刀駱元通是我好朋友，聽說已經過世了。剛才和人相打的那個少婦，所使招數全是他這一派，若不是駱元通的女兒，就是他的徒弟，怎麼我看不出來？」說著很有點自怨自艾，心道：「在邊塞這麼久，隱居官衙，和武林中人久無往來，當年江湖上的事兒都淡忘了。還是年歲大了，不中用了？」

說話之間，錢正倫和戴永明兩名鏢師又扶著童兆和過來。孫老三在上房外咳嗽一聲，大聲說道：「鎮遠鏢局錢鏢頭、戴鏢頭、童鏢頭前來拜會紅花會文四當家的。」

上房門呀的一聲打開，那少婦站在門口，瞪著鏢局中這四個人。孫老三把三張紅帖子遞上去，少婦不接，問道：「有甚麼事？」

錢正倫領頭出言：「我們這兄弟有眼無珠，不知道文四當家大駕在這兒，得罪了您老，我們來替他賠禮，請您大人大量，可別見怪。」說罷便是一揖，戴永明和孫老三也都作了一揖。

錢正倫又道：「文四奶奶，在下跟您雖沒會過，但久仰四當家和您的英名，我們總鏢頭王老爺子跟貴會于老當家、令尊神刀駱老爺子全有交情。我們這位兄弟生就這個壞脾氣，就愛胡說八道的……」少婦截住他的話頭，說道：「我們當家的受了傷，剛睡著，待會醒了，把各位的意思轉告就是。不是我們不懂禮貌，實在是他受傷不輕，有兩天沒好好睡啦。」說時憂急之狀見於顏色。錢正倫道：「文四當家受的是甚麼傷？我這裏可帶有金創藥。」他想買一個好，那麼對方就不能不給童兆和救治。少婦明白他意思，道：「多謝你啦，我們自己有藥。這位給點中的不是重穴，待會我們爺醒了，讓店伴來請吧。」錢正倫見對方答允救治，就退了出去。

少婦問道：「喂，尊駕怎知道我們名字？」錢正倫道：「憑您這對鴛鴦刀跟這手飛刀，江湖上誰不知道？再說，不是文四當家的，誰還有這手點穴功夫？你們兩位又在一起，那自然是奔雷手文泰來文四爺和文四奶奶鴛鴦刀駱冰啦！」少婦微微一笑。錢正倫捧了她又捧她丈夫，她聽來自然樂意。

這一番話，陸菲青都聽在耳裏，尋思：「早聽得奔雷手文泰來是江南武林中一條響噹噹的好漢子，原來阿冰這小妞兒嫁了給他，那倒也不枉了。再加上趙三弟跟西川雙俠，多半這紅花會是我們一條線上的兄弟，跟屠龍幫差不離。這件事今日教我撞上了，陸菲青若是袖手不理，圖個他媽的甚麼明哲保身，『綿裏針』還算是人不是？」

那書生把長凳搬到院子通道，

從身後包裹裏抽出一根笛子，悠悠揚揚的吹了起來。

這笛子金光燦爛，竟如是純金所鑄。

四名公差見了他的舉動，暗暗納罕。

第二回

金風野店書生笛　鐵膽荒莊俠士心

李沅芷見錢正倫等扶著童兆和出來，回歸店房，心想點穴功夫眞好，這討厭的鏢師給人家點中了穴道一點法子都沒有，師父明明會，可是偏不肯教，看來他還留著不少好功夫，怎生變個法兒求他教呢？回到房裏，托著腮幫子出了半天神；吃了飯，陪著母親說閒話，李夫人嘮嘮叨叨的怪她路上儘鬧事，說不許她再穿男裝了。李沅芷笑道：「媽，你常爲沒兒子歎氣，現下變了個兒子出來，還不高興嗎？」李夫人拿她沒法，上炕睡了。

李沅芷正要解衣就寢，忽聽得院子中一響，窗格子上有人手指輕彈了幾下，一個清脆的聲音說道：「小子，你出來，有話問你。」李沅芷一楞，提劍開門，縱進院子，只見一個人影站在那裏，說道：「渾小子，有膽的跟我來。」說著便翻出了牆。李沅芷是初生之犢不畏虎，也不管外面是否有人埋伏，跟著跳出牆外，雙腳剛下地，迎面白光閃動，有劍刺來。

李沅芷舉劍擋開，喝問：「甚麼人？」那人退了兩步，說道：「我是回部霍青桐。喂，我問你，咱們河水不犯井水，幹麼你硬給鏢局子撐腰，壞我們的事？」李沅芷見那人俏生生的站著，劍尖拄地，左手戟指而問，正是白天跟她惡鬥過的那個黃衫美女，給她這麼一問，啞口無言，自己憑空插手，確沒甚麼道理，只好強詞奪理：「天下事天下人管得，你少爺就愛管閒事。不服麼？我再來領教領教你的劍術……」話未說完，唰的就是一劍，霍青桐更加惱怒，舉劍相迎。

李沅芷明知劍法上鬥不過她，心中已有了主意，邊打邊退，看準了地位，一直退到陸菲青所住店房之後，縱聲大叫：「師父，快來，人家要殺我呀！」霍青桐「嗤」的一笑，道：「哼，沒用的東西，才犯不著殺你呢！我是來教訓教訓你，沒本事就少管閒事。」說完掉頭就走。那知李沅芷可不讓她走了，「春雲乍展」，挺劍刺她背心，霍青桐回頭施展「三分劍術」，李沅芷又被逼得手忙腳亂。她聽得身後有人，知道師父已經出來，見霍青桐長劍當胸刺來，一縱就躲到了陸菲青背後。

陸菲青舉起白龍劍擋住霍青桐劍招。霍青桐見李沅芷來了幫手，也不打話，劍招如風，連續十餘記進手招數，交手數合，便察覺對方劍招手法和李沅芷全然相同，可是自己卻絲毫討不到便宜。她劍招漸快，對方卻越打越慢，再鬥數合，她攻勢已盡被抑制，全然處於下風。

李沅芷全神貫注，在旁看兩人鬥劍，她存心把師父引出來，想偷學一兩招師父不肯教的精妙招數，然見師父所使「柔雲劍術」與傳給自己的全無二致，但一招一式之中，顯是蘊藏著極大內勁。

霍青桐「三分劍術」要旨在以快打慢，以變擾敵，但陸菲青並不跟著她迅速的劍法應招變式，數合之後，主客之勢即已倒置。霍青桐迭遇險招，知道對方是極強高手，心下怯了，連使「大漠孤煙」、「平沙落雁」兩招，凌厲進攻，待對方舉劍擋格，便收劍轉身欲退。那知對方劍招連綿不斷，黏上了就休想離開，霍青桐暗暗叫苦，只得打起精神廝拚。

這時李沅芷看出了便宜，還劍入鞘，施展無極玄功拳加入戰團。霍青桐連陸菲青一人都已敵不過，那禁得李沅芷又來助戰？李沅芷狡猾異常，東摸一把，西勾一腿，並不攻擊對方要害，卻是存心調戲，以報前日馬鬣被拉之仇。回人男女界限極嚴，男子對婦女甚是尊重，霍青桐向來端嚴莊重，那容得李沅芷如此輕薄胡鬧，心頭氣急，門戶封得不緊，被陸菲青劍進中宮，點到面門。霍青桐舉劍擋開。李沅芷乘機竄到她背後，喝聲：「看拳！」一記「猛雞奪粟」，向她左肩打去。霍青桐左腕翻轉，以擒拿法化開。李沅芷乘她右手擋劍、左手架拳之際，一掌向她胸部按去，這一掌如打實了，非受重傷不可。霍青桐一驚，雙手抽不出來招架，只得向後一仰，以消減對方掌力。

那知李沅芷並不用勁，一掌觸到霍青桐胸部，重重摸了一把，嘻嘻一笑，向後躍開。霍青桐急怒攻心，轉身挺劍疾刺。李沅芷避開，她又揮劍急削。竟似存心拚命，對陸菲青來招不架不閃，儘向李沅芷進攻。

陸菲青日間見到霍青桐劍法家數，早留了神，他原只想考較考較，決無傷她之意，見她對自己劍招竟不理會，待刺到她身邊時便凝招不發。這時霍青桐攻勢凌厲，李沅芷緩不開手拔劍，被迫得連連倒退，口中還在氣她：「我摸也摸過了，你殺死我也沒用啦。」霍青桐一招「神駝駿足」挺劍直刺，劍尖將到之際，突然圈轉，使出「天山派」劍法的獨得之秘「海市蜃樓」，虛虛實實，劍光閃閃，李沅芷眼花繚亂，手足無措，眼見就要命喪劍下。

陸菲青這時不能不管，挺劍又把霍青桐的攻勢接了過來。李沅芷緩了一口氣，笑道：「算了，別生氣啦，你嫁給我就成啦。」霍青桐眼見打陸菲青不過，受了大辱又無法報仇，見陸菲青一劍刺來，竟不招架，將手中長劍向李沅芷使勁擲去，竟是個同歸於盡的打法。

陸菲青大吃一驚，長劍跟著擲出，雙劍在半空一碰，錚的一聲，同時落地，左手一掌「撥雲見日」，在霍青桐左肩上輕輕一按，把她直推出五六步去，縱身上前，說道：「姑娘休要見怪。」霍青桐又急又怒，迸出兩行清淚，嗚咽著發足便奔。陸菲青追上擋住，道：「姑娘慢走，我有話說。」霍青桐怒道：「你待怎樣？」陸菲青轉頭向李沅芷道：「還不快向這位姐姐陪不是？」

李沅芷笑嘻嘻的過來一揖，霍青桐迎面就是一拳。李沅芷笑道：「啊喲，沒打中！」閃身一避，隨手把帽子拉下，露出一頭秀髮，笑道：「你瞧我是男的還是女的？」霍青桐在月光下見李沅芷露出眞面目，不由得驚呆了，憤羞立消，但餘怒未息，一時沉吟不語。

陸菲青道：「這是我女弟子，一向淘氣頑皮，我也管她不了。適才之事，我也很有不是，請別見怪。」說罷也是一揖。霍青桐側過身子，不接受他這禮，一聲不響，胸口不斷起伏。陸菲青道：「天山雙鷹是你甚麼人？」霍青桐秀眉一揚，嘴唇動了動，但忍住不說。陸菲青又道：「我跟天山雙鷹禿鷲陳兄、雪鵰陳夫人全有交情。咱們可不是外人。」霍青桐道：「我師父姓關。我去告訴師父師公，說你長輩欺侮小輩，指使徒弟來打人家，連自已也動了手。」她恨恨的瞪了二人一眼，回身就走。

陸菲青待她走了數步，大聲叫道：「喂，你去向師父告狀，說誰欺侮了你呀？」霍青桐心想，人家姓名都不知道，將來如何算帳，停了步，問道：「那麼你是誰？」

陸菲青捋了一下鬍鬚，笑道：「兩個都是小孩脾氣。算了，算了。這是我徒弟李沅芷，你去告訴你師父師公，我『綿裏針』……」他驟然住口，心想李沅芷一直沒知道他眞姓名，「……就說武當派『綿裏針』姓陸的，恭喜他們二位收了個好徒弟。」霍青桐恨恨地道：「還說好徒弟哩，給人家這般欺侮，丟師父師公的臉。」

陸菲青正色道：「姑娘你別以爲敗在我手下是丟臉，能似你這般跟我拆上幾十招的人，武林中可還眞不多。我知天山雙鷹向來不收徒弟，但日間見你劍法全是雙鷹嫡傳，心中犯了疑，因此上來試你一試。適才見你使出『海市蜃樓』絕招，才知你確是得了雙鷹的眞傳。你師公還在跟你師父喝醋吵嘴嗎？」說著哈哈一笑。

原來禿鷲陳正德醋心極重，夫妻倆都已年逾花甲，卻還是疑心夫人雪鵰關明梅移情別向，數十年來口角紛爭，沒一日安寧。霍青桐見他連師父師公的私事都知道，信他確是前輩，可是仍不服氣，道：「你既是我師父朋友，怎地叫你徒弟跟我們作對？害得我們聖經搶不回來？我才不信你是好人呢。」說著背轉了身子，她不肯輸這口氣，不願以晚輩之禮拜見。

陸菲青道：「你劍法早勝過了我徒兒。再說，比劍比不過算得甚麼，聖經搶不回來才教丟臉呢。一個人的勝負榮辱打甚麼緊？全族給人家欺侮，那才須得拚命。」

霍青桐一驚，立覺這確是至理名言，驕氣全消，回過身來向陸菲青盈盈施禮，道：「小姪女不懂事，請老前輩指點怎生奪回聖經。老前輩若肯援手，姪女全族永感大德。」

說罷就要下跪，陸菲青忙扶住了。

李沅芷道：「我胡裏胡塗的壞了你們大事，早給師父罵了半天啦。姊姊你別急，我去幫你搶回來，那紅布包袱裏包的，便是你們的聖經？」霍青桐點點頭。李沅芷道：「咱們現在就去。」陸菲青道：「先探一探。」三個人低聲商量了幾句。陸菲青在外把風，霍青桐與李沅芷兩人翻牆進店，探查鏢師動靜。

李沅芷適才見童兆和走過之時，還揹著那個紅布包袱，她向霍青桐招了招手，矮身走到三干鏢師所住房外，見房裏燈光還亮著，不敢長身探看，兩人蹲在牆邊。只聽得房內童兆和不住哇哇怪叫，過了一回兒聲息停了。一名鏢師道：「張大人手段眞高明，一下子就把我們童兄弟治好了。」童兆和道：「我寧可一輩子動彈不得，也不能讓紅花會那小子給我治。」一名鏢師道：「早知張大人會來，剛才也犯不著去給那小子賠不是啦，想想眞是晦氣。」一個中氣充沛的聲音說道：「你們看著這對男女，明兒等老吳他們一來，咱們就動手。這幾個也眞膿包，四個人鬥一個女娘們還得不了手。只是這案子他們在辦，我不便搶在頭裏。」童兆和道：「你張大人一到，那還不手到擒來？你抓到後，我在這小子頭上狠狠的踢上幾腳。」

李沅芷緩緩長身，在窗紙上找到個破孔向裏張望，見房裏坐著五六人，一個四十多歲、身穿官服的面生人居中而坐，想必就是他們口中的張大人，見那人雙目如電，太陽穴高高凸起，心想：「聽師父說，這樣的人內功精深，武功非同小可，怎麼官場中也有如此人物？」只聽閻世章道：「老童，你把包袱交給我，那些回回不死心，路上怕還有麻煩。」童兆和遲遲疑疑的把包袱解下來，兀自不肯便交過去。閻世章道：「你放心，我可不是跟你爭功，咱們玩藝兒誰強誰弱，誰也瞞不了誰。把這包袱太太平平送到京裏，大家都有好處。」

李沅芷心想，包袱一給閻世章拿到，他武功強，搶回來就不容易，靈機一動，在霍青桐耳邊說了幾句話，隨即除下帽子，把長髮披在面前，取出塊手帕蒙住下半截臉，在地下拾起兩塊磚頭，使勁向窗上擲去，砸破窗格，直打進房裏。

房裏燈火驟滅，房門一開，竄出五六個人來。當先一人喝道：「甚麼東西？膽子倒不小。」霍青桐胡哨一聲，翻身出牆，眾鏢師紛紛追出。

李沅芷待眾鏢師和那張大人追出牆去，直闖進房。童兆和被人點了大半天的穴，剛救治過來，手腳還不靈便，躺在炕上，見門外闖進一個披頭散髮、鬼不像鬼、人不像人的東西來，雙腳迸跳，口中吱吱直叫，登時嚇得全身軟癱。那鬼跳將過來，在他手中將紅包袱一把搶過去，順手啪啪兩下，打了他兩個耳光，吱吱吱的又跳出房去。

眾鏢師追出數步，那張大人忽地住腳，叫道：「糟了，這是調虎離山之計，快回去！」閻世章等也即醒悟，回到店房，只見童兆和倒在炕上，雙頰紅腫，把鬼搶包袱之事說了。張大人恨道：「甚麼鬼？咱們陰溝裏翻船，幾十年的老江湖著了道兒。」

李沅芷搶了包袱，躲在牆邊，待眾鏢師都進了房，才翻牆出去。她輕輕吹了記口哨，對面樹蔭下有人應了一聲，兩個人影迎將上來，正是陸菲青和霍青桐。李沅芷得意非凡，笑道：「包袱搶回來了，可不怪我了吧……」一句話沒說完，陸菲青叫道：「小心後面。」

李沅芷正待回頭，肩上已被人拍了一下，她反手急扣，卻沒扣住敵人手腕，心中一驚，知是來了強敵，此人悄沒聲的跟在後面，自己竟絲毫不覺，急忙轉身，月光下只見一個身材魁梧的漢子站在面前。她萬想不到敵人站得如此之近，驚得倒退兩步，揚手將包袱向霍青桐擲去，叫道：「接著。」雙手交錯，護身迎敵。

那知來敵身法奇快，她包袱剛擲出，敵人已跟著縱起，長臂伸手，半路上截下了包袱。李沅芷又驚又怒，迎面一拳，同時霍青桐也從後攻到。那人左手拿住包袱，雙手分撐，使出的勢子竟是武當長拳中的「高四平」，勢勁力足，將李沅芷和霍青桐同時震得倒退數步。李沅芷這時看清了敵人，正是那個張大人。武當長拳是武當派的入門功夫，她跟陸菲青學藝，學了練氣的十段錦後，最先學的就是這套拳術，那知平平常常一招「高四平」，在敵人手下使出來竟有如斯威力，不禁倒抽了口涼氣，回頭望時，師父卻已不知去向。

霍青桐見包袱又給搶去，明知非敵，卻不甘心就此退開，拔劍攻上。李沅芷右足踏進一步，「七星拳」變「倒騎龍」，也以武當長拳擊敵。

張大人見她出手拳招，「噫」了一聲，待她「倒騎龍」變勢反擊，不閃不避，側身也是一招「倒騎龍」發拳揮去。同樣的拳招，功力卻大有高下之分，李沅芷和敵人拳對拳一碰，只覺手臂一陣酸麻，疼痛難當，腳下一個踉蹌，向左跳開，險些跌倒。霍青桐見她遇險，不顧傷敵，先救同伴，跳到李沅芷身旁，伸左手將她挽住，右手挺劍指著張大人，防他來攻。

張大人高聲說道：「喂，你這孩子，我問你，你師父姓馬還是姓陸？」李沅芷心想：「師父姓陸，偏要騙騙他。」說道：「我師父姓馬，你怎知道？」張大人道：「見了師叔不磕頭麼？」說罷哈哈一笑。霍青桐見他們敘起師門之誼，自己與李沅芷毫無交情，眼見聖經是拿不回來了，當即快步離去。

李沅芷忙去追趕，奔出幾十步，正巧浮雲掩月，眼前一片漆黑，空中打了幾個悶雷，心下驚怕，不敢再追，回來已不見了張大人。待得跳牆進去，身上已落著幾滴雨點，剛進房，大雨已傾盆而下。

這場豪雨整整下了一夜，到天明兀自未停。李沅芷梳洗罷，見窗外雨勢越大。服侍李夫人的傭婦進來道：「曾參將說，雨太大，今兒走不成了。」李沅芷忙到師父房裏，將昨晚的事說了，問是怎麼回事。陸菲青眉頭皺起，似是心事重重，只道：「你不說是我的徒弟，那很好。」她見師父臉色凝重，不敢多問，回到自己房中。

秋風秋雨，時緊時緩，破窗中陣陣寒風吹進房來。李沅芷困處僻地野店，甚覺厭煩，踱到紅花會四當家的店房外瞧瞧，只見房門緊閉，沒半點聲息。鎮遠鏢局的鏢車也都沒走，幾名鏢師架起了腿，坐在廳裏閒談，昨晚那自稱是她師叔的張大人卻不在其內。一陣西風颼來，身上頗有寒意，她正想回房，忽聽門外鸞鈴聲響，一乘馬從雨中疾奔而來。

那馬到客店外停住，一個少年書生下馬走進店來。店夥牽了馬去上料，問那書生是否住店。那書生脫去所披雨衣，說道：「打過尖還得趕路。」店夥招呼他坐下，泡上茶來。

那書生長身玉立，眉清目秀。在塞外邊荒之地，很少見到這般瀟洒英俊人物，李沅芷不免多看了一眼。那書生也見到了她，微微一笑，李沅芷臉上微熱，忙轉頭向裏。

店外馬蹄聲響，又有幾人闖了進來，李沅芷認得是昨天圍攻那少婦的四人，忙退入陸菲青房中問計。陸菲青道：「咱們先瞧著。」師徒兩人從窗縫之中向外窺看。

四人中那使劍的叫店夥來低聲問了幾句，道：「拿酒飯上來。」店夥答應著下去。那人道：「紅花會的點子沒走，吃飽了再幹。」那書生神色微變，斜著眼不住打量四人。

李沅芷道：「要不要再幫那女人？」陸菲青道：「別亂動，聽我吩咐。」他對四名公差沒再理會，只細看那書生。見他吃過了飯，把長凳搬到院子通道，從身後包裹裏抽出一根笛子，悠悠揚揚的吹了起來。李沅芷粗解音律，聽他吹的是〈天淨沙〉牌子，吹笛不奇，奇在這笛子金光燦爛，竟如是純金所鑄。這一帶路上很不太平，他孤身一個文弱書生，拿了一支金笛賣弄，豈不引起暴客覬覦？心想，待會倒要提醒他一句。

四名公差見了這書生的舉動也有些納罕。吃完了飯，那使劍的縱身跳上桌子，高聲說道：「我們是京裏和蘭州府來的公差，到此捉拿紅花會欽犯，安份良民不必驚擾。」

回兒動起手來刀槍無眼，大夥兒站得遠遠的吧。」說罷跳下桌來，領著三人就要往內闖去。

那書生竟似沒聽見一般，坐在當路，仍然吹他的笛子。那使劍的走近說道：「喂，借光，別阻我們公事。」他見那書生文士打扮，說不定是甚麼秀才舉人，才對他客氣三分，如是尋常百姓，早就一把推開了。那書生慢吞吞的放下笛子，問道：「各位要捉拿欽犯，他犯了甚麼罪啊？常言道得好：與人方便，自己方便。子曰：『己所不欲，勿施於人。』我看馬馬虎虎算了，何必一定要捉呢？」使懷杖的公差走上一步，喝道：「別在這裏囉唆行不行？走開，走開！」書生笑道：「尊駕稍安毋躁。兄弟做東，大家來喝一杯，交個朋友如何？」那公差怎容得他如此糾纏，伸手推去，罵道：「他媽的，酸得討厭！」

那書生身子搖擺，叫道：「啊唷，別動粗，君子動口不動手！」突然前撲，似是收勢不住，伸出金笛向前一抵，無巧不巧，剛好抵上那公差的左腿穴道。那公差腿一軟，便跪了下去。書生叫道：「啊唷，不敢當，別行大禮！」連連作揖。

這一來，幾個行家全知他身懷絕技，是有意跟這幾個公人爲難了。李沅芷本來在爲書生擔憂，怕他受公差欺侮，待見他竟會點穴，還在裝腔作勢，只看得眉飛色舞，好不有興。

使軟鞭的公差驚叫：「師叔，這點子怕也是紅花會的！」使劍和使鬼頭刀的連忙退出幾步。那使懷杖的公差韓春霖軟倒在地，動彈不得，使軟鞭的將他拉在一邊。使劍的公差向書生道：「你是紅花會的？」言語中頗有忌憚之意。

那書生哈哈一笑，道：「做公差的耳目眞靈，這碗飯倒也不是白吃的，知道紅花會中有區區在下這號人物。常言道：光棍眼，賽夾剪。果然是有點道理。在下行不改姓，坐不改名，姓余名魚同。余者，人未之余。魚者，混水摸魚之魚也。同者，君子和而不同之同，非破銅爛鐵之銅也。在下是紅花會中一個小腳色，坐的是第十四把交椅。」他把笛子揚了一揚，道：「你們不識得這傢伙麼？」使劍的道：「啊，你是金笛秀才！」

那書生道：「不敢，正是區區。閣下手持寶劍，青光閃閃，獐頭鼠目，一表非凡，想必是北京大名鼎鼎的捕頭胡國棟了。聽說你早已告老收山，怎麼又幹起這調調兒來啦？」使劍的哼了一聲道：「你眼光也不錯啊！你是紅花會的，這官司跟我打了吧！」話畢手揚，劍走輕靈，挺劍刺出，剛中帶柔，勁道頗足。

胡國棟是北京名捕頭，手下所破大案、所殺大盜不計其數，自知積下怨家太多，幾年前已然告老。那使軟鞭的是他師姪馮輝，這次奉命協同大內侍衛捉拿紅花會的要犯，自知本領不濟，千懇萬求，請了他來相助一臂。使鬼頭刀的蔣天壽，使懷杖的韓春霖，都是蘭州的捕快。捕快武功雖然不高，追尋犯人的本領卻勝過了御前侍衛。

當下余魚同施展金笛，和三名公差鬥在一起。他的金笛有時當鐵鞭使，有時當判官筆用，有時招數中更夾雜著劍法，胡國棟等三人一時竟鬧了個手忙足亂。陸菲青和李沅芷只看得幾招之後，不由得面面相覷。李沅芷道：「是柔雲劍法。」陸菲青點點頭，暗想：「柔雲劍是本門獨得之秘，他既是紅花會中人，那麼是大師兄的徒弟了。」

陸菲青師兄弟三人，他居中老二，大師兄馬眞，師弟張召重便是昨晚李沅芷與之動手過招的「張大人」。這張召重天份甚高，用功又勤，師兄弟中倒以他武功最強，只是熱中功名利祿，投身朝廷，此人辦事賣力，這些年來青雲直上，已升到御林軍驍騎營佐領之職。陸菲青當年早與他劃地絕交，昨晚見了他的招式，別來十餘年，此人百尺竿頭，又進一步，實是非同小可。這一晚回思昔日師門學藝的往事，感慨萬千，不意今日又見了一個技出同傳的後進少年。

他猜想余魚同是師兄馬眞之徒，果然所料不錯。余魚同乃江南望族子弟，中過秀才。他父親因和一家豪門爭一塊墳地，官司打得傾家蕩產，又被豪門借故陷害，瘐死獄中。余魚同傷痛出走，得遇機緣，拜馬眞爲師，棄文習武，回來刺死了土豪，從此亡命江湖，後來入了紅花會。他爲人機警靈巧，多識各地鄉談，在會中職使聯絡四方，刺探訊息。這次奉命赴洛陽辦事，並不知文泰來夫婦途中遇敵、在這店裏養傷，原擬吃些點心便冒雨東行，卻聽胡國棟等口口聲聲要捉拿紅花會中人，便即挺身而出。駱冰隔窗聞笛，卻知是十四弟到了。

余魚同以一敵三，打得難解難分。鏢行中人聞聲齊出，站在一旁看熱鬧。童兆和大聲道：「要是我啊，留下兩個招呼小子，另一個就用彈子打。」他見馮輝背負彈弓，便提醒一句。馮輝一聽不錯，退出戰團，跳上桌子，拉起彈弓，叭叭叭，一陣彈子向余魚同打去。

余魚同連連閃避，又要招架刀劍，頓處下風，數合過後，胡國棟長劍與蔣天壽的鬼頭刀同時攻到，余魚同揮金笛將刀擋開，胡國棟的劍尖卻在他長衫上刺了一洞。余魚同一呆，面頰上中了一彈，吃痛之下，手腳更慢。胡國棟與蔣天壽攻得越緊。蔣天壽武功平平，胡國棟卻劍法老辣，算得是公門中一把好手。余魚同手中金笛只有招架，已遞不出招去。童兆和在一旁得意：「聽童大爺的話包你沒錯。喂，你這小子別打啦，扔下笛子，磕頭求饒，脫褲子挨板子吧！」

余魚同技藝得自名門眞傳，雖危不亂，激鬥之中，忽駢左手兩指，直向胡國棟乳下穴道點去。胡國棟疾退兩步。余魚同兩指變掌，在蔣天壽臉前虛晃假劈，待對方舉刀擋格，手掌故意遲遲縮回。蔣天壽看出有便宜可佔，鬼頭刀變守為攻，直削過去。余魚同左掌將敵人兵刃誘過，金笛橫擊，正中敵腰。蔣天壽大哼一聲，痛得蹲了下去。余魚同待要趕打，胡國棟迎劍架住。馮輝一陣彈子，又把他擋住了。

蔣天壽順了口氣，強忍痛楚，咬緊牙關，站起來溜到余魚同背後，乘他前顧長劍、側避彈子之際，使盡平生之力，鬼頭刀「開天闢地」，向他後腦砍落，這一招攻其無備，實難躲避。那知刀鋒堪堪砍到敵人頂心，腕上突然奇痛，兵刃拿捏不住，跌落在地，一呆之下，胸口又中了一柄飛刀，當場氣絕。

余魚同回過頭來，只見駱冰左手扶桌，站在身後，右手拿著一柄飛刀，纖指執白刃，如持鮮花枝，俊目流眄，櫻唇含笑，舉手斃敵，渾若無事，說不盡的嫵媚可喜。他一見之下，胸口一熱，精神大振，金笛舞起一團黃光，大叫：「四嫂，把打彈弓的鷹爪先廢了。」

駱冰微微一笑，飛刀出手。馮輝聽得叫聲，忙轉身迎敵，只見明晃晃的一把柳葉鋼刀已迎胸飛來，風勁勢急，忙舉彈弓擋架，啪的一聲，弓脊立斷，飛刀餘勢未衰，又將他手背削破。馮輝大駭，狂叫：「師叔，風緊扯呼！」轉身就走。胡國棟唰唰兩劍，把余魚同逼退兩步，將軟倒在地的韓春霖揹起，馮輝揮鞭斷後，衝向店門。

余魚同見公差逃走，也不追趕，將笛子舉到嘴邊。李沅芷心想這人眞是好整以暇，這當口還吹笛呢。誰知他這次並非橫吹，而是向吹洞簫般直吹，只見他一鼓氣，一枝小箭從金笛中飛將出來。馮輝低頭閃避，小箭釘在韓春霖臀上，痛得他哇哇大叫。

余魚同轉身道：「四哥呢？」駱冰道：「跟我來。」她腿上受傷，撐了根門閂當拐杖，引路進房。余魚同從地下拾起一把飛刀交還駱冰，問道：「四嫂怎麼受了傷，不礙事麼？」

那邊胡國棟背了韓春霖竄出，生怕敵人追來，鼓足了勁往店門奔去，剛出門口，外面進來一人，登時撞個滿懷。胡國棟數十年功夫，下盤紮得堅實異常，那知被進來這人輕輕一碰，竟收不住腳，連連退出幾步，把韓春霖脫手拋在地下，才沒跌倒。這一下韓春霖可慘了，那枝小箭在地上一撞，連箭羽沒入肉裏。

胡國棟一抬頭，見進來的是驍騎營佐領張召重，轉怒爲喜，將已到嘴邊的一句粗話縮回肚裏，忙請了個安，說道：「張大人，小的不中用，一個兄弟讓點子廢了，這個又給點了穴道。」張召重「唔」了一聲，左手一把將韓春霖提起，右手在他腰裏一捏，腿上一拍，就把他閉住的血脈解開了，問道：「點子跑了？」胡國棟道：「還在店裏呢。」

張召重哼了一聲道：「膽子倒不小，殺官拒捕，還大模大樣的住店。」一邊說話一邊走進院子。馮輝一指文泰來的店房，道：「張大人，點子在那裏。」手持軟鞭，當先開路。

一行人正要闖進，忽然左廂房中竄出一個少年，手持紅布包袱，向張召重一揚，笑道：「喂，又給我搶來啦！」說話之間已奔到門邊。張召重一怔，心想：「這批鏢行小子眞夠膿包，我奪了回來，又給人家搶了去。別理他，自己正事要緊！」當下並不追趕，轉身又要進房。那少年見他不追，停步叫道：「不知那裏學來幾手三腳貓，還冒充是人家師叔，羞也不羞？」這少年正是女扮男裝的李沅芷。

張召重名震江湖，外號「火手判官」。綠林中有言道：「寧見閻王，莫碰老王；寧挨三槍，莫遇一張。」「老王」是鎭遠鏢局總鏢頭威震河朔王維揚，「一張」便是「火手判官」張召重了。這些年來他雖身在官場，武林人物見了仍是敬畏有加，幾時受過這等奚落？當時氣往上衝，一個箭步，舉手向李沅芷抓來，有心要把她抓到，好好教訓一頓，再交給師兄馬眞發落。他認定她是馬眞的徒弟了。

李沅芷見他追來，拔腳就逃。張召重道：「好小子，往那裏逃？」追了幾步，眼見她逃得極快，不想跟她糾纏，轉身要辦正事。那知李沅芷見他不追，又停步譏諷，說他浪得虛名，丟了武當派的臉，口中說話，腳下卻絲毫不敢停留。張召重大怒，直追出兩三里地，其時大雨未停，兩人身上全濕了。

張召重發了狠勁，心說：「渾小子，抓到你再說。」施展輕功，全力追來。他既決心要追，李沅芷可就難以逃走，眼見對方越追越近，知他武功卓絕，不禁發慌，斜刺裏往山坡上奔去。張召重默不作聲，隨後急追，腳步加快，已到李沅芷背後，長臂伸手，一把抓住她背心衣服。李沅芷大驚，出力掙扎，「嗤」的一聲，背上一塊衣衫給扯了下來，心中突突亂跳，隨手把紅布包袱往山澗裏拋落，說道：「給你吧。」

張召重知道包裹經書關係非小，兆惠將軍看得極重，被澗水一沖，不知流向何處，就算找得回來也必浸壞，當下顧不得追人，躍下山澗去拾包袱。李沅芷哈哈一笑，轉身狂奔。

張召重拾起包袱，見已濕了，忙打開要看經書是否浸濕，包一解開，不由得破口大罵，包裹那有甚麼可蘭經？竟是客店櫃檯上的兩本帳簿，翻開一看，簿上寫的是收某號客人房飯錢幾錢幾串，店夥某某支薪工幾錢幾分。他大嘆晦氣，江湖上甚麼大陣大仗全見過，卻連上了這小子兩次大當，隨手把帳簿包袱拋入山澗，若是拿回店裏，給人一問，面子上可下不來。

他一肚子煩躁，趕回客店，一踏進門就遇見鏢行的閻世章，見他背上好端端地揹著那紅布包袱，暗叫慚愧，忙問：「這包袱有人動過沒有？」閻世章道：「沒有啊。」他為人細心，知道張召重相問必有緣故，邀他同進店房，打開包袱，經書穩穩當當的在內。張召重道：「胡國棟他們那裏去了？」閻世章道：「剛才還見到在這裏。」

張召重氣道：「公家養了這樣的人有個屁用！我只走開幾步，就遠遠躲了起來。閻老弟，你跟我來，你瞧我單槍匹馬，將這點子抓了。」說著便向文泰來所住店房走去。

閻世章心下爲難，他震於紅花會的威名，知道這幫會人多勢衆，好手如雲，自己可惹他們不起，但張召重的話卻也不敢違拗，當下抱定宗旨袖手旁觀，決不參與，好在張召重武功卓絕，對方三人中倒有兩個受傷，勢必手到擒來，他說過要單槍匹馬，就讓他單槍匹馬上陣便是。

張召重走到門外，大喝一聲：「紅花會匪徒，給我滾出來！」隔了半晌，房內毫無聲息。他大聲罵道：「他媽的，沒種！」抬腿踢門，房門虛掩，並未上閂，門開處竟不見有人。他一驚，叫道：「點子跑啦！」衝進房去，房裏空空如也，炕上棉被隆起，似乎被內有人，拔劍挑開棉被，果有兩人相向而臥，他以劍尖在朝裏那人背上輕刺一下，那人動也不動，扳過來看時，那人臉上毫無血色，兩眼突出，竟是蘭州府捕快韓春霖，臉朝外的人則是北京捕頭馮輝，伸手一探鼻息，兩人均已氣絕。這兩人身上並無血跡，也無刀劍傷口，再加細查，見兩人後腦骨都碎成細片，乃內家高手掌力所擊，不禁對文泰來暗暗佩服，心想他重傷之餘，還能使出如此厲害內力，心想「奔雷手」三字果然名不虛傳。可是胡國棟去了那裏？文泰來夫婦又逃往何方？把店夥叫來細問，竟沒半點頭緒。

張召重這一下可沒猜對，韓春霖與馮輝並不是文泰來打死的。

原來當時陸菲青與李沅芷隔窗觀戰，見余魚同有險，陸菲青暗發芙蓉金針，打中蔣天壽手腕，鬼頭刀落地，駱冰送上一把飛刀取了他性命。吳國棟揹起韓春霖逃走。陸菲青放下了心，以為余駱二人難關已過，那知張召重卻闖了進來。

李沅芷道：「昨晚搶我包袱的就是他，師父認得他嗎？」陸菲青「唔」了一聲，心下計算已定，低聲道：「快去把他引開，越遠越好。回來如不見我，明天你們自管上路，我隨後趕來。」李沅芷還待要問，陸菲青道：「快去，遲了怕來不及，可得千萬小心。」他知這徒兒詭計多端，師弟武藝雖強，但論聰明機變，卻遠遠不及，料想她不會吃虧。而且她父親是現任提督，萬一被張召重捉到，也不敢難為於她。又知張召重心高氣傲，不屑和婦女動手，要緊關頭之時，李沅芷如露出女子面目，張召重必定一笑退開。不出所算，張召重果然上當，但其時張召重如發暗器，或施殺手，李沅芷也早受傷，只因以為她是大師兄馬真之徒，手下留了情，這倒非陸菲青始料之所及。

陸菲青見張召重追出店門，微一凝思，提筆匆匆寫了封短柬，放在懷內，走到文泰來店房門外，在門上輕敲兩下。房裏一個女人聲音問道：「誰呀？」陸菲青道：「我是駱元通駱五爺的好朋友，有要事奉告。」裏面並不答話，也不開門，當是在商量如何應付。這時胡國棟三人卻慢慢走近，遠遠站著監視，見陸菲青站在門外，很是詫異。

房門忽地打開，余魚同站在門口，斯斯文文的問道：「是那一位前輩？」陸菲青低聲道：「我是你師叔綿裏針陸菲青。」余魚同臉現遲疑，他確知有這一位師叔，為人俠義，可是從來沒見過面，不知眼前老者是真是假，這時文泰來身受重傷，讓陌生人進房安知他不存歹意。陸菲青低聲道：「別作聲，我教你相信，讓開吧。」余魚同疑心更甚，腿上踩樁拿勁，防他闖門，一面上上下下的打量。陸菲青突伸左手，向他肩上拍去。余魚同急閃，陸菲青右掌翻處，已擱到他腋下，一招「懶扎衣」，輕輕把他推在一邊。「懶扎衣」是武當長拳中起手第一式，左手撩起自己長衫，右手單鞭攻敵，出手鋒銳而瀟洒自如，原意是不必脫去長袍即可隨手擊敵，凡是本門中人，那是一定學過的入門第一課。余魚同只覺得一股大力將他推開，身不由主的退了幾步，又驚又喜：「果真是師叔到了。」

余魚同這一退，駱冰提起雙刀便要上前。余魚同向她打個手勢，道：「且慢！」陸菲青雙手向他們揮了幾揮，示意退開，隨即奔出房去，向胡國棟等叫道：「喂，喂，屋裏的人都逃光啦，快來看！」

胡國棟大吃一驚，衝進房去，韓春霖和馮輝緊跟在後。陸菲青最後進房，將三人出路堵死，隨手關上了門。胡國棟見余魚同等好端端都在房裏，一驚更甚，忙叫：「快退！」韓春霖和馮輝待要轉身，陸菲青雙掌發勁，在兩人後腦擊落。兩人腦骨破裂，登時斃命。

胡國棟機警異常，見房門被堵，立即頓足飛身上炕，雙手護住腦門，直向窗格撞去。文泰來睡在炕上，見他在自己頭頂竄過，坐起身來，左掌揮出，喀喇一響，胡國棟右臂立斷。胡國棟身形一晃，左足在牆上力撐，還是穿窗破格，逃了出去。腦後風生，駱冰飛刀出手，胡國棟跳出去時早防敵人暗器追襲，雙腳只在地上一點，隨即躍向左邊，饒是如此，飛刀還是插入了他右肩，當下顧不得疼痛，拚命逃出客店。

這一來，駱冰和余魚同再無懷疑，一齊下拜。文泰來道：「老前輩，恕在下不能下來見禮。」陸菲青道：「好說，好說。這位和駱元通駱五爺是怎生稱呼？」說時眼望駱冰。駱冰道：「那是先父。」陸菲青道：「你是阿冰！我是你陸伯伯，還認得嗎？元通老弟是我至交好友，想不到竟先我謝世。」言下不禁淒然。駱冰眼眶一紅，忙即拜倒。陸菲青問余魚同道：「你是馬師兄的徒弟了？師兄近來可好？」余魚同道：「託師叔的福，師父身子安健。他老人家常常惦記師叔，說有十多年不見，不知師叔在何處安身，總是放心不下。」陸菲青憮然道：「我也很想念你師父。你可知另一個師叔也找你來了。」余魚同矍然一驚，道：「張召重張師叔？」陸菲青點點頭。文泰來聽得張召重的名字，微微一震，「呀」了一聲。駱冰忙過去相扶，愛憐之情，見於顏色。余魚同看得出神，痴想：「要是我有這樣一個妻子，縱然身受重傷，那也是勝於登仙。」

陸菲青道：「我這師弟自甘下流，眞是我師門之恥，但他武功精純，而且千里迢迢從北京西來，必定還有後援。現下文老弟身受重傷，我看眼前只有避他一避，然後我們再約好手，跟他一決雌雄。老夫如不能爲師門清除敗類，這幾根老骨頭也就不打算再留下來了。」話聲雖低，卻難掩心中憤慨之意。駱冰道：「我們一切聽陸老伯吩咐。」說罷看了一下丈夫的臉色，文泰來點點頭。

陸菲青從懷中掏出一封信來，交給駱冰。駱冰接過，見封皮上寫著：「敬煩面陳鐵膽莊周仲英老英雄」。駱冰喜道：「陸老伯，你跟周老英雄有交情？」陸菲青還沒回答，文泰來先問：「那一位周老英雄？」駱冰道：「周仲英！」文泰來道：「鐵膽莊周老英雄在這裏？」陸菲青道：「他世居鐵膽莊，離此不過二三十里。我和周老英雄從沒會過面，但神交已久，素知他肝膽照人，是個鐵錚錚的好男子。我想請文老弟到他莊上去暫避一時，咱們分一個人去給貴會朋友報信，來接文老弟去養傷。」他見文泰來臉色有點遲疑，便問：「文老弟你意思怎樣？」

文泰來道：「前輩這個安排，本來再好不過，只是不瞞前輩說，小姪身上擔著血海的干係。乾隆老兒不親眼見到小姪喪命，他是食不甘味，睡不安枕。鐵膽莊周老英雄我們久仰大名，是西北武林的領袖人物，交朋友再也熱心不過，那眞是響噹噹的腳色。他與我們雖然非親非故，小姪前去投奔，他礙於老前輩的面子，那是非收留不可，然而這一收留，只怕後患無窮。他在此安家立業，萬一給官面上知道了，叫他受累，小姪心中可萬分不安。」

陸菲青道：「文老弟快別這麼說，咱們江湖上講究的是『義氣』二字，為朋友兩脅插刀，賣命尙且不惜，何況區區身家產業？咱們在這裏遇到為難之事，不去找他，周老英雄將來要是知道了，反要怪咱們瞧他不起，眼中沒他這一號人物。」文泰來道：「小姪這條命是甩出去了。鷹爪子再找來，我拚得一個是一個。前輩你不知道，小姪犯的事實在太大，愈是好朋友，愈是不能連累於他。」

陸菲青道：「我說一個人，你一定知道，太極門的趙半山跟你怎樣稱呼？」文泰來道：「趙三哥，那是我們會裏的三當家。」陸菲青道：「照呀！你們紅花會幹的是甚麼事，我全不知情。可是趙半山趙賢弟跟我是過命的交情，當年我們在屠龍幫時出生入死，眞比親兄弟還親。他既是貴會中人，那麼你們的事一定光明正大，我是信得過的。

你犯了大事卻又怎麼了？最大不過殺官造反。嘿嘿！剛才我就殺了兩個官府的走狗哪！」說著伸足在馮輝的屍體上踢了一腳。

文泰來道：「小姪的事說來話長，過後只要小姪留得一口氣在，再詳詳細細的稟告老前輩。這次乾隆老兒派了八名大內侍衛來兜捕我們夫妻。酒泉一戰，小姪身負重傷，虧得你姪女兩把飛刀多廢了兩個鷹爪，好容易才逃到這裏，那知御林軍的張召重又跟著來啦。小姪終是一死，但乾隆老兒那見不得人的事，總要給他抖了出來，才死得甘心。」

陸菲青琢磨這番說話，似乎他獲知了皇帝的重大陰私，是以乾隆接二連三派出高手要殺他滅口。他雖在大難之中，卻不願去連累別人，正是一人做事一人當的英雄本色，心想如不激上一激，他一定不肯投鐵膽莊去，便道：「文老弟，你不願連累別人，那原是光明磊落的好漢子行徑，只不過我想想有點可惜。」

文泰來忙問：「可惜甚麼？」陸菲青道：「你不願去，我們三人能不能離開你？你身上有傷，動不得手，待會鷹爪子再來，我不是長他人志氣，滅自己威風，只要有我師弟在內，咱們有誰是他敵手？這裏一位是你夫人，一個是你兄弟，老朽雖然不才，也還知道朋友義氣比自己性命要緊。咱們一落敗，誰能棄你而逃？老朽活了六十歲，這條命算是撿來的，陪你老弟跟他們拚了，沒甚麼大不了，可惜的是我這個師姪方當有爲，你這位夫人青春年少，只因你要逞英雄好漢，唉，累得全都喪命於此。」

文泰來聽到這裏，不由得滿頭大汗，陸菲青的話雖然有點偏激，可全入情入理。駱冰叫了一聲「大哥」，拿出手帕把他額上汗珠拭去，握住他那隻沒受傷的手。文泰來號稱

「奔雷手」，十五歲起浪蕩江湖，手掌下不知擊斃過多少神奸巨憝、兇徒惡霸，但這雙殺人無算的巨掌被駱冰又溫又軟的手輕輕一握，正所謂英雄氣短，兒女情長，再也不能堅執己見了，向陸菲青道：「前輩教訓的是，剛才小姪是想岔了，前輩指點，唯命是從。」

陸菲青將寫給周仲英的信抽了出來。文泰來見信上先是幾句仰慕之言，再說有幾位紅花會的朋友遇到危難，請他照拂，信上沒寫文余等人的姓名。文泰來看後，嘆了一口氣道：「我們這一到鐵膽莊，紅花會又多了一位恩人了。」

紅花會自來有恩必酬，有仇必報。任何人對他們有恩，總要千方百計答謝才罷，若是結下了怨仇，也必大仇大報，小仇小報，決不放過。鎮遠鏢局的人聽到紅花會的名頭心存畏懼，就因知道他們人多勢眾，恩怨分明，實是得罪不得。

陸菲青再問余魚同，該到何處去報信求援，紅花會後援何時可到。余魚同道：「紅花會十二位香主，除了這裏的文四當家和駱十一當家，都已會集安西。大夥請少舵主總領會務，少舵主卻一定不肯，說他年輕識淺，資望能力差得太遠，非要二當家無塵道長當總舵主不可。無塵道長又那裏肯？現下僵在那裏，只等四當家與十一當家一到，就開香堂推舉總舵主。誰知他們兩位竟在這裏被困。大家眼巴巴的正在等他們呢。」

陸菲青喜道：「安西離此不遠，貴會好手大集。張召重再強，又怕他何來？」余魚同向文泰來道：「少舵主派我去洛陽見韓家的掌門人，分說一件誤會，那也不是十萬火急之事。小弟先趕回安西報信，四哥你瞧怎麼樣？」他在會中位分遠比文泰來為低，遇到疑難時按規矩要聽上頭的人吩咐。文泰來沉吟未答。陸菲青道：「我瞧這樣，你們三人馬上動身去鐵膽莊，安頓好後，余賢姪就逕赴洛陽。到安西報信的事就交給我去辦。」

文泰來不再多說，彼此是成名英雄，這樣的事不必言謝，也非一聲道謝所能報答，從懷中拿出一朵大紅絨花，交給陸菲青道：「前輩到了安西，請把這朵花插在衣襟上，敝會自有人來接引。」駱冰扶起文泰來下地。余魚同把地下兩具屍體提到炕上，用棉被蒙住。陸菲青打開房門，大模大樣的踱出來，上馬向西疾馳而去。

過了片刻，余魚同手執金笛開路，駱冰一手撐了一根門閂，一手扶著文泰來走出房來。掌櫃的和店夥連日見他們惡戰殺人，膽都寒了，站得遠遠的那敢走近。余魚同將三錢銀子拋在櫃上，說道：「這是房飯錢！我們房裏有兩件貴重物事存著，誰敢進房去，少了東西回來跟你算帳。」掌櫃的連聲答應，大氣也不敢出。店夥把三人的馬牽來，雙手不住發抖。文泰來兩足不能踏鐙，左手在馬鞍上一按，一借力，輕輕飛身上馬。余魚同讚道：「四哥好俊功夫！」駱冰嫣然一笑，上馬提韁，三騎連轡往東。

余魚同在鎮頭問明了去鐵膽莊的途徑，三人放馬向東南方奔去，一口氣走出十五六里地，一問行人，知道過去不遠就到。駱冰暗暗欣慰，心知只要一到鐵膽莊，丈夫就是救下來了。鐵膽莊周仲英威名遠震，在西北黑白兩道無人不敬，天大的事也擔當得起，只消緩得一口氣，紅花會大援便到，鷹爪子便來千軍萬馬，也總有法子對付。

一路上亂石長草，頗為荒涼。忽聽馬蹄聲急，迎面奔來三乘馬。馬上兩個是精壯漢子，另一人身材甚是魁偉，白鬚如銀，臉色紅潤，左手嗆啷啷的弄著兩個大鐵膽。交錯而過之時，三人向文泰來等看了一眼，臉現詫異之色，六騎馬奔馳均疾，霎時之間已相離十餘丈。余魚同道：「四哥四嫂，那位恐怕就是鐵膽周仲英。」駱冰道：「我也正想說。似他這等神情，決非尋常人物，手裏又拿著兩個鐵膽。」文泰來道：「多半是他。但他走得這麼快，怕有急事，半路上攔住了問名問姓，總是不妥。到鐵膽莊再說吧。」

又行數里，來到鐵膽莊前，其時天色向晚，風勁雲低，夕照昏黃，一眼望去，平野莽莽，無邊無際的衰草黃沙之間，唯有一座孤零零的莊子。三人日暮投莊，求庇於人，心情鬱鬱，俱有悽愴之意。緩緩縱馬而前，見莊外小河環繞，河岸遍植楊柳，柳樹上卻光禿禿地一張葉子也無，疾風下柳枝都向東飄舞。莊外設有碉堡，還有望樓吊橋，氣派甚大。

莊丁請三人進莊，在大廳坐下獻茶。一位管家模樣的中年漢子出來接待，自稱姓宋，名叫善朋，隨即請教文泰來等三人姓名。三人據實說了。

宋善朋聽得是紅花會中人物，心頭一驚，忙道：「久仰久仰，聽說貴會在江南開山立櫃，一向很少到塞外來呀。不知三位找我們老莊主有何見教？眞是失敬得很，我們老莊主剛出了門。」一面細細打量來人，紅花會威震天下，自是素所尊崇，但知紅花會與老莊主從無交往，這次突然過訪，來意善惡，無從捉摸，言辭之間，不免顯得有些遲疑冷淡。

文泰來聽得周仲英果不在家，陸菲青那封信也就不拿出來了，見宋善朋雖然禮貌恭謹，但畏畏縮縮一副拒人於千里之外的神情，心下有氣，便道：「既然周老英雄不在家，就此告退。我們前來拜莊，也沒甚麼要緊事，只是久慕周老英雄威名，順道瞻仰。

這可來得不巧了。」說著扶了椅子站起。宋善朋道：「不忙不忙，請用了飯再走吧。」轉頭向一名莊丁輕輕說了幾句話，那莊丁點頭而去。文泰來堅說要走。宋善朋道：「那麼請稍待片刻，否則老莊主回來，可要怪小人怠慢貴客。」說話之間，一名莊丁捧出一隻盤子，盤裏放著兩隻元寶，三十兩一隻，共是六十兩銀子。宋善朋接過盤子，對文泰來道：「文爺，這點不成敬意。三位遠道來到敝莊，我們沒好好招待，這點點盤費請賞臉收下。」

文泰來聽了，勃然大怒，心想我危急來投，你把我當成江湖上打抽豐的來啦。他一身傲骨，這次來鐵膽莊本已萬分委屈，豈知竟受辱於傖徒。駱冰見丈夫臉上變色，輕輕在他手上一捏，要他別發脾氣。文泰來按捺怒氣，左手拿起元寶，說道：「我們來到寶莊，可不是爲打抽豐，宋朋友把人看小啦。」宋善朋連說「不敢」，心裏卻說：「你不是打抽豐，怎麼銀子又要拿？」他知道紅花會聲名大，是以送的程儀特別從豐。

文泰來「嘿嘿」一聲冷笑，把銀子放回盤中，說道：「告辭了。」宋善朋一看之下，大吃一驚。兩隻好端端的元寶，已被他單手潛運掌力，捏成一個扁扁的銀餅，他又是羞慚，又是著急，心想：「這人本領不小，怕是來尋仇找晦氣的。」忙向莊丁輕聲囑咐了幾句，叫他快到後堂報知大奶奶，自已直送出莊，連聲道歉。文泰來不再理他。三名莊丁把客人的馬匹牽來，文泰來與余魚同向宋善朋一抱拳，說聲「叨擾」，隨即上馬。

駱冰從懷裏摸出一錠金子，重約十兩，遞給牽著她坐騎的莊丁，說道：「辛苦你啦，一點點小意思，三位喝杯酒吧。」說著向另外兩名莊丁一擺手。這十兩黃金所值，遠遠超過宋善朋所送的兩隻銀元寶，那莊丁一世辛苦也未必積得起，手中幾時拿到過這般沉甸甸的一塊黃金，一時還不敢信是眞事，歡喜得連「謝」字也忘了說。駱冰一笑上馬。

原來駱冰出生不久，母親即行謝世。神刀駱元通是獨行大盜，一人一騎，專劫豪門巨室，曾在一夜之間，連盜金陵八家富戶，長刀短刀飛刀，將八家守宅護院的武師打得人人落荒而逃，端的名震江湖。他行劫之前，必先打聽事主確是聲名狼藉，多行不義，這才下手，是以每次出手，越是席捲滿載，越是人心大快。駱元通對這獨生掌珠千依百順，但他生性粗豪，女孩兒家的事一竅不通，要他以嚴父兼爲慈母，也眞難爲他熬了下來。他錢財得來容易，花用完了，就伸手到別人家裏去取，天下爲富不仁之家，盡是他寄存金銀之庫，只消愛女開口伸手，銀子要一百有一百，要一千說不定就給兩千，因此把女兒從小養成了一副出手豪爽無比的脾氣，說到花費銀子，皇親國戚的千金小姐也遠比不上這個大盜之女的闊氣。

駱冰從小愛笑，一點小事就招得她咭咭咯咯的笑上半天，任誰見了這個笑靨迎人的小姑娘沒有不喜歡的，嫁了文泰來之後，這脾氣仍是不改。文泰來比她大上十多歲，除了紅花會的老舵主于萬亭和幾位義兄之外，生平就只服這位嬌妻。

文泰來等正要縱馬離去，只聽得一陣鸞鈴響，一騎飛奔而來，馳到跟前，乘者翻身下馬，向文泰來等拱手說道：「三位果然是到敝莊來的，請進莊內奉茶。」文泰來道：「已打擾過了，改日再來拜訪。」那人道：「適才途中遇見三位，老莊主猜想是到我們莊上來的，本來當時就要折回，只因實有要事，因此命小弟趕回來迎接貴賓。老莊主最愛交接朋友，他一見三位，知道是英雄豪傑，十分歡喜，他說今晚無論如何一定趕回莊來，務請三位留步，在敝莊駐馬下榻。不恭之處，老莊主回來親自道歉。」文泰來見那人中等身材，細腰寬膀，正是剛才途中所遇，聽他說話誠懇，氣就消了大半。

那人自稱姓孟，名健雄，是鐵膽周仲英的大弟子，當下把文泰來三人又迎進莊去，言語十分恭敬殷勤。宋善朋在旁透著很不得勁兒。賓主坐下，重新獻茶，一名莊丁出來在孟健雄耳邊說了幾句話。孟健雄站起身來，道：「我家師娘請這位女英雄到內堂休息。」

駱冰跟著莊丁入內，走到穿堂，另有一名婢女引著進去。老遠就聽得一個女人大聲大氣的道：「啊喲，貴客降臨，眞是失迎！」一個四十多歲的女人大踏步出來，拉著駱冰的手，很顯得親熱，道：「剛才他們來說，有紅花會的英雄來串門子，說只坐了一會兒就走了。我正懊惱，幸好現下又賞臉回來，我們老爺子這場歡喜可就大啦！快別走，在我們這小地方多住幾天。你們瞧，」回頭對幾個婢女說：「這位奶奶長得多俊。把我們小姐都比下去啦！」駱冰心想這位太太眞是口沒遮攔，說道：「這位不知是怎麼稱呼？小妹當家的姓文。」那女人道：「你瞧我多糊塗，見了這樣標致的一位妹妹，可就樂瘋啦！」她還是沒說自己是誰。一個婢女道：「這是我們大奶奶。」

這女人是周仲英的續絃。周仲英前妻生的兩個兒子，都因在江湖上與人爭鬥，先後喪命。這位繼室夫人生了一個女兒周綺，今年十八歲，生性魯莽，常在外面鬧事。周仲英剛才匆匆忙忙的出去，就爲了這位大小姐又打傷了人，趕著去給人家賠不是。這奶奶生了女兒後就一直沒再有喜，周仲英心想自己年紀這麼一大把，看來是命中注定無子的了，那知在五十四歲這年上居然又生了個兒子。老夫婦晚年得子，自是喜心翻倒。親友們都恭維他是積善之報。

坐定後，周大奶奶道：「快叫少爺來，給文奶奶見見。」一個孩子從內房出來，長得眉清目秀，手腳靈便。駱冰料想他已學過幾年武藝。這孩子向駱冰磕頭，叫聲「嬸嬸」。駱冰握住他的手，問幾歲了，叫甚麼名字。那孩子道：「今年十歲了，叫周英傑。」駱冰把左腕上一串珠子褪下，交給他道：「遠道來沒甚麼好東西，幾顆珠子給你鑲帽兒戴。」周大奶奶見這串珠子顆顆又大又圓，極是貴重，心想初次相見，怎可受人家如此厚禮，又是叫嚷，又是嘆氣，推辭了半天無效，只得叫兒子磕頭道謝。

正說話間，一個婢女慌慌張張的進來道：「文奶奶，文爺暈過去啦。」周大奶奶忙叫人請大夫。駱冰快步出廳，去看丈夫。原來文泰來受傷甚重，剛才一生氣，手捏銀餅又使了力，一股勁支持著倒沒甚麼，一鬆下來可撐不住了。駱冰見丈夫臉上毫無血色，神智昏迷，心中又疼又急，連叫「大哥」，過了半晌，文泰來方悠悠醒來。

孟健雄急遣莊丁趕騎快馬到鎮上請醫，順便報知老莊主，客人已經留下來了。他一路囑咐，跟著莊丁直說到莊子門口，眼看著莊丁上馬，順著大路奔向趙家堡，正要轉身入內，忽見莊外一株柳樹後一個人影一閃，似是見到他而躲了起來。

他不動聲色，慢步進莊，進門後飛奔跑上望樓，從牆孔中向外張望。只見柳樹之後一個腦袋探將出來，東西張望，迅速縮回，過了片刻，一條矮漢輕輕溜了出來，在莊前繞來繞去，走得幾步，又躲到一株柳樹之後。孟健雄見那人鬼鬼祟祟，顯非善類，眉頭一皺，走下望樓，把周英傑叫來，囑咐了幾句。周英傑大喜，連說有趣。

孟健雄跑出莊門，大笑大嚷：「好兄弟，我怕了你，成不成？」向前飛跑。周英傑在後緊追，大叫：「看你逃到那裏去？輸了想賴，快給我磕頭。」孟健雄向他打躬作揖，笑著討饒。周英傑不依，伸出兩隻小手要抓。孟健雄直向那矮漢所躲的柳樹後奔去，那漢子出其不意，嚇了一跳，站起身來，假裝走失了道：「喂，借光，上三道溝走那條路呀？」孟健雄只作不見，嘻嘻哈哈的笑著，直向他衝去，當胸一撞，那人仰天一交摔出。

這矮漢子正是鎮遠鏢局的童兆和。他記掛著駱冰笑靨如花的模樣，雖然吃過文泰來的苦頭，但想：「老子只要不過來，這麼遠遠的瞧上幾眼，你總不能把老子宰了。」是以過不多時，便向駱冰的房門瞟上幾眼。待見她和文泰來、余魚同出店，知道要逃，忙騎了馬偷偷跟隨。他不敢緊跟，老遠的盯著，眼見他們進了鐵膽莊，過了一會，遠遠望見三人出得莊來，不知怎麼又進去了，這次可老不出來。他想探個著實，回去報信，倒也是功勞一件，別讓人說淨會吃飯耍貧嘴，不會辦事。正在那裏探頭探腦，不想孟健雄猛衝過來。他旁的本事沒甚麼，爲人卻十分機警，知道行藏已給人看破，這一撞是試功夫來啦，當下全身放鬆，裝作絲毫不會武功模樣，摔了一交，邊罵邊哼，爬不起來，好在他武功本就稀鬆，要裝作全然不會，相差無幾，倒也算不上是甚麼天大難事。

孟健雄連聲道歉，笑著道：「我跟這小兄弟鬧著玩，不留神撞了尊駕，沒跌痛麼？」童兆和叫道：「這條胳臂痛得厲害，啊唷！」孟健雄伸手把他拉起，道：「請進去給我瞧瞧，我們有上好治傷膏藥。」童兆和無法推辭，只得懷著鬼胎，一步一哼的跟他進莊。

孟健雄把他讓進東邊廂房，問道：「尊駕上三道溝去嗎？怎麼走到我們這兒來啦？」童兆和道：「是啊，我正說呢，剛才一個放羊的娃子冤我啦，指了這條路，他奶奶的，回頭找他算帳。」孟健雄冷冷的道：「也不定是誰跟誰算帳呢。勞您駕把衫兒解開吧，我給你瞧一下傷。」童兆和到此地步，不由得不依。

孟健雄明說看傷，實是把他裏裏外外搜了個遍。他一把匕首藏在靴筒子裏，居然沒給搜出來。孟健雄在他身上摸來摸去，會武功之人，敵人手指伸到自己要害，定要躲閃封閉，否則這條命可是交給了人家。童兆和心道：「童大爺英雄不怕死，胡羊裝到底！」孟健雄在他腦袋上兩邊「太陽穴」一按，胸前「膻中穴」一拍。童兆和毫不在乎道：「這裏沒甚麼。」孟健雄又在他腋下一捏，童兆和噗哧一笑，說道：「啊喲，別格支人，我怕癢。」這些都是致命的要害，他居然並不理會，孟健雄心想這小子敢情眞不是會家，可是見他路道不正，總是滿腹懷疑：「聽口音不是本地人，難道是個偷雞摸狗的小賊？到鐵膽莊來太歲頭上動土，膽子是甚麼東西打的？」但鐵膽莊向來奉公守法，卻也不敢造次擅自扣人，只得送他出去。

童兆和一面走，一面東張西望，想查看駱冰他們的所在。孟健雄疑心他是給賊人踩道，發話道：「朋友，招子放亮點，你可知道這是甚麼地方？」

童兆和假作痴呆道：「這麼大的地方，說是東嶽廟嘛，可又沒菩薩。」孟健雄送過吊橋，冷笑道：「朋友，有空再來啊！」童兆和再也忍不住了，說道：「不成，得給我大舅子道喜去。他新當上大夫啦，整天給人脫衣服驗傷。」孟健雄聽他說話不倫不類，一怔之下，才明白是繞彎子罵人，伸手在他肩上重重一拍，嘿嘿一笑，揚長進莊。童兆和被他這一拍，痛入骨髓，「孫子王八蛋」的罵個不休，找到了坐騎，奔回三道溝安通客棧。

踏進店房，只見張召重、胡國棟和鏢行的人圍坐著商議，還有七八個面生之人，議論紛紛，猜想文泰來逃往何處，打死韓春霖和馮輝的那個老頭又是何人。誰都說不出個所以然來，個個皺起眉頭，為走脫了欽犯而發愁。

童兆和得意洋洋，把文泰來的蹤跡說了出來，自己受人家擺佈的事當然隱瞞不說。張召重一聽大喜，說道：「咱們就去，童老弟請你帶路。」他本來叫他「老童」，一高興，居然叫起「老弟」來。童兆和連聲答應，周身骨頭為之大輕，登時便沒把鏢行中的衆鏢頭瞧在眼裏，不住口的大吹如何施展輕功，如何冒險追蹤，說道：「那是皇上交下來的差使，又是張大人的事，姓童的拚了命也跟反賊們泡上了。」

胡國棟右臂折斷，已請跌打醫生接了骨，聽他丑表功表之不已，便給他和新來的幾人引見。童兆和一聽，吃了一驚，原來都是官府中一流好手：那是大內賞穿黃馬褂的二等侍衛瑞大林，鄭親王府武術總教頭萬慶瀾，九門提督府記名總兵成璜，湖南辰州言家拳掌門人言伯乾，以及天津與保定的幾個名捕頭。

為了捉拿文泰來，這許多南北滿漢武術名家竟雲集三道溝這小小市鎮。當下一行人摩拳擦掌，向鐵膽莊進發。

陸菲青冒著撲面疾風，縱馬往西，過烏金峽長嶺時，見昨日嶺上惡戰所遺血漬已被雨水沖得乾乾淨淨。一口氣奔出四五十里地，到了一個小市集，一番馳騁，精神愈長，天色未黑，原可繼續趕路，但馬匹已疲，嘴邊儘泛白沫，氣喘不已。文泰來之事勢如星火，後援早到一刻好一刻，正自委決不下，忽見市集盡頭有個回人手牽兩馬，東西探望，似在等人。那兩匹馬身高驃肥，毛色光潤，心中一動，走上前去，向他買馬。

那回人搖搖頭。他取出布囊，摸了一錠大銀遞過，約有二十來兩，那回人仍是搖頭。他心下焦躁，倒提布囊，囊中六七錠小銀子都倒將出來，連大錠一起遞過。那回人揮手叫他走開，似說馬是決不賣的，不必多所囉唆。陸菲青好生懊喪，把銀子放回囊中。那回人一眼瞥見他掌中幾錠小銀子之間夾著一顆鐵蓮子，伸手取過，向著暗器上所刻的羽毛花紋仔細端詳。原來那晚陸菲青帳外窺秘，霍青桐以鐵蓮子相射，給他彈入茶壺，其後隨手放入囊中，也便忘了。那回人詢問鐵蓮子從何而來。

陸菲青靈機一動，便說那個頭插綠羽、手使長劍的回族少女是他朋友，此物是她所贈。那回人點點頭，又仔細看了一下，放還陸菲青掌中，將一匹駿馬的韁繩交了給他。

陸菲青大喜，忙再取出銀子。回人搖手不要，牽過陸菲青的坐騎，轉身便走。陸菲青心道：「瞧不出這麼花朵兒般的一個小姑娘，在回人之中竟有偌大聲勢，一顆鐵蓮子便如令箭一般。」

原來這回人正是霍青桐的族人。他們這次大舉東來奪經，沿站設樁，以便調動人手，傳遞消息。他見這漢人老者持有霍青桐的鐵蓮子匆匆西行，只道是本族幫手，毫不猶豫，便將好馬換了給他。

陸菲青縱馬疾馳，前面鎭上又遇到了回人，他取出鐵蓮子，立時又換到了一匹養足了力氣的好馬。這次更加來得容易，因回人馬匹後腿上烙有部族印記，他拿去換的即是他們本族馬匹，對方自然更無懷疑。

陸菲青一路換馬，在馬上吃點乾糧，一日一夜趕了六百多里，第三日傍晚到達安西。他武功精湛，武當派講究的又是內力修爲，但畢竟年歲已高，這一日一夜不眠不休的奔馳下來，也已十分疲累。進得城來，取出文泰來所給紅花，插在襟頭。走不上幾步，迎面就有兩名短裝漢子過來，抱拳行禮，邀他赴酒樓用飯，陸菲青也不推辭。上了酒樓，一名漢子陪他飲酒，另一個說聲「失陪」就走了。相陪的漢子執禮甚恭，一句話不問，只是叫菜勸酒。

三杯酒落肚，門外匆匆進來一人，上前作揖。陸菲青忙起身還禮，見那人穿一件青布長衫，三十左右年紀，雙目烱烱，英氣逼人。那人請教姓名，陸菲青說了。那人道：「原來是武當派陸老前輩，常聽趙半山三哥說起您老大名，在下好生仰慕，今日相會，眞是幸事。」陸菲青道：「請教尊姓大名。」那人道：「晚輩衛春華。」原先相陪之人說道：「老英雄請寬坐。」向陸衛二人行禮而去。衛春華道：「敝會少舵主和許多弟兄都在本地，要是得知老前輩大駕光臨，大夥兒一定早來迎接了。不知老前輩是否可以賞臉移步，好讓大家拜見。」陸菲青道：「好極了，我趕來原有要事奉告。」衛春華要再勸酒，陸菲青道：「事在緊急，跟貴會衆英雄會見後再飲不遲。」

當下衛春華在前帶路，走出酒樓，掌櫃的也不算酒錢。陸菲青心想，看來這酒樓是紅花會聯絡之所。兩人上馬出城。衛春華問道：「老前輩已遇到了我們文四哥文四嫂？」陸菲青道：「是啊，你怎知道？」衛春華道：「老前輩身上那朵紅花是文四哥的，這花有四片綠葉相襯。」陸菲青心想：「這是他們會中暗記，這人坦然相告，那是毫不見外，當我是自己人了。」

不一會，二人來到一所道觀。觀前觀後古木參天，氣象宏偉，觀前一塊扁額寫著「玉虛道院」四個大字。觀前站著兩名道人，見了衛春華很是恭謹。衛春華肅客入觀，一名小道童獻上茶來。衛春華在道童耳邊說了幾句話，道童點頭進去。陸菲青剛要舉杯喝茶，只聽得內堂一人大叫：「陸大哥，你可把小弟想死了……」話聲未畢，人已奔到，正是他當年的刎頸之交趙半山。

老友相見，眞是說不出的歡喜。趙半山一疊連聲的問：「這些年來在那裏？怎麼會到這裏的？」陸菲青且自不答，說道：「趙賢弟，咱們要緊事先談。貴會文四當家眼下可在難中。」當下將文泰來與駱冰的事大略一說，只把趙衛兩人聽得慘然變色。衛春華沒聽完，便快步入內報訊。趙半山細細詢問文駱二人傷勢詳情。

陸菲青還未說完，只聽得衛春華在院子中與一人大聲爭執。那人叫道：「你攔著我幹甚麼？我非得馬上趕到四哥身邊不可。」衛春華道：「你就是這麼急性子，大夥兒總先得商量商量，再由少舵主下令派誰去接四哥呀。」那人仍是大叫大嚷的不依。

趙半山拉著陸菲青的手出去，陸菲青見那大聲喧嘩吵鬧之人是個駝子，記得正是那天用手割斷李沅芷馬尾之人。衛春華在駝子身上推了一把，道：「去見過陸老前輩。」那駝子走將過來，楞著眼瞪視半晌，不言不語。陸菲青只道他記得自己相貌，還在為那天李沅芷笑他而心中不快，正想道歉，那駝子忽道：「你一天一晚趕了六百多里，來為我四哥四嫂報信，我章駝子謝謝你啦！」話未說完，突然跪下，就在石階上咚咚咚咚磕了四個響頭。

陸菲青待要阻止，已經不及，只得也跪下還禮。那駝子早已磕完了頭，站起身來，說道：「趙三哥，衛九哥，我先走啦。」趙半山想勸他稍緩片刻，那駝子頭也不回，直竄出去，剛奔出月洞門，外面進來一人，一把拉住駝子，問道：「到那裏去？」駝子道：「瞧四哥四嫂去，跟我走吧。」不由那人分說，反手拉了他手腕便走。趙半山叫道：「七弟你就陪他去吧。」那人遙遙答應。

這駝子姓章名進，最是直性子。他天生殘疾，可是神力驚人，練就了一身外家的硬功夫。他身有缺陷，最惱別人取笑他的駝背，他和人說話時自稱「章駝子」，那是好端端地，然而別人若是在他面前提到個「駝」字，甚至衝著他的駝背一笑，這人算是惹上了禍啦。笑他之人如是常人也還罷了，如會武藝，往往就被他結結實實的打上一頓。他在紅花會中最聽駱冰的話，因他脾氣古怪，旁人都忌他三分，駱冰卻憐他殘廢，衣著飲食，時加細心照料，當他是小兄弟一般。他聽到文泰來夫婦遇難，熱血沸騰，一股勁就奔去赴援。章進在紅花會中排行第十，剛才被他拉去的是坐第七把交椅的徐天宏。其人身材矮小，足智多謀，算是紅花會的軍師，武功也頗不弱，江湖上送他一個外號，叫做「武諸葛」。

趙半山把這兩人的情形大略一說，紅花會眾當家陸續出來廝會，全是武林中成名的英雄好漢，陸菲青在途中大半也都見過。趙半山一一引見，各人心急如焚，連客套話也都省了。陸菲青把文泰來的事擇要說了，那位獨臂二當家無塵道人道：「咱們見少舵主去。」

大夥走向後院，進了一間大房，只見板壁上刻著一隻大圍棋盤，三丈外兩人坐在炕上，手拈棋子，向那豎立的棋局投去，一顆顆棋子都嵌在棋道之上。陸菲青見多識廣，可從未見過有人如此下棋。棋盤旁站著個小道童，遇有食子、打劫，便伸手從棋盤中揑子。持白子的是個青年公子，身穿白色長衫，臉如冠玉，似是個貴介子弟。持黑子的卻是個莊稼人打扮的老者。老者發子之時，每著勢挾勁風，棋子深陷板壁。陸菲青暗暗心驚：「這人不知是那一位英雄，發射暗器的手勁準頭，我生平還沒見過第二位。」眼見黑子勢危，白子一投，黑子滿盤皆輸，那公子一子投去，準頭稍偏，沒嵌準棋道交叉之處，落入了空格。老者呵呵笑道：「這一子不成話，認輸了吧！」推棋而起，顯然是輸了賴皮。那公子微微一笑，說道：「待會再跟師父下過。」那老者也不跟衆人招呼行禮，揚長出門。（按：中國古來慣例，下圍棋尊長者執黑子，日本亦然，至近代始變。）

趙半山向那公子道：「少舵主，這位是武當派前輩名宿陸菲青陸大哥。」又向陸菲青道：「這位是我們少舵主，兩位多親近親近。」那少舵主拱手作揖，說道：「小姪姓陳名家洛，請老伯多多指教。小姪曾聽趙三哥多次說起老伯大名，想像英風，常恨無緣拜會。適才陪師父下棋，不知老伯駕到，未曾恭迎，失禮之極，深感惶恐。」陸菲青連稱不敢，心下詫異，見這少舵主一付模樣直是個富貴人家的紈袴子弟，兼之吐屬斯文，和這些草莽羣豪全不相類。

趙半山把文泰來避難鐵膽莊之事向陳家洛說了，請示對策。陳家洛向無塵道人道：「請道長吩咐吧。」無塵身後一條大漢站了出來，厲聲說道：「四哥身受重傷，人家素不相識，連日連夜趕來報信，咱們自己還在你推我讓，讓到四哥送了命，那再不讓了吧？老當家的遺命誰敢不遵？少舵主你不奉義父遺囑就是不孝，你要是瞧我們兄弟不起，不肯做頭腦，那麼紅花會七八萬人全都散了夥吧！」陸菲青看那人又高又肥，臉色黝黑，神態威猛，剛才趙半山引見是會中坐第八交椅的楊成協。

羣雄紛紛說道：「咱們蛇無頭不行，少舵主若再推讓，教大家都寒了心。四哥現下身在難中，大家須得奉少舵主將令趕去相救。」無塵凜然道：「紅花會上下七萬多人，那一個不聽少舵主號令，教他吃我無塵一劍。」陳家洛見衆意如此，好生爲難，雙眉微蹙，沉吟不語。

西川雙俠中的常赫志冷冷的道：「兄弟，少舵主既然瞧不起咱們，咱哥兒倆把四哥接回之後，就回西川去！」常伯志接口道：「哥哥說得對，就這麼辦。」

陳家洛知道再不答允，必定壞了衆兄弟的義氣，當下團團一揖，說道：「兄弟不是不識抬舉，實因自知年輕識淺，量才量德，均不足擔當大任。但各位如此見愛，從江南遠道來到塞外，又有我義父遺命，叫我好生爲難。本來想等文四哥到後，大家從長計議。現下文四哥有難，無可再等，各位又非要我答允不可，恭敬不如從命，這就聽各位兄長吩咐吧。」紅花會羣雄見他答允出任總舵主，歡然喝采，如釋重負。

無塵道人道：「那麼便請總舵主拜祖師、接紅花。」

陸菲青知道各幫各會都有自家的典禮制儀，總舵主是全會之主，接任就任，要大開香堂，更是非同小可，自己是外人，不便參與，當下向陳家洛道了喜告退。長途跋涉之後，十分困倦，趙半山引他到自己房裏洗沐休息。一覺醒來，已是深夜。趙半山道：「總舵主已率領衆兄弟分批趕赴鐵膽莊，知道大哥一夜未睡，特留小弟在此相陪，咱哥兒倆明日再去。」

故交十多年未見，話盒子一打開，那裏還收得住？這些年來武林中的恩恩怨怨，生生死死，直談到東方泛白，還只說了個大概。陸菲青避禍隱居，於江湖上種種風波變亂，一無所知，此時聽趙半山說來，眞是恍如隔世，聽到悲憤處目眥欲裂，壯烈處豪氣塡膺，又問：「你們總舵主年紀這麼輕，模樣兒就像個公子哥兒，怎地大家都服他？」

趙半山道：「這事說來話長，大哥再休息一會，待會兒咱們一面趕路一面說。」

陳家洛使出「百花錯拳」，怪招迭出。

周仲英大驚，連連倒退。

只見廳外竄進兩人，大叫：「住手！」

卻是陸菲青和趙半山到了。

第三回
避禍英雄悲失路　尋仇好漢誤交兵

鎮遠鏢局鏢頭童兆和與高采烈的帶路，引著張召重等一干官府好手、七八名捕快，趕赴鐵膽莊來。他這次有人壯膽撐腰，可就威風八面了，來到莊前，向莊丁喝道：「快叫你家莊主出來，迎接欽差。」莊丁見這干人來勢洶洶，也不知是甚麼來頭，轉身回入。張召重心想周仲英名聲極大，是西北武林首腦人物，可得罪不得，便道：「這位朋友且住，你說我們是京裏來的，有點公事請教周老英雄。」他說罷向胡國棟使了個眼色。胡國棟點點頭，率領捕快繞向莊後，以防欽犯從後門逃走。

孟健雄聽得莊丁稟告，料知這批人定爲文泰來而來，叫宋善朋出去敷衍，當即趕到文泰來室中，說道：「文爺，外面來了六扇門的鷹爪子，說不得，只好委屈三位暫避一避。」當下把文泰來扶起，走進後花園一個亭子，和兩名莊丁合力抬起一張石桌，露出一塊鐵板，拉開鐵板上鐵環，用力一提，鐵板掀起，下面是通向地窖的石級。

文泰來怒道：「文某豈是貪生怕死之徒？躲在這般的地方，便是逃得性命，也落得天下英雄恥笑。」孟健雄道：「文爺說那裏話來？大丈夫能屈能伸，文爺身受重傷，暫時迴避，有誰敢來笑話？」文泰來道：「孟兄美意，文某心領了，這就告辭，以免連累寶莊。」孟健雄不住婉言相勸。

只聽得後門外有人大聲叫門，同時前面人聲喧嘩，衙門中一干人要闖向後進。宋善朋拚命阻攔，卻那裏擋得住？張召重等震於周仲英威名，不便明言搜查，只說：「寶莊建得這麼考究，塞外少見，請宋朋友引我們開開眼界。」

文泰來見鐵膽莊被圍，前後有敵，氣往上沖，對駱冰和余魚同道：「並肩往外衝。」

駱冰應了，伸手扶住他右臂。文泰來左手拔出單刀，正要衝出，忽覺駱冰身子微微顫動，向她一看，見她雙目含淚，臉色淒苦，心中一軟，柔情頓起，嘆道：「咱們就躲一躲吧。」

孟健雄大喜，待三人進了地窖，忙把鐵板蓋好，和兩名莊丁合力把石桌抬過壓在鐵板上。周英傑這孩子七手八腳的也在旁幫忙。孟健雄一看已無破綻，命莊丁去開後門。胡國棟等守在門外，並不進來，張召重等一干人卻已進了花園。

孟健雄見童兆和也在其內，冷然道：「原來是一位官老爺，剛才多多失敬。」童兆和道：「在下是鎮遠鏢局的鏢頭，老兄你走了眼吧？」回頭對張召重道：「我親眼目睹，見到三位欽犯進莊，張大人你下令搜吧。」

宋善朋道：「我們都是安份良民，周老莊主是河西大紳士，有家有業，五百里方圓之內無人不知，怎敢窩藏匪類，圖謀不軌？這位童爺剛才來過，莊上沒送盤纏，那是兄弟的不是，可是這麼挾嫌誣陷，我們可吃罪不起。」他知文泰來等已躲入地窖，說話便硬了起來。孟健雄假裝不知，問明張召重等的來由，哈哈大笑，說道：「紅花會是江南的幫會，怎麼會到西北邊塞來？離得十萬八千里了，這位鏢頭異想天開，各位大人也真會信他！」

張召重等全是老江湖、大行家，明知文泰來定在莊內，可是如在莊內仔細搜查，搜出來倒也罷了，一個搜不出，周仲英豈肯干休？他們雖然大都已有功名，但和江湖上人士久有交往，知道得罪了周仲英這老兒可不是玩的，當下均感躊躇。

童兆和心想，今天抓不到這三人，回去必被大夥奚落埋怨，孩子嘴裏或許騙得出話來，於是滿臉堆歡，拉住了周英傑的手。周英傑剛才見過他，知他鬼鬼祟祟的不是好人，使勁甩脫他手，說道：「你拉我幹麼？」童兆和笑道：「小兄弟，你跟我說，今天來你家的三個客人躲在那裏，我送你這個買糖吃。」說罷拿出隻銀元寶，遞了過去。

周英傑扁嘴向他作個鬼臉，說道：「你當我是誰？鐵膽莊周家的人，希罕你的臭錢？」童兆和老羞成怒，叫道：「咱們動手搜莊，搜出那三人，連這小孩子一齊抓去坐牢。」周英傑道：「你敢動我一根寒毛，算你好漢。我爸爸一拳頭便打你個希巴爛！」

張召重鑒貌辨色，料想這孩子必知文泰來的躲藏處，眼見孟健雄、宋善朋等一干人老辣幹練，只有從孩子身上下工夫，但孩子年紀雖小，嘴頭卻硬，便道：「今兒來的客人好像是四位，不是三位，是不是？」周英傑並不上當，道：「不知道。」張召重道：「待會我們把三個人搜出來，不但你爸爸、連你這小孩子、連你媽媽都要殺頭！」周英傑「呸」了一聲，眉毛一揚，道：「我都不怕你，我爸爸會怕你？」

童兆和突然瞥見周英傑左腕上套著一串珠子，顆顆晶瑩精圓，正是駱冰之物。他是鏢頭，生平珠寶見得不少，倒是識貨之人，這兩日來見到駱冰，於她身上穿戴無不瞧得明明白白，這時心中一喜，說道：「你手上這串珠子，我認得是那個女客的，你還說他們沒有來？你定是偷了她的。」周英傑大怒，說道：「我怎會偷人家的物事？明明是那嬸嬸給我的。」童兆和笑道：「好啦，是那嬸嬸給的。那麼她在那裏？」周英傑道：「我幹麼要對你說？」

張召重心想：「這小孩兒神氣十足，想是他爹爹平日給人奉承得狠了，連得他也自尊自大，我且激他一激，看他怎樣。」便道：「老童，不用跟小孩兒囉唆了，他甚麼都不知道的，鐵膽莊裏大人的事，也不會讓小孩兒瞧見。他們叫那三個客人躲在秘密的地方之時，定會先將小孩兒趕開。」周英傑果然著惱，說道：「我怎麼不知道？」

孟健雄見周英傑上當，心中大急，說道：「小師弟，咱們進去吧，別在花園裏玩了。」張召重抓住機會，道：「小孩兒不懂事，快走開些，別在這裏礙手礙腳。你就會吹牛，你要是知道那三個客人躲在甚麼地方，你是小英雄，否則的話，你是小混蛋、小狗熊。」周英傑怒道：「我自然知道。你才是大混蛋、大狗熊。」張召重道：「我料你不知道，你是小狗熊。」周英傑忍無可忍，大聲道：「我知道，他們就在這花園裏，就在這亭子裏！」

孟健雄大驚，喝道：「小師弟，你胡說甚麼？快進去！」周英傑話一出口，便知糟糕，急得幾乎要哭了出來，拔足飛奔入內。

張召重見亭子四週是紅漆的欄干，空空曠曠，那有躲藏之處。他跳上欄干，向亭周四望，也無人影，跳下來沉吟不語，忽然靈機一動，對孟健雄笑道：「孟爺，在下武藝粗疏，可是有幾斤笨力氣，請孟爺指教。」孟健雄見他瞧不破機關，心下稍寬，只道他抓不到人老羞成怒，要和自己動手，雖然對方人多，卻也不能示弱，說道：「不敢，兵刃拳腳，你劃下道兒來吧。我是捨命陪君子。」張召重哈哈一笑，說道：「大家好朋友，何必動兵刃拳腳，傷了和氣。我來舉一舉這張石桌，待會請孟爺也來試試，我舉不起孟爺別見笑。」孟健雄大驚，登時呆了，想不出法子來推辭阻攔，只道：「不，這……這個不好！」

瑞大林、成璜一干人見張召重忽然要和孟健雄比力氣，心下俱各納罕，只見他捋起衣袖，右手抓住石桌圓腳，喝一聲「起」，一張三百來斤的石桌竟讓他單手平平端起。眾人齊聲喝采，叫道：「張大人好氣力！」采聲未畢，卻驚叫起來。石桌舉起，桌板底下露出鐵板。

文泰來躲在地窖之中，不一會只聽得頭頂多人走動，來來去去，老不離開，只是聽不到說話，正自氣惱，忽然頭頂軋軋兩聲，接著光亮耀眼，遮住地窖的鐵板已給人揭開。

眾官差見文泰來躲在地窖之中，倒不敢立時下去擒拿，爲了要捉活口，也不便使用暗器，只守在地窖口上，手持兵刃，大聲呼喝。文泰來低聲對駱冰道：「咱們給鐵膽莊賣了。你我夫妻一場，你答允我一件事。」駱冰道：「大哥你說。」文泰來道：「待會我叫你做甚麼，你一定得聽我的話。」駱冰含淚點頭。文泰來大喝：「文泰來在此！你們鳥亂甚麼？」眾人聽他一喝，一時肅靜無聲。文泰來道：「我腿上有傷，放根繩索下來，吊我起來。」

張召重回頭找孟健雄拿繩，卻已不知去向，忙命莊丁取繩來。繩索取到，成璜拿了，將一端垂入地窖，把文泰來吊將上來。文泰來雙足一著地，左手力扯，成璜繩索脫手，文泰來大喝一聲，猶如半空打了個響雷，手腕疾抖，一條繩索直豎起來，當即使出軟鞭中「反脫袈裟」身法，向人向右轉，繩索從左向右橫掃，虎虎生風，勢不可當。

武林中有言道：「練長不練短，練硬不練軟。」又道：「一刀、二槍、三斧、四叉、五鉤、六鞭、七抓、八劍。」意思說要學會兵器的初步功夫，學刀只需一年，學鞭卻要六年，這鞭說的乃是單鞭雙鞭的硬兵刃，軟鞭和飛抓是軟兵刃，卻更加難練。文泰來一藝通百藝通，運起勁力將繩索當軟鞭使，勢勁力疾，向著眾人頭臉橫掃而至。眾人出其不意，不及抵擋，急急低頭避讓。童兆和吃過文泰來的苦頭，見他上來時避在眾人背後，躲得遠遠的，那知越在後面越吃虧，前面的人一低頭，他待見繩索打到，避讓已自不及，急忙轉身，繩索貫勁，猶如鐵棍，砰的一聲，結結實實的打正背心，登時撲地倒了。

侍衛瑞大林和湖南言家拳掌門人言伯乾一個挺刀、一個手持雙鐵環，分自左右撲上。余魚同提氣在石級上點了兩腳，縱身搶上，手揮金笛，和總兵成璜打在一起。成璜使開齊眉棍法，棍長笛短，反被余魚同逼得連連倒退。駱冰以長刀撐著石級，一步一步走上來，快到頂時，只見地窖口一個魁梧漢子叉腰而立，她拈起飛刀向那人擲去。那人不避不讓，待飛刀射至面前，伸出三根手指握住刀柄，其時刀尖距他鼻尖已不過寸許。駱冰見此人好整以暇，將她飛刀視若無物，倒抽了一口涼氣，舞起雙刀，傍到丈夫身邊。

那人正是張召重，眉頭微皺，他不屑拔劍與女子相鬥，便以駱冰那柄刃鋒才及五寸的飛刀作匕首用，連續三下進手招數。駱冰步武不靈，但手中雙刀家學淵源，仍能封緊門戶。相拒四五合，張召重左臂前伸，攻到駱冰右臂外側，向左橫掠，把她雙刀攔在一邊，運力推出，駱冰立腳不穩，又跌入地窖。

那邊文泰來雙戰兩名好手，傷口奇痛，神智昏迷，舞動繩索亂掃狂打。余魚同施展金笛卻已佔得上風。張召重見他金笛中夾有柔雲劍法，笛子點穴的手法又是本門正傳，好生奇怪，正要上前喝問，豈知余魚同使一招「白雲蒼狗」，待成璜閃開避讓，突然縱入地窖。原來他見駱冰跌入地窖，也不知是否受傷，忙跳入救援。

駱冰站了起來。余魚同問道：「受傷了麼？」駱冰道：「不礙事，你快出去幫四哥。」余魚同道：「我扶你上去。」

成璜提著熟銅棍在地窖口向下猛揮，居高臨下，堵住二人。文泰來見愛妻難以逃脫，自己已無法再行支持，腳步踉蹌，直跌到成璜身後，當即伸手在他腰間一點，成璜登時身子軟了，被文泰來攔腰抱住，喝聲：「下去！」兩人直向地窖中跌落。

成璜給點中了穴道，已自動彈不得，跌入地窖後，文泰來壓在他身上，兩人都爬不起來。駱冰忙扶起文泰來。他臉上毫無血色，滿頭大汗，向妻子勉強一笑，「哇」的一聲，一口鮮血吐上她衣襟。余魚同明白文泰來的用意，大叫：「讓路，讓路！」

張召重見余魚同武功乃武當派本門眞傳，又見文泰來早受重傷，他自重身分，不肯上前夾攻，是以將駱冰推入地窖後不再出手，那知變起俄頃，成璜竟落入對方手中，這時投鼠忌器，聽余魚同一叫，只得向衆人揮手，分站兩旁，讓了條路出來。

從地窖中出來的第一個是成璜，駱冰拉住他衣領，短刀刀尖對準他後心。第三是余魚同，他左手扶著駱冰，右手抱住文泰來。四個人拖拖拉拉走了上來。駱冰喝道：「誰動一動，這人就沒命。」四人在刀槍叢中鑽了出去，慢慢走到後園門口。駱冰眼見有三匹馬縛在柳樹上，心中大喜，暗暗謝天謝地。這三匹馬正是胡國棟等來堵截後門時所騎。

張召重眼見要犯便要逃脫，心想：「成璜這膿包死活關我何事？我把文泰來抓回北京，那才是大功一件。」拾起文泰來丟在地下的繩索，運起內力，向外拋去。繩索呼的一聲飛出，繞住了文泰來，回臂急拉，將文泰來拉脫了余魚同之手。駱冰聽得丈夫一聲呼叫，關心則亂，早忘了去殺成璜，回身來救丈夫，她腿上受傷，邁不了兩步，已跌倒在地。文泰來叫道：「快走，快走！」駱冰道：「我跟你死在一起。」文泰來怒道：「你剛才答允聽我話的……」話未說完，已被瑞大林等擁上按住。余魚同飛身過來，抱住駱冰，直闖出園門。一名捕快掄鐵尺上前阻攔，余魚同飛起右腳，當胸踢得他直跌出五六步去。

駱冰見丈夫被捕，已是六神無主，也不知身在何處。余魚同搶到柳樹邊，把她放上馬背，叫道：「快放飛刀！」這時言伯乾及兩名捕快已追出園門，駱冰三把飛刀連珠般發出，慘叫聲中，一名捕快肩頭中刀。言伯乾只一呆，余魚同已扯開三匹馬的馬韁，自己騎上一匹，把第三匹馬牽轉馬頭，向著園門，挺金笛在馬臀上猛戳，那馬受痛，向言伯乾等直衝過去，把追兵都擋在花園後門口。混亂之中，余魚同和駱冰兩騎馬奔得遠了。

張召重等捉到要犯文泰來，歡天喜地，誰也無心再追。

駱冰神不守舍的伏在馬上，幾次要拉回馬頭，再進鐵膽莊，都給余魚同揮鞭抽她坐騎，繼續前行。直奔出六七里地，見後面沒人追來，余魚同才不再急策坐騎。又行了三四里，四乘馬迎面而來，當先一人白鬚飄動，正是鐵膽周仲英。他見到余駱兩人，很是詫異，叫道：「貴客留步，我請了大夫來啦。」駱冰恨極，一柄飛刀向他擲去。

周仲英突見飛刀擲到，大吃一驚，毫無防備之下不及招架，急忙俯身在馬背上一伏，飛刀從背上掠過。在他背後的二弟子安健剛忙揮刀擋格，飛刀斜出，噗的一聲，插在道旁一株大柳樹上，夕陽如血，映照刃鋒閃閃生光。周仲英正要喝問，駱冰已張口大罵：「你這沽名釣譽、狼心狗肺的老賊！你們害我丈夫，我跟你這老賊拚了。」她邊罵邊哭，手揮雙刀縱馬上前。周仲英給她罵得莫名其妙。安健剛見這女人罵他師父，早已按捺不住，揮單刀上前迎敵，被周仲英伸手攔住，叫道：「有話好說。」

余魚同勸道：「咱們想法子救人要緊，先救四哥，再燒鐵膽莊。」駱冰一聽有理，掉轉馬頭，一口唾沫恨恨的吐在地下，拍馬而走。

周仲英縱橫江湖，待人處處以仁義為先，眞所謂仇怨不願多結，朋友不肯少交，黑白兩道一提到鐵膽周仲英，無不豎起大拇指叫一聲「好」，那知沒頭沒腦的給這個青年女子先擲一柄飛刀，再加一頓臭罵，眞是生平從所未有之「奇遇」。他見駱冰怨氣沖天，存心拚命，心知必有內情，查問趕到鎮上請醫的莊丁，只說大奶奶和孟爺在家裏好好待客，並沒甚麼爭鬧。

周仲英好生納悶，催馬急奔，馳到鐵膽莊前。莊丁見老莊主回來，忙上前迎接。周仲英見各人神情特異，料知發生了事端，飛步進莊，一連串的呼喝：「叫健雄來！」莊丁回道：「孟爺保著大奶奶、小少爺到後山躲避去了。」周仲英一聽，更是詫異。幾名莊丁七張八嘴的說了經過，說公差剛把文泰來捕走，離莊不久，想來一干人不走大路，因此周仲英回來沒遇上。眾莊丁道：「公差去遠後，已叫人去通知孟爺，想來馬上就回。」

周仲英連問：「三位客人躲在地窖裏，是誰走漏風聲？」莊丁面面相覷，都不敢說。周仲英大怒，揮馬鞭向莊丁劈頭劈臉打去。安健剛見師父動了眞怒，不敢上前相勸。周仲英打了幾鞭，坐在椅中直喘氣，兩枚大鐵膽嗆啷啷的滾得更響。眾人大氣也不敢出，站著侍侯。

周仲英喝道：「大家站在這裏幹麼？快去催健雄來。」說話未畢，孟健雄已自外面奔進，叫道：「師父回來了。」周仲英一躍而起，嘶聲問道：「是誰漏了風聲，你說，你說……」孟健雄見師父氣得話都說不出來，和平日豪邁從容的氣度大不相同，那裏還敢直說，猶豫了一下道：「是鷹爪子自己找到的。」周仲英左手一把抓住他衣領，右手揮鞭，便要劈臉打去，終於強行忍住，怒道：「胡說！我這地窖如此機密，這羣狗賊怎會找到？」孟健雄不答，不敢和師父目光相對。周大奶奶聽得丈夫發怒，攜了兒子過來相勸。

周仲英目光轉到宋善朋臉上，喝道：「你給公差呼喝，心裏便怕了，於是說了出來，是不是？」他素知孟健雄爲人俠義，便殺了他頭也不會出賣朋友，宋善朋不會武藝，膽小怕事，多半是他受不住公差的脅逼而吐露眞相。宋善朋見到老莊主的威勢，似乎一掌便要打將過來，不由得膽戰心驚，說道：「不……不是我說的，是……是小……小公子說的。」

周仲英心中打了個突，對兒子道：「你過來。」周英傑畏畏縮縮的走到父親跟前。周仲英道：「那三個客人藏在花園的地窖，是你跟公差說的？」周英傑在父親面前素來不敢說謊，卻也不敢直承其事。周仲英揮起鞭子，喝道：「你說不說？」周英傑嚇得要哭又不敢哭，眼睛只望母親。周大奶奶走近身來，勸道：「老爺子別再生氣啦，就算女兒惹你生氣，這小兒子乖乖的在家，你兇霸霸的嚇他幹麼呀？」周仲英不去理她，將鞭子在空中吧的一抖，叫道：「你不說，我打死你這小雜種。」周大奶奶道：「老爺子越來越不成話啦，兒子是你自己生的，怎麼罵他小雜種？」孟健雄等一干人聽了覺得好笑，卻誰都不敢笑出來。周仲英在妻子臂上一推，說道：「別在這兒囉唆！」

孟健雄眼見瞞不過了，便道：「師父，張召重那狗賊好生奸猾，一再以言語相激，說道小師弟倘若不說出來，便是小……小混蛋、小狗熊。」周仲英知道兒子脾氣，年紀小小，便愛逞英雄好漢，喝道：「小混蛋，你要做英雄，便說了出來，是不是？」周英傑一張小臉上已全無血色，低聲道：「是，爹爹！我不是混蛋……」

周仲英怒氣不可抑制，喝道：「英雄好漢是這樣做的麼？」狂怒之下，右手急揮，兩枚鐵膽向對面牆上擲去。豈知周英傑便在這時衝將上來，要撲在父親的懷裏求饒，腦袋正好撞在一枚鐵膽之上。周仲英投擲鐵膽之時，滿腔忿怒全發洩在這一擲之中，力道何等強勁，噹噹兩響，一枚鐵膽嵌入了對面牆壁，另一枚反彈回來，正中周英傑腦袋，登時鮮血四濺。

周仲英大驚，忙搶上抱住兒子。周英傑道：「爹，我……我再也不敢了，求求……你……別打我……」話未說完，已然氣絕，一霎時間，廳上人人驚得呆了。

周大奶奶抱起兒子，叫道：「孩兒！孩兒！」見他沒了氣息，呆了半晌，如瘋虎般向周仲英撲去，哭叫：「你為甚麼……為甚麼打死了孩兒？」周仲英搖搖頭，退了兩步，說道：「我……我不是……」周大奶奶放下兒子屍身，在安健剛腰間拔出單刀，縱上前來，揮刀向丈夫迎頭砍去。周仲英此時心灰意懶，不躲不讓，雙目一閉，說道：「大家死了乾淨。」周大奶奶見他如此，手反而軟了，拋刀在地，大哭奔出。

駱冰和余魚同怕遇到公門中人，儘揀荒僻小路奔馳，不數里天已全黑。塞外遍地荒涼，那裏來的宿店，連一家農家也找不到。好在兩人都曾久闖江湖，也不在意，在一塊大巖石邊歇了下來。

余魚同放馬吃草，拿駱冰的長刀去割了些草來，鋪在地下，道：「床是有了，只是沒乾糧又沒水，只好挨到明天再想法子。」駱冰一顆心全掛在丈夫身上，面前就有山珍海味也吃不下，只不斷垂淚。余魚同不住勸慰，說陸師叔後天當可趕到安西，紅花會羣雄當然大舉來援，定能追上鷹爪孫，救出四哥。

駱冰這一天奔波惡鬥，心力交瘁，聽了余魚同的勸解，心中稍寬，不一會就沉沉睡去。睡夢中似乎遇見了丈夫，將她輕輕抱在懷裏，在她嘴上輕吻。駱冰心花怒放，軟洋洋的讓丈夫抱著，說道：「我想得你好苦，你身上的傷可全好了？」文泰來含含糊糊的說了幾句話，將她抱得更緊，吻得更熱。駱冰正自心神蕩漾之際，突然一驚，醒覺過來，星光之下，只見抱著她的不是丈夫，竟是余魚同，這一驚非同小可，忙用力掙扎。

余魚同仍然抱著她不放，低聲道：「我也想得你好苦呀！」駱冰羞憤交集，反手重重在他臉上打了一掌。余魚同一呆。駱冰在他胸前又是一拳，掙脫他懷抱，滾到一邊，伸手便拔雙刀，卻拔了個空，原來已被余魚同解下，又是一驚，忙去摸囊中飛刀，幸喜尚賸兩把，當下拈住刀尖，厲聲喝道：「你待怎樣？」

余魚同顫聲道：「四嫂，你聽我說……」駱冰怒道：「誰是你四嫂？咱們紅花會四大戒條是甚麼？你說。」余魚同低下了頭，不敢作聲。駱冰平時雖然語笑嫣然，可是行規蹈矩，那容得他如此輕薄，高聲喝問：「紅花老祖姓甚麼？」余魚同只得答道：「紅花老祖本姓朱，爲救蒼生下凡來。」駱冰又問：「衆兄弟敬的是甚麼？」余魚同道：「一敬桃園結義劉關張，二敬瓦崗寨上衆兒郎，三敬水泊梁山一百零八將。」二人一問一答，乃是紅花會的大切口，遇到開堂入會，誓師出發，又或執行刑罰之時，由當地排行最高之人發問，下級會衆必須恭謹對答。駱冰在會中排行比余魚同高，她這麼問上了會中的大切口，余魚同心底一股涼氣直冒上來，可是不敢不答。

駱冰凜然問道：「紅花會救的是那四等人？」余魚同道：「一救仁人義士，二救孝子賢孫，三救節婦貞女，四救受苦黎民。」駱冰問道：「紅花會殺的是那四等人？」余魚同道：「一殺韃子滿奴，二殺貪官污吏，三殺土豪惡霸，四殺兇徒惡棍。」駱冰秀眉頻蹙，叫道：「紅花會四大戒條是甚麼？」余魚同低聲道：「投降清廷者殺，犯上叛會者殺，出賣朋友者殺，淫人妻女者殺。」駱冰道：「有種的快快自己三刀六洞，我帶你求少舵主去。沒種的你逃吧，瞧鬼見愁十二郎找不找得到你。」

依照紅花會會規法條，會中兄弟犯了大罪，若只是一時胡塗，此後誠心悔悟，可在開香堂執法之前，自行用尖刀在大腿上連戳三刀，這三刀須對穿而過，即所謂「三刀六洞」，然後向該管舵主和執法香主求恕，有望從輕發落，但若眞正罪重，也自不能饒恕。鬼見愁石雙英在會中坐第十二把交椅，執掌刑堂，鐵面無私，心狠手辣，犯了規條的就是逃到天涯海角，他也必派人抓來處刑，是以紅花會數萬兄弟，提到鬼見愁時無不悚然。

當下余魚同道：「求求你殺了我吧，我死在你手裏，死也甘心。」駱冰聽他言語仍是不清不楚，怒火更熾，拈刀當胸，勁力貫腕，便欲射了出去。余魚同顫聲道：「你一點也不知道，這五六年來，我爲你受了多少苦。我在太湖總香堂第一次見你，我的心……就……不是自己的了。」駱冰怒道：「那時我早已是四哥的人了！你難道不知？」余魚同道：「我……我知道管不了自己，因此總不敢多見你面。會裏有甚麼事，總求總舵主派我去幹，別人只道我不辭辛勞，全當我好兄弟看待，那知我是要躲開你呀。我在外面奔波，有那一天那一個時辰不想你幾遍。」說著捋起衣袖，露出左臂，踏上兩步，說道：「我恨我自己，罵我心如禽獸。每次恨極了時，就用匕首在這裏刺一刀。你瞧！」朦朧星光之下，駱冰果見他臂上斑斑駁駁，滿是疤痕，不由得心軟。

余魚同又道：「我常常想，爲甚麼老天不行好，叫我在你未嫁時遇到你？我和你年貌相當，四哥跟你卻年紀差了一大截。」

駱冰本有點憐他痴心，聽到他最後兩句話又氣憤起來，說道：「年紀差一大截又怎麼了？四哥是大仁大義的英雄好漢，怎像你這般……」她把罵人的話忍住了，哼了一聲，一拐一拐的走到馬邊，掙扎上馬。余魚同過去相扶，駱冰喝道：「走開！」自行上馬。余魚同道：「四嫂到那裏去？」駱冰道：「不用你管。四哥給鷹爪孫抓去，反正我也活不了。把刀還我！」余魚同低著頭將鴛鴦刀遞過。駱冰接了過來，見他站在當地，茫然失措，心中忽覺不忍，說道：「只要你以後好好給會裏出力，再不對我無禮，今晚之事我絕不跟誰提起。以後我給你留心，幫你找一位才貌雙全的好姑娘。」說罷「嗤」的一笑，拍馬走了。

她這愛笑的脾氣始終改不了。這一來可又害苦了余魚同。但見她臨去一笑，溫柔嫵媚，只覺銷魂蝕骨，神不守舍，搖晃了幾下，摔倒在地，眼望著她背影隱入黑暗之中，心亂似沸，一會兒自傷自憐，恨造化弄人，命舛已極，一會兒又自悔自責，堂堂六尺，無行無恥，直豬狗之不若，突然間將腦袋連連往樹上撞去，抱樹狂呼大叫。

駱冰騎馬走出里許，仰望天上北斗，辨明方向。向西是去會合紅花會兄弟，協力救人，向東是暗隨被捕的丈夫，乘機搭救。明知自已身上有傷，勢孤力單，救人是萬萬不能，但想到丈夫是一步一步往東，自已又怎能反而西行？傷心之下，任由坐騎信步走出了七八里地，眼見離余魚同已遠，料他不敢再來滋擾，下得馬來，把馬拴好，便在一處矮樹叢中睡了。

她小時候跟隨父親，後來跟了丈夫，這兩人都武功高強，對她又處處體貼照顧，因此她從小闖蕩江湖，向來只佔上風，從來沒受過甚麼委屈。後來入了紅花會，紅花會人多勢衆，她人緣又好，二十二年來可說是個「江湖驕女」，無求不遂，無往不利。這一次可苦了她，丈夫被捕，自身受傷，最後還讓余魚同這麼一纏，又氣又苦，哭了一會，沉沉睡去。夜中忽然身上燒得火燙，迷迷糊糊的叫：「水，我要喝水！」卻那裏有人理睬？

第二天病勢更重，想掙扎起身，一坐起就頭痛欲裂，只得重行睡倒，眼見太陽照到頭頂，再又西沉，又渴又餓，可是就上不了馬。心想：「死在這裏不打緊，今生可再見不到大哥了。」眼前一黑，暈了過去。

也不知昏睡了多少時候，聽得有人說道：「好了，醒過來啦！」緩緩睜眼，見一個大眼睛少女站在面前。那少女臉色微黑，大眼小嘴，面目俏美，十八九歲年紀，見她醒來，顯得十分歡喜，對身旁丫環道：「快拿小米稀飯，給這位奶奶喝。」

駱冰一凝神，察覺是睡在炕上被窩之中，房中佈置雅潔，是家大戶人家，回想昏迷以前情景，知是讓人救了，好生感激，說道：「請問姑娘高姓？」那少女道：「我姓周，你再睡一忽兒，待會再說。」瞧著她喝了一碗稀飯，輕輕退出，駱冰又闔眼睡了。

再醒來時房中已掌上了燈，只聽得房門外一個女子聲音叫道：「這些傢伙這麼欺侮人，到鐵膽莊來放肆，老爺子忍得下，我可得教訓教訓他們。」駱冰聽得「鐵膽莊」三字，心中一驚，難道又到了鐵膽莊？只見兩人走進房來，便是那少女和丫環。那少女走到炕前，撩開帳子。駱冰閉上眼，假裝睡著，那少女轉身就往牆上摘刀。駱冰見自己鴛鴦刀放在桌上，心中有備，只待少女回身砍來，就掀起棉被把她兜頭罩住，然後抄鴛鴦刀往外奪路。只聽那丫頭勸道：「姑娘你不能再闖禍，老爺子心裏很不好過，你可別再惹他生氣啦！」駱冰猜想，這姑娘多半是周仲英的女兒。

這少女正是鐵膽莊的大小姐周綺。她性格豪邁，頗有乃父之風，愛管閒事，好打不平，只因容貌俏麗，西北武林中人送了她個外號，叫作「俏李逵」。那日她打傷了人，怕父親責罵，當天不敢回家，在外挨了一晚，料想父親氣平了些，才回家來，途中遇到駱冰昏倒在地，救了她轉來，得知兄弟給父親打死，母親出走，自是傷痛萬分。

周綺摘下鋼刀，大聲道：「哼，我可不管！」提刀搶出，丫環跟了出去。駱冰睡了兩天，精神已復，燒也退了，收拾好衣服，穿了鞋子，取了雙刀，輕輕出房，尋思：「他們既出賣大哥給官府，又救我幹麼？多半是另有奸謀。」

此刻身在險地，自己腿傷未愈，那敢有絲毫大意。她來過一次，依稀記得門戶道路，想悄悄繞進花園，從後門出去。走過一條過道，聽得外有人聲，兩個人在說話。等了半晌，那兩人毫沒離開的模樣，只得重又退轉，躲躲閃閃的過了兩進房子，黑暗中幸喜無人撞見，繞過迴廊，見大廳中燈火輝煌，有人大聲說話，口音聽來有點熟悉。湊眼到門縫中一張，見周仲英正陪著兩人在說話，一個似乎見過，一時想不起來，另一個卻正是調戲過她、後來又隨同公差來捉拿她丈夫的童兆和。眼見仇人，想到丈夫慘遇，那裏還顧得自己死活，左掌推開廳門，一柄飛刀疾向童兆和擲去。

周仲英失手打死獨子，妻子傷心出走。周大奶奶本是拳師之女，武功平平，她娘家早已無人，不知她投奔何方。周仲英妻離子死，傷心之極，在家中悶悶不樂的耽了兩日。

這日向晚時分，莊丁來報有兩人來見。周仲英命孟健雄去接見。孟健雄一看，竟是罪魁禍首的童兆和，另一個是鄭王府的武術總教頭萬慶瀾，前天來鐵膽莊捕人，也有此人在內。孟健雄心下驚疑，料知必無好事。這兩人一定要見周仲英。孟健雄道：「老莊主身子不適，兩位有甚麼事，由在下轉達，也是一樣。」童兆和嘿嘿冷笑，說道：「我們這次來是一番好意，周莊主見不見由他。鐵膽莊眼下就是滅門大禍，還搭甚麼架子？」

孟健雄自文泰來被捕，一直便在擔心，惟恐鐵膽莊給牽連在內，聽他這麼說，只得進去稟告。周仲英手裏弄著鐵膽，嗆啷啷、嗆啷啷的直響，怒氣勃勃的出來，說道：「鐵膽莊怎麼有滅門之禍啊？老夫倒要請教。」

萬慶瀾從懷裏摸出一張紙來，鋪在桌上，說道：「周老英雄請看。」兩手按住那張紙的天地頭，似怕給周仲英奪去。周仲英湊近看時，原來是武當派綿裏針陸菲青寫給他的一封信，託他照應紅花會中事急來投的朋友。

這信文泰來放在身邊，一直沒能交給周仲英，被捕後給搜了出來。陸菲青犯上作亂，名頭極大，乃是久捕不得的要犯，竟和鐵膽莊勾結來往。瑞大林等一商量，均覺如去報告上官，未必能捉到陸菲青，反在自己肩頭加了一副重擔，不如去狠狠敲周仲英一筆，大家分了，落得實惠。何況鐵膽莊窩藏欽犯，本已脫不了干係，還怕他不乖乖拿銀子出來？張召重和陸菲青是師兄弟，雖早已絕交，但同門向來情深，又知他厲害，不敢造次，待聽瑞大林等商量著要去敲詐周仲英，覺得未免人品低下，非英雄好漢之所為，然官場之中，不便阻人財路，只得由他們胡來，決心自己不分潤一文，沒的壞了「火手判官」的名頭。成璜、瑞大林等都是有功名之人，不便公然出面，於是派了萬慶瀾和童兆和二人前來伸手要錢。

周仲英見了這信，心下也暗暗吃驚，問道：「兩位有何見教？」萬慶瀾道：「我們久慕周老英雄的英名，人人打從心底裏佩服出來，都知周老英雄仗義疏財，愛交朋友，銀錢瞧得極輕，朋友瞧得極重。為了交朋友，十萬八萬銀子花出去，不皺半點眉頭。這封信要是給官府見到了，周老英雄你當然知道後患無窮。衆兄弟拿到這信，都說大家拚著腦袋不要，也要結交周老英雄這位朋友，決意把這信毀了，大家以後隻字不提鐵膽莊窩藏欽犯文泰來、結交叛匪陸菲青之事，再擔個天大的干係，不向上官稟報。」周仲英道：「那是多多承情。」

萬慶瀾不著邊際的說了一些閒話，終於顯得萬分委屈，說道：「只是衆兄弟這趟出京，路上花用開銷，手使得鬆了，負了一身債，想請周老英雄念在武林一脈，伸手幫大家一個忙，我們感激不盡。」周仲英眉頭一皺，哼了一聲。

萬慶瀾道：「這些債務數目其實也不大，幾十個人加起來，也不過六七萬兩銀子。周老英雄家財百萬，金銀滿屋，良田千頃，騾馬成羣，乃是河西首富，這點點小數目，也不在你老心上。常言道得好：『消財擋災』，有道是『小財不出，大財不來』。」

周仲英爲公差到鐵膽莊拿人，全不將自己瞧在眼裏，本已惱怒異常，又覺江湖同道急難來奔，自己未加庇護，心感慚愧，實在對不起朋友，而愛子爲此送命，又何嘗不是因這些公差而起？這兩天本在盤算如何相救文泰來，去找公差的晦氣，只是妻離子亡，心神大亂，一時拿不定主意，偏生這些公差又來滋擾，居然開口勒索，當眞是「怒從心上起，惡向膽邊生」，冷冷的道：「在下雖然薄有家產，生平卻只用來結交講義氣、有骨氣的好漢子。」他不但一口拒絕，還把對方一干人全都罵了。

童兆和笑道：「我們是小人，那不錯。小人成事不足，敗事有餘，這一點老英雄也總明白。要我們起這麼一座大的莊子，那是甘拜下風，沒這個本事，不過要是將他毀掉嘛……」話未說完，一人闖進廳來，厲聲道：「姑娘倒要看你怎生把鐵膽莊毀了。」正是周綺。

周仲英向女兒使個眼色，走到廳外，周綺跟了出來。周仲英低聲道：「去跟健雄、健剛說，萬萬不能放這兩個鷹爪孫出莊。」周綺喜道：「好極了，我在外邊越聽越有氣。」

周仲英回到廳上。萬慶瀾道：「周老英雄既不賞臉，我們就此告辭。」說著把陸菲青那信隨手撕了。

周仲英一楞，這一著倒大出乎他意料之外。萬慶瀾道：「這是那封信的副本，把它撕了，免得給人瞧見不便。信的眞本在火手判官張大人身邊。」這句話是向周仲英示意：就是把我們兩人殺了，也已毀不了鐵證如山。

周仲英怒目瞪視，心道：「你要姓周的出錢買命，可把我瞧得忒也小了。」便在此時，駱冰在門外一飛刀向童兆和擲了過去。周仲英沒看清來人是誰，雖然痛恨童兆和，可也不能讓他就此喪命，不及細想，救人要緊，手中鐵膽拋出，向飛刀砸去，噹的一聲，飛刀與鐵膽同時落地。

駱冰見周仲英出手救她仇人，罵道：「好哇，你們果是一夥！你這老賊害我丈夫，連我也一起殺了吧。」一拐一拐的走進廳來，舉起鴛鴦雙刀向周仲英當頭直砍。

周仲英手中沒兵刃，舉起椅子一架，說道：「把話說清楚，且慢動手。」駱冰存心拚命，那去聽他分辯，雙刀全是進手招數。周仲英心知紅花會誤以爲自己出賣文泰來，只有設法解釋，決不願再出手傷人，是以一味倒退，並不還手。駱冰長刀短刀，刀刀向他要害攻去，眼見他已退到牆邊，無可再退，忽聽背後金刃劈風之聲，知道有人偷襲，忙伏身閃避，呼的一聲，一柄單刀掠過腦後，挾著疾風直劈過去。駱冰左手長刀橫截敵人中路，待對方退出一步，這才轉身，只見周綺橫刀而立，滿臉怒容。

周綺戟指怒道：「你這女人這等不識好歹！我好心救你轉來，你幹麼砍我爹爹？」駱冰道：「你鐵膽莊假仁假義，害我丈夫。你走開些，我不來難為你。」回身向周仲英又是一刀。周仲英舉椅子一擋，駱冰收回長刀，以免砍在椅上，隨手「抽撤連環」，三招急下。周仲英左躲右閃，連叫：「住手，住手！」周綺大怒，擋在周仲英面前，挺刀和駱冰狠鬥起來。

說到武藝與經歷，駱冰均遠在周綺之上，只是她肩頭和腿上都受了傷，兼之氣惱憂急，正是武家大忌，兩人對拆七八招後，駱冰漸處下風。周仲英連叫：「住手！」卻那裏勸得住？萬慶瀾和童兆和在一旁指指點點，袖手觀鬥。

周仲英見女兒不聽話，焦躁起來，舉起椅子正要把狠命廝拚的兩人隔開，忽聽背後一聲哇哇怪叫，一團黑影直撲進來。

那人矮著身軀，手舞一根短柄狼牙棒，棒端尖牙精光閃閃，直上直下向周綺打去，勢如瘋虎，猛不可當。周綺嚇了一跳，單刀「神龍抖甲」，反砍來人肩背。那人揮棒硬接硬架，「噹」的一聲，火光交迸。劇震之下，周綺手背發麻，單刀險些脫手，接連縱出兩步，燭光下但見那人是個模樣醜怪的駝子。這駝子並不追擊，反身去看駱冰。

駱冰乍見親人，說不出的又是高興又是傷心，只叫得一聲：「十哥！」忍不住兩行熱淚流了下來。章進問道：「四哥呢？」駱冰指著周仲英、萬慶瀾、童兆和三人叫道：「四哥教他們害了，十哥你給我報仇。」

章進一聽得文泰來被人害了，也不知是如何害法，大叫：「四哥，四哥，我給你報仇！」手揮狼牙棒，著地向周仲英下盤捲去。周仲英縱身跳上桌子，喝道：「且慢動手！」章進悲憤塡膺，不由分說，揮棒又向他腿上打去。周仲英雙臂一振，竄起數尺，斜身落地。章進一棒打在檀木桌邊，棒上尖刺深入桌中，急切間拔不出來。

這時孟健雄和安健剛得訊，趕進廳來。安健剛把周仲英的金背大刀遞給師父。周綺見駱冰和這駝子到本莊來無理取鬧，招招向爹爹狠打，那裏還按捺得住？叫道：「孟大哥、安二哥，協力上啊！甚麼地方鑽出來這些蠻橫東西，到鐵膽莊來撒野。」孟安二人不知章進的來由，進廳時見他揮棒向師父狠打，自是敵人無疑，當下三人三柄刀齊向章進攻去。章進揮棒抵住，大叫：「七哥你快來護住四嫂，你再不來，我可要罵你祖宗啦！」

章進和武諸葛徐天宏得知文泰來夫婦遭厄，首先赴難，日夜不停的趕來鐵膽莊，到達時天已全黑。依徐天宏說，要備了名帖，以晚輩之禮先向周仲英拜見，章進話也不說，縱身就跳進莊去。徐天宏怕他闖禍，只得跟進，他慢了一步，章進已和周仲英、周綺、孟健雄、安健剛四人交上了手。

徐天宏聽得章進呼喝，忙奔進廳去，搶到駱冰身邊。這時駱冰喘過了氣，手掄雙刀又向周仲英殺去，忽見徐天宏進來，心中一喜，知他足智多謀，此人一到，自己這面決不會吃虧，指著童兆和與萬慶瀾兩人道：「他們害了我四哥……」徐天宏生性謹慎持重，但聽得情同手足的四哥被害，也自方寸大亂，手持鋼刀鐵拐，縱到童兆和跟前。

童萬二人本想隔山觀虎鬥，讓紅花會和鐵膽莊的人廝拚，紅花會人少，勢必落敗，那時再伸手捉拿幾人回去，倒是一件功勞。童兆和一雙色迷迷的眼睛正瞪著駱冰，忽見徐天宏飛縱過來，鋼刀砍到，忙舉刀架住。萬慶瀾心道：「鎮遠鏢局名氣挺大，倒要見識見識你們鏢頭的玩意兒。」徐天宏身材矮小，外形跟童兆和倒是一對，但武藝精熟，只三個照面，已把對方逼得連連倒退，他左手鐵拐往外一掛，「盤肘刺扎」，右手刀向童兆和扎去。童兆和忙向左避開，留心了上面沒防到下面，被徐天宏一個掃堂腿，撲地倒了。徐天宏鐵拐往下便砸，堪堪砸到，驟覺背後勁風撲到，不及轉身，左足在童兆和胸前一點，翻身和萬慶瀾一對鑌鐵點鋼穿打在一起。童兆和哇哇大叫，一時站不起身。

萬慶瀾在這對鑌鐵穿上下過二十年苦功，憑手中眞實功夫，在北京連敗十多名武術好手，才做到鄭王府的總教頭。鄭親王爲了提拔他，讓他跟張召重出來立一點功，就可保舉他作官。這時他和徐天宏一個力大，一個招熟，對拆十餘招難分勝負。萬慶瀾心中焦躁，暗想這般貌不驚人的一個合字尙且打不贏，豈不讓童兆和笑話，舉鑌鐵穿猛向徐天宏胸前扎去。徐天宏鐵拐封擋，右手刀迎面劈出。萬慶瀾撤回鑌鐵穿，「孔雀開屏」，橫擋直扎。徐天宏單拐往外砸碰，擋開鐵穿。萬慶瀾右手鐵穿卻已「霸王卸甲」，直劈下來。徐天宏急忙縮頭，鐵穿在左臉擦過，差不盈寸，甚是兇險。徐天宏見對方武功了得，起了敵愾之心，他身材矮小，專攻敵人下盤，單刀鐵拐左右合抱，砍砸敵人雙腿。萬慶瀾雙穿在兩腿外一立，那知徐天宏這一招乃是虛招，單刀繼續砍出，鐵拐卻中途變招，疾翻而上，直點到敵人門面。萬慶瀾無法挽救，急以「鐵板橋」後仰，雖然躱開了這一拐，卻已嚇出一身冷汗，再拆數招，漸感不敵，不由得心生懼意。

那邊章進以一敵三，越鬥越猛。孟健雄叫道：「健剛，快去守住莊門，別再讓人進來。」章進的狼牙棒極是沉重，舞開來勢如疾風，安健剛一時緩不出手腳。周綺叫道：「安二哥快去，這駝子我來對付。」章進聽周綺叫他「駝子」，那是他生平最忌之事，怒火更熾，大吼大叫。周綺和孟健雄兩人合力抵住，安健剛奔出廳去。

周仲英高叫：「大家住手，聽老夫一句話。」孟健雄和周綺立即退後數步。徐天宏也退了一步，叫道：「十弟住手，且聽他說。」章進全不理會，搶上再打。徐天宏正要上前阻止，那知萬慶瀾突在背後揮穿打落，徐天宏沒有防備，身子急縮，已給打中肩頭，又痛又怒，一個踉蹌，叫道：「好哇，鐵膽莊真是鬼計多端。」他可不知萬慶瀾不是鐵膽莊中人。他本來冷靜持重，但突遭暗算，憤怒異常，左肩受傷，鐵拐已不能使，挺單刀又和萬慶瀾狠鬥。施展「五虎斷門刀」刀法，仍是著著進攻，只是少了鐵拐借勢，單刀稍稍嫌輕，使來不大順手，已不能再佔上風。

童兆和站得遠遠的，指著駱冰，口中不清不楚、有一搭沒一搭的胡說。駱冰手中只餘一柄飛刀，不肯輕易用掉，挺刀追去。童兆和仗著腿腳靈便，在大廳中繞著桌椅亂轉，說道：「別這麼兇，你丈夫早死啦，不如乖乖的改嫁你童大爺。」駱冰關心則亂，聽了童兆和這句話，只道文泰來眞的已死，眼前一黑，昏了過去。童兆和見她跌倒，奔將過來。

周仲英一見，氣往上沖，舉起金背大刀，也朝駱冰奔去。他本是要阻止童兆和對她無禮，那知誤會上又加誤會，只聽門外有人大喝：「你敢傷我四嫂，我跟你把命拚了！」一人手執雙鉤，上下兩路，一奔咽喉，一奔前陰，勢挾勁風，直向周仲英撲到。周仲英見此人面目英俊，身手矯捷，心中先存好感，舉刀輕擋，退後一步，說道：「尊駕是誰，先通姓名。」

那人不答，俯身看駱冰時，見她臉如白紙，氣若游絲，忙將她扶起坐在椅上，撿起地下鴛鴦雙刀，放在她身邊。

周仲英見衆人越打越緊，無法勸解，很是不快，忽聽外面有人喊聲如雷，又聽得鐵器相撞，發聲沉重，不一會，安健剛敗了進來，一人緊接著追入。那人又肥又高，手執鋼鞭，鞭身甚是粗重，看模樣少說也有三十來斤，安健剛不敢以單刀去碰撞。章進叫道：「八哥九哥，今日不殺光鐵膽莊的人，咱們不能算完。」

那胖子是紅花會排名第八的「鐵塔」楊成協。面目英俊的是排行第九的「九命錦豹子」衛春華，凡逢江湖上兇毆爭鬥、對抗官兵之時，衛春華總是不顧性命的勇往直前，一生所遇兇險不計其數，卻連重傷也未受過一次，是以說他有九條性命。他二人是紅花會赴援的第二撥，到得鐵膽莊時已近午夜，只見莊門口火把通明，衆莊丁手執兵器，如臨大敵。衛春華上前叫道：「紅花會姓楊的、姓衛的前來拜見鐵膽莊周老英雄，請弟兄們辛苦通報。」安健剛一聽是紅花會人馬，裏面正打得熱鬧，怎能再放他們進來，喝道：「放箭！」二十幾名莊丁彎弓搭箭，一排箭射了過去。衛春華和楊成協大怒，揮動兵刃撥箭。衛春華那顧前面是刀山箭林，一陣風的衝將過來。衆莊丁見這人兇悍無比，都軟了手腳，來不及關閉莊門，已被他直闖進去。

楊成協跟著進來，安健剛揮刀攔住。楊成協身裁高大，氣度威猛，鋼鞭打出，虎虎生風。安健剛不敢硬架，使開刀法，一味騰挪閃避，找到空檔，倏地一刀砍將過來。楊成協鋼鞭「橫掃千軍」，用力格開，噹的一聲，刀鞭相交，安健剛虎口震裂，單刀脫手飛出。楊成協不願傷他性命，待他退走，便即舉鞭打破二門，大踏步進來，他不識莊中道路，黑暗之中聽聲尋路。安健剛找了一把刀，翻身又來攔截，這次加倍小心，但對拆數招，又被楊成協鋼鞭打上刀背，單刀彎成了曲尺。安健剛揮舞曲刀護身，退入大廳。楊成協舉鞭迎頭擊去，安健剛急忙縮身，隨手掀起桌子一擋，桌子一角登時落地，木屑四濺。周仲英心下驚佩：「怪不得紅花會聲勢偌大，會裏人物果然武藝驚人。」眼見安健剛滿頭大汗，再拆數招，難免命喪鞭下，縱聲高叫：「紅花會的英雄們，聽老夫說句話。」

這時衛春華已將徐天宏替下，正和萬慶瀾猛鬥，他和楊成協聽得周仲英叫喊，手勢稍緩。徐天宏大叫：「留神，別上當。」話聲未畢，萬慶瀾果然舉穿向衛春華扎去。他惟恐鐵膽莊和紅花會聯成一氣，因此不容他們有說和機會。衛春華聽得徐天宏叫聲，已有防備，眼見敵刃攻到，竟是悍然不退，反手出鉤，以攻對攻。萬慶瀾見他如此不顧性命的狠打，嚇了一跳，忙收鋼穿招架。

徐天宏戟指大罵：「江湖上說你鐵膽周是大仁大義的好朋友，當眞是浪得虛名，原來這般陰險毒辣。你暗施詭計，算得是甚麼英雄好漢？」

周仲英明知他誤會，但也不由得惱怒，叫道：「你紅花會也算欺人太甚。」一捋長袍，叫道：「健剛退下，讓我來鬥鬥這些成名的英雄豪傑。」安健剛退後數步，周仲英上前說道：「幾位朋友，尊姓大名？」楊成協見他白鬚飄動，不敢輕慢，抱拳說道：「在下鐵塔楊成協。」這時駱冰已然醒轉，叫道：「八哥你還客氣甚麼？這老匹夫把四哥害死了。」

此言一出，徐、楊、衛、張四人全都又驚又悲。衛春華撇下萬慶瀾，反身撲到周仲英面前，雙鉤如風，直撲到他懷裏。周仲英大刀挺立，內力鼓盪，將雙鉤反彈出去。衛春華胸口氣促，知道對方武功厲害，但他是出名的不怕死，毫不退縮，又攻了過去。

那邊章進雙戰孟健雄和周綺，早已打得難解難分。安健剛呼呼喘氣，舉袖拭了額頭上汗水，挺刀上前助戰。楊成協揮鋼鞭敵住萬慶瀾。

徐天宏察看廳內惡鬥情況，章進以一敵三，雖感吃力，並未見敗，那邊衛春華卻招架不住了。周仲英好幾次刀下留情，但對方毫不退縮，心想你這年輕人眞是不識好歹，將他左手鉤震得直盪開去。徐天宏見周仲英刀法精奇，功力深湛，數招之後，衛春華已非其敵，忙挺單刀過去助戰，以二敵一，兀自抵擋不住。周仲英年紀雖老，金背大刀使開來白光黃光閃舞，招數一刀緊似一刀，勁力一刀大似一刀，愈戰愈勇。

徐天宏眼見不能取勝，大叫：「五哥六哥，你們來了，好，快放火燒了鐵膽莊。」他這是虛張聲勢，紅花會排行第五第六的常赫志、常伯志兄弟其實並沒來，他們奉總舵主之命，到三道溝去查探京裏來的公差行蹤去了。他這麼一叫，鐵膽莊中人果然全都大驚。周仲英分神之下，險些中了衛春華一鉤，長眉豎立，大刀「三羊開泰」，連環三招，將徐、衛兩人迫退數步，縱身奔到廳口，要出去攔截縱火的敵人。

那知衛春華如影隨形，緊跟在後，人未至，鉤先至，向他背心疾刺。周仲英大刀圈轉，「噹」的一聲，格開了雙鉤，進手橫砍，右足貼地勾掃，同時左手一個捺掌。衛春華急急縱身躍起，向旁跳開。周仲英左手五指撮攏，變為鵰手，借勢回撥，揮掌打在他肩頭。周仲英這一勾、一捺、一撥，名為「三合」，乃是少林拳中「二郎擔山」絕技。衛春華專心對付他的大刀，那知他突然施展少林拳，刀拳足三者並用，避開了兩招，最後一招終於躲不掉，右肩重重吃了一掌，幸而周仲英掌下留情，只使了四成力，否則已受重傷。

衛春華愈敗愈狠，給周仲英一掌打得倒退三步，尚未站定，又撲上四步，雙鉤「彩鳳旋窩」，猛捲而上。周仲英大怒，叫道：「你這位小哥，我跟你又沒殺父之仇、奪妻之恨，為何苦苦相逼？我已掌下留情，你也該懂得好歹！」衛春華道：「你殺我文四哥，仇深似海。我打你不過，但我是打不死的九命錦豹子，你知道嗎？」口中說話，手上絲毫不緩。周仲英見他狠打痴纏，一味的不要命死拚，心中有氣，可是見他如此勇猛，也不由得愛惜，說道：「老夫活了六十多歲，還沒見過你這般不要命的漢子！」衛春華道：「今兒叫你見見。」唰的一鉤直刺，徐天宏單刀橫砍。周仲英忽地跳起，大刀猛劈三刀，衛春華奮力抵住。刀光劍影中，周仲英彎刀向內，肘角向外撞出，正撞在他腰肋之上，這一記是少林拳中的「肋下肘」，倘若使足了力，衛春華肋骨已斷了數根。

衛春華受他一撞，饒是對方未用全力，可也痛入骨髓，哼了一聲，蹲了下來。徐天宏道：「九弟你退下。」衛春華不答，搖搖晃晃的站起來，斜眼向周仲英凝視，又挺雙鉤上前。周仲英罵道：「我瞧你是不可救藥！」徐天宏大叫：「快放火啦，十二郎，你截住後門，別讓一個人逃出莊去。」周綺給她喊得心煩意亂，一時又戰章進不下，心想：「我殺了那罪魁禍首再說。」舉刀奔向駱冰。

駱冰自聽童兆和說他丈夫已死，昏昏沉沉的坐在椅上，大廳中眾人打得兇惡，她只覺得一團團人影在面前竄來晃去，腦子中空空洞洞的，對眼前之事茫然不解。周綺縱到她面前，舉刀砍去。駱冰向她淒然微笑，要哭不哭的樣子。周綺鋼刀砍到她面前，見到她臉上又可憐又傷心的溫柔神色，這一刀竟爾砍不下去，一凝神，將椅上鴛鴦雙刀拿起，遞入駱冰手中，說道：「打呀！」駱冰隨手接了。周綺揮刀輕輕迎頭砍下，瞧她是否招架。駱冰笑了笑，隨隨便便的右手短刀架過，左手長刀反擊。周綺嘆了口氣，柔聲道：「這才對了，你站起來打。」駱冰聽話站起，但腿上傷痛，拐了一下重又坐下。於是一個坐，一個站，一個獃，一個憨，雙刀單刀打了起來。拆了數招，周綺急道：「誰跟你鬧著玩？」她覺得對手似傻不傻，殺之不忍，鬥之無味，又聽得徐天宏大叫「放火」，心下慌亂，拋下駱冰奔出廳去。

剛到廳口，驀聽得門外一人陰沉沉的說道：「想逃嗎？」周綺一驚，反身後躍，退開兩步，燭光搖晃下只見兩人擋在門口。說話之人面上如罩上一層寒霜，兩道目光攝人心魄般直射過來。周綺想再看他身旁那人，說也奇怪，一被他目光瞪住，自己的眼睛竟不敢移向左邊，輕輕罵了聲：「見鬼！」那人冷冷的道：「不錯，我是鬼見愁。」說話中沒絲毫暖意。周綺向來天不怕地不怕，見這人陰氣森森，不由得打了個冷戰，喝道：「難道姑娘怕你？」她這句話是給自己壯膽，其實姑娘確是有點怕的，心中雖怕，還是舉刀向那人迎頭砍去。

那人「左掛金鈴」，單刀斜掛擋開，左掌輕撫刀柄，雙目仍舊是直瞪著她。周綺但覺他這一掛中含勁未吐，輕靈鬆靜，竟是內家功夫，驚懼更甚，自忖：「反正我媽走了，弟弟死了，我跟爹爹都讓你們殺了吧。」勇氣陡長，揮刀沒頭沒腦的向那人砍去。那人正是紅花會執掌刑堂的鬼見愁十二郎石雙英。他本是無極拳門下弟子，入紅花會後常向三當家趙半山討教武藝。趙半山將太極門中的玄玄刀法相授，因此他兩人名是結義兄弟，實爲師徒。石雙英以靜制動，以柔克剛，不數招已將周綺一柄刀裹住。

那邊孟健雄、安健剛雙戰章進，已自抵敵不住。萬慶瀾左手鋼穿也被楊成協重鞭打折，不敢再戰，只繞著桌子兜圈子，欺對方身胖，追他不上。童兆和早不知那裏去了。周仲英對敵徐天宏和衛春華卻佔著上風，他想只有先將這兩人打倒，再來分說明白，否則混戰下去，殊非了局，刀法加緊，將對手兩人逼得連連倒退，正漸得手，忽地一人縱上前來，叫道：「我來鬥鬥你這老兒！」一柄鐵槳當頭猛打下來。

兵器是鐵槳，使的卻是「魯智深瘋魔杖」的招術，他是將鐵槳當作禪杖使，這一記「秦王鞭石」，鐵槳從自己背後甩過右肩，猛向周仲英砸落，呼的一聲，猛惡異常。這人和石雙英同來，乃紅花會中排名第十三的「銅頭鱷魚」蔣四根。周仲英見他力大，向左閃開，反手還刀。蔣四根直砸不中，鐵槳打橫，雙手握定，槳尾向右橫擋，雙手揮槳頭向左橫擊，這是「瘋魔杖」中的「金鉸剪月」，出手迅捷。周仲英是少林正宗，識得此招，側身讓過，眉頭一皺，主意打定，邊打邊退，不斷移動腳步，眼見萬慶瀾逃避楊成協的追逐，奔近自己身邊，大刀揮出，向他砍去。

周仲英知道紅花會的誤會已深，非三言兩語所能說明，幾次呼喝住手，都被萬慶瀾從中搗亂。這人來鐵膽莊敲詐勒索，周仲英原是十分氣惱，可是若和官府作對，便是造反，自己在這裏數十年安居，有家有業，自古道「滅門的縣官」，得罪了官府，可眞是無窮禍患。他雖是一方豪傑，但近二十年來廣置地產，家財漸富，究竟是丟不掉放不下，是以一直不願對萬慶瀾翻臉。再者自己兒子爲紅花會的朋友而死，他們居然不問情由，闖進莊來狠砍猛殺，還說要燒莊，心下不免有氣，自己年紀這麼一大把，對方就是不敬賢也得敬老。他本擬憑武藝當場將衆人懾服，然後說明原委，那知紅花會人衆越來越多，越打越兇，時刻一長，總不免有人死傷，這一來誤會變成眞仇，那就不可收拾，權衡輕重，甩出去鐵膽莊不要，決意向萬慶瀾動手，以求打開僵局。

萬慶瀾見周仲英金刀砍來，不由得大駭，急忙閃讓，見後面楊成協又追了上來，當即跳上桌子。他已知周仲英用意，大叫：「我們聯手合力捉拿文泰來。那文泰來雖是你殺死的，但朝廷懸賞的一萬兩銀子，你想害死了我獨吞嗎？」他存心誣陷，要挑撥鐵膽莊和紅花會鬥個兩敗俱傷。

紅花會羣雄見周仲英刀砍萬慶瀾，俱都一怔，各自停手，聽萬慶瀾這麼叫嚷，既傷心義兄慘死，又在激鬥之際，那裏還能細辨是非曲直？章進哇哇大叫，狼牙棒向周仲英腰上砸去。周仲英急怒交迸，有口難辯，只得揮刀擋住。

徐天宏畢竟精細，見事明白，適才和周仲英拚鬥，見他數次刀下留情，其中必有別情，喊道：「十弟不可造次！」章進殺得性起，全沒聽見。蔣四根鐵槳攔腰又向周仲英打去。周仲英側身避過，不想背後楊成協鋼鞭斜肩砸到。周仲英聽得耳後風生，揮刀擋格，兩人手臂都是一陣酸痲。楊成協、章進和蔣四根是紅花會的「三大力士」，均是膂力驚人。周仲英獨戰三人，漸見不支，吆喝聲中大刀和章進狼牙棒相交，火花迸發，手臂又是一陣發痲。蔣四根鐵槳「翻身上捲袖」，鐵槳自下而上砸正大刀刃口。周仲英再也拿揑不住，大刀脫手飛出，直插入大廳正中樑上。

孟健雄、安健剛見師父兵刃脫手，一驚非同小可，雙雙搶前相護，只跨出兩步，衛春華揮動雙鉤，和身撲來攔住。

周仲英大刀脫手，反而縱身搶前，直欺到楊成協懷裏，一招「弓箭衝拳」，左手已抓住鋼鞭鞭梢，右拳向他當胸擊出。楊成協萬想不到對方功夫如此了得，危急之中，竟會施展「空手奪白刃」招術強搶自己鋼鞭，給他這般欺近，招架已自不及，胸膛一挺，「哼」的一聲，硬接了這一拳，鋼鞭竟不撒手。他這一身鐵布衫的橫練功夫，雖不能說刀槍不入，但尋常利器卻也傷他不得。他外號「鐵塔」，是說他身子雄偉堅牢，有如鐵鑄之塔。周仲英拳力極大，眞有碎石斃牛之勁，見對方居然若無其事的受了下來，不禁暗暗吃驚。其實楊成協也是有苦說不出，這一拳只打得他痛徹心肺，幾欲嘔血，猛吸一口氣強忍，再用力拉扯，想將他拉住鋼鞭的手掙脫。周仲英也正在這時左手發勁。楊成協雖然力大，究不及周仲英功力精湛，手中鋼鞭竟然便要給他硬生生奪去。

周仲英鋼鞭尚未奪到，章進和蔣四根的兵器已向他砍砸而至。周仲英放脫鋼鞭，隨手把桌子一掀，推向章蔣二人。

孟健雄跳在一旁，拿出彈弓，叭叭叭叭，連珠彈向章蔣兩人身上亂打，爲師父抵擋了一陣。但己方形勢危急異常，眼見師父推倒桌子，桌上燭台掉在地下，蠟燭頓時熄滅，靈機一動，一陣連珠彈將廳中幾枝蠟燭全都打滅，大廳中登時一片漆黑，伸手不見五指。

這一著衆人全都出於意料之外，不約而同的向後退了幾步，惡鬥立止。各人屏聲凝氣，誰都不敢移動腳步，黑暗之中有誰稍發聲息，被敵人辨明了方位，兵刃暗器馬上招呼過來，卻又如何趨避躲閃？何況這是羣毆合鬥，黑暗中隨便出手，說不定就傷到了自己人。大廳中剎時突然靜寂，其間殺機四伏，比之適才呼叫砍殺，倒似更加令人驚心動魄。

一片靜寂之中，忽然廳外腳步聲響，廳門打開，衆人眼前一亮，只見一人手執火把走了進來。那人書生打扮，另一手拿著一支金笛。他一進門便向旁一站，火把高舉，火光照耀中又進來三人。一個獨臂道人，背負長劍。另一人輕袍緩帶，長眉玉面，服飾儼然是個貴介公子，身後跟著個十多歲的少年，手捧包裹。這四人正是「金笛秀才」余魚同、「追魂奪命劍」無塵道人，以及新任紅花會總舵主的陳家洛，那少年是陳家洛的書僮心硯。

紅花會羣豪見總舵主和二當家到來，俱都大喜，紛紛上前相見。徐天宏向楊成協和衛春華低聲道：「留心瞧著鐵膽莊這批傢伙，別讓他們走了。」兩人點點頭，繞到周仲英身後。安健剛知道他們用意，心頭有氣，走上一步，正欲開口質問，周仲英伸手拉住，低聲道：「沉住氣，瞧他們怎麼說。」

余魚同拿了兩張名帖，走到周仲英面前，打了一躬，高聲說道：「紅花會總舵主陳家洛、二當家無塵道人，拜見鐵膽莊周老英雄。」孟健雄上去接了過來，遞給了師父。周仲英見名帖上寫得甚是客氣，陳家洛與無塵都自稱晚輩，忙搶上前去拱手道：「貴客降臨敝莊，不曾遠迎，可失禮了。請坐，請坐。」

這時大廳上早已打得桌倒椅翻，一塌胡塗。周仲英大叫：「來人哪！」宋善朋率領了幾名莊丁進來，排好桌椅，重行點上蠟燭，分賓主坐下。西首賓位陳家洛居先，依次是無塵、徐天宏、楊成協、衛春華、章進、駱冰、石雙英、蔣四根、余魚同。心硯站在陳家洛背後。東首主位周仲英坐第一位，依次是孟健雄、安健剛、周綺。

余魚同偷眼暗瞧駱冰，見她玉容慘淡，不由得又是憐惜，又是惶愧，不知她有否將自己的胡作非爲告知石雙英，看那鬼見愁十二郎時，見他臉上陰沉沉的，瞧不出半點端倪。余魚同自駱冰走後，自怨自艾，莫知適從。此後兩天總是在這十幾里方圓之間繞來繞去，心想駱冰腿上有傷，若再遇上公人如何抵禦，只想悄悄跟在她後面暗中保護，但始終沒發見她的蹤跡，怎想得到她會重去鐵膽莊。到得第三天晚上，卻遇上了陳家洛與無塵。

兩人聽得文泰來爲鐵膽莊所賣，驚怒交加。無塵立刻要去搭救文泰來。陳家洛道：「衆兄弟都已趕向鐵膽莊，大家不知道周仲英如此不顧江湖道義，說不定要中這老兒的暗算。咱們不如先到鐵膽莊，會齊衆兄弟後再去救四哥。」無塵點頭稱是，當下由余魚同領路，趕到鐵膽莊來。那正是孟健雄彈滅蠟燭、大廳中一團漆黑之時。

萬慶瀾見雙方敘禮，知道事情要糟，慢慢挨到門邊，正想溜出，徐天宏縱身竄出，落在門口，攔住去路，喝道：「請留步，大家把話說說清楚。」萬慶瀾見對方人多勢衆，不敢動手，只得回來，坐在周綺下首。周綺圓眼一瞪，喝道：「滾開！你坐在姑娘身邊幹麼？」萬慶瀾拉開椅子，坐遠了些。

周仲英和陳家洛替雙方引見了，報了各人姓名。周仲英一聽，對方全是武林中的成名英雄，怪不得手下如此了得，看那總舵主陳家洛卻像是個養尊處優的官宦子弟，這人竟統領著這批江湖豪傑，衆人對他十分恭謹，實在透著古怪，心下暗暗納罕。

陳家洛見周仲英臉現詫異之色，不住的打量自己，強抑滿懷怒氣，冷然說道：「敝會四當家奔雷手文泰來遇到鷹爪子圍攻，身受重傷，避難寶莊，承周老前輩念在武林一脈，仗義援手，敝會衆兄弟全都感激不盡，兄弟這裏當面謝過。」說罷站起身來深深一揖。

周仲英連忙還禮，心下萬分尷尬，暗道：「瞧不出他公子哥兒般似的，居然有這麼一手，竟拿場面話來擠兌我。」陳家洛這番話一說，無塵、徐天宏、衛春華、余魚同等都暗暗佩服。章進卻沒懂陳家洛的用意，大叫起來：「總舵主你不知道，這老匹夫已把咱們四哥害了。」衛春華坐在他身邊，忙拉了他一把，叫他別嚷。

陳家洛便似沒聽見他說話，仍然客客氣氣的對周仲英道：「衆兄弟夤夜造訪寶莊，禮貌不週，還請周老前輩海涵。只因聽得文四哥有難，大家如箭攻心，未免鹵莽。不知文四哥傷勢如何，周老前輩想已延醫給他診治，就請引我們相見。」說著站起身來，紅花會羣雄跟著站起。周仲英口訥，一時不知如何回答。駱冰哽咽著叫道：「四哥給他們害死了！總舵主，咱們殺了老匹夫給四哥抵命！」

陳家洛等一聽大驚，無不慘然變色。章進、楊成協、衛春華等一干人各挺兵刃，逼上前來。孟健雄挺身而出，大聲說道：「文爺到敝莊來，事情是有的……」徐天宏插嘴道：「那麼便請孟爺引我們相見。」孟健雄道：「文爺、文奶奶和這位余爺來到敝莊之時，我們老莊主不在家，是兄弟派人去趙家堡請醫，這是文奶奶和余爺親眼見到的。後來六扇門的人到來，我們慚愧得很，沒能好好保護，以致文爺給捕了去。陳當家的，你怪我們招待不週，未盡護友之責，我們認了。你要殺要剮，姓孟的皺一下眉頭，不算好漢。但你們衆位當家硬指我們老莊主出賣朋友，那算甚麼話？」

駱冰走上一步，戟指罵道：「姓孟的，你還充好漢哪！我問你，你叫我們躲在地窨之中，如此隱秘的所在，若不是你們得了鷹爪孫的好處，說了出來，他們怎會知道？」孟健雄登時語塞，要知周英傑受不住激而洩漏秘密，雖是小兒無知，畢竟是鐵膽莊的過失。

無塵向周仲英道：「出事之時，老莊主或者真不在家。可是龍有頭，人有主，鐵膽莊的事，我們只能衝著老莊主說，請你拿句話出來。」這時縮在一旁的萬慶瀾突然叫道：「是他兒子說的，他肯認帳麼？」陳家洛走上一步，說道：「周老前輩，這話可真？」周仲英豈肯當面說謊，緩緩點了點頭。紅花會羣豪大嘩，更圍得緊了。有的對周仲英橫眉怒目，有的瞧著陳家洛，待他示下。陳家洛側目瞧向萬慶瀾，冷然說道：「這位是誰，還沒請教閣下萬兒。」駱冰搶著說道：「他是鷹爪孫，來捉四哥的人中，有他在內。」

陳家洛一言不發，緩步走到萬慶瀾面前，突然伸手，奪去他手中鋼穿，往地下一擲，將他雙手反背併攏，左手一把握住。萬慶瀾「啊唷」一聲，已然掙扎不脫。陳家洛這一下出手快得出奇，衆人都沒看清楚他使的是甚麼手法。萬慶瀾武功並非泛泛，適才大家已經見過，但被他隨手拿住，竟自動彈不得。這一來，不但鐵膽莊衆人聳然動容，連紅花會羣雄也各暗暗稱奇，他們只尊陳家洛是總舵主，遵他號令，他武功如何，誰也不知底細。

陳家洛喝道：「你們把文四爺捉到那裏去了？」萬慶瀾閉口不答，臉上一副傲氣。陳家洛駢指在他肋骨下「中府穴」一點，喝道：「你說不說？」萬慶瀾哇哇大叫：「你作踐人不是好漢，有種就把我殺了……」一句話沒喊完，頭上黃豆大的汗珠已直冒出來。陳家洛又在他「筋縮穴」上一點。萬慶瀾這下可熬不住了，低聲道：「我說，我說……」陳家洛伸指在他「氣俞穴」上推了幾下。萬慶瀾緩過一口氣，說道：「要解他到京裏去。」駱冰忙問：「他……他沒死？」萬慶瀾道：「當然沒死，這是要犯，誰敢弄死他？」

紅花會羣雄大喜，都鬆了口氣，文泰來既然沒死，對鐵膽莊的恨意便消了大半。駱冰顫聲道：「你……你這話……這話可眞？」萬慶瀾道：「我幹麼騙你？」駱冰心頭一喜，暈了過去，向後便倒。余魚同伸手要扶，忽然起了疑懼之心，伸出手去又縮了回來。駱冰仰頭倒在地下，章進急忙扶起，叫道：「四嫂，你怎麼了？」橫目向余魚同白了一眼，覺得他不扶駱冰，實在豈有此理。

陳家洛鬆開了手，對書僮心硯道：「綁了起來。」心硯從包裹中取出一條繩索，將萬慶瀾雙手反背牢牢縛住。萬慶瀾被點穴道雖已解開，但一時手腳酸麻，無法反抗。陳家洛高聲說道：「各位兄弟，咱們救四哥要緊，這裏的帳將來再算。」紅花會羣雄齊聲答應。駱冰醒過後，坐在椅上喜極而泣，聽陳家洛這麼一說，站了起來，章進扶住了她。

衆人走到廳口，孟健雄送了出來。陳家洛將出廳門，回身舉手，對周仲英道：「多有吵擾，大恩大德，沒齒難忘，咱們後會有期。」周仲英聽他語氣，知道紅花會定會再來尋仇，心道：「周某問心無愧，你們不諒，我難道就怕了你們？」哼了一聲，一言不發。

章進叫道：「救了文四哥後，我章駝子第一個來鬥鬥你鐵膽莊的英雄好漢。」楊成協道：「狗熊都不如，稱甚麼英雄？」周綺一聽大怒，喝道：「你罵誰？」楊成協怒道：「我罵不講義氣，沒家教的老匹夫。」他胸口吃了周仲英一拳，雖然身有鐵布衫功夫，未受重傷，但也吃虧不小，此刻兀自疼痛不止，再聽說文泰來為周仲英之子所賣，更加氣憤。

周綺搶上一步，喝道：「你是甚麼東西，膽敢罵我爹爹？」楊成協道：「呸，你這丫頭！」他不願與人家姑娘爭鬧，回頭就走。「俏李逵」性如烈火，更恨人家以她是女流之輩而瞧她不起，平素常道：「男女都是人，為甚麼男人做得，女人就做不得？」聽得楊成協罵她「丫頭」，而且滿臉鄙夷之聲，那裏還忍耐得住？搶上一步，喝道：「丫頭便怎樣？」

楊成協怒道：「去叫你哥哥出來，就說我姓楊的要見見。」周綺道：「我哥哥？」心下甚是奇怪。衛春華道：「有種賣朋友，就該有種見朋友。你哥哥出賣我們四哥，這會兒躲到那裏去了？」周綺愕然不解，心道：「我那裏來的哥哥？」孟健雄見周綺受擠，知道紅花會誤會了萬慶瀾那句話，事情已鬧得如此之僵，此時如把師父擊斃親子之事相告，未免示弱，倒似是屈服求饒，只得出頭給師妹擋一擋，當下高聲說道：「各位還有甚麼吩咐，現在就請示下，省得下次再勞動各位大駕。」章進道：「我們就是要見見這位姑娘的哥哥。」周綺道：「你這駝子胡說八道，我有甚麼哥哥？」章進又被她罵一聲「駝子」，虎吼一聲，雙手向她面門抓去。周綺挺刀擋格，章進施展擒拿功，空手和她拚鬥。

衛春華雙鉤一擺，叫道：「孟爺，你我比劃比劃。」孟健雄只得應道：「請衛爺指教。」這邊蔣四根和安健剛也叫上了陣，各挺兵刃就要動手。楊成協大喊：「賣朋友的兔崽子，再不給我滾出來，爺爺要放火燒屋了。」雙方兵器紛紛出手，勢成羣毆。

周仲英氣得鬚眉俱張，對陳家洛道：「好哇，紅花會就會出口傷人，以多取勝。」陳家洛一聲唿哨，拍了兩下手掌，羣豪立時收起兵刃，退到他身後站定，默不作聲。周仲英暗想：「這人部勒羣雄，令出即遵。我適才連呼住手，卻連自己女兒也不聽。」陳家洛道：「周老英雄，你責我們以多取勝，在下就單身請周老英雄不吝賜教幾招。」周仲英道：「那再好沒有。陳當家的剛才露了這手，我們全都佩服之至，眞是英雄出在年少，老夫很想領教，陳當家的要比兵刃還是拳腳？」石雙英陰森森的道：「大刀飛到樑上去了，還比甚麼兵刃？」此言一出，周仲英面紅過耳，各人都抬頭去望那柄嵌在樑上的金背大刀。

忽見一人輕飄飄的躍起，右手勾住屋樑，左手拔出大刀，隨即毫無聲息的落在地下，走到周仲英面前，左腿半跪，高舉過頂，說道：「周老太爺，你老人家的刀。」這人是陳家洛的書僮心硯，瞧不出他年紀輕輕，輕功竟也如此不凡。

心硯露這一手，周仲英臉上更下不去，他哼了一聲，對心硯不理不睬，向陳家洛道：「陳當家的亮兵刃吧，老夫就空手接你幾招。」孟健雄接過心硯手中的金背大刀，低聲道：「師父犯不著生氣，跟他刀上見輸贏！」他怕師父中了對方激將之計，眞以空手去和人家兵器過招，那是未打先吃三分虧。心硯縱身回來，解開包裹，將陳家洛獨門之秘的兵器亮出，雙手托著，拿到他面前。

徐天宏低聲道：「總舵主，他要比拳，你就在拳腳上勝他。」原來徐天宏得知文泰來未死，心即寧定，細察周仲英神情舉止，對紅花會處處忍讓，殊少敵意，雙方一動兵刃難免死傷，不如比拳易留餘地。再者他已領教過周仲英大刀功夫，實在是功力深厚，非同小可，自己與衞春華以二敵一，儘管對方未出全力，兀自抵擋不住。陳家洛兵器上造詣深淺未知，可是適才見他出手逼供萬慶瀾，手法又奇又快，大非尋常。他要陳家洛比拳，是求避敵之堅，用己之長。陳家洛道：「好。」對周仲英拱手說道：「在下想請教周老英雄幾路拳法，請老前輩手下留情。」

周仲英道：「好說，陳當家的不必過謙。」周綺走過來替父親脫去長袍，低聲道：「這小子會點穴，爹爹你留點神。」說著眼圈兒紅了，她脾氣發作時火爆霹靂，可是對方人數衆多，個個武功精強，今日形勢險惡異常，她並非不知。周仲英低聲道：「要是我有甚好歹，你上西安找吳叔叔去，以後可千萬不能鬧事了。」周綺心中酸痛，點了點頭。

宋善朋督率莊丁，將大廳中心桌椅搬開，露出一片空地，四周添上巨燭，明亮如晝。周仲英走到廳心，抱拳說道：「請上吧。」

陳家洛並不寬衣，長袍飄然，緩步走近，說道：「在下輸了之後，定當遍請西北武林同道，來向老前輩賠話謝罪，紅花會衆兄弟自今而後，不敢帶兵刃踏進甘肅一步。」周仲英道：「陳當家的言重了。」陳家洛秀眉一揚，說道：「要是老前輩承讓一招半式，那怎麼說？」周仲英傲然仰頭，打個哈哈，一捋長鬚，說道：「那時鐵膽莊數十口老小性命，還不全操於紅花會之手？」陳家洛道：「紅花會雖是小小幫會，卻也恩怨分明，豈敢妄害無辜？倘若在下僥倖勝得一拳一腳，那位洩露文四哥行藏的令郎，我們斗膽要帶了去。文四哥若能平安脫險，在下保證不傷令郎毫髮，派人護送回歸寶莊。可是文四哥若有三長兩短……那不免要令郎抵命。」周仲英給這番話引動心事，虎目含淚，右手輕揮，道：「不必多言，進招吧！」

陳家洛在下首站定，微一拱手，說道：「請賜招。」衆人見他氣度閒雅，雍容自若，竟如是揖讓序禮，那裏是龍爭虎鬥的廝拚，有的佩服，有的擔心。

周仲英按著少林禮數，左手抱拳，一個「請手」。他知對方年輕，自居晚輩，決不肯搶先發招，也不再客氣，一招「左穿花手」，右拳護腰，左掌呼的一聲，向陳家洛當面劈去。這一掌勢勁力疾，掌未至，風先到，先聲奪人。陳家洛一個「寒雞步」，右手上撩，架開來掌，左手畫一大圓弧，彎擊對方腰肋，竟是少林拳的「丹鳳朝陽」。這一亮招，紅花會和鐵膽莊雙方全都吃驚。周仲英是少林拳高手，天下知名，可沒想到陳家洛竟然也是少林派。周仲英「咦」了一聲，甚感詫異，手上絲毫不緩，「黃鶯落架」、「懷中抱月」，連環進擊，一招緊似一招。陳家洛進退趨避，少林拳的手法竟也十分純熟。兩人拳式完全相同，不像爭鬥，直如同門練武。但兩人年歲相差既大，功力深淺，自也懸殊，勝負之數，不問可知。紅花會羣雄暗暗擔憂，鐵膽莊中人卻都吁了口氣。

翻翻滾滾拆了十餘招。周仲英在少林拳上浸淫數十年，功力已臻爐火純青之境，推拳勁作，發腿風生。少林拳講究心快、眼快、手快、身快、步快，他愈打愈快，攻守吞吐，迴轉如意，第一路「闖少林」三十七勢未使得一半，陳家洛已處下風。周仲英突然猛喝，身向左轉，一個「翻身劈擊」，疾如流星。陳家洛急忙後仰，敵掌去頰僅寸，險些未及避開。紅花會羣雄俱各大驚。

陳家洛縱出數步，猱身再上，拳法已變，出招是少林派的「五行連環拳」，施開崩、鑽、劈、砲、橫五趟拳術。周仲英仍以少林拳還擊。不數招，陳家洛忽然改使「八卦遊身掌」，身隨掌走，滿廳遊動，燭影下似見數十個人影來去。周仲英以靜御動，沉著應戰，陳家洛身法雖快，卻絲毫未佔便宜。

再拆數招，周仲英左拳打出，忽被對方以內力黏至外門，這一招竟是太極拳中的「如封似閉」。但見他拳勢頓緩，神氣內歛，運起太極拳中以柔克剛之法，見招破招，見式破式。衆人愈觀愈奇，自來少林太極門戶有別，拳旨相反，極少有人兼通，他年紀輕輕，居然內外雙修，實是武林奇事。周仲英打起精神，小心應付。這一來雙方攻守均慢，但行家看來，比之剛才猛打狠鬥，尤爲兇險。兩人對拆二十餘招，點到即收。陳家洛忽地使招「倒輦猴」，拳法又變，頃刻之間，連使了武當長拳、三十六路大擒拿手、分筋錯骨手、岳家散手四門拳法。

衆人見他拳法層出不窮，俱各納罕，不知他還會使出甚麼拳術來。周仲英以不變應萬變，六路少林拳融會貫通，得心應手，門戶謹嚴，攻勢凌厲。他縱橫江湖數十年，大小數百戰，似陳家洛這般兼通各路拳術的對手雖然未曾會過，但也不過有如他數十年來以一套少林拳依次遍敵各門好手，拳法上並不吃虧。他素信拳術之道貴精不貴多，專精一藝，遠勝駁雜不純，然見陳家洛每一路拳法所學者均非皮毛，也不禁暗暗稱異。

酣鬥中周仲英突然左足疾跨而上，一腳踏住陳家洛袍角，一個「觔擋切掌」，左掌向他下盤切去。陳家洛急忙抽身，竟未抽動，急切中一個「鯉魚打挺」，嗤的一聲，長袍前襟齊齊撕去。周仲英說聲「承讓」，陳家洛臉上一紅，駢指向他腰間點去，兩人又鬥在一起。

三招拆過，旁觀衆人面面相覷，只見陳家洛擒拿手中夾著鷹爪功，左手查拳，右手綿掌，攻出去是八卦掌，收回時已是太極拳，諸家雜陳，亂七八糟，旁觀者人人眼花繚亂。這時對他拳勢手法已全然難以看清，至於是何門派招數，更是分辨不出了。

衆人均不識得這是天池怪俠袁士霄所創的獨門拳術「百花錯拳」。袁士霄少年時鑽研武學，所學本已極博，後來遇到一件大失意事，性情激變，發願做前人所未做之事，打前人所未打之拳，於是遍訪海內名家，或學師，或偷拳，或挑鬥踢場以觀其招，或明搶暗奪而取其譜，將各家拳術幾乎學了個遍，中年後隱居天池，別走蹊徑，創出了這路「百花錯拳」。這拳法包蘊百家，其妙處尤在於一個「錯」字，每一招均和各派正宗手法相似而實非，一出手對方以爲定是某招，舉手迎敵，才知打來的方位手法完全不同，其精微要旨在於「似是而非，出其不意」八字。旁人只道拳腳全打錯了，豈知正因爲全部打錯，對方才防不勝防。凡武學高手，見聞必博，所學必精，於諸派武技胸中早有定見，不免「百花」易敵，「錯」字難當。袁士霄創此拳術，志在讓他情敵栽個大觔斗，敗得狼狽不堪，丟臉之極，但生怕狂怒中失手打死情敵，於理不合，是以自行克制，不與對方動手過招，因此這套拳術從未用過，他弟子也只陳家洛一人。陳家洛先學了內外各大門派主要的拳術兵刃，於擒拿、暗器、點穴、輕功俱有相當根柢之後，才學「百花錯拳」。今日與周仲英激鬥百餘招，險些落敗，深悔魯莽，先前將話說滿了，未免小覷了天下英雄，心驚之餘，只得使出這路怪拳。發硎初試，果然鋒銳無匹。

周仲英大驚之下，雙拳急揮，護住面門，連連倒退，見對方拳法古怪之極，而拳劈指戳之中，又夾雜著刀劍的路數，眞是見所未見，聞所未聞。周綺見父親敗退，情急大叫：「你打的是甚麼拳？亂搞一氣，簡直不成話！怎地撒賴胡打？不對，不對！你……你全都打錯了！」

喊聲未畢，廳外竄進兩人，連叫「住手！」卻是陸菲青和趙半山到了。忽聽得廳外有人大呼：「走水啦，快救火呀，走水啦！」喧嚷聲中，火光已映進廳來。

周仲英正受急攻，本已拳法大見散亂，忽聽得大叫「救火」，身家所在，不免關心，一疏神，突覺左腿一麻，左膝外「陽關穴」竟被點中，一個踉蹌，險些倒地。周綺忙搶上扶住，急叫「爹爹」，單刀橫過，護住父親，以防敵人趕盡殺絕。

陳家洛並不追趕，反而倒退三步，說道：「周老英雄怎麼說？」周仲英怒道：「好，我認栽了。我兒子交給你，跟我來！」扶著周綺，一拐一拐的往廳外便走。

霍青桐解下腰間短劍，說道：

「這短劍是我爹爹所賜，據說劍裏藏著一個極大秘密，幾百年來輾轉相傳，始終無人參詳得出。今日一別，後會無期，此劍請公子收下。公子慧人，或能解得劍中奧妙。」

第四回

置酒弄丸招薄怒　還書貽劍種深情

陳家洛、陸菲青，及紅花會羣雄跟著周仲英穿過了兩座院子。此時火勢更大，熱氣逼人，黑夜中但見紅光沖天，煙霧瀰漫。孟健雄、安健剛和宋善朋早已出去督率莊丁，協力救火。徐天宏大叫：「咱們先合力把火救熄了再說。」周綺罵道：「你叫人放火，還假惺惺裝好人。」她剛才聽徐天宏一再大喊放火，認定是他指使了人來燒鐵膽莊的，滿腔悲憤，那裏還顧到對方人多勢衆，舉刀便向徐天宏砍去。徐天宏忙竄開避過，周綺還待要追，已被趙半山勸住。饒是周綺單刀在手，猛衝猛跳，但被趙半山伸手輕輕搭上刀背，一柄刀便如有千斤之重，幾乎拿也拿不住，那裏還進得半步。

周仲英對這一切猶如不見不聞，大踏步直到後廳。衆人進廳，只見設著一座靈堂，靈位前點著兩對白燭，素幡冥鏹，陰沉沉的一派淒涼景象。周仲英掀開白幕，露出一具黑色小棺材來，棺材尚未上蓋。原來周仲英擊斃愛子後，因女兒外出未歸，是以未將周英傑成殮，以待周綺回來再見弟弟一面。

周仲英喝道：「我兒子洩露了文爺的行藏，那不錯，你們要我兒子，好……你們拿去吧！」他心神激盪，語音大變。衆人在黯淡的燭光之下，見一個小孩屍身躺在棺材之中，都摸不著頭腦。周綺叫道：「我弟弟還只十歲，他不懂事，把你們文爺的藏身地方說了出來。爹爹回到家來，大怒之下，失手把弟弟打死了，把我媽媽也氣走了，這總對得起你們了吧？你們還不夠，把我們父女都殺了吧！」

紅花會衆人聽了，不由得慚愧無已，都覺剛才錯怪了周仲英，實是萬分不該。章進最是直性人，搶上兩步，向周仲英磕了個響頭，叫道：「老爺子，我得罪你啦，章駝子給你賠罪。」站起身來，又向周綺一揖，道：「姑娘，你再叫我駝子，我也不惱。」周綺聽了想笑，卻笑不出來。

這時陳家洛以及罵過周仲英的駱冰、徐天宏、楊成協、衛春華等都紛紛過來謝罪。陳家洛乘著躬身行禮，伸手輕拂，將周仲英膝間所封穴道解開，旁人都沒瞧見。周仲英忙著還禮，心中難過之極，說不出話來。陳家洛叫道：「周老英雄對紅花會的好處，咱們至死不忘。各位兄弟，現下救火要緊。大家快動手。」眾人齊聲答應，紛紛奔出。

但見火光燭天，屋瓦墮地，樑柱倒坍之聲混著眾莊丁的吆喝叫喊，亂成一片。安西是中國出名的「風庫」，一年三百六十日幾乎沒一天沒風，風勢又最大不過。此時風助火威，眼見大火已無法撲滅，偌大一座鐵膽莊轉眼便要燒成白地。

廳中奇熱，布幡紙錢已然著火。眾人見周仲英痴痴扶著棺材，神不守舍。不多時火燄捲入廳來，衛春華、石雙英、蔣四根都已撲出去救火。周綺連叫：「爹，咱們出去吧！」周仲英不理不睬，眼睜睜儘望著棺材中的兒子。

大家知他不忍讓兒子屍體葬身火窟，捨不得離開。章進彎下腰來，說道：「八哥，把棺材放在我背上。」楊成協抓住棺材兩邊，一使勁，將棺材提了起來，放上章進的駝背。章進也不長身，就這麼彎著腰直衝出去。周綺扶著父親，眾人前後擁衛，奔到莊外空地。走出不久，後廳屋頂就坍了下來，各人都暗說：「好險！」

心硯忽地叫了起來：「啊喲，那鷹爪孫還在裏面！」石雙英道：「這等人作惡多端，燒死了也不冤。」駱冰道：「可惜便宜了鏢行那小子。」陳家洛問道：「是誰？」

駱冰將童兆和的事說了。孟健雄也說了他如何三入鐵膽莊，探莊報訊，引人捉拿文泰來，最後還來勒索。徐天宏叫道：「對，定是他放火！」衆人心下琢磨，均想定是此人無疑。徐天宏偷眼向周綺望去，見她對己正自側目斜睨，兩人目光一對，都即轉頭避開。周綺大聲自言自語：「矮子肚裏疙瘩多，放火的鬼主意也只矮子才想得出。人無三尺高，肚裏一把刀。」陳家洛道：「咱們得抓這小子回來。七哥、八哥、九哥、十哥，你們四位分東南西北路去搜，不管是否追到，一個時辰內回報。」四人接令去了。

這邊陸菲青和周仲英等人厮見，互道仰慕。陳家洛又向周仲英一再道歉，說道：「周老前輩爲了紅花會鬧到這步田地，大仁大義，眞是永世難報。我們定去訪請周老太太回來，和老前輩團圓。鐵膽莊已毀，當由紅花會重建，各位莊丁弟兄所有損失，紅花會全部賠償。他們辛苦，在下另有一番意思。」

周仲英眼見鐵膽莊燒成灰燼，多年心血經營毀於一旦，自也不免可惜，但聽陳家洛這麼說，忙道：「陳當家的說那裏話來，錢財是身外之物，你再說這等話，那是不把兄弟當朋友了。」他素來最愛朋友，現下誤會冰釋，見紅花會衆人救火救人，奮不顧身，對他又是極爲敬重感激，一時之間結交到這許多英雄人物，十分痛快，對鐵膽莊被焚之事登時釋然，但一瞥眼間見到那具小小棺材，心中卻又一陣慘傷。

忙亂了一陣，衛春華和章進先回來了，向陳家洛稟報，都說追出了六七里地，不見童兆和蹤跡。又過片刻，徐天宏和楊成協也先後回來，說東南兩路數里內並無人影，這傢伙想是乘著大火，混亂中逃得遠了。

陳家洛道：「好在知道這小子是鎭遠鏢局的，不怕他逃到天邊去，日後總抓得到。」問周仲英道：「周老前輩，寶莊這些莊丁男婦，暫且讓他們去那裏安身？」周仲英道：「我想等天明之後，大家先到赤金衛。」徐天宏道：「小姪有一點意思，請老前輩瞧著是不是合適。」陳家洛道：「我們這位七哥外號叫武諸葛，最是足智多謀。」周綺向徐天宏白了一眼，哼了一聲，對孟健雄道：「孟大哥，你聽，人家比諸葛亮還厲害呢，他還會武！」孟健雄微微一笑。周仲英忙道：「徐爺請說。」

徐天宏道：「那姓童的小子逃了回去，勢不免加油添醬，胡說一通。那姓萬的又沒回轉，鷹爪孫定要報官，將許多罪名加在前輩頭上。小姪以爲鐵膽莊的人最好往西，暫時避一下風頭，等摸清了路數再定行止。現下往東去赤金衛，只怕不甚穩便。」

周仲英閱歷甚深，一經徐天宏點破，連聲稱是，說道：「對，對，老弟眞不愧武諸葛，明兒該當先奔安西州。安西我有朋友，借住十天半月的，決不能有甚麼爲難。」周綺見父親反而稱讚徐天宏，心下老大不願意。她雖然已不懷疑燒鐵膽莊是徐天宏主使，但先前對他存了憎厭之心，不由得越瞧越不順眼。

周仲英對宋善朋道：「你領大夥到安西州後，可投吳大官人處耽擱，一切使費，到咱們號子裏支用。待我事情料理完後，再來叫你。」周綺道：「爹爹，咱們不去安西？」周仲英道：「當然不去啦。文四爺在咱們莊上失陷，救人之事，咱們豈能袖手旁觀？」周綺、孟健雄、安健剛三人聽他說要出手助救文泰來，俱各大喜。

陳家洛道：「周老前輩的美意，我們萬分感激。不過救文四哥乃是殺官造反之事，各位都是安份良民，和我們浪蕩江湖之人不同，親自出手，恐有不便。我們請周老前輩出個主意，指點方略，至於殺鷹爪、救四哥，還是讓我們去辦。」

周仲英長鬚一捋，說道：「陳當家的，你不用怕連累我們。你不許我替朋友賣命，那就是不把周仲英當好朋友。」陸菲青插嘴道：「周老英雄義重如山，江湖上沒人不佩服的，否則我和他素不相識，文四爺身上又負著重案，我怎敢貿然薦到鐵膽莊來？」

陳家洛略一沉吟，說道：「周老英雄如此重義，紅花會上下永感大德。」駱冰走上前來，盈盈拜倒，說道：「老爺子拔刀相助，我先替我們當家的道謝。」周仲英連忙扶起，道：「文四奶奶你且寬心，不把文四爺救回來，咱們誓不爲人。」轉頭對陳家洛道：「事不宜遲，就請陳當家的發施號令。」陳家洛道：「這個那裏敢當？請周陸兩位前輩商量著辦。」陸菲青道：「陳當家的不必太謙。紅花會是主，咱們是賓，這決不能喧賓奪主。」

陳家洛又再謙讓，見周陸二人執意不肯，便道：「那麼在下有僭了！」轉身發令，分撥人馬。

這時鐵膽莊餘燼未熄，焦木之氣充塞空際，風吹火炬，獵獵作響。衆人肅靜聽令。

第一撥：當先哨路金笛秀才余魚同，和西川雙俠常赫志、常伯志兄弟取得聯絡，探明文泰來行蹤，趕回稟報。第二撥：千臂如來趙半山，率領石敢當章進、鬼見愁石雙英。第三撥：追魂奪命劍無塵道人，率領鐵塔楊成協、銅頭鱷魚蔣四根。第四撥：紅花會總舵主陳家洛，率領九命錦豹子衛春華、書僮心硯。第五撥：綿裏針陸菲青，率領神彈子孟健雄、獨角虎安健剛。第六撥：鐵膽周仲英，率領俏李逵周綺、武諸葛徐天宏、鴛鴦刀駱冰。

陳家洛分撥已定，說道：「十四弟，請你立即動身。其餘各位就地休息安眠，天明起程，分撥進嘉峪關後會集。關上鷹爪孫諒必盤查嚴緊，不可大意。」衆人齊聲答應。

余魚同向衆人躬身抱拳，上馬動身，馳出數步，回頭偷眼向駱冰望去，見她正自低頭沉思，對他離去渾沒在意。他嘆了口氣，策馬狂奔而去。

衆人各自找了乾淨地方睡下。陳家洛悄悄對徐天宏道：「七哥，周老英雄已讓咱們累得家破人亡，這次又仗義去救四哥。你多費點心，別讓官面上的人認出他來。四嫂身上有傷，她惦念四哥，廝殺起來一定奮不顧身，你留心別讓她拚命。你們這一路不必趕快，能夠不動手，那就最好。」徐天宏答應了。

睡不到兩個時刻，天已黎明。千臂如來趙半山率領章進、石雙英首先出發。駱冰一晚沒合眼，叫過章進，說道：「十哥，路上可別鬧事。」章進道：「四嫂你放心，救四哥是大事，我就再胡塗也理會得。」

孟健雄、宋善朋等將周英傑屍身入殮，葬在莊畔。周綺伏地痛哭，周仲英亦是老淚縱橫。陳家洛等俱在墳前行禮。

此後，無塵、陳家洛、陸菲青三撥人馬先後啓程，最後是周仲英及宋善朋等大隊人夥動身。到趙家堡後，當地百姓已知鐵膽莊失火，紛來慰問。周仲英謝過了，去相熟銀鋪取了一千兩銀子，打了尖，即與宋善朋等分手，縱馬向東疾馳。

一路之上，周綺老是跟徐天宏作對，總覺他的一言一動越瞧越不對勁，不管周仲英板臉斥責也好，駱冰笑著勸解也好，徐天宏低聲下氣忍讓也好，周綺總是放他不過，冷嘲熱諷，不給他半分面子。後來徐天宏也氣了，心道：「我不過瞧著你爹爹面子，讓你三分，難道當眞怕你？我武諸葛縱橫江湖，成名的英雄豪傑那一個不敬重於我，今日卻來受你這丫頭的閒氣！」他一騎馬索性落在後面，一言不發，落店吃飯就睡，天明就趕路，一路馬不停蹄，第三天上過了嘉峪關。

周仲英見女兒如此不聽話，背地裏好幾次叫了她來諭導呵責。周綺當時答應，可是一見徐天宏，忍不住又和他抬起槓來。周仲英心想若是老妻在此，或能管教管教這一向寵慣了的女兒，現下她負氣出走，不知流落何方，言念及此，甚是難過，見徐天宏悶悶不樂，又覺過意不去。

當晚到了肅州，四人在東門一家客店住了。徐天宏出去了一會，回來說道：「十四弟還沒追上四哥，也沒遇上西川雙俠。」周綺忍不住插嘴：「你又怎麼知道？瞎吹！」徐天宏白了她一眼，一聲不響。

周仲英怕女兒再言語無禮，說道：「這裏是古時的酒泉郡，酒最好。七爺，我和你到東大街杏花樓去喝一杯。」徐天宏道：「好。」周綺道：「爹，我也去。」徐天宏噗哧一笑。周綺怒道：「你笑甚麼？我就去不得？」徐天宏把頭別過，只當沒聽見。駱冰笑道：「綺妹妹，咱們一起去。爲甚麼女人就不能上酒樓喝酒？」周仲英是豪爽之人，也不阻止。

四人來到杏花樓，點了酒菜。肅州泉水清冽，所釀酒香醇無比，於西北諸省中算得第一。店小二又送上一盤肅州出名的烘餅。那餅弱似春綿，白如秋練，又軟又脆，周綺吃得讚不絕口。酒樓之上耳目衆多，不便商量救文泰來之事，四人隨口談論路上景色。

周仲英忽向徐天宏道：「貴會陳當家的年紀輕輕，一副公子哥兒的樣子，居然精通各家各派拳術，眞是從所未見。他和我比拳之時，最後所使的那套拳法怪異之極，不知是甚麼名稱。七爺可知道麼？」周綺心中也一直存著這個疑團，聽父親問起，忙留神傾聽。

徐天宏道：「陳當家的是海寧陳閣老的三公子。我和陳當家的這次也是初會。他十五歲上，就由我們于老當家送到了天山，拜天池怪俠爲師，一直沒回江南來。只有無塵道長、趙三哥幾位年長的香主在他小時候見過。這套拳法，我瞧多半是天池怪俠的獨創。」周仲英道：「紅花會名聞大江南北，總舵主卻竟像是位富貴公子，我初見之時，很是納罕，只覺透著極不相稱。後來跟他說了話，交了手，才知他不但武功了得，而且見識不凡，確是位了不起的人物，這眞叫做人不可以貌相。」徐天宏和駱冰聽他極口稱揚他們首領，甚是高興。只是駱冰想到丈夫安危難知，又擔心他受公差虐待，自是愁眉不能盡展。

周仲英道：「這幾年來，武林中出了不少人物，也眞是長江後浪推前浪，十年人事幾翻新。就像你老弟這般智勇雙全，江湖上就十分難得。總要別辜負了這副身手，好好做一番事業出來。」徐天宏連聲稱是。他是答應周仲英「好好做一番事業」的勉勵之言，周綺卻哼了一聲，心道：「我爹讚你十分難得，你還說是呢，也不怕醜？」

周仲英喝了口酒道：「一直聽人說，貴會于老當家是少林派弟子，和我門戶很近。我久想見他一面，向他討教，但一個在江南，一個在西北，這心願始終沒了，他竟已撒手西歸。我常在打聽他的師承淵源，可是人言紛紜，始終沒聽到甚麼確訊。」徐天宏道：「于老當家從來不提他的師承，直到臨終時才說起，他以前是在福建少林寺學的武藝。」周仲英道：「我是河南少室山少林寺本寺學的。北少林南少林本是一家，我跟于老當家雖非同寺學藝，卻也可算得是同門。」又道：「我曾聽人說，紅花會總舵主的武功跟少林家數很近，我心下很是仰慕，打聽他在少林派中的排行輩份，卻無人得知，常覺奇怪。以他如此響噹噹的人物，若是少林門人，豈有無人得知之理？我曾寫了幾封信給他。他的覆信甚是謙虛，說了許多客氣話，卻一字不提少林門派。」

徐天宏道：「于老當家不提自己武功門派，定有難言之隱。他一向是最愛結交朋友的，以老前輩如此熱腸厚道，若和于當家相遇，兩位定是一見如故。」周綺冷冷的道：「紅花會的人哪，很愛瞧不起人。冰姊姊，我可不是說你。」徐天宏不加理會。

周仲英又問：「于老當家是生了甚麼病去世的？他年紀似乎比我也大不了幾歲吧？」徐天宏道：「于老當家故世時六十五歲。他得病的情由，說來話長。此間人雜，咱們今晚索性多趕幾十里路，找個荒僻之地，好向前輩詳行稟告。」周仲英道：「好極了！」忙叫櫃上算帳。徐天宏道：「請等一等，我下去一下。」周仲英道：「老弟，是我作東，你可別搶著會鈔。」徐天宏道：「是。」快步下樓去了。

周綺撇嘴道：「老愛鬼鬼祟祟的！」周仲英罵道：「女孩兒家別沒規沒矩的瞎說。」駱冰笑道：「綺妹妹，我們這位七哥，千奇百怪的花樣兒最多。你招惱了他，小心他作弄你。」周綺哼了一聲，道：「一個男子漢，站起來還沒我高，我怕他？」周仲英正要斥責，聽得樓梯上腳步聲，就避口不說了。徐天宏走了上來，道：「咱們走吧。」周仲英會了鈔，到客店取了衣物，連騎出城。幸喜天色未夜，城門未閉。

四騎馬一口氣奔出三十里地，見左首一排十來株大樹，樹後亂石如屏，是個隱蔽所在，周仲英道：「就在這裏吧？」徐天宏道：「好。」四人將馬縛在樹上，倚樹而坐。其時月朗星疏，夜涼似水，風吹長草，聲若低嘯。

徐天宏正要說話，忽聽得遠處隱隱似有馬匹奔馳之聲，忙伏地貼耳，聽了一會，站起來道：「三匹馬，奔這兒來。」周仲英打個手勢，四人解了馬匹，牽著同去隱於大石之後。不一會，蹄聲漸近，三騎馬順大路向東。月光下只見馬上三人白布纏頭，身穿直條紋長袍，都是回人裝束，鞍上掛著馬刀。待三騎去遠，四人重回原處坐地。連日趕路，一直無暇詳談，這時周仲英才問起清廷緝捕文泰來的原因。

駱冰道：「官府一直把紅花會當眼中釘，那是不用說的了。不過這次派遣這許多武林高手，不把我們四哥抓去不能干休，那是另有原因的。上月中，于老當家從太湖總舵前去北京，叫我們夫妻跟著同去。到了北京，于老當家悄悄對我們說，要夜闖皇宮，見一見乾隆皇帝。我們嚇了一跳，問老當家見皇帝老兒幹麼。他不肯說。四哥勸他說，皇帝老兒最是陰狠毒辣不過，最好調無塵道長、趙三哥、西川雙俠等好手來京，一起闖宮。再請七哥盤算一條萬全之計，較爲穩妥。」周綺望了徐天宏一眼，心道：「你這矮子本領這樣大，別人都要來請教你。我才不信呢！」

周仲英道：「四爺這主意兒不錯呀。」駱冰道：「于老當家說，他去見皇帝老兒的事干係極大，進宮的人決不能多，否則反而有變。四哥聽他這麼說，自是遵奉號令。當夜他二人越牆進宮，我在宮牆外把風，這一次心裏可眞是怕了。直過了一個多時辰，他們才翻牆出來。第二天一早，我們三人就離京回江南。我悄悄問四哥，皇帝老兒有沒見到，到底是怎麼回事？四哥說皇帝是見到了，不過這件事關連到推倒清廷、光復漢家天下的大業。他說自然不是信不過我，但多一個人知道，不免多一分洩漏的危險，因此不跟我說。我也就不再多問。」周仲英讚道：「于老當家抱負眞是不小。闖宮見帝，天下有幾人能具這般膽識？」

駱冰續道：「于老當家到江南後，就和我們分手。我們回太湖總舵，他到杭州府海寧州去。他從海寧回來後，神情大變，好像忽然之間老了十多歲，整天不見笑容，過不了幾天就一病不起。四哥悄悄對我說，老當家因爲生平至愛之人逝世，這才傷心死的……」說到這裏，駱冰和徐天宏都垂下淚來，周仲英也不禁唏噓。

駱冰拭了眼淚續道：「老當家臨終之時，召集內三堂外三堂正副香主，遺命要少舵主接任總舵主。他說這並不是他有私心，只因此事是漢家光復的關鍵所在，要緊之至。其中原由，此時不能明言，衆人日後自知。老當家的話，向來人人信服，何況就算他沒這句遺言，衆兄弟感念他的恩德，也必一致推擁少舵主接充大任。」

周仲英問道：「少舵主跟你們老當家怎樣稱呼？」駱冰道：「他是老當家的義子。少舵主原是海寧陳閣老的公子，十五歲就中了舉人。中舉後不久，老當家就把他帶了出來，送到天山北路天池怪俠袁老英雄那裏學武。至於相國府的公子，怎麼會拜一位武林豪傑做義父，我們就不知道了。」

周仲英道：「其中原因，文四爺想來是知道的。」駱冰道：「他好像也不大清楚。老當家死時，有一樁大心事未了，極想見少舵主一面。本來他一從北京回來，便遣急使趕去回疆，吩咐少舵主到安西玉虛道觀候命。天池怪俠袁老前輩不放心，陪了少舵主一塊兒東來。那知道老當家竟去世得這麼快。安西到太湖總舵相隔萬里，少舵主自是無法得訊趕回了。老當家知道挨不到見著義子，遺命要六堂正副香主趕赴西北，會見少舵主後共圖大事，一切機密，待四哥親見少舵主後面陳。那知四哥竟遇上了這番劫難……」說到這裏，聲音又哽咽起來：「要是四哥有甚麼三長兩短，老當家的遺志，就沒人知道了。」

周綺勸道：「冰姊姊你別難過，咱們定能把四爺救出來。」駱冰拉著她手，微微點頭，淒然一笑。

周仲英又問：「文四爺是怎樣受的傷？」駱冰道：「衆兄弟分批來迎接少舵主，我們夫婦是最後一批，到得肅州，忽有八名大內侍衛來到客店相見，說是奉有欽命，要我們前往北京。四哥說要見過少舵主後，才能應命，那八名侍衛面子上很客氣，但要四哥非立刻赴京不可。四哥犯了疑，雙方越說越僵，動起手來。那八名侍衛竟都是特選的高手，我們以二敵八，漸落下風。四哥發了狠，說我奔雷手豁出性命不要，也不能讓你們逮去。一場惡戰，他單刀砍翻了兩個，掌力打死了三個，還有兩個中了我飛刀，餘下一個見勢頭不對就溜走了。但四哥也受了六七處傷。廝拚之時，他始終擋在我身前，因此我一點也沒受傷。」

駱冰講到丈夫刀砍掌擊，怎樣把八名大內侍衛打得落花流水，說得有聲有色。周綺聽得發了獃，想像奔雷手雄姿英風，俠骨柔腸，不禁神往，隔了半晌，長長嘆了口氣，忽然轉頭，向徐天宏瞪了一眼，滿臉不屑之色。徐天宏如何不明白她這一瞪之意，心道：「四哥英雄豪傑，當世能有幾人比得上？你說我徐天宏不及四哥，誰都知道，又何用你說？」

駱冰道：「我們知道在肅州決不能停留，挨著出了嘉峪關，但四哥傷重，實在不能再走了，就在客店養傷，只盼少舵主和眾兄弟快些轉來，那知北京和蘭州的鷹爪又跟著尋來。以後的事，你們都知道了。」徐天宏道：「皇帝老兒越是怕四哥恨四哥，四哥眼前越無性命之憂。官府和鷹爪既知他是欽犯，決不敢隨便對他怎樣。」周仲英道：「老弟料得不錯。」

周綺忽向徐天宏道：「你們早些去接文四爺就好了，將那些鷹爪孫料理個乾淨，文四爺既沒事，你們也不用到鐵膽莊來發狠……」周仲英連忙喝止：「這丫頭，你說甚麼？」徐天宏道：「只因少舵主謙虛，說甚麼也不肯接任總舵主，一勸一辭，就耽擱了日子。再說，四哥四嫂一身好本事，誰料得到會有人敢向他們太歲頭上動土呢。」周綺道：「你是諸葛亮，怎會料不到？」

徐天宏給她這麼蠻不講理的一問，饒是心思靈巧，竟也答不上來，只好不作聲。周仲英道：「要是七爺料到了，我們就不會識得紅花會這批好朋友了。單是像陳當家的這樣俊雅的人品，我們在西北邊塞之地，輕易那能見到？」轉頭向駱冰道：「他夫人是誰？不知是名門閨秀呢，還是江湖上的俠女？」駱冰道：「陳當家的還沒結親呢。」周仲英就不言語了。

駱冰笑道：「咱們幾時喝綺妹妹的喜酒啊？」周仲英笑道：「這丫頭瘋瘋顛顛的，誰要她啊？讓她一輩子陪我老頭子算啦！」駱冰笑道：「等咱們把四哥救出了，我和他給綺妹妹做個媒，包你老人家稱心如意。」周綺急道：「你們再說到我身上，我一個兒要先走了。」三人微笑不語。

隔了一會，徐天宏忽地噗哧一笑。周綺怒道：「你又笑甚麼了？」徐天宏笑道：「我笑我的，跟你有甚麼相干？」周綺心中最藏不下話，哼了一聲，說道：「你笑甚麼，當我不知道麼？你們想把我嫁給那個陳家洛。人家是宰相公子，我們配得上麼？你們大家把他當寶貝兒，我才不希罕呢。他和我爹打的時候，面子上客客氣氣，心裏的鬼主意可多著呢。我寧可一輩子嫁不掉，也不嫁笑裏藏刀、詭計多端的傢伙。」周仲英又好氣又好笑，不住喝止。可是周綺不理，連珠砲般一口氣說了出來。

駱冰笑道：「好了，好了！綺妹妹將來嫁個心直口快的豪爽英雄。這可稱心如意了吧？」周仲英笑道：「傻丫頭口沒遮攔，也不怕七爺和文奶奶笑話。好啦，大家睡一忽兒吧，天亮了好趕路。」四人從馬背取下氈被，蓋在身上，在大樹下臥倒。

周綺輕聲向父親道：「爹，你可帶著甚麼吃的？我餓得慌。」周仲英道：「沒帶呀。咱們明兒早些動身，到雙井打尖吧。」不一會，鼾聲微聞，已睡著了。周綺肚子餓，翻來覆去的睡不著，看身旁的駱冰似已入了睡鄉，忽見徐天宏輕輕起來，走到馬旁。

周綺好奇心起，偷眼凝視，黑暗中見他似是從包袱中取了甚麼物事，回來坐下，將氈被擁在身上，竟吃起東西來。周綺翻了個身，不去看他。那知這小子十分可惡，不但吃得嘖嘖有聲，而且頻頻「唔唔」的表示讚賞。周綺忍不住斜眼瞧去，不看倒也罷了，這一看不由得饞涎欲滴，飢火難忍，只見他手中拿著白白的一塊，大口咬嚼，身旁還放著高高的一疊，分明是肅州的名產烘餅。原來他在杏花樓時去樓下一轉，就是買這東西。周綺一路上和他抬槓爲難，這時那能開口問他討吃，心想：「快些睡著，別儘想著吃。」豈知越想睡越睡不著，忽然間酒香撲鼻，見那傢伙無法無天，竟仰起了頭，在一個小葫蘆中喝酒。

周綺再也沉不住氣了，喝道：「三更半夜的喝甚麼酒？要喝也別在這裏。」徐天宏道：「成！」放下酒葫蘆就睡倒了。這人可眞會作怪，酒葫蘆上的塞子卻不塞住，將葫蘆放在頭邊，讓酒香順著一陣陣風送向周綺。原來他在肅州杏花樓上冷眼旁觀，見周綺酒到杯乾，是個好酒的姑娘，是以這般作弄她一下。

這一來可把周綺氣得柳眉倒豎，俏眼圓睜，要發作實在說不出甚麼道理，不發作那裏忍得下去，翻了一個身，將眼睛、鼻子、嘴巴都埋在氈被之中，但片刻間便悶得難受，再翻過身來，月光下忽見父親枕邊兩枚大鐵膽閃閃生光，一想有了，悄悄伸手過去取了一個鐵膽，對準酒葫蘆擲去，噗的一聲，將葫蘆打成數片，酒水都流上徐天宏的氈被。

他這時似已入睡，全沒理會。周綺見父親睡得正香，駱冰也毫無聲息，偷偷爬起身來，想去取回鐵膽，那知剛一伸手，徐天宏忽地翻了個身，將鐵膽壓在身下，跟著便鼾聲大作。

周綺嚇了一跳，縮手不迭，她雖然性格豪爽，究竟是個年輕姑娘，怎敢伸手到男子身底下去掏摸？可是不拿吧，明朝這矮子鐵膽在手，證據確實，告訴了父親，保管又有一頓好罵，無可奈何，只得回來睡倒。正在這時，忽聽得駱冰嗤的一笑，周綺羞得臉上直熱到脖子裏，剛才走到徐天宏身邊，敢情都給她瞧見啦，心中七上八下，一夜沒好睡。

第二日她一早就醒，一聲不響，縮在被裏，只盼天永遠不亮，可是不久周仲英和駱冰便都起來，過了一會，徐天宏也醒了，只聽得他「啊喲」一聲，道：「硬硬的一個甚麼東西？」周綺忙縮頭入被，又聽他說道：「啊，老爺子，你的鐵膽滾到我這裏來啊！啊喲，不好，酒葫蘆打碎啦！對了，定是山裏的小猴兒聞到酒香，要想喝酒，又見到你的鐵膽好玩，拿來玩耍，一不小心，將葫蘆打了個粉碎。這小猴兒眞頑皮！」周仲英哈哈大笑，道：「老弟愛說笑話，這種地方那有猴子？」駱冰笑道：「若不是猴子，那定是天上的仙女了。」

兩人說了陣笑話，周綺聽他們沒提昨晚之事，總算放了心，可是徐天宏繞著彎兒罵她猴子，心下更是著惱。徐天宏將烘餅拿出來讓大家吃，周綺賭氣不吃。

到了雙井，四人買些麵條煮來吃了。出得鎮來，徐天宏與駱冰忽然俯身，在一座屋子牆腳邊細看。周綺湊近去看，見牆腳上用木炭畫著些亂七八糟的符號，就似頑童的亂塗一般，周綺心想這又有甚麼好看了，忽聽駱冰喜道：「西川雙俠已發現四哥行蹤，跟下去了。」周綺問道：「你怎知道？這些畫的是甚麼東西？」駱冰道：「這是我們會裏互通消息的記號，是西川雙俠畫的。」說著伸腳用鞋底擦去記號，道：「快走吧！」

四人得知文泰來已有蹤跡，登時精神大振，駱冰更是笑逐顏開，倍增嫵媚。四人一口氣奔出四五十里路，打尖息馬之後，又再趕路。次日中午，在七道溝見到余魚同留下的記號，說已趕上西川雙俠。駱冰經過數日休養，腿傷已然大好，雖然行路還有些不便，但已不必扶杖而行，想到不久就可會見丈夫，那裏還忍耐得住，一馬當先，疾馳向東。

傍晚時分趕到了柳泉子，依駱冰說還要趕路，但徐天宏記得陳家洛的囑咐，勸道：「咱們不怕累，馬不成啊！」

駱冰無奈，只得投店歇夜，在炕上翻來覆去的那裏睡得著？半夜裏窗外淅淅瀝瀝的竟下起雨來。驀地想起當年與丈夫新婚後第三日，奉了老當家之命，到嘉興府搭救一個被土豪陷害的寡婦，功成之後，兩人夜半在南湖煙雨樓上飲酒賞雨。文泰來手攜新婦，刀擊土豪首級，打著節拍，縱聲高歌，此情此景，寒窗雨聲中都兜上心來。

駱冰心想：「七哥顧念周氏父女是客，不肯貪趕路程，我何不先走？」此念一起，再也無法克制，當下悄悄起身，帶了雙刀行囊，用木炭在桌上留了記號，要徐天宏向周氏父女代爲致歉，見周綺在炕上睡得正熟，怕開門驚醒了她，輕輕開窗跳出，去廐裏牽了馬，披了油布雨衣，縱馬向東。雨點打在火熱的面頰上，只覺陣陣清涼。

駱冰黎明時分趕到一個鎭甸打尖，看坐騎實在跑不動了，只得休息了半個時辰，又趕了三四十里路，忽然那馬前腿打了個蹶。駱冰吃了一驚，急提韁繩，馬匹幸好沒跌倒，情知再趕下去非把馬累死不可，不敢再催，只得緩緩而行。

走不多時，忽聽得身後蹄聲急促，一乘馬飛奔而來。剛聞蹄聲，馬已近身，駱冰忙拉馬向左讓開，眼前如風捲雪團，一匹白馬飛掠而過。這馬迅捷無倫，馬上乘者是何模樣全沒看清。駱冰一驚：「怎地有如此好馬？」見那馬奔跑時猶如足不踐土，一形十影，當眞是追風逐電，超光越禽，頃刻間白馬與乘者已縮成一團灰影，轉眼已無影無蹤。

駱冰讚嘆良久，見馬力漸復，又小跑一陣，到了一個小村，只見一戶人家屋簷下站著一匹馬，遍身雪白，霜鬣揚風，身高腿長，神駿非凡，突然間一聲長嘶，清越入雲，將駱冰的坐騎嚇得倒退了幾步。駱冰注目看去，正是剛才那匹白馬，旁邊一個漢子正在刷馬。她心中一動，暗道：「我騎上了這匹駿馬，還怕趕不上大哥？這樣的好馬，馬主必不肯賣，說不得，只好硬借。只是馬主多半不是尋常之輩，說不定武功高強，倒要小心在意。」

她自幼隨著父親神刀駱元通闖蕩江湖，諸般巧取豪奪的門道無一不會，無一不精，當下計算已定，從行囊中取出火絨，用火刀火石打著了火，點燃火絨，提韁拍馬，向白馬衝去，飛刀脫手，噗的一聲，釘上屋柱，已割斷繫著白馬的韁繩。這時所乘坐騎也已奔近，駱冰左手將火絨塞入自己坐騎耳中，隨手提起行囊，右手力按馬鞍，一個「潛龍升天」，飛身跳上白馬馬背。白馬吃驚，縱聲長嘶，如箭離弦，向前直衝了出去。

擲刀換馬，取囊阻敵，這幾下手勢一氣呵成，乾淨利落，直如迅雷陡作，不及掩耳。馬主出其不意，大叫跳起，駱冰的坐騎耳中猛受火炙，痛得發狂般亂踢亂咬，阻住馬主當路。那馬主果是一副好身手，縱身躍過癲馬，直趕出來。這時駱冰早去得遠了，見有人趕出，勒馬轉身，囊裏拈出一錠金子，揮手擲出，笑道：「咱們掉一匹馬騎，你的馬好，補你一錠金子吧！」那人不接金子，大叫大罵，撒腿追來。

駱冰嫣然一笑，雙腿微一用力，白馬一衝便是十餘丈，只覺耳旁風生，身邊樹木一排排向後倒退，小村鎮甸，晃眼即過。奔馳了大半個時辰，那馬始終四足飛騰，絲毫不見疲態，不一會道旁良田漸多，白楊處處，到了一座大鎮。駱冰下馬到飯店打尖，一問地名叫做沙井，相距奪馬之地已有四十多里了。

她對著那馬越看越愛，親自餵飼草料，伸手撫摸馬毛，見馬鞍旁掛著一個布囊，適才急於趕路，並未發見，伸手提起，只覺重甸甸地，打開看時，見囊裏裝著一隻鐵琵琶。

駱冰暗道：「原來這馬是洛陽鐵琵琶韓家門的，這事日後只怕還有麻煩。」再伸手入囊，摸出二三十兩碎銀子和一封信，封皮上寫著：「韓文沖大爺親啓，王緘」幾個字，那信已經拆開了，抽出信紙，先看信紙末後署名，見是「維揚頓首」四字，微微吃驚，一琢磨，反而高興起來，心想：「原來這人跟王維揚老兒有瓜葛，我們正要找鎮遠鏢局晦氣，先奪他一匹馬，也算小小出了一口氣。早知如此，那錠金子也不必給了。」再看信中文字，原來是催韓文沖快回，說叫人送上名馬一匹，暫借乘坐，請他趕回與閻氏兄弟會合，一同保護要物回京，另有一筆大生意，要他護送去江南，至於焦文期是否為紅花會所害，不妨暫且擱下，將來再行查察云云。駱冰尋思：「焦文期是洛陽鐵琵琶韓家門弟子，江湖上傳言，說他為紅花會所殺，其實那有此事？總舵主本來派十四弟前赴洛陽，去說明這個過節，以免代人受過。鎮遠鏢局又不知要護送甚麼要緊東西去江南？等大哥出來，咱夫妻伸手將這枝鏢給奪下來。有仇不報非君子，那鬼鏢頭引人來捉大哥，豈能就此罷休？幸好韓文沖這馬也是初乘，否則良馬眷戀舊主，不會如此容易奪到。」想得高興，吃過了麵，上馬趕路，一路雨點時大時小，始終未停。

那馬奔行如風，不知有多少坐騎車輛給牠追過了頭。駱冰心想：「馬跑得這樣快，前面幾撥人要是在那裏休息打尖，一晃眼恐怕就會錯過。」正想放慢，忽然道旁竄出一人，攔在當路，舉手一揚。那馬竟然並不立起，在急奔之際斗然住足，倒退數步。駱冰正要發話，那人已迎面行禮，說道：「文四奶奶，少爺在這裏呢。」卻是陳家洛的書僮心硯。駱冰大喜，忙下馬來。

心硯過來接過馬韁，讚道：「文四奶奶，你那裏買來這麼一匹好馬？我老遠瞧見是你，那知眼睛一霎，就奔到了面前，差點沒能將你攔住。」駱冰一笑，沒答他的話，問道：「文四爺有甚麼消息沒有？」心硯道：「常五爺常六爺說已見過文四爺一面，大夥兒都在裏面呢。」他邊說邊把駱冰引向道旁的一座破廟。

駱冰搶到心硯之前，回頭說：「你給我招呼牲口。」直奔進廟，見大殿上陳家洛、無塵、趙半山、常氏兄弟等幾撥人都聚在那裏。衆人見她進來，都站起來歡然迎接。駱冰向陳家洛行禮，說明自己心急等不得，先趕了上來，請總舵主恕罪。陳家洛道：「四嫂牽記四哥，那也情有可原。不遵號令的過失，待救出四哥後再行論處。十二哥，請你記下了。」石雙英答應了。駱冰笑靨如花，心道：「只要把大哥救回來，你怎麼處罰我都成。」忙問常氏雙俠：「五哥六哥，你們見到四哥了？他怎麼樣？有沒受苦？」

常赫志道：「昨晚我們兄弟在雙井追上了押著四哥的鷹爪孫，龜兒子人多，格老子，只怕打草驚蛇，就沒動手。夜裏我在窗外張了張，見四哥睡在炕上養神，他沒見到我。屋裏龜兒子守得很緊，我就退出來了。」常伯志道：「鎭遠鏢局那批龜兒子和鷹爪孫混在一起，格老子，我數了一下，他先人板板，武功好的，總有十個人的樣子。」常氏兄弟是四川人，罵人愛罵「龜兒子」。

說話之間，余魚同從廟外進來，見到駱冰，不禁一怔，叫了聲「四嫂」，向陳家洛稟告道：「那羣回人在前邊溪旁搭了篷帳，守望的人手執刀槍，看得很嚴。白天不便走近，等天黑了再去探。」

忽然間廟外車聲轔轔，騾馬嘶鳴，有一隊人馬經過。心硯進來稟告：「過去了一大隊騾馬大車，一名軍官領著二十名官兵押隊。」說罷又出廟守望。

陳家洛和衆人計議：「此去向東，人煙稀少，正好行事。只是這隊官兵和那羣回人不知是甚麼路數，咱們搭救四哥之時，他們說不定會伸手干擾，倒不可不防。」衆人說是。無塵道人道：「陸菲青陸老前輩說他師弟張召重武功了得，咱們在江湖上也久聞火手判官的大名，這次捉拿四弟是他領頭，那再好不過，便讓老道鬥他一鬥。」陳家洛道：「道長七十二路追魂奪命劍天下無雙，今日不能放過了這罪魁禍首。」趙半山道：「陸大哥雖已和他師弟絕交，但他為人最重情義，幸虧他還沒趕到，否則咱們當著他面殺他師弟，總有些礙手礙腳。」常赫志道：「那麼咱們不如趕早動身，預計明天卯牌時分，就可趕上四哥。」

陳家洛道：「好。五哥六哥，這批鷹爪孫和鏢頭的模樣如何，請兩位對各位哥哥細說一遍，明兒動起手來，心裏好先有個底。」

常氏兄弟一路跟蹤，已將官差和鏢行的底細摸了個差不離，當下詳細說了，又說：「四哥晚上和鷹爪孫同睡一屋，白天坐在大車裏，手腳都上了銬鐐。大車布簾遮得很緊，車旁兩個龜兒子騎了馬不離左右。」

無塵問道：「那張召重是何模樣？」常伯志道：「龜兒四十來歲年紀，身材魁梧，留一叢短鬍子。先人板板，一塊神主牌位倒硬是要得。」常赫志道：「道長，咱們話說在先，我哥兒倆要是先遇上這龜兒，就先動手，你可別怪我們不跟你客氣。」無塵笑道：「好久沒遇上對手了，手癢是不是？三弟，你的太極手想不想發市呀？」趙半山道：「這張召重讓給你們，我不爭就是。」

各人摩拳擦掌，只待廝殺，草草吃了點乾糧，便請總舵主發令。陳家洛盤算已定，說道：「那隊回人未必跟公差有甚勾結，咱們趕在頭裏，一救出四哥，就不必理會他們。十四弟，你也不用再去查了，你與十三哥明兒專管截攔那軍官和二十名官兵，只不許他們過來干擾便是，不須多傷人命。」蔣四根和余魚同同應了。陳家洛又道：「九哥、十二哥，你們兩位馬上出發，趕過鷹爪孫的頭，明兒一早守住峽口，不能讓鷹爪孫逃過峽口。」衛石兩人應了，出廟上馬而去。

陳家洛又道：「道長、五哥、六哥三位對付官差；三哥、八哥兩位對付鏢行的小子。四嫂連同心硯搶四哥的大車，我在中間策應，那一路不順手就幫那一路。十哥就在這裏留守，如有官兵公差西來往東，設法阻擋。」各人都答應了。

分派已定，眾人出廟上馬，和章進揚手道別。大家見了駱冰的白馬，無不嘖嘖讚賞。駱冰心想：「這馬本來該當送給總舵主才是，但咱家大哥吃了這麼多苦，等救了他出來，這匹馬給他騎，也好讓他歡喜歡喜。」

陳家洛向余魚同道：「那羣回人的帳篷搭在那裏？咱們彎過去瞧瞧。」余魚同領路，向溪邊走去，遠遠望去，只見曠曠廓廓一片空地，那裏還有甚麼帳篷人影？只賸下滿地駝馬糞便。大家都覺這羣回人行蹤詭秘，摸不準是何來路。

陳家洛道：「咱們走吧！」眾人縱馬疾馳，黑夜之中，只聞馬蹄答答之聲。駱冰馬快，跑一程等一程，才沒將眾人拋離。天色黎明，到了一條小溪邊上，陳家洛道：「各位兄弟，咱們在這裏讓牲口喝點水，養養力，再過一個時辰，大概就可追上四哥了。」

駱冰血脈賁張，心跳加劇，雙頰暈紅。余魚同偷眼形相，心中說不出是甚麼滋味，慢慢走到她身旁，輕輕叫了聲：「四嫂！」駱冰應道：「嗯！」余魚同道：「我就是性命不要，也要將四哥救出來給你。」駱冰微微一笑，輕聲嘆道：「這才是好兄弟呢！」余魚同心中一酸，幾乎掉下淚來，忙轉過了頭。

陳家洛道：「四嫂，你的馬借給心硯騎一下，讓他趕上前去，探明鷹爪孫的行蹤，轉來報信。」心硯聽得能騎駱冰的馬，心中大喜，道：「文奶奶，你肯麼？」駱冰笑道：「孩子話，我爲甚麼不肯？」心硯騎上白馬，如飛而去。

衆人等馬飲足了水，紛紛上馬，放開腳力急趕。不一會，天已大明，只見心硯騎了白馬迎面奔來，大叫：「鷹爪孫就在前面，大家快追！」

衆人一聽，精神百倍，拚力追趕。心硯和駱冰換過馬，駱冰問道：「見到了四爺的大車嗎？」心硯連連點頭，道：「見到了！我想看得仔細點，騎近車旁，守車的賊子立刻凶霸霸的舉刀嚇我，罵我小雜種、小混蛋。」駱冰笑道：「待會他要叫你小祖宗、小太爺了。」

勁風中羣駒疾馳，塵土飛揚，追出五六里地，望見前面一大隊人馬，稍稍馳近，見是一批官兵押著一隊車隊。心硯對陳家洛道：「再上去六七里就是文四爺的車子。」衆人催馬越過車隊。陳家洛使個眼色，蔣四根和余魚同圈轉坐騎，攔在當路，其餘各人繼續向前急追。

余魚同待官兵行到跟前，雙手一拱，斯斯文文的道：「各位辛苦了！這裏風景絕妙，難得天高氣爽，不冷不熱，大家坐下來談談如何？」當頭一名清兵喝道：「快閃開！這是李軍門的家眷。」余魚同道：「是家眷麼？那更應該歇歇，前面有一對黑無常白無常，莫嚇壞了姑娘太太們。」另一名清兵揚起馬鞭，劈面打來，喝道：「你這窮酸，快別在這兒發瘋。」余魚同笑嘻嘻的避過，說道：「君子動口不動手，閣下橫施馬鞭，未免不是君子矣！」

押隊的將官縱馬上來喝問。余魚同拱手笑問：「官長尊姓大名，仙鄉何處？」那將官見余、蔣二人路道不正，遲疑不答。余魚同取出金笛，道：「在下粗識聲律，常嘆知音難遇。官長相貌堂堂，必非俗人，就請下馬，待在下吹奏一曲，以解旅途寂寥，有何不可？」

那將官正是護送李可秀家眷的曾圖南，見到金笛，登時一驚。那日客店中余魚同和公差爭鬥，他雖沒親見，事後卻聽兵丁和店夥說起，得知殺差拒捕的大盜是個手持金笛的秀才相公，此時狹路相逢，不知是何來意，但見對方只有兩人，也自不懼，喝道：「咱們河水不犯井水，各走各的道。快讓路吧！」

余魚同道：「在下有十套大曲，一曰龍吟，二曰鳳鳴，三曰紫雲，四曰紅霞，五曰搖波，六曰裂石，七曰金谷，八曰玉關，九曰靜日，十曰良宵，或慷慨激越，或宛轉纏綿，各具佳韻。只是罕逢嘉客，久未吹奏，今日邂逅高賢，不覺技癢，只好從頭獻醜一番。要讓路不難，待我十套曲子吹完，自然恭送官長上道。」說罷將金笛舉到口邊，妙音隨指，果然是清響入雲，聲被四野。

曾圖南眼見今日之事不能善罷，舉槍捲起碗大槍花，「烏龍出洞」，向余魚同當心刺去。余魚同凝神吹笛，待槍尖堪堪刺到，突伸左手抓住槍柄，右手金笛在槍桿上猛力擊落，曾圖南把持不住，槍桿落地。曾圖南大驚，勒馬倒退數步，從兵士手中搶了一把刀，又殺將上來。戰得七八回合，余魚同找到破綻，金笛戳中他右臂，曾圖南單刀脫手。

余魚同道：「我這十套曲子，官長今日聽定了。在下生平最恨阻撓清興之人，不聽我笛子，便是瞧我不起。古詩有云：『快馬不須鞭，拗折楊柳枝。下馬吹橫笛，愁殺路旁兒。』我吹我的，你愁你的。古人眞有先見之明。」橫笛當唇，又吹將起來。

曾圖南揮手叫道：「一齊上，拿下這小子。」一衆兵吶喊湧上。

蔣四根縱身下馬，手揮鐵槳，使招「撥草尋蛇」，在當先那名清兵腳上輕輕挑起。那清兵叫聲「啊喲」，仰天倒在鐵槳之上。蔣四根鐵槳「翻身上捲袖」向前揮出，那清兵有如斷線紙鳶，飛上半空，只聽得他「啊啊」亂叫，直向人堆裏跌去。蔣四根搶上兩步，如法炮製，像鏟土般將清兵一鏟一個，接二連三的抛擲出去，後面清兵齊聲驚呼，轉身便逃。曾圖南揮馬鞭亂打，卻那裏約束得住？

蔣四根正抛得高興，忽然對面大車車帷開處，一團火雲撲到面前，明晃晃的劍尖當胸疾刺。蔣四根鐵槳「倒拔垂楊」，槳尾猛向劍身砸去，對方不等槳到，劍已變招，向他腿上削落。蔣四根鐵槳橫掃，那人見他槳重力大，不敢硬接，縱出數步。蔣四根定神看時，見那人竟是個紅衣少女。他是粵北人氏，鄉音難改，來到北土，言語少有人懂，因此向來不愛多話，一聲不響，揮鐵槳和她鬥在一起，拆了數招，見她劍法精妙，不禁暗暗稱奇。

蔣四根心下納罕，余魚同在一旁看得更是出神。這時他已忘了吹笛，儘注視那少女的劍法，見她長劍施展開來，有如飛絮遊絲，長河流水，宛轉飄忽，輕靈連綿，竟是本門正傳的「柔雲劍術」，和蔣四根一個招熟，一個力大，鬥了個難解難分。

余魚同縱身而前，金笛在兩般兵刃間一隔，叫道：「住手！」那少女和蔣四根各退一步。這時曾圖南另取了一桿槍，又躍馬過來助戰，眾清兵站得遠遠的吶喊助威。那少女揮手叫曾圖南退下。余魚同道：「請問姑娘高姓大名，尊師是那一位？」那少女笑道：「你問我呀，我不愛說。我卻知你是金笛秀才余魚同。余者，人未之余。魚者，混水摸魚之魚也。同者，君子和而不同之同，非破銅爛鐵之銅也。你在紅花會中，坐的是第十四把交椅。」余魚同和蔣四根吃了一驚，面面相覷，盡是詫色。曾圖南見她忽然對那江洋大盜笑語盈盈，更是錯愕異常。

三個驚奇的男人望著一個笑嘻嘻的女郎，正不知說甚麼話好，忽聽得蹄聲急促，清兵紛紛讓道，六騎馬從西趕來。當先一人神色清癯，滿頭白髮，正是武當名宿陸菲青。余魚同和那少女不約而同的迎了上去，一個叫「師叔」，一個叫「師父」，都跳下馬來行禮。那少女正是陸菲青的女弟子李沅芷。

在陸菲青之後的是周仲英、周綺、徐天宏、孟健雄、安健剛五人。那日駱冰半夜出走，周綺翌晨起來，大不高興，對徐天宏道：「你們紅花會很愛瞧不起人。你又幹麼不跟你四嫂一起走？」徐天宏竭力向周氏父女解釋。周仲英道：「他們少年夫妻恩愛情深，恨不得早日見面，趕先一步，也是情理之常。」罵周綺道：「又要你發甚麼脾氣了？」徐天宏道：「四嫂一人孤身上路，她跟鷹爪孫朝過相，別再出甚麼岔子。」周仲英道：「這話不錯，咱們最好趕上她。陳當家的分派我領這撥人，要是她再有甚失閃，我這老臉往那裏擱去？」三人快馬奔馳，當日午後趕上了陸菲青和孟、安二人。六人關心駱冰，全力趕路，途中毫沒耽擱，是以陳家洛等一行過去不久，他們就遇上了留守的章進，聽說文泰來便在前面，六騎馬一陣風般追了上來。

陸菲青道：「沅芷，你怎麼和余師兄、蔣大哥在一起？」李沅芷笑道：「余師哥非要人家聽他吹笛不可，說有十套大曲，又是龍吟，又是鳳鳴甚麼的。我不愛聽嘛，他就攔著不許走。師父你倒評評這個理看。」

余魚同聽李沅芷向陸菲青如此告狀，不由得臉上一陣發燒，心道：「我攔住人聽笛子是有的，可那裏是攔住你這大姑娘啊？」周綺聽了李沅芷這番話，狠狠白了徐天宏一眼，心道：「你們紅花會裏有幾個好人？」陸菲青對李沅芷道：「前面事情凶險，你們留在這裏別走，莫驚嚇了太太。我事情了結之後，自會前來找你。」李沅芷聽說前面有熱鬧可瞧，可是師父偏不讓她去，撅起了嘴不答應。陸菲青也不理她，招呼衆人上馬，向東追去。

陳家洛率領羣雄，疾追官差，奔出四五里地，隱隱已望見平野漠漠，人馬排成一線而行。無塵一馬當先，拔劍大叫：「追啊！」再奔得一里多路，前面人形越來越大。斜刺裏駱冰騎白馬直衝上去，一晃眼便追上了敵人。她雙刀在手，預備趕過敵人前頭，再回過身來攔住。忽然前面喊聲大起，數十匹駝馬自東向西奔來。

此事出其不意，駱冰勒馬停步，要看這馬隊是甚麼路道。這時官差隊伍也已停住不走，有人在高聲喝問。對面來的馬隊越奔越快，騎士長刀閃閃生光，直衝入官差隊裏，雙方混戰起來。駱冰大奇，想不出這是那裏來的援軍。不久陳家洛等人也都趕到，策馬上前觀戰。

忽見一騎馬迎面奔來，繞過混戰雙方，直向紅花會羣雄而來，漸漸馳近，認出馬上是衛春華。他馳到陳家洛跟前，大聲說道：「總舵主，我和十二郎守著峽口，給這批回人衝了過來，攔擋不住，我趕回來稟告，那知他們卻和鷹爪孫打了起來。」陳家洛道：「道長、二哥、趙三哥、常氏雙俠，你們四位先去搶了四哥坐的大車。其餘的且慢動手，看明白再說。」

無塵等四人齊聲答應，縱馬直衝而前。兩名捕快大聲喝問：「那一路的？」趙半山更不打話，兩枝鋼鏢脫手，一中咽喉，一中小腹，兩名捕快登時了帳，撞下馬來。趙半山外號千臂如來，只因他笑口常開，面慈心軟，一副好好先生的脾氣，然而週身暗器，種類繁多，打起來又快又準，他單憑一雙手竟能在頃刻之間施放如許暗器，旁人休想看得明白。此番紅花會大舉救人，沒想到立下出馬第一功的，倒是這位一向謙退隨和的千臂如來。

四人衝近大車，迎面一個頭纏白布的回人挺槍刺到，無塵側身避過，並不還手，筆直向大車衝去。一名鏢師舉刀砍來，無塵舉劍輕擋，劍鋒快如電閃，順著刀刃直削下去，將那鏢師四指一齊削斷，「順水推舟」，劍尖刺入心窩。但聽得腦後金刃劈風，知道來了敵人，也不回頭，右手劍自下上撩，劍身從敵人右腋入左肩出，將在身後暗算他的一名捕頭連肩帶頭，斜斜削爲兩截，鮮血直噴。趙半山和常氏雙俠在後看得清楚，大聲喝采。

鏢行眾人見無塵劍法驚人，己方兩人都是一記招術尚未施全，即已被殺，嚇得心膽俱裂，大叫：「風緊，扯呼！」

常氏雙俠奔近大車，斜刺裏衝出七八名回人，手舞長刀，上來攔阻。常氏雙俠展開飛抓，和他們交上了手。

一個身材瘦小的鏢師將大車前的騾子拉轉頭，揮鞭急抽，騾車疾馳，他騎馬緊跟大車之後，這人正是童兆和。趙半山與無塵縱馬急追。趙半山摸出飛蝗石，噗的一聲打中童兆和後腦，鮮血迸流，只痛得他哇哇急叫。他當即從靴筒子中掏出匕首，一刀插在騾子臀上，騾子受痛，更是發足狂奔。趙半山飛身縱上童兆和馬背，尚未坐實，右手已扣住他右腕，隨手舉起，在空中甩了個圈子，向大車前的騾子丟去，童兆和跌在騾子頭上，大叫大嚷，沒命價抱住。騾子受驚，眼睛又被遮住，亂跳亂踢，反而倒過頭來。

無塵和趙半山雙馬齊到，將騾子挽住。趙半山抓住童兆和後心，摔在道旁。無塵叫道：「三弟，拿人當暗器打，眞有你的！」他二人不認得童兆和，只記掛著文泰來，那去理他？童兆和幾個打滾，滾入草叢之中，心驚膽戰，在長草間慢慢爬遠。

趙半山揭開車帳，向裏看去，黑沉沉的瞧不清楚，只見一人斜坐車內，身上裹著棉被，喜叫：「四弟，是你麼？我們救你來啦！」那人「啊」了一聲。無塵道：「你送四弟回去，我去找張召重算帳。」說罷縱馬衝入人堆。

鏢師公差本在向東奔逃，忽見無塵回馬殺來，發一聲喊，轉頭向西。

無塵大叫：「張召重，張召重，你這小子快給我滾出來。」喊了幾聲，無人答應，又向對方人羣裏衝去。鏢師公差見他趕到，都嚇得魂飛天外，四散亂竄。

紅花會羣雄見趙半山押著大車回來，盡皆大喜，紛紛奔過來迎接。駱冰一馬當先，馳到大車之前，翻身下馬，揭開車帳，顫聲叫道：「大哥！」車中人卻無聲息，駱冰大驚，撲入車裏，揭開棉被。這時紅花會羣雄也都趕到，縱馬圍近察看。

常氏雙俠見大車已搶到手，那有心情和這批不明來歷的回人戀戰，兄弟倆一聲呼哨，展開飛抓將衆回人直逼開去，掉轉馬頭便走。那羣回人似乎旨在阻止旁人走近，見二人退走，也不追趕，返身奔向中央一團正在惡戰的人羣。

無塵道人仍在人羣中縱橫來去。一名趟子手逃得略慢，被他一劍砍在肩頭，跌倒在地。無塵不欲傷他性命，提馬跳過他身子，大呼：「火手判官，給我滾出來！」

忽有一騎衝到跟前，馬上回人身材高大，濃髯滿腮，喝問：「那裏來的野道人在此亂闖？」無塵迎面一劍。那回人舉馬刀擋架。無塵左右連環兩劍，迅捷無比。那回人右臂上舉，馬刀尚在頭頂，劍氣森森，已及肌膚，百忙中向外一摔，鐙裏藏身，右足勾住馬鐙，翻在馬腹之下，才算逃過兩劍，嚇得一身冷汗，仗著騎術精絕，躲在馬腹下催馬逃開。無塵笑道：「躲得開我三劍，也算一條好漢，饒了你的性命。」又衝入人羣。

常氏雙俠從東返回，西邊又奔來八騎，正是周仲英和陸菲青一干人。兩撥人還未馳近大車，駱冰已從車內揪出一個人來，摔在地下，喝問：「文大爺……在那裏？」話未問畢，兩行淚珠流了下來。

衆人見這人蒼老黃瘦，公差打扮，右手吊在頸下。駱冰認得他是北京捕頭胡國棟，在客店中曾給文泰來打斷了右臂的，踢了他一腳，又待要問，一口氣嚥住了說不出話。

衛春華單鉤指住他右眼，喝道：「文爺在那裏？你不說，先廢了這隻招子？」胡國棟恨恨的道：「張召重這小子早押著文……文爺走得遠啦。這小子叫我坐在車裏。我還道他好心讓我養傷，那知他是使金蟬脫殼之計，要我認命，給他頂缸，他自己卻到北京領功去了。他媽的，瞧這狼心狗肺的東西有沒好死。」他破口大罵張召重，一面也為自己開脫。

陳家洛對常氏雙俠道：「五哥、六哥，最怕張召重這奸賊帶了四哥去得不知去向。由涼州東歸中原，烏鞘嶺是必經要道，請你們兩位連夜趕在前頭，扼守要道。要是真攔不住，也好查知他們走那一條路，大夥兒好從後追趕。」常氏雙俠點頭稱是，接令而去。這時東西兩撥人都已趕到。陳家洛叫道：「把鷹爪孫和鏢行的小子們全都拿下來，別讓走了一個！分兩路包抄。」

當下陳家洛與趙半山、楊成協、衛春華、蔣四根、心硯從南圍上，周仲英、陸菲青、徐天宏、駱冰、余魚同、周綺、孟健雄、安健剛從北路圍上，有如一把鐵鉗，將官差、鏢行、和眾回人全都圍在垓心。眾回人和公差鏢師正鬥得火熾。趙半山雙手微揚，打出三件暗器，兩名捕快、一名鏢師翻身落馬。

眾回人分清了敵我，歡呼大叫。那濃髯回人縱馬上前，高聲說道：「不知那一路好漢拔刀相助，在下先行謝過。」漢語說得不甚清晰，說罷舉刀致敬。陳家洛拱手還禮，喊道：「各位兄弟，一齊動手吧。」眾英雄齊聲答應，刀劍並施。

這時公差與鏢行中的好手早已死傷殆盡，餘下幾名平庸之輩那裏還敢反抗，俱都跪地求饒，「爺爺、祖宗」的亂喊。心硯十分高興，向駱冰道：「文四奶奶，果眞不出你所料，他們在叫我爺爺了。」駱冰心亂如麻，心硯的話全沒聽進耳去。

忽見無塵道人奔出人叢，叫道：「喂！大家來瞧，這女娃娃的劍法很有幾下子！」眾人知道無塵的追魂奪命劍海內獨步，江湖上能擋得住他三招兩式的人並不多見，他竟會稱許別人劍法，而且是個女子，俱都好奇之心大起，逼近觀看。那濃髯回人高聲說了幾句回語，眾回人讓出道來，與羣雄圍成一個圈子。無塵對陳家洛道：「總舵主，你瞧這使五行輪的小子，身手倒也不弱。」

陳家洛向人圈中看去，但見劍氣縱橫，輪影飛舞，一個黃衫女郎與一個矯健漢子鬥得正緊。陸菲青走到陳家洛身旁，說道：「這穿黃衫的姑娘名叫霍青桐，是天山雙鷹的弟子。那使五行輪的是關東六魔中的閻世章。」

陳家洛心中一動，他知道天山雙鷹禿鷲陳正德、雪鵰關明梅是回疆武林前輩，和他師父天池怪俠素有嫌隙，雖不成仇，但儘量避不見面，久聞天山派「三分劍術」自成一家，倒要留心一觀。凝神望去，見那黃衫女郎劍光霍霍，攻勢淩厲，然而閻世章雙輪展開，也儘自抵敵得住。衆回人吶喊助威，有數人漸漸逼近，似欲加入戰團。

閻世章雙輪「指天劃地」左擋右攻，待霍青桐長劍收轉，退開兩步，叫道：「且慢，我有話說。」衆回人逼上前去，兵刃耀眼，眼見就要將他亂刀分屍。閻世章倏地雙輪交於左手，右手回扯，將背上的紅布包袱拿在手中，雙輪高舉，叫道：「你們要倚多取勝，我先將這包裹剁爛了。」那五行輪輪口白光閃爍，鋒利之極，雙輪這一斫下去，包袱不免立時斫成三截。衆回人俱都大驚，退了幾步。閻世章眼見身入重圍，只有憑一身藝業以圖僥倖，叫道：「你們人多，要我性命易如反掌。但我閻六死得不服，除非單打獨鬥，那一個贏了我手中雙輪，我敬重英雄好漢，自會將包裹奉上，否則我寧可與這包裹同歸於盡。你們要得到，哼哼，那就休想。」

周綺第一個就忍不住，跳出圈子，喝道：「好，咱們來比劃比劃。」雁翎刀一擺，便要上前。周仲英一把將她拉了轉來，說道：「眼前有這許多英雄了得的伯伯叔叔，要你這丫頭來現世？」霍青桐左手向周綺一揚，說道：「這位姊姊的盛情好意，我先謝謝。」周綺道：「那沒甚麼。」霍青桐道：「我先打頭陣，要是不成，請姊姊伸手相助。」周綺道：「你放心，我看你這人很好，一定幫你。」

周仲英低聲道：「傻丫頭，人家武功比你強，你沒瞧見嗎？」周綺道：「難道她寃我？」陸菲青插口道：「這紅布包袱之中，包著他們回族的要物，她必須親手奪回。」周綺點點頭道：「那就是了。」周仲英揮手搖頭好笑。他武藝精強，固是武林中的第一流人物，只是性格粗豪，不耐煩循循善誘，教出來的徒弟女兒，功夫跟他便差著一大截，偏生這位寶貝姑娘又心腸最熱，一遇上事情，不管跟自己是否相干，總是勇往直前。

閻世章負上包袱，說道：「哪一個上來，商量好了沒有？」霍青桐道：「還是我接你五行輪的高招。」閻世章道：「決了勝負之後怎麼說？」霍青桐道：「不論勝負，都得把經書留下。你勝了讓你走，你敗了，連人留下。」說罷劍走偏鋒，斜刺左肩。閻世章的雙輪按五行八卦，八八六十四招，專奪敵人兵刃，遮削封攔，招數甚是嚴密。兩人轉瞬拆了七八招。

陳家洛向余魚同一招手，余魚同走了過去。陳家洛道：「十四弟，你趕緊動身去探查四哥下落，咱們隨後趕來。」余魚同答應了，退出人圈，回頭向駱冰望去，見她低著頭正自痴痴出神，想過去安慰她幾句，轉念一想，拍馬走了。

霍青桐再度出手，劍招又快了幾分，劍未遞到，已經變招。閻世章雙輪想鎖她寶劍，卻那裏鎖得著。無塵、陸菲青、趙半山幾個都是使劍的好手，在一旁指指點點的評論。無塵道：「這一記刺他右脅，快是夠快了，還不夠狠。」趙半山笑道：「她怎能跟你幾十年的功力相比？你在她這年紀時，有沒這般俊的身手？」無塵笑道：「這女娃娃討人喜歡，大家都幫她。」陳家洛見霍青桐劍法精妙，心中也暗暗稱讚。

再拆二十餘招，霍青桐雙頰微紅，額上滲出細細汗珠，但神定氣足，腳步身法絲毫不亂，驀地裏劍法陡變，天山派絕技「海市蜃樓」自劍尖湧出，劍招虛虛實實，似眞實幻，似幻實眞。羣雄屏聲凝氣，都看出了神。輪光劍影中白刃閃動，閻世章右腕中劍，失聲驚叫，右輪飛上半空，衆人不約而同的齊聲喝采。

閻世章縱身飛出丈餘，說道：「我認輸了，經書給你！」反手去解背上紅布包袱。霍青桐歡容滿臉，搶上幾步，還劍入鞘，雙手去接這部他們族人奉爲聖物的可蘭經。閻世章臉色一沉，喝道：「拿去！」右手一揚，突然三把飛錐向她當胸疾飛而來。這一下變起倉卒，霍青桐難以避讓，仰面一個「鐵板橋」，全身筆直向後彎倒，三把飛錐堪堪在她臉上掠過。閻世章一不做，二不休，三把飛錐剛脫手，緊接著又是三把連珠擲出，這時霍青桐雙眼向天，不見大難已然臨身。旁視衆人盡皆驚怒，齊齊搶出。

霍青桐剛挺腰立起，只聽得叮、叮、叮三聲，三柄飛錐均已被暗器打落，跌在腳邊，若非有人相救，三把飛錐已盡數打中自己要害，她嚇出一身冷汗，忙拔劍在手。趙半山微微一笑，他手中拿著三枚鐵菩提，本擬擲出相救，見有人搶了先，便將鐵菩提放入暗器囊。閻世章和身撲上，勢若瘋虎，五行輪當頭砸下。霍青桐不及變招，只得舉劍硬架，雙輪下壓，單劍上舉，一時之間僵持不決。閻世章力大，五行輪漸漸壓向她頭上，輪周利刃已碰及她帽上翠羽。羣雄正要上前援手，忽然間青光閃動，霍青桐左手已從腰間拔出一柄短劍，撲的一聲，插入閻世章胸腹之間。閻世章大叫一聲，向後便倒。衆人又是轟天價喝一聲采。霍青桐解下閻世章背後的紅布包袱。那濃髯回人走到跟前，連讚：「好孩子！」霍青桐雙手奉上包袱，微微一笑，叫了聲：「爹。」那回人正是她父親木卓倫。他也是雙手接過，眾回人都擁了上來，歡聲雷動。

霍青桐拔出短劍，看閻世章早已斷氣，忽見一個十五六歲少年縱下馬來，在地下撿起三枚圓圓的白色東西，走到一個青年跟前，托在手中送上去，那青年伸手接了，放入囊中。霍青桐心想：「剛才打落這奸賊暗器，救了我性命的原來是他。」不免仔細看了他兩眼，見這人丰姿如玉，目朗似星，輕袍緩帶，手中搖著一柄摺扇，神采飛揚，氣度閒雅。兩人目光相接，那人向她微微一笑，霍青桐臉一紅，低下頭跑到父親跟前，在他耳邊低低說了幾句話，木卓倫點點頭，走到那青年馬前，躬身行禮。那青年忙下馬還禮。木卓倫道：「承公子相救小女性命，兄弟感激萬分，請問公子尊姓大名？」

那青年正是陳家洛，當下連聲遜謝，說道：「小弟姓陳名家洛，我們有一位結義兄弟，給這批鷹爪和鏢行的小子逮去，大家趕來相救，卻撲了個空。貴族聖物已經奪回，可喜可賀。」木卓倫把兒子霍阿伊和女兒叫過來，同向陳家洛拜謝。

陳家洛見霍阿伊方面大耳，滿臉濃鬚，霍青桐卻體態婀娜，嬌如春花，麗若朝霞，先前專心觀看她劍法，此時臨近當面，不意人間竟有如此好女子，一時不由得心跳加劇。霍青桐低聲道：「若非公子仗義相救，小女子已遭暗算。大恩大德，永不敢忘。」陳家洛道：「久聞天山雙鷹兩位前輩三分劍術冠絕當時，今日得見姑娘神技，眞乃名下無虛。適才在下獻醜，不蒙見怪，已是萬幸，何勞言謝？」

周綺聽這兩人客客氣氣的說話，不耐煩起來，插嘴對霍青桐道：「你的劍法是比我好，不過有一件事我要教你。」霍青桐道：「請姊姊指教。」周綺道：「和你打的這個傢伙奸猾得很，你太過信他啦，險些中了他的毒手。有很多男人都是鬼計多端的，以後可得千萬小心。」霍青桐道：「姊姊說得是，如不是陳公子仗義施救，那眞是不堪設想了。」周綺道：「甚麼陳公子？啊，你是說他，他是紅花會的總舵主。喂，陳……陳大哥，你剛才打落飛錐的是甚麼暗器，給我瞧瞧，成不成？」陳家洛從囊中拿出三顆棋子，道：「這是幾顆圍棋子，打得不好，周姑娘別見笑。」周綺道：「誰來笑你？你打得不錯，一路上爹爹老是讚你，他有些話倒也是對的。」

霍青桐聽周綺說這位公子是甚麼幫會的總舵主，微覺詫異，低聲和父親商量。木卓倫連連點頭，說：「好，好，該當如此。」他轉身走近幾步，對陳家洛道：「承衆位英雄援手，我們大事已了。聽公子說有一位英雄尙未救出，我想命小兒小女帶同幾名伴當供公子差遣，相救這位英雄。他們武藝低微，難有大用，但或可稍效奔走之勞，不知公子准許麼？」陳家洛大喜，說道：「那是感激不盡。」當下替羣雄引見了。

木卓倫對無塵道：「道長劍法迅捷無倫，我生平從所未見，幸虧道長劍下留情，否則……哈哈……」無塵笑道：「多有得罪，幸勿見怪。」衆回人向來崇敬英雄，剛才見無塵、趙半山、陳家洛、常氏雙俠諸人大顯身手，都十分欽佩，紛紛過來行禮致敬。

正敘話間，忽然西邊蹄聲急促，只見一人縱馬奔近，翻身下馬，是個美貌少年，那人向陸菲青叫了一聲「師父」。此人正是李沅芷，這時又改了男裝。她四下一望，沒見余魚同，卻見了霍青桐，跑過去親親熱熱的拉住了她手，說道：「那晚你到那裏去了？我可想死你啦！經書奪回來沒有？」霍青桐歡然道：「剛奪回來，你瞧。」一向霍阿伊背上的紅包袱一指。李沅芷微一沉吟，道：「打開看過沒有？經書在不在裏面？」霍青桐道：「我們要先禱告安拉，感謝神的大能，再來開啓聖經。」李沅芷道：「最好打開來瞧瞧。」木卓倫聽了，心中驚疑，忙解開包袱，裏面竟是一疊廢紙，卻那裏是他們的聖經？

衆回人見了，無不氣得大罵。霍阿伊將蹲在地上的一個鏢行趟子手抓起，順手一記耳光，喝道：「經書那裏去了？」趟子手哭喪著臉，一手按住被打腫的腮幫子，說道：「他們鏢頭……幹的事，小的不知道。」一面說，一面指著雙手抱頭而坐的錢正倫。他在混戰中受了幾處輕傷，戴永明等一死，就投降了。霍阿伊將他一把拖過，說道：「朋友，你要死還是要活？」錢正倫閉目不答，霍阿伊怒火上升，伸手又要打人。霍青桐輕輕一拉他衣角，他舉起的一隻手慢慢垂了下來，霍阿伊雖然生性粗暴，對兩個妹子卻甚是信服疼愛。大妹子就是霍青桐。她不但武功強過兄長，更兼足智多謀，料事多中，這次東來奪經，諸事都由她籌劃。小妹子喀絲麗年紀幼小，不會武功，這次沒有隨來。

霍青桐問李沅芷道：「你怎知包袱裏沒經書？」李沅芷笑道：「我讓他們上過一次當，我想人家也學乖啦。」木卓倫又向錢正倫喝問，他說經書已給另外鏢師帶走。木卓倫將信將疑，命部下在騾馱子各處仔細搜索，毫無影蹤，他擔心聖物被毀，雙眉緊皺，甚是煩惱。衆人這才明白適才閻世章爲何敗後仍要拚命，僥倖求逞，卻不肯繳出包袱，原來包中並無經書，他知衆人發見之後，自己難保性命。

這邊李沅芷正向陸菲青詢問情由。陸菲青道：「這些事將來再說，你快回去，你媽又要擔心啦。這裏的事別向人提起。」李沅芷道：「我當然不說，你當我還是不懂事的小孩嗎？這些人是誰？師父，你給我引見引見。」陸菲青微一沉吟，說道：「我瞧不必了，你快走吧。」他想李沅芷是提督之女，跟這般草莽羣豪道路不同，不必讓他們相識。

李沅芷小嘴一撅，說道：「我知道你不疼自己徒弟，寧可去喜歡甚麼金笛秀才的師姪。師父，我走啦！」說著躬身行禮，拜了一拜，上馬就走，馳到霍青桐身邊，俯身摟著她的肩膀，在她耳邊低語了幾句。霍青桐「嗤」的一聲笑。李沅芷提韁揮鞭，向西奔去。

這一切陳家洛都瞧在眼裏，見霍青桐和這美貌少年如此親熱，猛然間胸口似乎中了一記重拳，心中一股說不出的滋味，頭暈口乾，不由得呆呆的出了神。

徐天宏走近身來，道：「總舵主，咱們商量一下怎麼救四哥。」陳家洛一怔，定了定神，道：「正是。心硯，你騎文奶奶的馬，去請章十爺來。」心硯接令去了。陳家洛又道：「九哥，你到峽口會齊十二郎，四下哨探鷹爪行蹤，瞧文四哥去了何處，今晚回報。」衛春華也接令去了。陳家洛向衆人道：「咱們今晚就在這裏露宿一宵，等探得四哥下落，明兒一早繼續追趕。」

衆人半日奔馳，半日戰鬥，俱都又飢又累。木卓倫指揮回人在路旁搭起帳篷，分出幾個帳篷給紅花會羣雄，又煮了牛羊肉送來。

衆人食罷，陳家洛提胡國棟來仔細詢問。胡國棟一味痛罵張召重，說文泰來一向坐在這大車之中，後來定是張召重發現敵蹤，料得有人要搶車，便叫他坐在車裏頂缸。陳家洛再盤問錢正倫等人，也是毫無結果。徐天宏待俘虜帶出帳外，對陳家洛道：「總舵主，這姓錢的目光閃爍，神情狡猾，咱們試他一試。」陳家洛道：「好！」兩人低聲商量定當。

到得天黑，衛春華與石雙英均未回來報信，衆人掛念猜測。徐天宏道：「他們多半發現了四哥的蹤跡，跟下去了，這倒是好消息。」羣雄點頭稱是，談了一會，便在帳篷中睡了。鏢行人衆和官差都用繩索縛了手腳、放在帳外，上半夜由蔣四根看守，下半夜徐天宏看守。

月到中天，徐天宏從帳中出來，叫蔣四根進帳去睡，四周走了一圈，坐了下來，用毯子裹住身子。錢正倫正睡在他身旁，被他坐下來時在腿上重重踏了一腳，一痛醒了，正要再睡，忽聽徐天宏發出微微鼾聲，敢情已經睡熟，心中大喜，雙手一掙，腕上繩子竟未縛緊，掙扎幾下就掙脫了。他屏氣不動，等了一會，聽徐天宏鼾聲更重，睡得極熟，便輕輕解開腳上繩索，待血脈通了，慢慢站起，躡足走出。他走到帳篷後面，解下縛在木樁上的一匹馬，一步一停，走到路旁，凝神靜聽，四下全無聲息，心中暗喜，越走離帳篷越遠，腳步漸快，來到胡國棟坐過的那輛大車之旁。車上騾子已然解下，大車翻倒在地。

西邊帳篷中忽然竄出一個人影，卻是周綺。她和霍青桐、駱冰同睡一帳，那兩人均有重重心事，翻來覆去老睡不著。周綺卻是著枕便入夢鄉，睡夢中忽然跌進一個陷坑，極力掙扎，難以上來，見陷坑口有人向下大笑，竟是徐天宏的臉面，大怒之下，正要叫罵，忽然徐天宏跳入坑中將她緊緊抱住，張口咬她面頰，痛不可當，一驚就醒了，只覺身上全是冷汗。忽聽帳篷外有聲，略一凝神，掀起帳角看時，遠遠望見有人鬼鬼祟祟的走向大路，忙提起單刀，追出帳來。追了幾步，張口想叫，忽然背後一人悄沒聲的撲了上來，按住她嘴。

周綺一驚，反手一刀，那人手腳敏捷，伸手抓住她的手腕，將刀翻了開去，低聲道：「別嚷，周姑娘，是我。」周綺聽得是徐天宏，刀是不砍了，左手一拳打出，結結實實，正中他右胸。徐天宏一半眞痛，一半假裝，哼了一聲，向後便倒。周綺嚇了一跳，俯身下去，低聲說道：「你怎麼啦……不，不，誰叫你按住我嘴，有人要逃，你瞧見麼？」徐天宏低聲道：「別作聲，咱們盯著他。」

兩人伏在地上，慢慢爬過去，見錢正倫掀起大車的墊子，格格兩聲，似是撬開了一塊木板，拿出一隻木盒，塞在懷裏，便要上馬，徐天宏在周綺背後急推一把，叫道：「攔住他。」周綺縱身直竄出去。

錢正倫聽得人聲，左足剛踏上馬鐙，不及上馬，右足先在馬臀上猛踢一腳，那馬受痛，奔出數丈。周綺提氣急追。錢正倫翻身上馬，右手一揚，喝道：「照鏢！」周綺急忙停步，閃身避鏢，那知這一下是唬人的虛招，他身邊兵刃暗器在受縛時早給搜去了。周綺這一呆，那馬向前奔出，相距更遠。周綺大急，眼見已追趕不上。錢正倫哈哈大笑，笑聲未畢，忽然一個倒栽蔥跌下馬來。

周綺又驚又喜，奔上前去，一腳踏住他背脊，刀尖對準他後頸。徐天宏趕上前來，說道：「你看他懷裏的盒子是甚麼東西。」周綺一把將木盒掏了出來，打開看時，盒裏厚厚一疊羊皮，裝訂成一本書的模樣，月光下翻開看去，都是古怪的文字，一個也不識，說道：「又是你們紅花會的怪字，我不識得。」隨手向徐天宏丟去。

徐天宏接來一看，喜道：「周姑娘，你這功勞不小，這多半是他們回人的經書，咱們快找總舵主去。」周綺道：「當眞？」只見陳家洛已迎了上來。周綺奇道：「咦！陳大哥，你怎麼也出來了？你瞧這是甚麼東西。」徐天宏遞過木盒。陳家洛接來一看，說道：「這九成便是那部經書。幸虧你攔住了這傢伙，咱們幾十個男人都不及你。」

周綺聽他二人都稱讚自己，十分高興，想謙虛幾句，可是不知說甚麼話好，隔了半晌，問徐天宏道：「剛才打痛了你麼？」徐天宏一笑，說道：「周姑娘好大力氣。」周綺道：「是你自己不好。」轉身對錢正倫道：「站起來，回去。」鬆開了腳，將刀放開，錢正倫卻並不起身。周綺罵道：「我又沒傷你，裝甚麼死？」輕輕踢了他一腳，錢正倫仍是不動。

陳家洛在他脅下一捏一按，喝道：「站起來！」錢正倫哼了兩聲，慢慢爬起，周綺一楞，恍然有悟，四下一看，拾起一顆白色棋子，交給陳家洛道：「你的圍棋子！你們串通了來哄我，哼，我早知你們不是好人。」

陳家洛微笑道：「怎麼是串通了哄你？是你自己聽見這傢伙的聲音才追出來的。再說，要不是你這麼一攔，他心不慌，自然躲開了我的棋子。他騎了馬，咱們怎追得上？」

周綺聽他說得道理十足，又高興起來，說道：「那麼咱們三人都有功勞。」徐天宏道：

「你功勞最大。」周綺低聲道：「你別告訴爹爹，說我打你一拳。」徐天宏笑道：「說了也不打緊啊！」周綺怒道：「你若說了，我永遠不理你。」徐天宏一笑不答。

他先前和陳家洛定計，已通知羣雄，晚上聽到響動，不必出來，否則以無塵、趙半山等人之能，豈有聞蹄聲而不驚覺之理？

三人押著錢正倫，拿了經書，走到木卓倫帳前。守夜的回人一傳報，木卓倫忙披衣出來，迎進帳去。陳家洛說了經過，交過經書。木卓倫喜出望外，雙手接過，果是合族奉爲聖物的那部手抄可蘭經。帳中回人報出喜訊，不一會，霍阿伊、霍青桐和衆回人全都擁進帳來，紛紛對陳徐周三人叉手撫胸，俯首致敬。木卓倫打開經書，高聲誦讀：

「奉至仁慈的安拉之名，一切讚頌，全歸安拉，全世界的主，至仁至慈的主，報應日的君主。我們只崇拜你，只求你祐助，求你引導我們上正路，你所祐護者的路，不是受譴責者的路，也不是迷誤者的路。」

衆回人伏地虔誠祈禱，感謝眞神安拉。禱告已畢，木卓倫對陳家洛道：「陳當家的，你將敝族聖物從奸人手中奪回，我們也不敢言謝。以後陳當家的但有所使，只消傳個信來，雖是千山萬水，亦必趕到，赴湯蹈火，在所不辭。」陳家洛拱手遜謝。木卓倫又道：「明日兄弟奉聖經回去，小兒小女就請陳當家的指揮教導，等救回文爺之後再讓他們回來。那時陳當家的與衆位英雄，如能抽空到敝地盤桓小住，讓敝族族人得以瞻仰丰采，更是幸事。」陳家洛微一沉吟，說道：「聖經物歸原主，乃貴族眞神庇佑，老英雄洪福，不過周姑娘和我們僥倖遇上，豈敢居功言德？令郎和令愛還是請老英雄帶同回鄉。老英雄這番美意，我們感激不盡，但驚動令郎令愛大駕，實不敢當。」

陳家洛此言一出，木卓倫父子三人俱都出於意料之外，心想本來說得好好的，怎麼忽然變了卦。木卓倫又說了幾遍，陳家洛只是辭謝。霍青桐叫了聲：「爹！」微微搖頭，示意不必再說了。這時紅花會羣雄也都進帳，向木卓倫道喜。帳中人多擠不下，衆回人退了出去。

徐天宏見周仲英進來，說道：「這次奪回聖經，周姑娘的功勞最大。」周仲英心下得意，望了女兒幾眼，意示獎許。徐天宏忽然按住右胸，叫聲：「啊唷！」衆人目光都注視到他身上。周綺大急，心道：「我打他一拳，他在這許多人面前說了出來，可怎麼辦？」周仲英問道：「怎麼？」徐天宏沉吟不答，過了一會，才笑笑道：「沒甚麼。」可已將周綺嚇出了一額子汗，心道：「好，你這小子，總是想法子來作弄我。」

衆人告辭出去，各自安息。次日清晨，木卓倫率領衆回人與羣雄道別。雙方相聚雖只半日，但敵愾同仇，肝膽相照，別時互相殷殷致意。周綺牽著霍青桐的手，對陳家洛道：「這位姊姊人又好，武功又強，人家要幫咱們救文四爺，你幹麼不答允啊？」陳家洛一時語塞。霍青桐道：「陳公子不肯讓我們冒險，那是他的美意。我離家已久，眞想念媽媽和妹子，很想早點兒回去。周姊姊，咱們再見了！」說罷一舉手，撥轉馬頭就走。周綺對陳家洛道：「你不要她跟咱們在一起，你看她連眼淚都要流下來啦！你瞧人家不起，得罪人，我可不管。」陳家洛望著霍青桐的背影，一聲不響。

霍青桐奔了一段路，忽然勒馬回身，見陳家洛正自呆呆相望，一咬嘴唇，舉手向他招了兩下。陳家洛見她招手，不由得一陣迷亂，走了過去。霍青桐跳下馬來。兩人面對面的呆了半晌，說不出話來。

霍青桐一定神，說道：「我性命承公子相救，族中聖物，又蒙公子奪回。不論公子如何待我，都決不怨你。」說到這裏，伸手解下腰間短劍，說道：「這短劍是我爹爹所賜，據說劍裏藏著一個極大秘密，幾百年來輾轉相傳，始終無人參詳得出。今日一別，後會無期，此劍請公子收下。公子慧人，或能解得劍中奧妙。」說罷把短劍雙手奉上。陳家洛也伸雙手接過，說道：「此劍既是珍物，本不敢受。但既是姑娘所贈，卻之不恭，只好靦顏收下。」

霍青桐見他神情落寞，心中很不好受，微一躊躇，說道：「你不要我跟你去救文四爺，爲了甚麼，我心中明白。你昨日見了那少年對待我的模樣，便瞧我不起。這人是陸菲青陸老前輩的徒弟，是怎麼樣的人，你可以去問陸老前輩，瞧我是不是不知自重的女子！」說罷縱身上馬，絕塵而去。

陳家洛聽她言語中似含情意，不覺心意微動，但隨即想到那美貌少年的模樣，秀眉俊目，唇紅齒白，可比自己俊美得太多了。陳家洛素來自負文才武功，家世容貌，同儕中罕有其比，忽然間給人比了下去，心頭沒來由的一陣悵惘，這次相救文泰來功敗垂成，初任總舵主便出師不利，未免掃興，本來心頭一熱，想趕上去再跟她說幾句話，沮喪之餘，只跨出兩步，便即止步。

張召重忙命兵士散開，將大車團團圍住。

此時新月初升，清光遍地，

只見對面疏疏落落的出來十幾騎馬，漸漸逼近。

第五回

烏鞘嶺口逢鬼俠　赤套渡頭扼官軍

陳家洛手托短劍，獃獃的出神，望著霍青桐追上回人大隊，漸漸隱沒在遠方大漠與藍天相接之處，心頭一震，正要去問陸菲青，一個念頭猛地湧上心來：「漢回不通婚，他們回人自來教規極嚴，霍青桐姑娘對我雖好，但除非我皈依回教，做他們的族人，否則多惹情絲，終究沒有結果，徒然自誤誤人，各尋煩惱而已。」「我對回教的眞神並不眞心信奉，如爲了霍青桐姑娘而假意信奉，未免不誠，非正人君子之所爲。豈不遭人輕視恥笑？」正出神間，忽見前面一騎如一溜煙般奔來，越到身前越快，卻是心硯回來了。

心硯見到陳家洛，遠遠下了馬，牽馬走到跟前，興高采烈的道：「少爺，章十爺隨後就來，咱們逮到了一個人。」

陳家洛問：「逮到了甚麼人？」心硯道：「我騎了白馬趕到破廟那邊，章十爺在和一人合口，那人要過來，十爺叫他等一會。兩人正在爭鬧，那人一見到我騎的馬，就大罵我是偷馬賊一夥，舉刀向我砍來。我和十爺給他幹上了。那人武功很好，可是沒兵刃，不知那裏偷來了一把劈柴刀，當然使不順手啦。打了二十多個回合，十爺才用狼牙棒將他柴刀砸飛，那人手下眞是來得，空手鬥我們兩個，後來我拾了地下石子，不住擲他，他躲避石子，一不留神，腿上中了十爺一棒，這才給我們逮住。」陳家洛笑了笑，問道：「那人叫甚麼名字？幹甚麼的？」心硯道：「咱們問他，他不肯說。不過十爺說他是洛陽韓家門的人，使的是鐵琵琶手。」

不久章進也趕到了，下馬向陳家洛行禮，隨手將馬鞍上的人提了下來，那人手腳被縛，昂然而立，神態甚是倨傲。

陳家洛問道：「閣下是洛陽韓家門的？尊姓大名？」那人仰頭不答。陳家洛道：「心硯，你替這位爺解了縛。」心硯拔出刀來，割斷了縛住他手腳的繩子，挺刀站在他背後，防他有何異動。陳家洛道：「他二人得罪閣下，請勿見怪，請到帳篷裏坐地。」四人到得帳中，陳家洛和那人席地而坐，羣雄陸續進來，都站在陳家洛身後。

那人看見駱冰進來，勃然大怒，跳起身來，戟指而罵：「你這婆娘偷我的馬，你不還馬，決不和你干休！」駱冰笑道：「你是韓文沖韓大爺，是嗎？咱們換一匹馬騎，我還補了你一錠金子，你賺了錢，發了大財啦，幹麼還生氣？」

陳家洛問起情由，駱冰將搶奪白馬之事笑著說了，衆人聽得都笑了起來。原來紅花會雖然不禁偷盜，但駱冰心想總舵主出身相府，官宦子弟多數瞧不起這等不告而取的勾當，是以一直沒說此馬的來歷。陳家洛道：「既是如此，四嫂這匹馬還給韓爺吧。那錠金子也不用還了，算是租用尊騎的一點敬意。韓爺腿上的傷不礙事吧？心硯，給韓爺敷上金創藥。」韓文沖見陳家洛如此處理，怒氣漸平，正想交待幾句場面話，忽然駱冰道：「總舵主，那不成，你知道他是誰？他是鏢遠鏢局的人。」

陳家洛道：「當眞？」駱冰取出王維揚那封信，交給陳家洛，說道：「請看。」陳家洛接過信，只看了開頭一個稱呼，就將信一摺，交給韓文沖，說道：「這是韓爺的信，在下不便觀看。」韓文沖心想：「橫豎你的同黨已經看過，我樂得大方。」便道：「我是鎮遠鏢局的，那不錯，不知那一點冒犯各位了，倒要請教。韓某光明磊落，沒見不得人的事。閣下請看吧。」說著將信攤開，放在陳家洛面前。

陳家洛一目十行，一瞥之間，已知信中意思，說道：「威震河朔王維揚王老鏢頭的威名，在下早就如雷貫耳，只是無由識荊，實爲恨事。閣下是洛陽韓家門的，不知跟韓五娘是怎麼稱呼？」韓文沖道：「那是先嬸娘。請教閣下尊姓大名，不知是否識得先嬸娘？」

陳家洛微微一笑，說道：「我只是慕名而已。我姓陳名家洛。」韓文沖一聽，立即站起，驚道：「你……是陳閣老的公子？」常赫志道：「這位是我們紅花會的總舵主。跟你說了半天話，先人板板，你有眼不識泰山。」韓文沖慢慢坐下，不住打量這位少年總舵主。

陳家洛道：「江湖上不知是誰造謠，說貴同門之死與敝會有關，其實這事我們全不知情。在下本已派了一位兄弟要去洛陽，向貴處說明這個過節，只因忽有要事，一時難以分身。韓爺今日到此，那是再好沒有。不知何以有此謠言，韓爺能否見告？」韓文沖道：「你……你眞是海寧陳閣老的公子？」陳家洛道：「韓爺既知在下身世，自也不必相瞞。」

韓文沖道：「自公子離家，相府出了重賞找尋，數年來一無音訊，後來有人訪知公子在紅花會，又說公子到了回疆。我師兄焦文期受相府之聘，前赴回疆尋訪公子，那知他突然不明不白的失了蹤。此事已隔五年，直到最近，有人在陝西山谷之中發見焦師兄所用的鐵牌和琵琶釘，才知他已不幸遭害。雖然他已死無對證，當時也無人親眼見他遭難情形，但公子請想，如不是紅花會下的手，又有誰有本事殺得了焦師兄？……」

他話未說完，章進喝道：「你師兄貪財賣命，死了也沒甚麼可惜。我們紅花會要是殺了他，難道不敢認帳？老子老實跟你說，這個人，我們沒殺。不過你找不到人報仇，就算是老子殺的好了。老子生平殺的人難道還少了？多一個他奶奶的焦文期，又有個鳥打緊？」韓文沖斜眼看他，心中將信將疑。無塵冷笑道：「我們紅花會衆當家說話向來一是一，二是二，幾時騙過人來？你不信他話，就是瞧我不起。嘿嘿，你瞧我不起，膽子不小哇！」

紛亂中陸菲青突然高叫：「焦文期是我所殺。我不是紅花會的，這事可跟紅花會全無干係。」衆人都是一楞。陸菲青站起身來，將當年焦文期怎樣黑夜尋仇、怎樣以三攻一、怎樣自己手下留情，他反而狠施毒手，以致命喪荒山之事，從頭至尾說了。衆人聽了，都罵焦文期不要臉，殺得好。韓文沖鐵青著臉，一言不發。

陸菲青道：「韓爺要給師哥報仇，現下動手也無不可。這事跟紅花會無關，他們要是幫了我一拳一腳，就是瞧我不起。」轉頭向駱冰道：「文四奶奶，韓爺的兵刃還了給他吧。」

駱冰取出鐵琵琶，交給陸菲青。陸菲青接了過來，說道：「韓五娘當年首創鐵琵琶門，名聞江湖，也算得是女中豪傑。唉……」言下不勝感慨，一面說，一面雙手暗運內勁。鐵琵琶肚腹中空，給他一按，登時變成一塊扁平的鐵板。他又道：「焦文期既受陳府之託，尋訪陳公子，便須忠於所事，怎地使了人家盤纏，卻來尋我老頭子的晦氣？咱們武林中人，就算不能捨身報國，跟滿虜韃子拚個死活，也當行俠仗義，為民除害。」

武當派內功非同小可，口中說話，雙手已將鐵板捲成個鐵筒，捏了幾下，變成根鐵棍，又道：「至不濟，也當潔身自好，信守然諾，忠於所事。陸某生平最痛恨的是朝廷鷹犬、保鏢護院的走狗，仗著有一點武藝，助紂為虐，欺壓良民。這等人要是給我遇上了，哼哼，陸某決計放他們不過。」說到這裏聲色俱厲，手中的鐵棍也已彎成了一個鐵環。

這番話把韓文沖只聽得怦然心動。他自恃武功精深，一向自高自大，那知這番出來連栽觔斗，在駱冰、章進、心硯等人手下受挫，還覺得是對方使用詭計，此刻眼見陸菲青言談之間，將他仗以成名的獨門兵器彎彎捏捏，如弄濕泥，如搓軟麵，不由得又驚又怕，再想焦文期的武功與自己只在伯仲之間，他與這老者為敵，自是非死不可。

蔣四根眼見陸菲青弄得有趣，童心頓起，接過鐵環，雙手一拉，又變成鐵棍，自己拿了一端，另一端伸到楊成協面前。楊成協伸手握住，笑道：「比比力氣？」蔣四根點點頭，兩人使勁拉扯，各不相下，鐵棍卻越拉越長。衆人哈哈大笑。陳家洛怕兩人分出輸贏，傷了和氣，笑道：「兩位哥哥力氣一樣大，這鐵琵琶給我吧。」衆人聽他仍管這東西叫作鐵琵琶，都笑了起來。

陳家洛接過鐵棍，笑道：「道長、周老前輩、楊八哥，你們三位一邊。趙三哥、蔣兄弟，我們三個一邊，咱們來練個功夫。」周仲英等都笑嘻嘻的走攏，三個一邊，站在鐵棍兩端，各伸單掌相疊，抵住鐵棍。陳家洛笑道：「他們兩個把鐵棍拉長了，咱們把它縮短。一、二、三！」六人一齊用力，這六人的勁力加在一起，實是當世難得一見，鐵棍漸粗漸短。旁觀衆人采聲雷動。

韓文沖駭然變色，心道：「罷了，罷了，這眞叫天外有天，人上有人。姓韓的今日若是留得命在，明天回鄉耕田去了。」

陳家洛笑道：「好了。」周仲英等五人一笑停手。陳家洛道：「弄壞了韓兄的兵刃，很是抱歉，請勿見怪。」韓文沖滿頭大汗，那裏還答得出話來？陳家洛道：「在下奉勸韓兄一句，不知肯接納否？」韓文沖道：「請說。」

陳家洛道：「自古道冤家宜解不宜結，令師兄命喪荒山，是他自取其禍，怨不得陸老前輩。韓兄便看在下薄面，和陸老前輩揭過這層過節，大家交個朋友如何？」韓文沖心中早存怯意，那敢還和陸菲青動手？但給對方如此一嚇，就此低頭，未免顯得太過沒種，一時沉吟不語，臉上青一陣，白一陣。陳家洛道：「焦三爺此事，其實由我身上而起。在下這裏寫封信給家兄，就說焦三爺已尋到我，不過我不肯回家。焦三爺在途中遭受意外逝世，請家兄將賞格撫卹，從優付給焦三爺家屬。」韓文沖躊躇未答。

陳家洛雙眉一揚，說道：「韓爺倘若定要報仇，就由在下接接韓家門的鐵琵琶手便了。」運起內力，使勁擲出，那根鐵棍直插入鬆軟的沙土之中，霎時間沒得影蹤全無。

韓文沖心中一寒，那裏還敢多言？說道：「一切全憑公子吩咐。」陳家洛道：「這才是拿得起放得下的好漢。」叫心硯取出文房四寶，筆走龍蛇，寫了一封書信。

韓文沖接了，說道：「王總鏢頭本來吩咐兄弟幫手送一支鏢到北京，抵京後，再護送一批御賜的珍寶到江南貴府。今日見了各位神技，兄弟這一點點莊稼把式，眞算得是班門弄斧。公子府上的珍寶，又有誰敢動一根毫毛？這就告辭。」

陳家洛問道：「韓兄預備護送的物品，原來是舍下的？」韓文沖道：「鏢局來給我送信的趟子手說，皇上對公子府上天恩浩蕩，過不幾個月，就賞下一批金珠寶貝，現下積得多了，要送往江南老宅，府上託我們鏢局護送。兄弟今日栽在這裏，那裏還有面目在武林中混飯吃？安頓了焦師兄的家屬之後，回家種田打獵，決不再到江湖上來丟人現眼了。」

陳家洛道：「韓兄肯聽陸老前輩的金玉良言，眞是再好不過。在下索性交了你這位朋友。心硯，你把鎭遠鏢局的各位請進來。」心硯應聲出去，將錢正倫等一干人都帶了進來。韓文沖和各人一見，面面相覷，都說不出話來。

陳家洛道：「衝著韓兄的面子，這幾位朋友請你都帶去吧。不過以後再要見到他們不幹好事，可休怪我們手下無情。」韓文沖給陳家洛軟硬兼施，恩威並濟，顯功夫，套交情，不由得臉如死灰，啞口無言。見陳家洛再也不提「還馬」二字，又那敢出口索討？陳家洛道：「我們先走一步，各位請在此休息一日，明日再動身吧。」紅花會羣雄上馬動身，一干鏢師官差呆在當地，做聲不得。

羣雄走出一程路，陸菲青對陳家洛道：「陳當家的，鏢行這些小子們留在後面，小徒不久就會和他們遇著。他們吃了虧沒處報仇，說不定會找上小徒，我想遲走一步，照應一下，隨後趕來。」陳家洛道：「陸老前輩請便，最好和令賢徒同來，我們好多得一臂之力。」陸菲青笑道：「這個人就會闖禍淘氣，那裏幫得了甚麼忙？」拱了拱手，掉轉馬頭，向來路而去。陳家洛不及向陸菲青問他徒弟之事，心下暗自納悶。

余魚同奉命偵查文泰來的蹤跡，沿路暗訪，未得線索，不一日到得涼州。涼州是千年古城，河西要地，民豐物阜。他住下客店，踱到南街積翠樓上自斟自飲，感懷身世，想起駱冰聲音笑貌，思潮起伏，這番相思明明無望，萬萬不該，然而總是劍斬不斷，笛吹不散。見滿壁都是某某到此一遊的字句，詩興忽起，命店小二取來筆硯，在壁上題詩一首：

「百戰江湖一笛橫，風雷俠烈死生輕。鴛鴦有耦春蠶死，白馬鞍邊笑靨生。」

下面寫了「千古第一喪心病狂有情無義人題」，自傷對駱冰有情，自恨對文泰來無義。

酒入愁腸，更增鬱悶，吟哦了一會，正要會帳下樓，忽然樓梯聲響，上來了兩人，余魚同眼尖，見當先一人曾經見過，忙把頭轉開，才一回頭，猛然想起，那是在鐵膽莊交過手的官差。幸喜那人正和同伴談得起勁，沒見到他。

兩人揀了靠窗一個座頭坐下，正在他桌旁。余魚同伏在桌上，假裝醉酒。

聽那兩人談了一些無關緊要之事，只聽得一人道：「瑞大哥，你們這番拿到點子，眞是奇功一件，皇上不知會賞甚麼給你。」那姓瑞的道：「賞甚麼我也不想了，只求太太平平將點子送到杭州，也就罷了。我們八個侍衛一齊出京，只剩下我一人回去。肅州這一戰，不是我長他人志氣，滅自己威風，現在想起來，還是寒毛凜凜。」另一人道：

「現今你們跟張大人在一起，決失不了手。」那姓瑞的道：「話是不錯，不過這一來，功勞都是御林軍的了，咱們御前侍衛還有甚麼面子？老朱，這點子幹麼不送北京，送到杭州去做甚麼？」那姓朱的低聲道：「我姊姊是史大學士府裏的人，你是知道的了。她悄悄跟我說，皇上要到江南去。將點子送到杭州，看來皇上要親自審問。」那姓瑞的唔了一聲，喝了一口酒，說道：「你們六個人巴巴從京裏趕來，就是爲了下這道聖旨？」那姓朱的道：「還做你們幫手啊？江南紅花會的勢力大，咱們不可不加意小心。」

余魚同聽到這裏，暗叫慚愧，眞是僥倖，若不是碰巧聽見，他們把四哥改道送去江南，大夥卻撲北京去救，豈非誤了大事？

又聽那姓朱的侍衛道：「瑞大哥，這點子到底犯了甚麼事，皇上要親自御審？」那姓瑞的道：「這個我們怎麼知道？上頭交待下來，要是抓不到他，大夥回去全是革職查辦的處分，腦袋保不保得牢，還得走著瞧呢。嘿，你道御前侍衛這碗飯好吃的嗎？」那姓朱的笑道：「現今瑞大哥立了大功，我來敬你三杯。」兩人歡呼飲酒，後來談呀談的就談到女人身上了，甚麼北方女人小腳伶仃，江南女人皮色白膩。酒醉飯飽之後，姓瑞的會鈔下樓，見余魚同伏在桌上，笑罵：「讀書人有個屁用，三杯落肚，就成了條醉蟲，爬不起來。」

余魚同等他們下樓，忙擲了五錢銀子在桌，跟出酒樓，遠遠在人叢中盯著，見兩人進了涼州府衙門，半天不見出來，料想就在府衙之中宿歇。

回到店房，閉目養神，天一黑，便換上一套黑色短打，腰插金笛，悄悄跳出窗去，逕奔府衙。他繞到後院，越牆而進，只見四下黑沉沉地，東廂廳窗中卻透著光亮，躡足走近，廳中有人說話，伸指沾了點唾沫，輕輕在窗紙上濕了個洞，往裏張去，不由得大吃一驚。

原來廳裏坐滿了人，張召重居中而坐，兩旁都是侍衛和公差，一個人反背站著，突然間厲聲大罵，聽聲音正是文泰來。

余魚同知道廳裏都是好手，不敢再看，伏身靜聽，只聽得文泰來罵道：「你們這批給朝廷做走狗的奴才，文大爺落在你們手中，自有人給我報仇。瞧你們這些狼心狗肺的東西，有甚麼下場。」一人陰森森的道：「好，你罵的痛快！你是奔雷手，我的手掌沒你厲害，今日卻要教你嚐嚐我手掌滋味。」

余魚同一聽不好，心想：「四哥要受辱。他是當世英雄豪傑，豈能受宵小之侮？」忙在破孔中張去，只見一個身材瘦長、穿一身青布長袍的中年男子舉掌走向文泰來，臉色猙獰，不住冷笑。文泰來雙手被縛，動彈不得，急怒交作，牙齒咬得格格直響。那人舉起手掌，正待下落，余魚同金笛刺破窗紙，胸氣猛吐，金笛中一枝短箭筆直疾飛而出，插入那人左眼之中。那人非別，乃辰州言家拳掌門人言伯乾是也。

他本來武功高強，但短箭突如其來，全無朕兆，竟不及避讓，眼眶中箭，大叫聲中，劇痛倒地，廳中一陣大亂，余魚同一箭又射中一名侍衛的右頰，抬腿踢開廳門，直竄進去，喝道：「紅花會救人來啦！」挺笛點中站在文泰來身旁官差的穴道，從綁腿上拔出匕首，割斷文泰來手腳上繩索。張召重只道敵人大舉來犯，也不理會文余二人，站起身來，拔劍在廳門站定，內阻逃犯，外擋救兵。

文泰來雙手脫綁，精神大振，但見一名御前侍衛和身撲上，身子側過，左手反背出掌，正中那人右脅，喀喇一聲，已斷了三根肋骨。餘人爲他威勢所懾，一時都不敢走近。余魚同叫道：「四哥，咱們衝！」文泰來道：「大夥都來了嗎？」余魚同低聲道：「他們還沒到，就是小弟一人。」文泰來一點頭，他右臂和腿上重傷未愈，右臂靠在余魚同身上，並肩向廳門走去。四五名侍衛擁上動手，余魚同揮金笛擋住。

兩人走到廳口，張召重踏上一步，喝道：「給我留下。」長劍向文泰來小腹上刺來。文泰來腳下不便，退避不及，以攻爲守，左手食中兩指疾如流星，直取敵人雙眼。張召重回劍一擋，讚了一聲：「好！」兩人身手奇快，轉瞬拆了七八招。文泰來只左手可使，下盤又趨避不靈，再拆得數招，給張召重在肩頭重重一推，立腳不穩，坐倒在地。

余魚同邊打邊想：「我胡作非爲，對不起四哥，在世上苟延殘喘，沒的污了紅花會英雄之名。今日捨了這條命把四哥救出，讓鷹爪子把我殺了，也好讓四嫂知道，我余魚同並非無義小人。我以一死相報，死也不枉。」拿定了這主意，見文泰來被推倒在地，翻身揮笛，狠命向張召重打去。

文泰來緩得一緩，掙扎著爬起，回身大喝，衆侍衛官差一呆，均不由得退了幾步，余魚同叫道：「四哥，請你先走！我隨後就來。」金笛飛舞，全然不招不架，儘向對方要害攻去。他和張召重武功相差甚遠，可是一夫拚命，萬夫莫當，金笛上全是進手招數，招招同歸於盡，笛笛兩敗俱傷，張召重劍法雖高，一時之間，卻也給他的決死狠打逼得退出數步。文泰來見露出空隙，閃身出了廳門。衆侍衛大聲驚呼。

余魚同擋在廳門，身上已中兩劍，仍是毫不防守，一味淩厲進攻。張召重喝道：「你不要命嗎？這打法是誰教你的？」見他武功是武當派嫡傳，知有瓜葛，未下殺手。余魚同淒然笑道：「你殺了我最好。」數招之後，右臂又中一劍，他笛交左手，不退反進。

衆侍衛紛紛擁出，余魚同狂舞金笛，疾風穿笛，嗚嗚聲響。一名侍衛揮刀砍來，余魚同視若不見，金笛向他乳下狠點，那人登時暈倒。余魚同左肩卻也被刀砍中。他渾身血污，揮笛惡戰，劍光笛影中啪的一聲，一名侍衛的顎骨又被打碎。衆侍衛圍了攏來，刀劍鞭棍，一時齊上。混戰中余魚同腿上被打中一棍，跌倒在地，金笛舞得幾下，暈了過去。

廳門口一聲大喝：「住手！」衆人回過頭來，見文泰來慢慢走進，對別人一眼不看，直走到余魚同身邊，見他全身是血，不禁垂下淚來，俯身一探鼻息，尚有呼吸，稍稍放心，伸左臂抱起，喝道：「快給他止血救傷。」衆侍衛爲他威勢所懾，果然有人去取金創藥來。

文泰來見衆人替余魚同裹好了傷，抬入內堂，這才雙手往後一併，說道：「綁吧！」一名侍衛看了張召重眼色，慢慢走近。文泰來道：「怕甚麼？我要傷你，早已動手。」那侍衛見他雙手當眞不動，這才將他綁起，送到府衙獄中監禁。兩名侍衛親自在獄中看守。

次日清晨，張召重去瞧余魚同，見他昏昏沉沉的睡著，問了衙役，知道醫生開的藥已煎了給他服過。下午又去探視，余魚同略見清醒，張召重問他：「你師父姓陸還是姓馬？」余魚同道：「我恩師是千里獨行俠，姓馬諱眞。」張召重道：「這就是了，我是你師叔張召重。」余魚同微微點頭。張召重道：「你是紅花會的嗎？」余魚同又點了點頭。張召重嘆道：「好好一個年輕人，竟然自甘下流。文泰來是你甚麼人？幹麼這般捨命救他！」

余魚同閉目不答，隔了半晌，道：「我終於救了他出去，死也瞑目。」張召重道：「哼，你想在我手裏救得人出去？」余魚同驚問：「他沒逃走？」張召重道：「他逃得了嗎？別妄想吧！」繼續盤問，余魚同閉上眼睛給他個不理不睬，不一會兒竟呼呼打起鼾來。張召重微微一笑，道：「好個倔強少年！」轉身出去。

他到得廂房，將瑞大林、言伯乾、成璜，以及新從京裏來的六名御前侍衛朱祖蔭等人請來，密密商議了一番，各人回房安息養神。晚飯過後，又將文泰來由獄中提出，在廂廳中假裝審問。張召重昨天是眞審，不意被余魚同闖進來大鬧一場，這晚他四週佈下伏兵，安排強弓硬弩，只待捉拿紅花會救兵，那知空等了一夜，連耗子也沒見到一隻。

第二天一早，報道河水猛漲，黃河渡口水勢洶湧。張召重下令即刻動身，辭別涼州知府及首縣，將文泰來和余魚同放入兩輛大車，正要出門，忽然胡國棟、錢正倫、韓文沖等一干人奔進衙門。張召重見他們狼狽異常，忙問原由。胡國棟氣憤憤的將經過情形說了。張召重道：「閻六爺武功很硬啊，怎麼會死在一個大姑娘手裏，眞是奇聞了。」

一舉手，說道：「咱們京裏見。」胡國棟敢怒而不敢言，強自把一口氣咽了下去。

張召重聽胡國棟說起紅花會羣雄武功精強，又有大隊回人相助，自己雖然藝高人膽大，畢竟好漢敵不過人多，於是去和駐守涼州的總兵商量，要他調派四百名精兵，幫同押解欽犯。總兵聽得事關重大，那敢推托，立即調齊兵馬，派副將曹能、參將平旺先兩人領兵押送，到了皋蘭省城，再由省方另派人馬接替。一行人浩浩蕩蕩向東而行，一路上偷雞摸狗，順手牽羊，衆百姓叫苦連天，不必細表。

走了兩日，在雙井子打了尖，行了二三十里，只見大路邊兩個漢子袒胸坐在樹下，樹上繫著兩匹駿馬。兩名清兵互相使個眼色，走上前去，喝道：「喂，這兩匹馬好像是官馬，那裏偷來的？」那面目英秀的漢子笑道：「我們是安份良民，怎敢偷馬？」一名清兵道：「老爺走得累了，借我們騎騎。」另一名清兵笑道：「又騎不壞的，怕甚麼？」那漢子道：「行，總爺賞臉要騎，小的今日出門遇貴人。」那清兵笑道：「嘿，瞧你不出，倒懂得好歹。」兩名漢子站起身來，走到馬旁，解下轡繩，說道：「總爺小心，別摔著了。」清兵笑道：「他媽的胡扯，老爺騎馬會摔交，還成甚麼話？」大模大樣的走近，正要去接轡繩，忽然一個屁股上吃了一腳，另一個被人一記耳光，拉起來直拋出去，摔在大路之上。大隊中兵卒登時鼓噪起來。

兩名漢子翻身上馬，衝到車旁。那臉上全是傷疤的漢子左手撩起車帳，右手單刀揮下，嘩的一聲，割下車帳，叫道：「四哥在裏面麼？」車裏文泰來道：「十二郎！」那漢子道：「四哥，我們去了，你放心，大夥兒跟著就來。」守車的成璜和曹能雙雙來攻，那面目白淨的漢子揮雙鉤攔住，清兵紛紛擁來。兩人唿哨一聲，縱馬落荒而走。幾名侍衛追了一陣，見二人遠去，便不再追。

當晚宿在清水鋪，次日清晨，忽聽得兵卒驚叫，亂成一片。曹能與平旺先出去查看，見十多名清兵胸口都爲兵刃所傷，死在炕上，也不知是怎麼死的。衆兵丁交頭接耳，疑神疑鬼。次日宿在橫石。這是個大鎭，大隊將三家客店都住滿了，還佔了許多民房。黑夜中忽然客店起火，四下喊聲大作。張召重命各侍衛只管守住文泰來，閒事一概不理，以防中了敵人調虎離山之計。火頭越燒越大，曹能奔進來報道：「有悍匪！已和弟兄們動上了手。」張召重道：「請曹將軍指揮督戰，兄弟這裏不能離開。」曹能應聲出去。

店外慘叫聲、奔馳聲、火燒聲、屋瓦墜地聲亂了半日。張召重命瑞大林與朱祖蔭在屋頂上守望，只要敵人不攻進店房，不必出手。那火並沒燒大，不久便熄了，又騷擾喧嘩了好一會，人聲才漸漸靜下來，只聽得蹄聲雜沓，一羣人騎馬向東奔去。

曹能滿臉煤油血跡，奔進報告：「悍匪已殺退了。」張召重問：「傷亡了多少弟兄？」曹能道：「還不知道，總有幾十名吧。」張召重道：「土匪逮到幾名？殺傷多少？」曹能張口結舌，說不出話來，隔了半晌，說道：「沒有。」張召重哼了一聲，並不言語。

曹能道：「這批悍匪臉上都蒙了布，個個武功厲害，可也眞奇怪，他們並不搶劫財物，只是朝咱們弟兄砍殺。臨走時丟了二百兩銀子給客店老闆，說燒了他房子，賠他的。」張召重道：「你道他們是土匪嗎？曹將軍，你吩咐大家休息，明天一早上路。」

曹能退了出來，忙去找客店老闆，說他勾結土匪，殺害官兵，只嚇得客店老闆不住磕頭求饒，終於把那三百兩銀子雙手獻上，還答應負責安葬死者，救治傷兵，曹能這才作罷。

次日忙亂到午牌時分，方才動身，一路山青水綠，草樹茂密，行了兩個時辰，道路漸陡，兩旁盡是高山。

走不多時，迎面一騎馬從山上衝將下來，離大隊十多步外勒定。騎者高聲叫道：「喂，大家聽著，你們衝撞了惡鬼，趕快回頭，還有生路，再向東走，一個個龜兒死於非命。」眾官兵瞧那人時，只見他一身粗麻布衣衫，腰中縛根草繩，臉色焦黃，雙眉倒豎，宛然是廟中所塑的追命無常鬼模樣，都不由得打個寒噤。那人說罷，縱馬下山，從大隊人馬旁邊擦過，奔馳而去。殿後一名清兵忽然大叫一聲，倒在地下，登時死去。眾人大駭，圍攏來看，見他身上並無傷痕，盡皆驚懼，紛紛議論。

曹能派兩名清兵留下掩埋死者，大隊繼續上山，走不多時，迎面又是一乘馬過來，馬上便是剛才那人，只聽他高聲叫道：「喂，大家聽著，你們衝撞了惡鬼，趕快回頭，還有生路，再向東走，一個個龜兒死於非命。」眾人都嚇了一跳，怎麼這人又回到前面了？明明見他下山，此間一眼望去，並無捷徑可以繞道上山，就算回身趕到前面，也決沒這樣快，難道是空中飛過、地下鑽過不成？那人說完，縱馬下山。眾兵丁眞如見到惡鬼一般，遠遠避開。

朱祖蔭待他走到身旁，伸出單刀一攔，說道：「朋友，慢來！」那人猶如不聞不見，右掌在他肩頭一按，朱祖蔭手中單刀噹啷啷跌落在地。那人竟不回頭，馬蹄翻飛，下山而去，剛走過大隊，末後一名清兵又是慘叫一聲，倒地身亡，衆兵丁都嚇得呆了。

張召重命侍衛們守住大車，親往後隊察看。朱祖蔭道：「張大人，這傢伙究竟是人是鬼？」一面按住受傷的右肩，臉色泛白。張召重叫他解開衣服，見他右肩一大塊烏青高高腫起，張召重眉頭一皺，從懷裏掏出一包藥來，叫他立刻吞服護傷，又命兵丁將死去的清兵脫光衣服驗傷，見他和先前所死清兵傷勢相同，後背也是一大塊烏青，五指掌形，隱約可見。衆兵丁喧嘩起來，叫道：「鬼摸，鬼摸！」張召重吩咐留下兩名兵丁埋葬死者。平旺先派了人，兩名兵丁死也不肯奉命，張召重無奈，只得下令大隊停下相候，埋葬死者後一齊再走。

瑞大林道：「張大人，這傢伙實在古怪，他怎麼能過去了又回到前面？」張召重也是疑惑不解，沉吟半晌，說道：「朱兄弟和這兩名士兵，明明是為黑沙掌所傷，江湖上黑沙掌的好手寥寥可數，怎麼會認不出來？」瑞大林道：「說到黑沙掌，當然是四川青城派的慧侶道人海內獨步，不過慧侶已死去多年，難道是他鬼魂出現不成？」

張召重一拍大腿，叫道：「是了，是了，這是慧侶道人的徒弟，人稱黑無常、白無常的常氏兄弟。我總往一個人身上想，這才想不起，原來這對雙生兄弟扮鬼唬人。好啊，這對鬼兄弟也跟咱們幹上了。」他可不知常氏兄弟是紅花會中人物。瑞大林、成璜等人久聞西川雙俠的大名，此刻忽在西北道上遇到，不知如何得罪了他們，竟然一上來便下殺手，心下都是暗暗驚疑，大家不甘示弱，均只默不作聲。

這晚住在黑松堡，曹能命兵丁在鎮外四週放哨，嚴密守望。次日清晨，放哨的兵士一個都不見回報，派人查察，所有哨兵全都死在當地，頸裏都掛了一串紙錢。衆兵丁害怕異常，當下便有十多人偷偷溜走了。

這天要過烏鞘嶺，那是甘涼道上有名的險峻所在，曹能命兵士飽餐了，鼓起精神上嶺。走了半日，越來越冷，道路也越來越險，時方初秋，竟自飄下雪花來。走到一處，一邊高山，一邊盡是峭壁，山谷深不見底，衆兵士手拉手的走，惟恐雪滑，一個失足跌入山谷，那就屍骨無存。幾名侍衛下馬，扶著文泰來的大車。

衆人正自小心翼翼、全神貫注的攀山越嶺，忽聽得前面山後發出一陣啾啾唧唧之聲，過了一會，變成高聲鬼嘯，聲音慘厲，山谷回聲，令人毛髮直豎，衆兵丁都停住了腳步。

只聽前面喊道：「過來的見閻王——回去的有活路——過來的見閻王——回去的有活路。」衆兵丁那裏還敢向前？

平旺先帶了十多名士兵，下馬衝上，剛轉過山坳，對面急箭射來，一名士兵當胸中箭，大叫聲中，跌下山谷。平旺先身先士卒，向前衝去，對方箭無虛發，又有三名兵士中箭。

衆清兵伏身避箭，只見山腰裏轉出一人，陰森森的喊道：「過來的見閻王——回去的有活路。」衆兵丁眼見便是昨天那個神出鬼沒、舉手殺人的無常鬼，膽小的大呼小叫，轉身便逃，曹能大聲喝止，卻那裏約束得住？平旺先舉刀砍死一名兵士，餘兵才不敢奔逃。當先奔跑的六七十名兵卒卻已逃得無影無蹤了。

張召重對瑞大林道：「你們守住大車，我去會會常家兄弟。」說罷越眾上前，朗聲說道：「前面可是常氏雙俠？在下張召重有禮，你我素不相識，無怨無仇，何故一再相戲？」

那人冷冷一笑，說道：「哈，今日是雙鬼會判官。」大踏步走近，呼的一聲，右掌當面劈到。

當地地勢狹隘異常，張召重無法左右閃避，左手運內力接了他這一掌，右掌按出。那人左掌又是呼的一聲架開，雙掌相遇，兩人較量了一下內力，均覺不相上下。張召重左腿「橫雲斷峯」，掠地掃去。那人躲避不及，雙掌合抱，猛向他左右太陽穴擊來。張召重一側身，左腿倏地收住，向前跨出兩步，那人也是側身向前。雙方在峭壁旁交錯而過，各揮雙掌猛擊，四隻手掌在空中一碰，兩人都退出數尺。這時位置互移，張召重在東，那人已在西端。

兩人一凝神，發掌又鬥。平旺先彎弓搭箭，颼的一箭向那人射去。那人左掌架開張召重一掌，右手攬住箭尾，百忙中轉身向平旺先甩來。平旺先低頭躲過，一名清兵「啊唷」一聲，那箭射中了他肩頭。張召重讚了一聲：「常氏雙俠，名不虛傳！」手下拳勢絲毫不緩，忽然背後呼的一聲，一掌劈到。

張召重閃身讓開，見又是個黃臉瘦子，面貌與前人一模一樣，雙掌如風，招招迅捷的攻來，將他夾在當中。

成璜、朱祖蔭等人搶了上來，見三人擠在寬僅數尺的山道之中惡鬥，旁臨深谷，貼身而搏，直無迴旋餘地。成璜等空有二百餘人，卻無法上前相助一拳一腳，只得吶喊叫囂。

三人愈打愈緊，張召重見敵人四隻手掌使開來呼呼風響，聲威驚人，當下凝神持重，見招拆招，酣鬥聲中敵方一人左掌打空，擊中山石，石壁上泥沙撲撲亂落，一塊巖石掉下深谷，過了良久，著地之聲才隱隱傳上。

惡戰良久，敵方一人忽然斜肩向他撞來，張召重側身閃開，另一人搶得空檔，背靠石壁，大喝一聲，右掌反揮。同時左面那人左腳飛出。兩人拳腳並施，硬要把他擠入深谷。

張召重見敵人飛足踢到，退了半步，半隻腳踏在崖邊，半隻腳已然懸空。衆官兵都驚叫起來。那時另一人的掌風已撲面而至，張召重既不能退，也不能接，心知雙方掌力均強，一抵而退，對方只不過在石壁上一撞，自己可勢必墮入深谷，人急智生，施展擒拿手法，左手疾勾，已挽住對方手腕，喝一聲「起」，將他提了起來。那人手掌翻過，也拿住了張召重手腕，只是雙足離地，力氣施展不出，被張召重奮起勁力，一下擲入山谷，那人正是常氏雙俠中的常赫志。衆官兵又是齊聲驚叫。

常赫志身子臨空，心神不亂，在空中雙腳急縮，打了個觔斗，使下跌之勢稍緩，這觔斗翻得半個圈子，已在腰間取出飛抓，一揚手，飛抓筆直竄將上來，這時常伯志飛抓也已出手，兩人飛抓對飛抓緊緊握住，猶似握手。常伯志不等兄長下跌之勢墮足，雙手外揮，將他身子揮了起來，落在十餘丈外的山路上。這是他兄弟倆自幼兒便練熟的巧招。常伯志回身一拱手，說道：「火手判官武藝高強，佩服佩服。」也不見他彎腰使勁，忽然平空拔起，倒退著竄出數丈，挽了常赫志的手，兄弟倆雙雙走了。常氏雙俠此後緊隨張召重，到處留下符號，將文泰來的行蹤告知會中兄弟。

衆官兵紛紛圍攏，有的大讚張召重武功了得，有的惋惜沒把常赫志摔死。張召重一語不發，扶著石壁慢慢坐下。瑞大林過來道：「張大人好武功。」低聲問道：「沒受傷麼？」張召重不答，調勻呼吸，過了半晌，才道：「沒事。」看自己手腕時，五個烏青的手指印嵌在肉裏，有如繩紮火烙一般，心下也自駭然。

大隊過得烏鞘嶺，當晚又逃走了三四十名兵丁。張召重和瑞大林等商議：「大路是奔蘭州省城，但點子定不甘心，前面麻煩正多，咱們不如繞小路到紅城，從赤套渡過河，讓點子撲個空。」曹能本來預計到省城後就可交卸擔子，聽了張召重的話老大不願意，可也不敢駁回。張召重道：「路上失散了這許多兵卒，曹大人回去都可報剿匪陣亡，忠勇殉職，兄弟隨同寫一個摺子便是。」曹能一聽，又高興起來。按兵部則例，官兵陣亡，可領撫卹，這筆銀子自然落入了統兵官的腰包。

將到黃河邊上，遠遠已聽到轟轟水聲，又整整走了大半天，才到赤套渡頭。黃河至此一曲，沿岸山石殷紅如血，是以地名叫做「赤套渡」。這時天色已晚，暮靄蒼茫中但見黃水浩浩東流，驚濤拍岸，砰磅作響，一大片混濁的河水，如沸如羹，翻滾洶湧。張召重道：「咱們今晚就過河，水勢險惡，一耽擱怕要出亂子。」

黃河上游水急，船不能航，渡河全仗羊皮筏子。兵卒去找羊皮筏子，半天找不到一隻，天更黑下來了。張召重正自焦躁，忽然上游箭也似的衝下兩隻羊皮筏子。衆兵丁高聲大叫，兩隻筏子傍近岸來。平旺先叫道：「喂，梢公，你把我們渡過去，賞你銀子。」一隻筏子上站起來一條大漢，擺了擺手。平旺先道：「你是啞巴？」那人道：「丟那媽，上就上，唔上就唔上喇，你地班契弟，費事理你咁多。」他一口廣東話別人絲毫不懂，平旺先不再理會，請張召重與衆侍衛押著文泰來先行上筏。

張召重打量梢公，見他頭頂光禿禿的沒幾根頭髮，斗笠遮住了半邊臉，看不清楚面目，臂上肌肉盤根錯節，顯得膂力不小，手裏倒提著一柄槳，黑沉沉的似乎並非木材所造。他心念一動，自己不會水性，可別著了道兒，便道：「平參將，你先領幾名兵士過去。」平旺先答應了，上了筏，另一隻筏子也有七八名兵士上去。

水勢湍急，兩隻筏子筆直先向上游划去，划了數十丈，才轉向河心。兩個梢公精熟水性，安安穩穩的將衆官兵送到對岸，第二渡又來接人。這次是曹能領兵，筏子剛離岸，忽然後面一聲長嘯，胡哨大作。

張召重忙命兵士散開，將大車團團圍住，嚴陣戒備。此時新月初升，清光遍地，只見東、西、北三面疏疏落落的出來十幾騎馬，張召重一馬當先，喝問：「幹甚麼的？」

對方一字排開，漸漸逼近。中間一人乘馬越衆而出，手中不持兵器，一柄白摺扇緩緩揮動，朗聲說道：「前面是火手判官張召重嗎？」張召重道：「正是在下，閣下何人？」那人笑道：「我們四哥多蒙閣下護送到此，現在不敢再行煩勞，特來相迎。」張召重道：「你們是紅花會的？」那人笑道：「江湖上多稱火手判官武藝蓋世，那知還能料事如神。不錯，我們是紅花會的。」那人說到這裏，忽然提高嗓子，縱聲長嘯。張召重出乎不意，微微一驚，只聽得兩艘筏子上的梢公也齊聲呼嘯。

曹能坐在筏子上，見岸上來了敵人，正自打不定主意，忽聽梢公長嘯，嚇得臉如土色。那梢公伸槳入河一扳，停住了筏子，喝道：「一班契弟，你老母，哼八郎落水去。」曹能又怎懂得他的廣東話，睜大了眼發楞，只聽得那邊筏子上一個清脆的聲音叫道：「十三弟，動手罷！」這邊筏子上的梢公叫道：「啱晒！」曹能挺槍向梢公刺去。梢公揮槳擋開，翻過槳柄，將曹能打入黃河。

兩隻筏子上的梢公兵刃齊施，將眾官兵都打下河去，跟著將筏子划近岸來。

清兵紛紛放箭，相距既遠，黑暗之中又沒準頭，卻那裏射得著？

這邊張召重暗叫慚愧，自幸小心謹慎，否則此時已成黃河水鬼，當下定了一定神，高聲喝道：「你們一路上殺害官兵，十惡不赦，現下來得正好。你是紅花會甚麼人？」

對面那人正是紅花會總舵主陳家洛，笑道：「你不用問我姓名，你識得這件兵刃，就知道我是誰了。」轉頭道：「心硯，拿過來。」心硯打開包裹，將兩件兵器放在陳家洛手中。此番紅花會羣雄追上官差，若依常例，自是章進、衛春華等先鋒先打頭陣。但救人事大，須得速決，加之張召重武功太強，眾兄弟中不可有人失閃，陳家洛便親自挺身搦戰。主帥既然搶先出馬，無塵等也就不便和他相爭了。

張召重飛身下馬，拔劍在手，逼近數步，正待凝神看時，忽然身後搶上一人，說道：「張大人，待我打發他。」張召重見是御前侍衛朱祖蔭，心想正好讓他先行試敵，一探虛實，便退後兩步，說道：「朱兄弟小心了。」朱祖蔭搶上前去，喝道：「大膽狂奴，竟敢冒犯欽差，看刀！」舉刀向陳家洛腿上砍去。

陳家洛輕飄飄的躍下馬來，左手舉盾牌一擋，月光之下，朱祖蔭見敵人所使是件奇形兵刃，盾牌上挺著九枚明晃晃的尖利倒鉤，自己單刀若和盾牌碰上，就得給倒鉤鎖住，心下暗驚，急忙抽刀。陳家洛的盾牌可守可攻，順勢按了過來，朱祖蔭單刀斜切敵人左肩。陳家洛盾牌翻過，倒鉤橫扎，朱祖蔭退出兩步。陳家洛右手揚動，五條繩索迎面打去，每條繩索尖端均有鋼球。朱祖蔭大驚，知道厲害，拔身縱起，那知繩索從後面兜上，頓覺後心「志堂穴」一麻，暗叫不好，雙腳已被繩索纏住。陳家洛一拉，將他倒提起來，手中跟著一放，朱祖蔭平平飛出，對準一塊巖石撞去，眼見便要撞得腦袋迸裂。

張召重見到敵人下馬的身手，早知朱祖蔭遠非敵手，但見他三招兩式，即被拋出，當下晃身擋在巖石之前，左手疾伸，拉住朱祖蔭的辮子提起，在他胸口和丹田上一拍，解開穴道，說道：「朱兄弟，下去休息一會。」朱祖蔭嚇得心膽俱寒，怔怔的答不出話來。

張召重手挺凝碧劍，縱到陳家洛身前，說道：「你年紀輕輕，居然有這身功夫，你師父是誰？」心硯在旁叫道：「別倚老賣老啦，你師父是誰？」張召重怒道：「無知頑童，瞎說八道。」心硯道：「你不識我家公子的兵器，你給我磕三個頭，我就教會你。」張召重不再理他，唰的一劍向陳家洛右肩刺到。陳家洛右手繩索翻上，裹向劍身，左手盾牌送出，迎面向他砸去。張召重凝碧劍施展「柔雲劍術」，劍招綿綿，以短拒長，有攻有守，和對方的奇形兵器狠鬥起來。

這時那兩個梢公已上岸奔近清兵。官兵箭如飛蝗射去，都被那兩人撥落。前面的是銅頭鱷魚蔣四根，後面的人已甩脫了斗笠簑衣，露出一身白色水靠，手持雙刀，正是鴛鴦刀駱冰。蔣四根手舞鐵槳，直衝入官兵隊裏，當先兩人給鐵槳打得腦漿迸裂，餘人紛紛讓開。駱冰緊跟身後，衝到大車之旁。成璜手持齊眉棍，搶過來攔阻，和蔣四根戰在一起。

駱冰奔到一輛大車邊，揭起車帳，叫道：「大哥，你在這裏嗎？」那知在這輛車裏的是身負重傷的余魚同，他在迷迷糊糊之中突然聽得駱冰的聲音，只道身在夢中，又以爲自己已死，與她在陰世相會，喜道：「你也來了！」

駱冰匆忙中聽得不是丈夫的聲音，雖然語音極熟，也不及細想，又奔到第二輛車旁，正要伸手去揭車帳，右邊一柄鋸齒刀疾砍過來。她右刀架開，左刀颼颼兩刀，分取敵人右肩右腿。她這套刀法相傳是從宋時韓世忠傳落。韓王上陣大戰金兵，右手刀長，號稱「大青」，左手刀短，號稱「小青」，喪在他刀下的金兵不計其數。駱冰左手比右手靈便，她父親神刀駱元通便將刀法掉轉來相教，右手刀沉穩狠辣，是一般單刀的路子，左手刀卻變幻無窮，人所難測，確是江南武林一絕。

駱冰月光下看清來襲敵人面目，便是在肅州圍捕丈夫的八名侍衛之一，心中痛恨，刀勢更緊。瑞大林見過她的飛刀絕技，當下將鋸齒刀使得一刀快似一刀，總教她緩不出手來施放飛刀。戰不多時，又有兩名侍衛趕來助戰，官兵四下兜上，蔣四根和駱冰陷入重圍之中。

只聽一聲呼哨，東北面四騎馬直衝過來，當先一人正是九命錦豹子衛春華，其後是章進、楊成協、周綺三人。

衛春華舞動雙鉤，護住面門，縱馬急馳。溶溶月色之下，只見一匹黑馬如一縷黑煙，直捲入清兵陣中。官兵箭如雨下，黑馬頸上中箭，負了痛更是狂奔，前足一腳踢在一名清兵胸前。衛春華飛身下馬，雙鉤起處，「啊喲，啊！」叫聲中，兩名清兵前胸鮮血噴出，衛春華雙鉤已刺向瑞大林後心。瑞大林撇下駱冰，回刀迎敵。跟著章進等也已衝到，官兵如何攔阻得住，給三人殺得四散奔逃。

混戰中忽見一條鑌鐵齊眉棍飛向半空。卻是蔣四根和成璜戰了半晌，未能取勝，心下焦躁，見成璜一棍當頭打來，使足全力，舉鐵槳反擊。槳棍相交，成璜虎口震裂，鐵棍脫手，轉身便逃。這時和駱冰對打的侍衛被短刀刺傷兩處，浴血死纏，還在拚鬥，忽然腦後生風，忙轉身時，一條鋼鞭已迎頭壓下，忙舉刀擋架，不料對方力大異常，連刀帶鞭一起打了下來，忙一個打滾，逃了開去，終究後背還是被敵人重重踹了一腳。

駱冰緩開了手，又搶到第二輛大車旁，揭開車帳。她接連失望，這時不敢再叫出聲來，車中人卻叫了出來：「誰？」這一個字鑽入駱冰耳中，眞是說不出的甜蜜，當下和身撲進車裏，抱住文泰來的脖子，哭著說不出話來。文泰來乍見愛妻，也是喜出望外，只是雙手被縛，無法摟住安慰。兩人在車中渾忘了一切，只願天地宇宙，就此萬世不變，車外吶喊廝殺，金鐵交併，全然充耳不聞。

過了一會，大車移動。章進探頭進來道：「四哥，我們接你回去。」文泰來叫道：「快去救十四弟！」章進心不旁騖，躍上車夫的座位，急趕大車向北。幾名侍衛拚死來奪，給楊成協、衛春華、蔣四根、周綺四人回頭衝趕，又退了轉去，急叫：「放箭！」數十名清兵張弓射來，黑暗中楊成協「啊喲」一聲，左臂中箭。

衛春華一見大驚，忙問：「八哥，怎樣？」楊成協用牙咬住箭羽，左臂向外揮出，已將箭拔出，怒喝：「殺盡了這批奴才！」也不顧創口流血，高舉鋼鞭，直衝入清兵陣裏。衛春華叫道：「好，再殺。」兩人並肩猛衝，一時之間，清兵給鋼鞭雙鉤傷了七八人，餘衆四下亂竄。兩人東西追殺，孟健雄和安健剛奔上接應。孟健雄一陣彈子，十多名清兵只給打得眼腫鼻歪，叫苦連天。

蔣四根和周綺護著大車，章進將車趕到一個土丘之旁，停了下來，凝神看陳家洛和張召重相鬥。

文泰來問：「外面打得怎樣了？」駱冰道：「總舵主在和張召重拚鬥。」文泰來奇道：「總舵主？」駱冰道：「少舵主已做了咱們總舵主。」文泰來喜道：「那很好。張召重這傢伙手下硬得很，別讓總舵主吃虧。」駱冰探頭出車外，月光下只見兩人翻翻滾滾的惡鬥，兀自分不出高下。

文泰來連問：「總舵主對付得了嗎？」駱冰道：「總舵主的兵器很厲害，左手盾牌，盾上有尖刺倒鉤。右手是五條繩索，索子頭上還有鋼球。你聽，這繩索使得呼呼風響！」

文泰來道：「繩頭有鋼球？他能用繩索打穴？」駱冰道：「嗯，張召重給繩索四面圈住了。」文泰來又問：「總舵主力氣夠嗎？聽聲音好似繩索的勢道緩了下來。」駱冰不答，忽然跳了起來，大叫：「好，張召重的劍給盾牌鎖住了，好，好，這一索逃不過了……啊喲，啊喲……糟啦，糟啦！」文泰來忙問：「怎麼？」駱冰道：「那傢伙使的是口寶劍，將盾牌上的鉤子削斷了兩根，啊喲，繩索給寶劍割斷了……好……唉，這一盾沒打中。不好，鉤子又斷了，總舵主空手跟他打，這不成！那傢伙兇得很。好，無塵道長上去了。總舵主退了下來。」文泰來素知無塵劍法凌厲無倫，天下獨步，這才放下了心，雙手手心中卻已全是冷汗。

只聽得衆人齊聲呼叫，文泰來忙問：「怎麼？」駱冰道：「道長施展追魂奪命劍中的大五鬼劍法，快極啦，張召重在連連倒退。」文泰來道：「你瞧他腳下是不是在走八卦方位？」駱冰道：「他從離宮踏進乾位，啊，現在是走坎宮，踏震位，不錯，大哥，你怎麼知道？」文泰來道：「這人武功精強，我猜他不會眞的連連倒退。聽說武當派柔雲劍術中，有一路劍法專講守勢，先消敵人凌厲攻勢，才行反擊，這路劍法腳下就要踏準八卦。可惜，可惜！」駱冰道：「可惜甚麼啊？」文泰來道：「可惜我看不到。會這路劍法之人當然武功了得，只有遇上了眞正的強敵才會使用。如此比劍，一生之中未必能見到幾次。」

駱冰安慰他道：「下次我求陸老前輩跟道長假打一場，給你看個明白。」文泰來哈哈一笑，道：「他們沒你這麼孩子氣。」駱冰伸手摟住他的頭頸，忽然叫道：「道長在使腿了，這連環迷蹤腿當眞妙極。」文泰來道：「道長缺了左臂，因此腿上功夫練得出神入化，以補手臂不足。當年他威服青旗幫，就是單憑腿法取勝。」

無塵道人少年時混跡綠林，劫富濟貧，做下了無數巨案，武功高強，手下兄弟又衆，官府奈何他不得。有一次他遇到一位官家小姐，竟然死心塌地的愛上了她。那位小姐卻對無塵並沒眞心，受了父親教唆，一天夜裏無塵偷偷來見她之時，那小姐說：「你對我全是假意，沒半點誠心。」無塵當然賭誓罰咒。那小姐道：「你們男人啊，這樣的話個個會說。你隔這麼久才來瞧我一次，我可不夠。你要是眞心愛我，就把你一條膀子砍下來給我。有你這條手臂陪著，也免得我寂寞孤單。」無塵一語不發，眞的拔劍將自己的左臂砍了下來。小姐樓上早埋伏了許多官差，一齊湧將出來。無塵已痛暈在地，那裏還能抵抗？

無塵手下的衆兄弟大會羣豪，打破城池，將他救出，又把小姐全家都捉了來聽他發落。衆人以爲無塵不是把他們都殺了，就是要了這小姐做妻子。那知他看見小姐，登時心灰意懶，叫衆人把她和家人都放了，自己當夜悄悄離開了那地方，就此出家做了道人。

人雖出了家，本性難移，仍是豪邁豁達，行俠江湖，讓紅花會老當家于萬亭請出來做了副手。有一次紅花會和青旗幫爭執一件事，雙方互不相下，只好憑武力以定紛爭。青旗幫中有人譏諷無塵只有一條手臂。無塵怒道：「我就是全沒手臂，似你這樣的傢伙，十個八個也不放在心上。」當即用繩子將右臂縛在背後，施展連環迷蹤腿，把青旗幫的幾位當家全都踢倒。青旗幫衆人心悅誠服，後來就併入了紅花會。鐵塔楊成協本是青旗幫幫主，入紅花會後坐了第八把交椅。

駱冰說道：「好啊！張召重的步法給道長踢亂了，已踏不準八卦方位。」文泰來喜道：「道長成名以來，從未遇過敵手，這一次要讓張召重知道紅花會的厲害……」他語聲未畢，忽然駱冰「啊喲」一聲，文泰來忙問：「甚麼？」駱冰道：「道長在東躲西讓，那傢伙不知在放甚麼暗器。黑暗中瞧不清楚，似乎暗器很細。」

文泰來凝神靜聽，只聽得一些輕微細碎的叮叮之聲，說道：「啊，這是他們武當派中最厲害的芙蓉金針。」這時大車移動，向後退了數丈。駱冰道：「道長一柄劍使得風雨不透，護住了全身，金針打不著他，給他砸得四下亂飛，大家在退後躲避。金針似乎不放啦，又打在一起了，還是道長佔上風，不過張召重守得挺緊，攻不進去。」

文泰來道：「把我手上繩子解開。」駱冰笑道：「大哥，你瞧我喜歡胡塗啦！」忙用短刀割斷他手上繩索，輕輕揉搓他手腕活血。

忽然間外面「噹啷」一聲響，接著又是一聲怒吼。駱冰忙探頭出去，說道：「啊喲，道長的劍給削斷啦，這位姓張的這把劍眞好。大哥，我奪到一匹好馬，回頭給你騎。」她百忙之中，忽然想到那匹白馬。文泰來笑道：「傻丫頭，急甚麼？快瞧道長怎樣了。」駱冰道：「這一下好，道長踢中了他一腿，他退了兩步。趙三哥上去啦。」文泰來聽得無塵道人嘰哩咕嚕，大聲粗言罵人，笑道：「道長是出家人，火氣還這樣大。你扶我出去，我看三哥和他鬥暗器。」駱冰伸手相扶，那知他腿上臂上傷勢甚重，一動就痛得厲害，不禁「啊唷」一聲。駱冰道：「你安安穩穩躺著，我說給你聽。」

只聽得嗤嗤之聲連作，文泰來道：「這是袖箭，啊，飛蝗石、甩手箭全出去了，怎麼？張召重也用袖箭和飛蝗石，這倒奇了。」駱冰道：「這傢伙把趙三哥的暗器全伸手接去啦，又倒著打過來。嗯，眞好看，下雨一樣，千臂如來眞有一手，鋼鏢、鐵蓮子、金錢鏢，我說不清楚，太多了，那傢伙來不及接，可惜……還是給他躲過了。」

忽然蓬的一聲猛響，一枝蛇燄箭光亮異常，直向張召重射去，火光直照進大車裏來。文泰來一刹那間見到嬌妻一張俏臉紅撲撲地，眼梢眼角，喜氣洋溢，不由得心動，輕輕叫了聲：「妹子！」駱冰回眸嫣然一笑，笑容未斂而火光已熄。

趙半山乘張召重在火光照耀下一呆，打出兩般獨門暗器，一是迴龍璧，一是飛燕銀梭。

趙半山是浙江溫州人，少年時曾隨長輩至南洋各地經商，見到當地居民所使的一門獵器極爲巧妙，打出之後能自行飛回。後來他入溫州王氏太極門學藝，對暗器一道特別擅長，一日想起少年時所見的「飛去來器」，心想可以化作一項奇妙暗器，經過無數次試製習練，製成一枚曲尺形精鋼彎鏢，取名爲「迴龍璧」。至於「飛燕銀梭」，更是他獨運匠心創製而成。一般武術名家，於暗器的發射接避必加鑽研，尋常暗器實難相傷。這飛燕銀梭卻另有巧妙。

張召重劍交左手，將鐵蓮子、菩提子、金錢鏢等細小暗器紛紛撥落，右手不住接住鋼鏢、袖箭、飛蝗石等較大暗器打回，同時竄上蹿下，左躲右閃，避開來不及接住的各種暗器，心下暗驚：「這人打不完的暗器，當眞厲害！」正在手忙足亂之際，忽然迎面白晃晃的一枝彎物斜飛而至，破空之聲，甚爲奇特。他怕這暗器頭上有毒，不敢迎頭去拿，一伸手，抓住它的尾巴，不料這迴龍璧竟如活的一般，一滑脫手，骨溜溜的飛了回去。趙半山伸手拿住，又打了過來。張召重大吃一驚，不敢再接，伸凝碧劍去砍，忽然颼颼兩聲，兩枚銀梭分從左右襲來。

他看準來路，縱起丈餘，讓兩隻銀梭全在腳下飛過。不料錚錚兩聲響，燕尾跌落，梭中彈簧機括彈動燕頭，銀梭突在空中轉彎，向上激射。他暗叫不妙，忙伸手在小腹前一擋，一隻銀梭碰到手心，當即運起內力，手心微縮，銀梭來勢已消，竟沒傷到皮肉。但另一隻銀梭卻無論如何躲不開了，終究刺入他小腿肚中，不由得輕輕「啊」的一聲呼叫。

趙半山見他受傷，劍招隨至，張召重舉劍擋架。趙半山知他凝碧劍是把利刃，不讓兩劍劍鋒相交，劍身微側，已與凝碧劍劍身平貼，運用太極劍中「黏」字訣，竟把凝碧劍拉過數寸。張召重一驚：「此人暗器厲害，劍法竟也如此了得。」不由得怯意暗生。

他本想憑一身驚人藝業，把對方盡數打敗，那知迭遇勁敵，若非手中劍利，單是那道人便已難敵，眼下小腿又已受傷，不敢戀戰，遊目四望，只見衆侍衛和官兵東逃西竄，囚禁文泰來的大車也已被敵人奪去，不禁大急，唰唰唰三劍，將趙半山逼退數步，拔出小腿上銀梭，向他擲去。趙半山低頭讓過，他已直向大車衝了過去。

駱冰見張召重在趙半山諸般暗器的圍攻下手忙腳亂，只喜得手舞足蹈。文泰來道：「十四弟呢？他傷勢重不重？大家快去救他回來！」駱冰道：「是！十四弟？他受了傷？」話未說完，張召重已向大車衝來。駱冰「啊喲」一聲，雙刀吞吐，擋在車前。羣雄見張召重奔近，紛紛圍攏。

周仲英斜刺裏竄出，攔在當路，金背大刀一立，喝道：「你這小子到鐵膽莊拿人，不把老夫放在眼裏，這筆帳咱們今日來算算！」張召重見他白髮飄動，精神矍鑠，聽他言語，知是西北武林的領袖人物鐵膽周仲英，不敢怠慢，挺劍疾刺。周仲英大刀翻轉，刀背朝劍身碰去。張召重劍走輕靈，劍刃在刀背上一勒，刀背上登時劃了一道一寸多深的口子。

這時周綺、章進、徐天宏、常氏雙俠各挺兵刃，四面圍攻。張召重見對方人多，凝碧劍「雲橫秦嶺」，畫了個圈子。衆人怕他寶劍鋒利，各自抽回兵器。張召重攻敵之弱，對準周綺竄去。周綺舉刀當頭砍下，張召重左手伸出，已拿住她手腕，反手回擰，將雁翎刀奪了過去。周仲英大驚，兩枚鐵膽向張召重後心打去。

就在此時，陳家洛三顆圍棋子已疾飛而至，分打他「神封」、「關元」、「曲池」三穴。張召重心中一寒，心想黑暗之中，對方認穴竟如此之準，忙揮劍砸飛棋子，只聽得風聲勁急，鐵膽飛近。

張召重聽聲辨器，轉身伸手，去接先打來的那枚鐵膽。那知撲的一聲，胸口已被鐵膽打中。他不知周仲英靠鐵膽成名，另有一門獨到功夫，兩枚鐵膽先發的勢緩，後發的勢急，初看是一先一後，不料後發者先至，敵人正待躲閃先發鐵膽，後發者已在中途趕上，打人一個措手不及。張召重出其不意，只覺得胸口劇痛，身子一搖，不敢呼吸，放開周綺手腕，雙臂外振，將擋在前面的章進與徐天宏彈開，奔到車前。

駱冰見他衝到，長刀下撩。張召重劍招奇快，噹的一聲，削斷長刀，乘勢躍上大車，拉住駱冰右臂。駱冰右臂被握，短刀難使，左拳猛擊敵人面門。羣雄見到大驚，奔上救援。張召重抓住駱冰後心，向常氏雙俠、周仲英等摔來。常氏雙俠怕她受傷，雙雙伸手托住。

忽然張召重哼了一聲，原來後心受了文泰來的一掌，總算他武功精湛，而文泰來又身受重傷，功力大減，饒是如此，還是眼前一陣發黑，痛徹心肺。他不及轉身，左手反手把蓋在文泰來身上的棉被抓起，擋住了奔雷手第二掌，右手反點文泰來「神藏穴」，一把將他拖到車門口，喝道：「文泰來在這裏，那一個敢上來，我先將他斃了！」凝碧劍寒光逼人，如一泓秋水，架在文泰來頸裏。

駱冰哭叫：「大哥！」不顧一切要撲上去，陸菲青伸手拉住。張召重說了這幾句話，只覺喉口發甜，哇的一聲，吐出一大口鮮血。

陸菲青踏上一步，說道：「張召重，你瞧我是誰？」張召重和他睽別已久，月光下看不清楚。陸菲青取出白龍劍，扳轉劍尖，和劍柄圈成一個圓圈，手一放，錚的一聲，劍身又彈得筆直，微微晃動。

張召重哼了一聲，道：「啊，是陸師兄！你我劃地絕交，早已恩斷義絕，又來找我作甚？」陸菲青道：「你身已受傷，這裏紅花會衆英雄全體到場，還有鐵膽莊周老英雄出頭相助，你今日想逃脫性命，這叫難上加難。你雖無情，我不能無義，念在當年恩師份上，我指點你一條生路。」張召重又哼了一聲，不言不語。

忽然東邊隱隱傳來人喊馬嘶之聲，似有千軍萬馬奔馳而來。紅花會羣雄聽了，驚疑不定。張召重更是驚惶，心想：「紅花會當眞神通廣大，在西北也能調集大批人手。」

陸菲青又道：「你好好放下文四爺，我請衆位英雄看我小老兒的薄面，放一條路讓你回去，不過你得立一個誓。」張召重眼見強敵環伺，今日有死無生，聽了陸菲青這番話，不由得心動，說道：「甚麼？」陸菲青道：「你立誓從此退出官場，不能再給狗官做鷹犬。」張召重熱中功名利祿，近年來宦途得意，扶搖直上，要他忽然棄官不做，那直如要了他的性命，心想：「今日就算立了個假誓，逃得性命，可是失去了欽犯，皇上和福統領也必見罪，這樣我一生也就毀了。好在他們心有所忌，我就拾命拚上一拚。」計算已定，喝道：「你們以多勝少，姓張的雖敗，也不算丟臉。今日我要和文泰來同歸於盡，留個身後之名。將來天下英雄知道了，看你們紅花會顏面往那裏擱去。」楊成協大叫：「你甘心做韃子走狗，還不算丟臉，充你媽的臭字號！」張召重無言可答，左手放下文泰來，擱在膝頭，挽住騾子轡繩一提，大車向前馳去。

羣雄要待上前搶奪，怕他狗急跳牆，眞個傷害文泰來性命，投鼠忌器，好生爲難。駱冰見丈夫受他挾制，不言不動，眼見大車又一步步的遠去，不禁五內俱裂，叫道：「你放下文四爺，我們讓你走，也不叫你發甚麼誓啦。」張召重不理，趕著大車駛向清兵隊去。

衆侍衛和清兵逃竄了一陣，見敵人不再追殺，慢慢又聚集攏來。瑞大林見張召重駛著大車過來，命兵丁預備弓箭接應，說道：「聽我號令放箭。」這時遠處人馬奔馳之聲越來越近，紅花會和清兵雙方俱各驚疑，均怕對方來了援兵。

陳家洛高聲叫道：「九哥、十三哥、孟大哥、安大哥去衝散了鷹爪！」衛春華等挺起兵刃，朝清兵隊裏殺去。陸菲青背後閃出一個少年，說道：「我也去！」跟著衝去。陳家洛見此人是陸菲青的徒兒李沅芷，不禁眉頭微微一皺。

那天陸菲青落後一步，傍晚與李沅芷見了面。這姑娘連日見到許多爭鬥兇殺，熱鬧非凡，再也熬不住，定要師父帶她同去參與相救文泰來。陸菲青拗她不過，要她立誓不得任性胡來。李沅芷聽得師父口氣鬆動，樂得眉花眼笑，罰了一大串的咒，說：「要是我不聽師父的話，教我出天花，生一臉大麻子，教我害癩痢，變成個醜禿子。」陸菲青心想：「女孩兒們最愛美貌，她這般立誓，比甚麼『死於刀劍之下』等等還重得多。」於是一笑答允。李沅芷寫了封信留給母親，說這般走法太過氣悶，是以單身先行上道，趕到杭州去會父親，明知日後母親少不免有幾個月囉唆，可是好戲當前，機緣難逢，也顧不得這許多了。

師徒兩人趕上紅花會羣雄之時，他們正得到訊息，張召重要從赤套渡頭過河。一場夜戰，陸菲青總是不許李沅芷參與。她見羣雄與張召重惡鬥，各人武功藝業，俱比自己不知高了多少倍，不禁暗暗咋舌，眼見衛春華等去殺清兵，也不管自己父親做的是甚麼官，女孩兒家覺得有趣，就跟在後面殺了上去，心想：「這次我不問師父，教他來不及阻擋。他既沒說話，我也就不算不聽他的話。」

陳家洛向衆人輕聲囑咐，大家點頭奉命。趙半山首先竄出，手一揚，兩枝袖箭釘入拖著大車的騾子雙眼。騾子長嘯悲鳴，人立起來。章進奔向大車之後，奮起神力，拉住車轅，大車登時如釘住在地，再不移動。常赫志、常伯志兄弟搶到大車左右，兩把飛抓向張召重抓去。張召重揮劍擋開。楊成協大喝一聲，跳上大車來搶文泰來。張召重劈面一拳，楊成協側過身子，以左肩硬接了他這一拳，雙手去抱文泰來，同時無塵和徐天宏在車後鑽進，襲擊張召重背心。陳家洛對心硯道：「上啊！」兩人「燕子穿雲」，飛身縱上車頂，俯身下攻。

張召重一拳打在楊成協肩頭，見他竟若無其事的受了下來，心中一怔，百忙中那有餘暇細想，見他去搶文泰來，左手一把抓住他後心，此時常氏兄弟兩把飛抓分從左右抓來，張召重單劍橫擋，一招「倒提金鐘」，把楊成協一個肥大身軀扯下車來。

火手判官眼觀六路，耳聽八方，前敵甫卻，只聽得頭頂後心齊有敵人襲到，身子前俯，左手已抓住一把芙蓉金針，微微側身，向車頂和車後敵人射出。

陳家洛見他揮手，知他施放暗器，挺盾牌擋在身前，叮叮數聲，金針跌落在地，右手在心硯肩上一推，將他推下車頂，饒是手法奇快，只聽得心硯「啊喲」連叫，知已中了暗器，忙跳下去救。那邊無塵和徐天宏在車後進攻，金針擲來，無塵功力深厚，向後仰躍，身子如一枝箭般從大車裏向後直射出去。他這一下去得比金針更快更遠，金針竟追他不上。徐天宏可沒這手功夫，百忙中掀起車中棉被一擋，左肩露出空隙，一陣酸痲，跌下車來。

章進搶過扶起，忙問：「七哥，怎麼了？」語聲未畢，忽然背上劇痛，竟是中了一箭，一個踉蹌，只聽得陳家洛大呼：「衆位哥哥，大家聚攏來。」這時背後箭如飛蝗密雨般射來，章進左手搭在無塵肩上，右手揮動狼牙棒不住撥打來箭。無塵道：「十弟，別動！沉住氣。」按住他血脈來路，輕輕把箭拔下，撕下道袍衣角，替他裹住箭創。

只見東面大隊清兵，黑壓壓的一片正自湧將過來，千軍萬馬，聲勢驚人。羣雄逐漸聚集，衛春華等也已退轉。陳家洛道：「那兩位哥哥前去衝殺一陣？」無塵與衛春華應聲而出。陳家洛道：「大家趕緊分散，退到那邊土丘之後。」衆人應了。陳家洛道：「三哥、五哥、六哥！咱們再來。」四人分頭攻向大車。

衛春華手挺雙鉤，冒著箭雨，殺奔清兵陣前。無塵赤手空拳，在空中接了一枝箭，以箭撥箭，跟在衛春華後面。兩人轉眼沒入陣中。無塵奪了一柄刀，以刀作劍，四下衝殺。清兵勢大，這兩人那裏阻擋得住？不一刻，先頭馬軍已奔到羣雄跟前。

張召重見援兵到達，大喜過望，這時他呼吸緊迫，知道自己傷勢不輕，見陳家洛等又攻上車來，不敢抵抗，舉起文泰來身子團團揮舞。舞得幾舞，數十騎馬軍已舉起馬刀向陳家洛等砍來。陳家洛眼見如要硬奪文泰來，勢必傷了他性命，當下一聲唿哨，與趙半山、常氏雙俠衝向土丘。

四人奔到，見眾人已聚，點查人數，無塵、衛春華殺入敵陣未回，此外還不見徐天宏、周綺、李沅芷、周仲英、孟健雄五人。陳家洛忙問：「見到七哥和周老英雄他們麼？」章進躺在地下，抬頭道：「七哥受了傷，還沒回來嗎？我去找。」站起身來，挺了狼牙棒就要衝出去，他背上箭創甚重，搖搖晃晃，立足不定。石雙英道：「十哥你別動，我去。」蔣四根道：「我也去。」陳家洛道：「十三哥，你與四嫂衝到河邊，備好筏子。」蔣四根和駱冰應了。駱冰傷心過度，心中空空洞洞地，隨著蔣四根去了。

石雙英手持單刀，飛馬上身，繞過土丘。這時清兵大隊已漫山遍野而來，他騎上高地，縱目遠望，不見徐天宏等人，只得衝入敵陣，到處尋找。

不久，周仲英和孟健雄兩人奔到。陳家洛忙問：「見到周姑娘嗎？」周仲英焦急異常，不住搖頭。陸菲青道：「我那小徒也失陷了，我去找。」安健剛道：「我跟你去。」

陳家洛道：「這裏亂箭很多，大家撿起來，我去奪幾張弓。」說罷上馬，衝入清兵弓箭隊，繩索揮去，已將兩名弓箭手擊倒，繩索倒捲回來，把跌在地下的兩張弓捲起。清兵大喊大叫，四五柄槍攢刺過來。陳家洛舞動繩索，清兵刀槍紛紛脫手，不一會已搶得八張弓在手，撥轉馬頭，正要退走，忽然清兵兩邊散開，人衖堂裏衝出幾騎馬來。當先一人正是無塵道人，後面安健剛拖著衛春華的雙手。陳家洛見衛春華滿身血污，大驚之下，當即迎上前去斷後。清兵見這幾人兇狠異常，不敢攔阻，讓他們退到了土丘之後。

陳家洛將奪來的弓交給趙半山，忙來看衛春華。無塵道：「九弟殺脫了力，有點神智胡塗了。不礙事。」衛春華仍在大叫大嚷：「殺盡了狗官兵。」陳家洛道：「見到七哥和十二哥嗎？」無塵道：「我去找。」陳家洛道：「還有周姑娘和陸老前輩的徒弟。」

無塵應了，上馬提刀，衝入清兵隊中。一名千總躍馬提槍衝來，無塵讓過來槍，一刀刺入他的心窩。那千總登時倒撞下馬。他手下的兵卒發一聲喊，四散奔走。無塵儘揀人多處殺將過去，刀鋒到處，清兵紛紛落馬。他衝了一段路，忽見一羣官兵圍著吶喊，人堆裏發出金鐵交併之聲，忙縱馬直奔過去，只見石雙英挺著單刀，力戰三員武將，四下清兵又東一槍、西一刀的圍攻，他正自抵敵不住，忽見無塵到來，大喜叫道：「找到七哥了嗎？」無塵道：「你向前衝，別管後面。」石雙英依言揮刀向前猛砍，縱馬向前，只聽得身後連續三聲慘叫，接著清兵齊聲驚呼，不約而同的退了開去。石雙英回頭望去，見三員武將都已殺死在地，他和這三員武將打了半天，知他們武功精熟，均非泛泛之輩，豈知一轉身間全被無塵料理了，對這位二哥不禁佩服無已。

兩人奔回土丘，徐天宏等仍無下落。這時清軍一名把總領了數十名兵卒衝將過來。趙半山、常氏雙俠、孟健雄等彎弓搭箭，一箭一個，將當頭清兵射倒了十多名。其餘的退了回去，站在遠處吆喝，不敢再行逼近。

陳家洛把坐騎牽上土丘，對安健剛道：「安大哥，請你給我照料一下，防備冷箭。」安健剛應了，站在馬旁。陳家洛縱身跳上馬背，站在鞍上瞭望，只見清兵大隊浩浩蕩蕩的向西而去。忽然號角聲喧，一條火龍蜿蜒而來，一隊清兵個個手執火把，火光裏一面大纛迎風飄拂。陳家洛凝神望去，見大纛上寫著「定邊將軍兆」幾個大字。這隊清兵都騎著高頭大馬，手執長矛大戟，行走時發出鏗鏘之聲，看來兵將都身披鐵甲。

無塵心中焦躁，說道：「我再去尋七弟他們。」常赫志道：「道長你休息一下，讓我們兄弟去……」他話未說完，無塵早已衝了出去。他雙腿夾在坐騎胸骨上，上身向前伸出，揮刀替馬匹開路，清兵「啊！」「唷！」聲中，無塵馬不停蹄，在大隊人馬中兜了個圈子，殺了十餘人，又再繞回，四下找尋，全不見徐天宏等的蹤跡。

羣雄俱各擔心徐天宏等已死在亂軍之中，只是心中疑慮，不敢出口。忽然間遠處塵頭大起，當先一騎飛奔而來，奔到相近，看出是蔣四根，只聽他高聲大叫：「快退，快退，鐵甲軍衝過來了。」陳家洛道：「大家上馬，衝到河邊。」羣雄齊聲答應。

周仲英心懸愛女，可是千軍萬馬之中卻那裏去找？孟健雄、安健剛、石雙英分別把衛春華、章進等傷者扶起，一匹馬上騎了兩人。各人剛上得馬，火光裏鐵甲軍已然衝到。

常氏雙俠見清兵來勢兇惡，領著衆人繞向右邊。常赫志道：「鐵甲軍使神臂弓，力量很大，咱們索性衝進龜兒子隊裏。」常伯志道：「好！」兩人當先馳入清兵隊中，羣雄緊跟在後。常氏雙俠嫌飛抓衝殺不便，藏入懷裏，一個奪了柄大刀，一個搶了枝長矛，刀砍矛挑，殺開一條血路，直衝向黃河邊上。鐵甲軍見他們衝入人羣，黑暗裏不敢使用硬弩，怕傷了自己人，只隨後緊趕。一時黃河邊人馬踐踏，亂成一團。

羣雄互相不敢遠離，混亂中奔到了河岸。蔣四根把鐵槳往河邊沙灘上一插，噗通一聲，先跳下河去接筏。駱冰撐著羊皮筏子靠岸，先接章進等傷者下筏。陳家洛叫道：「大家快上筏子，道長、三哥、周老英雄，咱們四人殿後……」話未說畢，神臂弓強弩已到。無塵叫道：「衝啊！」四人反身衝殺。

無塵一刀向當頭一名鐵甲軍咽喉刺去，那知一刺之下，竟刺不進去。原來這刀殺人太多，刃口已經捲了。那鐵甲軍長槍刺來，無塵抛去鋼刀，舉臂橫格，將那槍震得飛上半天。周仲英金刀起處，將數名清兵砍下馬來。趙半山拈起一枚鋼鏢，對準馬上清兵胸口的「膻中穴」射去，只聽得噹的一聲，那清兵竟若無其事的衝到跟前。原來鐵甲軍全身鐵甲，身上不受暗器。這時無塵已搶得一枝鐵槍，向那清兵的臉上直捌過去。趙半山錢鏢疾發，連珠般往敵軍眼珠射去，饒是黑夜中辨認不清，還是打瞎了五六人的眼珠，痛得他們雙手在臉上亂抓亂挖。這時除陳家洛等四人外，餘人都已上了筏子。

鐵甲軍訓練有素，雖見對方兇狠，仍鼓勇衝來。陳家洛見一名將官騎在馬上，舉起馬刀指揮，一個「燕子三抄水」，已縱到他跟前。那將官忙舉刀砍去，刀到半空，突然手腕奇痛，馬刀已到了敵人手中，同時身子一麻，已被敵人拉下馬來，挾住奔向河岸。清兵見主將被擒，忙來爭奪，但已不敢放箭。

陳家洛揪住那將官的辮子，在清兵喊叫聲中奔向水邊，與無塵、趙半山、周仲英都縱到了筏上。蔣四根拔起鐵槳，與駱冰雙槳搖動，將筏子划向河心。

河水正自大漲，水勢洶湧，兩隻羊皮大筏向下游如飛般流去。眼見鐵甲軍人馬愈來愈小，再過一會，惟見遠處火光閃動，水聲轟隆，大軍人馬的喧嘩聲卻漸漸聽不到了。

羣雄定下心來，照料傷者。衛春華神智漸清，身上倒沒受傷。趙半山是暗器能手，醫治箭創素所擅長，於是替楊成協和章進裹了傷口。章進傷勢較重，但也無大礙。心硯中了數枚金針，痛得叫個不停，原來張召重手勁特重，金針入肉著骨。趙半山從藥囊中取出一塊吸鐵石，將金針一枚一枚的吸出，再爲他敷藥裹傷。駱冰掌住了舵，一言不發。這一役文泰來沒救出，反而失陷了徐天宏、周綺、陸菲青師徒四人，余魚同也不知落在何方。

陳家洛道：「咱們只道張召重已如甕中之鼈，再也難逃，那知清兵大隊恰會在此時經過。早知如此，咱們合力齊上，先料理了這奸賊，或者把文四哥奪回來，豈不是好？」說罷恨恨不已。衆人心情沮喪，都說不出話來。

陳家洛解開了那清軍將官的穴道，問道：「你們大軍連夜趕路，搗甚麼鬼？」那將官昏昏沉沉，一時說不出話來。楊成協劈臉一拳，喝道：「你說不說？」那將官捧住腮幫子，連道：「我說……我說……說甚麼？」陳家洛道：「你們大軍幹麼連夜趕路？」那將官道：「定邊將軍兆惠大將軍奉了聖旨，要剋日攻取回部，他怕耽擱了期限，又怕回人得到訊息，有了防備，因此連日連夜的行軍。」

陳家洛道：「回人好端端的，又去打他們幹麼？」那將官道：「這個……這個我就不知道了。」陳家洛道：「你們要去回疆，怎麼又來管我們的閒事？」那將官道：「兆大將軍得報有小股土匪騷擾，命小將領兵打發，大軍卻沒停下來。」他話未說完，楊成協又是一拳，喝道：「你他媽的才是大股土匪！」那將官道：「是，是！小將說錯了。」

各位是大股的英雄好漢……」陳家洛沉吟了半晌，將兆惠將軍的人數、行軍路線、糧道輜重等問個仔細，那將官有的不知道，知道的都不敢隱瞞。陳家洛高聲叫道：「筏子—靠—岸。」駱冰和蔣四根將筏子靠到黃河邊上，衆人登岸。這時水勢更大了，轟轟之聲，震耳欲聾。

陳家洛命楊成協將那將官帶開，對常氏雙俠道：「五哥、六哥，你們兩位趕回頭，查看四哥、七哥、十四弟，以及周姑娘、陸老英雄師徒下落。只盼他們沒甚麼三長兩短。要是落入了官差之手，定然仍奔北京大道。咱們在前接應，設法打救。」常氏雙俠應了，往西而去。

陳家洛向石雙英道：「十二哥，我想請你辦一件事。」石雙英道：「請總舵主吩咐。」陳家洛從心硯背上包裹中取出筆硯紙墨，在月光下寫了一封信，說道：「這封信請你送去回部木卓倫老英雄處通報訊息。他們跟咱們雖只一面之緣，但肝膽相照，說得上一見如故。朋友有難，咱們不能袖手。四嫂，你這匹白馬借給十二哥一趟。」原來衆人在混亂中都把馬匹丟了，只有駱冰寶愛白馬，又念念不忘要將馬送給丈夫，一直將馬留在筏上。石雙英騎上白馬，絕塵而去。馬行神速，預計一日內就可趕過大軍，讓木卓倫聞警後好籌劃防備。

安排已畢，陳家洛命蔣四根將那將官反剪縛住，拋在筏子上順水流去，是死是活，瞧他的運氣了。

周綺突然見到自己在水中的倒影，心想：「糟糕，這副鬼樣子全教他瞧去了。」於是映照著溪水洗淨了臉，十指權作梳子，梳理了頭髮。

第六回

有情有義憐難侶　無法無天振饑民

周綺在亂軍之中與衆人失散，滿眼望去，全是清兵，隨手砍翻了衝到身邊的幾名，只見兵卒四面八方的湧到，心中慌亂，縱馬亂奔。跑了一程，又遇到一隊官兵，她不敢迎戰，回頭落荒而走，黑暗中馬足不知在甚麼東西上一絆，突然跪倒。她此時又疲又怕，坐得不穩，一個倒栽蔥跌下馬來，後腦在硬土上重重一撞，暈了過去。幸而天黑，清兵並未發現。

昏迷中也不知過了多少時候，突然眼前一亮，隆隆巨響，接著臉上一陣清涼，許多水點潑到了頭上，周綺睜開眼來，但見滿天烏雲，大雨傾盆而下，「啊喲」一聲，跳起身來，忽然身旁一人也坐了起來。周綺吃了一驚，忙從地上抓起單刀，正想砍去，突然兩人都驚叫起來，原來那人是徐天宏。

徐天宏叫道：「周姑娘，怎麼你在這裏？」周綺在亂軍中殺了半夜，父親也不知去了何方，突然遇到徐天宏，雖然素來不喜此人，專和他拌嘴，畢竟是遇到了自己人，饒是俏李逵心膽粗豪，不讓鬚眉，這時也不禁要掉下淚來。她咬嘴唇忍住，說道：「我爹爹呢？」徐天宏忽打手勢叫她伏下，輕聲道：「有官兵。」周綺忙即伏低，兩人慢慢爬到一個土堆後面，探頭往外張望。

這時天已黎明，大雨之中，見數十名清兵在掩埋死屍，一面掘地，一面大聲咒罵。過了一會，屍體草草埋畢，一名把總高聲吆喝：「張得標、王升，四邊瞧瞧，還有屍首沒有？」兩名清兵應了，站上高地四下張望，見二人伏在地下，叫道：「還有兩具。」

周綺聽得把自己當作死屍，心中大怒，便要跳起來尋晦氣。徐天宏一把拖住她手臂，低聲道：「等他們過來。」兩名清兵拿了鐵鍬走來，周徐二人一動不動裝死，待兩兵走近俯身伸手要拉，突然各刺一刀，插入兩兵肚腹。兩兵一聲也來不及叫，已然喪命。

那把總等了半天，不見兩兵回來，雨又下得大，好生不耐煩。口中王八羔子的罵人，騎了馬過來查看。徐天宏低聲道：「別作聲，我奪他的馬。」那把總走到近處，見兩兵死在當地，大吃一驚，正待叫人，徐天宏一個箭步，已竄了上去，揮刀斜劈。那把總手中未拿兵器，舉起馬鞭一擋，連鞭帶頭，給砍下馬來。徐天宏挽住馬韁，叫道：「快上馬！」周綺一躍上馬，徐天宏放開腳步，跟在馬後。

衆清兵發見敵蹤，大聲吶喊，各舉兵刃追來。徐天宏奔不得幾十步，左肩上被金針射中處愈來愈痛，難以忍受，一陣昏迷，跌倒在地。周綺回頭觀看敵情，忽見徐天宏跌倒，忙勒轉馬頭，奔到他身旁，俯身伸手，將他一把提起，橫放鞍上，刀背敲擊馬臀，那馬如飛而去。衆清兵叫了一陣，那裏追趕得上？

周綺見清兵相離已遠，將刀插在腰裏，看徐天宏時，見他雙目緊閉，臉如白紙，呼吸細微，心中很是害怕，不知怎麼是好，只得將他扶直了坐在馬上，左手抱住他腰，防他跌落，儘揀荒僻小路奔馳。跑了一會，見前面黑壓壓的一片森林，催馬進林，四周樹木茂密，稍覺安心。這時雨已停歇，她下了馬，牽馬而行，到了林中一處隙地，見徐天宏仍是神智昏迷，想了一想，把他抱下馬來，放在草地上，自己坐下休息，讓馬吃草。她一個二十歲不到的姑娘，孤零零坐在荒林之中，眼前這人不知是死是活，束手無策之餘，不禁悲從中來，抱頭大哭，眼淚一點一點滴在徐天宏臉上。

徐天宏在地上躺了一會，神智漸清，以爲天又下雨，微微睜開眼睛，只見眼前一張俏臉，一對大眼哭得紅紅的，淚水撲撲撲的滴在自己臉上。他哼了一聲，左肩又痛，不由得叫了聲「啊喲！」

周綺見他醒轉，心中大喜，忽見自己眼淚又是兩滴落在他嘴角邊，忙掏出手帕，想給他擦，剛伸出手，驟然警覺，又縮了回來，怪他道：「你怎麼躺在我跟前，也不走開些。」徐天宏「嗯」了一聲，掙扎著要爬起。周綺道：「算了，就躺在這兒吧。咱們怎麼辦呀？你是諸葛亮，爹爹說你鬼心眼兒最多的。」徐天宏道：「我肩上痛的厲害，甚麼也不能想。姑娘，請你給我瞧瞧。」周綺道：「我不高興瞧。」口中這麼說，終究還是俯身去看，瞧了一會，說道：「好端端的，沒有甚麼，又沒血。」

徐天宏勉力坐起身來，右手用單刀刀尖將肩頭衣服挑開了個口子，斜眼細看，說道：「這裏中了三枚金針，打進肉裏去了。」金針雖細，卻是深射著骨，痛得他肩上猶如被砍了三刀一般。周綺道：「怎麼辦呢？咱們到市鎮上找醫生去吧？」徐天宏道：「那不成。昨晚這一鬧，四廂城鎮誰不知道？咱們這一身打扮，又找醫生治傷，直是自投羅網。這本該用吸鐵石吸出來，這會兒卻到那裏找去？勞你的駕，請用刀把肉剜開，拔出來吧。」

周綺半夜惡鬥，殺了不少官兵，面不改色，現在要她去剜徐天宏肩上肌肉，反倒躊躇起來。徐天宏道：「我挺得住，你動手吧……等一下。」他在衣上撕下幾條布條，交給周綺，問道：「身邊有火摺子麼？」周綺一摸囊中，道：「有的，幹麼呀？」徐天宏道：「請你撿些枯草樹葉來燒點灰，待會把針拔出，用灰按著創口，再用布條縛住。」

周綺照他的話做了，燒了很大的一堆灰。徐天宏笑道：「成了，足夠止得住一百個傷口的血。」周綺氣道：「我是笨丫頭，你自己來吧！」徐天宏陪笑道：「是我說錯了，你別生氣。」周綺道：「哼，你也會知錯？」右手拿起單刀，左手按向他肩頭針孔之旁。她手指突然碰到男人肌膚，不禁立刻縮回，只羞得滿臉發燒，直紅到耳根子中去。

徐天宏見她忽然臉有異狀，雖是武諸葛，可不明白了，問道：「你怕麼？」周綺嗔道：「我怕甚麼？你自己才怕呢！轉過頭去，別瞧。」徐天宏依言轉過了頭。周綺將針孔旁肌肉捏緊，挺刀尖刺入肉裏，輕輕一轉，鮮血直流出來。徐天宏咬緊牙齒，一聲不響，滿頭都是黃豆般大的汗珠。周綺將肉剜開，露出了針尾，用徐天宏的衣衫抹去針尾鮮血，右手拇指食指緊緊捏住，力貫雙指，一提，便拔了出來。

徐天宏臉如白紙，仍強作言笑，說道：「可惜這枚針沒針鼻，不能穿線，否則倒可給姑娘繡花。」周綺道：「我才不會繡花呢，去年媽教我學，我弄不了幾下，就把針折斷了，又把綳子弄破啦。媽罵我，我說：『媽，我不成，你給教教。』你猜她怎麼說？」徐天宏道：「她說：『拿來，我教你。』」周綺道：「哼，她說：『我沒空。』後來給我琢磨出來啦，原來她自己也不會。」徐天宏哈哈大笑，說話之間又拔了一枚針出來。

周綺笑道：「我本來不愛學，可是知道媽不會，就偏磨著要她教。媽給我纏不過，她說：『你再胡鬧，告訴爹打你。』她又說：『你不會針線，哼，將來瞧你……』」說到這裏突然止住，原來她媽當時說：「將來瞧你找不找得到婆家。」徐天宏問道：「將來瞧你怎麼啊？」周綺道：「別囉唆，我不愛說了。」

口中說話，手裏不停，第三枚金針也拔了出來，用草灰按住創口，拿布條縛好，見他血流滿身，仍是臉露笑容，和自己有說有笑，也不禁暗暗欽佩，心想：「瞧不出他身材雖矮，倒也是個英雄人物。要是人家剜我的肉，我會不會大叫媽呢？」想到爹娘，又是一陣難受。這時她滿手是血，說道：「你躺在這裏別動，我去找點水喝。」

一望地勢，奔出林來，走了數百步，找到一條小溪，大雨甫歇，溪水流勢湍急，將手上的血在溪中洗淨了，俯身溪上，突然看見自己在水中的倒影，只見頭髮蓬鬆，身上衣服既濕且皺，臉上又是血漬又是泥污，簡直不成個人樣，心想：「糟糕，這副鬼樣子全教他看去了。」於是映照溪水，洗淨了臉，十指權當梳子，將頭髮梳好編了辮子，在溪裏舀些水喝了，心想徐天宏一定口渴，可是沒盛水之具，頗爲躊躇，靈機一動，從背上包裹取出一件衣服，在溪水裏洗乾淨了，浸得濕透，這才回去。

徐天宏剛才和周綺說笑，強行忍住，此時肩上劇痛難當，等她回轉，已痛得死去活來。周綺見他臉上雖然裝得並不在乎，其實一定很不好受，憐惜之念，油然而生，叫他張開嘴，將衣中所浸溪水擠到他口裏，輕聲問道：「痛得厲害麼？」

徐天宏一直將這個莽姑娘當作鬥智對手，向來沒存男女之見。那知自己受傷，偏偏是這個朋友中的惟一對頭護持相救，心中對她所懷厭憎之情一時盡除。這時周綺軟語慰問，他一生不是在刀山槍林中廝混，便是在陰謀詭計中打滾，幾時消受過這般溫柔辭色，不由得感動，望著她怔怔的說不出話來。

周綺見他發呆，只道他神智又胡塗了，忙問：「怎麼，你怎麼啦？」徐天宏定了定神，說道：「好些了，多謝你。」周綺道：「哼，我也不要你謝。」徐天宏道：「咱們在這裏不是辦法，可也別上市鎮，得找個偏僻的農家，就說咱們是兄妹倆……」周綺道：「我叫你哥哥？」徐天宏道：「你要是覺得我年紀太大，那就叫我叔叔。」周綺道：「呸，你像嗎？就叫你哥哥好啦。不過只在有人的時候叫，沒人的時候我可不叫。」徐天宏笑道：「好，不叫。咱們對人說，在路上遇到大軍，把行李包裹都給搶去啦，還把咱們打了一頓。」兩人商量好了說話，周綺將他扶起。

徐天宏道：「你騎馬，我腳上沒傷，走路不礙。」周綺道：「爽爽快快的騎上去。你瞧不起女人，是不是？」徐天宏笑笑，只得上了馬。兩人出得樹林，面對著太陽揀小路走。西北是荒僻之地，不像南方處處桑麻、處處人家，兩人走了一個多時辰，又飢又累，好容易才望見一縷炊煙，走近時見是一間土屋。行到屋前，徐天宏下馬拍門，過了半晌，出來一個老婦，見兩人裝束奇特，不住的打量。徐天宏將剛才編好的話說了，向她討些吃的。

那老婦嘆了一口氣，說道：「害死人的官兵。客官，你貴姓？」徐天宏道：「姓周。」周綺望了他一眼，卻不說話。那老婦把他們迎進去，拿出幾個麥餅來。兩人餓得久了，雖然麥餅又黑又粗，也吃得十分香甜。

那老婆婆說是姓唐，兒子到鎮上賣柴給狗咬了，一扁擔把狗打死，那知這狗是鎮上大財主家的，給那財主叫家丁痛打了一頓，回家來又是傷又是氣，過得幾天就死了。媳婦少年夫妻，一時想不開，丈夫死後第二夜上了吊，留下老婆子孤苦伶仃一人。老婆婆邊說邊淌眼淚。

周綺聽了大怒，問那財主叫甚麼，住在那裏。老婆婆說：「這殺才也姓唐，人家當面叫他唐六爺唐秀才，背後都叫他糖裏砒霜。他住在鎮上，鎮上就數他的屋子最大。」周綺問道：「甚麼鎮？怎樣走法。」老婆婆道：「那個鎮啊，這裏往北五里路，過了坡，上大路，向東再走二十里，那就是了，叫文光鎮。」周綺霍地站起，抄起單刀，對徐天宏道：「喂……哥……哥我出去一下，你在這裏休息。」徐天宏見她神情，知她要去殺那糖裏砒霜，說道：「要吃糖嘛，晚上吃好吃些。」周綺一楞，明白了他意思，點點頭，坐了下來。

徐天宏道：「老婆婆，我身上受了傷，行走不得，想借你這裏過一夜。」那老婆婆道：「住是不妨，窮人家沒甚麼吃的，客官莫怪。」徐天宏道：「老婆婆肯收留我們，那是感激不盡。我妹子全身都濕了，老婆婆有舊衣服，請借一套給她換換。」老婆婆道：「我媳婦留下來的衣裳，姑娘要是不嫌棄，就對付著穿穿，怕還合身。」周綺去換衣服，出來時，見徐天宏已在老婆婆兒子房裏的炕上睡著了。

到得傍晚，徐天宏忽然胡言亂語起來，周綺在他額角一摸，燒得燙手，想是傷口化膿。她知道這情形十分凶險，可是束手無策，不知怎麼辦好，心中一急，也不知是生徐天宏的氣，還是生自己的氣，舉刀在地上亂剁，剁了一會，伏在炕上哭了起來。那老婆婆又是可憐又是害怕，也不敢來勸。周綺哭了一會，問道：「鎮上有大夫嗎？」老婆婆道：「有，有，曹司朋大夫的本事是最好的了，不過他架子很大，向來不肯到我們這種鄉下地方來看病。我兒子傷重，老婆子和媳婦向他磕了十七八個響頭，他說甚麼也不肯來一趟……」周綺不等她說完，抹了抹眼淚，便道：「我這就去請。我……哥哥在這裏，你瞧著他些。」老婆婆道：「姑娘你放心，唉，那大夫是不肯來的。」

周綺不再理她，將單刀藏在馬鞍之旁，騎了馬一口氣奔到文光鎮上，天已入夜，經過一家小酒店，一陣陣酒香送將出來，不由得酒癮大起，心道：「先請醫生把他的傷治好再說，酒嘛，將來還怕沒得喝麼？」見迎面來了一個小廝，問明了曹司朋大夫的住處，逕向他家奔去。

到得曹家，打了半天門，才有個家人出來，大剌剌地問：「天都黑了，砰嘭山響的打門幹麼？報喪嗎？」周綺大怒，但想既然是來求人，不便馬上發作，忍氣道：「來請曹大夫去瞧病。」那家人道：「不在家。」也不多話，轉身就要關門。

周綺急了，一把拉住他手臂，提出門來，拔出單刀，說道：「他在不在家？」那人嚇得魂不附體，顫聲道：「眞的……眞的不在家。」周綺道：「到那裏去啦？快說。」那家人道：「到小玫瑰那裏去了。」周綺將刀在他臉上一擦，喝道：「小玫瑰是甚麼東西？在那裏？」那家人道：「小玫瑰是個人。」周綺道：「胡說！那有好端端的人叫小玫瑰的？」那家人急了，道：「大……王……姑娘，小玫瑰是個婊子。」周綺怒道：「婊子是壞人，到她家裏去幹麼？」那家人心想這姑娘強兇霸道，可是世事一竅不通，想笑又不敢笑，只得不言語了。周綺怒道：「我問你，怎麼不說話？」那家人道：「她是我們老爺的相好。」周綺這才恍然大悟，呸了一聲道：「快領我去，別再囉唆啦！」那家人心想：「我幾時囉唆過啦，都是你在瞎扯。」但冷冰冰的刀子架在頸裏，不敢不依。

兩人來到一家小戶人家門口，那家人道：「這就是了。」周綺道：「你打門，叫大夫出來。」那家人只得依言打門。那家人道：「有人要我們老爺瞧病，我說老爺沒空，她不信，把我逼著來啦。」那鴇婆白了他一眼，啪的一聲把門關了。

周綺站在後面，搶上攔阻已然不及，在門上擂鼓價一陣猛敲，裏面聲息全無，心中大怒，在那家人背上踢了一腳，喝道：「快滾，別在姑娘眼前惹氣。」那家人被她踢了個狗吃屎，口裏嘮嘮叨叨的爬起來走了。

周綺待他走遠，縱身跳進院子，見一間房子紙窗中透出燈光，輕輕走過去伏下身來，只聽得兩個男人的聲音在說話，心中一喜，怕的是那大夫在跟婊子鬼混，可就不知如何是好了。用手指沾了唾沫，濕破窗紙，附眼裏張，見房裏兩個男子躺在一張睡榻上說話。一個身材粗壯，另一個是瘦長條子，一個妖艷的女子在給那瘦子搥腿。

周綺正想喝問：「那一個是曹司朋？快出來！」只見那壯漢把手一揮。周綺一怔，見那女子站了起來，笑道：「哥兒倆又要商量甚麼害人的花樣啦，給兒孫積積德吧，回頭別生個沒屁眼的小子。」那壯漢笑喝：「放你娘的臭屁。」那女子笑著走了出來，把門帶上，轉到內堂去了。周綺心想：「敢情這女子就是小玫瑰，眞不要臉。不過她的話還說得在理。」

只見那壯漢拿了四隻元寶出來，放在桌上，說道：「曹老哥，這裏是二百兩銀子，咱們是老交易，老價錢。」那瘦子道：「唐六爺，這幾天大軍過境，你六爺供應軍糧，又要大大發一筆財啦。」周綺一聽又喜又怒，喜的是那糖裏砒霜竟在此地，不必另行去找，多費一番手腳，怒的是大軍害得她吃了這許多苦頭，原來此人還幫害人的大軍辦事。

那壯漢道：「那些泥腿子刁鑽得很，你道他們肯乖乖的繳糧出來麼？這幾天我東催西迫，人都累死啦。」那瘦子笑道：「這兩包藥你拿回去，有得你樂的啦。這包紅紙包的給那娘兒吃，不上一頓飯功夫，她就人事不知，你愛怎麼擺佈就怎麼擺佈，這可用不著兄弟教了吧？」兩人哈哈大笑。那瘦子又道：「這包黑紙包的給那男人服，你只說給他醫傷，吃後不久，他就傷口流血而死。別人只道他創口破裂，誰也疑心不到你身上。你說兄弟這著棋怎麼樣？」那壯漢連說：「高明，高明。」

那瘦子道：「六爺，你人財兩得，酬勞兄弟三百兩銀子，似乎少了一點吧？」那壯漢道：「曹老哥，咱們自己哥兒，明人不說暗話，那雌兒相貌的確標致。她穿了男裝，我已經按捺不住啦，後來瞧出來她是女子扮的，嘿嘿，送到嘴邊的肥肉不食，人家不罵我唐六祖宗十八代沒積陰功麼？那個男的，真的沒多少油水，只是他們兩人一路，我要了那雌兒，總不能讓那男的再活著。」那瘦子道：「你不是說他有一枝金子打的笛子？單是這枝笛子，也總有幾斤重吧？」那壯漢道：「好啦，好啦，我再添你五十兩。」又拿出一隻元寶來。

周綺越聽越怒，一腳踢開房門，直搶進去。那壯漢叫聲「啊喲」，飛腳踢她握刀的手腕。周綺單刀翻處，順手將他右腳剁了下來，跟著一刀，刺進心窩。

那瘦子在一旁嚇得呆了，全身發抖，牙齒互擊，格格作響。周綺拔出刀來，在死屍衣上拭乾血漬，左手抓住瘦子胸口衣服，喝道：「你就是曹司朋麼？」那瘦子雙膝一曲，跪倒在地，說道：「求……姑娘……饒命……我再也不敢了。」周綺道：「誰要你的性命？起來。」曹司朋顫巍巍的站起，雙膝發軟，站立不穩，又要跪下。周綺將桌上五隻元寶和兩包藥都放在懷裏，說道：「出去。」

曹司朋不知她用意，只得慢慢走出房門，開了大門。鴇婆聽見聲音，在裏面問：「誰呀？」曹司朋不敢做聲。周綺押著他去牽了自己坐騎，兩人上馬馳出鎮去。

周綺拉住他坐騎的轡繩，喝道：「你只要叫一聲，我就剁你的狗頭。」曹司朋連說：「不敢。」周綺怒道：「你說我不敢剁？我偏偏剁給你看。」說著拔出刀來。曹司朋忙道：「不，不，不是姑娘不敢剁，是……是小的不敢叫。」周綺一笑，還刀入鞘，心道：「我還眞不敢剁你的狗頭呢，否則誰來給他治病？」

不到一個時辰，兩人已來到那老婦家。周綺走到徐天宏炕前，見他昏昏沉沉的，燭光下但見滿臉通紅，想是燒得厲害。周綺一把將曹司朋揪過，說道：「我這位……哥哥受了傷，你快給他醫好。」

曹司朋一聽是叫他治病，這才放下了幾分驚疑憂急之心，瞧了徐天宏的臉色，診了脈，將他肩上的布條解下，看了傷口，搖了幾下頭，說道：「這位爺現在血氣甚虧，虛火上衝……」周綺道：「誰跟你說這一套，你快給他治好，不治好，你休想離開。」曹司朋道：「我去鎮上拿藥，沒藥也是枉然。」

這時徐天宏寧定了些，聽著他二人說話。周綺道：「哼，你當我是三歲小孩子？你開藥方，我去贖藥。」曹司朋無可奈何，道：「那麼請姑娘拿紙筆來，我來開方。」可是在這貧家山野之居，那裏來紙筆？周綺皺起了眉頭，無計可施。曹司朋頗爲得意，說道：「這位爺的病耽擱不起，還是讓我回鎭取藥最好。」徐天宏道：「妹子，你拿一條細柴燒成炭，寫在粗紙上就行了，再不然寫在木板上也成。」周綺喜道：「究竟還是你花頭多。」依言燒了一條炭，老婆婆找出一張拜菩薩的黃表紙來。曹司朋只得開了方子。

周綺等他寫完，找了條草繩將他雙手反剪縛住，雙腳也綑住了，放在炕邊，再將徐天宏的單刀放在他枕邊，對老婆婆道：「我到鎭上贖藥，這狗大夫要是想逃，你就叫醒我哥哥，先把他砍死再說。」

周綺又騎馬到了鎭上，找到藥材店，叫開門配了十多帖藥，總共是一兩三錢銀子，一摸囊中，適才取來的五隻元寶留在老婆婆家裏桌上，匆忙之中沒想到要帶錢，說道：「賒一賒，回來給錢。」店夥大急，叫道：「姑娘，不行啊，你……你不是本地人，小店本錢短缺……」周綺怒道：「這藥算是我借的，成不成？將來你也生這病，我拿來還你。」店夥道：「這是醫治刀傷的藥，小的……小的不跟人打架。」周綺怒道：「你不會給刀砍傷？哼，說這樣的滿話！」唰的一聲，拔出單刀，喝道：「我便砍你一刀，瞧你受不受傷？」店夥見了明晃晃的鋼刀，雙腿一軟，坐倒在地，隨即鑽入了櫃檯之下。

周綺是富家小姐，與駱冰不同，今日強賒硬借，出於無奈，實是生平第一次，心中好生過意不去。取藥上馬，天色漸亮，見街上鄉勇來往巡查，想是糖裹砒霜被殺之事已經發覺。她縮在街角，待巡查隊過去，才放馬奔馳，回到老婦家時天已大明，忙和老婆婆合力把藥煎好，盛在一隻粗碗裏，拿到徐天宏炕邊，推醒他喝藥。

徐天宏見她滿臉汗水煤灰，頭髮上又是柴又是草，想到她出身富家，從未做過這些燒火煮湯之事，不由得甚是感激，忙坐起來把碗接過，心念一動，將藥碗遞到曹司朋口邊，說道：「你喝兩口。」曹司朋稍一遲疑，周綺已明白徐天宏用意，連說：「對對，要他先喝，你不知道這人可有多壞。」曹司朋只得張嘴喝了兩口。徐天宏道：「妹子，你歇歇吧，這藥過一會再喝。」周綺道：「幹麼？」徐天宏道：「瞧他死不死。」周綺道：「對啦，要是他死了，這藥就不能喝。」將油燈放在曹司朋臉旁，一雙烏溜溜的大眼一瞬不瞬的瞧著他，看他到底死也不死。

曹司朋苦笑道：「醫生有割股之心，哪會害人？」周綺怒道：「你和糖裹砒霜鬼鬼崇崇的商量，要害人家姑娘，謀人家的金笛子，都給我聽見啦。還說得嘴硬？」徐天宏一聽金笛子，忙問原因。周綺將聽到的話說了一遍，並說已將那糖裹砒霜殺了。她說到這裏，忙出去告訴老婆婆，說已替他兒子媳婦報仇雪恨。那老婆婆眼淚鼻涕，又哭又謝，不住唸佛。

徐天宏等周綺回進來，問曹司朋道：「那拿金笛子的是怎樣一個人？女扮男裝的又是誰？」周綺拔出單刀，在一旁威嚇：「你不說個明明白白，我一刀先捌死你。」

曹司朋害怕之極，說道：「小……小人照說就是……昨天唐六爺來找我，說他家裏有兩個人來借宿，一個身受重傷，另一個是美貌少年。他本來不肯收留，但見這少年標致得出奇，就留他們住了一宿，後來聽這少年說話細聲細氣，舉止神情都像是女子，又不肯和那男子同住一房，因此斷定是女扮男裝的。」周綺道：「於是他就來向你買藥了？」曹司朋道：「小人該死。」徐天宏道：「那男的是甚麼樣子？」曹司朋道：「唐六爺叫我去瞧過，他大約二十三四歲，文士打扮，身上受了七八處刀傷棍傷。」徐天宏道：「傷得厲害嗎？」曹司朋道：「傷是重的，不過都是外傷，也不是傷在致命之處。」

徐天宏見再問不出甚麼道理來，伸手端藥要喝，手上無力，不住顫抖，將藥潑了些出來。周綺看不過眼，將藥碗接過，放在他嘴邊。徐天宏就著她手裏喝了，道：「多謝。」曹司朋瞧在眼裏，心想：「這兩個男女強盜不是兄妹，那有哥哥向妹子說『多謝』的？」

徐天宏喝了藥後，睡了一覺，出了一身大汗，傍晚又喝了一碗。這曹司朋人品雖壞，醫道卻頗高明，居然藥到病除。再過一天，徐天宏好了大半，已能走下炕來。

又過了一日，徐天宏自忖已能勉強騎馬上路，對周綺道：「那拿金笛子的是我十四弟，不知怎麼會投在惡霸家裏。那惡霸雖已被你殺死，想無大礙，但我總不放心，今夜咱們去探一探。你瞧怎樣？」周綺道：「他是你十四弟？」徐天宏道：「他到你莊上來過的，你也見過，就是我們總舵主派他第一個出去打探消息的那人。」周綺道：「嗯，早知是他，將他接到這來，和你一起養傷，倒也很好。」徐天宏笑了笑，過了一會，沉吟道：「那女扮男裝的卻又是誰？」

到得傍晚，周綺將兩隻元寶送給老婆婆，她千恩萬謝的收了。周綺將曹司朋一把提起，手起刀落，將他一隻右耳割了下來，喝道：「你把我哥哥醫好，才饒你一條狗命，以後再見到你為非作歹，嘿嘿，那糖裏砒霜就是榜樣。我一刀刺進你心窩子裏。」曹司朋按住創口，連說：「不敢。」周綺怒道：「你說我不敢？」曹司朋道：「不，不，不是姑娘不敢，是……是小的不敢。」徐天宏道：「咱們過三個月還要回來，那時再來拜訪曹大夫。」曹司朋又說：「不敢，不敢！不……不是英雄不敢拜訪，是……是小的不敢當，不敢當。」

周綺道：「你騎他的馬，咱們走吧。」兩人上馬往文光鎮奔去。周綺問道：「你說咱們過三個月再回來，幹麼呀？」徐天宏道：「我騙騙那大夫的，叫他不敢跟那老婆婆為難。」周綺點點頭，行了一段路，說道：「你對人幹麼這樣狡猾？我不喜歡。」

徐天宏一時答不出話來，隔了半晌，說道：「姑娘不知江湖上人心險惡。對待朋友，當然處處以仁義為先，但對付小人，你要是真心待他，那就吃虧上當了。」周綺道：「我爹爹說寧可自己吃虧，決不能欺負別人。」徐天宏道：「這就是你爹爹的過人之處，因此江湖上提到鐵膽莊周老爺子，不論是白道黑道、官府綠林，無人不說他是位大仁大義的英雄好漢，人人都是十分欽佩的。」周綺道：「你幹麼不學我爹爹？」徐天宏道：「周老爺子天性仁厚，像我這等刁鑽古怪的小子怕學不上。」周綺道：「我就最討厭你這刁鑽古怪的脾氣。我爹爹說，你好好待人家，人家自然會好好待你。」

徐天宏心中感動，一時無話可說。周綺道：「怎麼？你又不高興了？又在想法子作弄我是不是？」徐天宏笑道：「不敢，不敢，是小的不敢，不是姑娘不敢。」周綺哈哈大笑，道：「也不揀好的學，卻去學那狗大夫。」徐天宏笑道：「甚麼狗大夫？是治狗的大夫呢，還是像狗一樣的大夫？」周綺格格而笑，道：「是治狗的大夫。」

兩人一路談笑，頗不寂寞。經過這一次患難，徐天宏對她自是衷心感激，而周綺也怕有惠於人，人家故意相讓，反而處處謙退一步。周綺道：「以前我只道你壞到骨子裏去了，那知……」徐天宏道：「那知怎樣？」周綺道：「我瞧你從前使壞，是故意做出來的。你幹麼老是存心嘔我呀？我這人教你瞧著生氣，是不？」徐天宏道：「一個人是好是壞，初相識常常看錯。我當初那知姑娘是這麼一副好心腸。」周綺笑道：「你那時以為我又驕傲又小氣，是不是？」徐天宏笑了笑不答。

兩人等天黑了才進文光鎮，找到糖裏砒霜的宅第，翻進牆去探看。徐天宏抓到一名更夫，持刀威嚇，問他余魚同的蹤跡。那更夫說唐六爺那天在小玫瑰家裏被曹司朋大夫殺死，家裏亂成一團，借宿的兩人一早就走了。周綺道：「咱們追上他們去。」

不一日過了皋蘭，再走兩日，徐天宏在路上發現了陳家洛留下的標記，知道大夥要往開封，去汴梁豪傑梅良鳴家相聚，忙對周綺說了。周綺聽說衆人無恙，大喜不已，她一直記掛著爹爹，此時才放了心，打三斤酒喝了個痛快。這時徐天宏肩上創傷已經收口，身子也已復原。兩人沿路閒談，徐天宏說些江湖上的軼聞掌故，又把道上諸般禁忌規矩，詳加解釋。她聽得津津有味，說道：「你早跟我說這些不好麼？以前老跟人家拌嘴。」

這一日來到潼關，兩人要找客店，一打聽是悅來老店最好，到得客店一問，上房只剩下一間了。徐天宏拿出一串錢塞給店小二，要他想法子多找一間。店小二十分爲難，張羅了半天，回來說：「別的店房確實住滿了。這位爺和這位姑娘不知是甚麼稱呼？」徐天宏道：「她是我妹子。」店小二道：「既是親兄妹，住一間房也不打緊啊！」周綺怒道：「要你多囉唆……」話未說完，徐天宏突然一扯她衣角，嘴一努，說道：「好，一間就一間。」周綺一路跟他行來，見他對待自己彬彬有禮，確是個志誠君子，此刻忽要同住一房，又害羞，又疑心，在店小二面前只好悶聲不響。

到得房間，徐天宏立即把門帶上，周綺滿臉通紅，便要發話，徐天宏忙打手勢，叫她不可作聲，輕聲道：「剛才見到鎮遠鏢局那壞蛋麼？」周綺驚道：「甚麼？帶了人來拿文四爺、害死我弟弟的那個傢伙？」徐天宏道：「剛才我瞥見一眼，認不眞，我怕他瞧見咱們，因此趕緊進屋，待會去探一探。」

店小二進來泡茶，問要甚麼吃的，徐天宏囑咐後，說道：「北京鎮遠鏢局的幾位達官爺也住在這裏，是不是？」店小二道：「是啊，他們路過潼關，總是照顧小店的生意。」

徐天宏等店小二出去，說道：「這童兆和是元兇首惡，咱們今晚先幹掉他，好給你弟弟和我四哥報仇。」周綺想到弟弟慘死，鐵膽莊被燒，氣往上沖，不是徐天宏極力勸阻，早已拔刀闖了出去。徐天宏道：「你躺一會兒，養一下神。到半夜裏再動手不遲。」說著坐在桌邊，伏案假寐，不再向周綺瞧上一眼。周綺只得沉住氣，斜倚炕上休息，好容易挨到二更時分，實在按捺不住了，拔出單刀，說道：「走吧。」徐天宏低聲道：「他們人多，怕有好手。咱們先探一探，想法子把那小子引出來，單獨對付他。」周綺點點頭。

兩人在院子中張望，見東邊一間上房中透出燈光，徐天宏一打手勢，兩人躡足過去，周綺在窗上找到一條隙縫，附眼往裏窺看。

徐天宏握住兵刃，站在她身後望風，見她忽然站起，右腿飛起往窗上踢去，不由得一驚，忙閃身擋在她面前，周綺一腳踢出，剛剛踢到徐天宏胸前，急忙縮轉，這一踢勢道過猛，用力收回，不由得倒跌數步。徐天宏跟著縱到，低聲問：「怎麼？」周綺道：「快動手。我媽媽在裏面，給他們綁住了。」徐天宏大驚，忙道：「快回房商量。」

回到房中，周綺氣急敗壞的道：「還商量甚麼？我媽媽給這些小子抓住啦。」徐天宏道：「你沉住氣，我包你救她出來。房裏有多少人？」周綺道：「大約有六七個。」徐天宏側頭沉吟。周綺道：「怕甚麼？你不去，我就一個人去。」徐天宏道：「不是怕，我在想法子，又要救你媽媽，又要殺那小子，這兩件事總要同時辦到才好。」周綺道：「先救媽媽。那小子殺不到就算啦。」

正在此時，門外一陣腳步聲經過，徐天宏忙搖手示意，只聽得有人走過門口，口中嘮嘮叨叨的抱怨：「三更半夜的，不早早挺屍，還喝甚麼燒刀子？他媽的，菩薩保佑教這班保鏢在半路上遇到強人，將鏢銀搶個精光！」徐天宏聽得店小二背後損人，保鏢的半夜裏要他送酒，因此滿肚子不痛快，靈機一動，對周綺道：「那狗大夫有兩包藥給你拿來啦，是嗎？有一包他說吃了便人事不知，快給我。」周綺不明他用意，還是拿了出來，問道：「幹麼？」徐天宏不答，向她招招手，開窗跳出，周綺跟在他身後。

徐天宏走到過道，悄聲道：「伏下，別動。」周綺滿腹狐疑，不知他搗甚麼鬼，等了一陣，不見動靜，正待要問，忽見火光閃動，店小二拿了燭台、托了一隻盤子過來。徐天宏在地下撿了一塊小石子擲出，噗的一聲，蠟燭打滅。店小二吃了一驚，罵道：「眞是見了鬼，好端端的又沒風，蠟燭也會熄。」放下盤子，轉身去點火。徐天宏等他轉了彎，疾忙穿出，火摺子一閃，看清盤中有兩把酒壺，將那包藥分成兩份，在兩把壺中各倒了一份，對周綺道：「到他們屋外去。」

兩人繞到鏢師房外伏定，徐天宏往窗縫裏望去，果見一個中年婦人雙手被縛在背後，坐在地下。幾個人坐著高談闊論，他識得其中一個是鐵琵琶手韓文沖，一個是錢正倫，另一個便是童兆和，此外還有四個未曾見過的鏢師。

只聽童兆和道：「人家說起鐵膽莊來，總道是銅牆鐵壁，那知給老子一把火燒得乾乾淨淨。哈哈，這叫做：童兆和火燒鐵膽莊，周仲英跳腳哭皇天！」周綺在窗外聽得清楚，原來燒莊的果然是他。徐天宏怕她發怒，回手搖了搖。

韓文沖神氣抑鬱，說道：「老童，你別胡吹啦，那周仲英我會過，這裏咱哥兒們一齊上，也未必是他對手。他日後找上鏢局子來，有你樂的啦！」童兆和道：「照哇！咱們是福星當頭，偏偏鐵膽周的婆娘會找上咱們來。現下有這女人押著，他還敢對咱們怎的？」說到這裏，店小二托著盤子，送進酒菜來。

衆鏢師登時大吃大喝起來。韓文沖意興蕭索，童兆和不住勸他喝酒，說道：「韓大哥，好漢敵不過人多，你栽在他們手裏，又有甚麼大不了的？下次咱們約齊了，跟他們紅花會一對一的見過高下。」一名鏢師道：「別人一對一那也罷了，老童你跟誰對？」童兆和道：「我找他們的娘兒……」話未說完，突然咕咚一聲，摔在炕下。衆人吃了一驚，忙去扶時，忽然手酸腳軟，一個個暈倒在地。

徐天宏將單刀伸進窗縫，撬開了窗，跳進房中。周綺跟著跳進，只叫得一聲「媽」，眼淚已流了下來，忙割斷縛著母親雙手的繩索。周大奶奶乍見愛女，恍在夢中，那裏還說得出話來？徐天宏將童兆和提起，叫道：「周姑娘，你給兄弟報仇。」

周綺揮刀當胸砍去，童兆和登時了帳。此人一生爲非作歹，興風作浪，也不知道害了多少人，今日終於命喪徐天宏與周綺之手。

周綺挺刀又要去殺其餘鏢師，徐天宏道：「這幾個罪不至死，饒了他們罷。」周綺點點頭，收回單刀。周大奶奶知道愛女脾氣，要怎樣便怎樣，向來任性而行，除了父親的話有時還聽幾句，此外誰都勸她不動，見她對徐天宏的話很是遵從，不禁暗暗納罕。

徐天宏在衆鏢師身上一搜，搜到了幾封信，也不暇細看，放在懷內，說道：「咱們快回房去，收拾東西就走。」三人跳窗回房，徐天宏執了包裹，在桌上留下一小錠銀子作房飯錢，到馬廐裏去牽了三匹馬，向東而去。

周大奶奶見女兒和徐天宏同行，竟然同住一房，更是疑心大起，她也是火爆霹靂的脾氣。連問：「你爹呢？這位爺是誰？怎麼跟他在一起？又和爹鬧了脾氣出來，是不是？」周綺道：「你才是跟爹鬧了脾氣出來的。媽，你待會再問好不好？」母女兩人都是急性子，說著就要爭吵起來。徐天宏忙來勸解。周綺嗔道：「都是爲了你，你還要說呢！」徐天宏一笑走開。母女兩人鼓起了嘴，各想各的心事。

當晚在一家農家借宿，母女倆同枕共話，周綺才把經過情形一一說了。她不善說辭，周大奶奶又性急亂問，兩人一會兒哭一會兒笑，一個賭氣不說，一個罵女兒不聽話，鬧到半夜，才互將別來情形說了個粗枝大葉。

原來周大奶奶痛惜愛子喪命，悲憤交集，離家出走，到皋蘭去投奔親戚許家。主人雖然殷勤款客，但她心中有事，閒居多日，實在悶不過了，逕自不別而行。這日來到潼關，在悅來客店見到鎭遠鏢局的鏢旗，想起大弟子孟健雄曾說，累她愛子死於非命的是鎭遠鏢局的鏢頭童兆和，夜裏便跳進店去查看。聽得衆鏢師言談，那童兆和正在其內，她怒氣難忍，衝進動手，鏢局中人多，終於被擒。她料想自己孤身一人，決無倖免，那知女兒竟會忽然到來。周綺說起這番報仇救人全是徐天宏出的計謀，周大奶奶好生感激。

次日上路，周大奶奶問起徐天宏的家世。徐天宏道：「我是浙江紹興人，十二歲上全家就給官府陷害死光了，只逃出了我一個。」周大奶奶道：「官府幹麼害你呀？」徐天宏道：「紹興府知府看中我姊姊，要討她做小，我姊姊早就許了人家，我爹當然不答允。知府就說我爹勾結土匪，將我爹爹、媽媽、哥哥都下在監裏，教人傳話給我姊姊，說只要她答允，就放我爹出來。我那未過門的姊夫去行刺知府，反給捕快打死了。我姊姊得到訊息，投河自盡。這一來，我爹爹、媽媽、哥哥還有活路麼？」周綺聽得怒不可遏，說道：「你報了仇沒有？」徐天宏道：「等到我長大，學了武藝，回去找那知府，他已升了官，調到別的地方去了。這幾年來到處找尋，始終沒得到消息。」周綺道：「這狗官叫甚麼名字？我決不放過他。」徐天宏道：「只知道他姓方，好像叫甚麼方有德。得，得，得他媽的屁！他左臉上有一大塊黑記，一見面就知道。」周綺嗯了一聲。

周大奶奶又問他結了親沒有，在江湖上這多年，難道沒看中那家的姑娘？周綺笑道：「他這人太刁滑，沒那個姑娘喜歡他。」周大奶奶罵道：「大姑娘家，風言風語的，像甚麼樣子！」周綺笑道：「你要給他做媒是不是？那家姑娘呀？是不是許家妹子？」

當晚宿店，周大奶奶埋怨女兒：「你一個黃花閨女，和人家青年男子同路走，同房宿，難道還能嫁給別人嗎？」周綺道：「他受了傷，我救他救錯了嗎？他雖然鬼計多端，可是對我一向規規矩矩的。」周大奶奶道：「這個你知道，他知道。我相信，你爹相信。但別人能相信麼？除非你一輩子不嫁人。否則給丈夫疑心起來，可別想好好做人。這是咱們做女人的難處。」周綺道：「那我就一輩子不嫁人。」兩人越說越大聲，又要爭吵起來。周大奶奶道：「那位徐爺就住在隔房，別教人家聽見了不好意思。」周綺道：「怕甚麼？我又沒做虧心事，幹麼要瞞他？」

次日母女倆起來，店小二拿了一封信進來，說道：「隔房那位徐爺叫我拿給奶奶的。」周綺忙問：「他人呢？」店小二道：「他說有事先走一步，今兒一早騎馬走了。」周綺抓住他領口，喝道：「你幹麼不來叫我們？」店小二道：「徐爺說不必了，他的話都寫在信上。」周綺放下店小二，搶信來看，見信上寫道：

「周大奶奶、周姑娘賜鑒：天宏受傷，虧得周姑娘救命，感激之心，一言難盡。現在兩位母女團圓，此去開封，路程已近，天宏先走一步，請勿見怪。周姑娘相救之事，天宏當然終身不忘，大恩難報。但決不對人提起片言隻字，請兩位放心可也。徐天宏上。」

周綺看了，呆了半晌，把信一丟，回房躺在炕上重又睡倒。周大奶奶叫她吃飯動身，她不言不語，不理不睬。周大奶奶急道：「我的大小姐，咱們不是在鐵膽莊哪，怎麼還發大小姐脾氣？」周綺仍是不理。周大奶奶道：「你怪他一個兒不聲不響的走了，是不是？」周綺氣道：「他是爲我好，我怎能怪他？」周大奶奶道：「那麼你在怪我了？」周綺翻身向裏，把被蒙住了頭。周大奶奶道：「你怪我甚麼呀？」周綺霍的坐起，說道：「你昨晚的話，一定都讓他聽見啦。他怕人家說閒話，害我嫁不了人，這才獨個兒先走。他信上不是說『決不對人提起片言隻字』嗎？我嫁不嫁，你操甚麼心？我偏不嫁人，偏不嫁人！」

周大奶奶見她一邊說一邊流下淚來，知她對徐天宏已生眞情，雖然她自己還未必明白，但不知不覺間已把心情流露了出來，於是低聲安慰：「媽只有你一個女兒，難道還不疼你？咱們到開封府見了你爹，要他作主，將你許配給這位徐爺。你放心，一切包在媽的身上。」周綺急道：「誰說要嫁他了？我有甚麼不放心？下次人家就是死在我的面前，我也不去救他一救。別說一救，半救也不救。」

徐天宏那晚在客店宿下，取出從鏢師身上搜來的幾封書信，在燈下細看，有一封是鎭遠鏢局總鏢頭王維揚寫給韓文沖的，催他即日赴京，護送一批重寶前赴江南云云，其餘的都無關緊要。徐天宏看了也不在意，忽聽得隔房周氏母女吵嚷起來，好幾次提到自己名字，一聽之後，甚是不安，自忖周綺如因相救自己而聲名受累，那如何對得住她？於是留下一封信，一早就先行走了。

到得河南省境，只見沿河百姓都因黃水大漲而人心惶惶。徐天宏見災象已成，暗暗嘆息，心想：「黃河雖屬天災，但只要當道者以民爲心，全力施爲，未始沒有舒緩之道，但做官的都當河工是肥缺，一上任就大刮特刮，幾時有一刻把災害放在心上？」

依著記號尋到開封，在汴梁豪傑梅良鳴家中遇見了羣雄。衆人見他無恙歸來，歡忭莫名。梅良鳴張宴接風。這時章進、衛春華、心硯各人的傷都已將息好了。石雙英赴回疆送信未回，常氏雙俠還在探聽文泰來下落，蔣四根則到黃河邊上查察水勢去了。

徐天宏對周仲英不提周大奶奶與周綺之事，心想反正一天內她們就會趕到，怕他細問起來，難以措辭，只對羣雄說起途中曾聽到余魚同的消息，知他受了重傷，與一個女扮男裝的少女在一起，卻不知是誰。衆人議論了一會，猜想不出，都甚掛念，但知余魚同向來機警能幹，必能設法養傷避敵。

次日清晨，周綺獨自個來到梅家，與父親及衆人見了，衆人又各大喜。廝見後，周綺悄悄對徐天宏道：「你過來，我有話對你說。」徐天宏心懷鬼胎，料想這位姑娘一定怪他不告而別，要大大責罵一頓了，打定了主意：「任她怎麼罵，我決不頂撞一句就是。」慢慢走到她跟前。周綺悄聲道：「我媽不肯來見我爹，你給我想個法兒。」徐天宏放下了心，說道：「那麼請你爹去見她。」周綺道：「媽也不肯見他，口口聲聲，說我爹沒良心。」徐天宏沉吟半晌，說道：「好，我有法子。」輕輕囑咐了幾句。周綺道：「這成麼？」徐天宏道：「一定成，你先去吧。」

徐天宏待周綺出門，和衆兄弟閒談了一會，向梅良鳴請問本地名勝，看看時候已到，悄對周仲英道：「周老爺子，聽說這裏鐵塔寺旁的修竹園酒家，好酒是河南全省都出名的，實是不可不嚐。」周仲英興致極高，笑道：「好，我來作東，請衆兄弟同去暢飲一番。」徐天宏道：「這裏省城之地，捕快耳目衆多，咱們人多去了不好。就由總舵主和小姪兩人陪老爺子去。怎樣？」周仲英道：「好，究竟是老弟顧慮周詳。」於是約了陳家洛，三人逕投鐵塔寺來。

那修竹園果是個好去處，杯盤精潔，窗明几淨，徐天宏四下一望，找了個雅座。三人飲酒吃黃河鯉魚，談論當年信陵公子在大梁大會賓朋、親迎侯嬴的故事。陳家洛嘆道：「大梁今猶如是，而夷門鼓刀俠烈之士安在哉？信陵公子一世之雄，竟以醇酒婦人而終。今日汴梁，僅剩夷山一丘了。」酒酣而熱，擊壺而歌，高吟起來：「閒過信陵飲，脫劍膝前橫，將炙啖朱亥，持觴勸侯嬴。三杯吐然諾，五嶽倒爲輕，眼花耳熱後，意氣素霓生……」周徐二人也不懂他唱的是甚麼歌。

三人喝到酒意五分，徐天宏舉杯對周仲英道：「周老爺子今日父女團圓，小姪敬你一杯。」周仲英喝了，嘆了一口氣。徐天宏道：「周老爺子心頭不快，是可惜鐵膽莊被燒了麼？」周仲英道：「家財是身外之物，區區一個鐵膽莊，又有甚麼可惜的？」徐天宏道：「那麼定是思念過世的幾位公子了？」

周仲英不語，又嘆了一口氣。陳家洛連使眼色，要他別再說這些話觸動他心境，徐天宏只作不見，又道：「當時小公子年幼無知，說出了四哥藏身之所，周老爺子一怒將他處死。在周老爺子是顧全江湖道義，我們卻是萬分不安。」陳家洛道：「七哥，咱們走吧，我酒已差不多了。」徐天宏仍問周仲英道：「周大奶奶不知因何離家出走？」

周仲英嘆道：「她怪我不該殺死孩子。唉，她一個孤身女子，不知投奔何方。這孩子她愛若性命，我確是對她不起。其實我只是盛怒之下失手，也非有心殺了孩子。待咱們把四爺救出後，我就是走遍天涯海角，也要把老妻找回來。我這麼一把年紀，世上親人，就只老妻和女兒兩人了。」說到此處，忽然門帘掀開，周大奶奶和周綺走了進來。

周大奶奶道：「你的話我在隔壁都聽見啦，你肯認錯就好。我就在這裏，不用找我啦。」周仲英一見妻子，又驚又喜，一時說不出話來。

周綺對陳家洛道：「陳大哥，這是我媽。」對母親道：「媽，這位是紅花會的陳總舵主。」二人施禮相見。周綺命酒保把隔座杯盞移過，對周仲英道：「爹，這眞巧極啦，我聽說這裏的酒好，一定要來喝，媽不肯來，給我死拖活拉的纏了來，那知就坐在你們隔壁。」五人歡呼暢飲，談起別來之情。

周綺見父母團聚，言歸於好，不由得心花怒放，口沒遮攔，興高采烈的說到殺童兆和、報了害弟燒莊之仇。徐天宏連使眼色，要她住口，她只是不覺，說道：「他的計策眞好！那些鏢行的小子們都昏倒後，我跳進窗去，救起了媽。他抓起那姓童的，提在我面前，讓我親手殺了這惡賊。」

周仲英和陳家洛給徐天宏敬酒。周仲英道：「老弟救了老妻，又替我報了大仇，老夫實在感激得很。」徐天宏道：「老爺子說那裏話來，這都是周姑娘的功勞。」陳家洛問道：「你們兩位怎麼在途中遇到的？」徐天宏支吾了幾句。周綺暗暗叫苦：「糟啦，糟啦！我說殺童兆和時和他在一起，那麼以前的事怎麼瞞人呢？」臉上一陣飛紅，低下頭來，神智一亂，無意中揮手，將筷子和酒杯都帶在地下，嗆啷一聲，酒杯跌得粉碎，更是狼狽。

陳家洛鑒貌辨色，知道二人之間的事決不止這些，又聽周綺提到徐天宏時，總是「他」怎樣「他」那樣，不叫名字，已料到了六七成。回到梅府後把徐天宏叫在一邊，道：「七哥，你瞧周姑娘這人怎麼樣？」

徐天宏忙道：「總舵主，剛才周姑娘在酒樓上的言語，請你別向人提起。她心地純眞，光明磊落，可是別人聽見了，要是加一點污言穢語，咱們可對不起周老英雄。」陳家洛道：「我也瞧周姑娘的人品好極啦，我給你做個媒如何？」

徐天宏跳了起來，說道：「這個萬萬不可，我如何配得上她？」陳家洛道：「七哥不必太謙，你武諸葛智勇雙全，名聞江湖，周老英雄說到你時也是十分佩服的。」徐天宏呆了半晌不語。陳家洛連問：「怎樣？」徐天宏道：「總舵主你不知道，周姑娘不喜歡我。」陳家洛道：「你怎知道？」徐天宏道：「她親口說的，她說恨透了我這種刁鑽古怪的脾氣，以前咱們一路之上，老是拌嘴鬧彆扭。」陳家洛哈哈大笑，道：「那麼你是肯的了？」徐天宏道：「總舵主你別白操心，咱們不能自討沒趣。」

忽然梅家的小廝走進房來，道：「陳少爺，周老爺在外面，請你說話。」陳家洛向徐天宏一笑，走出房來，只見周仲英背著雙手在廊下踱步，忙迎上去道：「周老爺子有事吩咐，命人叫我便是，何必親來？」周仲英道：「不敢。」拉著他手，到花廳中坐下，說道：「我有一件心事，想請陳當家的作主。」陳家洛道：「老爺子但請直言，小姪自當效勞。」

周仲英道：「小女今年一十九歲了，雖然生來頑劣，但天性倒還淳厚，錯就錯在老夫教了她一點武藝，尋常人家的孩子她就瞧不順眼，這才蹉跎到今，還沒對親……」說到這裏，似乎躊躇，隔了一會才道：「貴會七當家徐爺，江湖上大家仰慕他的英名。他有智有勇，人品又好。老夫想請陳當家的作一個媒，將小女許配於他，就是怕小女脾氣不好，高攀不上。」陳家洛一聽大喜，連連拍胸，說道：「此事包在小姪身上。周老爺子是武林的泰山北斗，既肯垂愛，咱們紅花會衆兄弟都與有榮焉，小姪馬上去說。」

一口氣奔到徐天宏房中，一說經過，把徐天宏喜得心中突突亂跳。陳家洛道：「七哥，我瞧周老英雄臉色，他心中還有一句話，卻是不便出口。我猜是這樣，不知你肯不肯？」徐天宏道：「那有甚麼不肯的？」陳家洛笑道：「我也想沒甚麼不肯的。周老英雄三個兒子都死了，小兒子還是因咱們紅花會而死。眼見周家香煙已斷。我意思是委屈七哥一些，不但做他女婿，還做他兒子。」徐天宏道：「你要我入贅周家？」陳家洛道：「不錯，將來生下兒子，長子姓周，次子姓徐。自古道無後為大，咱們這樣辦，也算稍報周老英雄的一番恩義。」徐天宏深感周綺救命之德，慨然允了。

兩人回到周仲英房中，請周大奶奶過來。周綺不知原因，跟著進房。周仲英一見陳徐二人臉色，便知事成，笑道：「綺兒，你到外面去。」周綺氣道：「又有甚麼事要瞞著我了。不成，我非聽不可！」話是這麼說，還是轉身出去。

陳家洛將入贅之意說了。周大奶奶笑得合不攏嘴來，周仲英也是喜容滿面，連說：「這那裏敢當，這那裏敢當？」徐天宏跪下磕頭。周仲英連忙扶起，笑道：「我們身在外邊，沒帶甚麼贄見之儀，待會我把那手打鐵膽的法兒傳你，七爺你瞧怎樣？」周大奶奶笑道：「你老胡塗啦，怎麼還叫他七爺？」周仲英呵呵大笑。徐天宏知道鐵膽功夫是他仗以成名的武林絕藝，今日喜事重重，既得嬌妻，又遇名師，忙再跪下叩謝。兩人遂以父子相稱。

這件事一傳出去，大家紛來賀喜。當晚梅良鳴大張筵席慶賀。周綺躲了起來，駱冰死拉也拉不出來。

飲酒之間忽然石雙英進來，對陳家洛道：「總舵主，你的信已經送到，這是木卓倫老英雄的回信。」陳家洛接了，說道：「十二哥奔波萬里，回來得這樣快，真辛苦你啦，快來喝一杯……」話未說完，突然蔣四根飛跑進來，高叫：「黃河決口啦！」

衆人一聽，俱都停杯起立，詢問災情。蔣四根道：「孟津到銅瓦廂之間，已決了七八處口子，好多地方路上已沒法子走啦。」大家聽了都感憂悶，既恤民困，而常氏雙俠迄今仍未回報，不知文泰來情狀若何。陳家洛道：「衆位哥哥，咱們在這裏已等了幾天，五哥六哥始終沒消息，多半前途有變，只怕洪水阻路，誤了大事。請大家想想該怎麼辦？」章進叫道：「咱們不能再等，大夥兒趕上北京去。四哥就是下在天牢，咱們好歹也劫他出來。」衛春華、楊成協、蔣四根等都齊聲附和。

陳家洛和周仲英、無塵、趙半山低聲商量了幾句，說道：「事不宜遲，咱們就馬上動身。」於是向梅良鳴謝了叨擾，啓程東行。

陳家洛在路上拆閱木卓倫的書信，信上對紅花會報訊之德再三稱謝，並說已召集族人，秣馬厲兵，決與強敵周旋到底，只以寇衆我寡，勢難取勝，但全族老小寧可人人戰死，也決不屈服。信中詞氣悲壯，陳家洛不禁動容，問石雙英道：「木卓倫老英雄還有甚麼話說？」石雙英道：「他問起四哥救出來沒有？聽說還沒成功，很是掛念。」陳家洛「嗯」了一聲。

石雙英又道：「他們族裏的人對咱們情誼很深，聽說我是總舵主派去的使者，大家對我好得不得了。」陳家洛問道：「你見了木卓倫老英雄的家人麼？」石雙英道：「他夫人、兒子和兩個女兒都見了。他大女兒是和總舵主會過面的，她問候總舵主安康。」陳家洛隔了一會，緩緩的道：「她此外沒說甚麼了？」石雙英想了一想，說道：「我臨走時，霍青桐姑娘似乎有些話要對我說，但始終沒說，只是細問咱們救四哥的詳情。」

陳家洛沉吟不語，探手入懷，摸住霍青桐所贈短劍。這短劍刃長八寸，精光耀眼，劍柄金絲纏繞，磨損甚多，看來是數百年前的古物。霍青桐那日曾說，故老相傳，劍中藏著一個極大秘密，可是這些日來翻覆細看，始終瞧不出有何特異之處。回首西望，天上衆星明亮，遙想平沙大漠之上，這星光是否正照到了那青青翠羽，淡淡黃衫？

眾人走了一夜，天明時已近黃河決口之處，只見河水濁浪滔天，奔流滾滾，再走幾個時辰，大片平原已成澤國。低處人家田舍早已漂沒。災民都露宿在山野高處，有些被困在屋頂樹顛，遍地汪洋，野無炊煙，到處都是哀鳴求救之聲，時見成羣浮屍，夾著箱籠木料，隨浪飄浮。羣雄沿途救了幾名災民，繞道從高地上東行，當晚在山地上露宿了一宵，次日兜了個大圈子才到杜良寨，眞是哀鴻遍野，慘不忍睹。

周綺一直和駱冰在一起，這時再也忍不住了，縱馬追上徐天宏，說道：「你鬼心眼兒最多，想法子救救這些老百姓啊。」徐天宏自與她定婚後，未婚夫婦爲避嫌疑，兩日來沒說一句話，那知她開口第一句話，就出個天大難題，不由得好生爲難，說道：「話是不錯，可是災民這麼多，有甚麼法子呢？」周綺道：「要是我有法子，幹麼要來問你？」徐天宏道：「趕明兒我對大夥說，不許再叫我『武諸葛』這外號，免得你老是跟我爲難。」周綺急道：「我幾時跟你爲難啊？我話說錯了，好不好？我不說話就是。」說罷嘟起了嘴，一聲不響。

徐天宏道：「妹子，咱們現下是一家人啦，可不能再吵嘴。」周綺不理。徐天宏道：「是我錯了，饒了我這次。你笑一笑吧。」周綺把頭轉開，一張俏臉仍然板著。徐天宏道：「啊，你不肯笑，原來是見了新姑爺怕羞。」周綺忍耐不住，噗哧一聲，笑了出來，舉起馬鞭笑道：「你再胡說八道，瞧我打不打你？」

駱冰在二人之後，她怕白馬遠赴回疆，來回萬里，奔得脫了力，這兩日一直緩緩而行，眼見周綺天眞爛漫的和徐天宏說笑，想起丈夫，更增愁思。

未牌時分大夥到了招討營，這是黃河邊的大鎮，郊外災民都逃到鎮上來。駱冰將身上所帶黃金在銀鋪中換了銀子，買了糧食散發。災民蜂擁而來，不一會全數發完，受到救濟的人連一成都不到。衆人出得鎮去，許多災民戀戀不捨的跟在後面，只盼能得到一點點糧食果腹。羣雄心中不忍，可是那裏救濟得這許多，只得硬起心腸，上馬馳走。沿路災民絡繹不絕，拖兒帶女，哭哭啼啼。羣雄正行之間，忽然迎面一騎馬急奔而來。山路狹窄，那騎馬卻橫衝直撞，一下子將一個懷抱小孩的災民婦人撞下路旁水中，馬上乘者竟毫不理會，自管策馬疾馳而來。羣雄俱各大怒。衛春華首先竄出，搶過去拉住騎者左腳一扯，將他拉下馬來，劈面一拳，結結實實打在他面門之上。那人「哇」的一聲，吐出一口血水、三隻門牙。

那人是個軍官，站起身來，破口大罵：「你們這批土匪流氓，老子有緊急公事在身，回來再跟你們算帳。」上馬欲行。章進在他右邊一扯，又將他拉下馬來，喝道：「甚麼緊急公事，偏教你多等一會。」陳家洛道：「十哥，搜搜他身上，有甚麼東西。」章進在他身上一抄，搜出一封公文，交了過去。

陳家洛見是封插上雞毛、燒焦了角的文書，知是急報公文，是命驛站連日連夜趕遞的，封皮上寫著「六百里加急呈定邊大將軍兆」的字樣，隨手撕破火漆印，抽出公文。

那軍官見撕開公文，大驚失色，高叫起來：「這是軍中密件，你不怕殺頭嗎？」心硯笑道：「要殺頭也只殺你的。」

陳家洛見公文上署名的是運糧總兵官孫克通，稟告兆惠，大軍糧餉已運到蘭封，因黃河氾濫，恐要稽延數日，方能到達云云。陳家洛把公文交給徐天宏，道：「不相干，跟四哥沒甚麼關係。」徐天宏一看，喜容滿面，說道：「總舵主，這眞是送上門來的大買賣。咱們相助木老英雄，救濟黃河災民，都著落在這件公文上。」跳下馬來，走到那軍官面前，將那公文撕得粉碎，笑道：「你去兆惠那裏，還是回蘭封？失落了軍文書，要殺頭的吧？要命的自己逃吧。」那軍官又驚又怒，說不出話來，想想此言確是實情，無可奈何，脫下身上軍裝往水裏一拋，混在災民羣中走了。

陳家洛已明白徐天宏之意，說道：「劫糧救災，確是一舉兩得，只是大軍糧餉必有重兵護送，咱們人少，如何幹這大事，願聞七哥妙計。」徐天宏在他耳旁輕輕說了幾句，陳家洛大喜，道：「好，就這麼辦。」當下分撥人手。各人接了號令，自去喬裝改扮，散佈謠言。

次日上午，蘭封城內突然湧進數萬災民，混亂不堪。知縣王道見情勢有異，叫捕快抓了幾名災民來問話，都說今日發放賑濟錢糧，因此趕來領取。王道忙下令關閉城門。此時十傳百，百傳千，四鄉災民大集，城內城外黑壓壓一片，萬頭聳動。王道差人傳諭並無此事，災民那裏肯信。

王道見災民愈來愈多，心中著慌，親到東城石佛寺去拜見駐紮在寺中的總兵孫克通，請他調兵在城內彈壓。孫克通道：「小將奉兆將軍將令，剋日運送糧餉前赴回疆，只要稍有失閃，就是殺頭的罪名。不是小將不肯幫忙，實在軍務重大，請王大人原諒。」王道再三懇求，孫克通只是不允。王道無奈，只得辭出，到得街上，只見災民已在到處鼓噪。

天將入夜，忽然縣衙、監獄，和街上幾家大商號同時起火。王道忙督率衙役捕快救火，正亂間，一名公差氣急敗壞的奔來報道：「大……大老爺不好了，西門給災民打開，成千成萬災民湧進城來了。」王道只是叫苦，手足無措，忙叫：「備馬。」帶了衙役往西城察看，走不了半條街，道路已被災民塞住，無法通行。只聽得災民中有人叫道：「在東城石佛寺發糧發銀子，大家到石佛寺去啊！」眾災民迎面蜂擁而來。王道大怒，喝道：「奸民散佈謠言，給我抓來審問。」兩名衙役應了，嗆啷啷抖出鐵鍊，往一名身材瘦小、正在大嚷大叫的領頭災民頭上套去。那人一把奪過鐵鍊，反手揮出，登時打折一名衙役的脊骨，大叫：「咱們要吃飯啊，又犯了甚麼王法哪？」

王道見不是路，回馬就走，繞到南門，迎面又是一羣災民湧來。王道心想只有到孫總兵那裏去躲避。正行之間，只見在城中巡邏的兵丁紛紛逃竄，一個道人手執長劍，一個胖子揮動鐵鞭，一個駝子舞起狼牙棒，一名大漢挺著鐵槳，隨後趕殺過來。

王道混在兵丁羣中，催馬逃向石佛寺。寺門早已緊閉，守門士兵認得是知縣大人，開門放他進去。那時寺外災民重重疊疊，已圍了數層。災民中有人叫：「朝廷發下救濟錢糧，都給狗官吞沒了。發錢糧哪，發錢糧哪！」眾災民齊聲高呼，聲震屋瓦。王道不住發抖，連說：「造反了，造反了！」

孫克通究是武官，頗有膽量，叫士兵將梯子架在牆頭，爬上梯去，高聲叫道：「是安份良民，快快退出城去，莫信謠言。再不退去，可要放箭了。」這時兩名游擊已帶領弓箭手佈在牆頭。災民紛紛鼓噪。孫克通叫道：「放箭。」一排箭射了出去，十多名災民中箭倒地。衆災民大駭，轉身奔逃，互相踐踏，呼娘喚兒，亂成一片。

孫克通在牆頭哈哈大笑，笑聲未畢，災民中有人撿起兩塊石子，投了上來。孫克通側身避開了一塊，另一塊卻從腮邊擦過，只感到一陣痛楚，伸手一摸，滿手是血，不由得大怒，大叫：「放箭，放箭！」弓箭手一排箭射出去，又有十多名災民中箭。

災民驚叫聲中，忽聽兩聲呼嘯，兩個又高又瘦的漢子縱上牆去，手掌揮處，將幾名弓箭手擲下地來。災民憤恨弓箭手接連傷人，擁上去按住狠打，有些婦女更是亂撕亂咬。

紅花會羣雄早已混在災民羣中。徐天宏本意讓官兵多作一些威福，使災民憤怒不可遏止，然後一鼓作氣，攻進寺中。忽見常氏雙俠跳上牆頭，羣雄都是驚喜交集。

駱冰舞開雙刀，跳上牆頭，挨到常赫志身旁，問道：「五哥，見到四哥了麼？他怎樣？」常赫志見了駱冰，很是驚奇，道：「咦，四嫂你也來了？四哥見到了，你放心。」駱冰一聽，精神大振，突然間歡喜過度，反而沒力氣廝殺了，跳在牆外坐倒，扶住了頭。章進和心硯忙奔了過來，連問：「怎樣？受傷了麼？」駱冰笑道：「沒事，五哥見到四哥了。」

看牆頭時，只見衛春華、楊成協、周綺、孟健雄都已攻上，正與官兵惡鬥。不一會寺門打開，蔣四根和孟健雄從寺中奔出，向災民連連招手，大叫：「大家進來拿糧！」衆災民一湧而入。寺中官兵先還揮動兵刃亂砍亂殺，後來見災民愈來愈多，又有一批武功高強之人混在其間，統兵軍官接連被殺了數名，不由得亂了手腳。但官兵人數甚多，又有兵器，災民卻不敢逼近。

孫克通舞動大刀，帶著幾名親兵在牆頭拚鬥，邊打邊退，忽覺耳旁風生，後心一陣酸麻，一鬆手，大刀噹啷啷跌落牆下，雙手不知怎的已被人反背擒住，又覺得頸項中一陣冰涼，一個聲音在腦後喝道：「你龜兒，命令官兵拋下兵器，退出廟去。」孫克通稍一遲疑，頸項中一陣劇痛，竟是一把刀架在頸上，那人輕輕把刀拖動，在他頸項中劃破了一層皮。到了這地步，孫克通那敢不依，只得高聲傳令。官兵見總兵給一個鬼怪模樣的人擒住，主將既然有令，何必再拚性命，各自拋下兵器，退出廟去。衆災民齊聲歡呼。

陳家洛走進大殿，只見五開間的殿上堆滿了一袋袋的糧食，一車車的銀鞘。石雙英將知縣王道揪來聽由發落。陳家洛笑道：「你是縣太爺嗎？」王道顫聲道：「是……是……大王。」陳家洛笑道：「你瞧我像大王嗎？」王道道：「我該死，說錯了，不知公子尊姓大名？」陳家洛微微一笑，不答他的問話，問道：「你是兩榜出身嗎？」王道道：「不敢，不敢。」陳家洛道：「不敢甚麼？你既是進士，胸中必有才學，我出個對子給你對對。」他摺扇一揮，笑道：「你對出了，饒你性命，對不出呢，嘿嘿，那就不客氣了。」

衆災民聽紅花會羣雄告諭，說不久就可分發錢糧，俱都安靜了下來，這又聽說知縣被擒，紅花會總舵主正在考較他的才學，都覺好奇，圍成一圈，千百雙眼睛集在王道臉上。

陳家洛道：「你聽著，這上聯是：『俟河之清，人壽幾何！卻問河清易？官清易？』」王道滿頭大汗，惶急之際，本來便有三分才學，也隨黃河之水流入汪洋大海了，想了半天，說道：「公子，你這上聯太難了，小人才疏學淺，我……我對不出。」陳家洛答道：「也好，不對也罷。我問你，是黃河清容易呢，還是官吏清容易？」王道忽然福至心靈，說道：「我瞧天下的官都清了，黃河的水也就清啦。」陳家洛呵呵大笑，說道：「說得好！饒你一命。你快召集吏役，將錢糧散發給災民。喂，總兵官，你也幫著點。」

孫克通和王道好生爲難，軍糧散失已是殺頭的罪名，怎麼還能由自己手裏分發出去？但若不聽命令，眼見當場便要喪命，火燒眉毛，只顧眼下，萬般無奈，只得督率兵卒吏役，把軍糧軍餉發給災民。災民歡聲雷動，紛紛向紅花會羣雄稱謝，領錢糧時不住對孫克通和王道揶揄取笑，兩人只當不聞不見。

陳家洛叫道：「各位父老兄弟姊妹聽著，日後衙門裏要是派人查問，便說是總兵官和知縣太爺親手發給你們的。」眾災民嘩然叫好，連說：「正是如此。」

羣雄在一旁監視，直到深夜，眼見糧餉散發已盡。徐天宏叫道：「各位父老，你們把這些軍器都拿去藏在家裏，狗官知道好歹，那就罷了，要是我們走後，再來逼你們交還錢糧，大夥就跟他們拚了。」眾災民這時對紅花會羣雄的話，說一句聽一句，當下便有精壯男子過來，拾起眾兵丁抛在地下的刀槍。官兵見災民勢大，總兵又落入敵人手中，那敢抗拒？

陳家洛道：「大事已了，各位哥哥，跟我走吧！」站起身來，羣雄擁著孫克通，在眾災民轟謝聲中離了石佛寺，上馬出城。馳出十餘里，陳家洛將孫克通往馬下一推，說道：「總兵大人，多謝你的糧食銀子，咱們後會有期。你下次再押糧餉，千萬送個信來。」雙手一拱，哈哈大笑，在羣雄拱衛中絕塵而去。

奔出里許，陳家洛問常氏雙俠道：「兩位得到了四哥的消息？」常赫志道：「見到十四弟留的記號，說四哥已給送去杭州。」陳家洛大爲詫異，問道：「送去杭州幹麼？怎麼不去北京？不是皇帝老兒要親審麼？」常伯志道：「咱們也覺得奇怪。不過十四弟做事素來精細，定是探到了確訊。」

陳家洛要衆人下馬，圍坐商議。徐天宏道：「四哥既去杭州，咱們就奔江南設法搭救。杭州是咱們的地盤，朝廷的勢力也沒北京大，相救起來比較容易。不過還得請一位哥哥到北京去打探消息，以防萬一。」衆人俱各稱是。陳家洛望著石雙英，說道：「再請十二哥辛苦一趟。」石雙英道：「好。」商議已畢，石雙英一人北上，羣雄連騎南下。

陳家洛再問起余魚同傷勢情況。常氏雙俠說並不知情，他哥兒倆一見到記號，馬上趕回報信，經過蘭封時見災民大集，就隨著災民到石佛寺看看熱鬧，碰上官兵放箭，兩人按捺不住，跳上牆去動起手來，不意羣雄都已到達。

衆人得悉了文余二人的消息，文泰來雖未脫險，但已知二人安然無恙，均感欣慰，談起適才劫糧救災之事，痛快不已。周綺道：「西征大軍沒了糧餉，霍青桐姊姊定可打個勝仗。」無塵笑道：「那女娃子劍法不錯，人緣又好，大夥兒都幫著她。盼她打個大勝仗，好讓大家都歡喜歡喜。」

陳家洛道：「多虧七哥神機妙算，此事一舉兩得。」周綺聽得總舵主稱讚徐天宏，暗暗歡喜，俏目向他望去，滿眼都是笑意。徐天宏向她伸了伸舌頭，眨了眨眼。

陳家洛於是按徽撥絃，彈的是一曲〈平沙落雁〉。

東方耳凝神傾聽。一曲既終，

東方耳道：「兄台是否到過塞外？聆兄雅奏，覺琴韻壯闊，大漠風光，盡入絃中。」

第七回

琴音朗朗聞雁落　劍氣沉沉作龍吟

不一日，羣雄來到徐州。當地紅花會分舵舵主見總舵主和內外香堂各位香主忽然一齊來到，當下恭謹接待，不免大忙起頭。江北一帶會衆歸楊成協統率，他命分舵主不可張揚，也不必通知衆兄弟來見總舵主。羣雄只宿了一宵，當即南下。此後一路往南，大小碼頭全有紅花會的分支頭目。羣雄爲守機密，都不驚動，疾趨而過，數日後到了杭州，宿在杭州分舵舵主馬善均家中。馬家坐落裏西湖孤山脚下，湖光山色，風物佳勝，又是個僻靜所在。

馬善均是大綢緞商人，自置兩所大機房織造綢緞，因生性好武，結識了衛春華，由他引入紅花會。馬善均五十上下年紀，胖胖的身材，穿一件團花緞袍，黑呢馬褂，一眼看去，直是個養尊處優的富翁，那知竟是一位風塵豪俠。當晚在後廳與羣雄接風，衆人在席上說了要救文泰來之事。馬善均道：「小弟馬上派人去查，看四當家落在那一處牢裏，咱們再相機行事。」當即命兒子馬大挺出去派人查探。

次日上午，馬大挺回報說，巡撫衙門、杭州府、錢塘縣、仁和縣各處監獄，以及駐防將軍轅所、水陸提督衙門，都有兄弟們去打探過，查知均無文四當家在內。

陳家洛召集羣雄議事。馬善均道：「這裏撫台、府縣以及將軍、提督衙門，均有本會兄弟在內，文四當家如在官府牢獄，必能查到。最怕官府因四當家案情重大，私下監禁，那就棘手了。」陳家洛道：「咱們第一步要查知文四哥的所在。請馬大哥繼續派遣得力兄弟，往各衙門打探，今晚再請道長、五哥、六哥到巡撫衙門去瞧瞧。最要緊是別打草驚蛇，無論如何不能伸手動武。」無塵等應了。馬善均詳細說了道路和撫台衙門內外情形。

三人於子夜時分出發，去了兩個時辰，回報說撫台衙門戒備森嚴，有成千兵丁點起燈火，徹夜守衛，巡查的軍官有幾名都是戴紅頂子的二三品大員，他們不敢硬闖，等了良久，守衛的軍官沒絲毫懈怠，只得回來。

羣雄好生奇怪，猜測不出是何路道。馬善均道：「這幾天杭州城裏各處盤查極緊，各家賭場、娼寮，甚至水上的江山船，都有官差去查問，好多人無緣無故的給抓了去。難道跟文四當家有關不成？」徐天宏道：「想來不會。莫非京裏來了欽差大臣，因此地方官要賣力一番。」馬善均道：「沒聽說有欽差來浙江呀。」衆人計議多時，不得要領。

次日周綺吵著要父母陪她去遊湖，周仲英答應了。周綺向徐天宏連使眼色，要他同去。徐天宏不好意思出口，只作不見。常言道：「知子莫若父」，周仲英知道女兒心思，笑道：「宏兒，我們從未來過杭州，你同去走走，別教我們迷了路走不回來。」徐天宏應了。周綺悄聲道：「爹爹叫你就去。我叫你，就偏不肯。」徐天宏笑著不語。他幼失怙恃，身世淒涼，這時忽得周仲英夫婦視若親子，未婚妻又是一派天眞嬌憨，對他甚是依戀親熱，雖在人前亦不避忌，不但自己欣喜，衆兄弟也都代他高興。

陳家洛也帶了心硯到湖上散心，在蘇堤白堤漫步一會，獨坐第一橋畔，望湖山深處，但見竹木森森，蒼翠重疊，不雨而潤，不煙而暈，山峯秀麗，挺拔雲表，心想：

「袁中郎初見西湖，比作是曹植初會洛神，說道：『山色如娥，花光如頰，溫風如酒，波紋如綾，才一舉頭，已不覺目酣神醉。』不錯，果然是令人目酣神醉！」

他幼時曾來西湖數次，其時未解景色之美，今日重至，才領略到這山容水意，花態柳情。凝望半日，僱了一輛馬車往靈隱去看飛來峯。峯高五十丈許，緣址至顚皆石，樹生石隙，枝葉翠麗，石牙橫豎錯落，似斷欲墜，一片空青冥冥。陳家洛一時興起，對心硯道：「咱們上去看看。」峯上本無道路可援，但兩人輕功不凡，談笑間上了峯頂。仰望三竺，但見萬木參天，清幽欲絕，陳家洛道：「那邊更好。」兩人下峯，緩步往上中下三天竺行去。走出十餘丈，忽有兩名身穿藍布長袍的壯漢迎面走來，見到他兩人時不住打量，面露驚奇之色。心硯悄聲道：「少爺，這兩人會武。」陳家洛笑道：「你眼力倒不錯。」語聲未畢，迎面又是兩人走來，一式打扮，正在閒談風景，聽口音似是旗人。一路上山，遇見這般穿藍布長袍的武人共有三四十人，見到陳家洛時都感詫異。

心硯看得眼都花了。陳家洛也自納罕，心下琢磨：「難道是甚麼江湖幫會、武林宗派在此聚會不成？但杭州是紅花會地盤，如有此事，決不會不通知我們。這些人見到我時俱露驚奇之色，那又爲了甚麼？」轉過一個彎，正要走向上天竺觀音廟，忽聽山側琴聲朗朗，夾有長吟之聲，隨著細碎的山瀑聲傳過來。只聽那人吟道：

「錦繡乾坤佳麗，御世立綱陳紀。四朝輯瑞徵師濟，盼皇畿，雲開雉扇移。黎民引領鸞輿至，安堵村村颺酒旗。恬熙，御爐中靉靆瑞雲霏。」

陳家洛心想，琴音平和雅致，曲詞卻滿篇歌頌皇恩，但歌中「安堵村村颺酒旗」七字不錯，倘若普天下每一處鄉村中都有酒家，黎民百姓也就快活得很了。

循聲緩步走了過去，只見山石上坐著一個縉紳打扮之人正在撫琴，四十來歲年紀，旁邊站著兩個壯漢、一個枯瘦矮小的老者，也都身穿藍布長衫。陳家洛心中突然一凜，覺得這撫琴之人似乎依稀相識，那人形相清癯，氣度高華，越看容貌越熟，可是總想不起在那裏會過，刹那間心神恍惚，竟如做夢一般，只覺那人似是至親至近之人，然又隔得極遠極遠。

這時那老者和兩個壯漢都已見到陳家洛和心硯，也凝神向他們細望，似欲過來說話。那撫琴男子三指一劃，琴聲頓絕。陳家洛走進幾步，拱手說道：「適聆仁兄雅奏，詞曲皆屬初聞，可是兄台所譜新聲嗎？」那人笑道：「正是。這〈錦繡乾坤〉一曲是小弟近作。閣下既是知音，還望指教。」陳家洛道：「高明，高明！詞中『安堵村村颺酒旗』一句尤佳。」那人臉現喜色，道：「兄台居然記得曲詞，請過來坐坐。」陳家洛心想：「但甚麼『盼皇畿』、『黎民引領鸞輿至』，大拍皇帝馬屁，格調也就低得很了。」但不知何故，心中對此人自生親近之意，便走了過去，施禮坐下。

那人看清了他面容，大為訝異，呆了半晌。陳家洛笑道：「兄弟一路上山，遇見遊客甚多，見到兄弟之時，人人面露詫異之色，適才兄台也是如此，難道小弟臉上有甚麼古怪麼？倒要請教了。」那人笑道：「兄台有所不知，小弟有一親戚，相貌和兄台十分相似，那些遊客都是小弟朋友，是以都感驚奇。」陳家洛笑道：「原來如此。仁兄相貌我也熟極，似在那裏會過。小弟愚魯，再也記不起來，仁兄可想得起麼？」

那人呵呵大笑，說道：「那眞是有緣了。請問仁兄高姓大名。」陳家洛名滿江湖，不願告知他眞姓名，隨口謅道：「小弟姓陸，名嘉成。」那是將陳家洛三字顚倒了過來，也問：「請問兄台尊姓。」那人微一沈吟，說道：「小弟複姓東方，單名一個耳字，是直隸人氏。聽兄台口音，似是本地人？」陳家洛道：「小弟正是此間人。」那自稱東方耳的人道：「久聞江南山水天下無雙，今日登臨，果然名下無虛，不但峯巒佳勝，而且人傑地靈，所見人物，亦多才俊之士。」

陳家洛聽那人談吐不俗，又見那兩個壯漢和那老者都對他執禮至恭，當他說話時垂手而立，不敢稍有懈怠，實不知他是何等人物，便道：「兄台既然喜愛江南，何不就在此定居，也好讓小弟時聆教益。」東方耳呵呵大笑，說道：「偷得浮生半日之閒，在此一遊，已是非分，我輩俗人，此等清福豈能常享？兄台知音卓識，必是高手，就請彈奏一曲如何？」說罷把七絃琴推到陳家洛面前。

陳家洛伸指輕輕一撥，琴音清越絕倫，看那琴時，見琴頭有金絲纏著「來鳳」兩個篆字，木質斑爛蘊華，似是千年古物，心中暗吃一驚，自忖此琴是無價之寶，這人不知從何處得來，說道：「兄台珠玉在前，小弟獻醜了。」於是調絃按徽，鏗鏗鏘鏘的彈了起來，彈的是一曲〈平沙落雁〉。東方耳凝神傾聽。

一曲既終，東方耳道：「兄台是否到過塞外？」陳家洛道：「小弟適從回疆歸來，不知兄台何以得知？」東方耳道：「兄台琴韻平野壯闊，大漠風光，盡入絃中，聞兄妙奏，眞如讀辛稼軒詞：『醉裏挑燈看劍，夢回吹角連營，八百里分麾下炙，五十絃翻塞外聲，沙場秋點兵。』這曲〈平沙落雁〉，小弟生平聽過何止數十次，但從未得聞兄台琴引如此氣象萬千。」陳家洛見他果是知音，心中也甚歡喜。

東方耳又道：「小弟尙有一事不明，意欲請教。不過初識尊範，交淺言深，似覺冒昧。」陳家洛道：「願聆直言。」東方耳道：「聽兄琴韻中隱隱有金戈之聲，似胸中藏有十萬甲兵。但觀兄相貌又似貴介公子，溫文爾雅，決非統兵大將。是以頗爲不解。」陳家洛笑道：「小弟一介書生，落拓江湖。兄台所言，令人汗顏。」

那東方耳對陳家洛所言，似乎不甚相信，又問：「兄台或係將軍世家，不知尊大人現居何官？兄台有何功名？」陳家洛道：「先嚴已不幸謝世。小弟碌碌庸才，功名利祿，與我無緣。」東方耳道：「聆兄吐屬，大才磐磐，難道是學政無目，以致兄台科場失利嗎？」陳家洛道：「那倒不是。」東方耳道：「此間浙江巡撫，是弟至交，兄台明日移駕去見他一見，或有際遇，也未可知。」陳家洛道：「兄台好意，至深感謝。只是小弟無意爲官。」東方耳道：「然則兄台就此終身埋沒不成？」陳家洛道：「與其殘民以逞，不如曳尾於泥塗耳。」東方耳一聽此言，不覺面容變色。

兩名藍衣壯漢見他臉色有異，都走上一步。東方耳稍稍一頓，呵呵笑道：「兄台高人雅致，胸襟自非我輩俗人所及。」

兩人互相打量，都覺對方甚爲奇特，然而在疑慮之中又不禁有親厚之情。東方耳道：「兄台自回疆遠來江南，途中見聞必多。」陳家洛道：「神州萬里，山川形勝自是目不暇給。只是適逢黃河水災，哀鴻遍野，小弟也無心賞玩風景。」東方耳道：「聽說災民在蘭封搶了西征大軍的軍糧，兄台途中可有所聞？」陳家洛一怔，心道：「此人訊息怎地如此靈通？我們劫糧後趕來江南，晝夜奔馳，途中沒絲毫耽擱，怎麼他倒知道了？」說道：「事情是有的，災民無衣無食，爲民父母者不加憐恤，他們爲求活命，鋌而走險，也可說是情有可原。」

東方耳微微搖頭，輕描淡寫的道：「聽說事情不單如此，這件事是紅花會鼓動災民，犯上作亂。」陳家洛故作不知，問道：「紅花會是甚麼呀？」東方耳道：「那是江湖上一個造反謀叛的幫會，兄台沒聽到過嗎？」陳家洛道：「小弟放浪琴棋之間，世事一竅不通。說來慚愧，這樣大名鼎鼎的一個幫會，小弟今日還是初聞。」他微微一頓，說道：「朝廷得訊之後，對紅花會定要嚴加懲辦的了。」東方耳道：「那還用說？諒這等人也不足成爲大患。」陳家洛不動聲色，問道：「兄台何所據而云然？」東方耳道：「方今聖天子在位，朝政修明。當道只要派遣一二異才，紅花會舉手間就可剿滅。」陳家洛道：「小弟不明朝政，如有荒唐之言，請勿見笑。以弟愚見，朝廷之中大都是酒囊飯袋之輩，未必能辨甚麼大事呢！」此言一出，東方耳與他身旁的老者壯漢又各變色。

東方耳道：「兄台這未免是書生之見了。且不說朝中名將能吏，濟濟多士，即是兄弟身邊這幾位朋友，也均非庸手。可惜兄台是文人，否則可令他們施展一二，兄台如懂武功，便知兄弟之言不謬了。」陳家洛道：「小弟雖無縛雞之力，但自讀太史公〈游俠列傳〉後，生平最佩服英雄俠士，不知兄台是那一派宗主？這幾位都是貴派的子弟嗎？

可否請他們各顯絕技，令小弟開開眼界？」東方耳向那兩個壯漢道：「你們拿點玩藝兒出來，請這位陸爺指教。」陳家洛手一拱道：「請！」心想：「只要他們一出手，就知是甚麼宗派了。」

一名壯漢走上一步，說道：「樹上這鵲兒聒噪討厭，我打了下來，叫人耳根清靜。」手一揮，一枝袖箭向樹上喜鵲射去，那知袖箭將到喜鵲身旁，忽然一偏，竟沒打中。

東方耳見那人竟沒射中，頗爲詫異，那壯漢更是羞得面紅過耳，手一揚，又是一箭向樹上射去。這次各人看得清清楚楚，袖箭將射到喜鵲，不知從那裏飛來一粒泥塊，在箭桿上一撞，又把箭碰歪了。東方耳身旁那枯瘦老者見心硯右手微擺，知道是他作怪，說道：「這位小兄弟原來功夫如此了得，咱們親近親近。」五指有如鋼爪鐵鉤，向他手上抓去。

陳家洛暗吃一驚，見這老者竟是嵩陽派的大力鷹爪功，手掌伸出，勢道不快，卻竟微挾風聲，心想：「此人武功在江湖上已是數一數二人物，如非一派之長，亦必是武林中前輩高人，怎地甘爲東方耳的傭僕？」心念微動，手中摺扇輕揮，張了開來，剛擋在老者與心硯之間。那老者手爪疾縮，心想主人對此人既以友道相待，毀了他的東西可著實無禮，上下打量陳家洛，看他是否會武。但見他摺扇輕搖，漫不在意，似乎剛才這一下只是碰巧。

東方耳道：「尊紀小小年紀，居然武藝高強，此僮兒台從何處得來？」陳家洛道：「他並不會武，只是自幼投蟲射雀，準頭不錯而已。」東方耳見他言不由衷，也不再問，看著他手中摺扇，說道：「兄台手中摺扇是何人墨寶，可否相借一觀？」陳家洛把摺扇遞了過去。

東方耳接來看時，見是前朝詞人納蘭性德所書的一闋〈金縷曲〉，詞旨峻崎，筆力俊雅，說道：「納蘭容若以相國公子，餘力發爲詞章，逸氣直追坡老美成，國朝一人而已。觀此書法摹擬褚河南，出入黃庭內景經間。此扇詞書可稱雙璧，然非兄台高士，亦不足以配用，不知兄台從何處得來？」陳家洛道：「小弟在書肆間偶以十金購得。」東方耳道：「即十倍之，以百金購此一扇，亦覺價廉。此類文物多屬世家相傳，兄台竟能在書肆中輕易購得，眞可謂不世奇遇矣！」說罷呵呵大笑。陳家洛知他不信，也不理會，微微一哂。

東方耳又道：「納蘭公子絕世才華，自是人中英彥，但你瞧他詞中這一句：『且由他蛾眉謠諑，古今同忌。身世悠悠何足問，冷笑置之而已。』未免自恃才調，過於冷傲。少年不壽，詞中已見端倪。」說罷雙目盯住陳家洛，意思是說少年人恃才傲物，未必有甚麼好下場。陳家洛笑道：「大笑拂衣歸矣，如斯者古今能幾？向名花美酒拚沉醉。天下事，公等在。」這又是納蘭之詞。東方耳見他一派狂生氣概，不住搖頭，但又不捨得就此作別，想再試一試他的胸襟氣度，隨手翻過扇子，見反面並無書畫，說道：「此扇小弟極爲喜愛，斗膽求兄見賜，不知可否？」陳家洛道：「兄台既然見愛，將去不妨。」東方耳指著空白的一面道：「此面還求兄台揮毫一書，以爲他日之思。兄台寓所何在？小弟明日差人來取如何？」陳家洛道：「既蒙不嫌鄙陋，小弟即刻就寫便是。」

命心硯打開包裹，取出筆硯，略加思索，在扇面上題詩一絕，詩云：

「攜書彈劍走黃沙，瀚海天山處處家，大漠西風飛翠羽，江南八月看桂花。」

那會鷹爪功的老者見他隨身攜帶筆硯，文思敏捷，才不疑他身有武功。東方耳稱謝，接過扇子，說道：「小弟也有一物相贈。」雙手捧著那具古琴，放到陳家洛面前，說道：「寶劍贈於烈士，此琴理屬兄台。」

陳家洛知道此琴是希世珍物，今日與此人初次相見，即便舉以相贈，不知是何用意，但他是相府子弟，珍寶見得多了，也不以為意，拱手致謝，命心硯抱在手裏。

東方耳笑道：「兄台從回疆來到江南，就只為賞桂花不成？」陳家洛道：「有一位朋友有點急事，要小弟來幫忙料理一下。」東方耳道：「觀兄臉色似有不足之意，是否貴友之事尚未了結？」陳家洛道：「正是。」東方耳道：「不知貴友有何為難之處。小弟朋友甚多，或可稍盡綿力。」陳家洛道：「大概數日之後，也可辦妥了。兄台美意，十分感謝。」

兩人談了半天，仍不知對方是何等人物。東方耳道：「他日如有用得著小弟處，可持此琴赴北京找我。現下我等一同下山去如何？」陳家洛道：「好。」兩人攜手下山。

到了靈隱，忽然迎面來了數人，當先一人面如冠玉，身穿錦袍，相貌和陳家洛甚為相似，年紀也差不多，秀美猶有過之，只是英爽之氣遠為不及。兩人一朝相，都驚呆了。

東方耳笑道：「陸兄，這人可與你相像麼？他是我的內姪。康兒，過來拜見陸世叔。」那人過來行禮。陳家洛不敢以長輩自居，連忙還禮。

忽聽得遠處一個女人聲音驚叫一聲，陳家洛回頭看去，見周綺和她的父母及徐天宏剛從靈隱寺出來，想是她突然見到兩個陳家洛，不勝驚奇。陳家洛只當不見，轉過頭去。徐天宏低聲向周綺道：「別往那邊瞧。」

東方耳道：「陸兄，你我一見如故，後會有期，今日就此別過。」兩人拱手而別。數十名藍衫壯漢在東方耳前後衛護。

陳家洛轉過頭來，微微點頭，略一努嘴。徐天宏會意，對周仲英道：「義父，總舵主差我去辦事，你與義母、妹子多玩一會。」周綺老大不高興，撅起了嘴。徐天宏遠遠跟在那些壯漢後面，直跟進城去。

到得傍晚，徐天宏回來稟告：「那人在湖上玩了半天，後來到巡撫衙門裏去了。」陳家洛說了剛才之事，兩人一琢磨，料想這東方耳必是官府中人，而且來頭一定極大，如非京中出來密察暗訪的欽差大臣，便是親王貝勒之類的皇親宗室，瞧他相貌不似旗人，恐怕多半是欽差。那枯瘦老者如此武功，居然甘為他用，那麼此人必非庸官俗吏了。陳家洛道：「莫非此人之來，與四哥有關？我今晚想去親自探察一下。」徐天宏道：「是，最好請那一位哥哥同去，有個照應。」陳家洛道：「請趙三哥去吧，他也是浙江人，熟悉杭州情形。」

二更時分，陳家洛與趙半山收拾起行，施展輕功，向撫衙奔去。兩人在屋瓦上悄沒聲息的一掠而過。陳家洛心道：「久聞太極門武功深得內家秘奧，趙三哥的輕功果然了得，閒時倒要向他請教請教。」趙半山也暗暗佩服：「總舵主拳法精妙，與鐵膽周老英雄比武時已經見過，那知他輕功也如此不凡，不知他師父天池怪俠在十數年之間，如何調教得出來。」

不一刻將近撫台衙門，兩人同時發覺前面房上有人，當即伏低，但見兩個人影在屋頂來回巡邏。趙半山等他們背轉身，手一揚，一枚鐵蓮子向數丈外一株樹上打去。那兩人聽得樹枝響動，飛身過去查看。陳家洛和趙半山乘機矮身，竄進撫衙。當下躲在屋角暗處，過了一會沒見動靜，才慢慢探頭，一瞥之際，不由得大驚，原來下面明晃晃地，火把照耀，如同白晝。數百名兵丁弓上弦，刀出鞘，嚴密戒備，幾名武將繞著屋子走來走去。可是說也奇怪，這許多兵將卻大氣不出，走動時足尖輕輕落地，竟不發出腳步聲音。雖有數百人聚集，卻是靜悄悄地，只聽得牆角蟋蟀唧唧鳴叫，偶爾夾雜著一兩聲火把上竹片爆裂之聲。

陳家洛見無法進去，向趙半山打個手勢，一齊退了出來，避過屋頂巡哨，落在牆邊，低聲商量對策。陳家洛道：「咱們不必打草驚蛇，回去另想法子。」趙半山道：「是。」正要飛身上屋，忽然撫台衙門邊門呀的一聲開了，走出一名武官，後面跟著四名旗兵，那五人沿街走去，走了數十丈又折回來，原來也是在巡邏。兩人見這派勢，心中暗暗驚異。

等那五人又回頭向外，陳家洛低聲道：「打倒他們。」趙半山會意，竄出數步，發出三枚錢鏢，三名旗兵登時倒地。陳家洛跟著兩顆圍棋子，打中那武官和另一名旗兵穴道。兩人縱身過去，再出指點穴，將五人提到暗處，剝下旗兵號衣，自己換上了，將官兵拋在牆角。

兩人又乘屋頂巡哨轉身，跳入圍牆，在火把照耀下大模大樣走進院子，裏面成千名官兵來來往往，怎分辨得清已有外敵混入？更進內院，只見院內來往巡衛的都是高職武官，不是總兵便是副將，只人數遠比外面爲少。兩人找到空隙，縮身竄入屋簷之下，攀住椽子，屏息不動，待得數名武官轉過身來，早已藏好。隔了半晌，陳家洛見行藏未被發覺，雙腳勾住屋樑，掛下身子，舐濕窗紙，張眼內望。趙半山守在他身後衛護，眼觀六路，耳聽八方，以防敵人。他二人當眞是藝高人膽大，於如此戒備森嚴之下窺敵，實是險到了極處。

陳家洛見裏面是一座三開間的大廳，廳上站著五六個人，都是身穿公服的大官，一人背向而坐，看不見他相貌，只見這些大官神色恭敬，目不斜視。

這時外面又走進一個官員，向坐著那人三跪九叩首的行起大禮來。陳家洛大吃一驚，心想：「這是參見皇帝的儀節，難道皇帝微服到了杭州不成？」正疑惑間，只聽那官說道：「臣浙江布政使尹章垓叩見皇上。」陳家洛聽得清清楚楚，心道：「果然是當今乾隆皇帝，怪不得這般大勢派。」

只聽皇帝哼了一聲，沉聲說道：「你好大膽子！」尹章垓除下朝冠，放在地下，連連叩頭，不敢作聲。皇帝隔了半晌，說道：「我派兵征討回疆，聽說你很不以爲然。」陳家洛又是一驚，心道：「怎麼這皇帝的聲音好熟？」

尹章垓一面叩頭，一面說道：「臣該死，臣不敢。」皇帝道：「我要浙江趕運糧米十萬石供應軍需，你爲甚麼膽敢違旨？」尹章垓道：「臣萬死不敢，實因今年浙江歉收，百姓很苦，一時之間徵調不及。」皇帝道：「百姓很苦，哼，你倒是個愛民的好官。」尹章垓又連連叩頭，連說：「臣該死。」皇帝道：「依你說怎麼辦？大軍糧食不足，急如星火，難道叫他們都餓死在回疆麼？」尹章垓叩頭道：「臣不敢說。」皇帝道：「有甚麼不敢說的，你說吧。」尹章垓道：「萬歲爺聖明，教化廣被，回疆夷狄小醜，其實也不勞王師遠征，只須派一名大臣宣之以德，邊民自然順化。」皇帝哼了一聲，並不說話。

尹章垓又道：「古人云兵者是兇器，聖人不得已而用之。聖上若罷了遠征之兵，天下皆感恩德。」皇帝冷冷的道：「我定要派兵征伐，那麼天下就是怨聲載道了。」尹章垓拚命叩頭，額角上都是鮮血。皇帝嘿嘿一笑，說道：「你倒有硬骨頭，竟敢對朕頂撞！」一轉身，陳家洛這一驚更是厲害。

原來這皇帝竟是今日在靈隱三竺遇見的東方耳。陳家洛雖然見多識廣，臨事鎮靜，這時也不禁出了一身冷汗。

只聽得乾隆皇帝道：「起去！你這頂帽兒，便留在這裏吧！」尹章垓又叩了幾個頭，站起身來，也不戴帽，倒退而出。乾隆向其餘大臣道：「尹某辦事必有情弊，督撫詳加查明參奏，不得徇私包庇，致干罪戾。」幾個大臣連聲答應。乾隆道：「出去吧，十萬石軍糧馬上徵集運去。」那幾名大臣諾諾連聲，叩頭退出。

乾隆道：「叫康兒來。」一名內侍掀簾出去，帶了一名少年進來。陳家洛見這人就是和自己形貌相似之人。他站在乾隆身旁，神態親密，不似其餘大臣那般畏縮。

乾隆道：「傳李可秀。」內侍傳旨出去，一名武將進來叩見，說道：「臣浙江水陸提督李可秀叩見聖駕。」乾隆道：「那紅花會姓文的匪首怎樣了？」陳家洛聽得提到文泰來，更加凝神傾聽，只聽李可秀道：「這匪首兇悍拒捕，受傷很重，臣正在延醫給他診治，要等他神智恢復之後才能審問。」乾隆道：「要小心在意。」李可秀道：「臣不敢絲毫怠忽。」乾隆道：「起去吧。」李可秀叩頭退出。

陳家洛輕聲道：「咱們跟他去。」兩人輕輕溜下，腳剛著地，只聽得廳內一人喝道：「有刺客！」陳家洛與趙半山奔至外院，混入士兵隊中。只聽得四下裏竹梆聲大作，日間陳家洛在天竺所見那枯瘦老者率領藍衣壯漢四處巡視。那老者目光炯炯，東張西望。

陳家洛早已背轉身去，慢慢走向門旁。那老者突然大喝：「你是誰？」伸手向趙半山抓來。趙半山雙掌「如封似閉」，將他一抓化開，疾向門邊衝去。那老者急追而至，揮掌向他背心劈落。這時趙半山已到門口，聽得背後拳風，矮身卸力，待要回手迎敵，陳家洛已將身上號衣脫下，反手摟頭向那老者蓋了下去。老者伸手拉住，兩人一扯，一件號衣斷成兩截。

陳家洛揮動半截號衣，運氣送勁，號衣啪的一聲大響，直向那枯瘦老者打去，腳下毫不停留，筆直向門外竄出。那老者也眞了得，伸手一抓，又在半截號衣上抓了五條裂縫，如影隨形，緊跟其後，剛跨出門，迎面一名兵士頭前腳後，平平的當胸飛至，卻是趙半山抓住擲過來的。老者左臂斜格，將那兵士撇在一旁，追了出去，就這麼受阻稍緩，眼見刺客已衝出撫衙。後面二三十名侍衛一窩蜂般趕出來。

老者喝道：「大家保護皇上要緊，你們五人跟我去追刺客。」向五名侍衛一指，施展輕功，追到街上。只見兩個黑影在前面屋上飛跑。

那老者縱身也上了屋，一口氣奔過了數十間屋，和敵人相距已近，正要喝問，忽然前面屋下數聲胡哨，敵人似乎來了接應。老者仍是鼓勁疾追，見前面兩人忽然下屋，站在街心。那老者也跳下屋來，雙掌一錯，迎面向陳家洛抓去。

陳家洛不退不格，哈哈笑道：「我是你主人好友，你這老兒膽敢無禮！」那老者在月光下看清楚了對方面貌，吃了一驚，縮手說道：「你這廝果然不是好人，快隨我去見聖駕。」陳家洛笑道：「你敢跟我來麼？」

老者稍一遲疑，後面五名侍衛也都趕到，陳家洛和趙半山向西退走。那老者叫道：「追！」西湖邊是旗營駐防之處，杭人俗稱旗下，老者自忖那是官府力量最厚的所在，敵人逃到湖畔，那是自入死地，於是放心趕來。

追到湖邊，見陳家洛等二人跳上一艘西湖船，船夫舉槳划船，離岸數丈，那老者喝道：「朋友，你究竟是那一路的人物，請留下萬兒來。」

趙半山亢聲說道：「在下溫州趙半山，閣下是嵩陽派的嗎？」那老者道：「啊，朋友可是江湖上人稱千臂如來的趙老師？」趙半山道：「不敢，那是好朋友鬧著玩送的一個外號，實在愧不敢當。請教閣下的萬兒？」那老者道：「在下姓白，單名一個振字。」此言一出，趙半山和陳家洛都矍然一驚。原來白振外號「金爪鐵鉤」，是嵩陽派中數一數二的好手，大力鷹爪功三十年前即已馳名武林，只不在江湖上行走已久，一向不知他落在何處，那知竟做了皇帝的貼身侍衛。

趙半山拱手道：「原來是金爪鐵鉤白老前輩，怪不得功力如此精妙。白老前輩如此苦苦相迫，不知有何見教？」白振道：「聽說趙老師是紅花會的三當家，那一位是誰？」突然心念一動，說道：「啊，莫不是貴會總舵主陳公子？」趙半山不答他的問話，說道：「白老前輩要待怎地？」

陳家洛摺扇一張，朗聲說道：「月白風清，如此良夜，白老前輩同來共飲一杯如何？」白振說道：「閣下夜闖撫台衙門，驚動官府，說不得，只好請你同去見見我家主人，否則在下回去沒法交待。我家主人對閣下甚好，也不致難爲於你。」陳家洛笑道：「你家主人倒也不是俗人，你回去對他說，湖上桂子飄香，素月分輝，如有雅興，請來聯句談心，共謀一醉。我在這裏等他便是。」

白振今日眼見皇上對這人十分眷顧，恩寵異常，如得罪了他，說不定皇上反會怪罪，可是他夜驚聖駕，不捕拿回去如何了結？只是附近沒有船隻，無法追入湖中，只得奔回去稟告乾隆。

乾隆沉吟了一下，說道：「他既然有此雅興，湖上賞月，倒也是件快事，你去對他說，我隨後就來。」白振道：「這批都是亡命之徒，皇上萬金之體，以臣愚見，最好不要涉險。」乾隆道：「快去。」白振不敢再說，忙騎馬奔到湖邊，見先前划槳的那人抱膝坐在船頭，似是在等他消息，便大聲道：「對你家主人說，我們主人就來和他賞月談話。你們預備接駕罷！」

白振回去覆命，走到半路，只見御林軍的驍騎營、護軍營、前鋒營各營軍士正開向湖邊，再走一會，杭州駐防的旗營、水師也都到了。白振心想：「皇上不知怎樣看中了這小子，爲了和他賞月，興師動衆的調遣這許多人。」忙趕回去，佈置侍衛護駕。

乾隆興致很高，正在說笑，浙江水陸提督李可秀在一旁伺候。乾隆問道：「都預備好了？去罷。」他已換了便裝，隨駕的侍衛官也都換上了平民服色，乘馬往西湖而來。

一行人來到湖邊，乾隆吩咐道：「他該當已知我是誰，但大家仍是裝作尋常百姓模樣。」這時西湖邊上每一處都隱伏了御林軍各營軍士，旗營、水師，李可秀的親兵又佈置在外，一層一層的將西湖圍了起來。只見燈光晃動，湖上划過來五艘湖船，當中船頭站著一人，長身玉立，器宇軒昂，叫道：「小人奉陸公子差遣，恭請東方先生到湖中賞月。」說罷跳上岸來，對乾隆作了一揖。這人正是衛春華。

乾隆微一點頭，說道：「甚好！」跨上湖船。李可秀、白振和三四十名侍衛分坐各船。侍衛中有十多人精通水性，白振吩咐他們小心在意，要拚命保護聖駕。

五艘船向湖心划去，只見湖中燈火輝煌，滿湖遊船上都點了燈，有如滿天繁星。再划近時，絲竹簫管之聲，不住在水面上飄來。一艘小艇如飛般划到，艇頭一人叫道：

「東方先生到了嗎？陸公子久等了。」衛春華道：「來啦，來啦！」

那艘小艇轉過頭來當先領路，對面大隊船隻也緩緩靠近。白振和衆侍衛見對方如此派勢，雖然己方已調集大隊人馬，有恃無恐，卻也不由得暗暗吃驚，各自按住身上暗藏的兵刃。只聽得陳家洛在那邊船頭叫道：「東方先生果然好興致，快請過來。」

兩船靠近，乾隆、李可秀、白振、以及幾名職位較高的侍衛踏跳板過去。只見船中只陳家洛和書僮兩人，白振等人都放下了心。

那艘花艇船艙寬敞，畫壁彫欄，甚是精雅，艇中桌上擺了酒杯碗筷，水果酒菜滿桌都是。陳家洛道：「仁兄惠然肯來，幸何如之！」乾隆道：「兄台相招，豈能不來？」兩人攜手大笑，相對坐下。李可秀和白振等都站在乾隆之後。

陳家洛向白振微微一笑，也不說話，一瞥之間，忽見李可秀身後站著一個美貌少年，卻不是陸菲青的徒弟是誰？怎麼和朝廷官員混在一起，這倒奇了，心感詫異，不免多看了一眼。李沅芷向他嫣然一笑，眼睛一霎，要他不可相認。

心硯上來斟了酒，陳家洛怕乾隆疑慮，自己先乾了一杯，夾菜而食。乾隆只揀陳家洛吃過的菜下了幾筷，就停箸不食了。只聽得鄰船簫管聲起，吹的是一曲〈迎嘉賓〉。乾隆笑道：「兄台眞是雅人，倉卒之間，安排得如此週到。」

陳家洛遜謝，說道：「有酒不可無歌，聞道玉如意歌喉是錢塘一絕，請召來爲仁兄佐酒如何？」乾隆鼓掌稱好，轉頭問李可秀道：「玉如意是甚麼人？」李可秀道：「那是杭州名妓，聽說她生就一副驕傲脾氣，要是不中她意的，就是黃金十兩，也休想見她一面，更別說唱曲陪酒了。」乾隆笑道：「你見過她沒有？」李可秀十分惶恐，道：「小……小人不敢。」乾隆笑道：「今天讓你開開眼界。」

說話之間，衛春華已從那邊船上陪著玉如意過來。乾隆見這女子臉色白膩，嬌小玲瓏，相貌也非出衆美麗，只一雙眼靈活異常，一顧盼間，便和人人打了個親熱的招呼，風姿楚楚，嫵媚動人。她向陳家洛道個萬福，鶯鶯嚦嚦的說道：「陸公子今朝好興致啊。」一聲音嬌柔異常。陳家洛伸手掌向著乾隆，道：「這位是東方老爺。」玉如意向乾隆福了一福，偎倚著坐在陳家洛身旁。陳家洛道：「聽說你曲子唱得最好，可否讓我們一飽耳福？」

玉如意笑道：「陸公子要聽，我給你連唱三日三夜，就怕你聽膩了。」跟人送上琵琶來，玉如意輕輕一撥，唱了起來，唱的是個〈一半兒〉小曲：「碧紗窗外靜無人，跪在床前忙要親，罵了個負心回轉身。雖是我話兒嗔，一半兒推辭一半兒肯！」陳家洛拍手叫好。乾隆聽她吐音清脆，俊語連翩，風俏飛蕩，不由得胸中暖洋洋地。

玉如意轉眸一笑，纖指撥動琵琶。回頭過來望著乾隆，又唱道：「幾番的要打你，莫當是戲。咬咬牙，我眞個打，不敢欺！才待打，不由我，又沉吟了一會，打輕了你，你又不怕我；打重了，我又捨不得你。罷，冤家也，不如不打你。」

乾隆聽得忘了形，不禁叫道：「你要打就打罷！」陳家洛呵呵大笑。李沅芷躲在父親背後抿著嘴兒，只有李可秀、白振一干人綳緊了臉，不敢露出半絲笑意。玉如意見他們這般一副尷尬相，噗哧一聲，笑了出來。

乾隆生長深宮，宮中妃嬪歌女雖多，但個個是端莊呆板之人，連笑一下也不敢出聲，幾時見過這般江南名妓？見她眉梢眼角，風情萬種，歌聲婉轉，曲意纏綿，加之湖上陣陣花香，波光月影，如在夢中，漸漸忘卻是在和江洋大盜相會了。

玉如意替乾隆和陳家洛斟酒，兩人連乾三杯，玉如意也陪著喝了一杯。乾隆從手上脫下一個碧玉般指來賞了給她，說道：「再唱一個。」玉如意低頭一笑，露出兩個小小酒窩，當眞是嬌柔無那，風情萬種。乾隆的心先自酥了，只聽她輕聲一笑，說道：「我唱便唱了，東方老爺可不許生氣。」乾隆呵呵笑道：「你唱曲子，我歡喜還來不及，怎會生氣？」玉如意向他拋個媚眼，撥動琵琶，彈了起來，這次彈的曲調卻是輕快跳盪，俏皮諧謔，珠飛玉鳴，音節繁富。乾隆聽得琵琶，先喝了聲采，只聽她唱道：

「終日奔忙只為飢，才得有食又思衣。置下綾羅身上穿，抬頭卻嫌房屋低。蓋了高樓並大廈，床前缺少美貌妻。嬌妻美妾都娶下，忽慮出門沒馬騎。買得高頭金鞍馬，馬前馬後少跟隨。招了家人數十個，有錢沒勢被人欺。時來運到做知縣，抱怨官小職位卑。做過尚書升閣老，朝思暮想要登基……」

乾隆一直笑吟吟的聽著，只覺曲詞甚是有趣，但當聽到「朝思暮想要登基」那一句時，不由得臉上微微變色，只聽玉如意繼續唱道：

「一朝南面做天子，東征西討打蠻夷。四海萬國都降服，想和神仙下象棋。洞賓陪他把棋下，吩咐快做上天梯。上天梯子未做起，閻王發牌鬼來催。若非此人大限到，升到天上還嫌低，玉皇大帝讓他做，定嫌天宮不華麗。」

陳家洛哈哈大笑。乾隆卻越聽臉色越是不善，心道：「這女子是否已知我身分，故意唱這曲兒來譏嘲於我？」玉如意一曲唱畢，緩緩擱下琵琶，笑道：「這曲子是取笑窮漢的，東方老爺和陸公子都是大富大貴之人，高樓大廈、嬌妻美妾都早已有了，自不會去想它。」

乾隆呵呵大笑，臉色頓和。眼睛瞟著玉如意，見她神情柔媚，心中很是喜愛，正自尋思，待會如何命李可秀將她送來行宮，怎樣把事做得隱秘，以免背後被人說聖天子好色，壞了盛德令名，忽聽陳家洛道：「漢皇重色思傾國，那唐玄宗是風流天子，天子風流不要緊，把花花江山送在胡人安祿山手裏，那可大大不對了。」乾隆道：「唐玄宗初期英明，晚年昏庸，可萬萬不及他祖宗唐太宗。」陳家洛道：「唐太宗雄才大略，仁兄定是很佩服的了？」乾隆生平最崇敬的就是漢武帝和唐太宗，兩帝開疆拓土，聲名播於異域，他登基以來，一心一意就想模仿，因此派兵遠征回疆，其意原在上承漢武唐皇的功業，聽得陳家洛問起，正中下懷，說道：「唐太宗神武英明，夷狄聞名喪膽，尊之為天可汗，文才武略，那都是曠世難逢的。」陳家洛道：「小弟讀到記述唐太宗言行的《貞觀政要》，頗覺書中有幾句話很有道理。」乾隆喜道：「不知是那幾句？」他自和陳家洛會面以來，雖對他甚是喜愛，但總是話不投機，這時聽他也尊崇唐太宗，不覺很是高興。

陳家洛道：「唐太宗道：『舟所以比人君，水所以比黎庶，水能載舟，亦能覆舟。』他又說：『天子者，有道則人推而為主，無道則人棄而不用，誠可畏也。』」乾隆默然。

陳家洛道：「這個比喻眞是再好不過。咱們坐在這艘船裏，要是順著水性，那就坐得平平穩穩，可是如果亂划亂動，異想天開，要划得比千里馬還快，又或者水勢洶湧奔騰，這船不免要翻。」他在湖上說這番話，明擺著是危言聳聽，不但是蔑視皇帝，說老百姓隨時可以傾覆皇室，而且語含威脅，大有當場要將皇帝翻下水去之勢。

乾隆一生除對祖父康熙、父親雍正心懷畏懼之外，幾時受過這般威嚇奚落的言語？不禁怒氣潮湧，當下強自抑制，暗想：「現下且由你稍逞口舌之利，待會把你擒住，看你是不是嚇得叩頭求饒。」他想御林軍與駐防旗營已將西湖四週圍住，手下侍衛又都是千中揀、萬中選、武功卓絕的好手，諒你小小江湖幫會，能作得甚麼怪？於是微微笑道：「荀子曰：『天地生君子，君子理天地。君子者，天地之參也，萬物之總也，民之父母也。』帝皇受命於天，率土之濱，莫非王臣。仁兄之論，未免有悖於先賢之教了。」

陳家洛舉壺倒了一杯酒，道：「我們浙江鄉賢黃梨洲先生有幾句話說道，皇帝未做成的時候，『荼毒天下之肝腦，離散天下之子女，以博我一人之產業。其既得之也，敲剝天下之骨髓，離散天下之子女，以奉我一人之淫樂，視如當然，曰：此我產業之花息也。』這幾句話眞是說得再好也沒有！須當爲此浮一大白，仁兄請！」說罷舉杯一飲而盡。乾隆再也忍耐不住，揮手將杯往地下擲去，便要發作。

杯子擲下，剛要碰到船板，心硯斜刺裏俯身伸手，接住酒杯，只杯中酒水潑出大半，雙手捧住，一膝半跪，說道：「東方老爺，杯子沒摔著。」

乾隆給他這一來，倒怔住了，鐵青著臉，哼了一聲。李可秀接過杯子，看著皇帝眼色行事。乾隆一定神，哈哈一笑，說道：「陸仁兄，你這位小管家手腳倒眞靈便。」轉頭對一名侍衛道：「你和這位小管家玩玩，可別給小孩子比下去了，嘿嘿。」

那侍衛名叫范中恩，使一對判官筆，聽得皇上有旨，當即哈了哈腰，欺向心硯身邊，判官筆雙出手，分點他左右穴道。心硯反身急躍，竄出半丈，站在船頭，他年紀小，眞實功夫有限，一身輕功卻是向天池怪俠袁士霄學的，眼見范中恩判官筆來勢勁急，自忖武功不是他對手，只得先行逃開。范中恩雙筆如風，捲將過來。心硯提氣躍起，跳上船篷，笑道：「咱們捉捉迷藏吧！你捉到我算我輸，我再來捉你。」

范中恩兩擊不中，一口氣往上衝，雙足一點，也跳上船篷，他剛踏上船篷，心硯「一鶴沖天」，如一隻大鳥般撲向左邊小船，范中恩跟著追到。兩人此起彼落，在十多艘小船上來回盤旋。范中恩始終搶不近心硯身邊，心中焦躁，又盤了一圈。眼見前面三艘小船丁字形排著，心硯已跳上近身的一艘，他假意向左一撲，心硯嘻嘻一聲，跳上右邊小船。那知他往左一撲是虛勢，隨即也跳上了右邊小船，兩人面面相對，他左筆探出，點向心硯胸前。

心硯待要轉身閃避，已然不及，危急中向前一撲，發掌向范中恩小肚打去。范中恩左筆撩架，右筆急點對方後心，這一招又快又準，眼見他無法避過，忽聽得背後呼的一聲，似有件十分沉重的兵刃襲到。他不暇襲敵，先圖自救，扭腰轉身，右筆自上而下，朝來人兵器上猛砸下去，噹的一聲大響，火光四濺，來人兵器只稍稍一沉，又向他腰上橫掃過來。這時他已看清對方兵器是柄鐵槳，使槳之人竟是船尾的梢公，剛才一擊，已知對方力大異常，不敢硬架，拔起身來，輕輕向船舷落下，欺身直進，挺筆去點梢公的穴道。

蔣四根解了心硯之圍，見范中恩縱起身來，疾伸鐵槳入水一扳，船身轉了半個圈子，待范中恩落下來時，船身已不在原位。他「啊喲」一聲尚未喊畢，撲通一響，入水遊湖，湖水汩汩，灌入口來也。心硯拍手笑道：「捉迷藏捉到水裏去啦。」

乾隆船上兩名會水的侍衛趕緊入水去救，將要游近，蔣四根已將鐵槳送到范中恩面前，他在水中亂抓亂拉，碰到鐵槳，管他是甚麼東西，馬上緊緊抱住。蔣四根舉槳向乾隆船上一揮，喝道：「接著！」范中恩的師叔龍駿也是御前侍衛，忙搶上船頭，伸手接住。范中恩在皇上面前這般大大丟臉，說不定回去還要受處分，又是氣，又是急，濕淋淋的怔住了，站著不動，身上的西湖水不住滴在船頭。龍駿曾聽同伴說起心硯白天在三竺用泥塊打歪袖箭，讓御前侍衛丟臉，現今又作弄他的師姪，待他回到陳家洛身後，便站了出來，陰森森的道：「聽說這位小兄弟暗器高明之極，待在下請教幾招。」

陳家洛對乾隆道：「你我一見如故，別讓下人因口舌之爭，傷了和氣。這一位既是暗器名家，咱們請他在靶子上顯顯身手，以免我這小書僮接他不住，受了損傷，兄台你看如何？」乾隆聽他說得有理，只得應道：「自當如此，只是倉卒之間，沒有靶子。」

心硯縱身跳上楊成協坐船，在他耳邊低聲說了幾句。楊成協點點頭，向旁邊小船中的章進招了招手。章進跳了過來。楊成協道：「抓住那船船梢。」章進依言抓住自己原來坐船的船梢。這時楊成協也已拉過船頭木槓，喝一聲「起！」兩人竟將一艘小船舉了起來，兩人的坐船也沉下去一截。衆人見二人如此神力，不自禁的齊聲喝采。

駱冰看得有趣，也跳上船來，笑道：「眞是個好靶子！」盪起雙槳，將楊成協的坐船划向花艇。心硯叫道：「少爺，這做靶子成麼？請你用筆畫個靶心。」

陳家洛舉起酒杯，抬頭飮乾，手一揚，酒杯飛出，波的一聲，酒杯嵌入兩人高舉的小船船底，平平整整，毫沒破損，衆人又是拍手叫好。白振和龍駿等高手見楊成協和章進舉船，力氣固是奇大，但想一勇之夫，亦何足畏，待見陳家洛運內力將瓷杯嵌入船底，如發鋼鏢，這才暗皺眉頭，均覺此人難敵。

陳家洛笑道：「這杯就當靶心，請這位施展暗器吧。」駱冰將船划退數丈，叫道：「太遠了嗎？」龍駿更不打話，手中暗扣五枚毒蒺藜，連揮數揮，只聽得叮叮一陣亂響，瓷片四散飛揚，船底酒杯已被打得粉碎。心硯從船後鑽出，叫道：「果然好準頭！」龍駿忽起毒心，又是五枚毒蒺藜飛出，這次竟是對準心硯上下左右射去。

衆人在月光下看得分明，齊聲驚叫。那龍駿的暗器功夫當眞厲害，手剛揚動，暗器已到面前，衆人叫喊聲中，五枚毒蒺藜直奔心硯五處要害。心硯大驚，撲身滾倒，駱冰兩把飛刀也已射出，噹噹兩聲，飛刀和兩枚毒蒺藜墜入湖中。心硯一滾躲開兩枚，中間一枚卻說甚麼也躲不開了，正打在左肩之上。他也不覺得如何疼痛，只是肩頭一麻，站起身來，破口大罵。紅花會羣雄無不怒氣沖天，小船紛紛划攏，擁上來要和龍駿見個高下。

清宮衆侍衛也覺得這一手過於陰毒，在皇帝面前，衆目昭彰之下，以這卑鄙手段暗算對方一個小孩，未免太不漂亮，勢將爲人恥笑，但見紅花會羣雄聲勢洶洶，當即從長衣下取出兵刃，預備護駕迎戰。李可秀摸出胡笳，放在口邊就要吹動，調集兵士動手。

陳家洛叫道：「衆位哥哥，東方先生是我嘉賓，咱們不可無禮，大家退開。」羣雄聽得總舵主發令，衆小船當即划退數丈。

這時楊成協和章進已將舉起的小船放回水面。駱冰察看心硯的傷口。徐天宏也跳過來詢問。心硯道：「四奶奶，七爺，你們放心，我痛倒不痛，只是癢得厲害。」說著要用手去抓。駱冰和徐天宏聽了大驚，知道暗器上餵了極厲害的毒藥，忙抓住他雙手。心硯大叫：「我癢得要命，七爺，你放手。」說著用力掙扎。徐天宏心中焦急，臉上還是不動聲色，說道：「忍耐一會兒。」轉頭對駱冰道：「四嫂，你去請三哥來。」駱冰應聲去了。

駱冰剛走開，一艘小船如飛般划來，船頭上站著紅花會的杭州總頭目馬善均。他跳上徐天宏坐船，悄聲道：「七當家，西湖邊上佈滿了清兵，其中有御林軍各營。」徐天宏道：「有多少人？」馬善均道：「總有七八千人，外圍接應的旗營兵丁還不計在內。」徐天宏道：「你立刻去召集杭州城外的兄弟，集合湖邊候命，可千萬別給官府察覺，每人身上都藏一朵紅花。」馬善均點頭應命。徐天宏又問：「馬上可以召集多少人？」馬善均道：「連我機房中的工人，一起有兩千左右，再過一個時辰，等城外兄弟們趕到，還有一千多人。」徐天宏道：「咱們的兄弟至少以一當五，三千人抵得一萬五千名清兵，人數也夠了，況且綠營裏還有咱們的兄弟，你去安排吧。」馬善均接令去了。

趙半山坐船划到，看了心硯傷口，眉頭深皺，將他肩上的毒蒺藜輕輕起出，從囊中取出一顆藥丸，塞在他口裏，轉身對徐天宏淒然道：「七弟，沒救了。」徐天宏大驚，忙問：「怎麼？」趙半山低聲道：「暗器上毒藥厲害非常，除了暗器主兒，旁人無法解救。」徐天宏道：「他能支持多少時候？」趙半山道：「最多三個時辰。」徐天宏道：「三哥，咱們去把那傢伙拿來，逼他解救。」一言把趙半山提醒，他從囊中取出一隻鹿皮手套，戴在手上，縱身躍起，三個起伏，在三艘小船舷上一點，已縱到陳家洛和乾隆眼前，叫道：「陸公子，我想請教這位暗器名家的手段。」

陳家洛見龍駿打傷心硯，極是惱怒，見趙半山過來出頭，正合心意，對乾隆道：「我這位朋友打暗器的本領也還過得去，他們兩位比試，一定精采熱鬧，好看非凡。」皇帝聽說有好戲可看，當然贊成，越是比得凶險，越是高興，轉頭對龍駿道：「去吧，可別丟人。」

龍駿應了。白振低聲道：「那是千臂如來，龍賢弟小心了。」龍駿也久聞千臂如來的名頭，心中一驚，自忖暗器從未遇過敵手，今日再將名震江湖的千臂如來打敗，那更是大大的露臉了，越眾而前，抱拳說道：「在下龍駿，向千臂如來趙前輩討教幾手。」

趙半山哼了一聲道：「果然是你，我本想旁人也不會使這等卑鄙手段，用這般陰損暗器。」

龍駿冷笑一聲，道：「我只有兩條臂膀，請千臂如來賜招。」他意含譏誚，說瞧你千條臂膀，又怎樣奈何我這兩條臂膀。趙半山反身竄出，低聲喝道：「來吧！」龍駿道：「我比暗器可只和你一人比。」趙半山怒道：「難道我們兄弟還會暗算你不成？」龍駿道：「好，就是要你這句話。」身形一晃，竄上一艘小船的船頭。他知道船上全是紅花會的扎手人物，雖然趙半山應允無人暗算，但自己以卑鄙手段傷了對方一個少年，究怕人家也下毒手報復，是以不敢在船梢有人處落腳。

趙半山等他踏上船頭，左手一揚，右手一揮，打出三隻金錢鏢、三枝袖箭，頭一低，背後又射出一枝背弩。龍駿萬料不到他一刹那間竟會同時打出七件暗器，嚇得心膽俱寒，當下無法躲避，已顧不得體面，縮身在船底一伏，只聽得啪、啪、啪一陣響，七件暗器全打在船板之上。船梢上那人罵道：「龜兒子，你先人板板，這般現世，鬥甚麼暗器？」

龍駿躍起身來，月光下趙半山的身形看得清楚，發出一枚菩提子向他打去。趙半山聽了破空之聲，知道不是毒蒺藜，側身讓開，身子剛讓到右邊，三枚毒蒺藜已迎面打到。

趙半山迎面一個「鐵板橋」，三枚毒蒺藜剛從鼻尖上擦過，叫了一聲「好！」剛要站起，又是三枚毒蒺藜向下盤打來。龍駿轉眼之間，也發出七件暗器，稱做「連環三擊」。趙半山人未仰起，左手一粒飛蝗石，右手一枚鐵蓮子，將兩枚毒蒺藜打在水中，待中間一枚飛到，伸手接住，放在懷裏，眼見他暗器手段果然不凡，暗忖此人陰險毒辣，定有詭計，可別上了他當，手一揚，三枚金錢鏢分打他上盤「神庭穴」、乳下「天池穴」、下盤「血海穴」。龍駿見他手動，已拔起身子，竄向另一條小船。

趙半山看準他落腳之處，一枚甩手箭甩出，龍駿舉手想接，忽然一樣奇形兵刃彎彎曲曲的旋飛而至，急忙低頭相避，說也奇怪，那兵刃竟又飛回趙半山手中。他伸手一抄，又擲了過來。龍駿從未接過他這獨門暗器「迴龍璧」，驚嚇之下，心神已亂，不提防迎面又是兩粒菩提子飛來，左眉尖「陽白穴」、左肩「缺盆穴」同時打中，身子一軟，癱跪船頭。

眾侍衛見他跌倒，無不大驚。與龍駿齊名大內的「一葦渡江」褚圓仗劍來救，劍護面門，縱身向龍駿躍去，人在半空，見對面也有一人挺劍跳來。

褚圓躍起在先，早一步落在船頭，左手揑個劍訣，右手劍挽個順勢大平花，橫斬迎面縱來那人項頸，想將他逼下水去。不料那人身在半空，劍鋒直刺褚圓右腕，正所謂「善攻者攻敵之必守」，雖在黑夜，這一劍又準又快，霎時間攻守易勢。褚圓急忙縮手，劍鋒掠下挽個逆花，直刺敵足，這一招是達摩劍術中的「虛式分金」。那人左足虛晃一腳，右足直踢褚圓右腕。褚圓提手急避，未及變招，那人已站在船頭。月光下只見他身穿道裝，左手袖子束在腰帶之中。

褚圓原是和尚，法名智圓，後來犯了清規，被追繳度牒，逐出廟門，他索性還了俗，改名褚圓，仗著一手達摩劍精妙陰狠，竟做到皇帝的貼身侍衛。他原在空門，還俗後又長在禁城，江湖上之事不大熟悉，但見來敵劍法迅捷，生平未見，卻不知道那是七十二手追魂奪命劍獨步天下的無塵道人，當即喝問：「來者是誰？」無塵笑道：「虧你也學劍，不知道我麼？」褚圓一招「金剛伏虎」接著一招「九品蓮臺」，一劍下斬，一劍上挑。無塵笑道：「劍法倒也不錯，再來一記『金針度劫』！」話剛出口，褚圓果然搶向外門，使了一招「金針度劫」。他劍招使出，心中一怔：「怎麼他知道？」

無塵微微一笑，劍鋒分刺左右，喝道：「你使『浮丘挹袖』，再使『洪崖拍肩』！」話剛說完，褚圓果然依言使了這兩招。這那裏是性命相撲，就像是師父在指點徒弟。褚圓素來自負，兩招使後，退後兩步，凝視對方，又羞又怒，又是驚恐。其實無塵深知達摩劍法的精微，眼見褚圓造詣不凡，劍鋒所至，正是逼得他非出那一招不可之處，事先卻叫了招數的名頭。這一來先聲奪人，褚圓一時不敢再行進招。

駱冰在船梢掌槳，笑吟吟的把船划到陳家洛與乾隆面前，好教皇帝看清楚部屬如何出醜。其時趙半山已將龍駿擒住，徐天宏在低聲逼他交出解藥。龍駿閉目不語。徐天宏將刀架在他頸中威嚇，他仍是不理，心中盤算：「我寧死不屈，回去皇上定然有賞，只要稍有怯意，削了皇上顏面，我一生前程也就毀了。在皇上面前，諒這些土匪也不敢殺我。」

無塵喝道：「我這招是『仙人指路』，你用『回頭是岸』招架！」褚圓下定決心，偏不照他的話使劍。那知無塵劍鋒直戳他右頰，褚圓苦練達摩劍法二十餘年，心劍合一，勢成自然，已是根深蒂固，敵劍既然如此刺到，不得不左訣平指轉東，右劍橫劃，兩刃作天地向，正是一招「回頭是岸」。

無塵一招「仙人指路」逼褚圓以「回頭是岸」來招架，意存雙關，因道家求仙，釋家學佛，自己指點對方迷津，叫他認輸回頭。褚圓一招使出，見無塵縮回長劍，目光似電，盯住了自己，不由得進固不敢，退又不是，十分狼狽。無塵喝道：「我這招『當頭棒喝』，你快『橫江飛渡』！」說罷，長劍平挑，當頭劈下。褚圓身隨劍轉，迴劍橫掠，左手劍訣壓住右肘，這一招不是達摩劍術中的「橫江飛渡」是甚麼？

乾隆略懂武藝，雖身手平庸，但大內奇材異能之士甚多，他從小看慣，見識卻頗淵博，見無塵喊聲未絕，褚圓已照著他的指點應招，心中又好氣又好笑，卻又不禁寒心，暗忖：「褚圓在大內衆侍衛中已算一等高手，可是與這些匪徒一較量，竟然給人家耍猴兒般玩弄，一旦眞有緩急，這些人濟得甚事？」他可不知道無塵劍法海內無對，褚圓遇到他自是動彈不得。也是今晚適逢其會，讓乾隆見識到天下第一劍的劍法，他竟以為「匪幫」中如此人材極夥，那也是想得左了。

乾隆又看幾招，再也難忍，對白振道：「叫他回來。」白振叫道：「褚兄，主人叫你回來。」褚圓巴不得有此一叫，只因滿清軍法嚴峻，臨陣退縮必有重刑，他進退兩難，正在萬般無奈之際，忽有皇命，如逢大赦，忙迴劍護身，便欲回跳。無塵喝道：「早叫你走，你不走，現今想走，嘿嘿，道爺可不放了！」長劍閃動，褚圓只見前後左右都是敵劍，全身立被裹於一團劍氣之中，那敢移動半步，只覺臉上身上涼颼颼地，似有千柄利刃周遊劃動。

白振見褚圓無法退出，縱身向兩人撲將過來，伸出雙爪，便來硬奪無塵長劍。無塵見他來得兇猛，劍鋒圈轉，反刺對方下盤。白振的武藝比之褚圓可高明得多了，左手兩根手指搭著劍鋒，右手一掌向對方左肩打去。無塵缺了左臂，不免吃虧，敵人攻向左側，只有退避，無法反擊，身子側避，右劍直刺敵人咽喉，這一劍當真迅捷無倫。白振出手神速，竟然不輸無塵劍招，斜身避劍，右掌繼續追擊對方左肩，無塵向後退出一步，右手手腕已被白振抓住。趙半山、徐天宏、駱冰等等看得眞切，不由得齊聲呼叫。

劍光掌影中無塵左腳飛起，直踢對方右胯。白振向左一避，借勢仍奪長劍。無塵左腳未落，右腳跟著踢出。白振萬想不到他出腿有如電閃，生平從所未見，手爪鬆開，急忙後退。無塵右腿落空，左腿跟上，這一下白振再也躲避不了，右股上重重著了一腳，一個踉蹌，險些跌入湖中。他下盤穩實，隨即站定，身子傾斜，卻仍屹立船邊，雙手疾向無塵雙目抓到。無塵側頭避讓，肩頭已被他手掌擊中。無塵罵了一聲，連環迷蹤腿一腿快如一腿，連綿不斷，左腳甫起，右腳跟著飛出。白振立即變招，眼見對方一腿又到，忙拔身縱高。這兩位大高手武功均以快速見長，此刻兔起鶻落，星丸跳躍，連經數變，旁人看得眼也花了。

駱冰坐在後梢，見白振躍起，木槳抄起一大片水向他潑去。白振本擬落在船頭，空手和無塵的長劍拚鬥一場，忽見一片白晃晃的湖水迎頭澆來，情急之下，在空中打個觔斗，倒退落回花艇，總算他身手矯捷，饒是如此，下半身還是被澆得濕淋淋的十分狼狽。

豈知比起褚圓來，直是算不了甚麼。原來褚圓得他來援，逃出了無塵劍光籠罩，跳回花艇，驚魂甫定，正要站到乾隆背後，忽然玉如意嗤的一聲笑了出來，只見乾隆皺起眉頭，陳家洛似笑非笑，各人神色都甚爲奇特。他心中一愣，一陣微風吹來，頓感涼意，回顧自身，這一驚非同小可，原來全身衣服已被對手割成碎片，七零八落，不成模樣，頭上又是熱辣辣地，伸手去摸頭臉時，辮子、頭髮、眉毛均已給剃得乾乾淨淨，又驚又羞，忽然間褲子又向下溜去，原來褲帶也給割斷了，忙伸雙手去搶褲子，噗的一聲，手裏長劍跌入湖中。

乾隆眼見手下三名武藝最高的侍衛都被打得狼狽萬狀，知道再比下去也討不到便宜，對陳家洛道：「陸兄這幾位朋友果然藝業驚人，何不隨著陸兄爲朝廷出力？將來光祖耀宗，封妻蔭子，才不辜負了一副好身手。似這般淪落草莽，豈不可惜？」原來乾隆頗有才略，這時非但不怒，反生籠絡豪傑以爲己用之念。陳家洛笑道：「我這些朋友都和小弟一樣，寧可在江湖閒散適意。兄台好意，大家心領了。」乾隆道：「既然如此，今晚叨擾已久，就此告辭。」說罷望著尙在趙半山船中的龍駿。

陳家洛叫道：「趙三哥，把東方先生的從人放回吧！」駱冰叫道：「那不成！心硯中了他的毒蒺藜，他不肯給解藥。」說著又將船划近了些。乾隆向李可秀輕輕囑咐幾句，轉頭對龍駿道：「拿解藥給人家。」龍駿道：「小的該死，解藥留在北京沒帶出來。」

乾隆眉頭一皺便不言語了。陳家洛道：「趙三哥，放了他吧！」趙半山心想總舵主還不知道毒蒺藜的厲害，可是亦不便公然施刑，而且此人如此兇悍，只怕施刑也自無用，即使從他身邊搜出解藥，不明用法，也是枉然，此刻只要一放走，再要拿他便不容易，何況心硯命懸一線，又怎能耽擱？但總舵主之令又不能不遵，當下皺眉躊躇。

徐天宏道：「三哥，那兩枚毒蒺藜給我。」趙半山不明他用意，從懷裏將兩枚毒蒺藜掏出，一枚是從心硯肩上起下，一枚是比暗器時接過來的。徐天宏接過，左手一拉，嗤的一聲，將龍駿胸口衣服扯了一大片，露出毛茸茸的胸膛，右手一舉，噗噗噗，毒蒺藜在他胸口連戳三下，打了六個小洞。

龍駿「啊喲」一聲大叫，嚇得滿頭冷汗。徐天宏將毒蒺藜交還趙半山，高聲對陳家洛道：「陸公子，請你給幾杯酒。我們要和這位龍爺喝兩杯，交個朋友，馬上放他回來。」

陳家洛道：「好。」玉如意在三隻酒杯中斟滿了酒。陳家洛道：「三哥，酒來了。」拿起酒杯擲去，一隻酒杯平平穩穩的從花艇飛出。趙半山伸手輕輕接住，一滴酒也沒潑出。眾人喝采聲中，其餘兩杯酒也飛到了趙半山手裏。

徐天宏接過酒杯，說道：「龍爺，咱們乾一杯！」龍駿傷口早已痲癢難當，見到酒來更如見了蛇蠍，驚懼萬狀，緊閉嘴唇，死咬牙關。知道酒一入肚，血行更快，劇毒急發，立時斃命。徐天宏笑道：「喝吧，何必客氣？」小指與無名指箝緊他鼻孔，大拇指和食指在他兩頰用力一揑，龍駿只得張嘴，徐天宏將三杯酒灌了下去。

龍駿三杯酒落肚，片刻之間胸口痲木，大片肌肉變成青黑，性命已在呼吸之間，他自知毒蒺藜毒性可怖之至，那裏還敢倔強，性命要緊，功名富貴只好不理了，顫聲道：「放開我穴道，我……我……我……拿解藥出來。」趙半山一笑，一揉一拍，解開他閉住的穴道。龍駿咬緊牙關，從袋裏摸出三包藥來，說道：「紅色的內服，黑色的吸毒，白色的收口。」話剛說完，人已昏了過去。

趙半山忙將一撮紅色藥末在酒杯裏用湖水化了，給心硯服下，將黑藥敷上傷口，不一會，只見黑血汩汩從傷口流出。駱冰隨流隨拭，黑血漸漸變成紫色，又變成紅色，心硯「啊喲，啊喲」的叫了起來，趙半山再把白色藥末敷上，笑道：「小命拾回來啦！」

徐天宏恨龍駿歹毒，將三包藥都放入懷中，大聲道：「你的解藥既然留在北京，即刻回京去取解藥，也還來得及。」趙半山見到龍駿的慘狀，心有不忍，向徐天宏把藥要了過來，給他敷服。

陳家洛向乾隆道：「小弟這幾個朋友都是粗魯之輩，不懂禮數，仁兄幸勿見責。」乾隆乾笑幾聲，舉手說道：「今日確是大增見聞。就此別過。」

陳家洛叫道：「東方先生要回去了，船靠岸吧！」梢公答應了，花艇緩緩向岸邊划去。

數百艘小船前後左右擁衛，船上燈籠點點火光，天上一輪皓月，都倒映在湖水之中，湖水深綠，有若碧玉。陳家洛見此湖光月色，心想：「西湖方圓號稱千頃。昔賢有詩詠西湖夜月，云：『寒波拍岸金千頃，灝氣涵空玉一杯。』麗景如此，誠非過譽。」

燈光下一朝相，兩人各自退後一步，

原來在他父母墳前哭拜的，竟是當今滿清皇帝。

乾隆驚問：「你……你怎麼深夜到這裏來？」

第八回

千軍嶽峙圍千頃　萬馬潮洶動萬乘

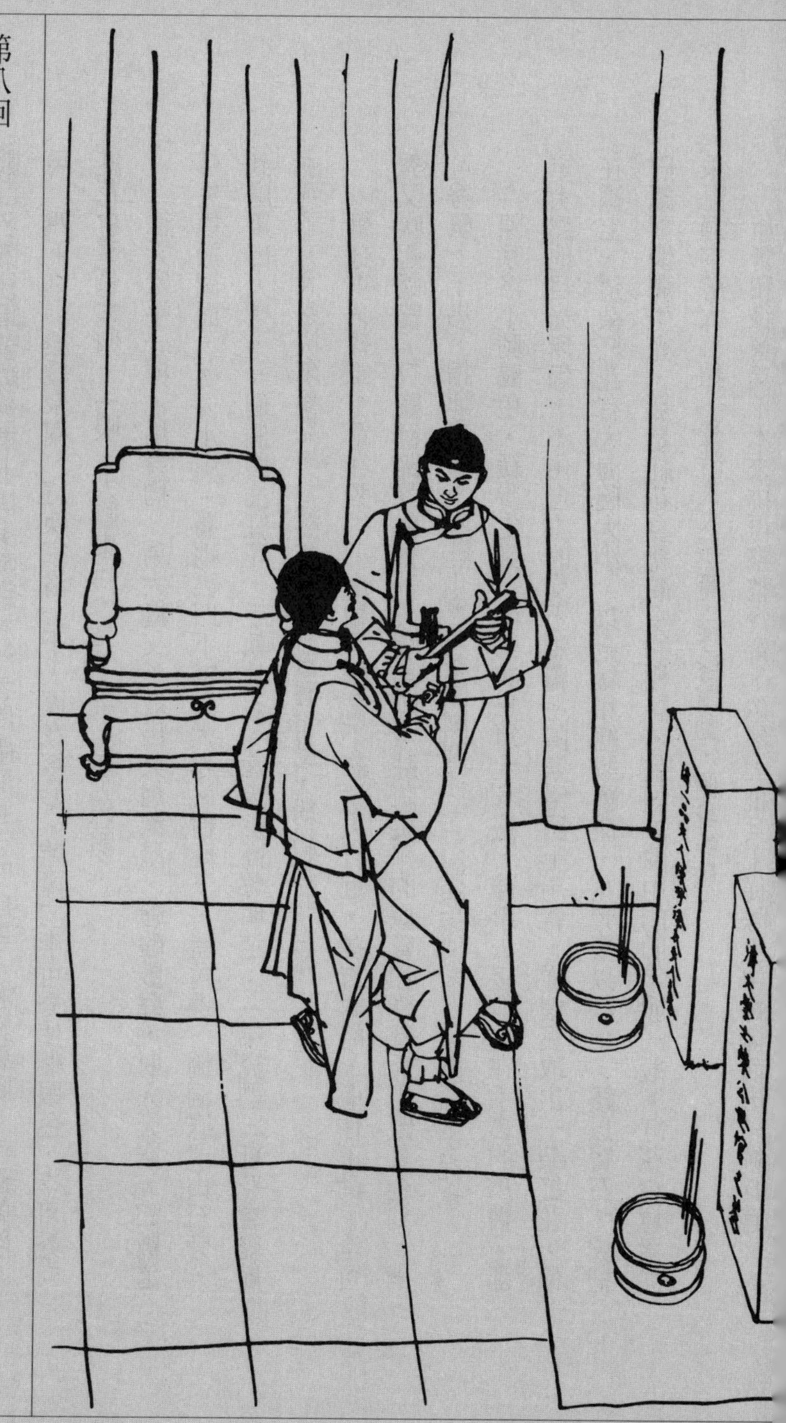

不一刻，羣船靠岸。李可秀先跳上岸，伸雙手扶掖乾隆上岸。衆侍衛圍成半圓，三面拱衛。陳家洛等也上了岸。李可秀摸出胡笳，「嘟——嘟——嘟——」的吹了三聲，數百名御林軍驍騎營軍士快步奔到。一名侍衛牽過一匹白馬，右腿屈膝，侍候乾隆上馬。四下軍士緩緩聚攏，將陳家洛一干人圍在核心。乾隆向李可秀使個眼色，李可秀向紅花會羣豪大叫：「喂，大膽東西，見了皇上還不磕頭！」

徐天宏手一揮，馬善均、馬大挺父子取出火炮流星，嗤嗤數聲，射入天空，如數道彗星橫過湖面，落入水中。驀地裏四下喊聲大起。樹蔭下、屋角邊、橋洞底、山石旁，到處鑽出人來，一個個頭插紅花，手執兵刃。徐天宏高聲叫道：「弟兄們，紅花會總舵主到了，大家快來參見。」紅花會會衆歡聲雷動，紛紛擁將過來。

御林軍各營軍士箭在弦、刀出鞘，攔著不許衆人行近。雙方對峙，僵住不動。李可秀又吹起胡笳，只聽得蹄聲雜沓，人喧馬嘶，駐防杭州的旗營和綠營兵丁跟著趕到。李可秀騎上了馬，指揮兵馬，將紅花會羣豪團團圍住，只待乾隆下令，便即動手捉拿。

陳家洛不動聲色，緩步走到一名御林軍軍士身邊，伸手去接他握在手裏的馬韁。那軍士爲他目光所懾，不由自主的交上馬韁。陳家洛躍上馬背，從懷裏取出一朵紅花，佩在襟上。這朵紅花有大海碗大小，以金絲和紅絨繞成，花旁襯以綠葉，鑲以寶石，火把照耀下燦爛生光，那是紅花會總舵主的標誌，就如軍隊中的帥字旗一般。紅花會會衆從未見過本會大首領，登時人人振奮，呼聲雷動，俯身致敬。

旗營和綠營兵丁本來排得整整齊齊，忽然大批兵丁從隊伍中蜂擁而出，統兵官佐大聲吆喝，竟自約束不住。那些兵丁奔到陳家洛面前，雙手交叉胸前，俯身彎腰，施行紅花會中拜見總首領的大禮。陳家洛舉手還禮。那些兵丁行完禮後奔回隊伍，後面隊中又有兵丁奔出行禮，此去彼來，好一陣子才完。原來紅花會在江南勢力大張，旗營和綠營兵丁不少得人引薦入會，漢軍旗營和綠營中的漢人兵卒尤多。

乾隆見自己部隊中有這許多人出來向陳家洛行禮，這一驚非同小可，今晚若是動武，御林軍各營雖然從北京衛駕而來，忠誠可恃，營中亦無紅花會會衆，但無論如何難操必勝之算，自己又身在險地，自以善罷爲上，冷冷向李可秀說道：「你帶的好兵！」李可秀本已驚得呆了，聽得乾隆申斥，忙翻身下馬，跪在地上不住叩頭，連稱：「臣該死，臣該死。」乾隆道：「叫他們退走！」李可秀道：「是，是！」起身大聲傳令，命衆兵將後退。

徐天宏見清兵退去，叫道：「各位兄弟，大家辛苦了，請回去吧！」紅花會會衆叫道：「總舵主，各位當家，再見！」呼聲雷動，響徹湖上，只見人頭聳動，四面八方散了下去。

乾隆帝弘歷自幼受父親雍正訓誨，文才武略，在滿清皇族中可說是一等一的人才。他深慕當年太祖太宗東征西討，攻城略地，都是身冒矢石，躬親前敵。滿洲兵例，八旗出戰，各旗統兵的和碩親王、多羅郡王、多羅貝勒、固山貝子都不得後退，否則本旗人丁馬匹即交其餘七旗均分，是以人人奮戰，所向克捷。乾隆登基以來，海內晏安，無地可逞英雄，一聽陳家洛在湖上招飲，想起太祖太宗當年在白山黑水間揮刀奔馳的雄風，這一點小小風險豈可不冒？豈知事到臨頭，處處爲人所制，幸而他頗識大體，知道小不忍則亂大謀，舉手向陳家洛道：「今晚湖上之遊，賞心悅目，良足暢懷，多謝賢主人隆情高誼。就此別過，後會有期。」在衆侍衛官員擁衛下回撫署去了。

陳家洛呵呵大笑，回到船上，與衆兄弟置酒豪飲。

紅花會羣雄將衆侍衛打得一敗塗地，最後一陣徐天宏與馬善均佈置有方，皇帝手擁重兵，竟不敢下令攻擊，陳家洛又探知了文泰來的下落，人人興高采烈，歡呼暢飲。

徐天宏對馬善均道：「馬大哥，皇帝老兒今日吃了虧回去，定然不肯就此罷休。你吩咐杭州衆兄弟大家特別留神，尤其是旗營綠營裏的兄弟，別中了他暗算。要是他調大軍來動手，大夥就退入太湖。」馬善均點頭稱是，喝了一杯酒，先行告退，帶了兒子即去部署。

陳家洛滿飲一杯，長嘯數聲，見皓月斜照，在湖中殘荷菱葉間映成片片碎影，驀地心驚，問徐天宏道：「今兒是十幾，這幾天忙得日子也忘啦！」徐天宏道：「今兒十七，前天不是咱們一起過中秋的麼？」陳家洛微一沉吟，說道：「周老前輩、道長、衆位哥哥，今兒大家忙了一晚，總算沒失面子，文四哥的下落也有了消息。現下請大家回去休息。明日我有點私事，後天咱們就著手打救四哥。」徐天宏問道：「總舵主，要不要那一位兄弟陪你去？」陳家洛道：「不必了，這件事沒危險，我獨個兒在這裏靜一靜，要想想事情。」

眾人移船攏岸，與陳家洛別過，上岸回去。楊成協、衛春華、章進、蔣四根等都已喝得半醉，黑夜中挽臂高歌，在杭州街頭歡呼叫嚷，旁若無人。

陳家洛遠望眾人去遠，跳上一艘小船，撥動木槳，小船在明澄如鏡的湖面上輕輕滑了過去，船到湖心，收起木槳，呆望月亮，不禁流下淚來。原來次日八月十八是他生母徐氏的生辰。他離家十年，重回江南，母親卻已亡故，想起慈容笑貌，從此陰陽相隔，不由得悲從中來。適才聽徐天宏一說日子，已自忍耐不住，此刻眾人已去，忍不住放聲慟哭。

這邊哭聲正悲，那邊忽然傳來格格輕笑。陳家洛止哭回頭，見一艘小船緩緩划近，月光下見一人從船尾站起，身穿淺灰長袍，拱手行禮，叫道：「陳公子，獨個兒還在賞月嗎？」

陳家洛見那人風姿翩翩，便是陸菲青那徒弟，剛才站在乾隆身後，不知他一人重回又有何事，忙一拭眼淚，抱拳回禮，道：「李大哥，找我有甚麼事？」李沅芷輕輕縱起，落在陳家洛船頭，笑道：「你那金笛秀才兄弟的消息，可想知道嗎？」

陳家洛微微一怔，道：「請坐下細談。」李沅芷微笑坐下，伸手到湖中弄水。這時月亮倒影剛巧映在船邊，她撥弄湖水，水中月亮都給弄得碎亂了。陳家洛問道：「你見到我們余兄弟嗎？請問他在那裏？」李沅芷笑道：「我當然知道，可是偏不跟你說。」

陳家洛又是一怔，心想這小子好生古怪，說話倒像個刁蠻姑娘。李沅芷那天摟著霍青桐肩膀細聲笑語的親熱神態，剎那間湧上心頭，對她忽感說不出的厭惡。

李沅芷玩了一陣水，右手濕淋淋的伸上來，不住向空中彈水，月光下見陳家洛眼圈紅紅的，淚痕未乾，奇道：「咦，你哭過了嗎？剛才我聽到一個人哭，原來是你。」陳家洛別過了頭，不去睬她。李沅芷心中一軟，柔聲道：「是不是牽記你四哥和十四弟呢？你別難過，我跟你說，他兩人都好好活著。」陳家洛本想細問，但聽她一副勸慰小孩子的語氣，甚感不快，心想：「就是不靠你報信，我們也查得出來。」仍是默不作聲。

李沅芷問道：「我師父呢？他也到杭州了嗎？」陳家洛道：「怎麼？陸老前輩沒跟你在一起嗎？」李沅芷道：「當然啦，那晚在黃河渡口一陣大亂，就沒再見到他。」陳家洛道：「陸老前輩武功卓絕，料無錯失，你放心好啦。」李沅芷道：「你們紅花會勢力這麼大，幹麼不派人去找找他？」陳家洛聽她言語無禮，更是不喜，但他究竟頗有涵養，道：「李大哥說的是，明兒我就派人去打聽。」

李沅芷隔了一會，說道：「我聽余師哥說你武功好得了不得。我不信，他說你做我師父都可以，難道你比我師父還強麼？」陳家洛聽她說話不知輕重，微微一笑，道：「陸老前輩是了不起的大高手，我就想拜他爲師，他老人家還不見得肯收呢。他要收徒弟，一定得收資質極好之人。」李沅芷笑道：「啊喲，別當面捧人家啦。我剛才見你抛了四隻酒杯，內勁好極啦。不過你們紅花會的人對你這麼服服貼貼，比見了老子還恭敬，我可有點不服氣。」

陳家洛哼了一聲，心道：「要人信服，又不是靠武功威嚇，這點你不懂，也懶得跟你多說。」見她又稚氣又無禮，覺得這小子很是莫名其妙，說道：「天快亮啦，我要上岸去，再見吧！」說罷舉起槳來，等她跳回自己船上。李沅芷大不高興，說道：「雖然別人都服你，對我，可不必這麼驕傲！」

陳家洛聽了這話，氣往上沖，便要發作，隨即轉念，自己領袖羣倫，爲紅花會衆豪傑之長，不能隨便動怒，這姓李的年紀比自己小，此時又無第三人在場，爭吵起來，被人說一句以大壓小，何況她師父對本會情義深長，瞧她師父臉面，不必跟她一般見識，當下強抑怒氣，舉槳划船。李沅芷自小給人順慣了的，見陳家洛臉色不善，對自己全不理睬，不由得氣往上衝，悶在船頭，一時下不了台。

小船將近划到三潭印月，李沅芷冷笑道：「你不必神氣。你要是眞狠，幹麼獨自偷偷的躱在這裏哭？」陳家洛仍是不理。李沅芷大聲道：「我跟你說話，難道你沒聽見？」

陳家洛呼了口氣，側目斜視，心想：「你這小子當眞不識好歹，連你師父都對我客客氣氣，你竟敢對我大呼小叫。」李沅芷冷冷的道：「我好心來向你報訊，你卻不理人家。沒我幫忙，看你救不救得出你的文四哥。」陳家洛秀眉微揚，撇嘴道：「憑你就有這般大本領？」李沅芷道：「怎麼？你瞧不起人？那麼咱們就比劃比劃。」手腕翻處，從腰間拔出長劍。

陳家洛瞧在陸菲青面上一再忍讓，見她忽然拔劍，心念一動，她剛才站在乾隆背後，和統兵的提督神態親熱，難道竟是敵人不成？這時心頭煩躁鬱悶，又覺奇怪，平素自己氣度雍容，不知怎樣對這人卻是說不出的厭憎，但見她容顏秀雅，俊目含嗔，一時捉摸不定她到底是何等樣人，說道：「你剛才站在皇帝背後，是假意投降呢，還是在朝廷做了甚麼官職？」李沅芷道：「全不是。」陳家洛道：「難道那些清廷走狗之中，有你親人在內？」

李沅芷一聽罵她父親是走狗，怒火大熾，挺劍便即刺出，罵道：「你這小子，怎地出口傷人？」陳家洛見她當眞動手，心想這人果然和清廷官員有牽連瓜葛，那便不必客氣了，喝道：「好哇，我找你師父算帳去。」身子微偏，讓開來劍。李沅芷等他一站起身，立即挺劍當胸平刺。陳家洛不避不讓，待劍尖剛沾胸衣，突然吐氣，胸膛向後陷進三寸。其時李沅芷力已用足，雖只相差三寸，劍尖卻已刺他不到，大駭之下，怕他反擊，雙足急撐，反身跳到湖中三潭印月石墩之上。那石墩離船甚遠，頂上光滑，她居然穩穩站定。

陳家洛本想空手進招，眼見她施展武當派上乘輕功，他與張召重對敵過，深知武當派武功厲害，於是斜身縱起，從垂柳梢下穿了過去，站上另一個石墩，手中已執著一條柳枝。

李沅芷見他身法奇快，不由得暗暗吃驚，到此地步，也只得硬起頭皮一拚，嬌叱一聲：「看劍！」左掌護身，縱向陳家洛所站的石墩，劍走偏鋒，向他左肩刺去。

三潭印月是西湖中的三座小石墩，浮在湖水之上，中秋之夜，杭人習俗以五色彩紙將潭上小孔蒙住。此時中秋剛過，彩紙尚在，月光從墩孔中穿出，倒映湖中，繽紛奇麗。月光映潭，分塔爲三，空明朗碧，宛似湖下別有一湖。只見一個灰色人影如飛鳥般在湖面上掠過，劍光閃動，與湖中彩影交相輝映。

陳家洛身子略偏，柳枝向她後心揮去。李沅芷一擊不中，右腳在石墩上一點，「鳳點頭」讓過揮來柳枝，斜刺搶上另一個石墩，使招「玉帶圍腰」，長劍繞身揮動，連綿不盡，正是柔雲劍術的精要，跟著和身縱前，心想這一下非把你逼到左邊石墩去不可。陳家洛竟然不退，待她撲到，身子突然拔高，半空轉身，頭下腳上，柳枝當頭揮下。李沅芷舉劍上撩，那知柳枝順著劍身彎了下來，在她臉上一拂，登時吃了一記，雖不甚痛，卻熱辣辣的十分難受，不暇思索，低頭又竄上左邊石墩，待得站定，見陳家洛也已落下，衣襟當風，柳枝輕搖，顯得十分瀟洒。

李沅芷大怒，劍交左手，右手從囊中掏出一把芙蓉金針，接連三揮，三批金針分上中下三路向他打去。陳家洛在石墩上無處可避，雙腿外挺，身子臨空平臥湖面，左臂平伸，手掌按於石墩之頂，三批金針從他臂上掠過，嗤嗤聲響，落入湖中。他左掌使勁，人已躍起，身上居然沒濺著一點湖水，李沅芷三招沒將他逼離石墩，自知不是敵手，叫道：「後會有期，再見吧！」就要竄入小瀛洲亭中。

陳家洛叫道：「你也接我一招。」語聲甫畢，人已躍起，柳枝向她臉上拂來。李沅芷吃過苦頭，舉劍在面前挽個平花，想削斷他的柳枝。那知這柳枝待劍削到，已隨著變勢，裹住劍身，只感到一股大力要將她長劍奪去，同時對方左手也向自己胸部捺來，李沅芷又驚又羞，右手只得鬆開劍柄，左掌一擋，與他左掌相抵，借著他一捺之勁，跳上右邊石墩。她長劍飛上天空，落下來時，陳家洛伸手接住。李沅芷羞罵：「不要臉！使這般下流招數！」陳家洛一怔，說道：「胡說八道，甚麼下流了？」

李沅芷心想對方不知自己是女子，這一招出於無心，當下更不打話，提氣便縱向小瀛洲亭子。陳家洛身法更快，隨著縱去。李沅芷跳到時，已見陳家洛站在身前，雙手托住長劍遞了過來。李沅芷鼓起了腮幫，接過了劍插入劍鞘，掉頭便走。陳家洛過招大佔上風，極感快慰，忽地心頭掠過了霍青桐的俏麗身影。

其時天已微明，陳家洛將襟上紅花取下，放入袋中，緩步走向城東候潮門。到城邊時，城門已開，守門的清兵向陳家洛凝視一下，雙手交叉胸前，俯身致敬，原來他是紅花會中人。陳家洛點點頭，出了城門。那清兵道：「總舵主出城，可要一匹坐騎？」陳家洛道：「好吧！」那清兵歡天喜地的去了，不一刻牽來一匹好馬，後面跟著兩名小官，齊向陳家洛彎腰致敬。他們得有機會向總舵主效勞，都感甚是榮幸。

陳家洛上馬奔馳，八十多里地快馬兩個多時辰也就到了，巳牌時分已到達海寧城西門安戍門。他離家十年，此番重來，見景色依舊，自己幼時在上嬉遊的城牆也毫無變動，青草沙石，似乎均是昔日所曾撫弄。他怕撞見熟人，掉過馬頭向北郊走了五六里路，找一家農家歇了，吃過中飯，放頭便睡。折騰了一夜，此時睡得十分香甜。

那農家夫婦見他是公子打扮，說的又是本鄉土話，招呼得甚是殷勤，傍晚殺隻雞款待。陳家洛問起近年情形，那農人說：「皇上最近下旨免了海寧全縣三年錢糧，那都是瞧著陳閣老的面子。」陳家洛心想父親逝世多年，實是猜不透皇帝何以對他家近年忽然特加恩寵。吃過晚飯，拿三兩銀子謝了農家，縱馬入城。

先到南門，坐在海塘上望海，回憶兒時母親多次攜了他的手在此觀潮，眼眶又不禁濕潤起來。在回疆十年，每日所見儘是無垠黃沙，此刻重見江水海波，心胸爽朗，披襟當風，望著大海。兒時舊事，一一湧上心來。眼見天色漸黑，海中白色泡沫都變成模糊一片，將馬匹繫上海塘上柳樹，向城西北自己家裏奔去。

陳家洛到得家門，大感詫異，他祖居本名「隅園」，這時原匾已除，換上了一個新匾，寫著「安瀾園」三字，筆致圓柔，認得是乾隆御筆親題。舊居之旁，又蓋著一大片新屋，亭台樓閣，不計其數。愕然不解，跳進圍牆。

一進去便見到一座亭子，亭中有塊大石碑。走進亭去，月光照在碑上，見碑文俱新，刻著六首五言律詩，題目是「御製駐陳氏安瀾園即事雜詠」，碑文字跡也是乾隆所書，心想：「原來皇帝到我家來過了。」月光下讀碑上御詩：

「名園陳氏業，題額曰安瀾。至止緣觀海，居停暫解鞍。金隄築籌固，沙渚漲希寬。總釐萬民戚，非尋一己歡。」

心想：「皇帝說甚麼『總釐萬民戚，非尋一己歡。』倘然這眞是心裏話，那麼他倒也關懷老百姓的安危苦樂。」又讀下去：

「兩世鳳池邊，高樓睿藻懸。渥恩賚耆碩，適性愜林泉。是日亭台景，秋遊角徵絃；觀瀾還返駕，供帳漫求妍。」

他知第二句是指樓中所懸雍正皇帝御書「林泉耆碩」匾額。見下面四首詩都是稱賞園中風物，對陳家功名勛業頗有美言，詩雖不佳，但對自己家裏很是客氣，自也不免高興。

由西折入長廊，經「滄波浴景之軒」而至環碧堂，見堂中懸了一塊新匾，寫著「愛日堂」三字，也是乾隆所書，尋思：「『愛日』二字是指兒子孝父母，出於《法言》：『事父母自知不足者，其舜乎？不可得而久者，事親之謂也。孝子愛日。』那是感歎奉事父母的日子不能長久，多一天和父母相聚，便好一天，因此對每一日都感眷戀。這兩個字由我來寫，才合道理，怎麼皇帝親筆寫在這裏？這個皇帝，學問未免欠通。」

出得堂來，經赤欄曲橋、天香塢，北轉至十二樓邊，過羣芳閣、竹深荷淨軒，過橋經竹蔭深處，便是母親的舊居筠香館。只見館前也換上了新匾，寫著「春暉堂」三字，也是乾隆御筆，心中一酸，坐在山石之上，心想：「孟郊詩：『慈母手中線，遊子身上衣。臨行密密縫，意恐遲遲歸。誰言寸草心，報得三春暉。』這一首詩，眞是爲我寫照了。」望著這三個字，想起母親的慈愛，又不禁掉下淚來。

突然之間，全身一震，跳了起來，心道：「『春暉』二字，是兒子感念母恩的典故，除此之外，更無他義。皇帝寫這匾掛在我姆媽樓上，是何用意？他再不通，也不會如此胡來。難道他料我必定歸來省墓，特意寫了這些匾額來籠絡我麼？」

沉吟良久，難解其意，當下輕輕上樓，閃在樓台邊一張，見房內無人，房內佈置宛若母親生時，紅木傢俬、雕花大床、描金衣箱，仍是放在他看了十多年的地方。桌上明晃晃的點著一枝紅燭。忽然隔房腳步聲響，有人走進房來。

他縮身躲在一隅，見進來的是個老媽媽。他一見背影，忍不住就要呼叫出聲，原來那是他母親的贈嫁丫環瑞芳。陳家洛從小由她撫育帶領，直到十五歲，是下人中最親近之人。

瑞芳進房後，拿了抹布，把各件家具慢慢的逐一揩抹，坐在椅上發了一陣呆，在床上枕頭底下摸出一頂小孩帽子，不住撫摸嘆氣。那是一頂大紅緞子的繡花帽，帽上釘著一塊綠玉，綠玉四周是八顆大珠，正是陳家洛兒時所戴。

陳家洛再也忍耐不住，一個箭步縱進房去，抱住了她。

瑞芳大驚，張嘴想叫，陳家洛伸手按住她嘴，低聲道：「別嚷，是我。」瑞芳望著他臉，嚇得說不出話來。原來陳家洛十五歲離家，十年之後，相貌神情均已大變，而五十多歲的老婆婆，十年間卻無多大改變。

陳家洛道：「瑞姑，我是三官呀，你不認得了嗎？」瑞芳兀自迷迷惘惘，道：「你……你是三官，你回……回來啦？」陳家洛微笑點頭。瑞芳神智漸定，依稀在他臉上看到了三官那淘氣孩子的容貌，突伸雙臂抱住了他，放聲哭了出來。

陳家洛連忙搖手，道：「別讓人知道我回來了，快別哭。」瑞芳道：「不礙事，他們都到新園子裏去啦，這裏沒人。」陳家洛道：「那新園子是怎麼回事？」瑞芳道：「今年上半年才造的，不知用了幾十萬兩銀子哪，也不知道有甚麼用。」

陳家洛知她這些事情不大明白，問道：「姆媽怎麼去世的？她生了甚麼病？」瑞芳掏出手帕來擦眼淚，說道：「小姐那天不知道爲甚麼，很不開心，一連三天沒好好吃飯，就得了病。拖了十多天就過去啦。」說到這裏，輕輕啜泣。原來江南大家富室小姐出嫁，例有幾名丫環陪嫁，小姐雖然做了太太、婆婆，陪嫁丫頭到老仍是叫她小姐。她又泣道：「小姐過去的時候老惦記你，說：『三官呢？他還沒來嗎？我要三官來呀！』這樣叫了兩天才死。」

陳家洛嗚咽道：「我眞是不孝，姆媽臨死時要見我一面也見不著。」又問：「姆媽的墳在那裏？」瑞芳道：「在新造的海神廟後面。」陳家洛問：「海神廟？」瑞芳道：「是啊，那也是今年春天剛造的。廟大極啦，在海塘邊上。」陳家洛道：「瑞姑，我去看看再說。」瑞芳忙道：「不，不能……」他已從窗中飛身出去。

從家裏到海塘是他最熟悉的道路，片刻間即已奔到。只見西首高樓臨空，是幾座兒時所未見之屋宇，想必是海神廟了，於是逕向廟門走去。

忽然廟左廟右同時響起輕微的腳步聲，他疾忙後退，縮身一棵柳樹之後，只見神廟左右分別竄出兩個黑衣人來，四人在廟門口舉手打個招呼，腳步不停，分向廟左廟右奔了下去。他甚覺奇怪，心想海寧是海隅小縣，看這四人武功均各不弱，到這裏來不知有甚圖謀，正想跟蹤過去查察，忽然腳步聲響起，又是四人從廟旁包抄過來，這四人身材模樣和先前四人並不相同。他更是驚詫，待這四人交叉而過，便提氣躍上廟門，橫躺牆頂，俯首下視。

黑影起處，又有四人盤繞過去，縱目數去，總共約有四十人之譜，個個繞著海神廟打圈子，全神貫注，默不作聲，武功均非泛泛。難道是甚麼教派奉行拜神儀典？還是大幫海盜在此聚會分贓，怕人搶奪，以致巡邏如此嚴密？若非自己輕功了得，見機又快，早就給他們查覺了。好奇心起，輕輕跳下，隱身牆邊，溜進大殿中查看。

東殿供的是建造海塘的吳越王錢鏐，西殿供的是潮神伍子胥和文種，再到中殿，殿上香煙繚繞，蠟燭點得晃亮，心想這裏供的不知是何神祇，抬頭看時，不禁驚得呆了。

中間端坐的潮神面目清秀，下頷微髭，一如自己父親陳閣老生時。陳家洛奇異萬分，忍不住輕輕的「咦」了一聲。

只聽得殿外傳來腳步之聲，忙隱身一座大鐘之後。不一會，四個人走進殿來，這四人身穿一色黑衣，手中拿著兵刃，在殿中繞了一圈又走了出去。

他見左面有一扇門開著，悄悄走過去，向外張望，見是一條長長的白石甬道，直通出去，氣派宏偉。心想走上這條白石甬道難免為人發覺，於是躍上甬道之頂，一溜煙般奔到甬道末端，眼見下面無人，輕輕躍下。過去又是一座神殿，殿外寫著「天后宮」三個大字，殿門並未關閉，便走進去瞻仰神像，這一下比適才驚訝更甚。

原來天后神像臉如滿月，雙目微揚，竟與自己生母徐氏的相貌一模一樣。

愈看愈奇，如入五里霧中，轉身奔出，去找尋母親的墳墓，只見天后宮之後搭著一排連綿不斷的黃布帳篷。當下隱身牆角往外注視，眼光到處，盡是身穿黑衣的壯漢，在黃布帳外來回巡視。今晚所見景象，俱非想像所及，雖見這些人戒備森嚴，但藝高人膽大，決心探個明白，在地下慢慢爬近帳篷，待兩名黑衣人一背轉身，便掀開帳篷鑽了進去。

先行伏地不動，細聽外面並無聲息，知道自己蹤跡未被發覺，回過頭來，只見帳篷中空空曠曠，一個人也沒有。地下整理得十分平整，草根都已剷得乾乾淨淨，帳篷一座接著一座，就如一條大甬道一般，直通向後。每座帳篷中都點著巨燭油燈，照得一片雪亮，一眼望去，兩排燈光就如兩條小火龍般伸展出去。

不由得一陣迷惘、一陣驚懼，百思不得其解，一步步向前走去，當眞如在夢中。四下裏靜悄悄地，只有蠟燭上的燈花偶然爆裂開來，發出輕微聲息。他屏息提氣，走了數十步，忽聽得前面有衣服響動之聲，忙向旁躲閃，隔了半晌，見無動靜，又向前走了幾步，燈光下只見前面隆起兩座並列的大墳，有一人面墳而坐。

墳前各有一碑，題著朱紅大字，一塊碑上寫的是「皇清太子太傅文淵閣大學士工部尚書陳文勤公諱世倌之墓」，另一塊碑上寫的是「皇清一品夫人陳母徐夫人之墓」。陳家洛在燭光下看得明白，心中酸痛，原來自己父母親葬在此處，也顧不得危機四伏，就要撲上去哭拜，剛跨出一步，忽見坐在墳前那人站了起來。陳家洛忙站定身子，只見他站著向墳凝視片刻，突然跪倒，拜了幾拜，伏地不起，見他背心抽動，似在哭泣。

見此情形，陳家洛提防疑慮之心盡消，此人既在父母墳前哭拜，不是自己戚屬，也必是父親的門生故吏，見他哭泣甚悲，輕輕走上前去，在他肩頭輕拍，說道：「請起來吧！」

那人一驚，突然跳起，卻不轉身，厲聲喝問：「誰？」

陳家洛道：「我也是來拜墳的。」他不去理會那人，跪倒墳前，想起父母生前養育之恩，不禁淚如雨下，嗚咽著叫道：「姆媽、爸爸，三官來遲了，見不著你了。」

站著的那人「啊」的一聲，腳步響動，急速向外奔出。陳家洛伸腰站起，向後連躍兩步，已攔在那人面前，燈光下一朝相，兩人各自驚得退後幾步。

原來在他父母墳前哭拜的，竟是當今滿清乾隆皇帝弘歷。

乾隆驚問：「你……你怎麼深夜到這裏來？」陳家洛道：「今日是我母親生辰，我來拜墳。你呢？」乾隆不答他問話，道：「你是陳……陳世倌的兒子？」陳家洛道：「不錯，江湖上許多人都知道。你也知道吧？」乾隆搖搖頭：「沒聽說過。」近年乾隆對海寧陳家榮寵殊甚，臣子中雖有人知道紅花會新首領是故陳閣老的少子，可是誰都不敢提起，皆知皇帝喜怒難測，一個多事說了出來，獎賞是一定沒有，說不定反落個殺身之禍。

這時陳家洛提防之心雖去，疑惑只有更甚，尋思：「外面如此戒備森嚴，原來是保護皇帝前來祭墓，可是非但時在深夜，而且墳墓與甬道全用黃布遮住，顯是不欲人知。然則皇帝何以前來偷祭大臣？皇帝縱然對大臣寵幸，於其死後仍有遺思，也決無在他墓前跪拜哀哭之理，當眞令人費解。」他驚疑不定，乾隆也在對他仔細打量，臉上神色變幻，過了半晌，說道：「坐下來談吧！」兩人並肩坐在墳前石上。

兩人今晚是第三次會面。首次在靈隱三竺邂逅相逢，互相猜疑中帶有結納之意；第二次在湖上明爭暗鬥，勢成敵對。此次見面，敵意大消，親近之心油然而生。

乾隆拉著陳家洛的手，說道：「你見我深夜來此祭墓，一定奇怪。令尊生前於我有恩，當年我皇兄與我爭位，陰謀加害，全仗令尊捨命保護，我所以能登大寶，令尊之功最鉅，乘著此番南巡，今夜特來拜謝。」陳家洛將信將疑，嗯了一聲。乾隆又道：「此事洩漏於外，十分不便，你能決不吐露麼？」

陳家洛見他尊崇自己父母，甚是感激，當即慨然道：「你儘管放心，我在父母墳前發誓，今晚之事，決不對任何人提及。」乾隆知他是武林中領袖人物，最重然諾，何況又在他父母墓前立誓，登時放心，面露喜色。

兩人手握著手，坐在墓前，一個是當今至尊皇帝，一個是江湖上第一大幫會的首領。兩人默默思索，一時都不說話。

過了良久，忽然極遠處似有一陣鬱雷之聲，陳家洛先聽見了，道：「潮來了，咱們到海塘邊看看吧，我有十年不見啦。」乾隆道：「好。」仍然攜著陳家洛的手，走出帳來。

陳家洛道：「八月十八，海潮最大。我母親恰好生於這一天，因此她……」說到這裏，住口不說了。乾隆似乎甚是關心，問道：「令堂怎樣？」陳家洛道：「因此我母親閨字『潮生』。」他說了這句話，微覺後悔，心想怎地我將姆媽的閨名也跟皇帝說了，但其時衝口而出，似是十分自然。乾隆臉上也有憮然之色，低低應了聲：「是！原來……」下面的話卻也忍住了，握著陳家洛的手微微顫抖。

在外巡邏的衆侍衛見皇帝出來，忙趨前侍候，忽見他身旁多了一人，均感驚異，卻也不敢作聲。白振、褚圓等首領侍衛更是慄慄危懼，怎麼帳篷中鑽了一個人進去居然沒有發覺，若是衝撞了聖駕，衆侍衛罪不可赦，待得走近，見他身旁那人竟是紅花會的總舵主，這一驚更是非同小可，人人全身冷汗。侍衛牽過御馬，乾隆對陳家洛道：「你騎我這匹馬。」侍衛忙又牽過一匹馬來。兩人上馬，向春熙門而去。

這時鬱雷之聲漸響，轟轟不絕。待出春熙門，耳中儘是浪濤之聲，眼望大海，卻是平靜一片，海水在塘下七八丈，月光淡淡，平鋪海上，映出點點銀光。

乾隆望著海水出了神，隔了一會，說道：「你我十分投緣。我明天回杭州，再住三天就回北京，你也跟我同去好嗎？最好以後常在我身邊。我見到你，就如同見到令尊一般。」

陳家洛萬想不到他會如此溫和親切的說出這番話來，一時倒怔住了難以回答。

乾隆道：「你文武全才，將來做到令尊的職位，也非難事，這比混跡江湖要高上萬倍了。」皇帝這話，便是允許將來升他為殿閣大學士。清代無宰相，大學士是一人之下萬人之上的高位，心想他必定喜出望外，叩頭謝恩。那知陳家洛道：「你一番好意，我十分感謝，但如我貪戀富貴，也不會身離閣老之家，孤身流落江湖了。」

乾隆道：「我正要問你，為甚麼好好的公子不做，卻到江湖上去廝混，難道是不容於父兄麼？」陳家洛道：「那倒不是，這是奉我母親之命。我父親、哥哥是不知道的。他們花了很多心力，到處找尋，直到這時，哥哥還在派人尋我。」乾隆道：「你母親叫你離家，那可眞奇了，卻又幹麼？」陳家洛俯首不答，片刻之後，說道：「這是我母親的傷心事，我也不大明白。」

乾隆道：「你海寧陳家世代簪纓，科名之盛，海內無比。三百年來，進士二百數十人，位居宰輔者三人，官尚書、侍郎、巡撫、布政使者十一人，眞是異數。令尊文勤公爲官清正，常在皇考前爲民請命，以至痛哭流涕。皇考退朝之後，有幾次哈哈大笑，說道：『陳世倌今天又爲了百姓向我大哭一場，唉，只好答允了他。』」陳家洛聽他說起父親的政績，又是傷心，又是歡喜，心想：「爹爹爲百姓而向皇帝大哭，我爲百姓而搶皇帝軍糧。作爲不同，用意則一。」

這時潮聲愈響，兩人話聲漸被掩沒，只見遠處一條白線，在月光下緩緩移來。驀然間寒意迫人，白線越移越近，聲若雷震，大潮有如玉城雪嶺，自天際而來，聲勢雄偉已極。大潮越近，聲音越響，眞似百萬大軍衝鋒，於金鼓齊鳴中一往無前。

乾隆左手拉著陳家洛的手，站在塘邊，右手輕搖摺扇，驟見夜潮猛至，不由得一驚，右手一鬆，摺扇直向海塘下落去，跌至塘底石級之上，那正是陳家洛贈他的摺扇。乾隆叫了一聲「啊喲！」白振頭下腳上，突向塘底撲去，左手在塘石上一按，右手已拾起摺扇。

潮水愈近愈快，震撼激射，吞天沃月，一座巨大的水牆直向海塘壓來，眼見白振就要被捲入鯨波萬仞之中，衆侍衛齊聲驚呼起來。白振凝神提氣，施展輕功，沿著海塘石級向上攀越，可是未到塘頂，海潮已經捲到。陳家洛見情勢危急，脫下身上長袍，一撕爲二，打個結接起，飛快掛向白振頭頂。白振奮力躍起，伸手拉住長袍一端，浪花已經撲到了他腳上。陳家洛使勁一提，將他揮上石塘。

這時乾隆與衆侍衛見海潮勢大，都已退離塘邊數丈。白振剛到塘上，海潮已捲了上來。陳家洛自小在塘邊戲耍，熟識潮性，一將白振拉上，隨即向後連躍數躍。白振落下地時，海塘上已水深數尺，他右手一揮，將摺扇向褚圓擲去，雙手隨即緊緊抱住塘邊上一株柳樹。

月影銀濤，光搖噴雪，雲移玉岸，浪捲轟雷，海潮勢若萬馬奔騰，奮蹄疾馳，霎時之間已將白振全身淹沒波濤之下。他不識水性，只得屏住呼吸。

但潮來得快，退得也快，頃刻間，塘上潮水退得乾乾淨淨。白振閉嘴屏息，抱住柳樹，雙掌十指有如十枚鐵釘，深深嵌入樹身，待潮水退去，才拔出手指，向後退避。乾隆見他忠誠英勇，很是高興，從褚圓手中接過摺扇，對白振點頭道：「回去賞你一件黃馬褂。」白振全身濕透，忙跪下叩頭謝恩。

乾隆轉頭對陳家洛道：「古人說『十萬軍聲半夜潮』，看了這番情景，眞稱得上天下奇觀。」陳家洛道：「當年錢王以三千鐵弩強射海潮，海潮何曾有絲毫降低？可見自然之勢，是強逆不來的。」乾隆聽他說話，似乎又要涉及在西湖中談過的話題，知他是決計不肯到朝廷來做官了，便道：「人各有志，我也不能勉強。不過我要勸你一句話。」陳家洛道：「請教。」乾隆道：「你們紅花會的行徑已跡近叛逆。過往一切，我可不咎，以後可萬不能再幹這些無法無天之事。」陳家洛道：「我們爲國爲民，所作所爲，但求心之所安。」乾隆嘆道：「可惜，可惜！」隔了一會，說道：「憑著今晚相交一場，將來剿滅紅花會時，我可以免你一死。」陳家洛道：「既然如此，要是你落入紅花會手中，我們也不傷害於你。」

乾隆哈哈大笑，說道：「在皇帝面前，你也不肯吃半點虧。好吧，大丈夫一言既出，駟馬難追。咱倆擊掌爲誓，日後彼此不得傷害。」兩人伸手互拍三下。衆侍衛見皇上對陳家洛大逆不道之言居然不以爲忤，反與他擊掌立誓，都感奇怪之極。

乾隆說道：「潮水如此沖刷，海塘若不牢加修築，百姓田廬墳墓終究不免會給潮水捲去。我當撥發官帑，命有司大築海塘，以護生靈。」陳家洛站起身來，恭恭敬敬的道：「這是愛民大業，江南百姓感激不盡。」乾隆點了點頭，道：「令尊有功於國家，我決不忍他墳墓爲潮水所呑。」轉頭向白振道：「明日傳諭河道總督高晉、巡撫莊有恭，即刻到海寧來，全力施工。」白振躬身答應。

潮水漸平，海中翻翻滾滾，有若沸湯。乾隆拉著陳家洛的手，又走向塘邊，衆侍衛要跟過來，乾隆揮了一揮手，命他們停住。兩人沿著海塘走了數十步，乾隆道：「我見你神色，總有鬱鬱之意。除了追思父母、懷念良友之外，心上還有甚麼爲難麼？你既不願爲官，但有甚麼需求，儘管對我說好了。」陳家洛沉吟了一下道：「我想求你一件事，但怕你不肯答允。」乾隆道：「但有所求，無不允可。」陳家洛喜道：「當眞？」乾隆道：「君無戲言。」陳家洛道：「我就是求你釋放我的結義哥哥文泰來。」

乾隆心中一震，沒想到他竟會求這件事，一時不置可否。陳家洛道：「我這義兄到底甚麼地方得罪你了？」乾隆道：「這人是不能放的，不過既然答允了你，也不能失信。這樣吧，我不殺他就是。」陳家洛道：「那麼我們只好動手來救了。我求你釋放，不是說我們救不出，只是怕動刀動槍，傷了你我的和氣。」

乾隆昨天見過紅花會人馬的聲勢本領，知他這話倒也不是誇口，說道：「好意我心領了。老實對你說，這人決不容他離我掌握，你既決意要救，三天之後，只好殺了。」陳家洛熱血沸騰，說道：「要是你殺了我文四哥，只怕從此睡不安席，食不甘味。」乾隆冷冷的道：「如不殺他，更是食不甘味，睡不安席。」陳家洛道：「這樣說來，你貴爲至尊，倒不如我這閒雲野鶴快活逍遙。」乾隆不願他再提文泰來之事，問道：「你今年幾歲？」陳家洛道：「二十五了。」乾隆嘆道：「我不羨你閒雲野鶴，卻羨你青春年少。唉，任人功業蓋世，壽數一到，終歸化爲黃土罷了。」

兩人又漫步一會，乾隆問道：「你有幾位夫人？」不等他回答，從身上解下一塊佩玉，說道：「這塊寶玉也算得是希世之珍，你拿去贈給夫人吧。」陳家洛不接，道：「我未娶妻。」乾隆哈哈大笑，說道：「你總是眼界太高，是以至今未有當意之人。這塊寶玉，你將來贈給意中人，作爲定情之物吧。」

玉色晶瑩，在月亮下發出淡淡柔光，陳家洛謝了接過，觸手生溫，原來是一塊異常珍貴的暖玉。玉上以金絲嵌著四行細篆銘文：「情深不壽，強極則辱。謙謙君子，溫潤如玉。」

乾隆笑道：「如我不知你是胸襟豁達之人，也不會給你這塊玉，更不會叫你贈給意中人。這四句銘文雖似不吉，其中實含至理。」陳家洛低吟「情深不壽，強極則辱」那兩句話，體會其中含意，只覺天地悠悠，世間不如意事忽然間一齊兜上心頭，悲從中來，直欲放聲一哭。乾隆道：「少年愛侶，情深愛極，每遭鬼神之忌，是以才子佳人多無美滿下場，反不如傖夫俗子常能白頭偕老。情不可極，剛則易折，先賢這話，確是合乎萬物之情。」

乾隆見陳家洛神情冷漠，殊無半分親近之意，溫言道：「我知你總是怪我們滿洲人佔了漢人的江山，以致心中懷恨，存有敵意。其實我和你雖族分滿漢，但大可情若兄弟，親如家人。聖祖皇帝遺訓，滿漢當為一家，不分畛域，他還立下重規，自今而後，決計不可加賦。今後我擔當國事，自當愛民如子，這點你大可放心。」說著伸出右手，握住了陳家洛的左手。

陳家洛道：「今後倘若真能滿漢一家，自是求之不得。漢朝匈奴為大敵，唐朝突厥殘殺我漢人，今日豈不是都成一家人了？」乾隆欣然道：「這是我二人之願，自當永矢勿忘。」

陳家洛將溫玉放在懷裏，說道：「多謝厚貺，後會有期。」拱手作別。乾隆右手一擺，說道：「好自珍重！」陳家洛回過頭來向城裏走去。

白振走到陳家洛面前，說道：「剛才多承閣下救我性命，感激之至，只怕此恩不易報答。」陳家洛道：「白老前輩說那裏話來？咱們是武林同道，緩急之際，出一把力何足道哉！」

陳家洛又奔回閣老府，翻進牆去，尋到瑞芳，說道：「我哥哥此刻定在新園子中，忙碌不堪，我待會再去找他。瑞姑，你有甚麼心願沒有？跟我說，一定給你辦到。」瑞芳道：「我的心願只是求你平平安安，將來娶一房好媳婦，生好多乖乖的官官寶寶。」陳家洛笑道：「那怕不大容易。晴畫、雨詩兩個呢？你去叫來給我見見。」晴畫和雨詩是陳家洛小時服侍他的小丫頭。瑞芳道：「雨詩已在前年過世啦，晴畫還在這裏，我去叫她來。」她出去不一會，晴畫已先奔上樓來。

陳家洛見她亭亭玉立，已是個俊俏的大姑娘，但兒時憨態，尚依稀留存。她見了陳家洛臉一紅，叫了一聲「三官」，眼眶兒便紅了。

陳家洛道：「你長大啦。雨詩怎麼死的？」晴畫淒然道：「跳海死的。」陳家洛驚問：「幹麼跳海？」晴畫四下望了一下，低聲道：「二老爺要收她做小，她不肯。」陳家洛嗯了一聲。晴畫哭道：「我們姊妹的事也不能瞞你。雨詩和府裏的家人進忠很好，兩人盡力攢錢，想把雨詩的身價銀子積起來，求太太允許她贖身，就和進忠做夫妻。那知二老爺看中了她，一天喝醉了酒，把她叫進房去。第二天雨詩哭哭啼啼的對我說，她對不起進忠。我勸她，咱們命苦，給人糟蹋了有甚麼法子，那知她想不開，夜裏偷偷的跳了海。進忠抱著她屍身哭了一場，在府門前的石獅子上一頭撞死啦。」

陳家洛聽得目眥欲裂，叫道：「想不到我哥哥是這樣的人，我本想見他一面，以慰手足之情，現下也不必再見他了。雨詩的墳在那裏？你帶我去看看。」晴畫道：「在宣德門邊，等天明了，我帶三官去。」陳家洛道：「現下就去。」晴畫道：「這時府門還沒開，怎麼出得去？」陳家洛微微一笑，伸左手摟住了她腰。

晴畫羞得滿臉通紅，正待說話，身子忽如騰雲駕霧般從窗子裏飛了出去，站在屋瓦之上。陳家洛帶著她在屋頂上奔馳，奔了一會，已無屋宇，才跳下地來行走，不一刻已到宣德門畔。晴畫隔了好半天才定了神，驚道：「三官，你學會了仙法？」陳家洛笑道：「你怕不怕？」晴畫微笑不答，將陳家洛領到雨詩墳邊。

一丘黃土，埋香掩玉，陳家洛想起舊時情誼，不禁淒然，在墳前作了三個揖。

晴畫哭了起來，說道：「三官，要是你在家裏，二老爺也不敢作這等壞事。」陳家洛默然點頭。抬頭見明月西沉，繁星閃爍，說道：「我們回去吧，我有要緊事要趕回杭州。」兩人再回陳府，陳家洛正待越窗而出。晴畫道：「三官，我求你一件事。」陳家洛道：「好，你說吧。」晴畫道：「讓我再服侍你一次，我給你梳頭。」陳家洛微一沉吟，笑道：「好吧！」坐了下來，晴畫喜孜孜的出去，不一會，捧了一個銀盤進來，盤上兩隻細瓷碗，一碗桂花白木耳百合湯，另一碗是四片糯米嵌糖藕，放在他面前。

陳家洛離家十年，日處大漠窮荒之中，這般江南富貴之家的滋味今日重嘗，恍如隔世。他用銀匙舀了一口百合湯喝，晴畫已將他辮子打開，抹上頭油，用梳子梳理。他把糖藕中的糯米球一顆顆用筷子頂出來，自己吃一顆，在晴畫嘴裏塞一顆。晴畫笑道：「你還是這個老脾氣。」等辮子編好，他點心也已吃完。

晴畫道：「你怎麼長衣也不穿？著了涼怎麼辦？」陳家洛心裏暗笑：「難道我還是十年前那個弱不禁風的公子哥兒？」晴畫出去拿了一件天青色湖縐長衫，說道：「這是二老爺的，大著點兒，將就穿一穿吧。」幫著他把長衫套上身，伏下身去將長衫扣子一粒粒扣好。陳家洛見她眼淚一滴滴的落在長衫下擺，也覺心酸，將身邊幾錠金子都取出來，放在她手裏，說道：「你拿去給你爹爹，叫他把你贖身回去。你好好嫁頭人家。我去啦！」雙足一頓，從窗中跳了出去。

陳家洛收拾起柔情哀思，縱馬奔馳回杭，來到馬善均家裏，見大夥正圍著石雙英說話。石雙英忙過來行禮，說道：「我在京裏探知皇帝已來江南，連日連夜趕來，那知眾位哥哥已和皇帝見過面，動過手。」陳家洛道：「十二哥這次辛苦了。還打聽著甚麼消息麼？」石雙英道：「我一聽到皇帝老兒南來，知是大事，沒再能顧到別的。」陳家洛見他形容憔悴，料知他這幾日中一定連夜趕路，疲勞萬分，道：「快好好去睡一覺，咱們再談。」

石雙英答應了出去，回頭對駱冰道：「四嫂，你那匹白馬眞快。你放心，一路我照料得很好。」駱冰笑道：「多謝你啦。」石雙英停步道：「啊，我在道上見到了這馬的舊主韓文沖。」駱冰道：「怎麼？他又想來奪馬？」石雙英道：「他沒見到我。我在揚州客店裏見到他和鎭遠鏢局的幾名鏢頭在一起，聽到他們在罵咱們紅花會，就去偷聽。他們罵咱們下作，使蒙汗藥，殺死了姓童的那小子。」徐天宏與周綺聽到這裏，相對一笑。周綺忍不住插嘴道：「那天饒了他們不殺，這幾個傢伙還在背地裏罵人，眞不知好歹。」

徐天宏問道：「這次鎭遠鏢局在幹甚麼了？」石雙英道：「我聽了半天，琢磨出來，他們是從北京護送一批御賜的珍物到海寧陳閣老府。」轉頭對陳家洛道：「那是總舵主府上的物事。我通知了江寧的易舵主，叫他們暗中保護。」陳家洛笑道：「多謝你，這次咱們可和鎮遠鏢局聯起手來啦。」石雙英道：「他們總鏢頭這次親自出馬，可見對這枝鏢看重得緊。」

陳家洛、無塵、趙半山、周仲英等聽得威震河朔王維揚也來了，不約而同的「啊」了一聲。周仲英道：「王老鏢頭十多年前就不親自走鏢了，這倒是件希罕事兒。總舵主，你府上的面子可真不小。」石雙英道：「我也覺得奇怪，後來又聽得他們護送的，除了總舵主府上珍物之外，還有一對玉瓶。」陳家洛道：「玉瓶？」石雙英道：「是啊，那是回部的珍物。這次兆惠西征，回部雖然打了個勝仗，但清兵勢大，久打下去總是不行的，因此還是送了這對玉瓶來求和。」大家聽得回部打了勝仗，都十分興奮，忙問端詳。

石雙英道：「聽說兆惠的大軍因為軍糧給咱們劫了，連著幾天沒吃飽飯，只好退兵，半路上中了回兵的埋伏，折了二三千人。」羣雄鼓掌叫好。

周綺悄聲對徐天宏道：「要是霍青桐姊姊知道這是你的計策，一定感激你得很。」徐天宏笑著低聲道：「這是你叫我想的法兒！」

石雙英又道：「兆惠等得軍糧一到，又會再攻，這仗可沒打完。回部的求和使者到了北京，朝臣不敢作主，叫人送到江南來請皇帝發落。王維揚這老兒自己出馬，我想就是為了這對玉瓶。」陳家洛道：「莫說一對玉瓶，就算再多奇珍異寶，皇帝也不會答允講和。」石雙英道：「我聽鏢局的人說，要是答允求和，當然是把玉瓶收下了，否則就得交還，因此玉瓶可不能有半點損傷。」

陳家洛向徐天宏使了個眼色，兩人相偕走入西首偏廳。陳家洛道：「七哥，昨晚我見到了皇帝。他說三天之後就回北京，回京之前，定要把四哥殺了。」徐天宏吃了一驚，道：「咱們既知四哥給監在提督李可秀的內衙，現下情勢危急，那便馬上動手。」陳家洛道：「料想皇帝還未回到杭州，高手侍衛都跟著他，咱們救人較爲容易。」徐天宏道：「皇帝不在杭州？」陳家洛說起乾隆在海寧觀潮，要修海塘，卻不提祭墳之事。

徐天宏將桌上的筆硯紙張搬來搬去，東放一件，西擺一件，沉思不語。陳家洛知他是在籌劃救人方略，靜坐一旁，不去打亂他的思路。過了半晌，徐天宏道：「總舵主，咱們力強，對方力弱，可以強攻。」陳家洛點頭稱是。兩人商量已定，回到廳上召集羣雄發令。

陳家洛雙掌一擊，朗聲說道：「咱們馬上動手，去救文四當家。」羣雄俱各大喜。陳家洛道：「十三哥，你率領三百名會水的弟兄，預備船隻，咱們一得手，大夥坐船退入太湖。」蔣四根接令去了。陳家洛道：「馬大挺馬兄弟，你收拾細軟，將心硯和這裏弟兄們的家眷先送上船。」馬大挺也接令去了。陳家洛道：「十二哥，你太過累了，也上船去休息。其餘衆位哥哥隨我去攻打提督府，相救文四哥。現下請七哥布置進攻，大夥兒聽他分派。」

徐天宏道：「四嫂，你於巳時正，到提督府東首的興隆炮仗店放火，然後趕到提督府西門，會齊大夥進攻。」駱冰接令去了。徐天宏道：「馬大哥，你派人把興隆炮仗店的老闆夥計全都請來，不必跟他說甚麼原因，事完之後，加倍補還他店裏損失。再招齊全城各街坊水龍隊，召集四百名得力弟兄，另外三百名綠營中的弟兄，辰時正在此聽令。」馬善均接令，立即派人召集會衆。

徐天宏道：「八弟，你率二百名弟兄，一百名用手車裝滿稻草，一百名各挑硬柴木炭，扮作賣柴的農夫樵子。九弟，你率領水龍隊，假扮是救火的街坊。綺妹妹，你率一百名弟兄，扮作難民，每人挑一百斤油，背一口大鑊。」周綺笑道：「又用鑊子又用油，炒菜麼？」徐天宏道：「我自有用處。十弟，你率領一百名弟兄扮作泥水木匠，各推一輛手車，車中裝滿石灰。」羣雄聽徐天宏分派，都覺好笑，但各應令。

徐天宏又道：「馬大哥，你扮作清兵軍官，率領三百名綠營弟兄在外巡邏，不許閒雜人等走近，不許提督府的人出外報訊。義父帶同孟大哥、安大哥從南牆攻進去。總舵主、道長與我從西牆攻入，三哥、五哥、六哥從北牆攻入。」他分派已定，將預定的計謀詳細說了，羣雄俱讚妙計。

馬善均立刻分頭派人拿了銀子出去採辦用品，招集人馬。紅花會在杭州勢力甚大，一時三刻之間都預備好了。羣雄趕著吃飯，摩拳擦掌，只待廝殺。

飽餐已畢，各人喬裝改扮，暗藏兵刃，分批向提督府進發。陳家洛對徐天宏道：「孫子兵法說：『以火佐攻者明，以水佐攻者強。』你既用火攻、水攻，還有油攻、石灰攻，瞧這李可秀還能抵擋？」正說話間，只聽得噼啪轟隆之聲大作，紅光沖天而起，炮仗店起火了。

駱冰在炮仗店一放火，硫磺硝石爆炸開來，附近居民紛紛逃竄，登時大亂，看提督府時卻毫無動靜。她站在牆邊等候，不一會，只見提督府高牆邊數百名兵士一排站開，彎弓搭箭，戒備森嚴，另有數十名兵丁拿了水桶在牆頭守候，竟不出來救火。駱冰心想那李可秀倒也頗有謀略，他怕中了調虎離山之計，外面儘管騷亂，他卻以逸待勞。

混亂中只見數百名賣柴鄉民擁將過來，似乎見到火頭甚是驚慌，把挑著的稻草一擔擔亂丟在地。提督府中奔出一名軍官，大罵：「混蛋，柴草丟在這裏豈不危險，快挑走！」舉起馬鞭亂打，衆鄉民四散奔逃。忙亂中鑼聲大作，數十輛水龍陸續趕到，這時提督府外稻草已經燒著，漸次延燒過來。叫喊聲中周綺所率領的一百名假難民也都到了，便在地上支起大鑊，將油倒在鑊裏，用硬柴生火，煮了起來。

李可秀站在牆頭觀看火勢，見外面人衆來得古怪，派參將曾圖南出去查看。曾圖南走到難民身旁，喝問：「你們幹甚麼？」周綺笑道：「我們炒菜吃，你不見麼？」曾圖南罵道：「混帳忘八羔子，快滾，快滾！」

正爭吵間，馬善均已率領綠營兵丁趕到，四下裏把提督府團團圍住，驅散閒雜人衆。曾圖南叫道：「帶兵的是那一位大人，快請過來，轟走這些奸民……」話未說完，周綺已用木杓舀起一杓滾油，向他臉上澆去。曾圖南頭臉一陣劇痛，摔倒在地，隨從兵丁大驚，忙扶起了向府內逃去。牆頭清兵看得明白，亂箭射了下來。

紅花會衆兄弟躲在柴草手車之後，弩箭一枝也射他們不到。這時油已煮滾，衛春華督率水龍隊，將熱油倒入水龍，向牆頭射去。清兵出乎不意，不及閃避，慘聲號叫，紛紛從牆頭跌下。

李可秀知是紅花會聚衆劫獄，忙派人出外求救，親率兵將在牆頭抵禦。那知派出去的人都被馬善均帶領的綠營弟兄截住。李可秀眼見火頭越燒越近，只急得雙腳亂跳。其實徐天宏只燒稻草，旨在虛張聲勢，他怕眞的燒了提督府，那時如果文泰來不及救出，豈不糟極？這時滾油已經澆完，改澆冷水。章進督率人衆，把生石灰一包包一塊塊的抛進署內，水龍噴上冷水一淋，石灰燒得沸騰翻滾，清兵東逃西竄。陳家洛大呼：「衝啊！」衆兄弟一鼓作氣，四面湧進府去。一百名假難民卻仍在府外燒水。

清兵各挺刀槍迎戰。章進揮動狼牙棒，橫掃直砸。兩旁楊成協與衛春華各率會衆猛衝過來。清兵且戰且退，成千官兵擠在演武場上，紅花會會衆將之隔成一堆堆的圍攻。

徐天宏以紅花會切口高聲傳令，會衆突然四下散開，人叢中推出數十架水龍，沸滾的熱水大股射出。清兵燙得四散奔逃，有的滾地哭喊，有的朝人叢中亂擠。徐天宏叫道：「水龍暫停！」向清兵喝道：「要性命的快抛下兵器，伏在地下。」不讓清兵稍有猶豫，隨即叫道：「放水！」數十股沸水又向清兵陣中沖去。清兵慌亂無主，都伏下地來。

李可秀正惶急間，忽見一名少年從外挺劍奔進，拉住他手便走，叫道：「爹爹快走！」正是穿了男裝的李沅芷。

陳家洛、無塵等人已在提督府內內外外尋了一遍。駱冰不見丈夫影蹤，隨手抓住一名清兵，用刀背在他肩上亂打喝問，那清兵只是求饒，看樣子真的不知文泰來監禁之所。

忽然一個蒙面人斜刺裏躍出，挺劍向駱冰刺來。駱冰右手短刀格開，左手長刀還了他一刀。那人舉劍一擋，啞著嗓子道：「要見你丈夫，就跟我來！」駱冰一怔，那人回頭就走。駱冰叫道：「你說甚麼？」跟著追去。章進、周綺怕她有失，隨後趕去。

那蒙面人轉彎抹角，直向後院奔去。駱冰、周綺、章進在後緊跟。駱冰不住叫道：「你是誰？」蒙面人不應，穿過幾個月洞門，已奔進了花園，沿路儘是死屍，想是無塵等來找尋時所殺。那人跑到一座花壇之旁，繞壇轉了一圈，連拍四下手掌，叫道：「在花壇下面……」一言未畢，忽見李可秀父女奔進園來，後面常氏雙俠緊追不捨。

那蒙面人躍到常氏雙俠面前，舉劍一擋，李氏父女乘機躍上牆頭。常伯志飛抓揮出，蒙面人挺劍擋過飛抓，身子後躍。常氏兄弟接戰時素來互相呼應，兄弟兩人四掌四腿，就如一人一般。常伯志飛抓出手，常赫志早料到敵人退路，那人向後一退，剛被常赫志左掌反手一掃，掃中肩頭，登時跌出數步，駱冰大叫：「五哥、六哥，那是自己人，別傷了他。」

常氏雙俠一怔，那人已從花園門中穿了出去。駱冰把此人的奇怪舉動向常氏雙俠簡略一說。雙俠看那花壇，見無特異之處，正在思索，章進早已不耐，大叫大嚷：「四哥，四哥，你在那裏，咱們救你來啦！」揮動點鋼狼牙棒，把花壇上的花盆乒乒乓乓一陣亂打。

常赫志一瞥間，見一隻碎花盆底下似有古怪，跳過去看時，見是一個鐵環，用力提拉，只聽得軋軋聲響，花壇慢慢移開，露出一塊大石板來。周綺知道下面必有機關，忙奔出去把徐天宏、陳家洛等人都叫了進來。

常氏雙俠、章進、駱冰四人合力抬那石板，但竟如生鐵鑄成一般，紋絲不動。駱冰大叫：「大哥，大哥，你在下面麼？」她伏耳在石板上靜聽，下面聲息全無。徐天宏看那石板並無異狀，退後數步，想再看那花壇，日光微斜，忽見那石板右上角隱隱繪著一個太極八卦圖，忙跳上石板，用單拐頭在太極圖中心一撳，並無動靜，又使力按落，忽覺腳下晃動，急忙跳開。

石板突然陷落，駱冰喜極，大叫一聲，正待跳下，常伯志叫道：「且慢！」一把拉住，就在此時，下面颼颼颼的射上三箭。駱冰暗暗吃驚。石板落完，露出一道石級，陳家洛道：「五哥、六哥，你們守在洞口。我們下去！」這時無塵、趙半山、周仲英、楊成協、孟健雄等都已得訊趕到，紛紛湧入。章進揮動狼牙棒，當先開路。

石級走完是一條長長的甬通，羣雄直奔進去，甬道盡頭現出一扇鐵門。

徐天宏取出火絨火石，打亮了往鐵門上照去，果然又找到一個太極八卦圖，挺單拐在太極圖中連按兩按，叫道：「大家讓在一旁。」羣雄縮在甬道兩側，提防鐵門中又有暗器射出來，這次暗器倒沒有，但聽得軋軋連聲，鐵門緩緩上升。等鐵門離地數尺，羣雄已看得明白，這鐵門厚達兩尺，少說也有千斤之重，駱冰不等鐵門升停，矮身從鐵門下鑽入。徐天宏叫道：「四嫂且慢！」叫聲剛出口，她已鑽了進去。章進、周綺接著進去。

羣雄正要跟入，衛春華從外面奔進來，對陳家洛道：「總舵主，那將軍已被他溜了出去，弟兄們沒截住。咱們快動手，怕他就會調救兵來。」陳家洛道：「你去幫助馬大哥，多備弓箭，別讓救兵進來。」衛春華接令去了。陳家洛與無塵等也都從鐵門下進去，只見裏面又是一條甬道，衆人這時救人之心愈急，顧不到甚麼機關暗器，一股勁兒往內衝去。

奔得數丈，甬道似又到了盡頭。章進罵道：「王八羔子，這麼多機關！」待趕到盡頭，原來甬道忽然轉了個彎。羣雄轉過彎來，眼前是扇小門。章進挺棒撞去，小門應手而開，突然眼前一亮，門後是間小室，室中明晃晃的點著數枝巨燭，中間椅上一人按劍獨坐。

仇人相見，分外眼明，正是火手判官張召重。

張召重身後是張床，駱冰看得明白，床上睡著的正是她日思夜想的丈夫。文泰來聽得腳步響，回頭看時，見愛妻奔了進來，宛如夢中。他手腳上都是銬鐐，移動不得，只「啊」了一聲。駱冰三把飛刀朝張召重飛去，也不理他如何迎戰躲避，直向床前撲去。張召重左手自右向左橫掠，將三把飛刀都抄在手中，右手在坐椅的機括上掀落，一張鐵網突然從空降下，將文泰來那張床恰好罩在裏面，夫妻兩人眼睜睜的無法親近。

陳家洛叫道：「大夥兒齊上，先結果這奸賊。」語聲未畢，腕底匕首翻轉，猱身直上，向張召重當胸刺去。無塵、趙半山、周仲英都知張召重武功高強，這時事在緊急，也談不上單打獨鬥的好漢行徑，三人各出兵器，把他圍在垓心。

火手判官凝神接戰，和四人拆了數招，百忙中凝碧劍還遞出招去。陳家洛將匕首往懷裏一揣，雙手施開擒拿法，直撲張召重的前胸。他想敵人攻勢自有無塵等人代他接住，雙掌有攻無守，連環進擊。張召重武藝再高，怎抵得住這四人合力進攻，又退了兩步，斗室本小，此時背心已然靠在牆上。無塵大喜，劍走中宮，當胸直刺，同時周仲英、陳家洛與趙半山也同時攻到。

張召重左手按牆，右手挺劍拒敵。無塵一劍快似一劍，奮威疾刺，眼見便要把他釘在牆上，那知噗的一聲，牆上突然出現一扇小門，張召重快如閃電般鑽了進去，小門又倏然關上。四人吃了一驚，無塵頓足大罵。陳家洛縱到文泰來面前，這時章進、周綺、駱冰各舉兵刃，猛砍猛砸罩著文泰來的鐵網。

突然頭頂聲音響動，一塊鐵板落了下來，剛把文泰來隔在裏面。陳家洛雙手疾把駱冰和周綺向後拉扯，兩人才沒給鐵板砸著。章進舉起狼牙棒往鐵板上猛打，錚錚連聲，火花四濺。徐天宏細察牆上有無開啓鐵板的機關，尋到了一個太極八卦圖形，用力按動，但顯然張召重已在內裏做了手腳，連撳十幾下，全無動靜。

楊成協站在最後，守在甬通轉角，以防外敵，忽聽得外面軋軋連聲，鐵索絞動，叫聲：「不好！」猛然竄出。徐天宏等人仍不死心，在斗室中找尋開啓鐵板的機關。駱冰撫著鐵板哀叫：「大哥，大哥！」

忽聽楊成協在甬通中連聲猛吼，聲甚惶急，趙半山與周仲英忙奔出。不一會只聽得趙半山大叫：「大家快出來，快出來。」眾人疾忙奔出，只有駱冰仍是戀戀不捨，手扶鐵板不肯離去。周綺走到轉角，見駱冰不走，回頭用力將她拉著出來。

只見楊成協雙手托住那重逾千斤的鐵閘，已是滿頭大汗。周仲英拋去大刀，擠過身去，蹲下用力向上托住。陳家洛見情勢危急，叫道：「咱們先出去，再想辦法。」羣雄從閘下鑽出。楊周兩人使盡全力，那鐵閘仍是一寸一寸的緩緩下落。章進弓身奔到閘下，說道：「我來頂住！」挺駝背駝住千斤閘，楊成協與周仲英向外竄出。楊成協拾起他丟在地下的鋼鞭，豎在閘下，叫道：「十弟快出來！」章進往地下一伏，鐵閘往下便落，仗著鋼鞭一支，落勢稍挫，楊成協已揪住章進的肩膀提了出來。喀喇一聲，鋼鞭已被鐵閘壓斷，又是嘭的一聲大響，鐵閘打在地上，灰塵揚起，勢極猛惡。楊成協與章進都已氣盡力竭，坐倒在地。

甬道中腳步急速，常赫志奔了進來，說道：「總舵主，外面御林軍到了，咱們要不要接仗？」徐天宏道：「打硬仗不利，咱們退吧。」陳家洛道：「好，大家退出去。」

趙半山與周仲英在鐵閘機關上又撳又拉，弄了半天，始終紋絲不動，聽得陳家洛下令，只得向外奔出。在花園中忽見一個艷裝少婦，神色倉皇，正自東躲西閃。陳家洛道：「拿下！」周綺一把拖住，拉了出去。

到得提督府外，只見人頭聳動，亂成一團，官兵與會眾擠在一起。陳家洛以紅花會切口叫道：「馬上退卻，大夥到武林門外聚集。」眾人齊聲應令，各路人馬向北退去。

官兵一時摸不著頭腦，也不追趕。羣雄功敗垂成，在路上紛紛議論。出得城來，陳家洛叫道：「到城北山裏煮飯吃了，再商善策。」

周綺所率會衆正帶有大批鑊子，另有數十名會衆採辦米糧菜肴，在樹林中煮起飯來。趙半山安慰駱冰：「四弟妹你儘管放心，不把四弟平安救出，咱們誓不為人。」衆人大罵張召重十惡不赦，兩次相救都給他壞事。大家又猜那蒙面人不知是誰，他指點監禁文泰來的所在，明明是朋友，怎地不肯露面，又助李可秀逃走，實是費解。

正談論間，忽然林外傳來「我武——維揚——」「我武——維揚——」的趟子聲。楊成協道：「鎮遠鏢局的鏢到了。」駱冰罵道：「鎮遠鏢局罪大惡極，那姓童的雖給七哥殺了，仍不能消我心頭之恨。這次算他運氣，保了總舵主家裏的東西，否則不去奪來才怪呢。」

徐天宏把陳家洛拉在一旁，說道：「咱們今天這一鬧，說不定皇帝心慌，提早害了四哥。」陳家洛皺眉道：「這一著實不可不防。」徐天宏道：「目前別無他法，只能搶他的玉瓶。」陳家洛不解，說道：「玉瓶？」徐天宏道：「不錯，剛才十二弟說，回部送了一對玉瓶來求和，就由鎮遠鏢局護送。皇帝既已派出大軍西征，講和是一定不肯的，不講和就得還他們的玉瓶，否則豈不失信於天下？皇帝老兒最愛戴高帽，要面子，這種事情是很有顧忌的。」陳家洛道：「咱們拿到玉瓶，就去對他說，你動四哥一根毫毛，咱們就打碎玉瓶。」徐天宏道：「正是！就算不能用玉瓶換四哥，至少也可多拖得幾日，這對回部木老英雄也有好處。」陳家洛喜道：「好，咱們就鬥鬥這威震河朔王維揚。」

威震河朔王維揚今年六十九歲，自三十歲起出來闖道走鏢，以一把八卦刀、一對八卦掌打遍江北綠林無敵手。他手創的「鎮遠鏢局」在北方紅了三十多年，經過不少大風大浪，始終屹立不倒。綠林中有言道：「寧見閻王，莫碰老王。」一見到他的鏢旗，膽子大的，也不過遠遠瞧上一眼而已。他本想到明年七十大壽時封刀收山，得個福壽全歸，那知今年奉兆惠將軍之命護送回部聖物可蘭經卻出了亂子，不但聖物被劫，還死傷多名得力鏢頭。這次奉命護送玉瓶，兵部指名要他親自出馬。王維揚年紀雖老，功夫可沒擱下，知道這次差使事關重大，不敢輕忽，從各處鏢局調來六名好手，朝廷還派了四名大內侍衛、二十名御林軍護送，連同回人使者南來，一路上戒備森嚴，倒也平安無事。

這天快到午牌時分，到了一座大鎮。離杭州城已不過十里路。大夥走進一家大飯鋪，點了菜。此去人煙稠密，已保得定沒有亂子，衆人興高采烈，都在談論到了杭州之後，如何好好的玩樂。

正說得口沫橫飛，忽然門外一聲馬嘶，聲音清越。韓文沖聽得特別刺耳，忙搶出門去，只見自己那匹愛馬從門外緩緩走過，馬上卻堆滿了硬柴，良駒竟被屈作負柴的牲口。韓文沖又疼又氣，又是歡喜，急躍而出，伸手便拉馬韁。馬後跟著一個鄉下人，在馬臀上打了一鞭，隨即跳上馬背，坐在柴上。韓文沖一下沒拉住，那馬已躍出數丈。馬背那人叫了聲「啊喲！」似乎坐得不穩，搖搖欲墜。韓文沖不捨，發步急追，那馬轉了個彎，奔入林中去了。韓文沖那裏還管甚麼「遇林莫入」的戒條，直追入林去。

衆鏢頭見他追趕一個鄉民，也不在意。鏢頭汪浩天笑道：「韓大哥想他那匹白馬想瘋啦，路上一見到毛色稍微白淨的馬匹就要追上去瞧個明白。明兒回家見到韓大嫂一身細皮白肉，怕也會疑心是他的馬，一跳就這麼跨上去……」衆人樂得哈哈大笑。

正取笑間，店小二一連聲的招呼：「張大爺，你這邊請坐，今兒怎麼有空出來散心？」一個富商模樣的人走了進來，身穿藍長衫紗馬褂，後面跟著四個家人，有的捧水煙袋，有的挽食盒，氣派豪闊。那張老爺坐定，店小二連忙泡茶，說道：「張老爺，這是虎跑的泉水，昨兒去挑來的，你嘗嘗這明前的龍井。」張老爺嗯了一聲，一口杭州官話，道：「你給來幾塊件兒肉，一碗蝦爆鱔，三斤陳紹。」店小二應了下去，一會兒酒香撲鼻，端了出來。

王維揚道：「韓老弟怎麼去了這麼久還不回來？」趟子手孫老三正要回答，忽然門外踢躂踢躂拖鞋皮響，走進一個矮小漢子，後面跟著一個大姑娘，一個壯年漢子，三人都是走江湖的打扮。那矮子作了個四方揖，說道：「常言道，在家靠父母，出外靠朋友。在下流落江湖，有一點小玩藝兒供各位酒後一笑。玩得好，請各位隨意賞賜。玩得不好，多多包涵。」拿起一隻茶杯在桌面一頓，取下頭上的破氈帽往上一蓋，喝聲：「變！」氈帽揭起，茶杯竟然不見，他揚了揚氈帽，帽中並無茶杯。衆人明知戲法都是假，可是竟看不出他的手法門道。

那張老爺看得有趣，站起身來，走近去看。那矮子笑道：「這位老爺的鼻煙壺，可來。

不可以借來一用？」張老爺笑嘻嘻的把手中鼻煙壺遞給了他。矮子把鼻煙壺在氈帽下一放，揭開時又已不見。張老爺的一個家人笑道：「這鼻煙壺貴重得很，可別砸壞哪。」

那矮子笑道：「請管家摸摸你的口袋。」那家人伸手一摸，那鼻煙壺竟從他袋裏掏了出來。

這一來，不但張老爺與他的家人大感驚訝，眾鏢師與御前侍衛也覺出奇，紛紛圍攏來看他變戲法。張老爺脫下左手食指一個翡翠斛指，遞給矮子，笑道：「你倒再變變看。」矮子接過放在桌上，蓋上氈帽，吹一口氣，喝道：「東變西變，亂七八糟，閻王不怕，性命難逃！」手一指，揭開氈帽，那斛指果然不見了。眾人嘩然叫好。矮子道：「老爺，你摸摸你袋裏。」張老爺一伸手，竟從自己袋裏摸了出來，目瞪口呆，連叫：「好戲法！好戲法！」

這時店門外陸陸續續走進幾十個人來，有的是行旅商人，有的是公差打扮，有的是統兵軍官，見一羣人圍著看變戲法，也走近來。

一個軍官罵道：「他媽的，江湖上的人騙錢，有狗屁希奇，老子這東西你敢不敢變？」隨手在桌上一拍，眾人見是一角文書，封皮上寫著「急呈北京兵部王大人」的字樣，下面寫的是「浙江水陸提督李」的官銜。那矮子陪笑道：「總爺莫見怪，小人胡亂混口飯吃，官府的要緊文書，小人有天大的膽子也不敢動。」

張老爺看不過那軍官的氣燄，說道：「變戲法玩玩，又有甚麼大不了，你就變他一變。」轉頭對家人道：「拿五兩銀子出來。」家人從行囊裏取出一錠銀子，張老爺接過放在桌上，對矮子道：「你變得好，這銀子就是你的。」

矮子見了銀子，轉身與那大姑娘咬了幾句耳朵，對軍官道：「小人大了膽子，變個戲法，請總爺多多包涵。」舉氈帽往文書上一蓋，喝道：「快變，快變，玉皇大帝到，太白金星哇哇叫！」胡言亂語，東指西指，突然指著盛放玉瓶的皮盒喝道：「進去進去，孫悟空一根毫毛，鑽進盒去不見了！」揭開氈帽，那文書果然不見。那軍官罵道：「龜兒子，倒眞有一下子。」那矮子向張老爺請了個安，笑道：「多謝老爺賞賜。」取了那錠銀子，交給站在他身後的大姑娘。衆人不住喝采叫好。

那軍官道：「好啦，把文書拿來。」矮子笑道：「在這皮盒之中，請總爺打開一看。」此言一出，鏢行衆人都嚇了一跳，那隻皮盒上貼著皇宮內府的封條，誰敢揭開。那軍官走過去，伸手便要摸那皮盒。

鏢頭汪浩天道：「喂，總爺，這是皇宮的寶物哪，可不能動。」那軍官道：「開甚麼玩笑？」仍是伸手過去。御前侍衛馬敬俠道：「誰跟你開玩笑？走開些！」那軍官見他穿著侍衛服色，官階比他大得多，不敢挺撞，躬身道：「是，是！請大人把文書還我。」馬敬俠向矮子喝道：「你別玩鬼花樣啦，快把文書還他。」矮子道：「文書眞的在這盒子裏哪，大人要是不信，請打開來一瞧便知。」

那軍官惱了，一拳打在矮子肩頭，喝道：「別囉唆，快拿出來。」那大姑娘怒道：「有話好說，幹麼打人？」軍官罵道：「混帳王八蛋，老子的公文你也敢拿來開玩笑！」張老爺看不過了，說道：「總爺，別動粗。」對矮子道：「你快把文書變還給這位總爺。」矮子愁眉苦臉的道：「我不敢騙你老爺，那文書眞的是在這皮盒子裏，小人變不回來啦！」

張老爺走過兩步，對馬敬俠道：「大人貴姓？」馬敬俠道：「姓馬。」張老爺道：「市井小人做事沒分寸，馬大人高抬貴手，把文書還了給他吧！」馬敬俠道：「這是皇家的御封，不是皇上有旨，誰敢打開？」張老爺皺起眉頭，很感爲難。那軍官道：「你不把文書還我，耽誤了要緊公事，就是殺頭的罪名。喂，弟兄們，你倒給我評評這個道理看？」

飯店中散散落落坐著十多個軍官兵丁，服色和那送文書的軍官相同，看模樣都是和他同一營的，這時都圍攏來，七張八嘴的幫那軍官，聲勢洶洶，定要馬敬俠交還文書。

王維揚是數十年的老江湖了，見今天的事透著古怪，心想這事情的關鍵是在那矮子，伸手向矮子左膀抓去。矮子身子一縮，躲了開去，大叫：「達官爺，饒了我吧！」王維揚見他身手便捷，更是犯疑，正要追過去，數十名軍官士兵已和衆鏢頭及御前侍衛吵成一團。汪浩天把皮盒抱在懷裏，兩名鏢頭站在他身旁衛護。馬敬俠拔出腰刀，在桌上一砍，喝道：「誰敢囉唆？快退開。」那軍官也拔出刀來，叫道：「你不還我，反正我也沒命，今兒跟你拚啦！弟兄們，大夥兒上呀！」撲了上去，與馬敬俠交起手來。王維揚連聲喝止，卻那裏喝得住？其餘的軍官士兵也抄起兵刃，擁了過來，勢成羣毆。馬敬俠是御前侍衛中的一流好手，跟這小軍官拆了數招，竟然大落下風，只見對方刀法精奇，武功深湛，不禁又驚又怒，再鬥數招，肩頭險險吃了一刀。

正混亂間，門外又湧進一批人來，有人大叫：「甚麼人在這裏搗亂，都給我拿下！」那些官兵給他話聲中威勢所懾，都停了手。馬敬俠喘了一口氣，見數十名官兵擁著一位青年大官走了進來，他認得那是皇上第一寵愛的福康安，現任滿洲正白旗滿洲都統、北京九門提督兼御林軍統領，忙上前去請安，其餘幾名御前侍衛也都過來行禮。

那大官道：「你們在這裏亂甚麼？」馬敬俠道：「回統領大人，是他們在這裏無理取鬧。」把經過情形說了一遍。那大官道：「變戲法的人呢？」那矮子本來躲得遠遠的，這時過來叩頭。那大官道：「這件事倒也古怪，你們都跟我到杭州去，我要好好查一查。」馬敬俠道：「是，是，任憑統領大人英斷。」那大官回頭道：「走吧！」出門上馬。他手下的官兵把鏢行人衆與鬧事軍官連同那回人使者都帶了去。

王維揚本來見有蹊蹺，鋼刀出鞘，要先以武力壓服鬧事的軍官，再來說理，忽見御林軍統領福康安到來，心中大喜。馬敬俠對那大官道：「福大人，這是鎮遠鏢局的總鏢頭王維揚。」王維揚過去請了一個安。大官從頭至腳打量了他一番，哼了一聲，道：「走吧！」

一行人到得杭州城內，王維揚等跟著御林軍官兵，來到裏西湖孤山一座大公館裏。王維揚暗忖：「這定是統領大人歇馬之處了。他是皇上跟前第一得寵的紅人，怪不得有這般大的勢派。」衆人走進內廳。那大官對馬敬俠道：「各位稍坐一會。」馬敬俠道：「大人請便。」那大官逕自進內去了。

過了半晌，一名御林軍的軍官出來，把鬧事的軍官、變戲法的、張老爺和他的家人都傳了進去。汪浩天道：「剛才鬧事的時候倒眞有點擔心，只怕這些軍官弄壞了玉瓶，我瞧他們路道不正。」馬敬俠道：「嗯，這幾個人武功好得出奇，不像是尋常軍官。幸虧遇上了福大人，否則說不定還得出點岔子。」王維揚道：「這福大人內功深湛，一位貴冑公子能有這般功力，眞不容易。」馬敬俠道：「怎麼？福大人武功好？你怎知道？」王維揚道：「從他眼神看來，他武功一定甚爲了得。不過皇家宗親的爺們武功好的很多，也不算希奇。」正說話間，一個軍官出來道：「傳鎭遠鏢局王維揚。」王維揚站起身來，跟著他進去。

穿過了兩個院子，來到後廳，只見福康安坐在中間，改穿全身公服，罩著一件黃馬褂，帽垂花翎，更具威勢，面前放了一張公案，兩旁許多御林軍人員侍候著，變戲法的矮子、張老爺等跪在左邊。

王維揚一進去，兩旁公差軍官一齊大喝：「跪下！」到此地步，王維揚不得不跪。福康安喝道：「你便是王維揚麼？」王維揚道：「小人王維揚。」福康安道：「聽說你有個外號叫威震河朔。」王維揚道：「那是江湖上朋友們胡亂說的。」福康安冷冷的道：「皇上和我都在北京，那麼你的威把皇上和我都震倒了？」王維揚陡然一驚，連連叩頭說：「小人不敢，小人馬上把這外號廢了。」福康安喝道：「好大的膽子，拿下。」兩旁官兵擁上來，把他上了手銬，帶了下去。王維揚空有一身武藝，不敢反抗。

接著馬敬俠、汪浩天等侍衛、鏢頭一個個傳進來，一個個的拿下，最後連趟子手等也都拿下了，分別上了手銬監禁起來。一名軍官雙手捧著皮盒，走到福康安案前，一膝半跪，舉盒過項，笑道：「回福統領，玉瓶帶到。」福康安哈哈大笑，走下座來。

跪在地下的張老爺、矮子等一干人衆，也都站了起來，大笑不已。福康安向矮子道：「七哥，你眞不枉了『武諸葛』三字！」

原來扮變戲法的是徐天宏，跟在其後的是周綺和安健剛，扮張老爺的是馬善均，扮福康安的是陳家洛，扮鬧事軍官的是常赫志和孟健雄等一干人，扮張老爺家人與店小二的都是馬善均的手下。徐天宏定下了計策後，想到鏢師中的韓文沖識得紅花會人衆，於是由趙半山扮作鄉農，騎了駱冰的白馬，將他引到松林中，常伯志出來一幫手，兩人登時將他拿住。

徐天宏變戲法全是串通好了的假把戲，那氈帽共有一模一樣的兩頂，一頂將茶杯等物一罩拿起，反手交給周綺，待得衆人目光都注視桌上，徐天宏早已取過另一頂氈帽來東翻西弄，其中自然空空如也，張老爺和家人身上所藏鼻煙壺和般指都各有一對，徐天宏拿去一隻，他們自己袋裏又拿出一隻來，別人那裏知道？至於皮盒之中自然沒有文書變進去，只是這麼一鬧，陳家洛進來時，衆鏢頭和侍衛已給攪得頭昏眼花，已無餘裕再起疑心。徐天宏預定計策，只教陳家洛扮個大官，那知陰差陽錯，他相貌竟和福康安十分相似，幾個侍衛自行上來請安行禮，這計策更加天衣無縫。

陳家洛撕去封皮，打開皮盒，一陣寶光耀眼，只見盒中一對一尺二寸高的羊脂白玉瓶，晶瑩柔和，光潔無比，瓶上繪著一個美人。這美人長辮小帽，作回人少女裝束，腰間掛著一柄短劍，美艷無匹，光采逼人，秋波流慧，櫻口欲動，便如要從畫中走下來一般。

眾人圍觀玉瓶，無不嘖嘖讚賞。衛春華道：「西域回疆，竟有如此高明的畫師。」駱冰道：「我見到霍青桐妹妹，只道她這人材已是天下無雙，那知瓶上畫的這人更美。」周綺道：「那是畫出來的，你道眞的有這般美女？」徐天宏道：「我們請那位回人使者前來一問便知。」

回人使者見到陳家洛，只道是貴冑重臣，恭恭敬敬的行了禮。陳家洛道：「貴使遠來辛苦。請問尊姓大名。」使者會說漢話，答道：「下使凱別興。不知官人是何稱呼？」徐天宏插嘴道：「這位是浙江水陸提督李軍門。」陳家洛和羣雄一楞，不知他是何用意。

陳家洛道：「木卓倫木老英雄可好？」凱別興道：「多謝軍門相詢，我們族長好。」陳家洛道：「請問貴使，瓶上所繪美人是何等樣人。不知是古人今人？還是出於畫師的意象？」凱別興道：「那是五百年前敝族最出名的畫師斯英所繪。瓶上美女是敝族古時傳說中的女英雄瑪米兒，她得眞主安拉護佑，捨身為族人立下大功。敝族有許多玉器、帛畫、地氈上都有她的肖像。這對玉瓶本屬木老英雄的三小姐喀絲麗所有。喀絲麗就像瑪米兒這樣美！」周綺不禁插嘴：「她是霍青桐姑娘的妹妹？」凱別興一驚，問道：「這姑娘識得翠羽黃衫？」周綺道：「有過一面之緣。」

陳家洛想問霍青桐的近況，臉上微微一紅，正要開口，忽然馬善均從外面匆匆進來，低聲道：「李可秀領了三千官兵過這邊來，恐怕是來對付咱們的。」陳家洛點點頭，對凱別興道：「貴使請下去休息，咱們再談。」凱別興打了一躬，道：「請問軍門，這對玉瓶如何處置？」陳家洛道：「另有安排。」孟健雄把凱別興領了下去。

注：

一、《清史稿·陳世倌傳》：「世倌治宋五子之學，廉儉純篤，入對及民間水旱疾苦，必反覆具陳，或繼以泣，上輒霽顏聽之，曰：『陳世倌又來爲百姓哭矣。』」

二、清高宗（乾隆帝）南巡，至海寧共四次，均駐於陳氏安瀾園，每次均作詩。第二次有詩云：「鹽官誰最名？陳氏世傳清。詎以簪纓赫，惟敦孝友情。春朝尋勝駐，蹕之清。御苑近傳蹟（圓明園曾仿此爲之，即以安瀾名之，並有記），海疆遙繫情。」第三次有詩云：「安瀾易舊名，重來念自親切，指示慚分明。行水緬神禹，惟云盡我誠。」第四次有詩云：「塔山已近邊，踏勘慰心懸。竹簍喜增漲，蟻坯惕漏泉。隅園且停憩，比户有歌絃。自是文章邑，然當戒藻妍。」又云：「去來三日駐，新舊五言留。六度南巡止，他年夢寐遊。」

三、北京故宮存有安瀾園圖，據海寧州志所載安瀾園記：樓觀台榭三十餘所，高宗南巡復增設池台，從大門進去有亭，碑上滿刻高宗之題詩，入內爲長甬道，兩旁夾植大榆樹，經長廊三折，至滄波浴景之軒，臨池有橋。軒後有樓房九座。橋西植紫藤，其內爲環碧堂，堂後有大樓，「幽房邃室，長廊複道，入其內者恆迷所向」。樓前有湖，湖上有和風皎月亭，其南有赤欄曲橋、瀲瀾館、桐藻樓、古藤水榭、天香塢（有桂樹數千株）、羣芳閣、洞月軒、十二樓（分南樓、東樓、北樓等）。經環橋而至竹深荷淨軒，轉東至筠香館。其後是山丘，左右皆高嶺，過山而至賜閒堂，即乾隆所居寢宮，共樓房三座，每座皆三層，其東爲梅林，有凌空飛樓相通。寢宮之後有大湖，沿堤有碕石磯等。園林之勝，似不輸於曹雪芹筆下之大觀園。咸豐十一年，太平天國蔡允隆軍攻入海寧，安瀾園全部被毀。作者幼時在海寧，當地尚有「安瀾小學」，有友人在該校肄業。

王維揚背插大刀，抖擻精神，來到獅子峯絕頂。

只見對面走來一人，

身材魁梧，穿著武官服色，神色倨傲，

說道：「你便是王維揚了？」

第九回
虎穴輕身開鐵鋳　獅峯重氣擲金針

陳家洛道：「各位哥哥，咱們只好先退出杭州。眼下四哥尚未救出，跟清兵接硬仗沒好處。」駱冰恨恨不已，叫道：「李可秀關住大哥，咱們先殺了他小老婆。總舵主，你許不許？」陳家洛不解，問道：「小老婆？」駱冰道：「是啊，咱們在提督府拿住那個妖嬈女人，就是李可秀的小老婆。她一直又哭又鬧，已給我幾個耳括子打得服服貼貼了。」羣雄知她想念丈夫，心頭煩躁，拿這女人出氣，都不禁微笑。

徐天宏道：「總舵主，你寫封信給李可秀，好不好？」陳家洛會意，道：「好極！」提起筆來，寫了封信道：

「李軍門勛鑒：今晨遊湖，邂逅令寵，知爲軍門眷愛，謹邀駕敝處，恭加款待。專此奉聞。紅花會會主　陳家洛拜上」

陳家洛道：「九哥，請你送去給李可秀。八哥，請你跟隨九哥之後接應。」楊衛兩人接令去了。

陳家洛道：「李可秀如寵愛他這小妾，或許不致輕舉妄動。但是若有皇命，他即使心有所忌，也不得不遵旨而行。七哥你瞧怎麼辦？」徐天宏道：「咱們本來想劫了玉瓶，跟皇帝講講買賣，那知這對玉瓶如此珍貴美麗，料想皇帝見了定然愛不釋手，那麼他答應回部的和議也大有可能。咱們取了玉瓶，豈不是誤了木老英雄的大事？倘若因此而兵連禍結，生靈塗炭，也是不妥。」陳家洛皺眉道：「話是不錯，可是咱們辛辛苦苦得來的玉瓶，就此送還他不成？」徐天宏道：「我盤算得一條計策，總舵主你瞧成不成？」當下把計謀說了出來。周綺當即叫道：「太不光明正大，我不喜歡。」周仲英道：「聽總舵主吩咐，女孩子家莫多嘴。」周綺不響了，低聲嘮叨：「這不缺德麼？」

陳家洛沉思了片刻，道：「既要不誤回部和議，又要相救四哥，七哥你這條計策兩者兼顧，大可用得。七哥你去跟那使者說吧。」轉頭向周綺笑道：「七哥對待好朋友，可決無半分缺德，周姑娘不必擔心。」周綺一笑，心道：「我才不擔這心呢。」

徐天宏去見凱別興，說道：「我引你去見皇上。」孟健雄捧了皮盒，盒中玉瓶已取出了一個，貼還封條，凱別興並不知情。三人來到巡撫府前，孟健雄將皮盒交給使者，向巡撫府一指，道：「你自己去吧。」兩人逕回孤山馬家，途中遇見楊成協和衛春華，說李可秀接到信後，又驚又怒，收兵回去了。

申牌時分，門房遞進一張帖子來，說有個武官來拜會總舵主，帖上寫的是「後學曾圖南頓首」。馬善均笑道：「七當家，你的計謀多半成了，這曾參將是李可秀的親信。」陳家洛道：「九哥，請你去見他吧。」

衛春華來到客廳，見椅上坐著一個身材魁梧的武官，滿臉被滾油燙起的傷泡，認得今天在提督府曾經交過手的。衛春華道：「曾將軍要見敝當家，不知有何見教？」曾圖南道：「我奉李軍門差遣，想見貴會陳總舵主商量一件要事。」衛春華道：「敝當家現下沒空，曾將軍對我說也是一樣。」曾圖南心想我是朝廷命官，來見你們這些江湖草莽已是屈尊，居然他還搭架子不見，心頭火冒，但既然是有求而來，只得強抑怒氣，道：「軍門剛才收到陳總舵主的信，得知他如夫人在貴會這裏，盼望陳總舵主放她回去，軍門自然另有一番心意。」衛春華道：「這個好辦，我想我們陳當家無有不允。」

曾圖南道：「還有第二件事，那是關於回部玉瓶的。」衛春華嗯了一聲，並不答腔。曾圖南道：「回部派人送了一對玉瓶求和，皇上打開皮盒，卻見少了一個，天顏震怒，一問使者，說曾有一位青年軍官問過他話，那人自稱是浙江水陸提督李可秀。皇上把李軍門叫去詢問，李軍門自然莫名其妙。幸得皇上聖明，知道李軍門決不會做這等事，其中必有別情，因此倒也沒有怪罪。」

衛春華輕描淡寫的道：「那很好呀。」曾圖南道：「然而皇上說，這事要著落在李軍門身上，限他三天之內，將失去的玉瓶找回呈上，這個就很爲難了。」衛春華道：「找不到怕要革職查辦吧？其實呢，不做官也很清閒呀。不過若要滿門抄斬，就苦惱些了。」

曾圖南只得不理他的嘲諷，道：「咱們眞人面前不說假話，兄弟今日特地來求貴會交還玉瓶。」衛春華仍是不動聲色，淡淡地道：「玉瓶甚麼的，我們倒沒聽說過。不過李軍門既然遇上了這個難題，曾將軍又親自光降，咱們幫忙找找，也無不可。過得一年半載，或許會有點頭緒也說不定。」曾圖南武藝雖不甚高，但精明幹練，很會辦事，知道跟這些江湖漢子打交道，越爽快越有結果，便道：「李軍門說，他對貴會陳總舵主慕名已久，只可惜一直沒機會結交親近，今日貿然來求兩件大事，無功不受祿，心中也是過意不去。因此陳總舵主有甚麼意思，請不客氣的吩咐下來。」

衛春華道：「曾將軍十分爽快，那再好沒有。我們陳總當家的意思，第一件，紅花會今日滋擾了提督府，要請李軍門寬宏大量，既往不咎。」曾圖南道：「這是理所當然的。兄弟可以拍胸膛擔保，軍門以後決不致因這件事跟貴會爲難。第二件呢？」衛春華道：「我們四當家文泰來關在提督府，曾將軍是知道的了？」曾圖南嗯了一聲。衛春華道：「他是欽犯，料想李軍門便有天大膽子，也不敢將他釋放，這個我們是明白的，可是陳總當家的想念他得緊，今晚想見他一見。」曾圖南沉吟半晌，道：「這件事甚爲重大，兄弟不敢作主，要回去請示軍門再來回話。陳總舵主可還有甚麼吩咐麼？」衛春華道：「沒有了。」

曾圖南告辭回去，過了一個時辰，又來求見，仍是衛春華接見。曾圖南道：「軍門說道，文四爺所犯的案子重大之極，本來是決不能讓人探監的。」衛春華道：「本來嘛！」曾圖南道：「不過陳總舵主既然答允交還玉瓶，軍門也只得拚著腦袋不要，讓陳總舵主一見。但是有兩件小事，要請陳總舵主俯允才好。」衛春華道：「請曾將軍說出來聽聽。」

曾圖南道：「第一，這是軍門爲了結交朋友才捨命答應的事，要是給人知道了，那可是天大禍事……」衛春華道：「李軍門要陳總當家答允，此事決不可洩露一字半句，是不是？」曾圖南道：「正是。」衛春華道：「這件事我代我們當家答允了。」曾圖南道：「第二件，探監只能陳總舵主一個人去。」衛春華笑道：「李軍門當然怕我們乘機劫牢。好吧，這件事我也答允了。探監是陳總當家一個人去，我可沒答允不劫牢。」曾圖南道：「衛大哥是英雄好漢，千金一諾。兄弟這就去回報。稍遲請陳總舵主駕臨提督府便是。」衛春華道：「陳總當家跟文四當家見面，那張召重倘若在旁，這件事自然瞞不住了，於李軍門只怕大大的不便。」曾圖南道：「衛大哥此言有理，讓軍門借故請開他便是。」衛春華道：「我們在江湖上混飯吃，信義爲先，只要李軍門遵守今日所約之事，他的如夫人和玉瓶著落在我們身上送還。」曾圖南起身一揖，道：「兄弟先此謝過！」

羣雄待曾圖南走後，聚在大廳中等候陳家洛調兵遣將，相救文泰來。陳家洛道：「七哥，仍是請你分派吧。」徐天宏只是沉吟不語，過了半晌，說道：「現下把張召重那扎手傢伙調開了，總舵主又可到裏面相機行事，劫牢當然容易得多。可是李可秀定也防到了這一著。須得先推算他怎樣應付，然後給他來個出其不意。」陳家洛道：「正是。」

楊成協道：「我想他定要調集重兵，包圍地牢出口，說不定再請大內的高手侍衛協助，只放總舵主一人進去，也只放總舵主一人出來。」常赫志道：「咱們在提督府外接應，以防龜兒們對總舵主不利。」徐天宏道：「接應當然是要的，只是我想李可秀不敢對總舵主怎樣，他的小老婆和玉瓶還在咱們這裏。」

大家談了一會，都覺眼前局面已比今日上午有利，一則已知道地牢的地形和機關，再則陳家洛可在牢內裏應外合，只是李可秀的防備卻也定比上午周到，單憑硬攻，只怕把握不大。無塵叫道：「今日就決生死存亡，這口氣再也憋不住啦。」

陳家洛忽道：「有了。七哥，我去見四哥時穿上寬大的披風，頭戴風帽面罩，只裝作不願給人發現面目……」徐天宏已知他意思，道：「那是得一人，失一人，決非善策。」無塵道：「總舵主，你把話說完。」陳家洛道：「我進了地牢之後，和四哥換過裝束，讓他出來，看守的人只道是我。你們在外接應，一舉把四哥救出去。」無塵道：「那麼你呢？」陳家洛道：「皇帝和我特別有緣，等他們發現已經調包，自然會放我出來。」

衛春華道：「總舵主這法子確是一條妙計，但你是一會之主，決不能輕易涉險，這件事讓我去做。」一時之間，羣雄紛紛自薦。

陳家洛道：「各位哥哥，不是我自逞剛勇，實在只是我最適合。你們不論那一位去，雖把四哥救出，自己卻失陷在內，咱們是一樣的兄弟之情，不見得四哥就比那一位哥哥更為親近。」楊成協道：「總舵主去做此事，總是不妥。」陳家洛道：「各位有所不知，皇帝曾和我擊掌為誓，我們兩人決不互相加害。」於是把昨晚在海塘邊兩人起誓的情形說了。徐天宏道：「皇帝老兒陰險狠毒，說話多半不能算數。」陳家洛執意要這麼辦。徐天宏道：「既然如此，咱們來個兩全之計。」

駱冰見羣雄都欲以身代文泰來出來，心裏又是感激，又是難受，怔怔的說不出話來。周仲英站在一旁，見眾人義氣深重，不禁暗暗佩服，心想：「紅花會名聞江湖，會中人物確是非同小可。」見駱冰神色有異，走近她身邊，說道：「文四奶奶，你寬心。咱們且聽天宏說說看。」

徐天宏道：「總舵主這條金蟬脫殼之計，本來十分高明，只是稍微冒險了一點。我想咱們還是照做，不過等四哥一救出，咱們立即進攻地牢，接應總舵主出來。」羣雄均覺首領涉險，心中不安，但實在也別無他法，只得都同意了。

駱冰走到陳家洛面前，施下禮去，說道：「總舵主你這番情意，我們夫妻粉身碎骨也難以報答……」說到這裏，眼圈兒又紅了。陳家洛還了一揖，道：「四嫂快別這樣，咱們兄弟情同骨肉，怎說得上『報答』兩字？」

當下布置已畢，陳家洛披上黑色大氅，領子翻起，一頂風帽低低垂下，與衛春華兩人逕投提督府來。此時已近黃昏，天邊明星初現。到得提督府外，一人迎過來低聲道：「是陳總舵主？」衛春華點點頭。那人道：「請跟我來，這位請留步。」

衛春華站定了，望著陳家洛跟那人進了提督府。暮色蒼茫茫中，羣鴉歸巢，喧噪不已，衛春華心中怦怦亂跳，不知總舵主此去吉凶如何。不一會，紅花會衆兄弟都已喬裝改扮，疏疏落落的到來，散在提督府四周，待機而動。

陳家洛進入府門，只見滿府都是兵將，手執兵刃，嚴陣以待。經過了三個院子，那人將他引到一間廂房之中，說道：「請稍寬坐。」走了出去。不一會，李可秀走了進來，拱手說道：「幸會。」陳家洛揭開大氅，露出臉來，笑道：「前日湖上一會，不意今日再逢。」李可秀認清是陳家洛，說道：「現在就請去見那犯人，請隨我來。」

兩人剛走到門口，忽見一名親隨氣極敗壞的奔了過來，說道：「皇上駕到，將軍快出去接駕。」李可秀吃了一驚，對陳家洛道：「只好請閣下在此稍候。」陳家洛見他神色不似作僞，點了點頭，回身坐下。

李可秀急奔出去，只見滿衙門都是御前侍衛，乾隆已走了進來。李可秀忙跪下叩見。

乾隆道：「你預備一間密室，我要親審文泰來。」李可秀迎接乾隆進了自己書房。御前侍衛在書房前後左右各間房中部署得密密層層，屋頂上也都有侍衛守望。乾隆對白振道：「我有機密大事要問這犯人，不許有人聽見。」白振道：「是，是！」退了出去。

不一會，四名侍衛抬了一個擔架進來。文泰來戴著手銬足鐐，睡在擔架之上。侍衛躬身退出，書房中只剩下文泰來與乾隆兩人，一時靜寂無聲。

文泰來此時外傷未愈，神智卻極清醒，躺著對誰也不加理會。

乾隆問道：「你身上的傷全好了吧？」文泰來睜眼一看，吃了一驚，坐起身來。他隨老當家于萬亭進宮之時，曾和乾隆見過一面，此時忽在杭州相遇，自是大出意外，哼了一聲，冷冷的道：「還死不了。」乾隆道：「我要他們請你去北京，本來是有點事情和你商量，那知起了誤會，我已責罰過他們了，你不必再介意。」文泰來聽他言語說得漂亮，怒氣上升，又哼了一聲。

乾隆道：「那次你與你們姓于的首領來見我，咱們本要計議大事，那知他回去之後竟一病不起，可惜，可惜。」文泰來道：「要是于老當家不死，恐怕他今日也給鎖在這裏了。」乾隆哈哈大笑，道：「你們江湖漢子，性子耿直，肚裏有甚麼話就說甚麼。我問你一句話，你老實答了，我馬上放你回去。」文泰來說：「你放我？哈哈，你當我是三歲小孩？我知道你不殺我，天天吃不下飯、睡不著覺，到今天還不下手，就是想問問我。」

乾隆笑道：「那你也未免太多疑了。」站起身來，走近兩步，問道：「你那姓于的首領後來和我說的話，都跟你說了麼？」文泰來問道：「甚麼話？」乾隆瞪眼望他，文泰來雙目回視，毫不退避。過了半晌，乾隆轉開了頭，低聲道：「關於我身世的事。」

文泰來心中盤算，自己既落入他手，總是有死無生，不過紅花會大夥已到杭州，如能拖延一些時候，他們可以設法劫牢相救，便道：「他沒說。你是皇帝，是前朝皇帝和皇太后的兒子。你的身世誰人不知，有甚麼好說的？」

乾隆吁了口氣，道：「那天他深夜來見我，你可知是爲了甚麼？」文泰來道：「于老當家說，他曾經幫過你一個大忙，最近我們紅花會經費短缺，他來問你要三百萬兩銀子。那知你非但不給，反而把我捉拿在此。有朝一日我脫卻災難，定要把你這忘恩負義之事全部抖了出去。」乾隆哈哈大笑，心中一寬，斜眼看他臉色，見他怒容滿面，當似不是作僞，心下半信半疑，說道：「既然如此，我只好把你殺了，否則放了你出去，不免敗壞我的聲名。」文泰來道：「誰教你不早殺呀？你殺了我，飯也吃得下，覺也睡得著，見到皇太后也不用心裏懷著鬼胎啦。」乾隆倏然變色，問道：「皇太后怎麼啦？」

文泰來道：「你自己明白。」乾隆陰森森的道：「那麼你全知道了？」文泰來道：「全知道，那也不見得。于老當家說，皇太后知道他幫過你的忙，曾要你好好報答，可是你卻捨不得三百萬兩銀子。你有金山銀山，三百萬兩銀子只不過是拔根寒毛，可偏偏這麼小氣。」乾隆心裏又是一寬，嘿嘿的笑了幾聲，摸出手帕來擦去額上汗珠。

他在室中來回蹀步，心神稍定，笑道：「你在皇帝面前絲毫不懼，居然不怕死在眼前，倒眞是一條硬漢子。你有甚麼放不下的事，不妨說給我聽。等你死了後，我差人去辦。」文泰來道：「我怕甚麼？諒你也不敢馬上殺我。」乾隆道：「不敢？」文泰來道：「你要殺我，不過是怕你的秘密洩露。可是你一殺我，哈哈，你的秘密就保不住了。」乾隆道：「難道死人會說話？」文泰來不理，自言自語：「我一死，就有人打開那封信，就會拿證物公布於天下，那時候皇帝就要大糟而特糟了。」

乾隆急問：「甚麼信？」文泰來道：「于老當家當時先把你的事情，詳詳細細的寫在一封信裏，用火漆密封了，連帶兩件極重要的證物，放在一位朋友那裏，然後我們兩人才進宮來見你。」乾隆道：「你們怕有甚麼不測？」文泰來道：「當然啦，我們怎信得過你？于老當家對他朋友說，要是我們兩人忽然死了，就請他拆開那信，照著信中吩咐去辦。若是我們之中還有一人活在世上，千萬不可拆開。現下于老當家已經去世，只怕你不敢殺我吧。」

乾隆不禁連連搓手，焦急之情，見於顏色。文泰來道：「這信和那兩件證物，你用三百萬兩銀子去收買，多半還值得吧？」乾隆道：「銀子？我本來是要給的，我還要放你出去。那麼你寫一封信給你朋友，要他拿那封信和那兩件東西來，我馬上放人支銀子。」文泰來道：「哈哈，我把這朋友的名字告訴了你，好讓你又派侍衛去殺他捉他。老實說，在這裏我很舒服，這生這世我是不想出去啦，吃定了你一世。咱們倆是同歸於盡的命，要是我先死，你也活不長久。」

乾隆咬著嘴唇皮，一聲不響，凝思應付之策，過了一會，說道：「你不肯寫信，那也好。給你兩天期限，後天晚上再來問你，要是仍然這般倔強，只好殺你。我殺你不會讓人知道，你朋友只道你仍然活著。退一步說，就算不殺你，難道不會剜去你的眼睛，割掉你的舌頭，斬斷你的雙手……你在這兩天中好好想一想。」說完，推門走出書房，大踏步向外走出。衆侍衛在後面跟隨保護，李可秀跟到府外，跪下相送。

乾隆一走，文泰來由提督府親兵抬入地牢，沿路來去，都由張召重仗劍護送。剛回地牢，一名親兵對張召重道：「李將軍有封信給張大人。」張召重接信一看，出地牢去了。

文泰來躺在床上，想念嬌妻良友此時必仍在窮智竭力營救，然而朝廷勢大，皇帝親臨，實在非同小可，別要朋友們因救自己而有損折，那麼即使獲救，也是此心終生難安了。

正自思潮起伏，忽聞鬧門響動，不一會，進來一人，文泰來只道他是張召重，一眼都不去望他。那人走到床前，輕聲道：「四哥，我瞧你來啦。」

文泰來一驚，睜眼一看，竟是總舵主陳家洛。黃河渡頭陳家洛率衆來救，他未得相會，今日上午才親見丰采，危急之中只是隔著鐵網看了幾眼，見他義氣深重，臨事鎮定，早已心折，此刻牢中重會，不由得驚喜交集，忙挺腰坐起，叫道：「總舵主！」

陳家洛微笑點頭，從懷中拿出兩把鋼銼，就來銼他手上手銬，用力銼了幾銼，手銬上只起了幾條紋路，鋼銼卻磨損了。原來這手銬是用西洋的紅毛鋼鑄成，尋常鋼銼奈何它不得。這一著大出陳家洛意料之外，心中一急，手勁加大，再銼得幾銼，啪的一聲，鋼銼竟自折斷，忙換過一把鋼銼再銼。銼了半天，兩人滿頭大汗，手銬卻仍是紋絲不動。陳家洛又從懷裏撈出鑽子、起子、錘子諸般鐵器，可是不論如何對付，手銬總是解脫不開。文泰來道：「總舵主，這副腳鐐手銬只有寶刀寶劍才削得斷。」

陳家洛想起黃河渡口夜鬥張召重，他一把凝碧劍將自己鉤劍盾牌與無塵長劍全部削斷，忙問：「張召重是不是整天都守著你？」文泰來道：「他和我寸步不離，剛才不知有甚麼要緊事才出去。」陳家洛道：「好，咱們等他回來，奪他寶劍。」把鋼銼等物丟在床底。

文泰來道：「我能否出去，難以逆料，皇帝要殺我滅口，怕我洩漏秘密。總舵主，我把秘密跟你說了，那麼不論我是死是活，都不會耽擱咱們的大事。」陳家洛道：「好，四哥你說。」文泰來道：「那天晚上我隨于老當家進宮，見了皇帝，乾隆當然大感驚詫。于老當家說：『浙江海寧陳家一位老太太叫我來的。』他拿了一封信出來，皇帝看後臉色大變，叫我在寢宮外等候。他們兩個密談了大約一個時辰，于老當家才出來。他在路上告訴我，皇帝是漢人，是你的哥哥。」

陳家洛大吃一驚，說不出話來，半晌才道：「那決不能夠，我哥哥還在海寧。」

文泰來道：「于老當家說，當年前朝的雍正皇帝生了個女兒，恰好令堂老太太同一天生了個兒子。雍正命人將孩子抱去瞧瞧，還出來時，卻已掉成個女孩。那個男孩子，便是當今的乾隆皇帝……」

話未說完，忽然甬道中傳來腳步之聲，陳家洛忙在床角一隱，進來的是一名親兵。他不見陳家洛，很是詫異，問道：「紅花會的陳當家呢？」陳家洛從隱身處出來，道：「甚麼事？」那親兵道：「張召重大人回來了，李將軍留他不住，請你快出去。」

陳家洛道：「好！」左手一探，已點中他「通谷穴」。那親兵一聲不出，倒在地下。陳家洛隨手將他拖入床底。

文泰來道：「張召重就要來到，詳情已不及細說。于老當家知道皇帝是漢人，就去勸他反滿復漢，恢復漢家山河，把滿人盡都趕出關去，他仍然做他的皇帝。皇帝似乎頗有點動心，不過他說這事是眞是假，還不能全然確定，要于老當家把那兩件證物拿給他看看，再定大計。那知于老當家回去就一病不起。他遺命要你做總舵主，他對我說，這是咱們漢家光復的良機。皇帝是你哥哥，要是他不肯反滿復漢，大家就擁你爲主。」

這一番話把陳家洛聽得怔怔的說不出話來，回想在湖上初見乾隆，後來又見他在自己父母墓前哭拜，再想到他對自己的情誼，其中確有不少特異而耐人尋味之處，難道皇帝眞是自己父母所生？也只有如此，他手題「春暉」、「愛日」的匾額才說得通。

文泰來又道：「雍正怎樣用女孩掉換了你的哥哥，經過情形，據說你令堂老太太詳詳細細寫在一封信裏，此外還有幾件重要證物，于老當家都交給令師天池怪俠袁老前輩保管。」陳家洛道：「啊，今年春天常氏雙俠來看我師父，就是奉義父之命，送這些東西來的？」

文泰來道：「不錯，這是最機密的大事，因此連你也不讓知道。袁老前輩也只知是要緊異常的物事，到底是甚麼他並不清楚。于老當家臨終時遺命，等你就任總舵主後，開啓信件，共圖大舉。那知我失手就擒，險些耽誤了要事。總舵主，今日如果救我不出，你趕快到回疆去見你師父，千萬不可因我一人的生死安危，而誤光復大業。」文泰來說完這番話，欣慰之情，溢於言表。

他正想續說，忽聽得甬道中又有腳步聲，忙做個手勢。陳家洛躲入了床底。文泰來上身倚出床外，半個身子跌在地上，一動不動。

張召重走進室來，地牢內一燈如豆，朦朧中見文泰來上半身跌在地上，似乎已死，大吃一驚，縱上前來，在他背上輕輕一推，文泰來全然不動。張召重更驚，一把將他拉起，伸手要探他鼻息，文泰來突然縱起，向他撲去，雙手連銬橫掃而至。張召重出其不意，正待倒退，忽然小腹上「氣海穴」一麻，知道床底伏有敵人，已中暗算，怒吼一聲，竄出兩步，雙掌一錯，護身迎敵，一面竭力凝定呼吸，閉住穴道。陳家洛見他被點中穴道，居然不倒，也自駭然，疾從床底躍出，雙拳如風，霎時之間已向他面門連打了七八拳。

張召重不敢還手，惟恐一動手鬆了勁，穴道登時阻塞，他臉上連中了七八拳，腳下不住倒退。陳家洛飛起右腳，向他左腰踢去。張召重向右一避，只覺「神庭穴」一陣酸痛，又給對方打中了穴道，這時再也支持不住，全身癱軟，跌倒在地。

陳家洛在他身上一摸，那知竟無凝碧劍，十分失望，搜他身邊，從衣袋裏摸出一張紙來，燈下展視，見是李可秀寫給他的一個便條，請他攜凝碧劍出去，有一位貴官要借來一觀。陳家洛知道是李可秀把他調開的藉口，不料他放心不下，走出去一會，又回來監視，想是觀劍未畢，是以沒有帶來。

陳家洛再搜他身上，觸手之間，高興得跳了起來，文泰來見他喜容滿面，忙問：「怎麼？」陳家洛手一揚，拋起一串鑰匙，在銬鐐上一試，應手而開。

文泰來頓失羈絆，雙手雙腳活動了一會，陳家洛已把身上大氅和風帽除下，說道：「你快穿上出去！」文泰來道：「你呢？」陳家洛道：「我在這裏耽擱一下，你快出去。」文泰來明白了他的意思，說道：「總舵主，你的好意我萬分感激，可是決不能這樣。」陳家洛道：「四哥你有所不知，我留在這裏並無危險。」於是他把和乾隆擊掌為誓的經過約略說了。文泰來道：「此事萬萬不可。」

陳家洛眉頭一皺，道：「我是總舵主，紅花會大小人眾都聽我號令，是不是？」文泰來道：「那當然。」陳家洛道：「好吧，這是我的號令，你快穿上這個出去，外面有兄弟們接應。」文泰來道：「這次只好違抗你的號令，寧可將來再受懲處。」陳家洛道：「四嫂對你日夜想念，各位哥哥都盼你早日脫險，現下有這大好良機，你怎地如此無情無義？」任憑他說之再三，文泰來只是不允。

僵持了一會，陳家洛知道他決不會答允，靈機一動，道：「那麼咱們兩人冒險出去，你穿他的衣服。」說著向張召重一指。文泰來喜道：「妙極，你怎不早說？」

兩人把張召重的衣服剝下，和文泰來換過，又把腳鐐手銬套在張召重身上鎖住。陳家洛把鎖匙放在袋裏，笑道：「任你有通天本領，這次再不能跟咱們為難了吧？」張召重急怒欲狂，眼中似要噴血，苦於說不出話。

兩人輕輕走了出來，過了閘門，穿過甬道，從石級上來，突然眼前大亮，只見滿園中都是火把，數十名兵士手執長矛，亮晃晃的矛頭對準地牢出口。遠處又有數百名兵士彎弓搭箭，向著地牢口瞄準。李可秀右手高舉，雙目凝視，祇要他右手向下一揮，矛箭齊發，陳家洛與文泰來武藝再高，卻也無法逃得性命。

陳家洛退後一步，低聲問文泰來道：「你傷勢怎樣？能衝出去嗎？」文泰來微微苦笑道：「不成，我腿上不靈便。總舵主你一人走吧，別管我。」陳家洛道：「那麼你冒充一下張召重試試看。」文泰來把帽子拉低，壓在眉簷，大模大樣的走了出去。李可秀見張召重和陳家洛一齊出來，心中暗暗叫苦，只道張召重已將陳家洛擒住，轉頭對李沅芷道：「你去把劍還給張召重，和他東拉西扯說幾句話，讓紅花會的總舵主逃走。」

李沅芷雙手托著凝碧劍，走到地牢出口，把劍托到文泰來跟前，故意處身兩人之間，說道：「張師叔，你的寶劍。」一手肘輕輕在陳家洛身上一推。文泰來哼了一聲，伸手接劍。李沅芷在火光下看得清楚，失聲驚叫：「文泰來，你想逃！」雙手回縮，右手握住劍柄，拔劍出鞘，向他當胸刺到。

文泰來一側身，左掌翻出，伸食中兩指夾住劍身，右手快如閃電，向她「太陽穴」猛擊過去。李沅芷一驚，急退向後，那知劍身被他雙指夾住，竟自動彈不得，急忙鬆手，直竄出去，左肩上已被文泰來五指拂中，只感奇痛徹骨，大叫一聲：「媽呀！」蹲了下來。

陳家洛向外奔得兩步，回頭看時，文泰來已被衆親兵團團圍住，只見凝碧劍白光飛舞，矛頭紛紛落地。李可秀大叫：「你再不住手，要放箭了。」

文泰來一使力，腿上舊傷忽又迸裂，流血如注，知道無力衝出重圍，喊道：「總舵主，接住劍，你快出去。」把凝碧劍向陳家洛擲去，忽然肩頭劇痛，手一軟，那柄劍只拋出數尺，便落在地下，原來肩頭已中了一箭。

陳家洛竄出數步，向李可秀喝道：「快別放箭！」李可秀手一揮，衆親兵不再射箭，十餘把長矛分別指住了陳家洛和文泰來。陳家洛道：「快請醫生給文四當家醫傷。我去了！」昂然向外走出。衆親兵事先受了李可秀之命，假意吶喊追逐，並不眞的阻攔。陳家洛躍上牆頭，只見內外又是三層弓箭手和長矛手，心中暗暗發愁，對方如此戒備，今後相救文泰來那是更加難了。

剛出提督府，衛春華和駱冰已迎了上來，陳家洛苦苦笑著搖搖頭。此時東方已現微明，羣雄心懷鬱憤，齊回孤山馬宅休息。

睡不到兩個時辰，各人均懷心事，那裏再睡得著，又集在廳上商議。陳家洛向衛春華道：「九哥，你把玉瓶和李可秀的小老婆給他送去，咱們不可失信於人。」衛春華答應了出去，馬大挺走進廳來說道：「總舵主，張召重有封信給你。」

陳家洛道：「張召重寫信給我？這倒奇了，不知他說些甚麼？」拆信一看，但見滿紙激憤之言，責他行詭暗算，非英雄好漢之所爲，約他單打獨鬥，分個勝負，時地由他決定。

陳家洛道：「那傢伙想報昨晚之仇，哼，單打獨鬥，難道懼了你不成？」提起筆來，覆了一信，便說謹如所約，明日午時在葛嶺初陽台相見，如約一人助拳，不是英雄。正要差人送去，徐天宏道：「咱們須得在兩天內救出四哥。張召重之約，延遲數日如何？不要因此而誤了正事。」陳家洛道：「甚是。今日是二十，那就約定廿三午時。」當下另寫一信，命人送去提督府。

趙半山道：「這傢伙寶劍鋒利，總舵主別和他比兵刃，在拳腳上總不致於輸他。」無塵道：「就怕他要比劍，這賊子……」想起黃河渡口削劍之仇，恨恨不已。

周仲英道：「總舵主你別見怪，我有句話要說。」陳家洛道：「周老前輩儘管指教，怎麼跟小姪客氣起來啦？」周仲英道：「總舵主的武功我是領教過的，那確是高明之極，不過那張召重功力深厚，咱們都鬥過他。不是我長他人志氣，滅自己威風，總舵主雖不致輸給他，但要勝他恐也不易，咱們須得籌個必勝之策。」陳家洛道：「周老前輩說得不錯，要勝他確是沒有把握。不過他既約我決鬥，如不赴約，豈不為人恥笑？只好竭力一拚，勝負在所不計了。」常伯志道：「這龜兒子，咱們先去把他的劍盜來，殺殺他的威風。」章進叫道：「咱們一個一個先去找他打架，就算勝他不了，也教他這兩天中累得上氣不接下氣。總舵主好好休息兩天，精神力氣就勝過他了。」羣雄大笑，覺得他這主意倒也頗有道理。

正議論間，馬家一名莊丁過來對馬善均道：「老爺，那王維揚老頭子仍舊不肯吃飯，只是大罵。」馬善均問：「他罵甚麼？」那莊丁道：「他罵御林軍做事沒道理。他說在江湖上行走幾十年，人人敬重於他。那知這次給朝廷保鏢，反給不明不白的扣在這裏。」無塵笑道：「他威震河朔，到咱們江南來，嘿嘿，威風可就沒有了，只好吃點苦頭！」

徐天宏心念一動，說道：「我這裏有條『卞莊刺虎』之計，便是從十弟的念頭中化出來的，各位瞧著是否使得？」把計策一說，衆人無不拊掌大笑。無塵連說：「妙計，妙計！」周綺笑著不住搖頭，對徐天宏扁扁嘴。

陳家洛笑道：「周姑娘又在笑七哥不夠光明磊落了。不過對付小人，也不必儘用君子之道。孟大哥，你去跟那威震河朔說去吧。」

王維揚在齊魯燕趙之地縱橫四十年，無往而不利，那知一到江南，就遭此挫折。他大叫大嚷，定要見御林軍統領評理。正自吵鬧，室門開處，進來一個中年漢子，身穿御林軍軍官服色，卻是孟健雄。

他精明幹練不讓衛春華，走進室來，漫不爲禮，大剌剌地往椅上一坐，說道：「你就是威震河朔嗎？」

王維揚見他傲慢無禮，心中有氣，說道：「不錯，這外號是江湖朋友送的，既然福統領聽著不順耳，趕明兒我遍告江湖朋友，把這外號撤了就是。」孟健雄冷冷的道：「福統領是皇親國戚，才不來理你們江湖上這一套呢。」王維揚道：「那麼我好好給朝廷保鏢，護送寶物來杭，路上沒出一點岔子，幹麼把我老頭子不明不白的扣在這裏？」孟健雄道：「你眞的要知道？」王維揚道：「當然哪！」孟健雄道：「只怕你年紀老了，受不起這個驚嚇。」

王維揚最恨別人說他年紀大不中用，這時手銬已除，當下潛運內力，伸掌在桌子角上一拍，木屑紛飛，桌角竟被他拍了下來，怒道：「王維揚年紀雖老，雄心猶在，上刀山下油鍋，皺一皺眉頭的不算好漢。怕甚麼驚嚇？」

孟健雄道：「王老頭兒倒眞還有兩下子。嘿嘿，江湖上有兩句話，說甚麼『寧見閻王，莫碰老王；寧挨三槍，莫遇一張。』是麼？」王維揚道：「那是黑道上給我老頭子臉上貼金的話。」孟健雄道：「幹麼『老王』要放在『一張』上面？難道老王的武功本領，要蓋過那位姓張的不成？」

王維揚恍然大悟，霍地站起，跨上一步，大聲道：「啊，是火手判官要伸量老夫斤兩來著！我老胡塗啦，沒想到這一層。」

孟健雄道：「張大人是我上司，你總知道吧？」王維揚道：「我知道張大人是在御林軍。」孟健雄道：「你認識他老人家吧？」王維揚道：「我們雖然同在北京，武林一脈，但他是官，我是民，我久仰他英名，可惜沒福氣相識。」孟健雄道：「我們張大人對你的名字，也是聽得多了。現今他也在杭州。他說，在北京的時候，天子腳下，爲了一點虛名而傷和氣，鬧出來不好看，眼前既然都在外鄉，張大人有三件事要和王老英雄相商。只要你金言一諾，馬上就可以出去。」王維揚道：「我是給你們御林軍扣著，有甚麼事，還不是憑你們說，何必要我答允？」孟健雄道：「這些事很容易辦哪，老鏢頭何必動怒？」

王維揚道：「火手判官要我怎樣？」孟健雄道：「第一件，請老鏢頭把『威震河朔』的外號撤了。」王維揚道：「哼，第二件呢？」孟健雄道：「請你把鎮遠鏢局收了。」王維揚怒道：「我這鎮遠鏢局開了三十多年，沒毀在黑道朋友手裏，張大人卻要我收山。好！第三件呢？」孟健雄道：「第三件哪，請王老鏢頭遍請武林同道，宣告『寧見閻王，莫碰老王；寧挨三槍，莫遇一張』這句話，可得倒過來說。張大人還說，王老頭年紀大了，這把紫金八卦刀已無多大用處，不如獻了給御林軍。」

王維揚一聽，怒氣沖天，叫道：「我跟張召重素不相識，無冤無仇，他何以如此欺人？」孟健雄笑道：「你享名四十年，見好也該收了。一山不能藏二虎，難道這道理你也不懂？」王維揚道：「原來他是要折辱我這老頭，好叫他四海揚名。哼，要是我不答應呢？他是不是把我扣在這裏不放？好，我認了命。他假公濟私，只怕難逃天下悠悠之口。」

孟健雄道：「張大人是英雄豪傑，豈肯做這等事？他約你今日午時，在獅子峯上拳劍相會，要是老王厲害，三個條款不必再提。否則的話，就請王老鏢頭答應這三件事。」王維揚道：「就是這麼辦，我老頭兒四十年的名兒賣在火手判官手裏，也不枉了。」孟健雄道：「張大人說，這件事給皇上知道了可不大穩便。王老鏢頭要是敢呢，那就單刀赴會。倘若心虛膽怯，要請朋友助拳幫陣，張大人說也就不必比了。」

王維揚氣得哇哇大叫，說道：「我老頭兒就是埋骨荒山，也是單刀雙掌，前來領教。」孟健雄道：「那麼你寫封信，我好帶去回覆張大人。」說罷拿過紙墨筆硯。

王維揚氣得雙手發抖，寫了一通短信：

「張召重大人英鑒：你之所言所為，實在欺人太甚。今日午時，便在獅子峯相會，如我敗於你手，由你處置便了。王維揚啓」

他是一介武夫，文理本不甚通，盛怒之下，寫得更是草草。孟健雄一笑，將信收起。

王維揚道：「請教老哥尊姓大名，待會也要領教。」他是連孟健雄也遷怒在內了。孟健雄道：「我是後生晚輩，賤名不足掛齒。說過單打獨鬥，待會我也不去獅子峯。若講人多，鎭遠鏢局可不能跟御林軍比呢。嘿嘿，嘿嘿！」連聲冷笑，轉身走出，帶上了門。紅花會知道王維揚畏懼官府，不敢擅逃，因此只隨便把門帶上，否則憑他一身武功，身上又無銬鐐，幾扇木門怎關得他住？

鐵琵琶韓文沖那日追馬中伏，給扣了起來。這天上午，被人帶到另一間小室中監禁，自忖這番落入紅花會之手，只怕再無倖免，正在胡思亂想，忽聽得隔室有人大叫大罵，一聽聲音，竟是總鏢頭王維揚，但聽他大罵張召重後生小子，目中無人。韓文沖大為奇怪，正待叫問，室門開處，進來兩人，說道：「請韓大爺到廳上說話。」

進得廳來，見左邊椅上坐著三人，上首紅花會總舵主陳家洛，其次一人白鬚飄然，一人身材矮小，都是在甘涼道上見過的。韓文沖羞愧無已，一言不發，作了一揖，坐在椅上。

陳家洛道：「韓大哥，咱們在甘肅一會，不料今日又在此地相遇。哈哈，可說是十分有緣了。」韓文沖隔了半晌，道：「在下那時答應從此封刀歸隱，可是王總鏢頭非要我走這一趟鏢不可。一則是上司之命難違，再則知道這是公子府上的珍寶，想來公子不會責怪，所以……」徐天宏厲聲道：「韓朋友，咱們在江湖上講究的是信義兩字，你言而無信，自己瞧著怎麼辦？」韓文沖一橫心，答道：「我既落入你們之手，還有甚麼說的，要殺要剮……」

陳家洛道：「韓大哥，快別這樣說。王總鏢頭這一次可給張召重欺侮得狠了。這姓張的狐假虎威！王老英雄威震河朔，從來沒受過這麼大的侮辱，說甚麼也要鬥一鬥這火手判官。咱們武林一脈，大家都很氣憤，何況王總鏢頭還保了舍下的鏢，兄弟可不能袖手不理。韓大哥跟張召重交情怎樣？」韓文沖道：「在北京見過幾次，咱們貴賤有別，他又自恃武功高強，不大瞧得起我們，談不上甚麼交情。」陳家洛道：「照啊，你看看這信。」把王維揚所寫那信遞給他看。

韓文沖本想總鏢頭向來敬畏官府，絕不致和張召重翻臉，只是他成名已久，性子剛烈，張召重當眞仗勢欺人，這口氣也是嚥不下去，剛才親耳聽得他破口大罵，又見這信，認得是王維揚的筆跡，再不懷疑，說道：「既然如此，我想見總鏢頭商量一下對付的方策。」陳家洛道：「現下時候不早，這信想請韓大哥先送去給張召重，回來再見王老英雄如何？」他雖是商量的口吻，韓文沖也只得答應。

陳家洛高聲叫道：「十二哥，你出來。」石雙英從內堂出來，陳家洛給他與韓文沖引見了，道：「這位石兄弟陪你去見張召重。韓大哥，你不明白張召重如何削了王老英雄的面子，這事說來話長，現在不及細談。見了張召重後，你可說這位石兄弟是貴局鏢師，一切由他來說。」韓文沖疑心又起，躊躇不應。陳家洛道：「韓大哥覺得有甚麼不對麼？」韓文沖忙道：「沒有，我遵照公子吩咐就是。」

徐天宏知他懷疑，只怕壞事，說道：「請等片刻。」轉身入內，拿了一壺酒一隻酒杯出來，斟了酒，送到韓文沖面前，說道：「剛才小弟言語多有沖撞，這裏給韓大哥陪罪，請乾此杯，就算不再見怪。」韓文沖道：「好說，好說。」舉杯一飲而盡，說道：「陳公子，我去了。」陳家洛拱拱手道：「偏勞了。」韓文沖拿了信，轉身下堂。徐天宏突然驚道：「啊喲，不好了！韓大哥，我弄錯啦，剛才那杯酒裏有毒。」

眾人全都吃了一驚，韓文沖臉上變色，轉過頭來。徐天宏道：「眞是對不起，這酒裏下了毒，本來是浸暗器用的，下人不知道拿了給我。剛才我一聞氣味才知道。韓大哥已喝了一杯，糟糕，糟糕，快拿解藥來。」一名莊丁道：「解藥在東城宅子裏。」徐天宏罵道：「胡塗東西，快騎馬去拿。」那莊丁答應了出去。徐天宏對韓文沖道：「小弟疏忽，實在該死。請韓大哥先送這信去，只要一切聽我們石兄弟的話行事，回來服了解藥，一點沒事。」韓文沖知道他是故意下毒，逼自己就範，如果遵照紅花會吩咐，回來就有解藥可服，否則這條命就算送了，向徐天宏狠狠瞪了一眼，一語不發，轉身就走。石雙英跟了出去。

等兩人走出，周仲英皺眉道：「我瞧韓文沖為人也不是極壞，宏兒你下毒這一著，做得太不光明。」徐天宏笑道：「義父，這酒裏沒毒。」周仲英道：「沒有毒？」徐天宏道：「是呀！」隨手倒了杯酒喝下，笑道：「我怕他在張召重面前壞咱們的事，因此嚇嚇他，回頭再給他喝一杯酒，他就當沒事了。」衆人大笑。

張召重接到陳家洛覆信，約他在葛嶺比武，心頭怒氣漸平，他和陳家洛交過幾次手，知道十九可以取勝，一雪昨日之恥，他正坐在文泰來身旁監視，牢門開處，進來一名親兵，說道：「張大人，有客。」遞上一張名帖。張召重一看，大紅帖子上寫的是「威震河朔王維揚頓首」九字，登時有氣：「拜客名帖之上，那有把自己外號也寫上之理？」對那親兵道：「你去對客人說，我有公務在身，不能見客。請他留下地址，改日回拜。」那親兵去了一會，又道：「客人不肯走，有封信在這裏。」張召重拆開一看，又是生氣，又是納罕，心想自己和這老頭兒素無糾葛，為甚麼約我比武？對親兵道：「你對李軍門說，我要會客，請他派人來替我看守。」

等看守文泰來的四名侍衛來到，張召重換上長袍，來到客廳。他認識韓文沖，舉手招呼，說道：「王總鏢頭沒來麼？」韓文沖道：「張大人，我給你引見，這是咱們鏢局子的石鏢頭。王總鏢頭有幾句話要他對你說。」張召重把王維揚那信在桌上一擲，說道：「王總鏢頭的威名我是久仰的了。我和他素來沒有牽連，怎說得上『欺人太甚』四個字？恐怕其中有甚麼誤會，倒要請兩位指教。」

石雙英冷冷的道：「王總鏢頭是武林領袖。武林中出了敗類，不管和他有沒有牽連，他都得伸手管上一管。否則叫甚麼威震河朔呢？」張召重大怒，站起身來，說道：「王維揚說我是武林敗類？」石雙英板起一張滿是疤痕的臉，一言不發，給他來個默認。張召重怒氣更熾，說道：「我甚麼地方丟了武林的臉，倒要領教。」

石雙英道：「王總鏢頭有幾件事要問張大人。第一件，咱們學武之人，不論那一家那一派，最痛恨的是欺尊滅長。張大人是武當派高手，聽說不但和同門師兄翻了臉，還想貪功去捉拿師兄，可有這件事？」張召重怒道：「我們師兄弟的事，用不著外人來管。」

石雙英道：「第二件，咱們在江湖上混，不論白道黑道，官府綠林，講究的是信義爲先。你和紅花會無冤無仇，爲了升官發財，去捉拿奔雷手文泰來，欺騙鐵膽莊的小孩，將他害死。你問心可安？」張召重大怒，說道：「我食君之祿，忠君之事，這跟你們鎮遠鏢局又有甚麼干係？」石雙英道：「你打不過紅花會，自己逃走，也就是了，何以陷害別人，施用金蟬脫殼之計，叫鎮遠鏢局頂缸，害得我們死傷了不少鏢頭夥計？」

張召重和韓文沖都怦然心動：「原來王維揚最氣不過的是這件事。」甘涼道上鎮遠鏢局閻氏兄弟、戴永明等人被殺，錢正倫傷手之事，韓文沖都是知道的，這時忍不住接口道：「張大人這件事你確是做得不對，也難怪王總鏢頭生氣。」石雙英冷冷的道：「其餘的事我們也不問了，這三件事你說怎麼辦？」說著雙目一翻，凜然生威。

張召重被他如審犯人般問了一通，再也按捺不住，搶上一步，叫道：「好小子，你活得不耐煩了，到太歲頭上動土！」當場就要動武。

石雙英站起身來，退後一步，說道：「怎麼？威震河朔找你比武，你怕了不敢，想跟我動手是不是？」

張召重喝道：「誰說不敢？他要今天午時在獅子峯分個高下，不去的不是好漢。」石雙英道：「你要是不去，今後也別想在武林混了。王總鏢頭說，你如果還有一點骨氣，那麼就一個人去，我們鏢局子裏決不會有第二個人在場。倘若你驚動官府，調兵遣將，我們是老百姓，可不敢奉陪。」張召重道：「王維揚浪得虛名，這糟老頭子難道我還怕他，用得著甚麼幫手？」石雙英道：「我們王總鏢頭不善說話，待會相見，是拳腳刀槍上見功夫。你要張口罵人，不妨現在罵個痛快。」張召重是個拙於言辭之人，給他氣得說不出話來。

石雙英道：「好，就這樣，怕你還得騰點功夫出來操練一下武藝，料理一些後事。」張召重雙眼冒火，反手一掌，快如閃電。石雙英身子急閃，竟沒避開，給他打中左肩，跌出數步。張召重出手迅捷已極，一掌把石雙英打跌，跟著縱了過去，左拳猛擊他胸膛。石雙英施展太極拳中的「攬雀尾」，將他這一拳黏至外門。張召重見他也是內家功夫，怔了一怔。就在這一瞬之間，石雙英又退出數步，喝道：「好，你不敢會王總鏢頭，那麼咱們就在這裏見過高下。」雙掌一錯，只覺右臂隱隱酸麻，幾乎提不起來。張召重喝道：「你不是我對手。你去對王維揚說，我午時準到。」石雙英冷笑一聲，轉身就走，韓文沖跟了出去。

當兩人口角相爭之時，韓文沖總是惦記自己服了毒酒，只盼石雙英快些說完，好回去服藥解毒，等到兩人動手，他已急得臉色蒼白，滿頭大汗。好容易趕回孤山馬宅，石雙英道：「他答應午時準到。」韓文沖似乎腹痛如絞，坐倒在椅。徐天宏倒了杯酒，說道：「這是解藥，韓大哥請喝吧。」韓文沖忙伸手去接。

周仲英夾手奪過，仰脖子喝了下去。韓文沖愕然不解。周仲英笑道：「這玩笑開得夠了，韓大哥，你壓根兒就沒喝毒酒，他是跟你鬧著玩的。宏兒，快過來賠罪。」徐天宏笑嘻嘻的過來作了一揖，說道：「請韓大哥不要見怪。」跟著解釋明白。韓文沖雖然不高興，但懷恨之念已經釋然。

孟健雄又進去見王維揚，雙手叉腰，氣燄囂張，戟指冷笑，說道：「張大人答允了，你這就去吧。喂！張大人不愛別人婆婆媽媽的。你有甚麼話，現下快說。待會在獅子峯，只是拳腳兵刃上分高下，你多囉唆，張大人是不聽的。哀求討饒，也未必管用。你要是懊悔害怕，現下說還來得及。」

王維揚霍地站起，叫道：「我這條老命今日不想要了。」大踏步走了出去。孟健雄手一揮，一名莊丁把王維揚的紫金八卦刀和鏢囊捧了上來。他伸手接了，氣呼呼的一把白鬚子吹得筆直揚起。

韓文沖站在門口，說道：「王總鏢頭此去，還請加意小心。」王維揚道：「你都知道了？」韓文沖點點頭道：「我見過了張召重。」王維揚道：「他罵我甚麼？」韓文沖道：「小人之言，王總鏢頭不必計較。」王維揚道：「你說不妨。」韓文沖道：「他罵你……糟老頭子，浪得虛名！」王維揚哼了一聲道：「是不是浪得虛名，現在還不知道呢。我如有不測，韓老弟，鏢局子和我家裏的事，都要請你料理了。」他頓了一頓，又道：「叫劍英、劍傑不忙報仇，他兄弟倆武功還不成，沒的枉自送了性命。」王劍英、王劍傑是王維揚的兩個兒子，學的是家傳八卦門武藝。韓文沖道：「總鏢頭武功精湛，諒那張召重不是敵手，我在這裏靜候好音。」王維揚隨著帶路的莊丁，往獅子峯單刀赴會去了。

獅子峯盛產茶葉，「獅峯」龍井乃天下絕品。山峯既高且陡，絕頂處遊客罕至。

王維揚背插大刀，上得峯來。最高處空曠曠的一塊平地，四周皆是茶樹。只見前面走來一人。那人短裝結束，身材魁梧，向王維揚凝視了一下，說道：「你就是王維揚？」

王維揚聽他直呼己名，心頭火起，但他年近七十，少年時的盛氣已大半消磨，又知張召重是現職武官，多少有些敬畏，說道：「不錯，就是在下，你是火手判官張大人？」這人便是張召重，說道：「正是，咱們比拳腳還是比兵刃？」他做事把細，提早上峯，先行四下查察，果見對方並無幫手埋伏，心想王維揚雖然狂傲，他區區一個鏢頭，總不成眞與官府對陣廝殺，是以坦然上峯應戰。

王維揚心想：「我跟他並無深仇大怨，何必在兵刃上傷他？一個失手殺了命官，也難免後患無窮。用八卦掌一挫他的驕氣，教他知道我老頭子並非浪得虛名，也就是了。」說道：「我領教領教張大人天下知名的無極玄功拳。」

張召重道：「好。」左拳右掌，合抱一拱。他雖心高氣傲，但所學是武當派內家拳法，講究以逸待勞，以靜制動，當下凝神斂氣，待敵進攻。

王維揚知他不會先行出手，說聲：「有僭了。」語聲未畢，左掌向外一穿，右掌「遊空探爪」斜劈他右肩，左掌同時翻上，「猛虎伏樁」，橫切對方右臂，跟著右掌變拳，直擊他前胸，轉眼之間，連發三招。張召重連退三步，以無極玄功拳化開。

兩人合而復分，盤旋一週，均是暗暗驚佩。張召重心想：「這三招迅捷沉猛，眞是勁敵。」王維揚心想：「他化解我這三招柔中帶剛，火手判官名不虛傳。」兩人不敢輕敵，又盤旋一週。張召重搶進一步，左腿橫掃。王維揚躍起避過，雙掌向他面門按去。張召重左腳踢出，已暗伏「空擊蒼鷹」、「樹梢擒猴」兩招。王維揚雙掌按處，將這二招消於無形。

兩人棋逢敵手，各展絕學，攻合拚鬥，轉瞬間已拆了三四十招。其時紅日當空，兩個影子在地下飛舞，倏分倏合。王維揚見鬥他不下，心知自己年老，不如對方壯盛，久戰之下，氣力精神定然不如，突然間招式一變，掌不離肘，肘不離胸，一掌護身，一掌應敵，右掌往左臂一貼，腳下按著先天八卦圖式，繞著張召重疾奔，正是他平生絕技「遊身八卦掌」。

這一路掌法施展時腳下一步不停，繞著敵人身子左盤右旋，兜圈急轉，乘隙發招，當眞是「瞻之在前，忽焉在後」。對方剛一應招，已然繞到他身後，對方轉過身來，又已繞到他身後，如此繞得幾圈，武藝再高之人，也必給纏得頭暈眼花。但若對方站住不動，只要停得一停，後心要害立中拳掌。

王維揚只繞得兩個圈子，張召重便知此拳厲害，不等他再轉到身後，斜步橫搶，向他奔來方向迎了上去，劈面一掌。王維揚早已回身。張召重見他腳下踏著九宮八卦，知他是走坎宮奔離位，雙掌揮動，搶進乾位。兩人這般轉了七八個圈，點到即收，手掌不交。這路掌法是王維揚熟練了數十年的功夫，越跑越快，腳步手掌隨收隨發，已到絲毫不加思索的地步。

張召重見招拆招，起初還打個平手，時刻一長，不免跟不上對方的迅捷，心念一動，如此對轉，勢落下風，當下運起無極玄功拳以柔克剛要訣，凝步不動，抱元歸一，靜待來敵。他腳步剛停，王維揚早欺到身後，「金龍抓爪」，發掌向他後心擊去。張召重待他掌到，左手反轉迴扣，向他手腕抓落。王維揚疾忙縮手，一擊不中，腳下已然移位，暗暗佩服：「此人當真了得，居然能閉目換掌。」

原來張召重知道跟著對方轉身，敵主己客，定然不如他熟練自然，眼見他白髮如銀，雖然矯健，長力一定不如自己，於是使出「閉目換掌」功夫，來接他的遊身八卦掌。練這門武功之時以黑巾蒙住雙目，全仗耳力和肌膚感應，以察知敵人襲來方向。臨敵時主取守勢，手掌吞吐，只在一尺內外，但著著奇快，敵人收拳稍慢，立被勾住手腕，折斷關節。這路掌法原本用於夜鬥，或在岩洞暗室中猝遇強敵，伸手不見五指，便以此法護身。掌法變化精妙，決不攻擊對方身體，卻善於奪人兵刃，折人手腳。

其時一個的溜溜亂轉，一個身子微弓，凝立不動。一到欺近，閃電般換了一招兩式，王維揚又立即奔開。兩人轉瞬間又拆了數十招。王維揚漸覺焦躁，心想如此耗下去如何了局，突然撲到他身後，左掌虛擊，右掌又是虛擊。張召重反手兩把沒抓住他手腕，王維揚左手又連發兩記虛招，欺他背後不生眼睛，右手猛向他肩頭疾劈。張召重全神貫注對付他連續四下虛招，突然間掌力襲肩，心中一驚，閃避招架都已不及，右手反腕，向他右掌手背上按落，左拳猛擊他右臂手肘，這一招「仙劍斬龍」，對方手掌只要一被按住，手臂非斷不可。他想肩頭不是致命所在，拚著身強力壯，挨他一掌，對方這條胳臂這一下可就是廢了。

王維揚一掌蓬的一聲打在他肩頭，正自大喜，忽覺手掌被按，縮不回來，卻見對方左拳已向自己右肘猛擊而下，知道這一下要糟，情急之下，右臂急轉，手掌翻上，同時左掌向對方肩頭擊去。張召重左拳打下，王維揚手肘已經轉過，臂彎雖然中拳，順著拳勢一曲，向下彎落，並沒受傷，只是「曲池穴」中隱隱發麻。

兩人一換掌法，各自跳開，這一下張召重吃虧較大，拳法上已算輸了一招。張召重喝道：「掌法果然高明，咱們來比比兵刃。」唰的一聲，凝碧劍已握在手中。

王維揚也從背上拔出紫金八卦刀，這時兩人站得臨近，看得清楚，只見他口鼻俱腫，右眼圈上一大塊烏青，不禁暗自納罕，心想他一身武功，難道還有勝過他的人物，竟將他打成這個樣子。殊不知昨晚張召重中了陳家洛的拳擊，頭臉受傷不輕，今日掌法上輸了一招，也未始不是受這傷勢所累。

張召重存心在兵刃上挽回面子，凝碧劍出手，連綿不斷，俱是進手招數，攻勢凌厲已極。王維揚見他劍光如一泓秋水，知道是口寶劍，如被削上，自己兵刃怕要吃虧，不敢招架，展開八卦刀法，硬砍硬削。

兩人酣鬥良久，張召重精神愈長，但見對方門戶封閉嚴密，急切間攻不進去，驟見他一招「鐵牛耕地」橫砍過來，招術用得稍老，立即使招「天紳倒懸」，寶劍刃口已搭上八卦刀的刀頭。王維揚縮刀不及，左手駢食中兩指向他面門戳去。張召重側頭讓過，嗆啷一聲，八卦刀刀頭已被削斷。

王維揚讚道：「好劍！」跳開一步，說道：「咱們各勝一場。張大人還要比下去嗎？」他是想借此收篷，各人都不失面子，那知壞就壞在喝了一聲「好劍」。張召重心想，你譏我這場得勝，不過是靠了劍利，勝得並不光采，左手一擺，道：「不見輸贏，今日之事不能算完！」劍走偏鋒，刺了過去。

翻翻滾滾又鬥七八十招，王維揚頭上見汗，知道長打久鬥，於己不利，暗摸金鏢在手，刀交左手，喝道：「看鏢！」刀法陡變，變成左手刀術，三枝金鏢隨著刀勢發了出去。這套「刀中夾鏢」也是他的絕技。他左手刀法與尋常刀法相反，敵人招架已然為難，再加金鏢順著刀勢發出，敵人避開了鏢，避不開刀，避開了刀，避不開鏢，端的厲害非常。只見他一刀斜砍向右，一鏢隨著向敵人右側擲去，張召重向右避讓，伸手接住來鏢，王維揚金刀跟著砍到，張召重剛低頭避過，對方一鏢又向下盤擲來，忙將手中之鏢對準擲去。雙鏢相迎，激出火花，齊齊落下，插入土中。王維揚一刀快似一刀，一鏢急似一鏢，眼看二十四枝鏢將要發完，兀自奈何對方不得。

這時他手中只剩下三枝鏢，左腳向右踏上一步，身子微挫，左手刀向下斜劈，跟著右手一揚。張召重見他發了二十一枝金鏢，知道這一刀砍下，必有一鏢相隨，只是他金鏢越發越快，自己架刀避鏢，已有點手忙腳亂，更無餘裕掏芙蓉金針還敬，當下急忙轉身，凝視看他右手。那知這下竟是虛招，張召重手一動，卻接了個空。王維揚已踏進震位，「力劈華山」迎面砍到。張召重見刀沉勢重，不敢硬架，滑出一步，凝碧劍「橫雲斷峯」斜掃敵腰。王維揚沉刀封架，只聽噹啷一聲，八卦刀已被截成兩段。王維揚大吼一聲，半截刀向他擲去。張召重一低頭，王維揚三鏢齊發，只聽得張召重「啊喲」一聲，凝碧劍落地，向後便倒。

原來王維揚故意引他轉身，使他陽光耀眼，視線不明，同時干冒奇險，讓他削斷大刀，待他得意之際，三鏢齊發，果然一擊成功。

王維揚叫道：「張大人，得罪了！我這裏有金創藥。」隔了半晌，見他一聲不響，不由得驚慌起來，莫要鏢傷要害，竟將他打死，他是朝廷命官，自己有家有業，可不是好耍的事，走上前去俯身察看，剛彎下腰，只聽得一聲大喝，眼前金光閃動，暗叫不好，一個「鐵板橋」向後便跌，卻已遲了一步，左胸左肩陣陣劇痛，已然身中暗器。王維揚大怒，虎吼一聲，縱起身來，要和他拚個同歸於盡，但一使力，胸口肩痛奇痛徹骨，哼了一聲，又跌在地下。張召重哈哈大笑，拔出右腕金鏢，撕下衣襟，縛住傷口，站了起來。

王維揚罵道：「張召重，我若非好心來看你傷勢，你怎能傷我？你使這等卑鄙手段，算得甚麼英雄豪傑？看你有何面目見江湖上的好漢。」張召重笑道：「這裏就是你我兩人，又有誰知道了？你活到這一把年紀，早就該歸天了。明年今日，就是你的週年忌。」

王維揚一聽此言，知他要殺人滅口，更是破口大罵。張召重縱將過來，伸手在他脅下一戳，點了啞穴。王維揚登時罵不出聲，雙目冒火，臉上筋肉抽動，幾乎氣得胸膛都要炸了。

張召重撿起半截八卦刀，在地下挖了個大坑，左手提起他身子，往坑裏一擲，罵道：「你威震河朔，震你個奶奶！」右腳踢土入坑，便要把他活埋。

剛踢了幾腳土，忽聽得身後遠處冷冷一聲長笑，張召重吃了一驚，回過身來，只見一人手執奇形兵器，站在紅日之下，樹叢之側，正是鐵琵琶手韓文沖。張召重怒喝：「好哇，說好單打獨鬥，你鎮遠鏢局原來暗中另有埋伏。你們要不要臉哪？」韓文沖道：「要臉的也不使這卑鄙手段啦。」

張召重道：「好，今日領教領教你的鐵琵琶手。」施展輕身功夫，「八卦趕蟾」，只三個起落，已躍近身來，挺劍直刺。韓文沖退後兩步，樹叢中一柄鋼刀飛出，橫掃而來。張召重寶劍豎立，那人這刀發得快也收得快，不等刀劍相碰，早已收回。張召重看此人時，正是適才言語無理的姓石鏢師，怒道：「你們兩人齊上，火手判官也不放在心上。」

正待追擊，忽聞背後有聲，心知有異，立即躍開，回頭望去，只見上來了八九人，當先正是紅花會總舵主陳家洛。他記起昨晚被擊之辱，怒火上沖，但見對方人多，看來均非庸手，又不免膽寒，驚怒中轉頭四顧，看好了退路。

陳家洛對韓文沖道：「韓大哥，你先去救了王總鏢頭。」韓文沖奔到坑邊，抱了王維揚過來。張召重也不阻攔。陳家洛在王維揚穴道上拿捏幾下，解開了他的啞穴。王維揚年近古稀，遭此巨創，委頓之餘，一時說不出話來。

張召重叫道：「王維揚這老兒要和我比武，說好單打獨鬥，不得有旁人助拳，現今勝負已決。陳當家的，咱們三日後葛嶺再會。」雙手一拱，轉身就要下山。

陳家洛道：「在下與衆位兄弟到此賞玩風景，剛好碰上兩位較量拳掌兵刃暗器，果然藝業驚人，非同小可，令人大開眼界。可是張大人，你勝得未免不大光明啊！」張召重道：「自來兵不厭詐，咱們鬥力鬥智，出奇制勝，有何不可？」陳家洛微微一笑，道：「張大人識見果然高明。常言道揀日不如撞日，張大人約我比試，既然碰巧遇上了，也不必另約日子，不妨今日就來領教。但張大人右腕已傷，敝人不想乘人之危。你這傷非一朝一夕所能痊可，咱們之約，延遲三月如何？」張召重心想，你故示大方，我樂得不吃這虧，說道：「好吧，那麼三個月後的今日，咱們再在葛嶺初陽台相會。」

陳家洛慢慢走近，說道：「我們要救奔雷手文四當家，你是知道的了？」張召重道：「怎麼？」陳家洛道：「他身上的銬鐐都是精鋼鑄成，鉎鑿對之，無可奈何，只好借閣下寶劍一用。大家武林一脈，義氣爲重，張大人想來定是樂於相借的了。」

張召重哼了一聲，眼見對方人多，今日已難輕易脫身，說道：「要借我劍，只要有本事來取。」一語聲未畢，已倒竄出數丈，轉身往山下奔去。

剛要提氣下山，忽然迎面撲到兩把飛抓，一取左胸，一取右腿，上下齊到，勢勁力疾。他伸劍在胸前挽個平花，擋開上盤飛抓，向上躍起，左足彈出，又向山下疾竄。常赫志飛抓盤打，張召重身子一矮，向右讓開，常伯志已撇下飛抓，欺近身來，呼的一聲，黑沙掌「浪搏江礁」，迎面劈到。張召重和常氏雙俠曾在烏鞘嶺上力鬥，知他兩兄弟厲害，一動上手，數十招內難以脫身，突然飛身後退，逕向南奔。常氏兄弟守住北路，並不追趕。

此時太陽南移，張召重迎著日光，繞開陳家洛等一行，向南疾奔，剛走到下山路口，颼颼兩聲，兩枚飛燕銀梭打將過來。他吃過此梭苦頭，當即臥倒，兩個翻身，滾了開去，只聽得錚錚聲響，銀梭中包藏的子梭電射而出。他凝碧劍橫掠頭頂，將銀梭削爲兩段，順勢縱出，當下不再向南，一個「鳳凰展翅」，寶劍圈揮，向東猛撲，只聽得身後暗器聲響連綿不斷，腳下絲毫不停，一擰頭，啪啪啪啪，揮劍將三枝袖箭、兩枚菩提子打落，羣雄見他向西擊打暗器，身子卻繼續向東奔跑，腳步迅速已極，都不由得佩服。

張召重心知東邊必定也有埋伏，腳下雖然極快，眼觀四面，不敢稍懈，奔不數步，果然斜刺裏一人躍出，手執大刀，攔在當路。那人白髮飄動，威風凜凜，正是老英雄鐵膽周仲英。張召重心中一寒，不敢迎戰，轉身返西。

他連闖三路都未闖過，心想這些人一合圍，今日我命休矣，西路上不論何人把守，都要立下殺手方能脫圍，左手暗握一把芙蓉金針，揮劍西衝。迎面一人獨臂單劍，不是追魂奪命劍無塵道人是誰？張召重和他交過手，知道紅花會中以此人武功最高，自己尚遜他一籌，不由得暗暗叫苦，情急智生，直衝而前，「白虹貫日」、「銀河橫空」，兩記急攻，仗著劍利，乘對方避而不架，已然搶到無塵西首。

無塵剛一側身讓劍，右手長劍「無常抖索」、「煞神當道」，兩記厲害招數已經遞出，兩招緊接，便似一招。張召重雖然轉到下山路口，竟是無法脫身，揮劍解開兩招，猛喝一聲，左手揚處，兩把芙蓉金針分打無塵左右。他想這獨臂道人武功精純，金針傷他不到，但他不是用劍擊擋，就得後躍躲過，但教緩得一緩，自己就可逃開，只須擺脫了此人，拚命下衝，別人再也阻擋不住。

無塵猜到他用意，竟走險招，和身下撲，既避金針，又挺劍直刺，點向他右腳，這一記是罕用之招，稱爲「怨魂纏足」，專攻敵人下三路。張召重大驚，寶劍「流星墮地」，直立向下擋架。無塵不待招老，劍尖著地一撐，只聽得背後一陣沙沙輕響，金針落地，身子縱起，躍至張召重頭頂，長劍「庸醫下藥」，向下揮削。張召重右肩側過，「彩虹經天」，寶劍上撩。無塵早已收劍落地，嚓嚓兩聲，「判官翻簿」、「弔客臨門」，兩招攻了過來。這一來，他又已佔到西首，將張召重逼在內側。

這時張召重但求擋過敵劍，更無餘暇思索脫身之計，只是見招拆招，俟機削他長劍，轉眼間兩人又拆了三四十招。無塵見他受傷之餘，仍然接了自己數十招，心頭焦躁，劍光閃閃，連走險著，張召重奮力抵擋，漸感應接爲難。再拆數招，無塵大喝一聲：「撤劍！」一招「閻王擲筆」，長笑聲中，張召重右腕中劍，噹啷一聲，凝碧劍落地。他只一呆，被無塵飛腳踢中左胯，登時跌倒。

無塵縱過去正待按住，張召重倏地跳起，劈面一拳，無塵揮劍待削，忽想：「這一劍將他一隻手削了下來，他再難和總舵主比武，這樣的對手十分難找，未免掃了總舵主的興致。」要知武藝高強之人，旗鼓相當的對手可遇而不可求。無塵愛武成癖，心想陳家洛也是一般，長劍已然削下，忽又凝招不發。張召重情急拚命，乘他稍一遲疑，左掌在右肘一托，右拳彎處，已向他左腰打到。無塵只有一臂，左邊防禦不週，加之拳法較弱，見敵拳打到，疾忙側身閃避，拳力雖消，卻也沒能避開，一拳給打在腰間，劇痛之下，退出數步。張召重頭也不回，拔足飛奔。

無塵大怒，隨後趕來，眼見他已奔到下峯山道，無塵劍法精絕，素來不用暗器，見他便要逃下山去，心想今日若給此人逃脫，紅花會威名掃地，再也顧不得他的死活，平劍一挺，便要使出「五鬼投叉」絕招，長劍正要脫手，忽然山邊滾出一個人來，迅疾如風，抱住張召重雙足。兩人摟作一團，跌倒在地。

無塵疾忙收劍，看清楚抱住張召重的是十弟章進。只見兩人翻翻滾滾，舉拳互毆。楊成協和蔣四根又奔了過來，三人合力把他牢牢按住。

駱冰取出繩索，將他雙手當胸縛住，想起他在鐵膽莊率衆擒拿丈夫之恨，對準他鼻子便是砰的一拳。陳家洛叫道：「四嫂，且慢！」駱冰第二拳才不再打。

陳家洛走近身來。張召重罵道：「你們倚仗人多，張老爺今日落在你們匪幫手裏，要殺便殺，皺一皺眉頭的不是好漢。」王維揚也走了過來，罵道：「我和你近日無冤，往日無仇，你怕卑鄙手段被我宣揚出去，竟要把老頭子活埋了，嘿嘿，火手判官，你也未免太毒了些。」石雙英冷冷的道：「這就是他自己掘的坑，把他照樣埋了便是。」羣雄轟然叫好。

張召重雖然一副傲態，但想到活埋之慘，不禁冷汗滿面。陳家洛道：「服不服了？你認輸服錯，發誓不與紅花會作對，那麼大夥兒瞧在你陸師哥面上，饒你一條性命。」張召重兀自強項，大聲道：「要殺便殺，何必多言？你們使用詭計，怎能叫人心服？」陳家洛道：「好，你倒是條硬漢子，我一刀給你送終，免了活埋之苦。」拔出短劍，走近他面前，說道：「你當眞不怕死？」張召重苦笑道：「給我一個爽快的！」閉目待死。陳家洛一揮手，短劍刺到他胸前，突然哈哈一笑，手腕一翻，割斷了縛住他雙手的繩索。

這一下不但張召重出於意料之外，羣雄也均愕然。陳家洛道：「這次擒住你，我們確是使了計謀。你雖該死，但今日殺你，諒你做鬼也不心服。好吧，你走路便是，只要你痛改前非，日後尚有相見之地。要是仍然怙惡不悛，紅花會又何懼你張召重一人。第二次落在我們手裏，教你死而無怨。」

章進、駱冰、楊成協、常氏兄弟等等都叫了起來：「總舵主，放他不得！」陳家洛把手一擺，道：「他師兄陸老前輩於咱們有恩，咱們無可報答。紅花會恩仇分明，今日放他師弟，也算是對他一番心意。」羣雄聽總舵主這麼說，也就不言語了，各對張召重怒目而視。

張召重向陳家洛一拱手道：「陳當家的，咱們再見了。」說罷轉身要走。徐天宏叫道：「姓張的，且慢走！」張召重停步回頭。徐天宏道：「你就這樣走了不成？」

張召重登時醒悟，向羣雄作了個團團揖，說：「陳當家的大仁大義，我張召重不是不知好歹之人，本來約定三個月之後比武，在下不是各位對手，要回去再練武藝。這場比武算我認栽了。」這番話軟中帶硬，點明你們勝我只不過仗著人多，將來決不就此罷休。羣雄聽出他話中之意，更是著惱。

周綺叫道：「紅花會總舵主放你走，這是他大人大量。我倒要問你，你到鐵膽莊來，若有本事拿人，也就罷了，幹麼誘騙我一個無知無識的小弟弟？我不是紅花會的人，也沒受過你師兄甚麼好處。今日要爲兄弟報仇。」舉起單刀，撲上來就要拚鬥。

張召重心下爲難，單是這個年輕姑娘當然不足爲懼，但眼前放著這許多高手，這姑娘一敗，旁人豈有坐視之理？爭鬥再起，不知如何了局，當下跳開兩步，連避周綺兩刀。

周綺第三刀使的是一招「達摩面壁」，當頭直劈下來，刀勢勁急。張召重無奈，右手「春風拂柳」，在她臉前虛勢一揚，待她將頭偏過，左手就來奪刀，心想奪下她刀後，好言交代幾句，再將刀交還，她總不能再提刀砍殺。不料周綺並不縮刀，手臂反而前伸，單刀疾劈。張召重伸食中雙指從下向上在她手肘「曲池穴」上一戳，周綺手臂劇震，一柄刀直飛上天。

徐天宏疾竄而上，擋在她身前，單拐「鐵鎖橫江」在張召重面前一晃，反手將單刀遞給了周綺。周仲英大刀揮動，阻住張召重退路，安健剛也挺刀上前，四人已成夾擊之勢。

眼見混戰將作，忽聽得山腰間有人揚聲大叫：「住手，住手！」眾人回頭望去，只見南面山路上兩人疾馳上峯，一人穿灰，一人穿黑，均是輕功極佳，奔跑迅速。眾人都感驚詫。

轉眼間兩人奔上山來，眾人認出穿黑袍的是綿裏針陸菲青，歡呼上前相迎。穿灰袍的是個老道，背上負劍，面目慈祥，羣雄都不認識。陸菲青正待引見，張召重忽然奔到老道跟前，作了一揖，叫道：「大師哥，多年不見，你好！」羣雄聽了，才知這人是武當派掌門人馬眞、金笛秀才余魚同的師父，紛紛上前見禮。

陸菲青道：「馬師兄和我剛趕到孤山，遇見了馬善均馬大爺。他知我們不是外人，說起獅子峯比武之約。我們連忙趕來。」四下一望，見無人死傷，大爲放心。

馬眞和王維揚以前曾見過面，雖無深交，但相互佩服對方武功，至於紅花會羣雄，早聽余魚同說過，神交已久，相見都很歡喜，互道仰慕，竟把張召重冷落在一旁。

張召重留也不是，走也不是，不由得十分尷尬。馬眞早已聞知這師弟的劣跡，滿腔怒火，本想見了面就舉出本派門規，重加懲罰，卻見他衣上鮮血斑斑，臉色焦黃，目青鼻腫，極爲狼狽，不由得一陣心酸，道：「張師弟，你怎麼弄成這個樣子？」張召重悻悻的道：「我一個人，他們這許多人，自然就是這個樣子。」

羣雄一聽，無不大怒。周綺第一個忍耐不住，叫道：「還是你沒錯？馬師伯、陸師伯，你們倒評評這個理看！」手執單刀，又要衝上去動手。周仲英一把拖住，說道：「現在兩位師伯到了。武當派素來門規謹嚴，我們聽兩位師伯吩咐就是！」這兩句話分明是在擠迫馬眞。

馬眞望望陸菲青，望望張召重，忽然雙膝一曲，跪在周仲英和陳家洛面前。羣雄大駭，連稱：「馬老前輩，有話好說，快請起來！」忙把他扶起。

馬眞心中激盪，哽哽咽咽的道：「各位師兄賢弟，我這個不成才的張師弟，所作所爲，實在是天所不容。我愧爲武當掌門，不能及時清理門戶，沒臉見天下武林朋友。我……我……」咽喉塞住，說不出話來，過了半晌，對陸菲青道：「陸師弟，你把我的意思向各位說吧！」陸菲青道：「我師兄知道了我們這位張大人的好德行之後，氣得食不下咽、睡不安枕，不過……不過總是念在過世的師父份上，斗膽要向各位求一個情。」

羣雄眼望陳家洛和周仲英，等候他兩人發落。

陳家洛心想：「我不能自己慷慨，讓周老英雄做惡人，且聽他怎麼說就怎麼辦。」當下一言不發，望著周仲英。

周仲英昂然說道：「論他燒莊害子之仇，周某只要有一口氣在，決不能善罷甘休。」頓了一頓，續道：「可是馬師兄既然這麼說，我交了你們兩位朋友，前事一筆勾消！」

周綺大不服氣，叫道：「爹！」周仲英摸摸她頭髮，說道：「孩子，算了！」

陳家洛道：「周老英雄既這等寬宏大量，衝著馬陸兩位前輩，我們紅花會也是既往不答。」馬真和陸菲青向著衆人團團作揖，說道：「我們實是感激不盡。」

無塵冷然道：「馬道兄，這次是算了，不過要是他再爲非作歹，馬道兄你怎麼說？」馬眞毅然道：「貧道此後定當嚴加管束，要他痛改前非。若他再要作惡，除非他先把我殺了，否則我第一個容他不得！」

羣雄聽馬眞說得斬釘截鐵，也就不言語了。馬眞道：「我帶他回武當山去，讓他閉門思過，陸師弟留在這裏，幫同相救文四當家。貧道封劍已久，不能效勞，要請各位原諒。等文四當家脫險，陸師弟你給我捎個信來，也好教我釋念。我那徒兒魚同怎麼不在這裏？」

陳家洛道：「十四弟和我們在黃河邊失散，後來聽說他受了傷，有一個女子相救，至今未悉下落。一等救出四哥，我們馬上就去探訪，請道長放心。」馬眞道：「我這徒兒人是聰明的，只是少年狂放，不夠穩重，要請陳當家的多多照應指教。」陳家洛道：「我們兄弟患難相助，有過相規，都是和親骨肉一般。十四弟精明能幹，大家是極爲倚重的。」馬眞道：「今日之事，貧道實在感激無已。陳當家的、周老英雄、無塵道兄和各位賢弟，將來路過湖北，務必請到武當山來盤桓小住。」衆人都答應了。馬眞對張召重道：「走吧！」

張召重見凝碧劍已被駱冰插在背後，雖然這是一件神兵利器，但想如去索還，只有自取其辱，牙齒一咬，掉頭就走。

這兩人一下山，羣雄問起陸菲青別來情形。原來他在黃河渡口和羣雄失散，尋找李沅芷不見，心想他是官家小姐，爲人又伶俐機警，決不致有甚麼凶險，眼前關鍵是在張召重身上，這人實是本派門戶之羞，於是南下湖北，去請大師兄馬眞出山。趕到北京一問，得知張召重已到杭州，又匆匆南來。這麼幾個轉折，因此落在紅花會羣雄之後。

衆人邊談邊行，走下山來。陳家洛對王維揚和韓文沖道：「兩位請便，再見了。」王維揚道：「陳當家的再生之德，永不敢忘。」陳家洛呵呵大笑，說道：「有兩件事要請王老英雄原諒，這裏先行謝過。」行了一禮，便把假扮官差劫奪玉瓶，挑撥他與張召重比武之事，都原原本本說了出來。

王維揚向來豁達豪邁，這次死裏逃生，把世情更加看得淡了，笑道：「剛才我見你和張召重說話，才知你是冒牌統領。哈哈，眞是英雄出在少年，老頭兒臨老還學了一乖。咱們是不打不成相識。雖然我和姓張的比武是你們挑起，可是我的老命總是你們救的。」陳家洛道：「等我們正事了結，大家痛痛快快的喝幾杯！」

談笑間到了湖邊，坐船來到馬家。陸菲青將王維揚身上所中金針用吸鐵石吸出，敷上金創藥。折騰了半日，日已偏西。

馬善均來報：「功夫已幹了一大半，再過三個時辰，就可完工。」陳家洛點頭說：「好！馬大哥辛苦了，現在請十三哥去監工吧。」蔣四根答應著去了。

陳家洛轉身對王維揚和韓文沖道：「貴局的鏢頭夥計，我們都好好款待著，不敢怠慢。兩位何不帶他們到西湖玩玩？小弟過得一兩天，再專誠和各位接風陪罪。」王韓兩人連稱：「不敢。」王維揚老於世故，見紅花會人衆來來去去，甚是忙碌，定是在安排搭救文泰來，心想自己此時外出，他們圖謀之事如果成功，倒也罷了，萬一洩機，說不定要疑心自己向官府告密，便道：「兄弟年紀大了，受了這金針之傷，簡直有些挨不住，想在貴處打擾休息一天。」陳家洛道：「悉隨尊意，恕小弟不陪了。」

王韓兩人由馬大挺陪著進內，和鏢頭汪浩天等相會。王維揚約束鏢行眾人，一步不許出馬宅大門，心下卻甚惴惴，暗忖倘若紅花會失敗，官府前來捉拿，發見自己和這羣匪幫混在一起，可眞是掬盡西湖水也洗不清了。

無塵長劍高舉，當先開路。

常氏雙俠抬著蒙面人，章進和蔣四根抬著文泰來，陸菲青負著李可秀，都跟了他衝出。

李沅芷大急，挺劍來追，被衛春華揮雙鉤攔住。

第十回

煙騰火熾走豪俠　粉膩脂香羈至尊

羣雄飽餐後，各自回房休息。到酉時正，小頭目來報，地道已挖進提督府，前面大石擋路，已轉向下挖，要繞過大石再挖進去。陳家洛和徐天宏分派人手，誰攻左，誰攻右，誰接應，誰斷後，一一安排妥當。酉時三刻，小頭目又報，已挖到鐵板，怕裏面驚覺，暫已停挖。陳家洛道：「再等一個時辰，夜深後動手。」

這一個時辰衆人等得心癢難搔。駱冰坐立不安，章進在廳上走來走去，喃喃咒罵。常氏兄弟拿了一副骨牌，和楊成協、衛春華賭牌九，楊衛兩人心不在焉，給常氏兄弟大贏特贏。周綺拿了凝碧劍細看，找了幾柄純鋼舊刀劍，一劍削下，應手而斷，果然銳利無匹。徐天宏在一旁微笑注視。馬善均不住從袋裏摸出一個肥大金錶來看時刻。趙半山與陸菲青坐在一角，細談別來情形。無塵和周仲英下象棋，無塵沉不住氣，棋力又低，輸了一盤又一盤。陳家洛拿了一本陸放翁集，低低吟哦。石雙英雙眼望天，一動不動。

好容易挨了一個時辰，馬善均道：「時辰到了！」羣雄一躍而起，分批走出大門。各人喬裝改扮，暗藏兵刃，陸續到提督府外一所民房會齊。這屋子的住戶早已遷出。

蔣四根見羣雄到來，低聲道：「這一帶清兵巡邏甚緊，丟，要輕聲至得！」手握鐵槳，守住地道入口。羣雄魚貫入內，地道掘得甚深，杭州地勢卑濕，地道中水深及踝，等到鑽過大石時，泥水更一直浸到胸前，走了數十丈，已到盡頭。

七八名小頭目手執火把，拿了鐵鍬候著，見總舵主等到來，低聲道：「前面就是鐵板！」陳家洛道：「動手吧！」衆頭目抖擻精神，鐵鍬齊起，不久就把鐵板旁石塊撬開，再掘片刻，將一塊大鐵板起了下來，前面是條甬道。衛春華當先衝入，羣雄跟了進去。小頭目手執火把，在旁照路，羣雄衝進甬道，直奔內室，甬道盡處，見鐵閘下垂。衛春華忙按八卦圖的機括，那知鐵閘絲毫不見動靜，機括似已失靈。徐天宏心念一動，忙道：「八弟、九弟快去守住地牢出口，防備韃子另有鬼計。」楊成協和衛春華應聲去了。幾名小頭目把鐵閘旁石塊撬開，衆人合力，把一座大鐵閘抬了出來。鐵閘上有鐵鍊和巨石相連，駱冰舉起凝碧劍削斷鐵鍊，當先衝了進去。進得室內，只叫得一聲苦，室內空空如也，文泰來影蹤全無。

駱冰三番五次的失望，這時再也忍不住，坐倒在地，放聲大哭。周綺想去勸慰，周仲英低聲道：「讓她哭一下也好。」

陳家洛見室內別無出路，接過凝碧劍，去刺張召重上次從其中逃脫的小門。那門鋼鐵所鑄，砍出了幾道縫，門後又有巨石。徐天宏道：「李可秀怕咱們劫牢，多半已將四哥監禁別處。」陳家洛道：「攻進提督府去，今日無論如何得把四哥找著。」

衆人衝到地牢口，只見楊成協手揮鐵鞭，力拒清兵圍攻。衛春華卻不在場，想已衝上去和敵人交戰。無塵大叫一聲，鑽出地牢，長劍揮處，兩名清兵登時了帳。羣雄跟著搶出，只見六七名清軍將官圍著衛春華惡鬥。陸菲青心想：「我和李可秀究有賓東之誼，不便露面。」撕下長袍下襟，蒙住了臉，只露出雙眼。他剛收拾好，羣雄奮擊下清兵已紛紛敗退，衛春華等大呼追趕。

徐天宏躍上圍牆瞭望，見提督府中到處有官兵守禦。突然梆子聲響，緊密異常，想是清軍將官已在調兵禦敵。徐天宏細看各處兵將布置，只見南面孤零零的一座三層樓房，四周一層層的守著五六百名官兵。這樓房毫無異處，而防守之人卻如此衆多，文泰來多半是在其中。他躍下牆頭，單刀鐵拐一擺，叫道：「各位哥哥，隨我來！」領頭往南衝去。

果然越近那座樓房，接戰的人越多。混戰中馬善均與趙半山率領數十名武功較高的小頭目，越牆進府。清軍官兵雖多，怎擋得住紅花會人衆個個武功精強？不一刻羣雄已迫近樓房。

章進短柄狼牙棒「烏龍掃地」，矮著身軀，當先撲上，搶進屋去。門口一人使一桿大槍，橫打直挑，章進一時欺不進身。這時衛春華、駱冰、楊成協、石雙英諸人都已分別在和官兵中的好手對殺，火把照耀下打得十分激烈。防守樓房的一批官兵武藝竟然不低。

無塵對趙半山道：「三弟，咱們上去瞧瞧！」趙半山道：「好。」無塵接連兩躍，已縱到門口，火光中一刀砍來，無塵不避不架，一招「馬面挑心」，長劍遲發先至，使刀的人慘叫一聲，鋼刀落地。趙半山扣著暗器，轉眼間也打倒了兩名軍官。兩人衝進內堂。周仲英、駱冰等跟著進去。

陸菲青見章進的對手武功甚強，章進以短攻長，佔不到便宜，當下搶到他左面，長劍「天外來雲」，突刺那人左頸。那人倒轉槍桿，用力下砸，他兵器長，力道猛，這一下準擬把劍砸飛。陸菲青長劍縮回，左臂運氣上挺，蓬的一聲，大槍飛起數丈，使槍的虎口震裂，嚇得魂飛天外，斜跳出去，沒站住腳，摔了一交。

章進轉過身來，把雙鬥衛春華的一敵接過一個。衛春華少了一個對手，精神一振，雙鉤「玉帶圍腰」，分向敵人左右合抱。那人使一對雙刀，順理成章的「脫袍讓位」，雙刀倒豎，左右分格。衛春華突走險招，雙鉤在胸前一並，和身撲上，這一招又快又狠，雙鉤護手劍刃插入敵人前胸。那人狂叫一聲，眼見不活了。

各人在樓下惡鬥，敵人越打越少，忽聽無塵用切口高叫道：「四弟在這裏，咱們得手了！」羣雄聽了，齊聲歡呼大叫。周綺不懂紅花會切口，轉頭向徐天宏道：「喂，道長說甚麼？」徐天宏道：「四哥在上面，救出來啦！」周綺喜道：「好極啦！咱們上去瞧四爺去。」徐天宏道：「你上去吧，我守在這裏。」

周綺奔進屋裏，守衛官兵早已被無塵等掃蕩殆盡。她急奔上樓，只見衆人圍著一隻大鐵籠，陳家洛正用凝碧劍砍削籠子的鐵條，周綺走近看時，不由得大怒，原來鐵籠之內又有一隻小鐵籠，文泰來坐在小籠之內，手腳上都是銬鐐，就像關禁猛獸一般。這時陳家洛已把外面鐵籠的欄干削斷了兩根，章進用力扳拗，把鐵欄干扳了下來。駱冰身材苗條，恰可鑽進，接過寶劍，又去削小鐵籠上的鎖鍊。羣雄都是笑逐顏開，心想今日清兵就來千軍萬馬，也要死守住樓房，將文泰來先救出再說。

常氏兄弟和徐天宏率領紅花會頭目在樓下守禦，忽聽得號角聲響，清軍官兵退出十餘丈之外，退開時秩序井然，分行站立，排成陣勢。常伯志大叫：「韃子要放箭，大家退進樓房。」衆人依言退入，常氏兄弟斷後衛護。那知清兵並不放箭，只聽有人叫道：

「紅花會陳當家的，聽我說話。」

陳家洛在樓上聽到了，走近窗口，見李可秀站在一塊大石上，大叫：「我要和陳當家的說話。」陳家洛道：「我在這裏，李軍門有何見教？」李可秀道：「你們快退下樓來，否則全體都死。」陳家洛笑道：「怕死的也不來了，今天對不住，我們要帶了文四爺一起走。」李可秀叫道：「你莫執迷不悟。放火！」他號令一下，曾圖南督率兵丁，從隊伍後面推出大批柴草，柴草上都澆了油，火把一點，樓房四周轉瞬燒成一個火圈，將羣雄圍困在內。

陳家洛見形勢險惡，也自心驚，臉上卻不動聲色，轉頭說道：「大家一齊動手，快削鐵籠的欄干。」轉過頭來對李可秀道：「軍門這個火攻陣，我看也不見得高明！」

李可秀背後轉出一人，戟指大罵：「死在臨頭，還不跪下求饒？你可知樓下埋的是甚麼？」火光中看得清楚，說話的是御前侍衛范中恩，他身旁還站著褚圓等幾名侍衛，想是皇帝聞警，派來協助。

陳家洛微一沉吟，只聽見徐天宏用切口大叫：「不好，這裏都是火藥。」陳家洛記起衝進樓房時，見到樓下似是個貨倉，一桶桶的堆滿了貨物，難道竟是火藥？一瞥之間，見樓上四周也均是木桶，搶上去揮掌劈落，一隻木桶應手而碎，黑色粉末四散紛飛，硝礦之氣塞滿鼻端，卻不是火藥是甚麼？心中一寒，暗道：「難道紅花會今日全體粉身碎骨於此？」轉過身來，見小鐵籠鐵鎖已開，駱冰已把文泰來扶了出來。

陳家洛叫道：「四嫂、三哥，你們保護四哥，大家跟我衝。」說聲方畢，首先下樓。章進弓身把文泰來負在背上，駱冰、趙半山、陸菲青、周仲英等前後保護，跟下樓來。剛到門口，只見門外箭如飛蝗，衛春華和常氏兄弟衝了幾次又都退回。

李可秀叫道：「你們腳底下埋了炸藥，藥線在我這裏。」他舉起火把一揚，叫道：「我一點藥線，你們盡數化為飛灰，快把文泰來放下。」

陳家洛見過屋中火藥，知他所言不虛，只因文泰來是欽犯，他心有所忌，不敢點燃藥線，否則早把他們一網打盡了。陳家洛當機立斷，叫道：「放下四哥，咱們快出去！」長劍一揮，和衛春華、常氏兄弟並肩衝出。

章進低頭奔跑，並未聽見陳家洛的話。趙半山道：「快放下四弟，情勢危險萬分，咱們快走，莫把四弟反而害死。」見章進把文泰來放在門口，駱冰還在遲疑，便伸左手拉住她手臂，舞劍衝出。李可秀在火光中見文泰來已經放下，右手一揮，止住放箭，只怕誤傷了他。

羣雄退離樓房，聚在牆角。陳家洛道：「常家哥哥、八哥、九哥、十哥，你們打頭陣，去趕散韃子。七哥，你想法弄斷藥線。道長、三哥，等他們一得手，咱們衝去搶救四哥。」常氏兄弟與徐天宏等應聲而去。

李可秀正要命人去看守文泰來，忽見常氏兄弟等又殺了上來，忙分兵禦敵。御前侍衛范中恩、朱祖蔭、褚圓、瑞大林等上來擋住。

陸菲青先看明了退路。一彎腰，如一枝箭般突向李可秀衝去。衆親兵齊聲吶喊，紛舉刀槍攔阻。陸菲青並不對敵，左一避，右一閃，疾似飛鳥，滑如游魚，刹那間已繞過七八名親兵，欺到李可秀之前。李沅芷穿了男裝，站在父親身旁，忽見一個蒙面怪客來襲，嬌叱一聲：「甚麼東西！」一劍「春雲乍展」，平胸刺出。

陸菲青更不打話，矮身從劍底下鑽了過去。李可秀見怪客襲來，飛起一腳「魁星踢斗」，直踢他面門。陸菲青左腿一挫，已溜到李可秀身後，伸掌在他後心一托，掌力吐處，把他一個肥大的身軀直摜出去。李沅芷大驚，回劍來刺。陸菲青閃身避開，劍走空招。

李可秀摔倒在地，這邊曾圖南趕來相救，楊成協趕來捉拿，兩人都向他疾衝而來。漸奔漸近，曾圖南舉鐵槍「毒龍出洞」，向楊成協刺去，想將他趕開，再行搭救上司。楊成協側身避槍，腳下不停。他身子肥胖，奔得又急，一座「鐵塔」和曾圖南猛力碰撞，砰的一聲，撞得他向後飛出。這時李可秀已經爬起，那知陸菲青來得更快，一陣風般奔到。

李沅芷骨肉關心，拔起身子向前急縱，長劍「白虹貫日」，直刺怪客後心。陸菲青聽到背後金刃激刺之聲，更不停步，拉住李可秀左臂，直奔入火圈之中。清軍官兵大聲驚叫，但火勢極熾，誰也不敢進火圈搭救。衛春華舞動雙鉤，已把李沅芷截住。

紅花會羣雄見陸菲青拉了李可秀進入危地，都明白了他意思，章進首先跳入火圈，蔣四根也跟著進去。陳家洛道：「人夠啦！別再進去了。」衆人迫近火圈。

清軍官兵見主帥履危，也忘了和紅花會人衆爭鬥，都是提心吊膽，望著火圈裏的五人。曾圖南爬起身來，和一名統軍總兵守在藥線之旁，眼見主帥爲敵人挾制，正驚惶間，忽見一人夾手搶過火把，點燃了藥線。曾圖南一驚，看那人時，卻是御前侍衛范中恩。此人日前在西湖落水，在皇帝面前出醜受辱，懷恨甚深，這時見文泰來即將獲救，也管不得李可秀死活，當即點著藥線。

但見一縷火花著地燒去，迅速異常，只要一燒過火圈，立時便是巨禍，不但文泰來、李可秀、陸菲青及章、蔣兩人要炸成灰燼，而且樓房中堆了這麼多火藥，這一爆炸開來，人人難免。清軍官兵登時大亂，紛紛向後逃避。

驚擾聲中，忽見一人疾向火圈中奔去。那人身穿藍色長衫，臉上也用一塊藍綢包住，只露出了兩個眼孔，手中提著一根單鞭，奔跑迅捷已極。他用單鞭在藥線上亂撥亂打，但見藥線仍一股勁的向前燒去。陳家洛和徐天宏等見形勢險惡，都顧不得自身安危，紛紛縱出，想要弄斷藥線。這一切全是指顧間之事。那蒙面人見藥線無法打斷，忽然奮不顧身，和衣撲在藥線之上，只見身旁烈燄騰起，全身衣服著火，藥線中斷，再也燒不過去了。

就這麼緩得一緩，章進和蔣四根已把文泰來抬著衝出火圈。三人身上都已著火。常氏兄弟趕上接應，連叫：「打滾！打滾！」章進和蔣四根放下文泰來，先將他來回滾動。滾得幾滾，文泰來衣上火頭熄了，駱冰已搶上照料。章進和蔣四根也各滾熄了身上火燄。

常氏雙俠雙雙搶入火圈，把暈倒在地的蒙面人拖了出來。這三人出來時也是全身著火，待得把火撲熄，蒙面人的衣服手足無一處不是燒得焦爛。

陸菲青見文泰來已脫險境，把李可秀負在肩上，猛一吸氣，「燕子三抄水」，如一隻大鳥般掠出火圈。他身上雖負得有人，然而輕功卓絕，所受火傷最少。陳家洛叫道：「得手啦，退走，退走！」無塵長劍揮動，當先開路。常氏兄弟抬著蒙面人，章進和蔣四根抬著文泰來，陸菲青負著李可秀，都跟了他衝出。李沅芷見父親被擄，心中大急，提劍來追，但被衛春華雙鉤纏住，不能脫身，一疏神間，險些中了一鉤。

清軍官兵吶喊著追來，但大家嘗過紅花會的手段，不敢過分逼近。八名御前侍衛奉旨協助看守文泰來，主犯走脫，那是殺頭的罪名，如何不急？范中恩提起判官雙筆，沒命價追來。陳家洛剛才見他點燃藥線，心想這人心腸毒辣，容他不得，把凝碧劍交給趙半山道：「三哥，你給大夥斷後，我要收拾了這傢伙。」從懷中掏出珠索。馬大挺把他的鉤劍盾遞了過來。陳家洛讚道：「好兄弟，難爲你想得周到。」原來陳家洛的劍盾珠索向由心硯攜帶，心硯受傷，馬大挺就接替了這差使。

陳家洛右手一揚，五根珠索迎面向范中恩點到。范中恩既使判官筆，自然精於點穴，見他每條珠索頭上都有一個鋼球，迴旋飛舞而至，分別對準穴道，吃了一驚，又聽得朱祖蔭叫道：「范大哥，這兔崽子的繩子厲害，小心了。」馬大挺聽他辱罵總舵主，心中大怒，挺起三節棍當頭砸去。朱祖蔭偏頭避過，還了一刀。

這邊范中恩騰挪跳躍，和陳家洛拆了數招，數招間招招遇險，一面打，一面暗暗叫苦，只想脫身退開，但全身已被珠索裹住，那裏逃得開去？陳家洛不願多有耽擱，右手橫揮，珠索「千頭萬緒」亂點下來。范中恩不知他要打那一路，雙筆並攏，直撲向他懷裏，武家所謂「一寸短，一寸險」，判官筆是短兵器，原在以險招取勝，心想這一下對方勢必退避，自己就可逃開，突見對方盾牌迎了上來，盾上明晃晃的插著九枝利劍。范中恩猛吃一驚，收勢不及，雙筆對準劍盾一點，借力向後仰去。陳家洛劍盾略側，滑開雙筆，珠索揮處，已把他雙腿纏住，猛力擲出，范中恩身不由主，直向火圈中投去。

陳家洛還不停手，珠索橫掃，朱祖蔭背上已被鋼球打中，叫了一聲，馬大挺三節棍啪的一聲，正中他脛骨。馬大挺憤他出口傷人，這一記用足了全力，把他雙腿脛骨齊齊打折。

這時羣雄大都已越出牆外，趙半山斷後，力敵三名清官侍衛。陳家洛揮手，叫道：「退去吧！」衛春華雙鉤向李沅芷疾攻三招，李沅芷招架不住，退開兩步。衛春華向右轉過，劈面一拳，把一名清兵打得口腫鼻歪，夾手奪過火把，奔到已被蒙面人弄斷的藥線旁，又點燃起來。清兵驚叫聲中，紅花會羣雄齊都退盡。

瑞大林、褚圓等侍衛正要督率清兵追趕，忽然黑煙騰起，火光一閃，一聲巨響震耳欲聾，滿目煙霧，磚石亂飛，官兵侍衛疾忙伏下。樓房中火藥積貯甚多，炸聲一次接著一次，眾兵將雖離樓房甚遠，但見磚石碎木在空際飛舞，誰都不敢起來，饒是如此，已有數十人被磚木打得頭破血流。范中恩身在火圈中心，炸得屍骨無存。等到爆炸聲息，兵將侍衛爬起身來，紅花會羣雄早已走得無影無蹤。眾人上馬急追，分向四周搜索。

紅花會羣雄救得文泰來，出了城見無人來追，都放了心。再行一程，已到河邊，十多艘紹興腳划船齊齊排列。馬善均迎上來道賀，羣雄喜氣洋洋的上船。陸菲青低聲對陳家洛道：「李可秀和我有舊，文四爺既已救出，咱們放他回去吧。」陳家洛道：「一任尊意。」一小頭目把李可秀鬆了綁，放在岸上。

陳家洛叫道：「開船，咱們先到嘉興！」浙西河港千枝萬汊，曲折極多，腳划船划出里許，早已轉了四五個彎。陳家洛道：「咱們向西去於潛，護送四哥上天目山養傷。讓李可秀追到嘉興去吧！」羣雄哈哈大笑，幾月來的鬱積，至此方一掃而空。

此時天現微明，駱冰已把文泰來身上揩抹乾淨，銹鐐也已用凝碧劍削去，見他沉沉昏睡，大家不去打擾。

徐天宏道：「總舵主，那救四哥的蒙面人傷勢很重，咱們要不要解開他臉上的布瞧瞧？」羣雄都感好奇，不知此人是誰。周仲英道：「他既用布蒙臉，想是不願讓人見到他面目，咱們不去揭露爲是。」

心硯身上傷已大好，用白醬油給蒙面人在火傷處塗抹，見他全身都是火泡，痛得無法安睡，不住叫嚷。心硯看得心驚，怕他要死，忙來稟告。陳家洛等跳過船去，見他傷勢厲害，都感擔心。那蒙面人神智昏迷，雙手亂抓，忽然左手抓住蒙面布巾，撕了下來。衆人齊聲叫了出來：「十四弟！」

那人竟是金笛秀才余魚同。只見他臉上紅腫焦黑，水泡無數，一張俊俏的臉燒得不成模樣。羣雄又是驚訝又是痛惜。駱冰拿了塊濕布，把他臉上的泥土火藥輕輕抹去，用雞毛沾了白醬油塗上，心裏一股說不出的滋味，知他對自己十分癡心，這番捨命相救文泰來，也與這份癡心不無相關。然而自己身已他屬，對他更是只有同盟結義之情，別無他意。他那晚在鐵膽莊外無禮，後來想起常感憤怒，但他此番竟捨命相救自己丈夫，那麼這番癡心畢竟並非下賤情慾。瞧他傷成這副樣子，性命只怕難保，即使不死，一個俊俏青年從此醜陋不堪，而對他這份癡心可也永遠無法酬答。不由得思潮起伏，怔怔的出了神。

船到餘杭，馬善均忙差人去請醫生。醫生看了文泰來傷勢，說道：「這位爺受的是外傷，他筋骨強健，調治幾個月就不礙了。」指著余魚同道：「這位爺的火傷卻是厲害，謹防火毒攻心。我開張散火解毒的方子，吃兩帖看。」言下之意，竟是沒有把握。

醫生作別上岸，過了一會，文泰來睜眼見到衆人，茫然道：「怎麼大夥兒都在這裏？」駱冰喜極而泣，叫道：「大哥，你出來啦，出來啦！」文泰來微微點頭，又閉上了眼。

羣雄聽了醫生之言，知他無礙，都為余魚同憂急。章進道：「十四弟也真鬼精靈，竟給他混進了提督府。」常赫志道：「上次指點地牢的途徑，也是他了，咱兄弟不知道，還打了他一掌。」常伯志道：「他卻又相救李可秀，不知是何意思？」衆人紛紛談論，難以索解。

原來那日黃河渡口夜戰，李沅芷在亂軍中與大夥失散，倉皇中見到一輛大車，跳上車去，趕了騾子就走。幾名清兵要來攔阻，都被她揮劍驅退。她不分東南西北的瞎闖，到天明時見離大軍已遠，才下車休息。揭開車帷一看，車內躺著一人，竟是曾在途中見過兩次的本門師兄余魚同。只見他昏昏沉沉，似是身染重病，輕輕揭開被頭一角，見他身上縛了不少繃帶，才知受傷不輕。心下栗六，沉吟良久，才趕車又走，沿大路到了文光鎮上。

她是官家小姐，氣派一向大慣了的，揀了鎮上一所最大的宅第，敲門投宿，正是鎮上惡霸、渾號糖裏砒霜的唐六家裏。唐六見她路道有異，假意殷勤招待，後來察覺她是女扮男裝，便和醫生曹司朋陰謀算計，恰好陰差陽錯，給周綺在妓女小玫瑰家中一刀刺死。

其時余魚同神智已復，聽說戶主被殺，料想官府查案，必受牽連，忙和李沅芷乘亂離去。李沅芷要去杭州和父母團聚，余魚同心想文泰來被擒去杭州，正好同路。他身上傷重，長途跋涉，李沅芷細心照料，一副刁蠻頑皮的脾氣，不忍在他身上發作，竟然盡數收拾了起來。見他神色煩憂，意興蕭索，只道是傷後體弱，時加溫言慰藉。

到杭州見了父母，李沅芷反說余魚同為了救她而禦盜受傷。李可秀夫婦感激萬分，把他安置在提督府中，延請名醫調治，見他人品俊雅，文武雙全，又救了女兒性命，只待傷愈，便招他為婿，又怎知這人竟是紅花會中一個響噹噹的腳色。

幾個月來，李沅芷忽喜忽愁，柔腸百轉，明知這少年郎君是父親對頭，然而芳心可可，深情款款，一縷柔絲，早已牢牢繫在他身上。當日甘涼道上，這個師哥細雨野店，談笑禦敵，平沙荒原，吹笛擋路，這等瀟洒可喜模樣，想起來不免一陣陣臉紅，一陣陣歎息。

待他傷勢大愈，紅花會羣雄連日前來攻打提督府，那天余魚同相救李可秀，李沅芷心中竊喜，只道他已站在自己一邊，豈知到頭來他又去相救文泰來，隨著紅花會人衆而去。

余魚同全身燒起水泡，疼痛難當，迷迷糊糊中忽聽得有個女子聲音大叫：「你越來越不成話啦，怎麼出主意叫總舵主到妓院去胡調？」依稀是鐵膽莊周大小姐的聲音。隔了一會，又聽得無塵叫道：「咱們大家回杭州，一起到妓院去，又怕甚麼？」余魚同大是奇怪：「道長是出家人，怎麼也要去逛窯子？」重傷之下，難以多想，接著又昏暈過去。

乾隆見褚圓等御前侍衛氣急敗壞的趕回請罪，報知紅花會劫牢，已把文泰來救去，自是驚怒交集。但想要犯既已越獄，責罰侍衛亦復無補於事，見衆人灰頭土臉，傷痕纍纍，不問而知均曾力戰，反而溫言道：「知道了，這事不怪你們。」褚圓等本以爲這次一定要大受懲處，那知皇上如此體諒，不由得感激涕零。不久李可秀也來了，乾隆見他身上負傷，下旨革職留任，日後將功贖罪。李可秀喜出望外，不住叩頭謝恩。

李可秀退出後，乾隆想起文泰來脫逃，自己身世隱事不知是否會被洩露，聽文泰來語氣，這件機密大事似乎不知，但他神色間又似還有許多話沒說出來。他說有兩件重要證物收藏在外，看樣子多半不假，不知是甚麼東西。自己是漢人，自是千眞萬確的了，這事洩露出去，那可如何是好？

他在室中踱來踱去，徬徨無計，憂急煩躁，自忖身為萬乘之尊，居然鬥不過一羣草莽羣盜，臉面何存？這件有關身世大事的私隱落入對方手中，難道終身受其挾制不成？越想越怒，舉起案頭的一個青瓷大花瓶，猛力往地上摔落，乒乓一聲，碎成了數十片。

衆侍衛與內侍太監在室外聽得分明，知道皇上正在大發脾氣，不奉傳呼，誰都不敢入內，各人戰戰兢兢的站著，連大氣也不敢哼一聲。有幾名御前侍衛更是嚇得臉色蒼白，惟恐皇上忽然又要怪罪。

乾隆心亂如麻的過了大半天，忽聽得外面悠悠揚揚的一陣絲竹之聲，由遠而近，經過撫署門口，又漸漸遠去。過了一會，又是一隊絲竹樂隊過去。他是太平皇帝，素喜聲色，聽這片樂聲纏綿宛轉，不由得動心，叫道：「來人呀！」

一名侍讀學士走了進來，那是新近得寵的和珅。此人善伺上意，連日乾隆頗有賞賜。衆侍從聽得皇帝呼喚，忙推他進入。乾隆道：「外面絲竹是幹甚麼的？你去問問看。」和珅應聲而出，過了半晌，回來稟告：「奴才出去問過了，聽說今兒杭州全城名妓都在西湖上聚會，要點甚麼花國狀元，還有甚麼榜眼、探花、傳臚。」乾隆笑罵：「拿國家掄才大典來開玩笑，眞正豈有此理！」

和珅見皇上臉有笑容，走近一步，低聲道：「聽說錢塘四艷也都要去。」乾隆道：「甚麼錢塘四艷？」和珅道：「奴才剛才問了杭州本地人，說道是四個最出名的歌女。街上大家都在猜今年誰會中花國狀元呢？」乾隆笑道：「國家的狀元由我來點。這花國狀元誰來點？難道還有個花國皇帝不成？」和珅道：「聽說是每個歌女坐一艘花舫，舫上陳列恩客報效的金銀錢鈔、珍寶首飾，看誰的花舫最華貴，誰收的纏頭之資最豐盛，再由杭州的風流名士品定名次。」

乾隆大為心動，問：「他們甚麼時候搞這玩意兒？」和珅道：「就快啦，天再黑一點兒，花舫上萬燈齊明，就來選花魁了。皇上如有興致，也去瞧瞧怎麼樣？」乾隆笑道：「就恐遭人物議。要是太后得知我去點甚麼花國狀元，怕要說話呢，哈哈！」和珅道：「皇上打扮成平常百姓一樣，瞧瞧熱鬧，沒人知道的。」乾隆道：「也好，叫大家不可招搖，咱們悄悄的瞧了就回來。」

和珅忙侍候乾隆換上一件湖縐長衫，細紗馬褂，打扮成縉紳模樣，自己穿了尋常士人服色，帶了已換便裝的白振等幾十名侍衛，往西湖而去。

一行人來到湖畔，早有侍衛駕了遊船迎接。此時湖中處處笙歌，點點宮燈，說不盡的繁華景象、旖旎風光。只見水面上三十餘花舫緩緩來去，舫上掛滿了紗帳絹燈。乾隆命坐船划近看時，見燈上都用針孔密密刺了人物故事，有的是張生驚艷，有的是麗娘遊園。更有些舫上用絹綢紮成花草蟲魚，中間點了油燈，花燈因熱氣而緩緩轉動，設想精妙，窮極巧思。乾隆暗暗贊歎，江南風流，果非北地所及。成百艘遊船穿梭般來去，載著尋芳豪客、好事子弟。各人指點談論，品評各艘花舫裝置的精粗優劣。

忽聽鑼鼓響起，各船絲竹齊息。一個個煙花流星射入空際，燦爛照耀，然後嗤的一聲，落入湖中。起先放的是些「永慶昇平」、「國泰民安」、「天子萬年」等歌功頌德的吉祥煙火，乾隆看得大悅，接著來的則是「羣芳爭艷」、「簇簇鶯花」等風流名目了。

煙花放畢，絲竹又起，一個〈喜遷鶯〉的牌子吹畢，忽然各艘花舫不約而同的拉起窗帷，每艘舫中都坐著一個靚裝姑娘。湖上各處，采聲雷動。

內侍拿出酒菓菜餚，服侍皇上飲酒賞花。遊船緩緩在湖面上滑去，掠過各艘花舫，這時正所謂如行山陰道上，目不暇給。乾隆後宮粉黛三千，美人不知見過多少，但此時燈影水色、槳聲脂香，卻另有一番風光，不覺心為之醉。

遊船划近「錢塘四艷」船旁，見這四艘花舫又是與衆不同。第一艘紮成採蓮船模樣，花舫四周都是荷花燈，紅蓮白藕，荷葉田田，舫中歌女名叫卞文蓮。第二艘舫上紮了兩個亭子，一派豪華富貴氣派，亭上珠翠圍繞，寫著四個大字：「玉立亭亭」，原來舫中歌女名叫李雙亭。第三艘裝成廣寒宮模樣，舫旁用紙絹紮起蟾蜍玉兔、桂華吳剛，舫中歌女吳嬋娟一身古裝，手執團扇，扮作月裏嫦娥。

乾隆看一艘，喝采一番。待遊船搖到第四艘花舫旁，只見舫上全是眞樹眞花，枝幹橫斜，花葉疏密有致，淡雅天然，眞如一幅名家水墨山水一般。舫中歌女全身白衣，隔水望去，直似洛神凌波，飄飄有出塵之姿，只是唯見其背。乾隆情不自禁，高吟《西廂記》中〈酬簡〉一折的曲文：「嘿，怎不回過臉兒來？」

那歌女聽得有人高吟，回過頭來，嫣然一笑。乾隆心中一蕩，原來這姑娘便是日前在湖上見過的玉如意。

忽聽得鶯聲嚦嚦，那邊採蓮船上卞文蓮唱起曲來。一曲既終，喝采聲中聽衆紛紛賞賜，元寶大大小小的堆在舫中桌上。接著李雙亭輕抱琵琶，彈了一套〈春江花月夜〉。吳嬋娟吹簫，乾隆聽她吹的是一曲〈乘龍佳客〉，命和珅取十兩金子賞她。

待眾人遊船圍著玉如意花舫時，只見她啓朱唇、發皓齒，笛子聲中，唱了起來：

「望平康，鳳城東，千門綠楊。一路紫絲韁，引遊郎，誰家乳燕雙雙？隔春波，碧煙染窗；倚晴天，紅杏窺牆，一帶板橋長。閒指點，茶寮酒舫，聲聲賣花忙。穿過了條條深巷，插一枝帶露柳嬌黃。」

其時秋意漸深，湖上微有涼意，玉如意歌聲纏綿宛轉，曲中風暖花香，令人不飲自醉。乾隆歎道：「眞是才子之筆，江南風物，盡入曲裏。」他知這是《桃花扇》中的〈訪翠〉一曲，是康熙年間孔尙任所作，寫侯方域訪名妓李香君的故事。玉如意唱這曲時眼波流轉，不住向他打量。乾隆大悅，知她唱這曲是自擬李香君，而把他比作才子侯方域了。

他最愛賣弄才學，這次南來，到處吟詩題字，唐突勝景，作踐山水。眾臣工匠恭頌句句錦繡，篇篇珠璣，詩蓋李杜，字壓鍾王，那也不算希奇。眼下自己微服出遊，竟然見賞於名妓。美人垂青，自不由帝皇尊榮，而全憑自身眞材實料，她定是看中我有宋玉般情，潘安般貌，子建般才。當年紅拂慧眼識李靖，梁紅玉風塵中識韓世忠，亦不過如是，可見凡屬名妓，必然識貨。若不重報，何以酬知己之青眼？立命和珅賞賜黃金五十兩。沉吟半晌，成詩兩句：「才詩或讓蘇和白，佳曲應超李與王。」

杭州素稱繁華，這一年一度的選花盛會，當地好事之徒都全力以赴。遠至蘇、松、太、常、嘉、湖各屬的閒人雅士，這天也都羣集杭州，或賣弄風雅，或炫耀豪闊，是以頃刻之間，纏頭紛擲，各歌女花舫上采品堆積，尤以錢塘四艷爲多。時近子夜，選花會會首起始檢點采品，這有如金榜唱名一般，不但衆歌女焦急，湖上遊客也都甚是關心。

乾隆對和珅低聲說了幾句話。和珅點頭答應，乘小船趕回撫署，過了一會，捧了一個包裹回來。

采品檢點已畢，各船齊集會首坐船四週，聽他公布甲乙次第。只聽得會首叫道：「現下采品以李雙亭李姑娘最多！」此言一出，各船轟動，有人鼓掌叫好，也有人低低咒罵。只聽一人喊道：「慢來，我贈卞文蓮姑娘黃金一百兩。」當即捧過金子。又有一個豪客叫道：「我贈吳嬋娟姑娘翡翠鐲一雙，明珠十顆。」衆人燈光下見翡翠鐲精光碧綠，明珠又大又圓，價値又遠在黃金百兩之上，都倒吸一口涼氣，看來今年的狀元非這位湖上嫦娥莫屬了。

會首等了片刻，見無人再加，正要宣稱吳嬋娟是本年狀元，忽然和珅叫道：「我們老爺有一包東西贈給玉如意姑娘！」將包裹遞了過去。

那會首四十來歲年紀，面目清秀，唇有微鬚，下人把包裹捧到他面前，一看竟是三卷書畫。那人側頭對左邊一位老者道：「樊榭先生，這位竟是雅人，不知送的是甚麼精品？」命下人展開書畫。

乾隆對和珅道：「你去問問，會首船中的是些甚麼人？」和珅去問了一會兒，回來稟道：「會首是杭州才子袁枚袁子才，另外的也都是江南名士。」乾隆笑道：「早聽說袁枚愛胡鬧，果然不錯。」

第一卷卷軸一展開，袁枚和衆人都是一驚，原來是祝允明所書的李義山兩首無題詩。袁枚稱他爲「樊榭先生」的那人名叫厲鶚，也是杭州人。厲鶚詩詞俱佳，詞名尤著，審音守律，辭藻絕勝，爲當時詞壇祭酒，見是祝允明書法，連叫：「這就名貴得很了。」杭州詩人趙翼心急，忙去打開第二個卷軸來看，見是唐寅所畫的一幅簪花仕女圖，上面還蓋著「乾隆御覽之寶」的朱印。袁枚心知有異，忙問旁邊兩人道：「沈年兄、蔣大哥，你們瞧這送書畫之人是甚麼來頭？」

他稱爲「沈年兄」的沈德潛，別字歸愚，是乾隆年間的大詩人，與袁枚同是乾隆四年的進士。只是一個早達，一個晚遇，袁枚中進士時才二十四歲，而沈德潛卻已六十多歲了，是以人稱「江南老名士」。那姓蔣的名叫士銓，別字心餘，是戲曲巨子。他與袁枚、趙翼三人合稱「江左三大家」。這兩人一看，沉吟不語。

沈德潛老成持重，說道：「咱們過去會會如何？」船上右邊坐著兩人也是袁枚邀來的名士，一是滑稽詼諧的紀曉嵐，一是詩畫三絕的鄭板橋。紀曉嵐笑道：「咱們一過去，倒讓旁人譏爲不公了。這兩卷書畫如此珍貴，自然是玉如意得狀元了。」鄭板橋道：「第三卷又是甚麼寶物，不妨也瞧瞧。」

衆人把那卷軸打開，見是一幅書法，寫的是：「西湖清且漣漪，扁舟時蕩晴暉。處處青山獨住，翩翩白鶴迎歸。昔年曾到孤山，蒼藤古木高寒。想見先生風致，畫圖留與人看。」筆致甚爲秀拔，卻無圖章落款，只題著「臨趙孟頫書」五字。

鄭板橋道：「微有秀氣，筆力不足！」沈德潛低聲道：「這是今上御筆。」大家嚇了一跳，再也不敢多說。袁子才大聲宣布：「檢點采品已畢，狀元玉如意，榜眼吳嬋娟，探花卞文蓮。」湖上采聲四起。

袁枚等見了這三卷書畫，知道致送的人不是宗室貴族，便是巨紳顯宦，可是看那艘船卻也不見有何異處，夜色之中，船上乘客面目難辨。大家怕這風流韻事爲御史檢告，本來要賦詩聯句以紀盛，現下也都不敢了，悄悄的上岸而散。

乾隆正要回去，忽聽玉如意在船中又唱起曲來，但聽歌聲柔媚入骨，不由得心癢難搔，對和珅道：「你去叫這妞兒過來。」和珅應了，正要過去，乾隆又道：「你莫說我是誰！」和珅道：「是，奴才知道。」遊船划近玉如意花舫，和珅跨過船去。過了片刻，拿回一張紙箋，遞給乾隆道：「她寫了這個東西，說：『請交給你家老爺。』」乾隆接來燈下一看，見箋上寫了一詩：「暖翠樓前粉黛香，六朝風致說平康。踏青歸去春猶淺，明日重來花滿床。」字跡殊劣，箋上卻是香氣濃郁，觸鼻心旌欲搖。

乾隆笑道：「我今日已來，何必明日重來？」抬頭看時，玉如意的花舫已搖開了。他貴爲帝皇，後宮妃嬪千方百計求他一幸，尚不可得，幾時受過女人的推搪？可是說也奇怪，對方愈是若即若離，推三阻四，他反覺十分新鮮，愈是要得之而後快，忙傳下聖旨：「叫舟子快划，追上去！」

衆侍衛見皇帝發急，再不乘機盡忠報國，更待何時？當即紛提船板，奮力划水。衆侍衛或外功了得，或內力深厚，此時「忠」字當頭，戮力王事，勁運雙臂，船板激水，實爲畢生功力之所聚。有分教：立竿見影，槳落船飛，迅速追上玉如意的花舫。

乾隆悄立船頭，心逐前舟，但見滿湖燈火漸滅，簫管和曲子聲卻兀自未息，前面花舫中隱隱傳出一聲聲若有若無的低笑柔語。乾隆醺醺欲醉，忽然想起兩句詩來：「侍兒扶起嬌無力，始是新承恩澤時。」

兩船漸近，花舫窗門開處，一團東西向乾隆擲來。白振一驚，暗叫：「不好！」左手一招「降龍伏虎」，右手一招「擒獅搏象」，這是他「金鉤鐵掌」大擒拿手中的成名絕技，陣上奪槍，夜戰接鏢，手到拿來，百不失一，但見他身如淵停嶽峙，掌似電閃雷震，果是武學大宗匠的風範，出手更不落空。衆侍衛一見無不暗暗喝采。沒料想觸手柔軟，原來不是暗器，忙遞給皇帝。

乾隆接過一看，見是一塊紅色汗巾，四角交互打了結，打開一看，包著一片糖藕，一枚百合。一喻佳偶，一示好合。乾隆才高八斗，詩成八步，雖比當年曹子建少了兩斗，多了一步，卻又如何不解得這風流含意？那汗巾又滑又香，拿在手裏，不禁神搖心蕩。

不一會，花舫靠岸，火光中只見玉如意登上一輛小馬車，回過頭來，向乾隆嫣然微笑，慢慢放下車帷。馬車旁本有兩人高執火把等候，這時拋去火把，在黑暗中隱沒。和珅大叫：「喂，等一下，慢走！」那馬車並不理會，啼聲得得，緩緩向南而去。和珅叫道：「快找車。」但深夜湖邊，卻那裏去找車。

白振低聲囑咐了幾句，瑞大林施展輕功，「七步追魂」、「八步趕蟾」，不一刻已越過馬車，回過身來喝命車夫慢走。不久褚圓竟找到一輛車來，自是把坐車乘客趕出而強奪來的。乾隆上了車，褚圓親自御車，衆侍衛和內侍跟隨車後。前面馬車緩緩行走，褚圓抖擻精神，駕車緊跟。當年造父駕八駿而載周穆王巡遊天下，想來亦不過是這等威風。

白振見車子走向城中繁華之區，知道沒事，放下了心，料想今日皇上定要在這歌女家中過夜，但日前曾見她與紅花會的人物在一起，怕有陰謀詭計，不可不防，忙命瑞大林去加調人手，趕來保護。

玉如意的車子走過幾條大街，轉入一條深巷，停在一對黑漆雙門之前，一名男子下車拍門。乾隆也走下車來。只聽得呀的一聲，黑漆雙門打開，走出一個老媽子來，掀起車帷，說道：「小姐回來了，恭喜你啦！」玉如意走下車來，見乾隆站在一旁，忙過去請安，笑道：「啊喲，東方老爺來啦。剛才眞多謝你賞賜。快請進去喝盅茶兒。」乾隆一笑進門。

褚圓搶在前面，眼觀六路，耳聽八方，手按劍柄，既防刺客行兇犯駕，又防嫖客爭風喝醋，敵蹤若現，自當施展「達摩劍法」，殺他個落花流水，片甲不回。好在他已改用鐵鍊繫褲，再也不怕無塵長劍削斷褲帶了。

進門是個院子，撲鼻一陣花香，庭中樹影婆娑，種著兩株桂花，桂花開得正盛。乾隆隨著玉如意走入一間小廂房，紅燭高燒，陳設倒也頗為雅致。白振在廂房中巡視一周，細查床底床後都無奸人潛伏，背脊在牆上一靠，反手伸指幾彈，察知並無複壁暗門，這才放心退出。女僕上來擺下酒餚。乾隆見八個碟子中盛著肴肉、醉雞、皮蛋、醬瓜等消夜小菜，比之宮中大魚大肉，另有一番清雅風味。這時白振等都在屋外巡視，房中只有和珅侍候，乾隆將手一擺，命他出房。

女僕篩了兩杯酒，乃是陳年女貞紹酒，稠稠的醇香異常。玉如意先喝了一杯，媚笑道：「東方老爺，今兒怎麼謝你才好？」乾隆也舉杯飲盡，笑道：「你先唱個曲兒吧，怎麼謝法，待會兒咱們慢慢商量。」

玉如意取過琵琶，輕攏慢撚，彈了起來，一開口「并刀如水，吳鹽勝雪」，唱的是周美成的一曲〈少年遊〉。

乾隆一聽大悅，心想當年宋徽宗道君皇帝夜幸名妓李師師，兩人吃了徽宗帶來的橙子，李師師留他過夜，悄悄道：「外面這樣冷，又三更天啦，霜濃馬滑，都沒甚麼人在走啦，不如不回去吧。」那知給躲在隔房的大詞人周美成聽見了，把這些話譜入新詞。徽宗雖然後來被金人擄去，但風流蘊藉，丹青蔚爲一代宗師，是古來皇帝中極有才情之人，論才情我二人差相彷彿，福澤自不可同日而語，當下連叫：「不去啦，不去啦！」

皇帝在房裏與高采烈的喝酒聽曲，白振等人在外面卻忙得不亦樂乎。這時革職留任、戴罪圖功的浙江水陸提督李可秀統率兵丁趕到，將巷子團團圍住，他手下的總兵、副將、參將、游擊，把巷子每一家人家搜了個遍，就只剩下玉如意這堂子沒抄。白振帶領了侍衛在屋頂巡邏，四周弓箭手、鐵甲軍圍得密密層層。古往今來，嫖院之人何止千萬，卻要算乾隆這次嫖得最爲規模宏大，當眞是好威風，好煞氣，於日後「十全武功」，不遑多讓焉。後人有〈西江月〉一首爲證，詞曰：

鐵甲層層密布，刀槍閃閃生光，忠心赤膽保君皇，護主平安上炕。

湖上選歌徵色，帳中抱月眠香。刺嫖二客有誰防？屋頂金鉤鐵掌。

衆侍衛官兵忙碌半夜，直到天亮，幸得平安無事，雞犬不驚。到太陽上升，和珅悄悄走到玉如意房外，從窗縫裏一張，見床前放著乾隆的靴子和一雙繡花小鞋，帳子低垂，寂無人聲，伸了伸舌頭，退了出來。那知從卯時等到辰時，又等到巳時，始終不見皇上起身，不由得著急起來，在窗外低呼：「老爺，要吃早點了嗎？」連叫數聲，帳中聲息俱無。

和珅暗暗吃驚，轉身去推房門，裏面閂住了推不開。他提高聲音連叫兩聲：「老爺！」房裏無人答應。和珅急了，卻又不敢打門，忙出去和李可秀及白振商量。李可秀道：「咱們叫老鴇去敲門，送早點進去，皇上不會怪罪。」白振道：「李軍門此計大妙。」

三人去找老鴇，那知妓院中人竟然一個不見。三人大驚，情知不妙，忙去拍玉如意房門，越敲越重，裏面仍然毫無聲息。李可秀急道：「推進去吧！」白振雙掌抵門，微一用力，喀喇一聲，門閂已斷。

和珅首先進去，輕輕揭開帳子，床上被褥零亂，那裏有乾隆和玉如意的蹤影？登時驚得暈了過去。白振忙叫進衆侍衛，在院子裏裏外外搜了一個遍，連每隻箱子每隻抽屜都打開來細細瞧了，可是連半點線索也無。衆人又害怕又驚奇，整夜防守得如此嚴密，連一隻麻雀飛出去也逃不過衆人眼睛，怎麼皇上竟會失蹤？白振又再檢查各處牆壁，看有無複門機關，敲打了半天，絲毫不見有何可疑之處。不久御林軍統領福康安和浙江巡撫都接到密報趕到。衆人聚在妓院之中，手足無措，魂不附體，面如土色，呆若木雞。

正是：皇上不知何處去，此地空餘象牙床。

那晚乾隆聽玉如意唱了一會曲，喝了幾杯酒，已有點把持不定。玉如意媚笑道：「服侍老爺安息吧？」乾隆微笑點頭。玉如意替他寬去衣服鞋襪，扶到床上睡下，蓋上了被，輕笑道：「我出去一會，就來陪你。」乾隆但覺枕上被間甜香幽幽，頗涉遐思，正迷迷糊糊間，聽得床前微響，笑道：「你這刁鑽古怪的妮子，還不快來！」

帳子揭開，伸進一個頭來，燭光下只見那人滿臉麻皮，圓睜怪眼，腮邊濃髯，有如刺蝟一般，與玉如意的花容月貌大不相同。乾隆還道眼花，揉了揉眼睛，那人已把一柄明晃晃的匕首指在他喉邊，低喝：「丟他媽，你契弟皇帝，一出聲，老子就是一刀。」

乾隆這一急當眞非同小可，霎時間慾念全消，宛如一桶雪水，從頂門上直灌下來。那人更不打話，摸出塊手帕塞在他嘴裏，用床上被頭把他一捲，便像個鋪蓋捲兒般提了出去。

乾隆無法叫喊，動彈不得，睜眼一片黑暗，只覺被人抬著，一步一步向下走去，鼻中聞到一股泥土的霉臭潮濕之氣，走了一會，又覺向上升起，登時省悟，原來這批人是從地道中進來的，因此侍衛官兵竟沒能攔住。剛明白此節，只覺身子震動，車輪聲起，已給人放入馬車，既不知大逆謀叛者何人，又不知要把自己帶到何處？

車行良久，道路不平，震動加烈，似已出城，到了郊外。再走好半天，車子停住，乾隆感到給人抬了出來，愈抬愈高，似乎漫無止境，心中十分害怕，全身發抖，在被窩中幾乎要哭了出來。惶急之際，忽動詩興，口占兩句，詩云：「疑爲因玉召，忽上嶠之高。」

被人抬著一步一步的向上，似是在攀援一座高峯，最後突然一頓，給人放在地下。他不敢言語，靜以待變，過了半晌竟沒人前來理睬。將裹在身上的被子稍稍推開，側目外望，黑漆漆的甚麼也看不見，只聽得遠處似有波濤之聲，凝神靜聽，又聽得風捲萬松，夾著清越悠長的銅鈴之聲。風勢越來越大，一陣陣怒嘯而過，似覺所處之地有點搖晃，更是害怕，推開被頭，想站起來看看，剛一動，黑暗中一個低沉的聲音喝道：「要性命的就別動。」敢情監視著他的人守候已久，乾隆嚇得不敢動彈。

如此挨了良久，心頭思緒潮湧，風聲漸止，天色微明，乾隆看出所處之所是一間小室，但爬得這麼高，難道這是高山之巓的一所房屋？正在胡思亂想，忽聽得一陣唏哩呼嚕之聲，細細聽去，原來是監守者正在吃麵，聽聲音是兩個人，大口咀嚼，吃得十分香甜。他折騰了一夜，這時已感飢餓，麵香一陣陣傳來，不覺食慾大起。

過了一會，兩人麵吃完了，一個人走過來，將滿滿一碗蝦仁鱔糊麵放在他頭邊地下，相距約有五尺，碗中插了一雙筷子。乾隆尋思：「這是給我吃的麼？」不過這兩人既不說，肚中雖餓，也不便開口動問。只聽一人道：「這碗麵給你吃，裏面可沒毒藥。」乾隆大喜，坐起身來正要去拿，忽然身上一陣微涼，忙又睡倒，縮進被裏。原來昨夜玉如意服侍他安睡之時，已幫他將上下衣服脫得精光，這時一絲不掛，怎能當著眾人前鑽出被窩來拿麵？

那人罵道：「他媽的，你怕毒，我吃給你看。」端起碗來，連湯帶麵，吃了個乾乾淨淨。乾隆見這人滿臉疤痕，容色嚴峻，甚感懼怕，道：「我身上沒穿衣，請你給我拿一套衣服來。」他話中雖加了個「請」字，但不脫呼來喝去的皇帝口吻。那人哼了一聲，道：「老子沒空！」這人是鬼見愁十二郎石雙英，一副神情，無人不怕。

乾隆登時氣往上沖，但想自己性命在別人掌握之中，皇帝的威嚴只得暫且收起，隔了半刻，說道：「你是紅花會的麼？我要見你們姓陳的首領。」

石雙英冷冷的道：「咱們文四哥給你折磨得遍身是傷。總舵主在請大夫給他治傷，沒功夫見你，等文四哥的傷勢好了再說。」乾隆暗想，等他傷愈，不知要到何年何月，不由得暗暗著急。只聽得另一個喉音粗重、神態威猛的人道：「要是四哥的傷治不好，歸了天，那只好叫你抵命。」這人是鐵塔楊成協，這話倒非威嚇，實是出自肺腑之言。乾隆無法搭腔，只得裝作沒聽見。

只聽兩人一吹一唱，談了起來，痛罵滿洲韃子霸佔漢人江山，官吏土豪，欺壓小民，說來句句怨毒，只把乾隆聽得驚心動魄。到了午間，孟健雄和安健剛師兄弟來接班，兩人一面吃飯，一面談論官府拷打良民的諸般毒刑，甚麼竹籤插指甲、烙鐵燒屁股、夾棍、站籠，形容得淋漓盡致，最後孟健雄加上一句：「將來咱們把這些貪官污吏抓來，也教他們嘗嘗這些滋味。」安健剛道：「第一要抓貪官的頭兒腦兒。插他的手指，燒他的屁股。」

這一天乾隆過得眞是所謂度日如年，好容易挨到傍晚，換班來的是常氏雙俠。這對兄弟先是悶聲不響的喝酒，後來酒意三分，哥兒倆大談江湖上對付仇家的諸般慘毒掌故。甚麼黑虎崗郝寨主當年失風被擒，越獄後去挖掉了捉拿他的趙知府的眼珠；甚麼山西的白馬孫七爲了替哥哥報仇，把仇人全家活埋；甚麼彰德府鄭大胯子的師弟剪他邊割他靴子，和他相好勾搭上了，他在師弟全身割了九九八十一刀。乾隆又餓又怕，想掩上耳朵不聽，但話聲總是一句一句傳進耳來。兄弟倆興致也眞好，一直談到天明，「龜兒子」和「先人板板」，也不知罵了幾千百句。總算他們知道乾隆是總舵主的同胞兄弟，沒辱及他的先人。乾隆整夜不能合眼。常氏雙俠形貌可怖，有如活鬼，燈下看來，實令人不寒而慄。

次日早晨，趙半山和衛春華來接班。乾隆見這兩人一個臉色慈和，一個面目英俊，不似昨天那批人兇神惡煞般的模樣，又均在西湖上見過，稍覺放心，實在餓不過了，對趙半山說道：「我要見你們姓陳的首領，請你通報一聲。」趙半山道：「總舵主今兒沒空，過幾天再說吧。」乾隆心想：「這樣的日子再過幾天，我還有命麼？」說道：「那麼請你先拿點東西給我充飢。」趙半山道：「好吧！」大聲叫道：「萬歲爺要用御膳，快開上酒席來。」衛春華答應著出去。

乾隆大喜，說道：「你給我拿一套衣服來。」趙半山又大聲叫道：「萬歲爺要穿衣了，快拿龍袍來。」乾隆喜道：「你這人不錯，叫甚麼名子？將來我必有賞賜。」趙半山微笑不答。乾隆忽然想起，道：「啊，我記得了，你的暗器打得最好。」

孟健雄捧了一套衣服進來，放在被上，乾隆坐起一看，見是一套明朝的漢人服色，不覺大為躊躇。趙半山道：「咱們只有這套衣服，你著不著聽便！」乾隆心想我是滿清皇帝，怎能穿明朝的漢人服色，可是不穿衣服，勢必不能吃飯。餓了一日兩夜之後，這時甚麼也顧不得了，只得從權穿起。

他穿了漢人裝束，雖覺不慣，倒也另有一股瀟洒之感，站起來走了幾步，向窗外一望，不由得嚇了一跳，只見遠處帆影點點，大江便在足底，眼下樹木委地，田畝小如棋局，原來竟是身在高塔之頂。這寶塔高聳如是，既在大江之濱，那定是杭州著名的六和塔了。

又過了兩個時辰，才有人來報道：「酒席擺好了，請下去用膳。」乾隆跟著趙半山和衛春華走到下面一層，見正中安放一張圓桌，桌上杯箸齊整，器皿雅潔，桌邊已團團坐滿了人，留下三個空位。衆人見他下來，都站起身來拱手迎接。乾隆見他們忽然恭謹有禮，心中暗喜。

無塵道人道：「我們總舵主說他和皇上一見如故，甚是投緣，因此請皇上到塔上來盤桓數日，以便作長夜之談，那知他忽有要事，不能分身，命貧道代致歉意。」乾隆嗯了一聲，不置可否。無塵請他上坐。乾隆便在首位坐了。

侍僕拿酒壺上來，無塵執壺在手，說道：「弟兄們都是粗魯之輩，不能好好服侍皇上，請別怪罪。」一面說一面篩酒，酒剛滿杯，無塵忽然變臉，向侍僕怒罵：「皇上要喝最上等的汾酒，怎麼拿這樣子的淡酒來？」舉杯一潑，將酒潑在侍僕臉上。侍僕十分惶恐，說道：「這裏只備了這種酒，小的就到城裏去買好酒。」無塵道：「快去，快去。這樣子的酒，咱們粗人喝喝還可以，皇上那能喝？」徐天宏接過酒壺，給各人篩了酒，就只乾隆面前是一隻空杯，他不住向乾隆道歉。

一會兒侍僕端上四盆熱氣騰騰的菜餚，一盆清炒蝦仁，一盆椒鹽排骨，一盆醋溜魚，一盆韮黃鱔背，菜香撲鼻。無塵眉頭一皺，喝道：「這菜是誰燒的？」一名廚子走近兩步道：「是小人燒的。」無塵怒道：「你是甚麼東西？幹麼不叫皇上寵愛的御廚張安官來燒蘇式小菜？這等杭州粗菜，皇上怎麼能吃？」

乾隆道：「這幾樣菜色香俱全，也不能說是粗菜。」說著伸筷去盆裏夾菜。陸菲青坐在他身旁，伸出筷子，說道：「這種粗菜皇上不能吃，別吃壞了肚子。」雙筷在他筷上一夾，潛用內力，輕輕一折，把乾隆的筷齊齊折斷了一橛。

羣雄見陸菲青不動聲色，露了這手，都是暗暗佩服。無塵心道：「他師弟張召重武功雖高，談到內功，恐怕還是不及師兄。綿裏針果然名不虛傳。」乾隆筷子被陸菲青夾斷，伸出又不是，縮進又不是，登時面紅過耳，啪的一聲，把斷筷擲在桌上。大家只當不見，「請請」連聲，吃起菜來。

徐天宏向廚子喝道：「快去找張安官來給皇上做菜。皇上肚子餓了。你不知道麼？」

廚子諾諾連聲，退了下去。

乾隆自知他們有意作弄，肚中飢火如焚，眼見衆人又吃又喝，連聲讚美，心中又氣又恨，可又發作不得。菜肴一道一道的上來，塔中設有爐灶，每道菜都是熱香四散。好容易乾呑饞涎等他們吃完酒席，侍僕送上龍井清茶。徐天宏道：「這茶葉倒還不錯，皇上可以喝一杯。」乾隆接來兩口喝乾，茶入空肚，更增飢餓。蔣四根在旁卻不住撫摸肚子，猛打飽嗝，大呼：「好飽！」趙半山道：「我們已去趕辦御用筵席，請皇上稍等片刻。」無塵在一旁頓足怒罵，說怠慢了貴客，總舵主回來定不高興。周仲英把鐵膽弄得噹啷啷直響，說道：「皇上肚餓了吧？」乾隆哼了一聲，並不言語。

蔣四根道：「餓乜？我好飽！」徐天宏道：「這叫做『飽人不知餓人飢』了。天下挨餓的老百姓不知道有幾千幾萬，可是當政之人，幾時想過老百姓挨餓的苦處？今日皇上稍稍餓一點兒，或者以後會懂得老百姓挨餓時是這般受罪。」常赫志道：「人家是成年累月的挨餓，一生一世從來沒吃飽過一餐。他一天兩天不吃東西，有啥子希奇？」常伯志道：「我們哥倆小時候連吃兩個月樹皮草根，你龜兒嘗嘗這滋味看。」

說到了餓肚子，紅花會羣雄大都是貧苦出身，想起往事，都是怒火上升，你一句，我一句，說個不休。乾隆臉上青一陣紅一陣，聽他們說得逼眞，也不禁怵然心動，心想：「天下果眞有這等慘事？生而貧窮，也眞是十分不幸了。」他愈聽愈不好過，轉身向上層走去，羣雄也不阻攔。徐天宏道：「待御膳備好，就來接駕。」乾隆不理。

過了兩個時辰，乾隆忽然聞到一陣「蔥椒羊肉」的香氣，宛然是御廚張安官的拿手之作，又驚又喜，難道他們眞的把御廚給找來了？正自沉吟，張安官走了上來，趴下叩頭，說道：「請皇上用膳。」乾隆奇道：「你怎麼來的？」張安官道：「奴才昨兒在戲園子聽戲，一出門就給人架了去。今兒聽人說皇上在這兒，要奴才侍候，奴才十分歡喜。」

乾隆點點頭，走了下去，只見桌上放著一碗「燕窩紅白鴨子燉豆腐」、一碗「蔥椒羊肉」、一碗「冬筍大炒雞燉麵筋」、一碗「雞絲肉絲奶油爛白菜」，還有一盆「豬油酥火燒」，都是他平日喜愛的菜色，此外還有十幾碟點心小菜，一見之下，心中大喜。張安官添上飯來。無塵等齊道：「請皇上用膳。」

乾隆心想：「這次看來他們是眞心請我吃飯了。」正要舉筷，忽見一個十八九歲的大姑娘抱著一頭貓兒走了進來，對周仲英道：「爹，貓咪餓啦！」正是周綺。那貓在她手中掙了幾掙，周綺一鬆手，貓兒跳到桌上，在兩盆菜中吃了兩口。周綺和衆人紛紛呼喝，正要把貓趕下，忽然那貓兩腿一伸，直挺挺的躺在桌上，口吐黑血而死。

乾隆登時變色。張安官嚇得發抖，忙跪下道：「皇上……皇上……菜裏給他們……他們下毒……吃不得了！」乾隆哈哈一笑，道：「你們犯上作亂，大逆不道，竟要弒君。要殺便殺，何必下毒？」把椅子一推，站了起來。

無塵道：「皇上你這頓飯當眞是不吃的了？」乾隆怒道：「亂臣賊子，看你們有甚麼好下場。」他見貓兒中毒，自忖今日必死，索性破口怒罵。

無塵伸掌在桌上一拍，喝道：「大丈夫死生有命，你不吃我吃！那一位有膽子跟我一起吃？」說罷拿起筷子，在貓兒吃過的菜中夾了兩筷，送入口中，大嚼起來。羣雄紛紛落座，叫道：「死就死，有甚麼要緊？」喝酒吃菜，踴躍異常。乾隆見這批亡命徒大吃毒菜，不禁愕然，不知他們是何用意。

不一會，羣雄風捲殘雲，把飯菜吃了個乾淨，居然一點沒事。原來他們先給貓兒餵了毒藥，菜中其實並無毒藥。這一來，乾隆一席到口的酒菜固然吃不到，還給人奚落了一場。

原來那日羣雄在餘杭舟中商議，文泰來雖已救出，乾隆卻決不肯甘休，如何善後，實非容易。無塵獻議一不做，二不休，索性去將乾隆捉了來，迫他答允不得再跟紅花會爲難。羣雄個個心雄膽壯，齊聲讚好，當下重回杭州，恰逢西湖中正要選花國狀元，便將乾隆誘入玉如意的院子擒獲。

羣雄痛恨乾隆捕捉文泰來，刀砍棍打，弄得遍體鱗傷，而駱冰受傷、周仲英喪子、余魚同命危，何嘗不均是由此而起？依著常氏雙俠和蔣四根等一干人，便要將乾隆一刀殺卻，至不濟也要痛打一頓，以出心中惡氣。但陳家洛和徐天宏等以大局爲重，終於勸服了他們，才這般折辱他一番。這一來是報仇，二來是先殺他個下馬威，等陳家洛和他商談大事時，好教他容易就範。

乾隆整整挨了兩天餓，杭州官場卻已鬧得天翻地覆。皇上失蹤的消息雖沒張揚出去，全城卻已幾乎抄了個遍。杭州通往外縣的各處水陸口子都由重兵把守，不許一人進出。城裏城外，兩天內捕捉了幾千名「疑匪」，各處監獄都塞滿了。地方官府固是十分惶急，一面又乘機把富商大賈捉了不少，關在獄裏，勒索重金，料來這是「忠君愛國」的大事，日後誰都不會追究。

皇帝希奇古怪的失蹤，福康安、李可秀、白振以及一些得知消息的護駕大臣，這兩日中真如熱鍋上螞蟻，不知如何是好。他們料想必是紅花會犯駕，出事後立時大舉在各處搜查，那知城中和軍營的紅花會人眾早已隱匿的隱匿，出城的出城，一個也沒抓到。

第三天清晨，福康安又召集眾人在撫署會商。人人愁眉苦臉，束手無策，計議要不要急報皇太后。這等大事勢在無可隱瞞，可是這一報上去，後果之糟，誰都不敢設想。

正自躊躇不決，忽然御前侍衛瑞大林臉色蒼白，急奔前來，在白振耳邊輕輕說了幾句話。白振臉色一變，立即站起，道：「有這等事？」福康安忙問情由。瑞大林道：「在皇上寢殿外守衛的六名侍衛，忽然都給人殺死了。」福康安並不吃驚，反而暗喜，道：「咱們去看看，這事必與皇上失蹤有關。說不定反可找到些頭緒。」

眾人走向乾隆設在撫署裏的寢殿。瑞大林推開殿門，迎鼻一陣血腥氣撲了過來，只見地板上東倒西歪的躺著六具屍體，有的眼睛凸出，有的胸口洞穿，死狀可怖。乾隆睡覺之時，向有六名侍衛在寢殿外守夜，皇帝雖然失蹤，輪值侍衛仍然照常值班，那知六人全在夜中被殺。白振道：「這六位兄弟都非庸手，怎麼不聲不響的就給人幹掉了？」各人目瞪口呆，誰都猜想不透。

白振察看屍體，細究死因，見有的是被重手法震斃，有的是被劍削去了半邊腦袋。

那六人的兵器有的在鞘中還未拔出，想來刺客行動迅速已極，侍衛不及禦敵呼援，都已一一被殺。白振皺眉道：「這室中容不下多人鬥毆，刺客最多不過兩三人。他們一舉就害死六位弟兄，下手毒辣爽利，武功實在高明之極。」

李可秀道：「皇上既已被他們請去，又何必來殺這六名侍衛？看來昨晚的刺客和劫持皇上之人並非一路。」福康安道：「不錯！刺客也是大逆謀叛，那知皇上卻不在這裏。」白振道：「兩位所料甚是。如殺侍衛的是紅花會人物，那麼皇上是落在別人手中了。可是除了紅花會，又有誰如此大膽，敢做這般大逆不道之事？要是劫持皇上的是紅花會，此外那裏又有這等武功高強之人？」紅花會人衆已難對付，突然又現強敵，不禁心寒。再俯身察看，忽見屍體胸口有犬爪抓傷和利齒咬傷的痕跡，心念一動，忙請李可秀差人去找獵犬。

過了一個多時辰，差役帶了三名獵戶和六頭獵犬進來。李可秀已調集了兩千名兵丁，整裝待發，白振命獵戶帶領獵犬在屍體旁嗅了一陣，追索出去。

獵犬帶領衆人直奔湖濱，到了西湖邊上，向著湖中狂吠。白振暗暗點頭，知道刺客帶了犬來，打死侍衛後，命犬帶路，追尋皇帝。

獵犬吠了一會，沿湖亂跑亂竄一陣，找到了蹤跡，沿湖奔去，湖畔泥濕，果然有人犬的足印。獵犬奔到乾隆上岸處，折回城內。城內人多，氣息混雜，獵犬慢了下來，邊嗅邊走，直向玉如意的院子中奔了進去。

妓院中本來有兵把守，這時卻已不見。衆人走進院子，只見庭院室內，又死了兩名侍衛和十多名官兵。刺客下手狠辣，沒留下一個活口，有的兵卒是咽喉被狗咬斷而死。白振看死者身材和傷口部位，心想惡狗軀體龐大，若非關外巨獒，便是西北豺狼和犬的混種，難道刺客是從關外或西北塞外而來？

六隻獵犬在玉如意臥室中轉了幾個圈子，忽在地板上亂抓亂爬。白振細看地板，並無異狀，但獵犬仍不住抓吠，便命兵卒用刀撬起地板，下面是塊石板。白振急道：「快撬！」兵卒把石板撬開，露出一個大洞，獵犬當即鑽了下去。李可秀和白振見下面是條地道，這才恍然大悟，成千兵將在妓院四周和屋頂守衛，而皇帝竟然神不知鬼不覺的失蹤，原來刺客是從地道裏進出的，不禁暗叫慚愧，率領兵卒追了下去。

注：日人稻葉君山《清朝全史》云：「乾隆御製詩至十餘萬首，所作之多，為陸放翁所不及。常誇其博雅，每一詩成，使儒臣解釋，不能即答者，許其歸家涉獵。往往有翻閱萬卷而不得其解者，帝乃舉其出處，以為笑樂。」其實乾隆之詩所以難解，非在淵博，而在杜撰，常以一字代替數語，羣臣勢必瞠目無所對，非拜伏讚歎不可。

周作人〈雜談舊小說〉一文談到《綠野仙蹤》時說：「冷于冰遇著一個私塾教書的老頭子，有很好的滑稽和諷刺……這老儒給他講解兩句詩，卻幸而完全沒有忘記：『媳釵俏矣兒書廢，哥罐聞焉嫂棒傷。』這裏有意思的事，乃是諷刺乾隆皇帝的。我們看他題在知不足齋叢書前頭的『知不足齋何不足，渴於書籍是賢乎』，和在西山碧雲寺的御碑上的『香山適纔游白杜，越嶺便以主碧雲』比較起來，實在好不了多少。書裏的描寫可以說是挖苦透了，不曉得那時何以沒有捲進文字獄裏去的，或者由於告發的不易措施，因爲此外沒有確實的證據，假如直說這『哥罐』的詩是模擬聖製的，恐怕說的人就要先戴上一頂大不敬的帽子吧。」

按：書中「媳釵」兩句係詠花，媳婦釵花於鬢，兒子視俏容而廢攻書；兄長插花於罐而聞，嫂子爲防微杜漸，以棒擊罐而破之。該書成於乾隆二十九年，其時御製詩流傳天下，周說頗有見地。

乾隆第五次南巡至海寧，仍駐陳氏安瀾園，有詩云：「安瀾易舊名，重駐蹕之清……石徑雖詰曲，步來那用尋？無花不具野，有竹與之深」云云。又乾隆在海寧半夜中聞潮聲雷動，有〈睡醒〉一律：「睡醒恰三更，喧聞萬馬聲。潮來勢如此，海宴念徒縈。微禹之良策，傷文多愧情。明當陟尖嶠，廣益竭吾誠。」詩中之「文」字，或係指漢文帝或指文種（？），「尖嶠」當指海寧之尖山，乾隆翌日擬往巡遊。但山字平聲，礙於平平仄仄仄，無奈改用「尖嶠」，蓋「嶠」字可平可仄也。作者恭擬御製兩句：「疑爲因玉召，忽上嶠之高」，玉者玉皇大帝也，玉如意也，似尚不失爲乾隆詩體。

乾隆在海寧督修海塘及觀潮，作詩極多，有句云：「今日海塘殊昔塘，補偏而已策無良，北坍南漲嗟燒草，水占田區竟變桑。」海寧本有柴塘，力不足以禦怒潮，「燒草」或係指「柴」，乃乾隆杜撰之典，儒臣難解矣。「變桑」當指滄海變桑田，「策無良」意爲無良策。又有句云：「伍胥文種誠司是，之二人前更屬誰？」相傳伍子胥、文種爲海寧潮神，乾隆以海潮洶湧，自古已然，於伍文二人之前又屬誰管？數年後再到海寧觀潮，和前詩云：「設非之二人司是，如是雄威更合誰？」又海寧觀潮詩有句云：「當前也覺有奇訝，鬧後本來無事仍。」意謂海潮湧來之時，也覺十分詫異，但潮水大鬧一場之後，仍然無事，「無事仍」者，「仍無事」也。

乾隆詩才雖別具一格，但督修海塘，全力以赴，實令人心感，其在陳氏安瀾園有句云：「急愁塘與堰，懶聽管和絃。」勤政愛民，似亦非虛言。

乾隆喜用「之」、「而」、「以」、「和」、「與」等虛字以湊詩中字數。陳世倌告老還鄉時，乾隆有送行詩云：「夙夜勤勞言行醇，多年黃閣贊絲綸。陳情無那俞孔緯，食祿應教列鄭均。自是江湖憂未忘，原非桑梓隱而淪。老成歸告能無惜？皇祖朝臣有幾人？」又登海寧〈觀潮樓〉詩云：「南坍與北漲，幻若谷和陵。江尚岸之近，樓如舫以乘。」意謂江水離岸尚近，登樓有如乘舫。設刪去虛字而成四言詩：「南坍北漲，幻若谷嶂。江岸登樓，宛如乘舫。」其意一也，可見其詩中虛字往往多餘。其題董邦達「西湖四十景」有句云：「賢守風流白與蘇」。作者擬御製西湖即興：「才詩或讓蘇和白，佳曲應超李與王」，試爲乾隆儒臣解之：朕才子之詩，或稍不及蘇東坡和白樂天，未有定論，然玉如意佳人之曲，歌喉當勝李夫人、琵琶應超王昭君也。

【金庸簡介】

本名查良鏞，浙江海寧人，一九二四年生。曾任報社記者、編譯、編輯，電影公司編劇、導演等；一九五九年在香港創辦明報機構，出版報紙、雜誌及書籍，一九九三年退休。先後撰寫武俠小說十五部，廣受當代讀者歡迎，至今已蔚爲全球華人的共同語言，並興起海內外金學研究風氣。曾獲頒衆多榮銜，包括英國政府O.B.E.勳銜、香港大學名譽博士、加拿大UBC大學名譽文學博士、法國「榮譽軍團騎士」勳銜、北京大學名譽教授、日本創價大學名譽教授、英國牛津大學、劍橋大學等校榮譽院士、台北清華大學、南開大學、蘇州大學、華東師大等校名譽教授。現任英國牛津大學中國學術研究所高級研究員、加拿大UBC大學文學院兼任教授、浙江大學人文學院院長、教授。其《金庸作品集》分由香港、廣州、臺灣、新加坡/馬來西亞四地出版，有英、日、韓、泰、越、印尼等多種譯文。

爲使全世界金庸迷能夠彼此分享閱讀心得，遠流特別架設「金庸茶館」網站，以整合、提供、聯結、傳播一切與金庸作品相關的資訊，站址是：http://jinyong.ylib.com

黃易作「登山觀海」。

黃易，杭州人，西泠八家之一，該印邊款謂作於丙辰年。乾隆於丙辰年登基，丙辰年退位，整整在位六十年。黃易生於乾隆九年，卒於嘉慶七年，因此該印作於嘉慶元年。乾隆退位後，宮中時憲書仍用乾隆年號，嘉慶元年即乾隆六十一年。該印為作者所藏，幼時不知寶愛，收藏未妥，筆劃有殘缺矣。

金庸作品集

全世界華人的共同語言　金庸新校新序・全十五部

從台北到紐約，從香港到倫敦，從東京到上海，中國人在不同的地方可能說不同的方言，可能吃不同的菜式，也可能有不同的政治立場，但他們都讀——金庸作品集。

【新修版共三十六冊，每冊定價二八〇元】另有典藏版・平裝版・文庫版・大字版

1. 書劍恩仇錄（全二冊）
2. 碧血劍（全二冊）
3. 射鵰英雄傳（全四冊）
4. 神鵰俠侶（全四冊）
5. 雪山飛狐（含「白馬嘯西風」及「鴛鴦刀」，全一冊）
6. 飛狐外傳（全二冊）
7. 倚天屠龍記（全四冊）
8. 連城訣（全一冊）
9. 天龍八部（全五冊）
10. 俠客行（含「越女劍」，全二冊）
11. 笑傲江湖（全四冊）
12. 鹿鼎記（全五冊）

書劍恩仇錄/金庸作.-- 四版. -- 臺北市：
遠流, 2003 [民92]
冊；　公分. --（金庸作品集：1-2）
ISBN 957-32-4974-X（全套：精裝）
857.9　　92010262

金庸作品集❶

書劍恩仇錄(一)〔公元2002年金庸新修版〕

Book and Sword, Gratitude and Revenge, Vol. 1

作者 金庸

封面原圖 元黃公望富春山居圖，國立故宮博物院(臺灣)藏品。
封面設計 霍榮齡 內頁插畫 王司馬 內頁圖片構成 霍榮齡設計工作室
執行主編 李佳穎 執行副主編 鄭祥琳 特約編輯 黃麗群
發行人 王榮文
出版・發行 遠流出版事業股份有限公司
臺北市汀州路三段184號7樓之5
電話 23651212
傳真 23657979
郵撥 01894561
1987年2月1日 初版一刷
2003年8月1日 四版一刷
新修版 每冊280元(本作品全二冊，共560元)
〔另有典藏版共36冊(不分售)，平裝版共36冊，文庫版共72冊，大字版共72冊(陸續出版中)〕
行政院新聞局局版臺業字第1295號

ISBN 957-32-4974-X(套：精裝)
ISBN 957-32-4968-5(第一冊：精裝)
Printed in Taiwan

金庸茶館網站
http://jinyong.ylib.com E-mail:jinyong@ylib.com
YLib 遠流博識網
http://www.ylib.com E-mail:ylib@ylib.com